통일시대
한국문학의 보람

민족문학과 세계문학 4

통일시대
한국문학의 보람

민족문학과 세계문학 4

백낙청 평론집

창비

| 책머리에 |

문학평론집을 마지막으로 묶어낸 지 꽤나 오랜 세월이 흘렀다. '민족문학과 세계문학 3'이라는 부제를 단『민족문학의 새 단계』가 간행된 것이 1990년, 이듬해에는 평론선집이 한 권 나왔다. 그러고는 문학분야에서 단행본이 없었으니 무척 오랫동안 게으름을 피운 셈이다.

90년대 중엽까지는 그런대로 평론활동을 하면서 다음 평론집은 전작 단행본을 한 권 낸 뒤에나 내리라고 욕심을 부렸었다. 그러다가 96년에 민족문학작가회의 회장직을 맡은 것을 필두로 힘에 부치는 사회활동의 폭을 조절하지 못했고, 다른 사정과 일감이 겹쳐 한때 문학평론가로서 개점 휴업 상태에 들기도 했다. 최근에 와서야 어렵사리 평필을 다시 들게 되었는데 묵은 글들이 더 낡기 전에 엮어내려면 이때가 기회다 싶었다. 평론집을 냈으면 하는 충동이야 줄곧 느끼고 있었지만 순전히 묵은 글만으로 책을 내는 것은 면목 없는 일이었던 것이다.

작년과 금년의 글이 몇편 실렸다고 해서 썩 체면이 서는 청국은 아니다. 더구나 전작 단행본은 여전히 대기중이다. 하지만 그런 체면까지 다 차리려다간 또 어찌 될지 모르는데다, 오랫동안 준비해온 D. H. 로런스 관련 저서가 이제는 몇달의 집중적 작업만 더하면 완성될 단계에 왔고 아직은 그런 집중이 불가능한 상황에서 평론집을 정리하는 것이 효율적이겠다는 계산이 선 것이다.

평론집을 서두른 또 한가지 이유는 통일시대 한국문학에 이바지하고 싶은 내 나름의 소망이다.

남북분단이 엄연히 지속되고 있는데도 벌써 통일시대가 왔다고 말하는 것은 공연한 말장난으로 들릴지 모른다. 나 자신 처음에는 '통일시대'라고 따옴표를 붙여 쓰는 조심성을 보였었다. 그러다가 2000년 6·15공동선언을 지켜보고서는 '분단시대 겸 통일시대'라는 일견 모순된 표현을 내놓았다.

공동선언 5주년이 되는 2005년을 넘기면서는 많은 사람들이 '6·15시대'를 다시 실감하게 되었다고 본다. 6월에 평양에서 열린 6·15공동선언 5주년기념 민족통일대축전과 서울에서의 8·15민족대축전 등 대규모 공동행사의 성공, 7월에 100명 가까운 남측 문인이 북녘땅을 찾아 벌인 민족작가대회 등으로 화해의 물결이 크게 일었고, 국제무대에서는 4차 6자회담에서 나온 9·19공동성명으로 한반도 평화체제 구축이 한 걸음 다가왔다. 한반도에 '분단체제'라 일컬음직한 구조가 있는데 그것이 흔들리기 시작했다고 몇해 전부터 주장해온 나 자신은 예의 분단체제가 동요기를 넘어 드디어 해체기에 접어들었고 오늘 이땅에 사는 우리는 '분단시대를 겸한 통일시대'라는 남들이 못해본 경험을 하고 있다는 신심을 굳히게 되었다.

이런 가슴 설레는 시대의 우리 문학을 논할 때 전 같으면 '민족문학'이라는 말을 앞세웠을 것이다. 그렇게 아니 하는 취지, 동시에 '민족문학과 세계문학 4'라는 부제를 고수하는 취지는 '서장: 민족문학, 세계문학, 한국문학'을 통해 전해지리라 믿는다.

서장을 뺀 나머지 내용이 모두 활자나 인터넷으로 발표됐던 글들이라는 점이 아닌게아니라 마음에 걸린다. 그러면서도 교정을 보고 잔손질을 가하는 과정에서 이들 논의가 아직은 통일시대에 이바지하고 통일시대 한국문학에 기여할 여지가 남았다는 믿음 비슷한 것을 얻었는데, 이것이 착각이요 망상이라면 독자 여러분의 너그러운 용서를 빌 뿐이다.

그와 다른 차원의 또 한가지 믿음에 대해서는 너그러움보다 진중한 고찰과 검증을 부탁드린다. 곧, '통일시대 한국문학의 보람'이라는 제목이 말하듯이 나는 한국문학이 온갖 문제점과 미비점에도 불구하고 '한반도식' 통일과정의 독특함과 무관하지 않은 활력을 유지하고 있음이 비록 산발적인 독서를 통해서나마 확인된다고 믿는 것이다. 물론 '문학의 위기' 또는 '국내 작품의 위기'에 대한 잦은 논의가 모두 상업언론의 뜬소리라고 주장하는 것은 아니다. 다만 이 문제는 '위기냐 아니냐'는 단순논리로 접근할 일이 아니라, 한편으로 모든 참다운 예술, 특히 문학다운 문학을 위협하는 세계적인 대세가 엄연하고도 엄중함을 인식하면서, 다른 한편 이 대세 속에서 동(북)아시아 지역이 어떤 처지에 있고 그중에서도 독특한 통일과정을 밟고 있는 한반도와 한국의 문학에는 어떤 틈새가 열려 있는가를 구체적으로 점검하는 방식으로 풀어갈 문제이다. 이 책이 그 문제에 답을 제공하고 있는 것은 결코 아니지만 그러한 점검의 과정에 다소의 도움이 되었으면 한다.

제1부에서 「지구시대의 민족문학」과 「'통일시대'의 한국문학」은 시대상황에 대한 분석과 문학작품 읽기가 뒤섞인, 원래 내가 즐겨 채택해온 평론 형식이다. 여기에는 이론적 탐구가 다소간에 끼여들기 마련이라 더러는 '이론비평'으로 분류되기도 하지만 나 자신은 수긍하기 어려운 규정이다. 다만 90년대 중반 이후로는 점점 이런 형식의 글쓰기가 힘들어져서 제1부의 나머지 두 글은 이론적 담론의 성격이 두드러지는데, 그렇더라도 문단과 일반사회의 현실에 발을 디딘 담론이기 바란다.

제2부에는 한국문학의 구체적인 작품들을 논한 글을 주로 모았다. 총

론적이면서도 작품들에 대한 각론을 겸한 글쓰기가 힘에 부치게 되면서 평론을 쓸 때면 차라리 한두 작품의 치밀한 분석에 집중하고자 했지만, 제대로 모양새를 갖춘 작품론은 몇개 안 되는 점이 스스로 아쉽다.

제3부는 일종의 부록이랄지, '계륵'이라고도 할 것이 다수 들어간 잡다한 내용이다. 그중 첫머리의 「민족문학론과 리얼리즘론」은 80년대 평단을 휩쓸었던 '사회주의적 리얼리즘' 논의에 대한 내 나름의 철저한 검증 시도라는 점에서 '계륵'이라고 자기비하를 할 까닭은 없다고 본다. 그러나 어느 학계 원로의 퇴임기념논문집에 처음 발표된 이후 나의 평론선에도 실린 바 있기에, 본서의 민족문학 및 리얼리즘 논의의 충실을 기해 또 한번 수록은 하되 '부록'의 위치로 돌린 것이다. 나머지 글들은 대개가 단상이나 각종 토론회에서의 논평 등으로, 어엿한 체모를 갖춘 평문이라 보기 어렵지만 닭갈비도 모아놓으면 그런대로 반찬 한 접시가 될 수도 있겠다는 생각을 해본다.

그에 비해 끝머리의 「비평과 비평가에 관한 단상」은 나의 비평관을 요약하는 의미도 있기에 발표연도와 상관없이 이렇게 배치한 것이다.

오랜만에 책을 내는 기쁨과 함께 이 일을 가능케 해준 많은 분들을 고마운 마음으로 떠올리게 된다. 특히 올해로 창간 40주년을 맞는 계간 『창작과비평』 및 출판사 창비의 존재는 내 작업의 변함없는 근거지이다. 계간지 발행인으로서 오늘도 조용한 공덕을 베풀고 있는 김윤수 선생, 편집진의 최원식, 이시영, 백영서 등 여러 동료들, 회사 경영의 힘든 짐을 떠맡아 헌신하고 있는 고세현 사장과 창비사의 여러 식구들께 평소의 감사하는 마음을 새삼 전하고 싶다. 그중에서 이 책의 편집과정을 직접 챙겨준 김정혜님에 대한 고마움이 각별함은 더 말할 나위 없다.

그런데 이번 책에서의 마지막 감사표시는 사적인 곳으로 돌릴까 한다. 내 글의 특별히 열성적인 독자는 아니지만 그 생산과정에 한결같이 든든

한 의지가 되어준 아내에게, 몇달 안 남은 결혼 40주년 기념 선물로 미리
이 책을 증정한다.

2006년 1월

백낙청

차례

서장: 민족문학, 세계문학, 한국문학

1

'민족문학'은 한 시절 우리 문단의 담론을 주도했고 한때는 사회운동의 표어로 대중적 인지도까지 지녔었다. 하지만 근년에는 세간이나 평단에서 주목받는 개념이라기 힘들다. 거론이 된다면 오히려 그 무용론 또는 해소론이 잦은 편이고, 여전히 민족문학을 지지한다는 쪽에서도 소수의 완강한 논자를 빼면 이따금의 입치레로 넘어가거나 아니면 만나고 싶지 않은 가난한 친척처럼 슬금슬금 피해다니기 일쑤다.

나 자신도 오랫동안 간헐적인 언급에 그쳤다. 능력과 시간의 부족도 있지만, 이번 평론집의 제목에 '민족문학'이 안 나오는 점이 말해주듯이 이 낱말을 둘러싼 정황이 전보다 훨씬 복잡해졌기 때문이기도 하다. 그렇다고 민족문학 개념을 아예 포기한 것이 아님은 책의 부제를 보더라도 짐작이 갈 것이다.

우리 문단에서 민족문학 논의가 새로 활발해지던 1970년대 초에도 '한국문학이면 됐지 굳이 민족문학이라고 해야 하나'라는 반론이 적지 않았다. 이것이 분단시대의 타성과 줏대없는 보편주의에 적잖게 물든 논의였다는 점은 이후의 사태 진전이 어느정도 입증했다고 믿는다. 그러나 요즘의 민족문학 무용론에서 비슷한 문제점이 감지된다고 해서 미래의 사태 진전이 똑같은 판정을 내려주리라는 보장은 없다. 아니, 그동안 민족문학론이 쌓은 실적 자체가 그 해소의 명분이 될 수도 있다. 애당초 '민족문학'은 "그 개념에 내실(內實)을 부여하는 역사적 상황이 존재하는 한에서 의의있는 개념이고, 상황이 변하는 경우 그것은 부정되거나 한층 차원높은 개념 속에 흡수될 운명에 놓여 있는 것"(『민족문학과 세계문학 1』 125면)으로 설정되었던 것이다.

아무튼 상황이 크게 달라진 것만은 분명하다. 해소론 측의 분단현실에 길들여진 타성이라는 것도 70년대 초부터 한 세대가 더 지속된 '길들이기'의 역사를 보유하게 되었고, 남한사회가 분단구조 속에서나마 이룩해온 성과의 뒷받침도 한층 든든해졌다. '보편주의' 또한 왕년의 비교적 소박한 서구추종의식과 달리 '포스트모던'의 세련을 더했으며, 세계무대 진출이 확대되면서 밖에 나가서 민족이나 민족문학을 들먹여봐야 촌놈 취급받기 십상인 생활상의 실감마저 가세하고 있다. 민족문학론에서 무엇을 지키고 무엇을 버리며 새로 추가한다면 무엇을 더할지에 대해 폭넓은 토론과 정교한 검증이 필요한 싯점인 것이다.

2

나 자신 80년대 말에 '민족문학의 새 단계'를 제창했을 때 이미 '역사적 상황'의 상당한 변화를 전제하고 있었다. 물론 민족문학 개념이 부정될 만큼 변화했다고 본 것은 아니다. 오히려, 6월항쟁 이후 반독재투쟁을 위한 전술적 연대가 더는 필요하지도 가능하지도 않게 된 상황에서 분단현실에 대응하는 한층 심화된 이론과 본격적인 작품생산이 가능해지는 단계를 상정한 것이었다.

이러한 대응을 내 나름으로 겨냥한 결과가 이론의 영역에서는 '분단체제론'을 중심으로 제시되었다. 이는 「통일운동과 문학」이라는 89년의 글에서 말했듯이 '유월 이후'를 보는 세 가지 중요로운 시각, 곧 '민족해방론'(세칭 NL)과 '민주변혁론'(PD) 및 '중산층적 시각' 들을 종합해서 한반도 특유의 분단현실을 제대로 인식하고 대응하려는 노력이었다. 이 작업의 결과로 나 자신은 분단체제의 극복이야말로 민족사적 과제이자 한반도 주민들이 그 주역을 맡은 세계사적 과제이며, 지금이 곧 분단체제의 해체기, 통일시대의 들머리라는 결론에 이르게까지 되었다(졸고 「6·15시대의 한반도와 동북아평화」, 창비웹진 2005년 9월, http://www.changbi.com/webzine/content. =초대에쎄이).

이 결론대로라면 오늘날 한국문학의 역사적 임무는 당연히 분단체제극복에 문학 나름으로 이바지하는 일이다. '문학 나름으로' ─ 이 단서는 70년대 이래로 민족문학론에서 생략된 적이 없지만 반독재운동에 대중을 직접 동원하는 임무가 사라진 현시점에는 더욱 긴요해졌다. 특히 창작현장에서는 '역사적 임무'를 의식 않는 것이 도리어 '문학 나름'의 더 큰 이바지를 가능케 한다는 명제도 가벼이 넘길 일이 아니다. 실제로 분단체제의 극복은 어떤 식으로든 분단을 극복하고 통일만 이룩하면 된다는 단순논리가 아니라 분단체제 아래서의 삶보다 한결 낫고 멋진 삶이 가능해진 사회를 한반도에 건설한다는 뜻이니만큼, 문학이 그 본연의 모습으로 꽃피는 것 자체가 분단체제극복에 기여한다고 말할 수도 있다.

그런 의미에서 분단체제론의 전개는 종전의 민족문학론이 문학에 대해 다소간에 부과하던 중압감을 걷어내고 한국문학이 '이께에 힘 빼고' 창작하며 비평할 수 있게 해준다고 말할 수 있다. 그렇다면 '분단체제극복에 기여하는 문학'이 실제로 민족문학 개념을 흡수할 '한층 차원높은 개념'인가?

3

이 물음에 대해 민족문학 개념을 견지하려는 쪽에서든 그 해소를 주장하는 쪽에서든 선뜻 '그렇다'고 답하는 이는 없는 것 같다. 모두들 분단체제론을 민족문학론과 '다른 차원'의 논의로 안 보기 때문이다.

둘 사이에 연속성이 있다는 것은 엄연한 사실이다. 그러나 그것은 (적어도 내가 보기에) 발전을 내포하는 연속성이지 동일 논의의 신장개업은 아니다. 그런데도 분단체제론을 분단극복(즉 통일)을 지상과제로 삼는 입장이라고 이해하며 지난날의 민족문학론과 다를 바 없는 것으로 보는 경향은 의외로 널리 퍼져 있는것 같다.

예컨대 지난 8월 민족문학작가회의와 만해사상실천선양회가 공동주최한 '다시 민족문학을 생각한다' 제하의 학술쎄미나(2005. 8. 19)는 오랜만에 민족문학을 재론한 반가운 시도였는데, 그 자리에 나온 다수 논자들이 찬반을 떠나 공유하는 전제가 바로 분단체제론에 대한 그러한 오해였다. 그중 신승엽(辛承燁)은 민족문학론의 용도가 이제 다했다는 입장인데, 분단체제론에 대해 이런 주장을 펼친다.

여러 논자들이 지적하듯이 분단체제론의 가장 큰 문제는 역시 '분단'을 우리 사회의 주요모순으로 상정하는 데 있을 것입니다. 그것이 아직도 우리 사회의 주요모순이라면, 그것은 분명 '민족'과 관련한 문제일 것이며, 그래서 그처럼 주요한 민족문제를 안고 있는 우리의 처지에서 민족문학은 여전히 유효한 이념적인 지위를 가져야 마땅하게 될 터입니다. 하지만 과연 그러할까요? (위의 쎄미나 자료집 별지자료 「20세기 민족문학론의 패러다임에 대한 몇 가지 반성」 11면; 이 글은 『크리티카』 창간호(2005. 11)에 약간 수정된 형태로 실렸음.)

이른바 사회구성체논쟁과 모순논쟁이 한창이던 80년대에 내가 '분단모순'을 말한 적이 있는 것은 사실이다. 그러나 당시 '기본모순'이라는 것을 별도로 설정해놓고 그보다 한 차원 낮은 '주요모순'을 논하면서 '기본모순은 계급모순, 주요모순은 민족모순' 운운하는 논자들에 맞서 민족모순과 질적으로 다른 '분단모순'이라는 것을 생각해보자고 제언했던 것이며, 그나마 소모적인 모순논쟁에 끌려들기 싫어서 분단모순론에서 분단체제론으로 일찌감치 선회한 바 있다. 아무튼 한반도에서 분단체제극복이 우리의 주요 과제이기는 하되 분단체제는 하나의 완결된 독자적 체제가 아니라 세계체제의 한 '하위체제'에 불과하다는 나의 거듭된 주장은, 분단현실을 넘어서려는 노력을 자본주의 세계체제의 기본적인 모순들이 작용하는 맥락 속에서 전개해야 한다는 논리이다. 분단문제가 범박하게 말해 민족문제인 것은 사실이지만, 80년대에 이미 부정했던 '주요모순=민족모순'론으로 이제 와서 되돌아간다는 것은 상상할 수 없는 일이다.

여담이지만 앞의 인용문에서 바로 이어지는 대목을 보면 '분단체제극복=분단극복'이라는 흔한 오해 외에 분단현실 일반에 대한 신승엽의 인식이 어지간히 데면데면하다는 느낌을 받는다. '하지만 과연 그러할까요?'라는 물음에 스스로 답하여 그는 이렇게 말한다.

물론 분단은 아직 우리 사회의 변화에 있어 반드시 감안해야 할 중요한 변수이며, 또 만약 통일이 된다면 그것은 우리 사회에 굉장한 지각변동을 가져올 것임을 부정할 수는 없지요. 하지만 그 변화나 변동들이 저는 지금 상황에서 우리가 처한 현실의 변화 방향과 크게 어긋나는 방향으로 전개될 것 같지는 않습니다. 요컨대 통일이 된다고 해서 우리 사회의 민주주의가 더 진전된다거나 혹은 대외적인 자주화가 더 진전될 것인지도 불투명하며, 나아가 이미 민주화와 자주화가 '더' 진전되는 것이 그리 큰 변화를 가져오지 않을 정도로 우리 사회가 변화되어버리지 않았나 싶어요. (같은 면)

민주주의나 자주화가 더 진전되는 것도 없다면 도대체 무얼 가지고 '지각변동'이라 부를 건지 의문인데, 나는 신승엽의 이 진술을, 설혹 지각변동에 해당하는 큰 진전이 이루어지더라도 그동안 남쪽 사회가 이룩해온 민주화 및 자주화의 연장선에 놓일 것이리라는 뜻으로 받아들이고자 한다. 그러니까 "우리가 처한 현실의 변화 방향과 크게 어긋나는 방향으로 전개"되지는 않으리라는 말이 되겠다. 다만 신승엽의 글을 읽다보면 민주화와 자주화뿐 아니라 신자유주의적 세계화 같은 '우리가 처한 현실의 변화 방향' 또한 통일이후까지 여전하리라는 체념 비슷한 것이 감지되는데, 민주화와 자주화가 더 진전됨으로써 신자유주의에 다소나마 제동이 걸리는 통일이라야 분단**체제**의 극복에 해당하는 통일이라는 것이 분단체제론의 주장임을 이 전망에 동의하든 안하든 간과하지 말았으면 한다.

이병훈(李炳勳)은 민족문학론의 폐기를 주장하기보다 그 갱신의 미흡함을 비판하면서 민족문학론이나 분단체제론에서 "분단 현실과 직접 관련이 없는 인간 내면의 문제들은 부차적으로 치부될 수밖에 없다"(「갈림길에 선 민족문학론」, 위의 자료집 37면;『문학수첩』 2005년 겨울호에 재수록)는 문제를 제기한다. "그러나 지금 우리가 겪고 있는 정신적 위기와 내면의 분열을 치유하는 것은 분단체제를 극복하는 것만큼이나 시급하고 절실한 것으로 보인다"(같은 면)는 것이다.

거듭 말하지만 분단**체제**의 극복은 현재보다 나은 사회를 한반도에 건설하는 일이니만큼 "지금 우리가 겪고 있는 정신적 위기와 내면의 분열"을 다소나마 치유하는 분단극복이 아니고서는 분단체제극복의 이름값을 못하게 되어 있다. 이 점을 간과했기에 우리 시대 문학의 임무에 대한 이병훈의 결론도 다소 맥빠진 절충론이 되고 만다. "문학은 우리가 해결해야 할 당면과제에 대한 관심을 놓지 않으면서도 <u>**문학만이 해낼 수 있는 고유한 임무**</u>를 잊어서는 안된다"(같은 글 40면, 밑줄과 굵은글씨 모두 원문대로)는 것인데, 분단체제론의 입장은 이보다 복잡하기는 하지만 그런 안이함과는 거리가 멀다. 곧, "문학만이 해낼 수 있는 고유한 임무"를 잊고서는 "우리가 해결해야 할 당면과제"에 부응할 수도 없으며, 동시에 "당면과제에 대한 관심을 놓지 않"아야만 "문학만이 해낼 수 있는 고유한 임무"도 제대로 감당할 수 있다는 것이 분단체제론의 논지인 것이다.

비슷한 오해는 "오늘날 우리가 한편으로 '세계화'의 공세에 포위되어 심각한 정체성의 위기를 겪고 있으면서도, 다른 한편 여전히 '분단극복'이라는 전형적으로 민족주의적인 목표를 포기할 수도 없는 입장"(같은 자료집의 「만해의 시대인식과 오늘의 민족현실」 10면)이라는 염무웅(廉武雄)의 발언에서도 감지된다. '분단체제극복'이라는 복합적인 과제와 '분단극복'이라는 "전형적으로 민족주의적인 목표"의 차별성에 대한 인식이 분명치가 않은 것이다. 그렇기 때문에 "1990년대 이후 변화된 현실조건들 및 변화된 대중정서에 정면승부의 자세로 부딪쳐 생동하는 민족문학론을 재구성하는 일이 어떻게 가능할 것인가"(같은 면)라는 그의 물음에는 답이 잘 보이지 않는다.

4

실은 염무웅 자신의 논의를 포함해서 70년대의 민족문학론도 한마디로 민족주의문학이나 분단극복문학은 아니었다. 해방직후 임화(林和) 등의 민족문학론이 이미 그랬듯이 민중문학 내지 계급문학과 주고받는 관계 속에서 민족주의를 상대화하고 있었으며, 특히 70년대 민족문학운동은 문학의 예술성에 대한 집념을 고수함으로써 민족주의뿐 아니라 일체의 이념을 상대화하는 성향을 내장하고 있었다. 80년대 민족문학논쟁도 돌이켜보면, 민족문학의 깃발을 들었지만 실제로는 민족문학과 민중문학간의 창조적 긴장을 해소해버리려는 계급문학론자들과의 다툼이었으며, 다른 한편 민중문학 또는 통일문학의 이름으로 문학의 문학다움을 경시하는 풍조 앞에서 민족문학의 예술성을 옹호하는 작업이기도 했다.

이 논쟁에서 살아남았기에 민족문학론은 '민족문학의 새 단계'에 부응하기 위한 자기조정과 발전을 계속할 수 있었다. 하지만 그 과정을 통해 민족문학의 개념 자체가 얼마간 상대화된 것 또한 사실이다. '분단체제극복에 기여하는 문학' 속에 흡수되어 자취를 감춘 것은 아니지만, 특정한 문맥에서나 '분단체제극복에 기여하는 문학'의 대명사로 성립하게 되었다. 다시 말해서, 분단체제는 기본적으로 세계체제가 한반도를 중심으로 작동하는 양태이기 때문에 '분단체제극복 작업'의 내용에 '민족'과 다른 차원의 과제들이 포함되게 마련이며, 이들 다른 과제를 부각시킬 때는 다른 대명사가 더 적합하다. 그러나 이 작업이 한반도의 분단구조 해소를 중심으로 전개된다는 뜻에서 '민족문제'일뿐더러 민족주의적 동력을 무시하고 해결할 수도 없게 되어 있기 때문에, '분단체제극복에 기여하는 문학'이라는 설명적인 문구 대신에 '민족문학'을 사용하는 것이 적당할 때가 많은 것이다.

물론 '민중문학'이라거나 '근대극복의 문학' 또는 다른 어떤 접두사가 붙는 명칭 대신에, 그냥 '문학'이라고 하는 것이 적절해지기도 한다. 그렇다면 처음부터 '한국문학' 또는 '문학'이라고 부르면 되지 굳이 '분단체제극복을 위한 문학'을 들먹이며 그 대명사로서라도 '민족문학'을 들먹이느냐는 애초의 질문이 다시 나올 수도 있다. 나로서는 이 물음에 대해, 어떤 경우에 그냥 '문학'이라고 말하는 게 적당하며 어떤 경우에 '민족문학'을 거명하는 게 적당한지를 가려내는 수고마저 덜고 너무 편히 살 생각은 말자고 답하고 싶다. (다만 상대가 창작자인 경우라면 훨씬 무심하게 대할 게다. 말로는 민족문학도 좋고 다른 무슨 문학도 좋고 그냥 문학도 좋으니, 창작으로 훌륭한 물건을 만들어내기만 하라고.)

우리의 문학담론이 이토록 복잡해지는 근본적인 이유는 우리가 처한 역사적 상황이 여전히 복잡하기 때문이다. 분단체제라는 말을 안 쓴다고 분단이라는 현실이 없어지는 것도 아니며 이 현실의 다분히 '체제화된' 재생력이 줄어들지도 않는다. 또한 현실논의나 문학논의에서 '민족'을 깡그리 제거한다고 해서 민족이 어디로 가버리지도 않는다. 분단체제가 끊임없이 만들어내는 민족주의의 동력이 사라지는 것은 더욱이나 아니다. 민족주의는 분단을 거부하는 성향을 가지면서도 분단체제 재생산의 동력으로 작용하기도 하는데, 우리는 이 역설적인 현실을 투시하여 민족주의에도 적절한 배분을 할당하는 복합적인 전략을 구사해야 하는 것이다.

따라서 신승엽이 희망하듯이 민족문학론을 "그 내부로부터 내파(內破)하여 나오면서"(신승엽 『민족문학을 넘어서』, 소명출판 2000, 4면) 민족과 무관한 문학이념을 제시하는 '안 복잡한' 대응은 원천적으로 불가능하다. 논의의 불가피한 복잡성을 감내하되, 민족문학 개념과 그 용도를 되도록 명확하게 정리함으로써 독자의 혼란을 줄일 수 있을 따름이다.

5

'민족문학'은 애초부터 엄밀한 과학적 개념이라기보다 논쟁적 차원이 승한 개념이었다. 다시 말해, 일단 그 뜻매김을 받아들이면 개념의 '외연' 내지 '지시대상'에 논란의 여지가 없거나 거의 없는 그런 개념이 아니라, 인문학이나 사회과학에서 흔히 보듯이 개념규정과 지시대상에 대해 논란의 여지가 있지만 그러한 논란 자체가 생산적인 경우에 해당했다. 실제로 70~80년대 내내 민족문학 개념을 채택하는 사람들 사이에서조차 어디까지 민족문학이고 어디부터 아닌지가 끊임없는 논쟁거리였고 이것이 우리의 문학논의를 활성화하고 창작에도 적잖은 자극을 주었던 것이다.

물론 논쟁적 차원이 중요하다고 해서 공유할 수 있는 지시대상이 아주 없다면 '개념'이라 불러줄 수 없다. '민족문학'에는 남한의 문학만이 아닌 민족 전체의 문학이라는 '지시적(referential)' 내지 '기술적(記述的, descriptive) 차원이 엄존했고, 남한문학 중에 어떤 것들이 민족문학적인가에 대해서도 얼마간의 합의는 있었다.

　　그런데 1987년 이후의 '새 단계'에 이르면 분단체제 아래에서나마 남한사회가 독자적으로 이룩한 성취에 대한 인식이 새로워졌고, 분단체제극복 작업이 이러한 성취를 바탕으로 진행될 필요성이 더 절실해졌다. 그리하여 나 자신 애초의 '분단국가의 국민문학이기를 거부하는 민족문학'이라는 비교적 명료한 규정을 '남한의 국민문학을 겸하는 민족 전체의 문학'으로 수정한 바 있다. 이로써 우리가 흔히 말하는 한국문학 즉 남한문학에 관한한 그 지시대상을 확정하기가 훨씬 어려워졌으며, '국민문학 대 민족문학'이라는 구별의 선명성도 사라지게 되었다. 더구나 '남한의 국민문학을 겸하는 민족 전체의 문학'이 다시 '분단체제극복에 기여하는 문학'이라는 개념으로 발전하면서, 한국문학의 작품들을 놓고 '민족문학'이냐 아니냐를 따지기보다, 이병훈의 표현대로 "문학만이 해낼 수 있는 고유한 임무를" 얼마나 해냈는지를 엄정하게 평가하는 작업의 중요성이 한결 커졌다. 다만 이병훈의 인식과는 달리, 해당작품이 "우리가 해결해야 할 당면과제에 대한 관심을" 어떻게 견지하며 소화하고 있는지가 그러한 문학적 평가의 중요한 요소로 남는 것이다.

　　　6

　　한국문학에 국한된 담론으로서 민족문학론이 분단체제론의 전개에 따라 얼마간 상대화된 반면, '한국문학만이 아닌 한민족 전체의 문학'이라는 민족문학 개념의 지시적 차원은 근년에 와서 점점 더 중요해지는 형세다.

먼저, 최근에 북녘 작가 홍석중(洪錫中)의 소설 『황진이』가 남녘에서 얻은 비평적 인정과 대중적 호응이라든가 2005년 7월 북녘 땅에서 이루어진 남북 작가들의 대규모 만남과 2006년 초엽으로 예견되는 '6·15민족문학인협회'의 결성 등 일련의 사태진전에서 보듯이 남북의 문학을 아우르는 명칭의 필요성이 절실해졌다. 이럴 때 '한국문학'도 '조선문학'도 아닌 '민족문학'이 가장 편리한 것이다. 물론 영어로 Korean Literature라고 하면 남북의 문학이 쉽게 포용되지만, 우리가 늘상 영어를 쓰고 살 수 없을뿐더러 Korean Literature로 해결 안 되는 문제도 있다. 바로 해외동포들의 문학이 그것인데, 이들 중 한국어로 된 문학에 국한하여 Korean Literature라 할지 또는 '(재외) 코리언'이 쓴 문학이라는 뜻으로 그렇게 부를지 자체가 확실치 않다. 물론 전자로 정리하는 것이 제일 간명하지만, 오늘날 '디아스포라(diaspora, 국외이산) 문학'에 대한 담론에서는 언어를 기준으로 삼는 속어주의(屬語主義)가 절대성을 갖지 않는다.

해외동포들의 문학을 '민족문학'이라 부른다고 해서 이 문제가 해결되는 것은 아니다. 그러나 한반도의 지역경계를 벗어난 한국어 내지 한민족 문학의 존재를 부각시키면서 '디아스포라 문학'의 복합성에 대한 우리 나름의 인식을 촉구해주는 효과를 갖는다.

그런데 실제로 이러한 '민족문학'의 외연은 어떻게 되는 것인가?

쉽게 합의할 수 있는 것은 중국의 조선족이 우리말로 생산한 김학철(金學鐵) 등의 문학이 포함된다는 사실일 게다. 그리고 이렇게 답하는 순간 '민족문학'에서 저자의 국적은 큰 의미를 갖지 못한다. 그러나 재일작가 이회성(李恢成)이 강조하듯이 일본어를 사용하되 귀화를 거부해온 재일조선인의 작품이 민족문학으로 인정되어야 한다면, 국적과 민족의식이 중요한 기준이 될 것이다. 그밖에 전세계에 퍼져 있는 한민족 성원들의 다양한 문학을 어떤 기준으로 어느 범위까지 '민족문학'에 포함시킬 것인가 하는 문제가 실로 간단치 않은 것이다. 그러나 이런 논란 자체가 '한반도 주민'과 '한민족'이 결코 동일한 개념이 아닌 점을 상기시켜줌과 더불어, '한민족 문학(또는 문화)'의 외연이 국민국가의 국경선처럼 명확하게 그어질 수 없는 것임을 실감케 한다. 김명환(金明煥)은 "민족문학은 예컨대 남북 민족과 해외동포가 한국어로 창작한 문학을 지칭하는 기술적(記述的) 용어 외에는 생산적인 논의를 이끌 개념으로서는 효용이 끝났다고 볼 수 있을까"(「87년 이후의 민족문학론」, 『창작과비평』 2005년 겨울호 96면)라고 물었지만, 실은 이 기술적 용어의 논쟁적 차원도 만만치않은 것이다.

물론 김명환이 강조하는 "우리 시대의 문학다운 문학의 '대명사'로서 민족문학의 유효성"(같은 면)은 별개의 검토대상으로 남는다. 오늘의 한국문학에 국한할 때 '민족문학'의 생산성이 한결 줄었다고 앞서 말했지만, 이 문제 또한 이렇게 말하고 끝낼 성질은 아닌 것이다. 세계화의 물결이 거세질수록 이 대세가 세계문학의 진정한 꽃핌을 가져오기는커녕 진정한 문학의 존속을 위협하는 흐름이 아닌지 성찰할 필요가 커지는데, 현재 진행중인 세계화에 그러한 위험이 내재하는 한에서는 민족어 내지 지역언어에 의존할 수밖에 없는 문학이야말로 다른 어떤 예술도 대신할 수 없는 성찰과 방어의 근거가 된다. 그리고 '분단체제극복에 기여하는 문학'에서 민족적 차원이 차지하는 결정적 비중이 도리어 전지구적인 문학옹호·예술옹호 기능의 강화라는 세계적 차원마저 획득하게 되는 것이다.

7

무릇 개념에는 지시적 차원과 논쟁적 차원 외에 또 하나의 차원, 곧 구호나 간판으로서의 용도가 다소간에 따른다. '민족문학'의 경우 70~80년대에 반독재 민족민주운동의 구호로서 강력한 호소력을 지녔던 것이 좋은 예다. 이런 용법은 엄밀한 의미의 '개념'과 거리가 있지만 정치뿐 아니라 문학의 영역에서도 반드시 비생산적이라고 단언하기는 어렵다. 게다가 어떤 상황에서는 역기능을 감수하더라도 일단 그런 구호를 들고 나서는 것이 자존심있는 문학의 생존방식일 수도 있다.

아무튼 '민족문학'의 반독재운동 구호로서의 기능은 87년 이후의 '새단계'에 이르러 (다행스럽게도) 그 필요성이 급감했다. 오히려 불가피하다면 불가피했던 구호들로 인해 정밀한 개념작업에 가해진 손상과 문학이 감내해야 했던 제약 들을 성찰하고 치유하는 일이 중요해졌다. 그러나 이 문제도 여기서 끝난 것은 아니며, '민족문학'의 지시적 내지 기술적 차원이 새롭게 부각되고 논쟁적 차원에서도 생산적인 의제들이 제기되는 한, 구호로서의 쓰임새 또한 다소간에 따라오게 마련인 것이다.

현시점에서 가장 두드러지는 구호적 용도는, '6·15민족문학인협회'라는 명칭에서 보듯이 남과 북(및 해외) 문학인들의 교류와 연대 작업에서 '민족문학'이라는 낱말이 떠맡는 필수적인 몫이다. 이 과정에서 실제로 **개념**에 대한 합의의 폭이 그다지 넓지는 못하다. 물론 '한국문학'과 '조선문학' 그 어느 하나로도 국한되지 말아야 한다는 것은 확실한 합의점이고, 한반도의 통일에 이바지하려는 공동의 의지가 전제되어 있기는 하다. 그러나 '통일문학(=분단극복문학)'을 주장하는 북측 논자들이 남쪽의 민족문학론이 어렵사리 도달한 '분단체제극복에 기여하는 문학' 개념을 수용할지는 두고볼 일이며, 개개의 민족문학인이 통일전사가 되기를 다그치는 북측의 공식노선은 남녘에서 작가 개인의 의도보다 작품 자체의 성향을 중시하는 비평자세와 거리가 있기도 하다.

따라서 남북 문인들의 교류와 연대를 대수롭지 않게 여기는 입장에서는 '민족문학'의 이런 새로운 구호적 쓰임새가 '문학'에다 '민족'이라는 접두사를 공연스레 붙여서 문학을 위축시켜온 폐습의 또다른 사례라고 간주하기 십상이다. 그러나 분단체제극복을 위해서건 개개 문학인들의 시야를 넓히고 감수성을 쇄신하기 위해서건 교류작업이 이렇게라도 시작해야 한다는 점을 인정한다면, '민족문학'의 표어를 내걸고 일단 그 작업을 진행하는 데에 인색할 이유가 없다. 다만 반독재운동에서의 순기능뿐 아니라 역기능도 겪어본 교훈을 살려, 문학에서의 구호사용에 따른 경계를 늦추지 말아야겠다.

8

민족문학론의 세계적 차원을 담보해주는 문학담론으로 처음부터 큰 비중을 차지해온 것이 리얼리즘론이다. 그런데 근년에는 이 논의 또한 활기가 많이 떨어진 느낌이다.

이렇게 된 데에는 '민족문학' '리얼리즘' '노동해방문학' 등 이런저런 이름으로 문학인들을 압박하던 80년대에 대한 전반적 반발이 중요하게 작용했고, 특히 리얼리즘론의 경우는 '사회주의적 리얼리즘'을 주창하던 소련과 동유럽 정권들의 몰락이 결정적인 영향을 미쳤다. 남의 나라 관변예술이념을 맹종하던 일부 논자들이 허탈해진 것은 당연하다 치더라도, '리얼리즘=기법 및 소재선택 상의 사실주의(寫實主義)'라는 서구 강단사회의 또다른 정통이념에 안주하는 풍토를 흔들어줄 동력이 크게 떨어지게 된 것이 사실이다.

하지만 모든 것을 외부사정 탓으로 돌릴 일은 아니다. 하나의 개념으로서 사실주의는 그나마 지시대상이 비교적 뚜렷한 편이지만 그것과 구별되는 리얼리즘은 논쟁적 성격이 강하다. 따라서 '사실주의와 구별되는 리얼리즘 내지 현실주의'가 정확히 무엇이며 외국어에서 '리얼리즘'이라는 명칭을 공유하는 사실주의와는 어떤 관계에 있는지를 둘러싼 논란이 실제 문학작품을 제대로 이해하고 평가하며 훌륭한 창작을 (간접적으로라도) 고취하는 데 얼마나 생산적인지가 개념의 생명력을 좌우하게 된다.

이 책을 통해 드러나지만 소련·동구권 몰락 이래 나 자신의 리얼리즘 논의는 비록 미흡한 바 많지만 꽤 집요했던 편이다. 다만 이들 논의가 리얼리즘론을 견결히 지켜내려는 논자들에게 얼마나 힘이 되었는지는 모를 일이다. 분단체제론의 전개를 거치면서 민족문학론이 일정한 상대화를 겪었듯이, 내 나름으로 리얼리즘론을 심화하고 발전시키는 과정은 '현실반영' '전형성' 등 리얼리즘의 중요 명제들을 시와 예술 자체에 대한 좀더 근원적인 물음 속에 새롭게 자리매기는, 그런 의미에서 역시 상대화하는 결과를 낳았기 때문이다.

그 과정에 대한 검증은 이 책의 독자가 해줄 것을 믿고 기대한다. 특히 이런 논의가 한갓 이론적 담론에 그치지 않고 '문학작품을 제대로 이해하고 평가'하는 데 과연 얼마나 생산적이었는지가 검증의 초점이 될 터인데, 좀더 풍부한 검토자료를 제공하지 못한 것이 유감스러울 뿐이다.

여기서는 우선 어째서 민족문학론과 마찬가지로 리얼리즘론 역시 애매모호한 답안밖에 못 내놓는지를 되도록 명료하게 설명해보고자 한다.

언젠가 나는 리얼리즘을 두고 "현실에 대한 정당한 인식과 정당한 실천적 관심이라는 다소 애매한 기준"(『민족문학과 세계문학 II』 356면)을 제시한 적이 있다. 이는 애매할뿐더러 보기에 따라 극히 '비문학적'인 기준이기도 하다. 그러나 이것이 '현실'을 중시한 나머지 '문학'을 '문학외적'인 것에 종속시키는 태도는 아니다. 오히려 문학이 문학으로서의 본모습에 충실할수록 '문학외적' 현실이 어떤 식으로든 작품에 개입하기 마련이기 때문에, 문학과 현실의 관계를 묻는 일은 작품 자체를 심문하는 작업인 것이다. 따라서 현실에 대한 창조적이고 비판적인 대응을 주문하는 리얼리즘론을 두고 딱히 '문학외적'인 요구를 제기한다고 말할 수 없다.

다른 한편 문학은 현실에 대해 그러한 창조적이고 비판적인 대응을 제대로 하기 위해서도 '리얼리즘'이건 '민족문학'이건 또다른 무엇이건 일체의 수식어를 배제하려는 속성을 지닌다. 리얼리즘도 '이즘'인 이상 '진정한 리얼리즘'을 설파하는 과정에조차 형이상학적 왜곡이 얼마간은 작용하게 마련이며, 이러한 부담과 리얼리즘론의 정당한 문제제기 사이에서 어떤 선택을 할지는 각자가 처한 현장에서 현물을 놓고 그때그때 판단할 수밖에 없는 일이다.

9

지금이 '통일시대의 들머리'라고 할 때 이곳 한국문학의 현장에서는 어떤 답이 나올까?

'통일시대' 자체가 한반도 특유의 경험인데 그 현장에서 리얼리즘 담론에 대해 단순한 해답을 제공할 리가 없다. 다만 80년대의 과열현상에 대한 반발로 한때 사회적 책임의 중압감을 떨쳐버리는 쪽으로 너무 들떴던 분위기가 90년대를 넘기고부터 점차 가라앉아가던 참에, 새로운 열정을 품고 창조적으로 대응할 현실의 존재를 환기시켜주는 위력은 있으리라 본다. 바로 우리 사는 이곳에서 아무도 겪어보지 못한 새 역사가 펼쳐지고 있다는 것이 '통일시대'의 전언이기에, 이러한 현실에 창조적으로 부응하고자 노력함으로써 '문학 본연의 임무'를 오히려 북돋울 가능성이 커지는 것이며, 한반도 바깥의 지역까지 망라하는 민족문학 중에서도 한국문학의 주도적 역할이 분명히 요구되는 상황이기에 더욱이나 그렇다. 즉 이런 시대에 '리얼리즘'은 '민족문학'이나 '세계문학'과 마찬가지로 아직 쓸모가 꽤 남은 개념이요 방편이라는 것이 내 생각이다.

물론 중요한 것은 창조적 대응 자체이지 방편은 어디까지나 방편일 따름이다.

〈2005〉

___제1부

지구시대의 민족문학

1. 지구시대와 세계문학의 이념

소련 및 동유럽의 '현존사회주의'가 몰락하면서 지구 전체가 '하나의 세계'라는 사실을 더는 의심할 수 없게 되었다. 물론 인류가 한집안처럼 의좋게 산다는 뜻과는 거리가 멀다. 오늘의 지구상에는 자본주의 세계체제로부터 벗어난 나라는 없다는 점이 확인되었다는 것뿐이다. 나아가, 이른바 사회주의권이 건재하던 시절에도 그것이 자본주의 세계경제와 동일한 차원의 '세계체제'는 아니었음이 확인된 셈이다. 어디까지나 그것은, 크게 보아 이미 하나가 된 세계 속의 다소 이질적인 하위체계였으며 그나마 이제는 자본주의 세계시장의 질서 안에 거의 전적으로 편입되고 만 것이다. 아직도 그 질서로부터 다분히 고립된 채 독자적인 내부체제를 고수하고 있는 북한의 존재를 누구보다 실감하는 한반도의 우리들 역시, 지금이 전지구적 자본주의의 시대라는 점은 부인할 길이 없다

이런 의미의 지구시대는 자본주의의 위력이 그 어느 때보다 발휘되는 시대이기도 하다. 그 점에서 근대 시민계급의 '혁명적 역할'을 역설한 『공산당선언』의 대목을 지구상의 누구나가 바야흐로 실감하게 되었다고 말할 수 있다. 생산력의 폭발적인 증대와 생산관계의 끊임없는 변화에 따라

"모든 고정된 것이 연기처럼 사라진다(Alles Ständische und Stehende verdampft)"는 유명한 선언이 그렇고, "부르조아지는 자신의 생산품을 위한 시장을 끝없이 확장할 필요 때문에 지구상의 방방곡곡을 누벼야만 한다. 그들은 온갖 곳에 둥지를 틀고 온갖 곳에 자리잡으려 온갖 곳에 연결을 이룩한다"는 진단이 그렇다.[1] 부르주아지의 세계시장 개발로 인해 사라지는 것 중의 하나가 일국단위의 생산과 소비인데, 맑스는 그에 상응하는 정신적 변화의 일부로 '세계문학'의 형성을 제시한다.

> 자국의 산물로 충족되던 낡은 욕구 대신에 머나먼 나라와 풍토의 생산품이라야 충족되는 새로운 욕구가 대두한다. 지난날의 지역적·일국적 자급자족과 폐쇄성 대신에 모든 방면으로의 상호교류, 민족들의 전면적 상호의존이 대두한다. 그리고 물질적 생산에서 그러하듯이 정신적 생산에서도 마찬가지다. 개별 민족들의 정신적 산물은 공동의 재산이 된다. 일국적 편향성과 편협성은 점점 더 불가능해지며, 수많은 국민문학·지역문학들로부터 하나의 세계문학이 형성된다.[2]

물질적 생산에서도 그렇지만 문학의 이러한 '세계화'가 모든 민족과 지역에 의한 균등한 향수를 뜻한다는 말은 물론 아니다. 그러나 아무튼 개별 민족들의 편향성과 편협성이 극복되고 그들의 정신적 산물이 인류 공동의 재산이 된다면 이는 부르주아시대의 혁명적이자 긍정적인 성취일 것이 분명하다.

물질생산에서의 세계화는 오늘날 누가 보나 뚜렷한 대세가 되었다. 지적·문화적 생산에서도 전지구적 상호교류는 엄연한 대세이며 "일국적 편

---

1 Marx/Engels, *Werke*, 졸역, 제4권, 465면. 영한대역본으로 맑스·엥겔스, 『공산당선언』 남상일 옮김, 백산서당 1989, 58~61면 참조.
2 Marx/Engels, 같은 책 제4권, 466면. 영한대역본으로 맑스·엥겔스, 같은 책 60~64면.

향성과 편협성이 점점 더 불가능해지"는 것 또한 사실이다. 그러나 과연 "수많은 국민문학·지역문학들로부터 하나의 세계문학이 형성"되었거나 되고 있는 것인가? 오히려 개별 국민문학·지역문학과 더불어 세계문학이 라는 것도 ─ 그것이 제대로 형성이 되었건 아니건 ─ '연기처럼 사라질' 위험에 놓인 것은 아닌가?

전자영상매체의 발달로 문학의 영역이 위축되는 현상 자체는 위험의 본질이랄 수 없다. 활자매체의 절대적 우위로 말미암아 쇠퇴했던 공연문 학의 부흥을 그로써 실현할 수도 있는 것이며, 영화문학·비디오문학·마 당굿문학 등 새로운 장르의 개척도 얼마든지 내다볼 수 있다. 요는 문학이 얼마나 그 창조적 활기를 유지하는 세상이냐는 것인데, 포스트모더니즘· 탈구조주의 등 새로운 이론들이 기존의 문학적 기준이나 관념에 대한 '해 체'를 넘어 '작품' 개념 자체의 부정을 일삼을 때 지금이 적어도 맑스가 생 각했던 세계문학에 이로운 세상이 아님을 실감하게 된다. 이 시대가 벌써 '포스트모던' 즉 '근대 이후' 내지 '탈근대'로 진입한 시대라는 주장의 이 론적 설득력은 동구권 붕괴 이후 자본주의적 근대의 전지구적 현재성이 한층 부각되면서 많이 줄어들었다 치더라도, 인류의 문학적 성취마저도 소멸시키는 자본주의의 위력은 그만큼 더 적나라해졌다. '세계문학'의 이 념 자체를 낡은 것으로 보는 추세가 약화되었다고는 믿기 힘든 것이다.

알려졌다시피 '세계문학(Weltliteratur)'이라는 용어는 맑스에 앞서 괴 테가 먼저 쓴 것이었다.[3] 주목할 점은 두 사람의 발상에 드러나는 유사성 이다. 이는 맑스가 독일 고전문화의 상속자로서 괴테의 (요즘 표현으로) '문학주의'를 계승했고 기본적으로 여러 국민문학들의 상호보완을 선제

---

3 Duval의 희곡 *Le Tasse*에 관한 괴테의 논평(1827), 『글로브』지 기사에 관한 소개(1827), Streckfuss에게 보낸 편지(1827. 1. 23), Eckermann과의 대화(1827. 1. 31) 등에 나오는 '세계문 학'에 대한 일련의 발언은 H. Güenther편 *J. W. Goethe: Schriften zur Weltliteratur*, Insel Verlag 1987, 243~51면 및 이 책의 편자해설 참조.

한 세계문학 개념에 동조하고 있기 때문이기도 하지만, 괴테의 발상 자체가 단순히 세계 각국의 고전들을 망라하는 어떤 이상적 독서의 대상이 아니라 물질적 여건의 변화를 토대로 이제부터 이룩해야 할 전혀 다른 차원의 실체, 특히 각국 지식인들의 상호교류와 연대활동을 통해 이룩해야 할 새로운 문학을 뜻하는 다분히 '맑스적'인 것이었기 때문이다.[4]

그런 점에서 자국중심 또는 서구중심의 문학 정전(正典) 체계를 '세계문학'의 이름으로 식민지와 후진국 민중에게 강요한 문화제국주의는 괴테의 발상과 동떨어진 것이었다. 오히려 '사회주의권'의 '사회주의리얼리즘'이야말로 맑스뿐 아니라 괴테의 정신까지 계승하려는 의도가 뚜렷했던 셈이다. 물론 결과적으로 괴테뿐 아니라 맑스를 계승하는 데도 실패한 것이 사회주의 진영의 공식문화였다. 부분적인 성과조차 없었다는 말은 아니나, 두 사람 다 몇몇 고전적 저작을 보태는 일 이상의 것을 목표로 삼았었다는 점을 감안하면 그러한 개별적인 성과가 '사회주의리얼리즘 운동'의 성공을 담보하지 못하기 때문이다. 그런데 그 운동이 실패한 결정적인 이유의 하나는, 괴테가 예견하고 맑스가 확언한 세계시장의 전지구화 및 그에 따른 정신적 생산의 세계화라는 대세를 '사회주의체제 수호'의 이름 아래 외면했다는 사실이다. 다시 말해, 그 의도와 명분이 무엇이었건 실질에서는 괴테와 맑스의 '세계문학' 이념 중 가장 핵심이 되는 대목을 놓치고 있었던 것이다.

문제는 공산당 정권들이 굳이 외면하고자 했던 오늘날 세계시장의 대세가 괴테나 『공산당선언』의 저자들이 예견했던 이상으로 세계문학에 불리하다는 점이다. 포스트모더니즘이 표방하는 반문학주의·반엘리뜨주의·반민족주의 따위가 모두 틀렸다는 것은 아니지만 세계시장의 파괴적

---

4 프레드릭 제임슨도 필자와의 대담에서 괴테의 세계문학 개념의 초점이 "유럽 여러 나라 지식인들의 상호접촉을 가능케 하는 잡지 등 당시의 새로운 매체기관들이었다는 점"을 지적한 일이 있다.(『창작과비평』 1990년 봄호, 296면)

논리에 대항하는 문학과 그러한 저항에 때로는 필수적인 정예주의나 민족운동 들의 근거마저 파괴하는 역할이 오히려 더 크다 하겠으며, 그것이 내세우는 다양성·다원성의 이념도 어디까지나 전지구적 자본이 주도하는 세계의 '포스트모던 문화'에 어울리는 만큼의 다양성이요 다원성일 뿐이다. 실제로는 개별 지역문학·민족문학의 일정한 독자성을 전제한 세계문학은 물론, 문학 자체의 고유한 권능마저 '증발(verdampfen)'시켜버리는 고차원의 획일주의이다. 그리하여 괴테에 따른다면 세계문학운동의 기반이 되어야 할 국제적 파급력을 지닌 매체들이 이러한 사이비 다원주의의 전지구적 확산을 수행하는 주역이 되고 점점 더 많은 작가들이 이들 매체에 영합하는 획일화·균질화 현상을 보여준다. 이런 현상을 두고 최근 제3세계 출신의 한 작가는 '사회주의리얼리즘' 대신에 들어선 '시장리얼리즘'이 판치고 있다고 개탄하기도 했다.[5]

이러한 지구시대 문화의 대세 속에서 한국의 상당수 문인들이 1970년대 이래 주장하고 추구해온 '민족문학'은 어떤 의미를 갖는 것일까? 무너진 동구권의 체제옹호적 '사회주의리얼리즘' 문학도 아니요 그렇다고 선진자본주의사회의 체제순응적 '시장리얼리즘'도 아니라는 점만으로도 그 최소한의 존재이유가 확보되리라고는 말할 수 있다. 그런데 여기서 진일보하여, 우리가 강조해온 민족현실에의 올바른 문학적 대응이 문학과 역사현실 사이의 잊어서는 안될 관련을 상기시키고 한반도라는 국가적 현실을 전지구적 관점으로 인식하는 하나의 모형을 제시하기조차 한다면, 이는 세계문학 이념의 수호와 새로운 세계문학운동의 출현을 위해 끽긴한 요소가 아닐 수 없다. 지금까지 우리는 민족문학이 민족의 현실에 충실

---

5 "오늘의 서방세계에서는 사고와 양식의 획일화 경향이 늘어나고 있다. 쓸잘데없는 것들이 최고의 위세를 누리고 문학은 흥행산업의 일부가 된다. '사회주의리얼리즘'에 대해서보다 조금도 덜하지 않게 '시장리얼리즘'에 극력 저항해야 한다."(Tariq Ali, "Literature and Market Realism", *New Left Review* 199, 1993년 5·6월호, 144면)

함으로써 세계문학의 대열에 당당히 참여할 수 있음을 주로 강조해온 편이지만, 지구시대의 현정세는 민족문학의 이바지가 특별히 필요할 만큼 '세계문학의 대열' 자체가 몹시도 헝클어진 형국인지도 모른다.

2. 민족문학 이념의 재점검

한반도처럼 자본주의 세계시장으로의 편입이 타율적이고 뒤늦게 이루어진 나라의 민족문학 내지 국민문학은 '제1세계' 선진국들의 근대문학보다도 더욱 직접적으로 자본주의적 근대화의 산물인 셈이다. 그 결과 주체적으로 근대화를 완수하려는 노력이 이러한 문학의 중요한 특징의 하나가 된다. 하지만 식민주의·제국주의적 근대의 피해자로서 자본주의 근대 자체를 극복하려는 사업을 배태하며 추진하기도 한다. 바로 이러한 괴로운 갈등과 씨름하는 가운데서 '제3세계'의 문학은, 자신에게 주어진 이 '근대'의 현실을 현실로 받아들이면서 동시에 더 나은 '근대 이후'를 창조하고자 애쓰는 지구상 도처의 사람들에게 값진 길잡이가 될 기회를 얻는다. 하지만 실패의 함정도 곳곳에 놓였고 적어도 아직까지는 성공보다 실패의 확률이 더 많다고 하겠다. 제2세계의 편향성과 편협성을 그대로 답습하는 것도 그 한 예이고, 제2세계보다 더욱 편협한 국수주의 또는 종교적 근본주의의 수렁도 있다. 또한 포스트모더니즘의 '다원적' 세계주의가 허용하는 만큼만의 주체성과 반근대주의를 유지하면서 참다운 '근대 이후'에 대한 기획을 포기하는 수도 있는데, 사실 근대의 한물을 누리면서 근대 이후(post-modern)를 자처하는 포스트모더니즘의 그 '신축성'에서 보듯이 광신적 종교운동 같은 극단적인 반근대주의들도 전지구적 차원에서는 지배문화가 허용하는 범위를 크게 벗어나는 것은 아니다.

어쨌든 이러한 시각에서 우리 자신의 민족문학 이념을 한번 새로 점검해볼 필요는 절실하다. 나 자신의 경우로 말한다면, 예컨대 「민족문학 개념의 정립을 위해」(1974)라는 글에서 "참다운 민족주의의 실현"[6]을 강조했던 것은 이제 최소한 그 표현만이라도 달리해야 하리라 본다. 민족 문제를 경시한다거나 민족주의를 처음부터 금기시하는 것은 여전히 비판해야 옳지만, 민족주의가 대변하고 일부 야기하기도 하는 수많은 문제들을 '참다운 민족주의'와 '거짓 민족주의'의 구별을 통해 해결하려는 노력은 번쇄(煩瑣)한 사변만을 자초하기 쉽다. 그것보다는 민족주의와 그밖에 다른 어떤 이념들이 어떻게 창조적으로 결합할 때 오늘날 한반도의 민중, 더 나아가 지구상 인류 대다수의 참된 이익에 봉사할 민족운동을 이끌 수 있을지를 모색하는 길이 나을 것이다.

다른 한편, 민족문학의 개념은 "어디까지나 그 개념에 내실을 부여하는 역사의 상황이 존재하는 한에서 의의있는 개념이고, 상황이 변하는 경우 그것은 부정되거나 한층 차원높은 개념 속에 흡수될 운명에 놓여 있는 것이다"[7]라고 명시한 점은 지금도 되풀이함직하다고 본다. 그리고 바로 그러한 역사적 성격에 유의할수록 민족문학 개념의 유효성이 재확인된다. 아직도 민족분단이 미해결의 과제로 남았다는 점에서 그렇고, 분단체제가 외세의 부당한 개입을 요구하고 허용하는 비자주적 체제라는 점에서도 그렇다.[8] 뿐만 아니라 오늘날 구 소연방과 동유럽을 비롯하여 세계 도처에서 분출하는 민족적·종족적 갈등을 볼 때, '참다운 민족주의'를 정의하기가 불가능한 만큼이나 '민족'과 '국민국가'의 문제를 외면하는 일이 불가능함도 실감되는 터이다. 지구시대를 맞아 '전지구적으로 사고하고

---

6 졸저 『민족문학과 세계문학 I』, 창작과비평사 1978, 137면.
7 졸저 『민족문학과 세계문학 I』, 창작과비평사 1978, 125면(인용은 필자의 선집 『현대문학을 보는 시각』(솔 1991)에 약간 손질하여 실은 것을 따랐음).
8 졸고 「분단체제의 인식을 위하여」(『창작과비평』 1992년 겨울호, 293면)에서 지적했듯이, 그 비자주성은 남북 양쪽 모두에 (물론 각기 다른 형태로) 작용하는 비자주성이며 어떤 절대적인 '민족자주'의 기준을 전제한 개념이 아니다.

국지적으로 행동하라(Think globally, act locally)'라는 구호가 한창 매력을 더하고 있지만, 이때 '국지'가 개개인의 생활현장과 지역사회에서 출발하되 소속국가와 주변지역까지도 배제하지 않는 다층적인 것이라는 인식이 빠진다면 '국지적 행동'은 책임있는 '전지구적 사고'의 표현이 못 될 것이다. 그런데 이런 여러 층위 중에서도 민족 및 국가의 층위가 특히 중요한 까닭은, 근대세계가 만들어낸 것 가운데 그리스적 의미의 정치적 공동체(polis)에 그나마 방불한 것이 (왕년의 몇몇 제대로 된) 국민국가이기 때문이 아닐까 싶다. 그렇기 때문에 적어도 이제까지의 근대인들은 '정치적 동물(zoon politikon)'로서의 자신을 심각하게 훼손하지 않고서는 자기가 이미 소속했거나 소속코자 하거나 이탈 또는 변형코자 하는 국민국가의 문제와 이에 직결된 민족(nationality 내지 ethnicity) 문제에 대한 실천적 대응을 생략할 수 없는 것이다.

이러한 시야에 입각한 민족운동과 민족문학이 고도의 변증법적 성격을 띠는 것은 당연하며, 이는 민족문학론에서 처음부터 강조된 바였다. 그리고 당면 현실이 변화하면서 그 변증법적 대응의 과제도 변해왔다. 특히 국내에서 1987년 6월항쟁으로 비롯된 개혁의 움직임은 무수한 기복을 거치면서도 소련에서 고르바초프 서기장의 등장(1985)으로 이미 시동이 걸렸던 세계적 변화와 겹쳐 오늘날 '문민정부'로까지 이어지는 불퇴전의 대세를 형성했다. 이 새로운 단계를 맞아 남한의 민족민주운동은 종래 각기 다른 갈래에서 거의 배타적으로 추구하던 '민족해방'의 과제와 '민중해방'의 과제 그리고 '자유주의적 개혁'의 과제를 '분단체제의 극복'이라는 새로운 틀 안에 종합할 필요에 직면했고 실상 그러한 종합의 가능성을 처음으로 획득했던 것이다.[9] 그런데 이러한 역사적 과제의 새로움에 상응하는 문학 분야의 '새 단계'를 측정하는 기준도 국내 작가들의 업적과 더불어 독서계

---

9 졸고 「통일운동과 문학」 중 4절 '유월 이후를 보는 시각'(『민족문학의 새 단계』, 창작과비평사 1990) 참조.

전반의 새로운 현상들을 아울러 참작하는 복합적인 것이었다.[10] 그러나 한국에서 한국어로 씌어지는 문학의 알찬 결실과 지금 이곳에서 문학운동의 건강한 진행이 핵심이 되지 않고서 세계문학의 혜택을 제대로 누릴 도리는 없다. 1990년대 들어 '민족문학의 위기'가 심심찮게 거론된 데에는 — 일부 악의적인 과장이 끼여들었다손치더라도 — 바로 새 단계의 도전에 걸맞은 창작과 운동의 성과가 충분치 못함이 느껴졌기 때문이다. 나 자신 평론활동의 부진으로 사태에 대한 책임의 일단을 져야 마땅하지만, '위기'에 대한 내 나름의 진단을 시도하면서 '90년대 민족문학의 과제'를 '대중성' '세계성' '계급성' 세 항목으로 나누어 살핀 일이 있었다.[11] 그중 '세계성'은 바로 이 글의 주제와 직결되거니와, 나머지 두 항목도 '전지구적으로 사고하고 국지적으로 행동'하는 변증법적 능력을 요구할 것임이 분명하다. 예컨대 '대중성'은 지구시대의 지배적 대중문화에 저항하는 최대한의 대중을 우선 내가 사는 이곳에서 국지적으로나마 확보하는 문제이며, '계급성'은 경제적으로는 세계경제를 단위로 규정되지만 정치적으로는 일국 또는 일민족 단위의 실천에 아직도 크게 의존하는 계급의 양면성에 적절히 부응하는 문제인 것이다.[12]

이들 문제는 모두 훨씬 본격적인 검토를 기다리고 있다. 그러나 여기서는 '세계성'의 항목 아래 제기되었던 리얼리즘의 문제로 돌아가, 문학과 예술 일반에서 요구되는 '변증법적 성격'을 좀더 자세히 살펴보고자 한다. 사실 우리는 예술의 변증법적 성격과 더불어 변증법의 예술적 성격에

10 같은 글 2~3절 참조. 이는 국내 창작의 실적이 미흡한 상태에서의 궁여지책인 면도 없지 않았으나, 개별 국민문학 또는 지역문학의 원천적 불완전성을 전제하는 괴테의 세계문학관과도 일치하는 발상이다.

11 「90년대 민족문학의 과제」(『창작과비평』 창간 25주년 기념토론회 발제), 『창작과비평』 1991년 봄호.

12 계급의 양면성에 관해서는 졸고 「분단시대의 계급의식을 다시 생각한다」(『동향과 전망』 1991년 가을호) 및 씸포지엄 '문제는 다시 리얼리즘이다'에서의 필자의 토론내용(『실천문학』 1991년 겨울호, 72~73면; 이 책 3부 「사회주의현실주의 논의에 부쳐」로 개제·수록) 참조.

도 유의할 필요가 절실하다고 본다. 변증법이란 것이 일정한 법칙이나 특정한 지식 또는 무슨 고정된 방법으로 이해되는 한, 그것이 마치 낡고 굳어진 사고방식의 대명사인 양 조롱해대는 최근 일부 논자들의 반응도 마냥 경망스럽다고만은 못할 것이다. 물론 '변증법'은 '예술'과 정확한 동의어는 아니다. 그러나 변증법도 예술처럼 항상 구체적인 작업을 수행하면서 새로운 구현방식을 그때그때 찾아내는 '예술적'인 경지에 해당될 때만, 변증법이 누구에게나 필요한 덕목이 되고 '문학이 본디 변증법적이다'라는 명제도 무리없이 받아들여질 것이다.

3. '리얼리즘 재생의 모색'

민족문학운동이 출범하던 1970년대 이래 "리얼리즘론이야말로 민족문학의 세계문학적 차원을 해명하는 주된 방식이었다"[13]고 한다면, 왕년의 제2세계에서 '사회주의리얼리즘'의 옹호자들이 거의 자취를 감추고 제1세계에서는 '모더니즘 대 포스트모더니즘'이 논의의 중심축을 이루게 된 사태는 일단 리얼리즘론의 세계문학적 입지를 대폭 좁혀놓은 형세가 아닐 수 없다. 따라서 리얼리즘론은 오직 그 이론 자체가 참으로 변증법적이고 예술의 본디 모습에 충실함으로써만 장래를 기약할 수 있게 되었고, 현실적으로는 제3세계의 창조적 현장에서 얼마나 그 쓸모를 발휘하느냐에 따라 앞길이 크게 달라질 전망이다. 종전의 여러 리얼리즘론에 대한 반성과 새로운 리얼리즘의 모색이 지구시대의 본격화와 더불어 그만큼 더 절박성을 띠게 된 것이다.

물론 리얼리즘론 자체가 용도폐기될 싯점에 왔다고 믿는 사람도 많다.

---

13 「90년대 민족문학의 과제」, 102면.

하지만 그런 경우에도, 이제까지의 모든 리얼리즘론이 전혀 무의미한 것이 아니었던 한 그 공과에 대한 정확한 인식과 유효했던 대목을 포용할 방안에 대한 진지한 모색이 있어야 옳을 터인데, 새로운 리얼리즘의 모색에 무관심한 사람들에게서 그런 진지함을 만나보기는 힘든 것 같다. 대개는 '리얼리즘'을 '사실주의' 내지 '자연주의'와 동일시하는 케케묵은 발상을 이런저런 방식으로 부활시키고 있으며, 그리하여 리얼리즘을 간단히 부정거나 모더니즘, 포스트모더니즘 등 새로운 조류에 이미 수렴되었다고 쉽게 결론내리기 일쑤다.

한편, 리얼리즘을 새롭게 옹호하려는 시도들이 과제의 절박성에 얼마나 부응했는지도 따져볼 여지가 많다. 예컨대 '사회주의리얼리즘'의 실패에 대한 반동으로 '비판적 리얼리즘'의 현재성에 새로 눈을 돌리는 일은, 부당하게 펌하된 일군의 문학적 성취를 재평가하는 미덕은 있을지언정 "이런저런 수식어를 붙이기 전에 리얼리즘 그 자체를 새로 한번 생각해보"[14]는 작업에 충실한 것이라고 보기 힘들다. 리얼리즘론을 시에 적용하려는 이런저런 노력들도, 기존 논의가 대부분 소설에 국한됐던 점이나 리얼리즘 시론이 부딪치는 구체적인 문제점들을 드러내는 데 도움이 된 정도의 수준을 아직은 크게 넘어서지 못한 것 같다.[15]

---

14 『실천문학』 1991년 겨울호, 63면(씸포지엄 '문제는 다시 리얼리즘이다' 중 필자 발언). 오해의 소지가 없도록 한마디 덧붙이자면, 필자가 토론자로 참여한 이 씸포지엄의 제1부 발제 「현단계 현실주의논의의 이론적 검토」(조만영)는 비판적 리얼리즘으로 돌아가야 한다는 논리와 무관하며, 오히려 진정한 사회주의적 리얼리즘을 옹호하고 발전시키려는 근년의 가장 진지한 논의 가운데 하나이다. 다만 나 자신은 다소 촛점을 달리하여, "제가 '비판적/사회주의적 리얼리즘'이라는 양분법을 폐기하자고 할 때의 취지는, 한편으로는 이런저런 수식어를 붙이기 전에 리얼리즘 그 자체를 새로 한번 생각해보자는 그런 의도도 있었지만, 동시에 리얼리즘에 수식어로서 붙곤 하는 사회주의가 뭔지도 우리가 처음부터 다시 생각해보자는 의도가 있었던 것입니다"라고 말했던 것이다.

15 그에 비해 구중서교수가 제창한 '광의의 리얼리즘론'과 '리얼리즘 주류론'(「광의의 리얼리즘 문학론」, 『창작과비평』 1992년 가을호)은 새로운 리얼리즘론이라기보다 종전의 이론을 좀더 원만·유연하게 적용하자는 입장이다. 그런데 "리얼리즘이 획일적으로 지배하려는 의도"(「광의의 리얼리즘문학론」, 구중서 『자연과 리얼리즘』, 태학사 1993, 46면)의 현실적 무모함을 지

기왕의 리얼리즘에 대한 반성의 좀더 특이한 예로 다음과 같은 창작자의 발언을 들 수 있다.

　　나는 '있는 현실'과 '있어야 할 현실' 그리고 이제까지 체험하지 않은 '상상의 현실'까지를 망라한 커다란 리얼리즘만이 이제까지 문예사조적인 리얼리즘을 극복하고 다른 교만한 사조나 새로운 이념장치들로부터 견고한 대응이 가능하리라고 봅니다. 심리주의, 심지어는 낭만주의에서의 개인의 무한성까지 사실성의 세계를 심화시키는 기능으로 받아들여야 합니다. 그뿐 아니라 왜 리얼리즘이 포스트모더니즘의 범람 앞에서 얼핏 진부해지는가에 대한 리얼리즘 재생의 모색도 있어야겠어요.[16]

　　표현이 다소 어색한 데도 있으나, 시인 자신의 리얼리즘적 성취가 밑받침된 발언일뿐더러 "이제까지 문예사조적인 리얼리즘"에 대한 정확한 반성과 "다른 교만한 사조나 새로운 이념장치들"에 대한 분명한 저항의식을 담았고, "리얼리즘 재생의 모색"을 명시하고 있다는 점에서도 상투적인 반성론들과 구별된다. 다만 이제까지의 리얼리즘론에서도 '있는 현

적하는 것은 좋으나, "세계문학사에서 아이디얼리즘과 리얼리즘은 항구한 대립을 뜻하는 것이 아니라 문자 그대로 '리얼리즘 주류'를 뜻함"(「광의의 리얼리즘문학론」, 구중서 같은 책, 46면)이라는 명제는, '획일적인 지배'를 포기했을 뿐이지 '아이디얼리즘'과의 항구적 대립으로서의 '리얼리즘'을 설정하는 구도 자체를 바꾼 것은 아니며, 이런 낡은 구도로써 어떻게 '주류'를 확보할 수 있을지 의문이다. 또 '광의'와 '협의'의 리얼리즘을 나눠서 생각하자는 주장도 그 자체로는 설득력이 있지만, "협의의 리얼리즘은 근대 시민사회의 성립에서부터라고 잡는다. 여기에서 민주주의와 사회의식이, 한낱 모사론적 기법이라는 그릇된 개념으로부터 리얼리즘을 벗어나게 한다. 민주주의가 해당되지 않는 근대 이전 시대의 리얼리즘에서는 그 결함을 '시대적 한계'로 양해해야 한다"(45면)고 한 것은, '사회주의 사회'의 성립을 사회주의리얼리즘의 시작으로 잡고 이전 시대 리얼리즘에서의 '당파성의 결함'을 '시대적 한계로 양해'하는 2분법을 상기시키는 바 없지 않다.

16 「고은 시인과의 대화: 그의 문학과 삶」(최원식 외), 신경림·백낙청 엮음 『고은 문학의 세계』, 창작과비평사 1993, 29면. 이에 앞서 필자와의 대담에서도 그는 비슷한 발언을 했다(『창작과비평』 1993년 봄호, 55면).

실'과 함께 '있어야 할 현실' 및 '상상의 현실'을 항상 문제삼아왔으며, 실은 그것들을 각기 따로 떼어 생각하는 일이 불가능하다는 인식이야말로 진정한 변증법적 현실인식의 요체였음을 상기할 필요는 있겠다. 현실은 언제나 '있어야 할 것'을 일부라도 배태한 '있음'이요 '없는 것'들의 '흔적으로 있음'이며, 그런 의미에서 '온전하게 눈앞에 있음'이라는 관념은 '현존의 형이상학(metaphysics of presence)'을 비판하는 해체론적 인식에 어긋날 뿐 아니라 진정으로 변증법적인 리얼리즘론에도 배치되는 것이다.

더욱 중요한 것은 '눈앞에 있는 현실'과 '달리 존재하는 현실'의 뒤섞임이 어째서 지구시대에는 더 절실한 문제가 되는지를 인식하는 일이다. 전지구가 하나의 세계를 이룰 때 우리가 보지 못하고 알지 못하는 지구상 곳곳의 현실이 곧바로 우리 목전의 현실에 파급될뿐더러 우리의 꿈과 상상과 욕망에까지 영향을 미친다. 더구나 그러한 영향과 파급력의 주된 소유자들이 자신의 행위를 은폐하는 조직적인 능력마저 보유하고 있다면, 섣불리 '있는 현실'에 집착하는 것이 '있는 현실'조차 제대로 못 보는 첩경이기 쉽다. 사실 이것은 평면적 사실성과 진정한 리얼리즘을 구별하는 낯익은 원리에 다름아니나, 지구시대에 그 중요성이 더욱 절실해졌다는 것이다.

동시에 이런 시대일수록 특정한 사실성의 의의가 오히려 커지기도 함을 잊어서는 안된다. 대대적인 은폐가 자행되는 현실에서는 폭로할 사실의 양도 늘어나겠지만, 전지구적으로 조직화된 은폐망이기에 특정 사실의 노출이 뜻밖의 파급효과를 가져올 수도 있는 것이다. 그런 의미에서, '리얼리즘'과 '사실주의'의 구별이 아무리 중요하다고 해도 사실성에 대한 집요한 관심을 쉽게 떨쳐버린 리얼리즘은 성립하기 어려움을 나 자신 거듭 주장해왔다. 다만 결정적인 현실변혁은 폭로의 충격만으로는 불가능한 것이니만큼, 사실묘사는 어디까지나 전지구적 현실에 대한 변증법적 사고의 국지적 실현으로 수행되어야 그 의미가 제대로 살아난다. 사실주의와 구별되는 리얼리즘의 원리가 역시 중요한 것이다.

그러면 '리얼리즘 재생의 모색'과 연관시켜 작금의 한국문학을 어떻게 보아야 할까? 불행히도 나는 전반적인 평가를 시도하기에는 최근작들의 독서를 너무도 게을리했다. 그러나 모든 비평적 논의가 실제 작품에 대한 판단에 근거해야 한다는 원칙을 재확인하는 뜻에서라도, 논지에 필요한 최소한의 예증이나마 읽은 범위 안에서 동원해보기로 한다.

먼저 '리얼리즘 재생' 발언의 당자인 고은(高銀)이 지난 10년간 — 넓게는 물론 지난 35년간을 봐야겠지만 — 생산한 수많은 시집들과 서사시 『백두산』, 『황토의 아들』을 비롯한 각종 산문 등이 민족문학 최대의 덩어리로 떠오르면서 기존의 리얼리즘론에 대해서도 근본적 도전을 제기하고 있다. 이 엄연한 성취를 젖혀두고서는, 1980년대 초·중반 '시의 시대'를 말하건 '1990년대 민중시의 쇠퇴'를 말하건 모두가 공허한 언설에 불과할 것이다. 이는 무척 새삼스러운 이야기지만, '시의 시대'가 한창 논의될 때도 고은이 그 논의의 중심에 놓인 적은 드물었고 현시점의 민족문학에 대한 평가에서도 그의 문학적 성취는 매우 데면데면하게 다루어지기가 일쑤인 것이 우리 평단의 현실이요 민족문학운동 스스로 반성할 점이라고 생각되는 것이다.[17]

1980년대 '시의 시대'에 화려하게 각광받고 또 실제로 인상적인 활동을 벌인 것은 박노해였다. (그의 경우에도 적잖은 산문작품들이 종합적인 평가 대상에 마땅히 포함되어야 한다.) 따라서 그의 두번째 시집 『참된 시작』(창작과비평사 1993)이 한국 시의 현황 진단에 중요 자료가 되는 것은 당연한데, 이때의 진단 결과는 좀더 착잡하다. 최근작인 1, 2부의 옥중시들

---

17 물론 위에 언급된 『고은 문학의 세계』와 그밖의 몇몇 예외가 있기는 하다. 그러나 고은론이 아닌 평론에서는 추상적인 찬사 아니면 상투적인 비판 또는 묵살이 관행처럼 되었고, '시와 리얼리즘'에 관한 논의에서도 주로 고은의 70년대작 「화살」이 논란의 대상이 된 정도였다. 나 자신도 고은 문학 전반에 대한 리얼리즘 시각으로의 평가는 숙제로 남겨둔 상태다(『고은 문학의 세계』; 이 책 2부에 실린 졸고 「선시와 리얼리즘」 참조).

을 첫시집 『노동의 새벽』(풀빛 1984)과 비교할 때, 투쟁성의 완전한 제거라든가 시적 활력의 급격한 상실이라는 일방적인 평가는 결코 성립할 수 없지만 그렇다고 시인의 원숙에 촛점을 둔 일부의 반응과도 의견을 달리하게 되는 바가 많다. 한편으로 「조업재개」 같은 시는 파업의 패배 이튿날을 다루고 있지만 여전한 투쟁의 시요 훌륭한 노동시다. 또한 노동현장을 떠난 시인 개인의 체험과 자기반성을 담은 「강철 새잎」도 '연둣빛 새 이파리'의 발견이 바로 '강철' 새잎의 발견이기 때문에, 투쟁의 의지를 버리지 않은 채 시의 눈부심을 획득한다.

저거 봐라 새잎 돋는다
아가 손마냥 고물고물 잼잼
봄볕에 가느다란 눈 부비며
새록새록 고목에 새순 돋는다

하 연둣빛 새 이파리
네가 바로 강철이다
엄혹한 겨울도 두터운 껍질도
제 힘으로 뚫었으니 보드라움으로 이겼으니

썩어가는 것들 크게 썩은 위에서
분노처럼 불끈불끈 새싹 돋는구나
부느러운 만큼 상하고 여린 만큼 우람하게
오 눈부신 강철 새잎

— 전문

그밖에 「그해 겨울나무」 「모과 향기」 「가다 가다가」 「김밥 싸야지요」

등이 시인의 진솔한 반성과 강건한 정신, 그리고 그의 시적 재능을 증언해주고 있다. 하지만 반성이 너무 지나치거나 모자란다는 인상을 주는 작품들도 많아서 — 이는 박노해 개인의 반성이 어느만큼이 적정선이냐는 문제가 아니라 그 시적 형상화가 적중했느냐는 문제인데 — 전체적으로『노동의 새벽』이 지닌 신선한 힘에는 못 미친다. 다만 첫시집 이후 옥중시 이전에 씌어진 3, 4부의 대다수에 비한다면 '원숙'을 말해도 좋을 것이다.

박노해의 경우는 물론 하나의 지표에 불과하다. 더구나 개인적으로 그동안 창작활동의 여건이 극히 불리했고 지금도 마찬가지다. 그런 가운데도 결코 후퇴만은 아닌 성취를 보여주는 지표임이 확인되며, 신경림의 기행시집『길』(1990)이나 김명수의『침엽수 지대』(1991)처럼 그 시적 성취가 한층 견고한 예도 있다. 그러나 우리가 점검의 대상을 이른바 민중시를 표방해온 시인이라든가 민족문학운동에 의식적으로 참여해온 작가들에 한정하는한 '지나친 반성'과 '아직도 부족한 반성' 사이를 헤매고 있다는 진단을 내려야 할 경우가 적지 않을 듯하다. 하지만 이런 식의 분류는 극도로 자의적이고 심한 경우 파당적인 것으로서, 민족문학의 발전이나 '리얼리즘 재생의 모색' 어느 것에도 도움이 안된다. 가령 김기택(金基澤)의『태아의 잠』(문학과지성사 1991) 같은 시집을 두고 '모더니즘 계열'로 미리 분류해놓고서 그중에서의 상대적 우열을 따지는 것이 과연 얼마나 의미있는 일일까? 물론 그의 시가 (적어도 아직은) 분단체제와 정면으로 대결하는 기미를 안 보이고 민중의 삶을 진실되게 반영하려는 노력이 부족한 것은 사실이다. 그러나 통일을 주장하는 시들의 다수가 분단체제에 대한 효과적인 대응에 미흡했고 수많은 '민중시'들이 리얼리즘에 위배되는 상투성에 흘렀던 점을 감안한다면, 김기택 시의 그런 '한계'에 과도한 무게를 두어서는 안될 것이다.

김기택의 시가 리얼리즘 논의에서 관심사가 되는 것은 시적 언어의 팽팽한 긴장이 개인의 빼어난 감각말고도 — 물론 시인의 감각이 중요하지만—그가 다루는 시적 대상 자체의 생생한 재현과 이를 밑받침하는 일종의 유물론적 인식에서 비롯된다고 하겠기 때문이다. 예컨대 시집 첫머리에 실린 「쥐」의 경우가 그렇다.

구멍의 어둠 속에 정적의 숨죽임 뒤에
불안은 두근거리고 있다
사람이나 고양이의 잠을 깨울
가볍고 요란한 소리들은 깡통 속에
양동이 속에 대야 속에 항상 숨어 있다
어둠은 편안하고 안전하지만 굶주림이 있는 곳
몽둥이와 덫이 있는 대낮을 지나
번득이는 눈과 의심 많은 귀를 지나
주린 위장을 끌어당기는 냄새를 향하여
걸음은 공기를 밟듯 나아간다
꾸역꾸역 굶주림 속으로 들어오는 비누조각
비닐봉지 향기로운 쥐약이 붙어 있는 밥알들
거품을 물고 떨며 죽을 때까지 그칠 줄 모르는
아아 황홀하고 불안한 식욕

— 전문

쥐라는 하나의 미천한 동물이자 그 나름으로 엄연한 생명체를 이만큼 실감게 해주는 글도 드물 것이다. 여기 그려진 삶은 굶주림과 욕망에 구속되고 그만큼 위험과 갈등으로 가득 찬 것이지만 그렇다고 전적인 비참만은 아니다. '불안'과 더불어 '황홀'도 있다. 이런 쥐의 삶을 인생의 알레고리로 읽어버리면 재미가 없어지지만, 인생에 대한 실감과 통찰도 당연히 따라온다 하겠다.

아득한 위험 속에 던져진 삶의 긴장과 거기서 얻어지는 뜻밖의 넉넉함은 「겨울새」 같은 시에 특히 감명깊게 포착되어 있다. 그런가 하면 「가을에」는 소멸하는 한잎 낙엽의 '내적 체험'과 그 우주 속에서의 순환 전망을 통해 생명의 신비를 실감케 하며, 「원자폭탄 아름다운 원자폭탄」 역시 기발한 착상을 진지하고 섬뜩한 현실인식으로 아슬아슬하게 구현하는 데 성공한다. 여러가지 다른 종류의 성공작이 들어찬 이 시집에서 「호랑이」 「개」 「마장동 도축장에서」 「닭」 「가죽」 등은 「쥐」와 한 계열의 작품인 셈인데, 그중에서도 「호랑이」는 바로 앞에 실린 「쥐」의 멋진 자매편을 이룬다.

이 시도 사람이 아닌 한마리 짐승의 생태를 여실하게 제시함으로써 독자의 주의를 사로잡지만, 쥐와는 달리 공격자요 밀림의 강자인 호랑이의 위엄과 찬연한 날램 역시 '텅 빈 위장'의 지배에서 벗어나 있지 않다.

> 넓은 잎사귀를 흔들며 넘실거리는 밀림
> 그러나 멀지 않아 텅 빈 위장은 졸린 눈에서 광채를 발산시키리라
> 다리는 무거운 몸을 일으켜 어슬렁어슬렁 걷기 시작하리라
> 느린 걸음은 잔잔한 털 속에 굵은 뼈의 움직임을 가린 채
> 한번에 모아야 할 힘의 짧은 위치를 가늠하리라
> 빠른 다리와 예민한 더듬이를 뻣뻣하고 둔하게 만들
> 힘은 오로지 한 순간만 필요하다
> 앙칼진 마지막 안간힘을 순한 먹이로 만드는 일은
> 무거운 몸을 한 줄 가벼운 곡선으로 만드는 동작으로 족하다
> ─「호랑이」 부분

여기에는 또 저 나름의 '빠른 다리' '예민한 더듬이'를 지니고 살다가 '앙칼진 마지막 안간힘'을 쏟으며 호랑이에게 잡아먹히는 더 약한 짐승들

의 존재도 의식되고 있으며, 당하는 자의 '앙칼진 마지막 안간힘'에서 '순한 먹이'로의 변화와 호랑이의 '무거운 몸'이 '한 줄 가벼운 곡선'으로 바뀌는 변화가 곧바로 연결되면서 약육강식의 세계에서도 일정한 조화를 느끼게 한다. 다만 이 호랑이가 "넓은 잎사귀를 흔들며 넘실거리는 밀림"에 자리잡은 점은 작품 특유의 분위기와 발상에 어울리긴 하지만, 발상 자체가 우리 민족의 오랜 경험에 익숙한 북방 산간지대의 호랑이보다 외래 지식에서 원유한, 다소 '현대주의적' 편향을 드러내는 것도 사실이다.

4. 재현기법의 연마

시에 대한 논의는 자연히 작품의 형식과 양식, 그 언어사용의 세목에 대한 특별한 관심을 요구한다. 그러나 이러한 관심이 곧 리얼리즘에 대한 신념과 무리없이 합치하려면, 첫째로 형식에 대한 관심의 결핍이야말로 오히려 관념주의자의 태도이며 둘째 '시적 경지'의 구체적인 달성 여부가 중요하기로는 산문소설도 마찬가지라는 점이 인정되어야 한다. 다만 소설에서는 '있는 현실'이든 '상상의 현실'이든 그것의 '재현'이 짧은 시에서보다 훨씬 큰 비중을 차지하게 마련인데, 재현이 무엇이며 그것이 도대체 가능한 것이냐에 대해서는 특히 탈구조주의와 포스트모더니즘의 대두 이래 많은 논란이 있다. 나로서는 재현의 근원적 불가능성 운운하는 것도 하나의 독단이요 신화라 믿지만, '현실'이라는 물건덩어리가 저 밖에 있어 그것을 '객관적으로 전달'만 하면 재현이 된다고 믿는 소박한 모사론은 물론이고 좀더 복잡한 '전유(Aneignung)'의 과정이라 하더라도 그 '올바른 방법'이 사전에 확립될 수 있다고 믿는 이런저런 리얼리즘론들에 대한 도전으로서는 이런 철저한 반리얼리즘론도 충분히 제값을 한다는 생각이다. 그러므로 "어디까지나 창조성이 먼저고 실사구시·지공무사가 먼저

이며 '재현'은 그에 따라오는—각 분야마다 다른 방식과 비중으로 따라오는—성과임을 거리낌없이 인정하는 리얼리즘론"[18]의 필요성이 절실한 것이다.

하지만 산문소설이라는 특정 분야를 선택한 이상 작가는 비록 원천적으로 달성불가능한 기획일지 몰라도 재현을 향한 의지가 남달라야 하며, 이를 달성하기 위한 기법상의 연마가 끊이지 않아야 한다. 어쩌면 성공적인 재현이란 이러한 신심있는 분발과 기성의 방법에 대한 끊임없는 의심으로 정진하여 지공무사의 경지에 오를 때 문득 기적처럼, 그러나 달리 보면 아무것도 아닌 일처럼 자연스럽게 이룩되는 것인지도 모른다. 아무튼 발자끄건 디킨즈건 똘스또이건, 세계문학에서 리얼리즘소설의 대가로 꼽히는 작가치고 당대에 소설기법의 혁명적 쇄신을 수행하지 않은 이는 없다. 그런 뜻에서 오늘날 한국의 소설가들이 '리얼리즘 재생의 모색'에 어떤 이바지를 하고 있는지를 점검하기 위해 새로운 재현기법의 탐구가 얼마나 진행되고 있는지를 살펴보는 것이 한가지 방법이겠다.

과문한 탓인지 몰라도 소설 분야에서 고은의 시에 필적할 성취는 아직 없는 것이 우리 문학의 현황이라 판단된다. 재현 문제와 관련해서 말한다면 표피적이고 단편적인 재현에 만족하거나 재현에의 진지한 의지 자체가 결여된 작가들 아니면, 재현의 어려움을 간과하고 묵직한 주제와 방대한 소재에 겁없이 대드는 작가들이, 산문소설 중에서도 그 본령인 장편소설 분야를 주름잡고 있는 듯하다. 이런 '대작' '문제작' 들이 범람하는 가운데—물론 대규모의 장편들을 도거리로 심판대에 올릴 일은 아니지만—현기영의 『바람 타는 섬』(1990), 원명희의 『높새 부는 바다』(1991) 그리고 윤정모의 『들』(1992)처럼 정통 리얼리즘에 가까운 진지한 노력들도 끼여 있었으나 새로운 리얼리즘의 성취라고 하기에는 그 재현기법 자체

---

18 졸고 「로렌스 소설의 전형성 재론」, 『창작과비평』 1992년 여름호, 91면.

가 아주 낯익은 것이었고 그러다보니 자연주의적 박진성에도 흠이 나는 수가 있었다. 한편 송기원이 「아름다운 얼굴」(『창작과비평』 1993년 봄호), 「수선화를 찾아서」(『문학사상』 1993. 4) 등으로 화려하게 작단에 돌아온 것은 매우 반가운 일이다. 그러나 아직은 좀더 치열한 리얼리즘의 바탕이 될 넉넉함을 확보하기 시작한 단계라고 봐야 하겠으며, 「수선화를 찾아서」 결말에서 주인공이 섬을 떠나기로 마음먹는 것처럼 그가 새롭게 찾아낸 '아름다움'조차도 버리고 떠날 일이 남았다. 아무튼 소설에서 재현기법의 뜻깊은 실험은 아직껏 중·단편의 영역에서 찾아야 할 듯싶다.

현기영(玄基榮)의 경우에도 새로운 기법에 의한 재현의 가장 값진 성공은 단편 「쇠와 살」(『창작과비평』 1992년 가을호)에서 이루어졌다. 소재는 그가 「순이 삼촌」 이래 끈질기게 매달려온 제주도 4·3사건의 참극이다. 그러나 이번에는 첫머리의

□ 이 글에 나오는 일화들은 모두 사실에 근거한다

라는 선언부터가 독자의 의표를 찌른다. 네모꼴 부호는 본문에 앞선 저자의 '알림' 표시처럼 보이며, 그럴 경우 흔히는 실화에 근거했더라도 작가가 방패막이로 허구임을 강조하는 것이 관례인데 여기서는 정반대의 주장을 굳이 내세우는 것이다. 그런데 읽어가노라면 똑같은 부호를 단 대목들이 거듭 나오고 소제목을 붙인 토막들과 반드시 구별되는 내용만도 아니다. 어쨌든 그 첫 문장에 이어 '불복산(不伏山)' '백살일비(百殺一匪)'를 거쳐 '송아지'까지 오면, 다소 특이한 도입부를 거쳐 드디어 본이야기가 시작되려나보다라는 생각이 들 성도 싶다. (실제로 '송아지'는 그 자체가 하나의 찡한 꽁뜨 구실을 충분히 한다.) 그러나 바로 다음 대목 '먼데 불은 아름답다'는 다시 작가 자신의 단상이면서, 가슴에 사무친 절규를 한 편의 산문시에 가까운 절제된 언어로 표현한다.

고려 숙종 때 그 섬에 마지막 화산 폭발이 있었다. 두 이레 열나흘 동안 하늘과 땅이 맞붙어 천둥치고 지동치는 천지개벽의 그 무서운 재앙불 속에 섬사람들이 두려움에 납작 엎드려 벌벌 떨고 있을 때, 먼 바다에서 본 그 섬은 보랏빛 상서로운 구름에 휩싸여 아름답게 보이더라고, 어느 사서에 기록되어 있다.

1948년 11월 그 섬의 중산간지대 130개 부락들이 불탈 때, 천지간에 가득 찬 화염의 그 붉은 빛은 또 얼마나 아름다웠을까? 해상봉쇄 임무를 띠고 바다에 떠 있던 미군함의 장교·수병들은 그 아름다움에 대해서 증언해주기 바란다. 장엄하게 아름다웠는가? 불가사의하게 아름다웠는가? 웅혼하게 아름다웠는가? 처절하게 아름다웠는가?

나중에 '이이제이' '그들은 어디에 있었는가' 같은 토막들에서 확인되듯이, 여기서 '미군함의 장교·수병'을 향한 증언요구는 그 나름의 치밀한 운산과 엄정한 역사인식을 나타낸 것이기도 하다.

이러한 파격적인 형식은 극히 실무적인 사실보고와 경구적인 요약, 교훈조의 토막이야기와 '유혈'에서와 같은 기막힌 아이러니를 담은 소묘 등등을 자유자재로 구사하는 식으로 진행되면서, 작품이 4·3의 진상에 대해 지면에 비해 놀랄 만큼 많은 분량의 사실을 전달하고도 시종 신선한 충격과 높은 긴장도를 유지한다. 그리고 '내요'에는 참극만이 아니라 조용한 인간승리의 순간들도 있고 심지어 웃음도 있다. 그리하여 「순이 삼촌」에서는 이따금씩 작가가 시도한 논설적 개입이 기법상의 실책으로 느껴졌던 데 비해, 「쇠와 살」의 마지막 단락에서는 저자가 "이해할 수 없다. 이해할 수 없다. 너무도 불가사의하다. (…) 아니다, 아니다. (…)"라고 대놓고 부르짖는데도 전혀 어색하지 않고 도리어 감동적인 끝마무리를 이룬다. 저자 자신은 최근의 한 좌담에서 이 작품의 창작동기에 관해, "4·3이 나의 내면에서 더 성숙할 때까지 당분간 떠나 있기로 작심하고 마지막으로 단편을 하나 써본 것인데, 종전 방식대로 쓰면 독자들이 또 그 얘기를 비슷한 구조로 썼구나 하고 싫어할까봐 궁여지책으로 생각해낸 것이 그런 형식이죠"라고 술회했는바, 뒤이어 덧붙이듯이 "메시지를 옳게, 설득력있게 전달하기 위해서는 경우에 따라 전통문법의 틀을 깰 수도 있다"[19]라는 그의 신념과 재현에의 남다른 의지가 그러한 형식실험의 성공을 받쳐주었던 것이다.

근년에 활발한 기법실험으로 리얼리즘의 쇄신에 기여하고 있는 소설가로는 신경숙(申京淑)의 경우가 특히 흥미롭다. 이 젊은 작가가 이미 이룩한 성과가 만만찮기 때문이기도 하지만, 현기영과는 세대가 다를뿐더러 즐겨 다루는 주제와 창작동기도 여러모로 대조적이어서 흔히 리얼리즘과 무관하다고 인식되는 경우이기 때문이다. 실제로 그의 최신 소설집『풍금이 있던 자리』(문학과지성사 1993)에 실린 작품들 거의가 소재상 우리 사회의 커다란 정치적·역사적 쟁점들과 거리가 먼 것은 물론, 남녀간 사랑에 따른 괴로움이라든가 가까운 사람의 죽음이 남긴 공백 등을 다루면서 그러한 개인사의 현실적 맥락이 제거됨으로써 부당한 신비화에 이르는 경우도 보인다. 여기에 작가의 빼어나게 섬세한 필치와 치열한 실험정신이 합칠 때, 이러한 당연한 작가적 미덕이 오히려 사회와 절연된 개인의 내면 풍경이나 탐닉하고 현실재현의 과제를 문체에 의존해서 피해가는 모더니스트의 징표로 비판받거나 (평자의 입장에 따라서는) 배타적으로 칭송되

---

19 좌담「90년대 소설의 흐름과 리얼리즘」,『창작과비평』1993년 여름호, 68면. 이에 대한 염무웅의 논평도 적절하다. "현선생 본인은 궁여지책으로 택한 방식이「쇠와 살」로 되어 나왔다고 하지만, 독자인 저로서는 종래 리얼리즘소설의 정형을 깨트리고 용의주도한 계획하에 형식적 실험을 한 것으로 느꼈습니다. 그 작품을 읽고 떠올린 것이 브레히트와 루카치 간의 형식주의 논쟁이었습니다. 브레히트가 정통적 무대연극의 굳어진 틀을 깼을 때 루카치에게는 그것이 리얼리즘의 원칙을 위반한 형식주의로 보였지만 브레히트에게는 도리어 루카치가 특정한 형식에만 고착된 형식주의자로 비쳤거든요. 리얼리즘의 달성이 어떤 틀에 박힌 서술방식에 의존함으로써 이루어지는 게 아님은 분명합니다."(같은 면)

기 십상인 것이다.

그러나 표제작 「풍금이 있던 자리」(1992) 같은 신경숙의 성공작은 결코 그런 단순화된 이해를 용납하지 않는다. 물론 거기서 1990년대 한국사회의 중요한 모순들이 거론되는 바 없고, 아내 있는 남자와의 해외도피를 약속했던 한 젊은 여자가 마음을 바꾸어 그와 헤어지게 되는 과정의 내면갈등이 주로 그려졌다. 하지만 우선, 부모님과 작별이나 하려고 고향을 방문했다가 어릴 적 부모의 결혼생활에 불쑥 뛰어들었던 '그 여자'에 대한 기억이 되살아나면서 애정의 도피를 단념하게 되는 줄거리 자체가 얼핏 보기처럼 단순하지 않다. 집에 돌아오니 '그 여자'가 생생하게 떠올랐고, 점촌댁의 별세 소식과도 겹쳐 자신의 행위를 피해자의 입장에서 그려보게 되고, 그리하여 그것이 다분히 통속적인 패륜일 수 있음을 문득 실감한다는 것만으로도 몰가치적인 '내면갈등'만은 아니고 도덕적인 각성을 수반한 갈등을 이룬다. 편지형식의 이 소설에서 일인칭 화자가 머뭇거림 끝에 '사랑하는 당신'에게 고백하듯이.

> 점촌 아주머니를 혼자 살게 한 점촌 아저씨의 그 여자, 그 중년 여인으로 하여금 울면서 에어로빅을 하게 만든 그 여자…… 언젠가, 우리 집…… 그래요, 우리 집이죠…… 거기로 들어와 한때를 살다 간 아버지의 그 여자…… 용서하십시오…… 제가…… 바로, 그 여자들 아닌가요? (23면)

이것뿐이라면 '도덕적인 각성' 자체도 통속의 수준을 크게 넘어서지 않는다. 곧이어 화자는, "노여워만 마세요. 저는 그 여자를 좋아했습니다. (…) 그 여자가 남겨놓은 이미지는 제게 꿈을 주었습니다"라고 덧붙이며 "……그 여자처럼 되고 싶다……/이것이 제 희망이었습니다"라고 말한다. 그 여자가 어린 화자에게 어떤 인상을 남겼는지는 작가 특유의 섬세한 감각으로 더없이 생생하게 서술되는데, 그것이 딱히 화자가 시골 사는 어린아이여서만이 아니고 실제로 그녀는 아름다움과 고상함을 갖춘 여인이었음이 실감된다. 그러한 그녀를 닮고 싶다는 어린 소녀로서 당연한 포부를 주인공은 이제 나이들어 남의 부부 사이에 뛰어드는 여자가 됨으로써 문자 그대로 실현할 역설적인 판국에 이른 것이다. 하지만 역설로 말하건대 이것뿐이 아니다. 그 여자 자신이 제 발로—큰오빠의 저항이 있었다지만 아무래도 젖먹이를 찾아왔던 본처(즉 주인공의 어머니)의 말없는 방문이 계기가 되어—떠나가면서 화자에게 남겨준 한마디가 "나…… 나처럼은…… 되지 마"였다. 그 점에서 화자는 자기가 흠모했던 그녀의 당부에 오히려 끝까지 충실한 꼴이다.

　사실 화자가 애초의 계획대로 결행하는 것이 '그 여자처럼 되고 싶다'는 어릴 적의 꿈과 희망을 이루는 길이었을지를 의심할 근거는 작중의 여기저기서 감지된다. 화자가 처음 기차에서 내려 역 구내 수돗가에서 옛날 습관대로 손을 씻고, 그런 다음 연인에게서 선물받은 손목시계를 잊어버리고 온 것부터가, 나중에 돌이켜보면 심상한 일이 아니었다. "비행기를 타버리자"라는 남자를 따르는 길은 그녀 속에 깊이 자리잡은 고향의 세계와 그만큼 양립하기 힘든 것이다. 화자의 어머니를 포함한 그 세계의 대다수 사람들은 '그 여자'와는 아주 대조적인, "머리에 땀이 밴 수건을 쓴 여자, 제사상에 오를 홍어 껍질을 억척스럽게 벗기고 있는 여자, 얼굴의 주름 사이로까지 땟국물이 흐르는 여자, 호박 구덩이에 똥물을 붓고 있는 여자" 등등으로 길게 묘사되는 "일에 찌들어 손금이 쩍쩍 갈라진 강퍅한 여자들"(15면)이지만, 이런 묘사 자체가 그들의 삶이 지닌 엄숙성에 대해 현재의 화자가 알게모르게 품은 경이를 암시한다. 게다가 이들의 삶에 틈입자였던 '그 여자' 또한 크게 보아 고향세계의 일부이며 또 그럴 만한 도덕성을 지니고 있었다. 따라서 화자 자신은 "사랑하는 당신!/……여기에 오지 말았어야 했습니다. 이 마을은 저를, 저 자신을 생각하게 해요. 자기를 들여다봐야 하다니요? 싫습니다!"(38면)라고 몸부림치지만, 독자는 그렇게 생각지 않는 것이다.

가능성으로만 끝난 다른 삶을 대표하는 그 남자가 어떤 인물인지는 분명치 않다. 이는 신경숙의 소설에서 흔히 있는 일로서, 때로는 어떤 남자와 무슨 경위로 헤어졌는지 분명치 않은 상태로 실연의 아픔만 길게 제시되는 것이 '내면세계에의 탐닉'이라는 비판에 값하기도 한다. 「풍금이 있던 자리」에서도 2년 동안이나 지속되었다는 두 사람의 관계에 대해 좀더 구체적인 귀뜸이 있었더라면 하는 아쉬움이 남는다. 어쨌든 별로 알아주는 사람 없는 자신을 '그 여자'와 '당신'이 알아봐준 공통점이 있다는 화자의 설명에도 불구하고 남자가 '그 여자' 수준의 품위와 도덕성을 지녔는지는 의심스럽다. 다만 소설 자체가 사랑하면서도 이별을 결심하는 여자의 편지형식으로 되어 있는만큼 그러한 의심이 표면화되지 않는 것은 당연하다. 그러나 잠깐 찾아왔다가 전혀 화자의 심정을 이해 못하고 가는 모습을 보나 출발일까지 서울로 돌아오라는 최후통첩을 남기고 가버린 뒤 다시는 일언반구가 없는 점을 보나, "비행기를 타버리자"라는 그의 제안이 일시적인 객기 — 그리고 「해변의 의자」 「배드민턴 치는 여자」 등 신경숙 소설에서 더러 만나는 남자 특유의 자기중심주의 — 였음이 짐작되고, 그의 집에 전화를 걸어본 뒤인 작품 끝머리에 가면 화자 역시 어느정도 이를 직감했음이 암시된다.

결말에서 화자가 얼마간 평온을 얻게 되는 데는 어머니의 일손을 돕고 눈먼 송아지를 돌보며 정을 붙이는 한편 "이 글을 쓰다 말다 한"(42면) 집필행위가 있었다. 화자에게 그것은 "제 인생을 제가 조정하는 듯한 기분"을 주기도 했고 "지금 생각해보니 이번 일도 제 인생을 제가 조정한 게 아닌 듯싶습니다"라는 느낌도 갖게 하지만, 작품 자체는 바로 그러한 특수한 집필행위의 형식을 빌림으로써 작가의 서정적인 문체가 한껏 살아날 공간을 이루었고 "마음결에 일어난 일들"은 물론 우리 시대 삶의 이런저런 뜻깊은 순간들을 언어로 재현하는 데도 결정적으로 작용했다. 한 편의 아름다운 단편을 두고 너무 거창한 말들을 갖다대는 것은 오히려 감동을 훼손할 염려가 있지만, 변증법의 훈련이란 것도 이런 한정되지만 착실한 성취를 토대로 한걸음씩 쌓아나가야 옳을 것이다.

소설기법에 대한 관심, 나아가 소설이 도대체 무엇인가라는 근본적인 물음은 「모여 있는 불빛」(『창작과비평』 1993년 봄호)에서 바로 작품의 중요 제재의 일부를 이룬다. 글쓰기를 고민하다가 느닷없이 고향집을 찾아가는 소설가가 주인공이며, 그녀가 발표했다는 (그것대로 맛깔진) 짧은 단편이 전문 포함되고, 그 작품 발표의 기묘한 여파로 고모로부터 "소설이라는 게 뭣이냐?"라는 힐난을 듣고 울상이 된 주인공이 소설에 대해 어렴풋이 안다 싶던 것까지 온통 자신없어짐을 느끼기도 한다. 그러나 소설쓰기에 관한 작가의 성찰이 종요로운 주제라면, 뜻밖의 파문에 침울해진 주인공의 모습과 그녀가 빠져나온 도시의 일상에 대한 상기로 끝나는 이 작품이 크게 성공했달 수 없다. 그것보다는, 소설쓰기에 따른 고민과 곡절을 다양한 서술기법을 동원하여 그려내는 가운데 고향사람들의 삶―그것도 현재의 삶―을 「풍금이 있던 자리」보다 훨씬 풍부하게 재현했고, 동시에 고향과 서울 사이에서 어느 한쪽에도 온전히 속할 수 없는 주인공의 처지가 정확하게 자리매겨진다는 점이 「모여 있는 불빛」의 주된 미덕이라 보겠다.

촛점을 거기에 두지 않는다면 고모의 근본적으로 무지한 질책은 그 자체가 더 희극적으로 다뤄지거나 쩔쩔매는 주인공의 모습이 좀더 가볍게 처리되었어야 옳을 것이다. 그러나 문제의 작중단편에 붙인 '작가의 말'에 "고향의 두 분은 그냥 사시는 걸로 내게 삶을 가르치신다. 사랑을 알게 하고 노동을 알게 하고, 다정한 것이 무엇인지를 알게 하신다" 운운했던 것은 주인공의 진심이며, 고모님으로 말하자면 부모인 '두 분'보다 더욱 대단하신 분이다. 사실 "가슴에 들어왔다가 나가는 사람살이를 바깥은 닳아도 안은 빛나게 아름답게 그릴 것"이라는 주인공 나름의 신념을 갖는 데에도 고모의 영향이 적지 않았던 것이다. 동시에 작가는 — 여성작가답게 — 이런 고모님일수록 그 올케에게는 압제적인 존재였을 가능성을 놓치지 않는다. 정작 도회물을 먹은 주인공은 잔뜩 주눅이 들었는데 어머니는 고모가 나가자마자, "니 고모 저 모습 보니께로 옛날 생각 절로 난다야. 거저 내가 하는 일은 다 못마땅해해쌓더마는 그 성을 너한티까지 내네" 하며 반발하고 나선다. 아무튼 희극으로 돌리기에는 모두 다 참으로 엄숙한 삶인 것이다.

「풍금이 있던 자리」 「모여 있는 불빛」 또는 「그 여자의 이미지」만큼 잘 빠진 작품은 아니지만, 재현기법의 탐구라는 면에서 흥미를 끄는 것이 중편 「멀리, 끝없는 길 위에」(1992)다. 이 작품은 소설가인 화자가 죽은 친구 이숙의 모습을 글로써 엮어내려는 시도라고 명시되어 있다. "나는 너를, 여기에 엮으려 한다"(『풍금이 있던 자리』 232면), "나는 이 글을 그때 있었던 일 그대로 쓰고자 한다. 그녀와 이 지상에서 맺고 있던 사 년의 세월에 대해서"(235면), "나는 그녀를 재생해내고 싶다, 엮어주고 싶다, 소설이 아니라도 좋다"(261~62면)라고 여기저기 되풀이하듯이, 동창이자 동갑내기로 한때 그처럼 가까웠다가 지금은 사라져버린 존재의 재생 내지 재현이 주된 창작동기인 것이다. 이럴 때의 통상적인 수법은 살아남은 자의 회상을 중심으로 이야기를 엮어가거나 망자가 남긴 자료에 의존해서 기술하거나 서술자가 이것저것을 종합하여 일관된 정리를 해나가거나 또는 이들 수법을 적절히 혼용하는 것인데, 이 작품 역시 이런 모든 수법을 아낌없이 동원한다. 그러나 거기에 더하여, 재현의 불가능성에 화자가 낙담하며 "가만히 살다 간 그녀에게 무덤을 만들어줘보겠다, 이것이 내 생각인데 그대로의 그녀를 쓰지 못하면 그게 무슨 소용이 있느냐고?"(249면)라고 자문하는 대목 등 집필과정 자체의 재현도 끼어든다. 심지어 일찍이 이숙을 다루었던 신경숙 자신의 다른 단편 「밤길」[20]에서 긴 대목들이 "그때를 이렇게 써놓았다"(266면), "그 시간에 대해 계속 이렇게 써놓았다"(268면)라는 말과 함께 그대로 인용되기도 한다. (실제로 이들은 매우 감동적인 대목들인데, 다만 이숙의 말더듬는 버릇은 먼저 글에 재현되어 있지 않음이 화자의 주의를 끈다. 소설적 재현의 위태로움을 새삼 환기해주는 디테일이다.)

여기서 이러한 복잡한 서술구조를 자세히 분석할 여유는 없다. 무릇 서술구조는 너무 단조로워도 안되지만 충분한 내적 필연성이 없이 복잡하기만 해도 지루하고 짜증나는 법인데, 중편 「멀리……」의 경우는 ─ 예컨대 집필도중 몇번 뜬금없이 걸려온 사람 찾는 외국인의 전화처럼 지나치게 멋을 부린 느낌을 주는 대목도 있으나 ─ 대체로 정직한 재현을 위한 저자의 고뇌 속에 독자를 끌어들이는 데 성공했다고 본다. 그리고 이것은 이숙이라는 인물이 독자도 관심과 애정을 쏟음직한, 다시 말해 그 재현을 소망함직한 순결한 영혼이요 아까운 동시대인이었음이 드러나기 때문이기도 하지만, 동시에 화자(내지 저자)의 학창시절 이래의 여러 경험과 1980년대 이 사회의 이런저런 풍경이 신경숙의 그 어느 소설에서보다도 사실적으로 재현되기 때문이다. 가령 이숙이 죽은 뒤 화자의 가장 아픈 회한은 그녀가 홀로 외롭게 죽어가고 있을 때 자신은 6월항쟁의 열풍에 휩쓸려 친구를 생각할 겨를이 없었다는 점이다. 항쟁의 대의에 투철한 사람으로서는 수긍할 수 없는 자책일지 몰라도 어쨌든 저자가 사회와 철저히 절연된 자기만의 세계에 안주하고 있다는 비판은 근거가 없는 것임이 여기서도 확인된다.

그런데 화자의 뉘우침 자체는 얼마나 정당한 것일까? 역사의 대의가 아무리 명백하더라도 가장 가까운 벗의 가장 절박한 필요를 외면하고 배언할 수 없다는 깨우침으로서는 충분히 소중하다. 그러나 항쟁의 현장을 마땅히 떠났어야 한다는 일반론이라면 이야기는 달라진다. 그것은 사람마

---

20 신경숙 『겨울 우화』(고려원 1990)에 수록.

다 달리할 지난한 결단의 대상인데, 작품 안에서는 화자의 뉘우침이 절실할 수밖에 없는 특수한 처지가 제시되기는 하지만, 그 특수성에 대한 별도의 분석이나 통찰이 이루어지지는 않는다. 가령, "1963년생으로서는 한 번도 쐬어보지 못한 바람, 그 아름다운 열기"(264면) 운운했지만, 같은 1963년생이라도 광주에서 1980년 5월을 겪었다거나 타지역 출신으로도 학창생활 중 좀더 일찍 정치의식이 깨었다거나—일찍 깨치는 것이 반드시 크게 깨치는 길은 아니지만—또는 의식화 여부를 떠나 노동자계급의 일원으로 살아왔더라면, 1987년 6월의 체험은 한결 달랐을 것이다. 또한 그때의 감격이 지나고 나자 "아무것도 달라지지 않았다. 그게 단순한 실패가 아니라 희망에 대한 실패였다는 걸 1963년생들은 순식간에 경박스러워지면서 감지했다"(265면)라는 진술도, 특정 부류의 1963년생들에 적중하기는 해도 지나치게 일반화되었다. '사라짐'에 대한 젊은 작가답지 않은 과도한 집착도 이러한 다분히 추상화된 현실인식과 무관하지 않을지 모른다. 그러나 「멀리, 끝없는 길 위에」가 저자에게 갖는 참된 의미는 사라진 이숙을 재생시켰다는 것보다 그 "소멸의 그림자"와 드디어 영영 하직할 수 있게 된 것일 게다. "(…) 잘 가거라, 나의 벗. 오랫동안 이 순간이 오길 기다렸어. 내 꿈속에도 더 드나들지 마, 물로 흘러간 그 자리에 웅크리고 있지도 말어, 어깨를 펴야지, 떠올라야지, 무엇으로 다시 생을 가져야지, (…)"(285~86면)

신경숙을 포함한 상당수 1963년생들의 경험과 의식에서 크게 부각되지 않는 우리 시대의 현실을 아프게 상기시켜주는 예로, 비록 등단은 훨씬 늦었지만 공교롭게도 같은 1963년생인 공선옥(孔善玉)이 있다. 최근작 「목마른 계절」(『창작과비평』 1993년 여름호)에서 작중의 어느 시인이 소설을 쓰는 주인공·화자에게 "이젠 아줌마도 광주에서 벗어나야 해요. 2, 30년대의 신파가 그보다 낫거든. 한마디로, 아직도 광주? 웬 광주?거든"이라고 말하는 것처럼 저자는 출세작 「씨앗불」(1991)에서부터 줄곧 5·18을 다뤄왔는데, 이 단편에서도 그 시인의 충고를 무시하고 '아직도 광주'를 고집하고 있다. 하지만 적어도 「목마른 계절」의 성과는 '신파'와 거리가 멀다. '광주'의 기억이 광주뿐 아니라 어디에서든 이 사회의 못 가진 계층 사람들이 겪는 "목숨 붙이고 산다는 일의 끔찍함"(214면)과 결부되어 절실하고 생생하게 살아 있는 것이다.

　하기는 광주 문제에 대한 집념과 민중의 생활고에 대한 인식은 '신파'를 곱절로 자초하는 처방이 될 수도 있다. 그러나 이런 인식과 집념이 빠지고도 우리 시대 리얼리즘작가의 임무를 온전히 수행하기는 어려울 터이다. 바로 그렇기 때문에 '신파'로 떨어질 겹겹의 위험을 단편의 규모로나마 이겨낸 공적은 높이 사주어야 한다. 이런 성공의 바탕에 작가의 절실한 체험이 있음은 방금 언급한 대로지만, 작품 자체의 됨됨이를 위주로 말한다면 예의 고통스럽고 짐스러운―바로 그래서 '신파'로의 도피를 유도하는―주제를 속도감과 재치마저 섞어 요리해나가는 작가의 경쾌한 솜씨가 그 성공의 비결이라 하겠다. 이런 경쾌함을 주제가 요구하는 진지성과 결합시킨다는 것은 결코 쉬운 일이 아니며, 다소 현학적으로 표현하자면 고도의 지성이 개입된 변증법적 성취인 것이다.

　따라서 「목마른 계절」은 '소설의 전통문법'에 비추어 별다른 파격이 없는 형식이지만 그 세부적 실행에서는 재현기법의 뜻깊은 연마가 드러난다. 예컨대 첫머리 영구임대아파트의 끔찍한 소음묘사가 실감이 나면서도 자연주의문학 특유의 무거운 배경묘사가 지속되는 게 아닌가 싶은 부담감이 느껴질 때쯤, "신경을 끄고 살아버릴 수밖에 달리 길은 없는 것이다"라는 결론에 다다른 경위가 간략히 서술되고 곧바로 "303호와의 인연은 그렇게 맺어졌다"라며 본이야기로 넘어간다. 그렇다고 소음이 잊혀지는 건 아니다. 끝까지 남아 있을뿐더러 중간에 수돗물소리와도 상승작용을 일으키면서―'목마름'의 이미지와 함께―전체 작품의 분위기를 주도한다.

급수제한 기간중 아래층 빈 아파트에서 쏟아지는 물소리와 연관된 일련의 사건은 작가의 솜씨가 두드러지는 대목이다. 냉수는 안 나오는데 온수는 콸콸 쏟아져 주인공이 뜨거운 물을 들이켜는 장면부터가 참담하면서도 웃음을 자아낸다. 그런데 몇달째 급수일마다 아래층에서 쏟아지는 물소리는 물이 아깝다는 생각뿐 아니라 거택보호자 노인이 혼자서 죽어 있을지 모른다는 불안을 가중시킨다. 하지만 주위의 모든 사람들은 무관심하다. 드디어 어느날 밤 '나'는 혼자 로프를 타고 들어가서라도 할머니의 죽음을 확인하고 관리사무소의 공무원들에게 항의할 결심을 한다.

향항에서 술을 마셔서였는가. 술을 마신 혼미한 내 의식이 아래층으로 로프를 타고 내려가지 않으면 안되게 내 가라앉은 도덕성을 자극했다. 세상사람들 이래서는 안된다구요. 옆집에 사람이 죽어나는데, 누구 하나 알려고 들지 않는 이런 삭막한 세상을 만들어서는 안된다구요.

아래에서 휘파람 소리가 났다.

"어이, 당신 도둑이야?"

나는 엉겁결에 로프를 놓아버렸고 잔디밭으로 떨어져내렸다. 그날 밤 나는 사람 없는 이층을 털려던 도둑까지는 안되었어도 로프 도둑까지는 되었다. 왜냐하면 로프는 내가 이층으로 내려가기 위하여 아파트 지하실에서 관리실의 허락도 없이 가져왔던 것이기 때문에. (224면)

적당한 술기운과 안이한 도덕감정은 '신파'로 빠지는 첩경인데, 작가의 기지와 날카로운 자기비판력이 이를 피해가게 해주는 현장이 눈에 선하다.

더구나 여기 간략히 소개한 사건진행의 중간에는 술집 하는 친구 현순이 감방에 들어가고 절름발이 작부 미스 조의 애인이 5·18의 후유증으로 죽었다는 이야기가 끼어 있다. 그리고 현순을 면회 가서 그녀의 딸을 성과 이름 모두 새로 지어 취학시킬 의논을 정하는 인상적인 대목에서 새 토막이 시작되며, 이튿날 '김향아'를 주민등록시킨다. "그러노라고 나는 또 미스 조를 깜박 잊고 말았다. 잊자고 해서 잊은 건 아니고 지척에 있는 미스 조를 찾지 못한 어떤 이유가 있었다. 발을 삐었던 것이다. 발을 삐어서 이틀을 꼼짝 못하고 누워 있는 중이었다./발은 왜 삐었는고 하니 (…)"(223면) 이렇게 해서 '로프 도둑'이 된 경위로 신속하게 넘어가는 것이다. 의표를 찌르는 반전은 거기서 끝나는 것도 아니다. 발을 삐어 누워 있는데 "사람이 죽었습니다. 신원을 확인해주십시오"라는 요청이 인터폰으로 온다. 발목 아픈 것까지도 잊고 정신없이 이층으로 뛰어갔으나 문은 여전히 닫혀 있다. 죽은 것은 9층에서 투신자살한 미스 조였던 것이다.

이런 재치있는 일련의 반전이 끝내 경박성과 구별되는 것은 미스 조의 비극적 운명이 갖는 숙연함 때문이기도 하지만, 미스 조가 투신했을 법한 자리에 서서 한순간 주인공도 자살을 생각할 때 잠시 전에 본 "아랫도리가 뭉턱 잘려나가고 없"는 사람의 개입으로 마지막 반전이 이루어지기 때문이다.

그때, 913호의 문이 왈카닥 열리며 거기 앉은뱅이 남자가 눈을 부릅뜨고 앉아 있었다. 아니 그는 서 있었다. 방바닥을 짚은 팔뚝에 푸른 힘줄이 가득했다.

그는 눈을 부릅뜨고 내게 소리쳤다.

"못난 짓거리 하지 말아요! 나도 살아요. 나 같은 인간도 산다구요."

나는 쫓기듯 9층 복도를 내려왔다. 뒤에서 앉은뱅이 남자가 계속 소리질렀다. 내려가, 한정없이 내려가서 살라구, 기를 쓰고 살라구 밑바닥을 박박 기어서라도 살아내라구. (227면)

현순을 다시 면회갔을 때, "거 멋이냐, 역사 앞에서 자유로운 사람은 없는 거거든. 그런 거거든" 어쩌고 하는 그녀에게 큰소리를 질러대는 주인공의 태도에는 과연 그러한 엄숙한 결의가 보인다. 사실 그 점에서는 현순의 반응도 마찬가지다.

"아니야. 그게 아니라 미스 조는 김대중이 대통령이 안 되었다고 죽은 거야. 단순한 걸 왜 그리 복잡하게 얘기해. 미성년자 고용한 악덕업주 주제에."

나는 퍼런 죄수복을 입은 현순씨 앞에서 터무니없이 씨근덕거렸다. 내 입 속에서는 아직도 나오지 못한 말들이 소용돌이치고 있었다.

'미성년자 고용한 악덕업주 주제에 역사를 입에 올리지 말라구. 그런 식으로 역사를 해석하지 말라구. 당신에게는 역사를 운위할 자격이 없어. 왜 죽음으로 시작되어야 해? 역사가 이어지는 건 살기 때문이야. 죽어서는 안 돼. 죽음으로는 아무것도 이룰 수 없고 이을 수도 없는 거야.'

터무니없이 큰소리를 내는 나에게 현순씨는 화내지 않았다. 화낼 시간도 없었다. 현순씨가 충분히 화낼 시간이 없는 것이 화가 났고 이유없이 화가 나는 자신이 경멸스러워져서 나는 또 화가 났다. 현순씨는 면회시간에 쫓기며 재빨리 말했다.

"김대중이가 지 할애비냐?"

"언니가 그랬잖아. 김대중 대통령 안 되면 모다들 혀 깨물고 죽어야 한다고."

"엠병, 죽을 각오로 살자 그거여. 누구 좋으라고 죽냐 죽기를."(227~28면)

작품 끝머리의 '신한국' 운운하는 세월에도 제한급수는 여전하고 소음도 여전하며 컨테이너 트럭의 횡포도 여전하다. 그야말로 '아무것도 달라지지 않았다'는 탄식이 나올 법도 하다. 그러나 「목마른 계절」의 빽빽한 진행 끝에 그런 말이 나온다면 그것은 탄식이 아닌 힘찬 항의일 것이요 실제로 많은 달라짐을 통해 한결 실력이 붙은 항의가 될 것이다.

5. 새 단계의 문학운동을 위하여

개인의 문학활동에서 구체적인 작품이 가장 중요한 것은 더 말할 나위 없지만 문학운동이라 하더라도 그 점은 마찬가지다. 문학을 떠난 문학운동이 있을 수 없다는 형식논리뿐 아니라, 운동이 변증법적 인식에 근거해야 하고 변증법은 '예술적'이어야 한다는 주장에 따르더라도 작품의 창작과 향유를 통한 예술성의 구현이 남다른 의미를 갖는 것이다. 그런 뜻에서 나는 1980년대 중반 자유실천문인협의회가 개편, 재출범할 무렵 "무엇보다도 훌륭한 작품의 생산에 헌신적이고, 좋은 작품과 덜 좋은 작품 또 아주 좋지 않은 작품을 가리는 데 있어 공명정대한 문인들의 모임"을 주문했고 얼마 전 '자실'의 후신인 민족문학작가회의의 회보에도 이 말을 되풀이했다.[21] 하지만 적어도 1987년까지는, 그리고 어쩌면 최근까지도, 우리 사회의 민족문학운동은 반독재투쟁을 수행하고 민족문학·민중문학의 이념을 전파하기에 바빴던만큼 주문 자체가 다소 무리였는지 모른다.

그러나 문학운동의 요구는 그것대로 엄연한 것이어서, 오늘날 적어도 군부독재 타도투쟁이 그 표적을 잃고 나자 이른바 민족문학진영은 그간의 소홀함으로 '물건'이 딸리는 곤경이 벌어지고 드디어 그동안 애써 전파해온 민족·민중문학의 이념 자체가 수세에 몰리는 일이 흔하게 되었다. 이런 형국이니만큼 운동보다는 각자의 집필에 전념하는 것이 민족문학을 살리는 길이고 궁극적으로 문학운동을 살리는 길이라는 생각이 퍼지는 것도 무리가 아니다. 그러나 '올림포스산상'이 초연함으로 곧잘 기억되는 만년의 괴테조차도 '세계문학'을 말할 때 개별 창작품의 집합보다 각국 지식인들의 연대를 통한 일종의 '세계문학운동'을 구상했다면, 분단체제와

---

21 졸고 「민족문학과 민중문학」, 『민족문학과 세계문학 II』, 창작과비평사 1985, 351면 및 「문학의 위기와 민족문학의 기회」, 『작가회의회보』 제21호(1992. 11), 7면.

세계체제 속의 민족적 위기가 여전한 이땅의 문인들이 이제 와서 운동을 포기할 수는 없을 것이다. 다만 그것은 딱히 괴테가 구상한 대로는 아니더라도 지구시대 세계문학운동의 일원인 민족문학운동이어야 할 것이며, 각자의 집필에 대한 열정을 최대한으로 고무하며 또 요구하기도 하는 문학운동이라야 할 것이다.

이러한 어려운 결합을 이룩해낸 문학운동이 전체 운동의 한 전범이 될 가능성에 대해 나는 연초에 고은 시인과 대담하면서 언급한 일이 있다.[22] 소수정예주의를 내세운 문인 개개인의 정진에다 시민운동적 성격, 민중운동적 성격까지를 두루 갖춰야 하는 민족문학운동의 내적 논리가 민민운동이냐 시민운동이냐는 식의 단순논리를 극복할 실마리가 되고, 또한 개인의 자기쇄신과 사회의 구조변화를 단일한 변증법적 실천의 목표로 인식하게끔 해주리라고 본 것이다. 물론 이런 논리가 구체화되려면 현실에 대한 구체적이고 경륜있는 분석이 전제되어야 한다. 여기서는 그러한 분석을 할 지면도 없고 능력도 태부족이지만, 지구시대의 세계문학에 대한 현상진단이 민족문학운동의 임무에 내실을 더해줄 수 있듯이 그동안 민족문학론이 강조해온 분단체제에 대한 인식이 우리 사회의 시민운동·민중운동 전체에 방향감각을 보탤 수 있지 않을까 싶다.

예컨대 문민정권의 개혁정책과 더불어 우리 사회의 '민주 대 반민주' 구도가 무너졌는지 여부가 민족문학운동을 포함한 종래의 운동진영에서 논란의 대상이 되고 있다. 아니, '반민주적 군사정권' 대 '민주적 반정부세력'의 뚜렷한 구별은 분명히 무너졌는데 그렇다고 재야 민주화운동의 존재의의를 포기하기는 싫어서 고민에 차 있다는 표현이 옳을 것이다.

우리 사회 안에 반민주세력이 자리잡고 있는한 민주화운동은 여전히 필요하다. 하지만 정부 스스로가 어느정도 의미있는 민주화를 주도하고

---

22 대담 「미래를 여는 우리의 시각을 찾아」, 『창작과비평』 1993년 봄호, 55~56면 참조.

있을 때 정부 바깥의 민주화운동은 정권과 과연 얼마만큼의 대립구도를 유지해야 하는가? 여기서 정부가 추구하는 것은 '부르주아 민주주의'일 따름이요 진정한 민주주의는 '프롤레타리아 민주주의'라고 되뇌는 것은 '민주 대 반민주'의 구도가 전적으로 무너졌다는 정권측의 주장을 실질적으로 강화해주는 꼴밖에 안된다. 또한, '반통일·비자주세력'이라고 대정부공격의 내용을 바꾸는 것도—그런 공격의 타당성 여부를 떠나—어쨌든 더는 정부 자체를 '반민주'로 낙인찍을 수 없음을 자인하는 셈이다. 그렇다면 정녕 우리는 '정부 안팎의 수구세력' 대 '정부 안팎의 개혁세력'이 주요 대립구도로 변한 시대를 살게 되었는가?

현실재현 작업의 어려움에 친숙한 문학인이라면, 도대체 '정부' 또는 '정권'이라는 것이 어떤 한두 마디로 전달될 수 있는 무슨 물건덩어리인 듯이 '민주냐 반민주냐'로 양단해온 그간의 역사가 하나의 불행이었음을 간과하지 못한다. 따라서 이제 민주세력이든 반민주세력이든 '정부 안팎' 모두에 혼재한다는 구도가 떠올랐다는 사실은 역사의 그만한 진보일 뿐 아니라 원래도 본질적으로는 그러했던 사안에 대한 인식능력의 진전이라 보아야 한다. 그렇다고 정권에 대한 '반민주' 규정이 전적으로 무의미해졌다는 것은 아니다. 이는 각종 악법의 온존과 그중 상당수에 대한 집권자의 적극적인 옹호라는 경험적 사실만 보아도 분명하지만, 분단체제가 기본적으로 반민주적인 체제라는 견지에서는 개혁작업 자체도 그것이 분단체제의 영속화에 기여하는 한에서는 장기적 민주화운동의 비판대상이 되고, 본의든 아니든 분단체제를 허물어가는 한에서만—그리고 그것을 좀더 효과적으로 허물도록 만드는 방식으로만—지지받아 마땅한 것이다.

이러한 논리는 물론 '민주/반민주'의 문제를 '통일/반통일'의 문제로 환원하는 맹목적 통일주의 논리와는 다르다. 그런만큼 개혁작업의 '민주성'을 평가하는 기준도 결코 단순명료하지 않다. 아니, 분단체제야말로 하나의 고정된 실체로서의 '체제' 개념에 근본적인 의문을 던질 것을 요구한다. 그것은 역사 속에서 형성·변화중이며 언젠가는 소멸할 세계체제의 한 하위체제인 동시에, 일정한 독자성을 갖고 그 나름의 변동을 겪고 있는 남북한 두 '체제'의 특이한 결합이기도 한 것이다. 그러나 일종의 '탈중심화된 텍스트'로서의 분단체제일지라도 그러한 것이 한반도의 현실에서 읽혀지는 한,[23] 그 분단체제의 결정적 일익을 맡은 분단정권과는 별도의 주체가 전체 체제 및 해당 정권의 민주성을 평가하는 일이 반드시 필요하다. 그 점에서 '분단모순'이 당면의 주요모순이라는 명제는 아직 유효하다고 보며, 다만 '주요모순의 주요측면'으로서의 '민주/반민주' 대립은 다소 변화한 구도로 진행되고 있다고 해야 할 듯하다.[24]

'자주/비자주'의 대립 역시 분단체제 전체의 본질적인 비자주성과의 싸움이라는 복합적인 구도가 아니고 '남한정권의 예속성'이라는 단순 기준에 의한 것이라면 적지 않은 변화가 분명히 있었다고 보아야 한다. 가령 미국에 대한 종속성이라는 가시적 현상조차 없어진 것은 아니나, 일정한 정통성이 확보된 문민정부의 대외교섭력 증대 외에도, 북한의 자주노선이 갖는 농성체제적 특수성에 대한 인식이라든가 다각적인 지구화의 와중에 '정권'의 예속성을 별도로 측정하려는 시도의 문제점 등이 겹쳐, 일체의 단순구도가 점점 성립하기 어려워지고 있는 것이다. 이는 '통일/반통일' 구도에도 그대로 적용된다. 전보다 커진 남한정권의 적극성과 상대적으로 체제수호에 더 열중하게 된 북측의 자세 때문인 점도 있다. 그러나 본질적으로는, '통일'이라는 추상화된 개념이 아니라 '어떤 목표를 향한 어떤 방식의 통일인가'라는 구체적인 내용이 문제가 될 때 '통일/반통일'의 경계선은 남북 정권 사이에서, 또는 같은 정권 안, 심지어는 한집안이나 한 개인의 마음속에서도, 그때그때 얼마든지 바뀔 수 있는 것이기 때문이다. 이러한 혼란복잡한 상황에 최소한의 질서를 부여하여 효과적인 실

---

23 졸고 「분단체제의 인식을 위하여」, 『창작과비평』 1992년 겨울호 참조.
24 졸고 「민족문학론과 분단문제」, 『민족문학의 새 단계』, 169면 참조.

천을 가능케 하려는 것이 분단체제론이라는 담론이며, 그러므로 통일은 어디까지나 일상적인 분단체제극복 운동의 연장선에서 이루어지는 통일이어야 하고 '분단 없는 분단체제' — 역설적인 표현이지만 — 의 성립을 경계하는 민중들의 반체제(즉 반분단체제·반세계체제)운동이 필수적이 되는 것이다.

한국문학에서는 이러한 운동이 세계문학운동에 적극 가담하는 민족문학운동이 될 것임을 이 글에서 밝히고자 했다. 한가지 덧붙일 점은, 우리는 분단된 한쪽만의 국민문학이 아닌 민족 전체의 민족문학이기를 지향하는 자세를 고수하면서도, 지금 이곳의 남한사회에서 대중성을 확보하고 남한사회의 상대적 독자성에 부응한다는 의미에서의 '남한의 국민문학'도 겸하기 위한 좀더 적극적인 노력을 벌일 단계에 왔다는 것이다.[25] 이것은 또하나의 곡예라면 곡예지만, 사실은 개인의 문학이 민족의 문학이고 세계의 문학이며 마땅히 그 모두가 되어야 하는 문학 본연의 됨됨이를 충실히 따르는 길일 뿐이다. 동시에 문학인이 아니더라도 우리 시대 누구나가 잡아야 할 공부길과도 통할 것이다.

〈1993〉

---

25 앞의 대담 「미래를 여는 우리의 시각을 찾아」에서도 이런 제안을 했고 고은씨는 일찍이 식민지시대에 『임꺽정』이 그런 문학의 한 전범을 보여주었다고 응답했다. (52~53면)

지구화시대의 민족과 문학

　이 글은 '전지구화와 문화(Globalization and Culture)'라는 주제로 1994년 11월 미국 듀크대학에서 열린 국제학술대회에서 "Nations and Literatures in the Age of Globalization"이라는 제목으로 발표한 내용을 우리말로 옮긴 것이다. 원문은 대회의 성과를 묶은 단행본에 게재될 예정이고,[1] 이를 국내 독자들을 위해 번역할 생각은 원래 없었다. 한국의 문학상황이 생소한 외국인들을 위한 소개글의 성격인데다 내용의 일부가 필자가 전에 발표했던 「지구시대의 민족문학」과 중복되기도 하기 때문이다. 그러나 지금 싯점에서 오히려, 한국문학에 생소하면서 '민족문학' 개념에 대체로 회의적인 외국의 이론가들을 염두에 둔 이런 원론적이고 다소 논쟁적인 글이 국내 풍토에도 어울릴 법하다는 『작가』 편집진의 권유를 받고, 적절한 보론을 더해 발표하기로 동의했었다. 그런데 정작 닥치고 보니 최근의 문학상황을 감안한 보완의 글을 쓰는 일은 개인사정상 도저히 불가능한 실정이다. 다만 편집자측의 또 한가지 주문, 즉 『작가』 지난호(1996년 11·12월호)의 '특별기획: 통일운동의 새로운 출발을 위하여'에서 분단체제론이 거론된 데 대해서도 아울러 논평해달라는 부탁만 따로 떼어서 응

1　Fredric Jameson and Masao Miyoshi, eds., *The Cultures of Globalization* (Duke University Press 1998), 218~29면.

하는 '부록'을 붙여서 내놓기로 양해가 이루어졌다.[2] (각주 중 〔 〕 안에 든 부분도 이번에 덧붙인 추가설명이다.) 그나마 황광수(黃光穗)주간의 끈질긴 권면과 번역 초고를 만들어준 김명환(金明煥)교수의 도움이 있어서 겨우 가능했음을 밝히며 감사의 뜻을 표한다.

1. 몇가지 이론상의 문제와 실천과제

민족들(nations)과 문학들(literatures)은 복수로, 즉 여러개가 존재한다. 이 정도는 상식이라면 상식이다. 그러나 이 정도의 상식이 얼마나 의미가 있는가? 어떤 낯익은 관념들을 한번 의심케 해주는 것만은 분명하다. 가령 '민족'이라는 것이 불변의 본질로서 또는 적어도 쉽게 규정가능한 사회단위로서 존재한다거나, (대문자 L로 시작하는) '문학(Literature)'과 그런 '문학'이 못 되는 것 사이에 명확하고 불변하는 선을 그을 수 있다는 생각들에 대한 도전임에 틀림없기는 하다. 그러나 복수로 존재하는 것은 개념적인 차원에서일망정 단수로도 존재해야 한다. '민족이란 무엇인가' '문학이란 무엇인가'라는 성가신 물음은 여전히 풀리지 않은 채로 남는 것이다.

나는 이 두 가지 질문에 확고한 답을 제시할 뜻도 없고 능력도 없다. 단지, 한국에서 '민족문학운동'으로 알려진 운동에 참여해온 사람으로서, 우리가 '민족'이라든가 '문학'과 같은 애매한 개념들을 받아들이고 심지어 그 둘을 결합하여 '민족문학'이리는 용어를 사용하기조차 하는—그리하여 어쩌면 곱절로 의심스러운 결과를 낳는—몇가지 이유를 제시하고자 한다.

---

2 '부록: 김영호씨의 분단체제론 비판에 관하여(1996. 12)'는 졸저 『흔들리는 분단체제』(창작과 비평사 1998)의 제9장으로 이미 수록된 바 있기에 여기서는 생략했음.

그러나 우선, 상식을 약간 부연하는 것이 좋을 듯하다. 민족이 복수인 이유는 그것이 정의상 인류 전체보다 작은 집단을 뜻하기 때문만이 아니라, 우리가 오늘날 마주치는 형태의 민족은 근대의 산물이요, 이매뉴얼 월러스틴의 용어로 '국가간체제(inter-state system)', 즉 여러 국가들로 구성되고 따라서 여러 민족으로 구성된 체제의 산물인 까닭이다. 이 시각에서는 '따라서'란 말이 특히 강조할 만하다. "널리 퍼져 있는 신화와는 달리 거의 모든 경우에 국가가 민족에 앞섰지 그 역이 아니었다"[3]는 것이 월러스틴 주장의 요점이기 때문이다. 물론 민족형성에서 전근대적·근대적·식민지배·식민이후 등등의 다양한 국가들이 미친 서로 다르고 때로 중첩되는 역할을 구체적으로 밝히는 문제가 남고, 일단 하나의 '민족'이 형성된 다음에 역으로 민족이 국가의 형성과 유지에 끼치는 영향 또한 규명되어야 할 문제다. 게다가 한국의 경우는 한술 더 떠서, 내가 다른 글에서 한반도의 '분단체제'라고 말한 것의 일부로서 분단국가의 존재라는 또하나의 복잡성이 덧붙여짐을 내세울 수 있기조차 하다.[4]

이 모든 혼란 가운데도 두 가지 사실은 비교적 분명한 듯하다. 먼저 민족과 국가를 결합하는 이상적인 형태로서의 국민국가 — 한때 몇몇 유럽 국가들을 통해 근대세계에서 그리스의 '폴리스'에 가장 근접한 형태를 산출했다고 할 수도 있던 결합체 — 가 현재의 지구화시대에 더는 지난날의 권위를 누리지 못한다는 점이다. 동시에 두번째로, 근대세계체제가 아무

---

3 Etienne Balibar and Immanuel Wallerstein, *Race, Nation, Class*, Verso 1991, 81면. 〔월러스틴의 책은 물론이고 나 자신의 발제문에서도 영어의 'nation'이 혈연공동체로서의 민족(=종족, ethnos, race)이 아니고 근대적 국민국가의 국민 또는 그러한 국민국가를 지향하는 준국민적 민족이라는 설명을 따로 붙일 필요가 없었다. 그러나 한국어로 번역하는 마당에서는 그러한 주석이 필요한 것이, 세계에서 유례가 드물게 종족적·언어적 동질성이 높은 한반도 주민에게는 비록 통일된 국민국가가 없지만 '정치적인 단위로서의 민족' 내지 '국민으로서의 민족'과 혈연적·문화공동체적 '민족'의 차이가 간과되기 일쑤이기 때문이다.〕
4 Paik Nak-chung, "South Korea: Unification and the Democratic Challenge", *New Left Review* 197, 1993년 1·2월호 참조.

리 지구화되고 세계화되더라도 국가간체제가 그것의 필수요소인 한은 민족들과 국민국가들(혹은 그 잔재들)이 엄연한 현실의 일부요 우리의 지속적인 관심사가 되리라는 점 또한 분명하다. 그러므로 근대에 적응하기 위해서든 아니면 근대를 철폐하고 진정한 '근대 이후'에 이르기 위해서든, '민족들'의 존재와 '민족'의 개념이 대표하는 현실에 어떤 식으로든 대응하지 않고는 효과적인 행동이 불가능할 것이다.

문학의 경우, 그것이 복수로 존재한다는 점은 하나의 문학작품이 항상 특정한 언어나 언어들로 구성된다는 뻔한 사실에 국한되지 않는다. 공통의 언어말고도 특정한 일군의 작품을 어떤 하나의 특정한 '문학'에 속한다고 규정할 다른 요인들이 존재하는 것이다. 게다가 이런 요인들이 그 자체로서 가변적일뿐더러 서로 결합되는 양상 또한 가변적이라는 점, 그리고 주어진 작품이 하나 이상의 전통에 속할 수 있다는 점—가령 현대 미국의 작품이 '미국문학'에 속하는 동시에 영어로 쓰인 문학이라는 넓은 의미의 '영문학'에 속하며, 더러는 국적을 무시하는 '포스트모더니즘' 문화에 속하기도 한다는 손쉬운 예에서 보듯이—까지 덧붙이면, 어떤 절대화된 실체로서의 '문학', 대문자화된 Literature를 논하는 것이 불가능함이 더욱 분명해진다.

물론 오늘의 도전은 대문자 Literature의 문제에 그치지 않는다. '작가의 죽음'에 대한 선언, 소문자로 쓰더라도 '문학'이라는 것의 특수한 영역 자체를 용인하지 않으려는 해체주의와 문화유물론적 비판, '작품' 아닌 '텍스트'라는 용어에 대한 일반적인 선호 등에서도 그러한 도전을 볼 수 있다. 또 이들 이론적 도전이 전지구화의 현실과 무관하지 않은 것노 사실이다. 우선, 문학의 개념을 문제삼게 만든 것은 다름아닌 지구화 자체와 자본의 전지구적 지배를 통한 여러 민족적 문학전통들의 급격한 변모 내지 파괴현상이다. 왜냐하면 근대세계의 문학들은 무엇보다도 국민문학들(national literatures), 좀더 명시해 말한다면 특정 유럽 국가들의 국민문학들로서 존재해왔기 때문이다. (물론 이들 국민문학에는 항상 더 넓은 유럽적 ― 그리고 나중에는 구미문학적 ― 차원이 존재해온 것도 사실이다.) 그런데 동일한 지구화과정이 세계체제에 뒤늦게 편입된 민족과 국가에는 약간 다른 결과를 낳는다. 앞선 모델의 국민문학적 노력을 따라잡으려는 욕구와 더불어, 이와 연관된 것이지만 자신의 민족적·지역적 유산을 보존하고 되살릴 필요를 불러일으키는 것이다. 전자의 목표는 부질없는 것이기 십상이고, 후자도 실행 가능한 전망이기보다 절박한 필요의 느낌에 불과할 가능성이 얼마든지 있다. 그러나 만약에 이 두 가지를 결합하기에 따라, 지구화의 물결에 휩쓸려 그 최고의 전통도 상실해가고 있는 바로 그 '선진모델' 국민들의 필요와 일치하기에 이른다면 어떻게 될까?

나는 관련된 이론들의 장단점 자체를 따지기보다 바로 이러한 실천적 물음에 촛점을 맞추고자 한다. 이론들이 흥미없다는 게 아니고, 심지어 긴급한 도전일 수 있음도 부인하려는 게 아니다. 그러나 언어를 주된 매체로 하는 특정 텍스트들이 어떤 의미로건 '문학'으로 통하고 또 그 텍스트들을 실제로 읽는 과정에서 의식적이든 아니든 이런저런 기준에 의해 그 우열에 대한 판단이 이루어짐을 결코 배제할 수 없다는 것은 엄연한 사실이다. 게다가 적어도 많은 한국인의 경우는, 과거의 가장 뛰어난 유산 중 큰 부분이 오직 문자를 통해서만 보존되어 있는바 이러한 유산이 창조적으로 지속됨이 없이는 값있는 삶이 불가능하다고 생각하는 것도 사실인데, 이 유산이 거의 전면적으로 말살될 가능성도 결코 상상의 비약만은 아닌 것이다. 또한 우리는 예컨대 셰익스피어와 현대 소비문화의 '문화생산품'을 구별하고 전자를 '우월한 작품'으로 판별하는 것이 단지 엘리뜨주의나 우민주의라는 주장에 현혹되지 않는다. 셰익스피어를 읽기 위한 배움은 무척 부담스러운 것이고, 그가 문화제국주의에 동원되는 일은 항상 경계해야 한다. 그럼에도 불구하고 우리는 셰익스피어 ― 또는 괴테나 똘스또이 ― 에서 발견되는 인간해방을 위한 잠재력을 도외시하기를 원하지 않으며 실상 도외시하고서 우리 뜻을 달성할 수 있는 처지도 아니다. 사실이 그러하다면, 우리가 지구시대의 도전을 진지하게 논하고 그 과정에 내재하는 인류문명에 대한 현실적 위협을 충분히 의식하는 한, 이러한 도전에 가장 적절한 텍스트를 생산하고 판별하는 일, 효과적인 응전에 가장 이바지하는 판단기준들을 식별하고 장려하는 일이 더 긴급한 과제가 아닐 수 없다. 구체적인 작품들로 이루어진 여러 종류의 문학들, 그리고 신비화된 실체로서가 아니고 하나의 길라잡이로서의 '문학' 개념은 이런 목적에 불가결한 것이 아닐까 한다.

더구나 전지구적 소비문화의 침투를 막아내기 위한 싸움에서 문학의 영역을 소홀히하는 것은 전략적인 오류이다. 전자영상시대에 문학이 낡아버렸다는 온갖 언설에 지레 겁먹음으로써 침입자에게 쉽게 길을 내어주지 않는한, 언어라는 잘 알려진 장벽과 번역으로 이해하기 위해서라도 요구되는 해당지역에 고유한 특정한 지식들의 양은 소비문화가 뚫고 들어오기가 심히 거북한 지형을 이루는 것이다.

나는 앞서 '민족문학' 개념을 채택하여 현재도 진행중인 문학운동의 실천적 참여자로서 발언하고 있음을 밝혔다. 뒤에 이 운동의 과제 중 몇 가지를 언급하겠지만 시간의 제약으로 민족문학운동의 상세한 역사는 물론이고 그 생산물에 대한 간략한 개관조차 생략해야 할 것 같다. 그러나 나는 이제까지의 발언이 민족문학 개념에 대한 우리의 지지가 단지 후진성에서 생겨나거나 서양의 최근의 지적 논의에 대해 전혀 무지함에서 비롯된 것은 아님을 보여주었기 바란다. 위에 개괄한 현시대의 특징에 비추어 볼 때, '민족문학'(혹은 '국민문학')은 분명히 불확실하고 위험하기끼지 한 지형으로 우리를 이끈다. 그러나 그것은 이를 외면하고는 시대의 문제들을 제대로 다루기 위한 어떤 의미있는 노력도 불가능하고, 어떤 특수한 국면에 처한 특정 민족들로서는 주된 노력을 집중시켜야 하는 영역이기도 하다. 한국의 민족문학과 그 주창자들이 자신들이 떠맡은 과제를 충분히 감당하지 못해왔을지는 모르지만, 과제 자체는 지구시대의 도전들에 대한 신중하고 사려깊은 대응을 뜻하는 것이라고 나는 믿는다.

2. 지구화시대의 '세계문학'

어느 면에서 지구화는 자본주의 근대의 도래와 함께 이미 시작된다. 아마도 자본주의 세계경제가 지구의 북서유럽지역에 처음 확립되고 여타 지역으로 가차없는 확장을 개시한 16세기부터 그러했을 것이다. 어쨌든 19세기 후반에 이르면 동아시아와 다른 지역들 거의 모두가 자본주의 세계경제에 통합되기에 이르며, 20세기 막바지에는 쏘비에뜨권이 독자적인 세계경제를 형성했다는 주장이 결정적으로 깨어지게 되었다. 어쩌면 엄격한 의미에서 전지구화를 말하는 것은 (때로 '탈근대'라 잘못 불리는) 이 만개한 근대에 비로소 가능한 일인지 모른다.

그러나 우리는 국민문학들의 탄생, 즉 특정 지역이나 지방이 아닌 '전체 민족 내지 국민'이 소중히 아는, 혹은 적어도 그 이름 아래 소중히 여겨지는 특정 국어들로 이루어진 문학들의 탄생은 그 자체가 (광의의) 지구화시대의 첫번째 결과 중 하나라는 점을 기억할 필요가 있다. 물론 구체적인 양상은 때와 장소에 따라 다르다. 어떤 경우에는 그같은 문학의 산출이 이딸리아의 단떼(Dante)나 영국의 초서(Chaucer)처럼 16세기보다 앞서는 수도 있다. 그러나 이는 문학의 발전을 포함한 자생적 발전이 근대로 이행하는 주요 동력을 제공한 지역에서 발견되는 현상이다. 거꾸로 자본주의 세계체제로의 편입이 외부압력에 의해 강요된 민족의 경우, 민족문학의 형성은 일반사에서의 '근대' 기점보다 뒤지기 십상이고, 자의식적인 노력의 성격을 띠는 경향이 있다. 이는 한국의 경우에 뚜렷하지만 어느정도는 독일이나 러시아 같은 나라도 마찬가지였다.

그러나 지구화의 더 나아간 진전은 '세계문학'의 필요성과 가능성을 가져온다. 맑스가 『공산당선언』의 유명한 구절에서 부르주아지에 의한 사회관계 전체의 가차없는 변혁과 세계시장의 끊임없는 팽창을 묘사한 뒤, 그는 '세계문학'에 대한 요구를 포함하여 새로이 창출된 정신적 욕구를 언급한다.

자국의 산물로 충족되던 낡은 욕구 대신에 머나먼 나라와 풍토의 생산품이라야 충족되는 새로운 욕구가 대두한다. 지난날의 지역적·일국적 자급자족과 폐쇄성 대신에 모든 방면으로의 상호교류, 민족들의 전면적인 의존이 발생한다. 그리고 물질적 생산에서 그러하듯이 정신적 생산에서도 마찬가지다. 개별 민족들의 정신활동의 성과는 공동의 재산이 된다. 일국적 편향성과 편협성은 점점 더 불가능해지며, 수많은 국민문학·지역문학들로부터 하나의 세계문학이 형성된다.[5]

'세계문학(Weltliteratur)'의 개념에 관한한 맑스가 그 최초의 발의자도, 가장 유명한 주창자도 아니다. 그 영예는 1827년 초엽의 일련의 발언을 통해 그러한 생각을 개진했고, 십중팔구 용어도 처음으로 만들어낸 괴테에게 돌아가야 마땅하다. 그런데 흔히 간과되는 사실은 프레드릭 제임슨이 몇년 전에 지적했듯이[6] 괴테가 '세계문학'이란 용어로 뜻한 바가 세계의 위대한 문학고전들을 한데 모아놓는 것이 아니고, 여러 나라(당시로서는 당연히 주로 유럽에 국한되었지만)의 지성인들이 개인적인 접촉뿐 아니라 서로의 작품을 읽고 중요한 정기간행물들에 대한 지식을 공유하는 가운데 유대의 그물망을 만드는 일이었다는 점이다. 즉 이 용어는 우리 시대의 어법으로는 차라리 세계문학을 위한 초국적인 운동이라고 부름직한

---

5 Karl Marx and Friedrich Engels, *The Communist Manifesto* (Penguin Books 1967), 84면.
6 Fredric Jameson, "The State of the Subject (III)", *Critical Quarterly*, 1987년 겨울호.

것에 더 가까웠던 것이다.

'올림포스 산정'의 초연한 태도로 이름난 노년의 괴테를 세계 문학운동과 연결짓는 것은 뜻밖일지 모른다. 그러나 젊은 시절에 그 자신이 독일의 민족문학운동에 참여한 바 있고 말년의 초연한 태도는 낭만주의자들이 이끈 편협한 민족주의적 문학운동에 대한 환멸에 주로 기인했다는 점을 기억한다면 그렇게 놀라운 일이 아닐 수도 있다. 어쨌든 괴테의 요지는 1827년 베를린에서 열린 자연과학자들 — 시인이나 비평가들이 아니다 — 의 국제적 모임에 메씨지를 보내서 세계문학의 발전을 위해 일할 것을 촉구하는 데서 명백하게 드러난다.[7] 더 잘 알려졌으며 못지않게 의미심장한 구절은 『에커만과의 대화』의 1827년 1월 31일자에 담겨 있다. 그는 에커만에게 말하기를,

나는 시가 인류의 보편적 자산이며, 언제 어디서나 숱한 사람들 사이에서 스스로를 드러낸다는 생각이 점점 더 굳어진다. 어떤 이는 다른 이보다 시를 조금 더 잘 쓰며, 다른 이보다 조금 더 오래간다는 정도의 차이가 있을 뿐이다. 아무도 자신이 좋은 시 한 편을 썼다고 스스로를 대단하게 생각할 까닭이 없다.

그런데 정말이지 우리 독일인들은 자신을 둘러싼 좁은 울타리 너머를 보지 않을 때 이런 현학적 오만에 너무 쉽게 빠질 확률이 크다. 따라서 나는 내 주위의 다른 나라들을 둘러보며, 모든 사람에게 그렇게 하기를 권한다. 이제 민족문학(Nationalliteratur)은 별로 의미가 없는 용어이다. 세계문학의 시대가 임박했고, 모든 이가 그것을 앞당기도록 힘써야 한다. 그러나 우리가 외국의 것을 소중히하면서도, 절대로 특정한 것에 얽매여 그것을 모델로 생각해서는 안된다.[8]

7 Horst Günther 편, *Goethe: Schriften zur Weltliteratur*, Insel 1987, 편자해설 중 337~38면 참조.
8 Johann Wolfgang von Goethe, *Conversations with Eckermann*, tr. John Oxenford, North

이즈음 괴테는 이미 독일문학의 고전들을 창조한 후였고 그 점에 대해 정당한 긍지를 갖고 있었으며, 몇개의 외국어로 씌어진 다른 위대한 문학작품들도 물론 잘 아는 상태였다. 따라서 '임박한' 어떤 것으로서 '세계문학'의 개념은 반드시 기존의 고전들보다 위대한 것이 아니라, 맑스의 표현대로 "일국적 편향성과 편협성은 점점 더 불가능해지는" 근대인의 진화 발전하는 요구에 한층 적합한 새로운 종류의 문학을 의미하는 것이다. 그것은 또한 의식적인 노력으로 그 도래를 앞당겨야 할 어떤 것이기도 하다. 덧붙여, 내가 보기에 주목할 점은 괴테의 결정적 발언이 한편으로 시적·문학적 재능의 신비화에 대한 경고를 앞세우고 있으며, 다른 한편으로 '외국' 문학에 대비되는 자신의 민족(내지 국민)문학의 존재를 명백히 전제하고 있다는 사실이다. 단수로 된 그 명칭에도 불구하고 '세계문학'은 다수의 문학들로 구성되며 엄청나게 다양하고 복합적인 문학적 생산들로 이루어지는 것이다.

괴테의 세계문학 구상이 자세히 들여다볼 때 통상 생각하는 것보다 훨씬 더 맑스적인 것임이 입증된다면, 맑스는 맑스대로 위의 인용문이나 문학과 관련된 다른 발언들에서 자신이 독일 고전문화의 상속자이자 특정 문학들의 복합체로서의 세계문학이라는 괴테적 구상의 충실한 계승자임을 보여준다. 그런데 오늘의 시대에 이 괴테·맑스적 기획이라고 이름붙일 만한 것에 대해 우리는 어떤 입장을 취해야 할까?『공산당선언』에서 분석된 물질적 과정이 맑스 자신도 아마 상상 못했을 정도로 진전된 현시점에서 과연 그 실현가능성의 어떤 징조들이 있는 것인가?

그같은 기획을 의식적으로 밀고나간 초국경적인 대규모 운동이 하나 있었다면 바로 구공산권의 '사회주의리얼리즘' 운동일 것이다. 이 특정한

Point Press 1984, 133면.

형태의 세계문학운동은 현재 거의 무너진 상태이며 이는 자업자득이라 할 만하다. '사회주의리얼리즘'의 이름 아래 예술과 문학에 대해 억압이 너무나 많이 행해졌기 때문만이 아니라, 더욱 중요한 것은 그 운동이 괴테가 일찌감치 예측했고 맑스가 명백히 강조한 현실, 즉 세계시장의 전지구화와 그에 상응하는 지적 생산의 변모를 무시하려 했기 때문이다. 그러나 사회주의리얼리즘의 붕괴 이후 특히 서구 선진자본주의국가에서 지배적이 된 조류 또한 괴테·맑스적 기획과는 너무나 다른 모습이다. 물론, 오늘날의 지배적인 문화 ─ 용어의 정확한 의미에 대한 합의 없이 종종 '포스트모던'이라고 불리는 문화 ─ 는 충분히 전지구적이다. 그러나 내가 볼 때 이 문화는 세계문학의 '대두'나 '앞당김'이라기보다는 그 억압 내지 해체를 뜻한다. 실로 포스트모더니즘의 이름난 이론가들은 문학이라는 개념 자체에 대해 적대적이며, 파키스탄 출신의 작가 타리크 알리가 '시장리얼리즘(market realism)'이라고 부른 바 있는 그 실제 생산물들은 괴테와 맑스가 똑같이 소중히 여긴 현실에 대한 비판적이고 창조적인 대응이 발붙일 수 없게 만들고 있는 형국이다. 알리는 오늘날 서구의 문학적 상황에 대해 다음과 같이 말한다.

사유와 양식의 획일화 경향이 늘어나고 있다. 쓰잘데없는 것들이 온 세상을 주름잡고 문학은 흥행산업의 일부가 된다. '사회주의리얼리즘' 대신에 우리에게는 '시장리얼리즘'이 있다. 후자가 자발적으로 떠맡은 질곡이라는 점이 다를 뿐이다. 우리는 왕년의 '사회주의리얼리즘'과 마찬가지로 '시장리얼리즘'에 대해서도 강력히 저항해야 한다. '시장리얼리즘'은 물신화된 상품으로 다루어지는 자기폐쇄적이고 자기지시적인 문학을 요구한다. 그중 고급시장의 상품은 대리종교를 조장하며, 하급시장에서는 키치가 성행한다. 그러나 상품의 회전속도가 워낙 빨라 이런 모든 경계가 금방 무너지고 만다. 권력과 부의 오만과 부패를 고발하는 대신 '시장리얼리즘' 문

학은 대중매체의 거물들 앞에서 아양을 떤다.[9]

　이런 식의 지구화가 '세계문학'과 문학 자체를 위협하고 있다면, 민족문학들은 한층 더 심각한 위기에 처했을 것임이 당연하다. '일국적 편향성과 편협성'뿐만 아니라 세계문학이라는 더 큰 삶의 일부를 이루는 어떠한 독특한 민족적 전통도 이같은 '사유와 양식의 획일성'을 향한 거센 흐름 속에서 버림받게 마련이다. 포스트모더니즘이 자랑하는 다양성이란 실상 '후기자본주의의 문화적 논리'가 허용하고 일정정도 요구하는 사이비 다양성에 불과한 것이다. 사실이 그러하다면 — 만약 세계문학과 민족문학들이 자본주의 전지구화의 결과로 연기처럼 사라져버릴 대상의 일부라고 한다면 — 적어도 세계문학의 구상에 애착을 느끼는 사람들은 민족문학 주창자들을 의심보다는 공감으로 대해야 마땅할 것이다. 아니, 적극적인 연대의식을 표방해야 옳다.

　물론 괴테·맑스적 기획의 이론적 장단점들은 따로 더 논의해볼 문제이며, 나 자신은 문학이나 민족, 비유럽세계, 그리고 다른 많은 주제들에 대해 괴테와 맑스가 각각 지녔거나 공유했던 근본 전제들에 대한 진지한 문제제기를 않고서는 그 기획의 정당성을 확립할 수 없다고 믿는다. 그러나 여기서도 나는 더 중요한 문제라고 생각되는 점에 논의를 국한시킬까 한다. 즉 지구화시대의 인류가 세계문학이라는 기획의 배후에 있는 문학적(그리고 문화적) 유산을 과연 어느 정도까지 잃고도 견딜 수 있으며, 그러한 기획이 완전히 실패로 돌아간 경우에 지구화된 인류가 과연 어떤 종류의 삶을 — 삶이 가능하기나 하다면 — 누리게 될 것인가? 아무튼, 항상 세계문학의 대열에 합류할 것을 목표삼아온 우리 한국 민족문학운동의 참여자들은 그 '세계문학의 대열' 자체가 심하게 흐트러져 있어 세계문학이

<hr>

9　Tariq Ali, "Literature and Market Realism", *New Left Review* 199, 1993년 5·6월호, 144면.

살아남기 위해서도 우리의 민족문학운동과 같은 운동의 기여가 필수적이라는 인식에서 우리의 노력이 지니는 또하나의 정당성을 발견하게 된다.

3. 남한 민족문학운동의 의의

이제 남한의 '민족문학운동'이 그러한 기여를 실제로 해낼 가능성과 직결된 몇가지 측면들을 논해보자.

민족문학 내지 국민문학에 대한 구상이 조선왕조 말엽에 처음 등장했을 때 그것은 1876년 조선이 근대 세계경제에 문호를 개방한 결과에 대한 직접적 반응이었음이 분명하다. 그리고 그것은 주로 유럽의 민족부르주아지들의 성취를 모방하려는 노력의 형태를 취했다. 그러나 당시에도 이와 경쟁하는 조류들로서 유교적 보편주의 — 이는 동양 예외주의와는 다른 차원의 문제였는데 — 의 명분 아래 이루어진 저항운동이 있었고, 1894년 동학농민전쟁이 대표하는, 비록 그 목표가 명확히 설정되지 못했어도 엄청난 동원력을 발휘하며 대안적인 근대성을 겨냥했던 민중투쟁도 있었다. 일본 식민지지배 아래서는, 비록 강조점이 부르주아 애국주의냐 프롤레타리아 애국주의냐의 차이는 있었지만, '근대적 민족' 및 '국가주권 회복'의 담론이 우위를 점하게 된다. 그런데 이 경우에도, 반식민주의적 민족주의에서 단지 서구의 선례가 제공한 특정 모델들의 복사판이나 변종만을 보는 것은 지나친 단순화를 범하는 일이다. 파르타 차터지가 주장하듯이 "아시아·아프리카에서 민족주의적 상상력이 거둔 가장 창조적이자 가장 강력한 성과는 근대 서구가 퍼뜨린 민족사회의 '모델적' 형태와의 동일시가 아니라 오히려 그로부터의 차별화에 있기" 때문이다.[10]

---

10 Partha Chatterjee, *The Nation and Its Fragments*, Princeton UP 1993, 5면.

공식적 독립의 획득이 보통은 국가간체제의 무비판적 참여자로 변하는 민족국가를 낳으며 다른 미래를 향한 반식민지적 잠재력의 실질적인 상실로 이어지는 것은 사실이다. 그러나 한국의 경우 일제지배에서 해방되자 곧 삼팔선에 따른 분단이 뒤따랐고, 1950~53년의 파멸적인 전쟁에 이어 엇비슷한 휴전선이 생겨나, 두 개의 명백히 상치하는 이념과 제도를 지녔으면서도 하나의 '분단체제'에 함께 맞물린 국가구조들을 낳았다. 한반도의 분단체제에 관해서는 다른 곳에서도 여러차례 나의 주장을 펼친 바 있지만, 이 분단체제 자체는 다시 그보다 큰 세계체제의 한 하위체제를 이루는 것이다. 우리 세대의 민족문학운동의 뚜렷한 특징은 바로 이 특정한 '민족 문제',[11] 즉 민족분단에 대한 줄기찬 관심에 있다. 분단은 분명 식민지지배의 유산이며 더욱 직접적으로 신식민지적 간섭의 결과이지만, 분단된 양쪽 모두에서 자기재생산력을 지닌 반민주적인 구조들을 정착시킴으로써 그나름의 체제적 성격을 띠게 된 것이다.

이같이 특정한 민족적 위기에 대응코자 하는 '민족문학'이 어떤 단순명료한 의미로 민족주의적일 수는 없을 것이다. 실제로 우리가 직면한 상황은 '민족'이라든가 '국민'에 대한 단순한 관념을 해체하는 일을 불가피하게 한다. 이는 '계급'의 개념에도 그대로 해당된다. 분단체제의 자기재생산 메카니즘을 이해하기 위해 계급분석이 필수적이긴 하지만 말이다. 우리의 경우 '민족'은 두 개의 '사회'로 나뉘어 있고 두 개의 서로 다른 국가에 속한 집단을 뜻하며, 따라서 두 개의 서로 다른 민족(nation)이 되는 과정에 처했을지도 모르는 집단인 것이다. '계급' 또한 문제가 되는데 그 이유는 예컨대 'the Korean working class'라는 용어 자체의 의미가 극히 불

---

11 이에 관해서는 Paik Nak-chung, "The Idea of a Korean National Literature Then and Now", *positions: east asia critiques* 1권 3호, 1993 참조. 〔이 문건은 짤막한 머리말과 함께 1974년의 졸고 「민족문학 개념의 정립을 위해」의 영역본과 그로부터 거의 20년 뒤가 되는 1993년에 미국 캘리포니아 주립대학에서 행한 "Decolonization and South Korea's 'National Literature' Movement"의 강연원고를 묶어 실은 것이다.〕

분명하기 때문이다. 남한의 노동계급이냐 북한의 노동계급이냐가 먼저 밝혀질 필요가 있으며, 실제로 어떤 식으로건 통일을 목표로 삼는 경우라면, 특정한 한쪽의 노동계급(혹은 '남북한 노동계급'의 남쪽 또는 북쪽 부분)이 한반도 다른 쪽의 상응하는 노동계급과 맺는 관계라든가 자신이 속한 반쪽에서 여타 계급·계층들과 맺는 관계들을 명시하지 않고서는 현실적인 논의가 성립되기 힘든 것이다. 여기에 분단체제가 세계체제의 한 하위체제에 불과하다는 사실을 더하고 보면—그 세계체제가 자본주의적일 뿐 아니라 성차별적이고 인종주의적인 성격을 띤다는 점을 여기서 언급만 하고 넘어갈 수밖에 없지만—이 세계체제의 작동에 대한 정당한 인식을 갖고 그 전지구적 착취와 파괴에 맞서 싸우는 초민족적인 연대를 형성해내는 일은 바로 '민족적'인 과제의 일부가 되기도 한다.

남한에서도 1989년의 지정학적 변화 이래 가속화되는 전지구화의 발걸음이, 더욱이나 세계무역기구(WTO) 체제의 출범 이후에는 '민족문학'을 낡은 것으로 치부하는 목소리들을 키워왔다. 그러나 적어도 한가지 점에서 바로 그 지구화·세계화가 민족문학의 핵심과제를 부각시키고 강화하는 역할을 했다. 즉 최근의 미국과 북한간 제네바협정 타결[1994]이 마침내 한반도에 냉전의 종식을 가져올 것이며, 분단체제를 떠받치는 여러 기둥의 하나지만 어쨌든 매우 중요한 기둥 하나를 제거할 것이라는 점이다. 그러므로 우리는 오늘의 지구화에서 위협과 기회를 동시에 보아야만 한다. 한편으로 '국제경쟁력'이나 '전지구적 문화'의 이름으로 우리가 현재 누리고 있는 그나마의 자주성과 민주주의에 대한 위협이 커지는가 하면, 다른 한편으로 좀더 민주적이고 평등한 세상을 위해 남한 내부적으로만 아니라 국경 및 '준국경'(즉 남북한간의 경계선)을 초월해 수행하는 필수적인 노력의 기회가 동시에 주어진 것이다. 진정한 분단체제극복—즉 민중역량이 의미있게 투입된 통일이어서 민족국가의 고정관념이 아니라 지구화시대 다수민중의 현실적 요구에 부응하는 국가구조의 창안을 이

끌어내는 통일—이 이루어진다면, 그것은 세계체제 자체의 결정적인 재편을 뜻하고 어쩌면 더 나은 체제로 이행하는 결정적 발걸음이 될지도 모른다.

나는 오늘날 한국의 실제 문학생산이 이같은 도전에 충분히 부응하고 있다고 주장하는 것은 아니다. 이를 달리 표현하면, 분단체제의 미래가 위에 밝힌 구상보다 훨씬 나쁜 것이 될 가능성이 엄존함을 인정하는 말이 될 것이다. 즉 어느정도는 개량된 형태로 분단체제가 무한정 연장됨으로써 한반도 주민들은 한쌍을 이루는 두 개의 비민주적 국가 및 외세의 조종과 착취 대상으로 남게 될 가능성이 그 하나이며, 또 남한 자본주의의 요구에 따른 일방적인 흡수통일의 가능성도 있다. 이는 한국의 (필시 그 성차별주의도 크게 강화하는) 악성 민족주의의 등장으로 이어지거나 한국경제의 파멸적인 붕괴로 귀결될 수 있고 둘다일 수도 있다. 이러한 전망은 그 어느 것이든 너무도 암담한 것이어서 자존심이 있는 민족이라면 분명히 다른 대안을 찾지 않을 수 없다. 특히 문학에 종사하는 사람이라면 그렇다.

이 대목에서 지구화시대에는 민족문학들만이 아니라 세계문학 또한 위협받는다는 점, 오늘날 "일국적인 편향성과 편협성"보다 전지구적 자본과 그 범세계적인 문화시장이 주된 위험이라는 사실을 상기함직하다. 이는 정치행동의 영역에서도 마찬가지라고 믿는다. 다양한 종족적·민족적·인종적 편견들이 평화롭고 민주적인 세계를 위협하고 있지만, 최종적으로 그것들은 전지구적 축적체제와 그에 따르는 착취에 부응하고 또 그 한계 내에서 작동한다. 궁극적으로 필요한 것은 에띠엔느 발리바르가 주장하듯이 "시민권을 위한 국제주의적인 정치(an internationalist politics of citizenship)"[12]임이 분명하지만, 그런 정치의 실질적인 성공은 해당되는

---

12 *Race, Nation, Class*, 64면.

개인과 집단 각자가 가장 개인적이고 국지적인 차원에서 완전히 지구적인 차원에 걸친 다양한 차원들을 결합해내는 지혜와 창조성에 달려 있을 것이다. 그리고 이러한 여러 차원의 활동영역에서 민족적 차원은 중간차원이자 너무 파편화되지는 않은 '지역적' 차원의 한 유형으로서 문학에서건 다른 영역에서건 필수요소로 남게 된다. 한국의 민족문학을 위해 일하는 우리들은 지구화시대에 적절한 실천을 위해서뿐 아니라 세계문학의 보존과 창달을 위해서도 요구되는 바로 그러한 창조적 실험에 참여하고 있다고 믿는다.

〈1994, 1997〉

근대성과 근대문학에 관한 문제제기와 토론

1. 서론

이번 학술토론회의 큰 제목이 '한국 근대사회형성과 근대성 문제'로 정해지기 전에 서울대 민교협 회원들끼리 합의한 기본 취지는, 지금 이곳에서 학문하는 사람들이 과연 무엇을 어떻게 연구할지를 검토해보자는 것이었다.[1] 다만 이를 '방법론' 논의로 추상화하지 말고 구체적인 분야에서 구체적인 주제를 잡아 연구를 실행하는 본보기를 제시하며 토론하자고 했다. 이런 취지에 따라 필자는 '문학과 예술에서의 근대성 문제'라는 주

---

[1] 본고는 서울대 민교협이 주최한 이 토론회 당일(1993. 9. 24)에 배포된 발제문에 약간의 첨삭과 몇개의 각주를 붙인 것이다. 발표 자체는 발제문을 일부 건너뛰면서 읽는 형식을 취했고 그 자리에서 조금씩 고쳐 읽은 대목도 있다. 본고에서는 구두발표 때 이미 고쳐 읽은 대목 말고는 극히 지엽적인 자구수정만 했고, 그 이상의 수정 또는 보완은 모두 각주로 돌리거나 각주에서 명시했다. 〔본서에 수록하면서 제목을 '문학과 예술에서의 근대성 문제'에서 '근대성과 근대문학에 관한 문제제기와 토론'으로 좀너 내용에 부합하게 바꾸었고, 새로 덧붙인 대목은 윤문 수준의 첨삭이 아닌 경우 대괄호 속에 표시했다.〕 발제문과 구두발표를 토대로 삼은 다른 분들의 발언에 부당한 왜곡을 초래하지 않기 위해서다. 〔이날의 다른 발제와 각종 토론은 『창작과비평』(1993년 겨울호)에 '한국 근대사회의 형성과 근대성 문제' 특집으로 실려 있다.〕 각주는 토론 내용을 감안한 논평도 있고, 애초부터 계획했던 부연설명이나 참고문헌 제시도 있다. 이 자리를 빌려 그날 토론에 동참해준 단상·단하의 여러분과 그에 앞서 6월 23일의 예비발표 모임에 참석하여 논평해준 민교협 동료들께 감사드린다.

제를 택했는데(주1 참고), 이는 한편으로 문제를 가급적 문학과 예술 분야로 국한하는 결과가 되지만, 다른 한편 소재가 '한국'으로 제한되지 않는 부담을 안기도 한다. 또한 '근대사회형성'이라는 다분히 이데올로기적 성격을 띠기 쉬운 개념보다는 '근대성'을 논하면서 그것을 '문제'로 삼겠다는 의도를 담은 것은 사실이다.[2]

근대성 문제는 이 시대의 인문학도와 사회과학도로서는 회피하기 힘들 만큼 곳곳에서 빈번하게 제기되고 있다. 그런 의미로 그것은 현실 속에서 '실세를 지닌' 논제이다. 학자의 연구가 반드시 현실의 세를 따를 필요는 없고 너무 그래도 안되겠지만, 현실적으로 힘있는 요구가 적다 해도 인문학·사회과학의 연구에서 처음부터 관심 밖으로 무시되어서는 곤란할 것이다. 연구의 진행 끝에 현실과 거의 무관해 보일 만큼 추상성이 높고 난삽한 이론이 나올망정 일단 그 출발은 동시대의 절실한 관심사와 직결된 곳에서 이루어져야 마땅하다고 믿는다.

근대성 논의가 나라 안팎을 막론하고 무시못할 실세를 지녔음은 쉽사리 확인된다. 우선 국내의 경우를 보면, 박정희정권이 '조국근대화'론을 들고 나온 이래 오늘날까지 '근대화'논의는 정부와 이 사회 지배층의 막강한 힘이 실린 것이었다. 더구나 그것은 박정권의 여타 명분들 — 예컨대 '한국적 민주주의'로서의 유신체제론이나 '자주국방'론 — 과는 달리, 미국의 주류 사회과학을 포함한 서방 학계의 거대한 실세를 업고 있었다. 뒤이은 전두환정권의 '선진조국'론이 박정희식 근대화론의 충실한 계승이었음은 더 말할 나위 없으며, 최근 문민정권의 '신한국'론도 그 점에서는 본질적으로 다르지 않다. 바야흐로 군부통치의 유제를 청산함으로써 더

2 '근대사회형성'이라는 개념이 반드시 이데올로기적이라고 주장한다면 어폐가 있을 것이다. 그러나 토론회 당일의 일부 발언에서도 드러나듯이, '근대극복'의 문제를 도외시한 특정 기준에 따라 '근대사회'를 설정하고 그러한 근대사회의 형성을 누구에게나 당연한 과제로 제시하는 근대주의적 발상이 퍼져 있는 것은 사실이며, 필자는 이러한 발상과 거리를 두고자 했던 것이다.

욱 효과적인 근대화를 이룩하겠다는 논리라고 볼 수 있다.

근대화론에 명시적으로 동조하지 않더라도 실질적으로 근대화론과 구별하기 힘든 경우도 많다. 공공연한 근대화주의가 적어도 학문의 세계에서는 한창때를 넘긴 지 오래인만큼 이런 유사 근대화론이야말로 오늘날 근대화 이념의 더욱 유력한 전파자인지도 모른다. 예컨대 현실사회주의권의 몰락 이후 바짝 성행하는 '시민사회'론 가운데는, 그람시나 맑스 또는 헤겔 등으로부터 면면히 이어지는 진지한 논의를 계승한 것도 있지만, 동유럽의 실패나 제3세계의 후진성을 모두 서구자본주의사회식 제도와 관습이 결핍된 탓으로 돌리는 근대주의적 단순논리가 작용한 경우도 많다. 또한 일본의 나까무라 사또루(中村哲)가 내놓은 '중진자본주의론'도 저자 스스로는 근대화론과 '신종속이론'의 약점들을 동시에 극복했다고 주장하지만, '저개발국'으로부터 '중진국'으로 또 '중진국'으로부터 '선진국'으로의 '불가역적(不可逆的)'인 변화만을 인정하는 점이나, 바로 그 대목에서도 짐작되듯이 '중진화'의 기준을 주로 해당 사회 내부에서 자본주의적 경제제도가 차지하는 비중의 크기에 두는 점을 보더라도, 근대화론과의 본질적인 차이를 발견하기 힘들다(『세계자본주의와 이행의 이론』, 안병직 역, 비봉출판사 1991, 특히 제1장 참조). (중진자본주의에 관해서는 여기 계신 안병직(安秉直)교수가 권위자이지만 내가 미리 약간 초를 쳐놓는 것이 안교수가 차려놓은 상을 여러분이 한층 맛있게 드시는 데 도움이 되리라 믿는다.)

근대화보다 오히려 근대의 종말 즉 '근대 이후(postmodern)'를 주장하는 이른바 포스트모더니즘 논의들도 근대성 문제의 실세를 더해주는 요인이다. 뒤에 다시 논하겠지만 내가 접한 대다수의 포스트모더니즘론은 '근대성'의 이해에도 부실한 점이 많은데다 애초에 '모더니티에 대한 포스트'인지 '모더니즘에 대한 포스트'인지조차 얼버무리기 십상이라서, 근대성의 규명에 기여하기보다 촛점을 흐려놓는 일이 적지 않고 실질적으로는 근대화론의 고도로 위장된 형태라는 혐의가 걸리는 경우가 많다. 하지만 어쨌든 나라 안팎에서 일대 유행을 이룬 포스트모더니즘 논의가 근대성에 대한 관심을 더욱 부추기고 있는 것은 분명하다.

그에 비해 근년에 급격히 실세를 잃은 셈이지만 문학과 예술에서의 이른바 사회주의리얼리즘론도 근대성 문제와 직결된 것임을 상기할 필요가 있다. 이 경우 '포스트모던'이라는 표현이 부각되지 않았을 뿐, 볼셰비끼 혁명 및 소련의 사회주의 건설로 자본주의적 근대의 종언이 시작되었다는 그나름의 '근대 이후' 개념이 전제되었다. 이는 곧잘 1917년까지가 세계사의 '근대'요 그후는 '현대'라는 식으로 표현되었다.[3] 이러한 시대구분법 자체는 오늘날 소련과 동유럽의 관변 문학이념으로서의 사회주의리얼리즘만큼이나 호소력을 못 갖는 것이지만, 사회주의 또는 리얼리즘이 어떤 식으로든 절실한 논제로 살아 있는한 근대와 근대성에 대한 토론은 저절로 따라오게 마련이다.

끝으로 얼마만한 실세가 있는지는 모르겠으나 나 자신이 한국 문단의 일부 동지들과 더불어 주장해온 민족문학론도 근대성에 관한 성찰을 요구하는 담론이다. 우리 문학의 경우 민족문학의 시대와 근대문학의 시대가 실질적으로 일치한다는 기본 설정부터가 그렇고(예컨대 1974년의 졸고「민족문학개념의 정립을 위해」참조), 리얼리즘론과 민족문학론의 친연성에 대한 폭넓은 합의 때문에도 그렇다. 물론 논자에 따라서는 자신의 민족문학론을 기존의 사회주의리얼리즘론에 거의 전적으로 의존한 탓으로 지금은 근대화론이나 포스트모더니즘론 앞에서 무방비상태가 되고 더러는 적극적인 귀순을 결행하는 경우도 없지 않다. 아무튼 민족문학론 및 리얼리즘론에서의 근대성 문제 역시 본론에서 따로 다루기로 한다.

---

3 예컨대「한국 근현대사의 성격과 민족운동」이라는 좌담 중 "사회구성사적 관점에서 보면 일반적으로 세계사적 근대는 자본주의이고 현대는 사회주의로 이해되고 있습니다"라는 발언도 비슷한 인식의 표현이다(『창작과비평』1998년 여름호, 14면).

2. 근대성에 관한 서양측 논의의 몇가지 정리

(1)

본론을 서양측 논의에 대한 간략한 소개로 시작하는 것은 논술상의 편의 때문이기도 하지만 '실세있는' 논의를 존중한다는 발상과도 무관하지 않다. '근대'라 불리는 역사상의 시기가 서양 특히 서유럽에서 먼저 시작되었다는 데에 폭넓은 합의가 이루어진 것뿐만 아니라, 한반도를 포함해서 서양 바깥의 어디서든 근대성의 문제가 현실적 관심사가 될 때 근대 서양의 존재가 이미 어떤 식으로든 작용하고 있기 때문이다. 그러므로 서양인들 스스로 근대성을 어떻게 인식하고 있는가는, 서양의 근대를 인류 모두의 전범으로 인정하느냐 마느냐 하는 것과는 전혀 별개의 문제로서 우리의 핵심적인 관심사가 되어 마땅하다. 하지만 이런 관심사의 추구가 한반도 내부사정으로 절실해진 논의들과 끝내 연결되지 못한다면 '실세존중'이 현실추수주의에 불과할 것인바, 본고는 서양측 논의의 검토가 이제는 자연스럽게 한반도 우리들의 문제로 이어지는 세계사적 현실을 전제하고 있다. 아니, 한걸음 더 나아가, 우리들 문제의 진지한 논의를 통해 비로소 서양측 논의가 새롭게 정리되고 진전되는 면도 있다는 것이 나 자신의 생각이다.

비슷한 논리로, 여기서 우리 논의에 핵심적인 개념들을 점검하면서 그에 해당하는 영어 단어들을 들먹이는 것도 단순히 영문학도로서 필자의 개인적 편의에 따른 것만은 아니다. 우리말 개념 특유의 이바지가 종국에는 가능하더라도 우선은 영어의 실세를 인정하자는 입장인데, 다만 영어가 누리는 실세가 막강하기는 해도 전일적인 지배와는 거리가 멀며, 같은 서양어끼리도 언어마다 비슷한 낱말이 다소간에 개념을 달리함을 기억하면서 논의를 진행할 것이다. 그러면 우선 '근대성'과 관련된 영어의 어떤 낱말들이 어떻게 번역되는가부터 짚어보기로 한다. 물론 이것은 무슨 '유권 해석'을 하려기보다 나 자신이 이들 개념을 어떻게 이해하고 있는지를 미리 밝히려는 것이다.

모던(modern) 본고의 주제인 '근대성'의 바탕이 될 '근대' 내지 '근대적'에 해당하는데, 우리말로는 '현대'라는 번역도 가능하다. 이는 영어의 modern이, 그 어원인 라틴어의 modo(바로 지금)가 시사하듯이, '지금 당대'라는 의미도 내포하기 때문인데, 근대나 현대나 본질적으로 고대 또는 중세와 구별되는 the Modern Age의 일부이고 다만 좀더 가까운 시기가 '현대'라고 해석한다면 크게 문제될 바 없다. (한국사에서 근·현대라고 할 때도 이런 정도의 구별이라 믿는다.) 하지만 양자간의 더 본질적인 차이를 설정하여 modern은 '근대'에만 해당되고 '현대'는 contemporary(동시대)의 번역어일 따름이라 고집하는 것은, 적어도 영어의 용법과는 배치된다. 뿐만 아니라 '동시대'가 누구의 동시대며 어떤 시대인지 분명치 않은만큼 시대구분상 고대·중세·근대와 구별되는 현대임을 명시하고자 한다면, '탈근대'라든가 다른 어떤 명칭을 선택하는 것이 나을 것이다.

모더니티(modernity) 단순히 근대라는 시기를 뜻할 수도 있으나 추상명사로는 '근대성'이다. 즉 근대의 '근대다운 특성(들)'이다. '현대성'이라는 번역의 가능성 및 문제점은 modern의 경우와 대동소이하다.[4]

모더니제이션(modernization) '근대화' 또는 '현대화'로 번역되는데, 원래

---

4 '모더니티' 및 '근대성'이야말로 본고의 핵심 주제인데도 그 낱말풀이가 이렇듯 소략한 것은, 본론을 통해 그 다양한 의미를 밝히는 것이 순서라고 보았기 때문이다. 그러나 토론과정에도 지적되듯이 본론에서의 개념규정에도 혼란이 없지 않고, 어쨌든 이 대목이 독자나 청중에게 친절을 다하지 못한 것만은 분명하다. 토론자와의 문답 및 해당 각주를 통해 다소나마 개선된 결과에 도달하기 바란다. 〔영어의 modernity를 한국어로 옮기는 과정에서 발생하는 '이중의 혼란', 즉 한편으로 modern이 '근대'도 되고 '현대'도 되며 다른 한편으로 modern이라는 '시대'일 수도 있고 그 시대의 '특성'일 수도 있다는 점에 대해서는 근년의 졸고 「21세기 한국과 한반도의 발전전략을 위해」, 백낙청 외 지음 『21세기의 한반도 구상』(창비 2004), 16면에서 재론한 바 있다.〕

영어에서는 건물이나 의상, 맞춤법 따위를 '현대화'한다는 의미가 주었으나, 요즘은 근대성의 획득, 특히 자본주의적 발전의 과정을 뜻하는 '근대화'라는 의미로도 널리 쓰인다. 그러니까 이 단어는 '근대화'/'현대화'로 구별해서 번역하는 것이 적절하고 편리한 셈이다. 사회 전체의 근대화와 관련된 경우라 해도 예컨대 전근대사회로부터 자본주의적 근대사회로의 이행이 주제일 때는 '근대화'가 맞고, '기술의 현대화'라든가 중국의 '4대 현대화계획'이라든가 하는 식으로 특정 분야의 개선을 말할 때는 '현대화'가 적절하다.

모더니즘(modernism) 이 경우에도 '근대주의' / '현대주의' 또는 '근대주의' / '모더니즘' 으로 구별해줄 필요가 있지 않은가 한다. 영어에서는 그 낱말이 예술 분야에서 쓰일 때와 사회 및 역사 일반에 관해 쓰일 때 의미가 적잖게 달라지기 때문이다. 일반적으로 예술에서의 modernism은 우리말의 '모더니즘'이 그러하듯이 서구의 19세기 후반 또는 20세기 초에 본격화하며 여러 면으로 종전의 근대 이념에 반발하는 흐름을 지칭하는 데 반해, 사회과학에서의 modernism은 근대성을 긍정하고 더러는 근대화를 주창하기도 하는 입장으로서 우리말의 '근대주의'가 적당하다. 물론 사람마다 그 정확한 용법은 차이가 나며, 예술에서의 현대주의와 일반적인 근대주의의 관계가 결코 단순치 않음은 뒤에 재론할 것이다.

포스트모더니티(postmodernity) / 포스트모더니즘(postmodernism) 포스트모더니티는 직역하자면 '근대 이후' 또는 '근대이후성'이겠는데, '근대로부터의 이탈'이라는 취지를 받아들이고 또 추상명사화할 때의 편의를 고려하여 '탈근대' 또는 '탈근대성'으로 옮기는 일이 흔하다. '탈현대'는, 시대 구분을 초월한 어떤 역설적인 당대적 특징을 나타내려는 의지의 반영일 테지만, '현대' 자체가 '당대'라는 뜻을 가짐을 감안할 때 영어에서 post-contemporary(탈당대) 운운하는 것과 마찬가지로 일종의 말장난이 될 우려가 있다. '이즘'이 붙어 postmodernism이 되면 문제는 더욱 복잡해진다. modernism 자체가 '근대주의'와 '현대주의'로의 구별이 가능하므로 '탈-근대주의'냐 '탈-현대주의'냐라는 논란이 따르며, '탈근대-주의'라는 또다른 변형도 인정해야 한다. 이들 개념들의 상호관계 역시 복잡하고 논자마다 그 인식이 다른만큼, 본고에서는 그냥 '포스트모더니즘'이라고 표기함을 원칙으로 한다.

(2)

이제 앞의 낱말풀이에 얽힌 몇가지 문제를 좀더 상세히 검토해보기로 한다. 먼저 시대구분으로서의 근대를 따져볼 필요가 있다. '근대성' 또는 '탈근대성'이 역사상의 특정 시기와 무관하다는 주장이 일부 포스트모더니즘 논의를 중심으로 곧잘 나오지만, 일정한 기간 안의 모든 것을 자동적으로 근대적(또는 탈근대적)이라고 말해서는 안된다는 말이라면 모를까, modern이나 post-modern처럼 애초부터 시간적인 개념을 초시간적 또는 공시적(共時的)인 개념으로 바꾸는 것은 자의적인 언어사용이 아닐 수 없다.

근대가 정확히 언제 시작했는지, 또 어느 싯점에 이미 끝났는지 아닌지를 여기서 결정하려는 것은 아니다. 다만 흔히 거론되는 학설들을 의식하면서 우리 나름으로 일정한 시대구분의 기준, 다시 말해 역사인식의 기준을 세울 수 있을지를 생각해보려는 것이다. 근대의 기점에 관해서는 서양에서도 16세기, 17세기, 18세기에다 19세기설까지 있는 것으로 안다. 그러나 '지리상의 발견' 같은 특정 사건이나 '르네쌍스' 같은 문화현상을 내세우는 경우를 뺀다면 각기 다른 시기를 지목하더라도 대부분 자본주의의 발생 또는 정착을 그 기준으로 삼는 공통점을 지닌 듯하다. 나 자신은 서구에서의 자본주의 세계경제〔즉 당시로서는 세계 전체의 경제(world economy)가 못 되었지만 '세계체제'의 한 유형으로서의 world-economy〕 발생을 기준으로 삼는한 16세기가 제일 타당하다는 생각이다. 산업혁명을 통한 자본주의 발전의 본격화라든가 뒤이은 자본주의 선진국들의 실질적인 세계제패를 분기점으로 잡아 더 가까운 연대를 선택할 수도 있겠으나 그럴 경우 중세와 근대 사이의 이행기가 너무 길어질 뿐더러, 어차피 세계사의 근대는 근대성과 전근대성이 병존하는 시기인만큼 세계의 일부에서라도 자본주의적 근대가 출범했다는 사실 자체가 가장 중요하다고 믿기 때문이다. 따라서 16세기설이 동아시아인의 관점에서 보면 '유럽중심사관'이라는 비판(앞의 中村哲, 118~19면)도 정곡을 찌른 것은 못 된다('지리상의 발견' 자체를 기준으로 삼는 16세기설이 표적이라면 모르되). '세계자본주의'가, 자본주의 경제제도가 문자 그대로 전지구를 포괄하는 상태를 가리켜야 하는 것이라면, 그런 의미의 근대는 20세기말 우리 당대에야 비로소 시작되었다는 주장마저 가능할 터이다.

아무튼 '근대'를 '세계사에서의 자본주의시대'로 일단 이해하면 지금이 '근대 이후'(내지 '탈근대')냐 아니냐는 문제도 훨씬 규명하기 쉬워진다. 아니, 1989년 이후의 세계에서야말로 그런 의미의 '근대 이후'를 말하기가 거의 불가능해졌다고 판정하는 것조차 가능해진다. (정작 미국에서는 포스트모더니즘 논의가 근년에 한결 수그러들고 '탈식민지론' 등 새로운 담론이 유행하는 것도 이와 무관하지 않을 듯하다.) 물론 자본주의시대 내부의 특정 단계로서의 '근대 이후'를 말하는 것은 비록 개념의 혼란을 야기하는 책임이 따르지만 일단 검토할 가치는 충분하며, 자본주의 개념을 애낭초 도외시한 '근대'/'근대 이후'의 구분도 논리상 가능하고 실제로도 성행한다. 다만 훨씬 큰 지적 무책임이라는 비난을 감수해야 마땅할 것이다.

(3)

근대를 자본주의 경제가 정착하고 확산되는 시대로 이해한다 하더라도 이러한 시대가 지니는 특성, 그중에서도 인간의 구체적인 삶과 의식에서 발견되는 가장 두드러진 특징이 어떤 것이냐를 규정하는 문제가 남는다. 즉 근대의 근대성을 어떻게 규정하느냐는 것이다.[5] 이는 본고의 핵심적인 주제로서, 여기서는 약간의 진지한 성찰을 시작하는 것으로 만족해야 할 것이다. 사실 서양쪽의 논의만 해도 너무나 다양하고 많기 때문에 필자로서는 극히 부분적인 정리밖에 가능하지 않다.

아무튼 고대나 중세 사람들에게도 그 시대는 자신들에게 '근대'요 '당대'였을 텐데도 근대인이 자기 시대를 한마디로 '근대'라 부르는 일이 정착된 것을 보면, 이 시대의 한 특징이 사람들이 자기 시대를 대하는 어떤 독특한 태도에 있음이 짐작된다. 그것은 옛것과 새것을 끊임없이 대비하면서 오늘의 새로움에 특별한 의미를 부여하는 태도인 것이다.

동시에 이러한 태도가 하나의 큰 사조를 이루고 일종의 역사적 기획을 이룬 것은 18세기 프랑스의 계몽사상이었다는 점에 대해서도 폭넓은 합의가 있는 듯하다. 예컨대 계몽사상과 '근대의 기획'을 옹호하는 하버마스는 물론, 이 기획에 부정적인 푸꼬 같은 논자도 근대성의 핵심적 내용으로 계몽사상을 꼽는 데에 일치한다. 그런데 하버마스와 푸꼬의 또하나 공

---

5 본고의 한정된 목표에 비추어, "자본주의 경제가 정착하고 확산되는 시대"로서의 근대라는 대전제를 천명하는 데 머물고, 이 자본주의 경제의 본질이 무엇이며 그것이 어떤 형태로 정착·확산되는가에 대한 논의는 생략했다. "인간의 구체적인 삶과 의식에서 발견되는 가장 두드러진 특징"으로서의 '근대의 근대성' 문제, 주로 문학과 예술, 철학 등에서의 근대성 논의로 곧바로 넘어가는 것이 본래의 취지였기 때문이다. 하지만 그런 취지를 감안하더라도 '인간의 구체적인 삶'이라는 것 자체가 당연히 경제생활을 포괄하는 넓은 개념인데, 그중에서 '의식'에 치중한 논의를 한마디로 "근대의 근대성을 어떻게 규정하느냐는 것"으로 표현한 것은 조심성이 부족한 처사였다. 따라서 이 대목을 두고 토론에서 문제가 제기된 것은 당연했다.

반면에, 일단 몇몇 철학자와 문예이론가들의 입장에 대한 검토를 방편으로 삼는 점을 양해한다면, 본고의 논의가 자본주의에 대한 과학적 인식을 결했는지 여부는 맑스의 분석을 얼마나 많이 원용하고 있느냐에 따라 결정될 일이 아님이 인정되리라 본다. 실제로 필자가 다음 단락에서 "옛것과 새것을 끊임없이 대비하면서 오늘의 새로움에 특별한 의미를 부여하는 태도"를 근대인 특유의 것으로 인식하고 출발할 적에는, (뒤에 직접 인용이 나오기도 하지만) 무한한 이윤축적을 그 원리로 삼는 독특한 생산양식 때문에 '모든 단단한 것이 연기처럼 사라진다'는 자본주의시대 고유의 경험을 전제하고 있는 것이다.

통점은 계몽사상과 예술에서의 모더니즘을 (각기 다른 근거지만) 기본적으로 연속선상에 놓고 있다는 것이다. 그 점에서도 이들 두 사람의 견해를 잠시 대비해보는 것이 근대성 일반의 문제와 더불어 '문학과 예술에서의 근대성 문제'를 특히 주목하는 작업에 편리하지 않을까 싶다.

「근대성 ― 미완의 기획」(1981)이라는 글에서 하버마스는 이렇게 말한다. "18세기에 계몽철학자들에 의해 정립된 근대성의 기획은 객관적인 과학, 보편적인 도덕과 법률, 그리고 자율적인 예술을 각자의 내적 논리에 따라 발전시키려는 그들의 노력으로 이루어졌다. 동시에 이 기획은 이들 영역의 인식적인 잠재력을 각 영역의 비교적(秘敎的) 형식들로부터 해방시키고자 했다. 계몽철학자들은 이러한 전문화된 문화의 축적을 일상생활의 풍요화를 위해, 다시 말해 일상적인 사회생활의 합리적 조직화를 위해 활용하기를 원했다."(Jürgen Habermas, "Modernity ― An Incomplete Project", in H. Foster, ed., *Postmodern Culture*, Pluto Press 1983, 9면) 따라서 그가 '미적 근대성'(aesthetic modernity)이라고 부르는 19세기 중반 이래의 전위예술과 그 사상은 기본적으로 계몽철학자들이 그 "내적 논리에 따라 발전시키려" 했던 "자율적인 예술"에 해당한다. 물론 그는 이들 각 영역의 발전이 상호단절됨으로써 발생한 문제점이 '미적 근대성' 내지 예술 모더니즘의 분야에서도 심각함을 지적한다. 이들을 다시 통합하는 것이야말로 '미완의 기획'이기도 하다. 어쨌든 보들레르에 와서 그 뚜렷한 윤곽이 드러났다고 하버마스가 말하는 "가장 최근의 모더니즘(most recent modernism)"(3면)이 곧 '가장 최근의 근대주의'임은 분명하다.

푸꼬가 계몽주의와 보들레르 이래의 모더니즘을 연결시키는 방식은 물론 다르다. 알려졌다시피 그의 근대비판은 18세기의 계몽철학보다 17세기의 고전주의 및 인본주의에 촛점이 맞춰지며, 18세기가 그러한 17세기를 계승·발전시킨 한에서 ― 그리고 하버마스 같은 사람이 '계몽'과 '휴머니즘'을 동일시하는 한에서 ― 푸꼬는 반계몽주의적이라 할 수 있다. 그러나 「계몽이란 무엇인가」(1984)라는 글에서 그는 칸트가 18세기 말엽에 쓴 같은 제목〔Was ist Aufklärung?〕의 소논문을 원용하여, '계몽'을 인류가 미숙기에서 성년기를 향해 나오는 과정이자 과제로 이해한 칸트의 시대인식 및 비판철학자로서의 사명감이야말로 근대 특유의 태도라고 주장한다.

이 문건이 갖는 새로움은 '오늘'을 역사 속에서의 차이점으로, 그리고 특수한 철학적 작업의 동기로 고찰한 데에 있다고 생각된다. 그리고 이런 식으로 그것을 바라봄으로써 우리는 하나의 출발점을, 즉 근대성의 태도라 부름직한 것의 윤곽을 인지할 수 있지 않을까 한다.(Michel Foucault, "What Is Enlightenment?", in P. Rabinow, ed., *The Foucault Reader*, Pantheon Books 1984, 38면)

이러한 근대성의 "거의 필수적인 사례"로 그가 드는 것이 바로 보들레르다(39면 이하). 보들레르가 근대성을 '덧없고 일시적이며 우발적인 것'으로 정의하고 있는 것도 중요하지만 동시에 주목할 점은, "근대적이 된다는 것은 지나가는 순간들의 변화무쌍한 흐름 속에 놓인 상태 그대로의 자신을 받아들이는 것이 아니라, 자기자신을 복잡하고 힘든 가공작업의 대상으로 삼는 것이다. 즉 보들레르가 당시의 어휘로 댄디주의(dandysme)라 부른 것이 그것이다."(41면) 푸꼬 자신은 이러한 작업을 보들레르가 말한 '예술'로 한정시키기보다 '계보학적' 내지 '고고학적' 연구로 알려진 그나름의 비판작업으로 발전시키지만, 어쨌든 그의 논지에 충실하자면 앞의 인용문 번역에서 '근대적'이라고 옮긴 modern(프랑스어로는 moderne)은 차라리 '현대적'이라고 옮겨야 하지 않을까 싶다. 하버마스가 '미적 근대성' 개념을 통해 모더니즘을 18세기적 근대주의 속에 흡수시킨다면, 푸꼬는 칸트를 매개로 모더니티를 19세기 중반 이후의 현대주의에 끌어넣는다고 할 수 있는 것이다. 실제로 푸꼬는 '모더니티'를 "역사상의 한 시기라기보다 하나의 태도"(39면)로 보는 것이 적절하다고 말함으로써 다수 모더니스트 및 포스트모더니스트의 초역사적 근대성론을 뒷받침하기도 한다. 그러나 근대주의/현대주의의 구분이 얼마나 타당한지는 따로 검토할 필요가 있다.

(4)

하버마스가 '미적 근대성'의 심각한 문제점들을 지적하면서도 그것이 계몽주의적 근대성 기획의 일부임을 고집하는 것은, 상호연결이 거의 상실된 과학·사회·예술 분야의 발전들이 하나의 이성적인 일상세계로 재통합될 수 있음을 전제했기 때문이다. 하지만 그 자신도 실질적으로 인정하듯이 18세기의 계몽주의 자체가 이미 문화적 통일성이 상당히 파괴됨을 뜻하는 것이라면, 계몽적 이성의 작용으로 그러한 재통합이 달성되리라고는 기대하기 힘들다. 적어도 이 점에 관해서는 포스트모더니즘론자 리오따르의 회의적인 반응에 더 공감이 간다.(Jean-François Lyotard, *The Postmodern Condition: A Report on Knowledge*, University of Minnesota Press 1984, Appendix, 72~73면 참조.)

국내 논의에서도 이미 지적되었듯이(도정일 「포스트모더니즘 ─ 무엇이 문제인가」, 『창작과비평』 1991년 봄호, 304면) 계몽주의의 모더니티 기획과 예술 모더니즘은 결코 동일하지 않으며 후자는 반근대주의적 성향을 적잖게 지니고 있었다. 푸꼬가 예시한 칸트와 보들레르의 경우를 보더라도 양자간에 뜻깊은 연속성이 있는 것은 사실이지만, 칸트는 어디까지나 Menschheit(인류 내지 인간성)의 차원에서 '성숙'이 실현되는 집단적인 '근대성의 기획'을 지지했던 데 반해 보들레르는 이를 개인의 차원, 그것도 '예술'에 국한된 영역으로 한정시켰고 그리하여 근대의 (앞서 푸꼬가 말한) "변화무쌍한 흐름 속에 놓인 상태 그대로의 자신을 받아들이는" 좀더 무책임한 ─ 보기에 따라서는 좀더 자유분방한 ─ 현대주의로의 통로를 열기도 했던 것이다. 그런 점에서 '모더니티 기획'의 근대주의와 '미적 모더니티'의 현대주의를 비슷하면서도 서로 다른 우리말로 번역하는 것은 타당하다고 생각된다.

동시에 이들이 상이하면서도 유사한 낱말임을 강조할 필요가 있다. 하버마스의 해석을 그대로 따르지 않더라도 현대주의가 그 반계몽주의적 일면에도 불구하고 앞시대의 근대주의에 뿌리를 두고 있음은 분명하며, 적어도 보들레르 등 상당수 현대주의자(모더니스트)들이 푸꼬가 지적하는 의미의 '계몽성'을 지녔음 또한 명백하다. 근대주의와 현대주의는 모두 자본주의적 근대에 속하는 현상임은 물론, 근대의 근대성을 이루는 중요한 요소들이라고 하겠다. 다시 말해서 근대로 구분된 시기에 발생하는 모든 현상을 근대성이라 일컫는 것은 개념 자체를 무의미하게 만들지만, 근대성의 개념은 하버마스나 푸꼬가 각기 생각하는 근대주의적 또는 현대주의적 모더니티보다는 훨씬 복잡하고 포괄적인 개념이라 보아야 할 것이다.

한편 리오따르는 지식 및 과학에서의 근대주의를 비판하면서 현대주의 예술의 반계몽주의적 성격도 뚜렷이 해주는 장점이 있다. 그러나 일체의 '거대서사'(grand narratives)를 부정하고 '배리(背理, paralogy)'를 추구하는 그의 '포스트모던 과학'은 예술에서의 극단적 모더니즘과 구별하기 힘들다. 실제로 그는 『포스트모던의 상황』(1979)에 '부록'으로 덧붙인 「포스트모더니즘이란 무엇인가라는 질문에 대한 대답」(1982)에서, 모던과 포스트모던을 거의 동일시하면서 양자 모두를 시대구분과 무관한 개념으로 만들어버린다. "그것〔포스트모던〕은 의심의 여지 없이 모던의 일부분이다. (…) 한 작품은 그것이 먼저 포스트모던한 뒤에야 모던이 될 수 있다. 이렇게 이해한 포스트모더니즘은 종말에 도달한 모더니즘이 아니라 탄생 상태의 모더니즘이며, 이 상태는 항구적이다."(*The Postmodern Condition*, 79면) 그렇다고 리오따르가 모더니즘과 포스트모더니즘을 완전히 동일시하

는 것은 아니다. 둘다 현대 특유의 배리적 경험을 추구하지만 이를 제시함
에 있어 모더니즘은 즐거움과 위안을 주는 형식에서 벗어나지 못한다. 이
에 반해, "모던 중에서, 제시 자체의 과정에 제시불가능한 것을 내놓는 것
이 포스트모던인 셈"이라고 하며, "내가 보기에 에쎄이 — 몽떼뉴 — 는 포
스트모던이고 단장(斷章) — 슐레겔의 『아테네움』(Atheneum) — 은 모던
이다"(81면)라고도 말한다. 이렇게 되면 '컴퓨터화'로 대표되는 최신단계
자본주의사회의 비판을 표방한 리오따르의 포스트모더니즘론은 비판에
필요한 최소한의 지적 엄밀성마저 상실하고, 자본주의체제에 아무런 도전
도 되지 못하는 온갖 '전위적' 예술을 찬미하는 담론으로 떨어지고 만다.

그에 비해, 만델(Ernest Mandel)의 '후기자본주의론'을 원용해서 자본
주의 전개의 세 단계를 설정하면서 모더니즘과 포스트모더니즘이 각기
그 제2단계(일국 위주의 독점자본주의 및 고전적 제국주의)와 제3단계(다
국적 자본주의)에 해당하는 문화현상이라고 주장하는 프레드릭 제임슨의
논리는 훨씬 확실한 데가 있다. 또 이제까지의 포스트모더니즘 예술 대다
수가 이 제3단계 자본주의에 대한 비판기능을 제대로 하지 못했음을 인정
하는 점에서도 한결 책임있는 입장이다.

그러나 제임슨의 경우에도 근대주의와 현대주의의 혼동은 전체 논의에
적잖은 혼란을 불러온다. 여기에는 만델의 이론은 (그 자체의 타당성 여부
를 떠나서) 후기자본주의론인데도 제임슨이 그것을 후기모더니티론이 아
닌 포스트모더니즘론(즉 탈근대주의 내지 탈현대주의론)으로 발전시키는
데 따른 차질도 있다. 그러나 '제2단계 자본주의'의 문화논리를 모더니즘(때
로는 더 엄밀하게 high modernism)으로 명시하면서도 처음부터 "백년에
걸친 모던〔인용자 강조〕운동의 쇠퇴 내지 근절"(Fredric Jameson, Postmodernism,
or, The Cultural Logic of Late Capitalism, Duke University Press 1991, 1면) 운운하는
등 '제3단계' 이전의 근대 전체와 현대주의를 곧잘 뒤섞어놓는 것이 결정
적인 문제점이 아닌가 한다.[6] 이는 물론 1,2단계의 일정한 공통성과 3단

계의 일정한 새로움에 근거한 것이기는 하지만, 제임슨 자신이 비판하는 탈산업사회론자나 포스트맑시스트들처럼 우리 당대의 새로움을 과장하는 결과가 된다.

예컨대 그가 "모더니즘이 불완전한 근대화의 상황으로 특징지어진다라거나 포스트모더니즘이 모더니즘보다 더욱 근대적이다라고 주장할 수 있다"(310면, 원저자 강조)고 할 때, 우리는 몇가지 의문을 제기할 수 있다. 첫째, 사실주의 내지 리얼리즘이라는 제1단계와 모더니즘 내지 본격(또는 盛期)모더니즘이라는 제2단계 사이의 일정한 공통성을 부각시키는 대신에, 대략 16세기부터 20세기 중엽까지에 해당하는 '불완전한 근대화'의 기나긴 시간 내부의 여러 단계들의 차이가 모던/포스트모던 시기간의 차이에 비해 큰 의미가 없어지고, 문화에서의 '리얼리즘' / '모더니즘' / '포스트모더니즘'이라는 제임슨의 3개 단계 중 처음 두 개는 사실상 근대와 탈근대라는 '양대 단계' 중 앞의 것 안에서의 하위구분에 불과해지지 않느냐는 것이다.[7] 둘째, 이른바 근대화의 완성 및 비동시성의 사라짐에 관해 제

---

6 제임슨이 '근대'와 '현대주의(자)'를 혼용하는 습관은 이 책의 곳곳에서 발견되며, '리얼리즘' 문제를 좀더 본격적으로 다룬 그의 다른 저서 *Signatures of the Visible* (Routledge 1990) 제8장 "The Existence of Italy"에서 "보들레르와 더불어 모더니티의 출범"(156면) 운운한 데서도 확인된다.

7 사실주의 또는 자연주의가 모더니즘과 본질적인 연속성을 지닌다는 명제는 루카치의 핵심적 통찰 가운데 하나다. 그러나 이때의 '자연주의'는 주로 19세기 후반의 현상으로서 제임슨의 시대구분에 따르더라도 '모더니즘' 시기의 초장에 해당하는 셈이다. 따라서 루카치의 자연주의 비판을 원용하는 것만으로 '리얼리즘 단계'에 대한 제임슨의 입론이 충분히 반박되지 않는다. 실제로 위에 언급한 논문 「이딸리아의 존재」에서 제시하는 제임슨의 리얼리즘관은 결코 간단치 않으며, 그런데도 왜 그것이 미흡한지를 제대로 밝히려면 별개의 논문이 필요할 것이다. 여기서는 단지 다음과 같은 불만을 토로하는 것으로 만족하려 한다. 즉, 제임슨이 비록 '리얼리즘'이 본다는 단순한 현실모사가 아니고 '인식적' 측면과 '미적' 측면의 긴장을 내포했으며 '자본주의 문화혁명'의 일환으로서 역동성을 지닌 것이었음을 인정하고 있지만(*Signatures of the Visible*, 155~69면), 그러한 내재적 긴장을 제대로 살려서 위대한 예술의 경지에 이른 작품 및 거기에 달하는 길로서의 진정한 리얼리즘과 그렇지 못하고 단지 자본주의적 변혁에 복무하며 이를 기록하는 수준에 머문 작품 및 예술이념들을 구별하는 기준을 제시하지 못했으며, 더구나 양자의 구별이 지금도 가장 절실한 이론적·실천적 과제라는 인식이 결여되어 있다. '자본

임슨 스스로도 "최소한 '서양'의 시각에서는 그렇다"(같은 면)는 단서를 달고 있지만, 서양의 시각에서 그렇게 보인다면 그것이야말로 자본주의 중심부에서 — 그것도 아마 특정 집단들에게 — 일어나는 착시현상이요 그럴수록 전지구적 현실에 눈을 돌려 이를 바로잡을 필요가 절실함을 지적해야 옳다. 셋째, '근대화의 완성' 운운이 어디까지나 하나의 상대적인 변화를 부각시키는 어법이라 하더라도, 필자가 제임슨과의 대담에서 지적했듯이(「맑시즘, 포스트모더니즘, 민족문학운동」, 『창작과비평』 1990년 봄호, 284면), 차라리 포스트모더니즘이야말로 20세기초의 현대주의보다 더욱 순수한 현대주의라고 말하는 것이 만델의 논리에도 충실할뿐더러 자본주의적 근대의 본질적 연속성을 좀더 확실히 부각시킬 수 있지 않겠느냐는 것이다.

(5)

마샬 버먼의 근대성론은 국내에는 아직 페리 앤더슨의 논문 「근대성과 혁명」(1984; 『창작과비평』 1993년 여름호)을 통해서밖에 소개되어 있지 않다.[8] 그러나 맑시즘의 틀을 고수하려는 제임슨의 리얼리즘/모더니즘/포스트모더니즘 3개단계론에 의문을 표시한 싯점에서, '모든 고정된 것이 연기처럼 사라진다'라는 『공산당선언』의 유명한 구절을 제목으로 달고 펼치

주의 문화혁명'이라는 개념만 하더라도, 근대 초기의 예술에 어느정도 적중하는 바가 있기는 하지만, 위대한 작가는 16, 17세기에도 낡은 시대의 와해에 공헌하는 임무와 함께 도래하는 자본주의시대의 비인간성에 대한 비판과 경계의 임무를 이미 수행하고 있었던 점을 흐려놓기 쉽다. 예컨대 제임슨 자신이 잠깐 거론하는(같은 책, 166면) 세르반떼스의 『돈 끼호떼』도 새로운 현실을 반영·정립하고 낡은 재현양식을 타파하는 임무 이외에, 독자로 하여금 이 새로운 '개관적 현실'을 문제시하도록 만들고 새로운 새현기법 자체도 사실주의라는 고정된 양식으로 굳어질 수 있음을 미리부터 성찰케 해주는 작업을 동시에 수행하고 있다고 보아야 할 것이다.

8 이후 『현대성의 경험: 견고한 모든 것은 대기속에 녹아버린다』(현대미학사 1994)라는 국역본이 나왔는데 번역에 문제가 많음을 윤지관(尹志寬)이 지적한 바 있다(「민족문학에 떠도는 모더니즘의 유령」, 『창작과비평』 1997년 가을호, 261면 주4). 버먼에 관해서는 창비 지면에서만도 윤지관과 그에 앞선 진정석(陳正石) 외에 황종연(黃鍾淵), 유희석(柳熙錫) 등 여러 사람의 논의가 있었다.

는 버먼의 독특한 모더니티 및 모더니즘론을 비교·검토할 필요를 느낀다. 버먼의 '근대성'은 자본주의적 근대의 초기로부터 오늘날까지 일관되게 통용되는 개념이요 근대인들이 공유하는 경험이며, '모더니즘'은 이러한 경험을 수용하면서도 이에 주체적으로 대응하려는 근대의 온갖 예술과 사상을 통칭한다. 이러한 모더니즘을 가능케 하고 또 요구하는 것이 '근대화' 즉 본질적으로 경제적인 발전에 해당하는 자본주의 세계시장의 등장과 확대에 따른 사회변동이다. 맑스의 지적대로 이로써 물질 및 정신생활에서 미증유의 가능성이 열리는 동시에, '모든 고정된 것이 연기처럼 사라지'고 어떠한 창조적인 성취도 유지되지 못하는 대혼란이 벌어지기도 한다. 이 와중에 "모든 인간들을 근대화의 객체일 뿐 아니라 주체로 만들고, 그들을 변화시키는 세계 자체를 변화시키고 이 소용돌이를 헤치고 나가서 그것을 자신의 것으로 만드는 힘을 사람들에게 부여해주고자 하는 놀랄만큼 다양한 비전들과 이념들"이 등장하며 이들이 곧 '모더니즘'이라는 것이다(Marshall Berman, *All That Is Solid Melts Into Air: The Experience of Modernity*, Verso 1983, 16면).

그러므로 버먼 나름의 단계구분이 없는 것은 아니나 '모더니즘' 자체가 제임슨의 3개 단계에 두루 걸친다. 또 앞서 말한 근대주의/현대주의 구별도 넘어서며 근대주의와 반근대주의의 요소를 동시에 지니는 것이 곧 버먼의 모더니즘이다. 바로 그렇기 때문에 "모더니즘이 곧 리얼리즘이다"라는 주장이 그의 저서에 거듭 나온다(14, 122, 256면 등). 이러한 포괄성이야말로 버먼 논지의 매력이자 문제점이다. 즉 한편으로 그것은 우리가 리얼리즘의 위대한 성취로 꼽음직한 작품들을 포용하면서 자칫 리얼리즘론에서 간과되기 쉬운 낭만주의 또는 현대주의 계열 작품의 리얼리즘적 측면에 대한 풍성한 논의마저 가능케 하지만, 다른 한편 근대화의 와중에서 무엇을 긍정하고 무엇에 반대할지를 판별할 기준을 제시하지 못하며, 일단 근대가 시작된 후로는 '모든 고정된 것이 연기처럼 사라진다'는 명제가 영구

불변의 진리인 듯이 말함으로써 자본주의의 끝없는 파괴성이 극복된 상황을 사유하는 일 자체를 어렵게 만든다. 결국 "모더니즘이 곧 리얼리즘이다"라는 그의 발언은 모더니즘 옹호자치고는 드물게 포용적인 태도를 보여주는 정도지, 모더니즘 및 모더니티의 극복을 지향하는 리얼리즘론과는 뚜렷한 거리가 있는 것이다.

버먼 저서의 미덕과 이런저런 허점에 대해서는 앤더슨의 논평이 정곡을 찌르고 있다고 생각되는데, 여기서 그 내용을 자세히 소개할 겨를은 없다. 다만 한두 가지 결정적인 비판에 유의할 필요는 있겠다.

우선 맑스가 주목한 자본주의의 혁명성이 맑스의 변증법 자체도 와해한다는 버먼의 주장에 대해 앤더슨은, "부당한 근대성의 확장에 대한 강조는 쉽사리 전형적인 근대화 패러다임을 낳게" 됨을 지적한다(앞의 글 「근대성과 혁명」, 342면; 원문은 Perry Anderson, *A Zone of Engagement*, Verso 1992, 제2장). 또한 버먼의 모더니즘 개념이 지나치게 포괄적이고 모호할뿐더러, 보통 '모더니즘'의 이름으로 알려진 20세기초 서양의 예술적 성취가 막연히 근대화의 산물이라기보다 근대화의 과정에서 전근대적 유제와 정치혁명의 분위기가 독특하게 결합한, 서방세계로서는 아마도 마지막이었을 종합국면의 산물이었음을 버먼이 간과했다고 한다(344~52면). 그 결과, 비록 20세기 후반의 열등한 예술적 성과들을 포스트모더니즘의 이름으로 미화하는 논자들과는 버먼이 격을 달리하지만, 모더니즘의 여전한 '건재'를 주장했다가 또 고전적 모더니즘을 '기억'함으로써 오늘날의 지적 쇠퇴를 역전시킬 것을 촉구했다가 하는 식의 "해결되지 않은 긴장"(365면)이 그의 책에 존재한다는 것이다.

근대성에 관해 앤더슨 자신은, "혁명의 임무는 근대성을 지속시키거나 완성하는 것이 아니라 근대성을 철폐하는 것이다"(360면)라고 단호하게 끝맺는다.[9] 그런데 이 근대성철폐의 임무를 수행할 예술의 전통을 어떻게 식별하며 그 계승의 전망을 어디서 찾을 것인가에 대해서는 앤더슨 역시 별다른 제시가 없다. 가령 버먼의 말대로 근대성의 체험에 충실하면서 버먼보다 더 확실하게 근대[10]의 극복을 지향하는 예술이념으로서의 '리얼리즘'은 앤더슨의 버먼 비판에서 자연스럽게 도출됨직하지 않은가. 그러나 그는 라틴아메리카 등 제3세계 지역에서 20세기초 서구에 상응하는 '종합국면'이 일시적으로 재생될 가능성을 언급(354면)할 뿐이지, 즉 "모더니즘 예술의 단명성이라는 각도에서 이 문제를 다룰 뿐, 제3세계 특유의 종합국면에서 모더니즘의 일시적 회춘이 아닌 리얼리즘의 끈질긴 전진이 이룩되고 있을 가능성은 검토하지 않는다."(졸고 「모더니즘 논의에 덧붙여」, 『민족문학과 세계문학 II』, 창작과비평사 1985, 466면) 물론 제3세계의 이런 가능성은 어디까지나 미지수이며 그것이 제3세계만의 것으로 국한되어서는 근대철폐는커녕 근대성의 수준에도 미달하고 말 것이다. 하지만 가능성 자체로도 제3세계의 당자들에게는 서양인이 규정한 근대에 피동적으로 편입되느냐 아니면 주체적 대응을 해내느냐는 절박한 문제이며, 나아가 서양인의 입장에서도 그것이 결코 남의 일일 수 없다. 자기네 역사 속에 축적된 근대적이면서도 진정으로 탈근대지향적인 문화전통을 찾아내어 전지구적 연대에 활용하는 길을 여는 하나의 방법이 될 수도 있으려니와, 그들 자신의 근대도 이제는 근대철폐 작업에 효과적으로 참여하는 것만이 근대를 가장 충실하게 사는 것이 되는 지점에 도달했음을 확인하는 길도 되는 것이다.

---

9 이러한 단호함은 프레드릭 제임슨의 포스트모더니즘을 적극 평가한 *The Origins of Postmodernity* (Verso 1998)에 이르면 현저히 약화된다.

10 발제문에는 '근대성'으로 되어 있었으나 김명호교수의 지적을 받아들여(『창작과비평』 1993년 겨울호, 51면 참조) '근대'로 고쳤다. 사실 '근대성'이라는 다소 혼란스러운 표현을 썼던 것은 바로 위에서 앤더슨의 '근대성' 논의를 발전시켰기 때문인데, 앤더슨의 '모더니티'는 영어의 용법 그대로 '근대'를 뜻할 때도 있고 '근대성'을 뜻할 때도 있다. 기왕에 제목이 '근대성과 혁명'으로 번역되지 않았다면, '모더니티를 철폐(abolish)'한다는 '혁명의 임무'는 '근대철폐의 임무'로 옮기는 것이 나을 것이다.('근대성과 혁명'이라는 번역 자체도 앤더슨이 버먼 책을 주로 다루는데 버먼의 '모더니티'는 '근대'보다 '근대성'의 의미로 쓰였기 때문일 것이다.)

3. 한국에서의 근대성과 근대문학

(1)

서두에 밝혔듯이 우리가 근대성 논의의 출발점을 서양쪽에서 잡은 것은 다분히 근대세계의 실세를 존중한 선택이었다. 그런데 바로 그러한 '실세있는' 논의들을 검토하면서 깨닫는 바는, 이제 세계사의 현실 자체가 예컨대 한국에서의 근대성 문제가 서양인에게도 절실한 관심사로 되는 지점에 이르렀다는 것이다. 본고에서는 주로 문학 분야에 치중할 터이지만, 아무튼 서양측 논의에서 이미 제기된 근대의 기점 문제라든가 근대화와 근대성, 근대주의와 현대주의 및 포스트모더니즘 등 여러 쟁점을 일단 우리 현실에 적용해보는 방식으로 진행하고자 한다. 우리는 전혀 별도의 기준으로 근대성 문제를 다루어야 한다는 식의 '특수성'이란 존재하지 않고 존재한대도 범세계적 실세를 지닐 수 없을 것이기 때문이다.

물론 한반도에서 '근대'가 시작하는 형태나 시기는 서구의 선진자본주의사회와 크게 다르다. 내 나름의 잠정 결론을 말해본다면, 시기는 16세기가 아닌 19세기 말엽이고 형태는 내재적인 발전보다 강화도조약(1876)으로 상징되는 세계시장으로의 타율적 편입이었다고 생각된다. 그러나 시기가 늦었다는 점 자체가 어떤 절대적인 예외성은 아닌 것이, 서양에서도 16세기부터 세계시장의 유기적 일부가 된 나라는 제한된 숫자에 불과했고 18세기부터 시작되는 산업혁명이 성취되는 시기가 나라마다 달랐음도 물론이다. '타율성' 문제만 히더리도 외국에 전혀 의존히지 않는디는 뜻으로 완전 자율적인 자본주의화 과정이란 어디에도 없었으며, 선발 자본주의국의 압력이 상당정도 작용하지 않는 상황 또한 최초의 선발국인 영국에나 해당될 것이다. 동시에 타율성이 훨씬 두드러지는 식민지 또는 반식민지의 경우라도 내재적 발전과 전혀 무관한 완전 타율이란 상정하기 힘들며, 적어도 한반도의 경우에는 해당되지 않는다.

내재적 발전의 수준과 성격에 따라서 개항이라는 사건이 시대구분의 분기점으로서 갖는 타당성이 달라질 수 있기는 하다. 독자적인 연구를 안한 처지에 무어라 말하기가 어렵지만, 근대의 일종의 독자적인 형태로서—자본주의적 근대 이전의 시기를 이런저런 식으로 세분하는 것이 아니라—자본주의화 이전의 '근세'를 규정한다든가, 또는 어떠한 시대구분에도 반드시 끼여들게 마련인 과도기간이 아니라 근대도 아니고 전근대도 아닌 별도의 장구한 '근대로의 이행기'를 설정하는 일은 세계사적 일반성이 결여된 발상이라고 본다.[11]

학문적으로 더 설득력을 갖는 반론은 오히려 근대사의 기점이 1876년보다 한참 뒤가 되어야 옳다는 주장이다. 즉 개항이 되었다고 해서 조선사회에 자본주의적 경제제도가 즉각 도입된 것도 아닌데 과연 1876년(또는 그 무렵)을 근대의 기점으로 볼 수 있겠느냐는 것이다. 이 문제는 1876년의 싯점에서 본격적인 근대문학의 작품이랄 만한 것이 없는데 어떻게 우리 근대문학의 기점을 그때로 잡을 수 있느냐는 물음을 상기시키기도 한

---

11 국문학사에서 조선후기부터 1919년까지를 '중세문학에서 근대문학의 이행기'로 설정하고 이 개념에 세계사적 보편성을 부여하려는 시도로 『한국문학통사』(1권, 34~47면 및 3~4권, 지식산업사 1982~86)에서 조동일교수가 개진한 견해가 주목되는데, 그는 이 시대구분법을 최근 저서 『우리 학문의 길』(지식산업사 1993, 87면, 266면 등)에서도 고수하고 있다. 이는 영·정조 시기에 이미 근대문학이 성립했다는 무리한 주장을 배격하면서도 중세문학의 태내에서 근대의 싹이 트고 있던 현상을 인정하는 미덕을 지닌 발상이다. 그러나 국문학사에서 그러한 '이행기' 설정에 따르는 문제점들에 관해서는 일찍이 김흥규교수의 적절한 지적이 있었거니와(서평 「비평적 연대기와 역사인식의 사이」, 『창작과비평』 1988년 가을호), 이 개념을 서양문학사에 적용하면서 "18세기까지는 중세에서 근대로의 이행기"로 보고 "문학에서도 시민의 주도권이 확립되고, 계몽주의를 거쳐 낭만주의를 이룩한 19세기에 이르러서 비로소 이행기문학과 구별되는 근대문학이 이룩되었다."(조동일 『한국문학과 세계문학』, 지식산업사 1991, 91~92면)라고 한 것은 설득력이 희박하다. 서구와 한국 근대문학 성립의 시차가 크게 줄어드는 점이 매력인지 모르나, 르네쌍스에서 18세기에 이르는 서구 문학의 실상과 너무 어긋날뿐더러, 근대극복에 얼마나 실답게 공헌하는 근대문학을 만드느냐는 점보다 '시민의 주도권이 확립된 근대문학'의 형성 자체를 더 중시하는 일종의 근대주의가 알게모르게 작용한 듯하다.

다. 실제로 문학사의 경우에는 1894년 또는 그보다 뒤를 근대문학의 기점으로 삼는 일이 흔하다. 그러나 문학사란 어디까지나 특수한 분야사로서 일반사와는 다소간의 편차를 두는 것이 당연하다. 일반사에서는 아무래도 조약체결을 통한 자본주의 세계시장으로의 공식 편입이라는 외형적 사건과 함께, 앞서 거론한 '근대성의 경험'이라는 일반적인 기준이 적용되어야 할 듯하다. 즉 개항과 더불어, 비록 조선 내부의 자본주의 경제제도(우끌라드) 형성이 주도한 것은 아니지만 '모든 고정된 것이 연기처럼 사라진다'는 역사상 유례없는 자본주의의 위력이 한반도에서도 불가역적으로 작용하기 시작했으며, 이에 주체적으로 대응하는 문제가 한반도 주민 전원에게 생활상의 과제로 주어졌던 것이다.

근대로의 타율적인 전환에 따른 이러한 특수성을 무시하고 일정한 지표의 양적인 달성수준을 — 그것도 일국사회 단위를 거의 절대시하며 — 고집한다면 근대의 시발점이 한없이 내려올 수 있고, 이 점은 문학의 경우도 마찬가지다. 가령 1876년이 아닌 분기점으로 1894년을 잡더라도 '물건이 없다'는 비판은 여전히 설득력을 지니며, 보기에 따라서는 다음 대안인 애국계몽기도 대동소이하고 1910년대 또는 20년대, 30년대라고 해서 결정적으로 달라지는 것은 아니다. 이에 관해 필자는 다른 자리에서, "근대로의 전환이 얼마나 주체적으로 이루어지느냐에 따라서 같은 유럽 안에서도 국민문학의 성립시기와 근대로의 전환시점이 달라진다"는 점, "조금 더 구체화해서 말한다면 주체적인 근대화를 이루는 나라일수록 문화적인 성숙이 앞질러서, 국민문학의 성립이 본격적인 자본주의 발전에 선행하는 경향이 있"다는 점, "근대로의 전환에 선진사회의 압력이랄까 더 욕심이 개입되어 국민문학의 성립이 뒤지는 사례일수록 국민문학의 출발을 정확히 어디로 잡아야 할지 모호해진다는 또 하나의 일반적 특징이 있는 것 같"다는 점, 그리고 "우리나라 근대문학의 기점을 설정할 때 부딪히는 여러가지 문제도 이런 일반적 사정의 일부"라는 점을 지적했다(좌담 「국문학연구와 서양문학 인식」, 『민족문학사연구』 2호, 1992, 40~41면). 이어서 구체적인 시대구분과 관련된 언급 가운데 한 대목을 좀 길지만 인용해보면,

> 1894년과 1905년의 10년 남짓한 차이는 크게 중요한 것이 아니고, 우리 처지에서는 '물건'에 대한 판단과 전체 상황에 대한 인식을 병행하면서 근대문학의 기점을 설정하는 것이 중요하다는 생각입니다. 1894년을 잡아도 그것을 단순히 갑오경장을 위주로 본다면 물건 위주로 보는 사람, 즉 주체적 대응의 성과를 중시하는 사람하고 큰 차이가 나는 발상이 됩니다만, 1894년은 갑오경장의 해일 뿐 아니라 농민전쟁의 해이기도 한데 이런 점까지 감안해서 1894년을 기점으로 설정하고 다만 작품다운 작품이 나오기 시작하는 것은 한 십년 뒤떨어진다, 그리고 좀더 근대 국민문학 또는 민족문학에 방불한 성과는 한 세대 정도는 격차를 두고 나온다는 식으로 생각한다면 그 두 가지 날짜는 결국 비슷한 시대구분이 되는 게 아닌가 합니다. 실제로 근대문학의 역사가 조금 더 긴 나라라고 한다면 10년을 두고 다툴 일은 없는 것이고 어떤 관점에서 보느냐가 중요할 뿐이지요. (46~47면)

이것은 문학사에 국한된 이야기만이 아니다. 근대를 주체적으로 살아갈 채비가 미처 안된 상태에서 근대를 맞이한다는 사정은 문학에서건 경제에서건 사회 일반에서건 공통된 현상이기 때문이다. 또한 그것은 오늘날의 선진사회를 이해하는 작업과 무관한 이야기도 아니다. 일국사회 내부의 변화를 세계체제 전체의 맥락에서 파악해야 한다는 원칙은 가령 오늘날 미국 같은 중심부 국가의 다분히 '탈공업사회적' 또는 '탈근대적' 현실을 세계사적 시대구분의 기준으로 삼아서는 안된다는 원칙과도 통하는 것이다.

(2)

그러면 이처럼 다분히 강요된 근대에 주체적으로 대응하는 한국문학의 성격은 어떤 것인가? 타율적인 근대전환이 민족의 자주성 상실과 민중억압의 지속 내지 강화로 이어진다는 점에서 이곳의 제대로 된 근대문학은 '민족문학'의 성격, 좀더 구체적으로는 민중적인 민족문학의 성격을 띤다는 것이 '민족문학론'이 견지해온 입장이다. 또한 민족문학과 근대문학을 이렇게 본질적으로 일치시킴과 동시에, 민족문학의 기본적인 지향을 '리얼리즘'에 두기도 했다. 이는 서양에서도 근대문학의 출발점이라고 대체로 합의된 르네쌍스시대가 (협의의 사실주의와는 다른) 리얼리즘 개념을 본격적으로 적용해볼 수 있는 문학·예술의 첫번째 개화기로 꼽히기도 한다는 점을 감안할 때, 터무니없는 발상은 결코 아니다. 하지만 오늘날 서양에서 리얼리즘론 자체의 전반적인 후퇴를 맞아, 근대문학=민족문학=리얼리즘문학이라는 기본 틀을 새롭게 점검할 필요가 절실하다.

본고의 주제에 비추어, 점검방식으로는 근대성·근대주의·현대주의·포스트모더니즘 등의 문제가 타율적 근대전환 이래 한반도의 특수한 현실에서 어떻게 제시되는지를 개략적으로나마 살펴보는 식이 좋을 듯하다. 이들 개념의 상호관계가 복잡하고 유동적이기는 서양이나 어디나 매한가지지만, 그것이 구현되는 이곳 나름의 독특한 양상이 있을 것임은 물론이다.

예컨대 근대성이 곧 근대주의일 수 없음을 앞서 논했지만, 조선조 말기로부터 식민지시대를 거쳐 최근에 이르기까지 근대주의는 식민주의 및 신식민주의의 가장 효과적인 무기로 작용해왔다는 점에서 선진사회 내부에서의 근대주의의 문제점보다 더욱 해악이 큰 면이 있다. 그러나 자율적 근대화의 준비 부족이 근대전환의 타율성을 자초했던만큼, 전통주의 내지 반근대주의가 근대주의의 해악에 대한 적절한 반응일 수 없으며 심지어 알게모르게 그 공범자가 되기도 한다. 식민지당국과 전통적 지주계급의 결탁이라든가 유신체제 아래 일부 복고주의자의 행태는 적극적인 공범관계의 사례들인데, 이들과는 달리 반외세 저항에 열렬히 가담한 경우라도 반근대주의만으로는 미흡했다. 문학에서 본다면 이인직(李人稙)이나 이광수(李光洙)처럼 근대주의에 치우친 작가들만이 최고의 민족문학을 창조하지 못한 것이 아니고, 근대화에 등을 돌린 위정척사파에서도 진정한 민족문학의 성과가 나오지 못한 것이다. 만해(萬海) 한용운(韓龍雲)이나 벽초(碧初) 홍명희(洪命熹)처럼 전통문화에 깊이 뿌리박은 반외세정신에다 근대성의 과감한 수용을 겸한 작가들만이 민족문학의 주류로 자리잡을 수 있었다.

근대주의 일반과 다소 구별해본 현대주의 내지 예술 모더니즘이 갖는 의미 역시 우리 현실에서는 특이해진다. 정지용(鄭芝溶)이나 김기림(金起林)처럼 1930년대 한국 시와 평론에 여러 모로 참신한 기풍을 진작한 문인들이 당시의 모더니스트로 불린 데서 짐작되듯이, 현대주의는 우리의 낙후된 현실에 분명히 필요한 근대주의의 일익을 담당한 면이 있었다. 김수영(金洙暎)의 경우도 현대주의의 영향을 누구보다 깊이 받음으로써 민족문학에 독특한 공헌을 했다. 그러나 한국에서 예술 모더니즘의 다른 일면은 제국주의 문화침략(즉 위에 말한 근대주의의 해악에 해당하는 면)을 확산하고 심화하는 것이었다. 정지용만 하더라도 그의 세련된 시편들이 한용운이나 이육사(李陸史)의 시들이 성취한 절정의 순간들에 필적한다고 말할 수는 없으며, 그 자신의 시 중에도 「향수」나 「고향」처럼 현대주의의 냄새가 가신 작품들이 두고두고 애송되지 않을까 싶다. 김수영 역시, 가령 현대주의의 세례를 제대로 안 받은 신동엽(申東曄)의 어떤 미덕이 아쉬운 바 있으며, 더구나 모더니즘의 영향을 김수영보다 훨씬 투철한 근대극복의 자세와 결합시킨 고은의 시세계에 견주면 문학적인 비중에 차이가 뚜렷하다.

포스트모더니즘 역시 한국에서는 기존의 근대주의 내지 현대주의의 해악을 폭로하는 데 활용될 가능성과 이를 계승하여 극대화하는 기능이 독특하게 뒤섞여 있다. 서구적 이성의 제국주의적 성격과 20세기초 현대주의 예술의 반민중적이고 비정치적인 성격, 게다가 기존 사회주의리얼리즘 이념의 폐쇄성과 억압성을 동시에 부정하는 면을 평가하는 여러가지 논의가 있으며, 나 자신 그런 가능성을 모두 외면하는 입장은 아니다(예컨대 위의 좌담, 61~62면 참조). 하지만 우리 문단에서 포스트모더니즘의 형식파괴가 일부 모더니즘의 극단적인 형식실험보다 하등 새로운 것이 없다는 점을 보나, 포스트모더니즘의 이름으로 자행되는 외국(특히 미국)중심의 상업주의에의 파렴치한 영합행위들을 보나, 그것이 근대주의·현대주의적 문화침략의 실질적인 연속인 동시에 그 새로운 국면이라는 점 또한 너무나 명백하다. 아니, 리오따르의 지적처럼 단순히 남의 행위를 억압하는 것이 아니라 포부와 욕망 자체를 이쪽의 목표에 맞추도록 강요하는 것이 진짜 테러리즘이라면(*The Postmodern Condition*, 63~64면 및 주222), 이른바 포스트모던 시대의 소비문화야말로 유일하게 전지구적 실세를 가진 테러리즘이 아니겠는가. '탈근대성'을 빙자한 이 폭력적 근대 앞에서 자신을 지켜냄으로써 진정한 탈근대 즉 근대극복에 이바지하는 일이 곧 민족문학의 근대성이자 현시기 세계문학의 진정한 탈근대지향성일 것이며, 한용운과 홍명희에서 오늘의 고은에 이르는 우리 근대문학의 고전들이 모두 그러한 탈근대지향성을 다소간에 드러내고 있는 것도 결코 우연이 아니다.

(3)

근대성과 탈근대지향성의 이런 결합 양상은 구체적인 작품분석을 통해서나 정확한 검증과 예시가 가능하다. 여기서는 그럴 계제도 아니지만, 구체적인 인식을 전제한 것이기만 하다면 본고에서와 같은 이론적 정리도 무의미한 일은 아니다. 근대성과 탈근대성의 적절한 결합을 촉진하고 나아가 예술 이외의 분야에서도 근대에 주체적으로 대응하는 일에 제대로 이바지하려면, 근대주의·현대주의·포스트모더니즘 등이 구체적인 상황 속에서 갖는 복잡한 면면을 일관되게 식별하고 창조적으로 지양할 별도의 기준 내지 원리를 밝혀낼 필요가 있기 때문이다.

이러한 원리가 우리 현실에도 부합하고 세계적으로도 실세를 가지려면, 기존의 서양주도적 근대에 대한 우리 나름의 독자성을 반영하되 서양과 공유가능한 것이라야 한다. 우리 세대의 민족문학론에서는 이러한 원리에 대한 탐구를 '리얼리즘'의 개념을 중심으로 진행해왔다. 이는 용어조차 외래어를 그대로 쓴 가장 비민족적인 태도로 비칠 수도 있으나, 서양문학에서도 위대한 리얼리즘 문학은 처음부터 근대성과 일정한 탈근대지향성을 결합한 것이었음을 상기할 때 적어도 '서양과 공유가능한' 원리라는 잇점이 돋보이는 것만은 사실이다. 예컨대 셰익스피어나 세르반떼스의 리얼리즘을 말하는 논리는 그들 작품의 사실주의적 정확성 또는 근대주의적 선구성에 주목하기보다 새로 전개되는 근대적 현실을 충실히 반영하면서 동시에 근대의 본질적 문제점들을 선각하고 있었음을 강조하는 논리이며, 이러한 탈근대지향성의 강조는 발자끄나 똘스또이의 리얼리즘을 말할 때 더욱 분명해진다.

그러나 서양에서의 근대성 논의를 일별하는 과정에도 드러났지만, 리얼리즘이라는 개념은 앤더슨의 버먼 비판에서처럼 그것이 의당 나올 법한 자리에도 등장하지 않으며, 제임슨의 자본주의시대 예술 3개 단계 중에서는 이미 한물간 '모더니즘'보다 더욱 낡은 단계의 것으로 설정되어 있다. 리오따르 같은 이는 심지어, '리얼리즘' — 이 경우 '사실주의'로 옮기는 것이 더 적절하다고 믿지만 — 이야말로 현실의 문제를 회피하는 것을 그 본래 목적으로 삼고 있다고 단언한다. "그 유일한 뜻매김인즉 그것이 예술의 문제에 연루된 현실의 문제를 회피하고자 한다는 것이 되는 리얼리즘은, 항상 관학파예술(academism)과 통속예술(kitsch)의 중간 어디쯤에 자리잡는다."(앞의 책, 75면) 푸꼬나 탈구조주의자들이 리얼리즘에 대해

적대적인 것도 알려진 일이며, 그들을 비판하는 하버마스의 근대성 기획에서도 리얼리즘보다는 모더니즘이 더 중요시되는 점 또한 앞에서 살펴본 바와 같다. 다시 말해 우리가 '리얼리즘'이 외래어인 대신에 '서양과의 공유가능성' 하나만은 확실하다고 믿고 있었다면, 오히려 서양쪽에서 그것을 폐기처분하며 공유를 거부할지도 모를 형국이 되었음을 문득 깨닫게 되는 것이다. 그리고 그들의 동향이 완전한 망발이 아니고 그들 나름의 지적 전진을 조금이라도 내포한 것인 한, 그러한 전진을 수용하지 않는 옹고집으로 대세를 돌이킬 길도 없을 터이다.

근대 한국의 현실에서 근대주의·현대주의·포스트모더니즘 또는 그 단순한 반대가 어느것도 흡족한 대안이 못 된다는 점, 동시에 사실주의 차원의 고발조차 여전히 폭발력을 지니는 상황이라는 점을 감안할 때, 예의 대안으로서 '리얼리즘'을 떠올리는 것이 우리로서는 일단 당연한 현실적 요청이다. 게다가 우리의 전통, 특히 근대에 와서 그 의의가 더욱 절실해진 실학 전통이 중시해온 '실사구시'의 정신도 이에 가세하고 있다. 따라서 바깥세상의 대세가 어떻게 돌아가든 이런 실정을 외면하고는 주체적인 대응이 불가능할 것이다.

하지만 흡족한 대안이 되려면 훨씬 많은 것이 필요하다. 한국이라는 국지적 현실과 특수한 전통의 요청만이 아니라, 서양 자체의 진정한 탈근대를 위해서도 근대성과 탈근대지향성을 '리얼리즘'에 걸맞게 결합한 문학이 얼마나 긴요한지를 밝힐 수 있어야 하며, 서양이 인류의 공동유산으로 보태놓은 최고의 지적·예술적 성취를 '리얼리즘'에 무관심한 서양인보다 더욱 알차게 전유할 수 있어야 한다. 그러려면 실학처럼 애당초 서양의 신보사상과 일정한 친연성을 지닌 전통의 가세도 중요하지만, 가령 탈구조주의가 강조하는 '서양 형이상학의 극복'에 대한 기여를 아득한 옛날부터 면면히 준비해온 불교나 도교 전통의 활용 또한 빠져서는 안될 요소이다. 다시 말해 우리에게 전승된 삶의 보람을 최대한으로 살리면서 근대와 가장 충실하게 만나는 작업의 한가운데에 자리잡은 그런 리얼리즘론만이 오늘날의 근대성 논의에서 분명히 확인되는 공백을 메울 수 있을 것이다.

4. 결론을 대신하여[12]

영문학도인 필자로서는 무엇보다도 셰익스피어나 디킨즈, 로런스 등 영문학 최고의 업적들을 리얼리즘에 무관심하고 동양적 사유에 생소한 연구자보다 얼마나 더 충실히 이해하고 정당하게 활용하느냐는 것이 당면의 숙제다. 개인적 능력이 허락하는한 별도의 기회에 좀더 본격적으로 부딪쳐볼 일인데, 자기 능력의 한계를 절감하면서도, 다른 한편 최신 이론으로 무장한 서양의 학자나 비평가일수록 정작 결정적으로 중요한 작가들은 제대로 평가하지 못하거나 아예 다루기를 기피하는 현상을 목격할 때마다 앞으로 유능한 동학·후학들에 의한 우리 학계 특유의 공헌을 기대하는 심경이다.

---

12 4절은 이제까지의 논의를 마무리짓는 것이 아니라 그야말로 '결론을 대신하여' 오히려 새로운 문제를 던지는 내용이다. 본론 자체가 문제를 제대로 정리하기보다 제기하는 데 그쳤다고 느꼈기 때문에 아예 끝까지 그 길로 나가기로 한 것이다. 하지만 발제문의 많은 대목을 생략한 구두발표조차 그런 식으로 마치는 것은 혼란을 가중시킬 우려가 있어, 발표 때는 이 부분을 생략하고 '결론을 대신하여'를 대신해서 자신의 입장을 다음 두 가지로 간략히 정리했다. 첫째, 근대인으로서 근대에 충실하게 사는 길은 근대성과 탈근대지향성(내지 근대극복지향)을 지혜롭게 결합하는 길이라는 것. 둘째, 타율적 근대전환에 따라 민족문제가 중첩된 우리의 '특수한 근대'야말로 보편성이 결여된 예외적·국지적 현상이기는커녕 흔히 '보편성'의 기준이 되는 서양의 근대를 올바로 이해하고 극복하는 데에 오히려 핵심적인 현실이라는 것. 그런데 이 두번째 주장을 좀더 확실히 밑받침하려면, 본론에서 거론한 근대극복 움직임의 문제 말고도, 근대(즉 역사적 자본주의)의 성립 자체가 그 시초부터 식민지화 사업과 반드시 결합되어 있었다는 에띠엔느 발리바르의 지적을 덧붙이는 것이 좋겠다. "어떤 의미에서는 모든 근대 민족은 식민지화의 산물이다. 일정한 정도까지는 항상 식민지를 만들거나 식민화를 당하는 처지이며 때로는 동시에 두 가지 다이기도 했던 것이다."(Etienne Balibar and Immanuel Wallerstein, *Race, Nation, Class*, Verso 1991, 89면)

그러나 본고에서는 다시 내 전공과는 거리가 먼 분야로 돌아가, 한반도의 근대전환이 비록 타율적으로 이루어져 식민지시대와 분단시대가 잇달았지만 그에 맞서는 자율적 노력의 성과가 처음부터 결코 만만찮았음을 강조하는 것으로 결론을 대신코자 한다. 농업생산력의 면에서 동아시아가 산업혁명 이전까지의 유럽을 훨씬 능가하고 있었음은 알려진 사실로서 이것이 일제하의 공업화와 1945년 남북 각기의 경제건설에 밑거름이 되었거니와, 우리 민족의 지적 생산력과 관련해서도 실학을 포함한 유학이나 불교의 전통이 만만찮았음은 물론, 다가오는 시대를 새로운 '개벽'의 세상으로 파악하면서 유·불·선의 전통을 종합하여 '서학'에 대응코자 한 민중사상의 발단이 개항 한참 전에 동학을 통해 시작되었음을 기억할 필요가 있다. '개벽'이라는 낱말은 서양어로 번역이 불가능하지만, '모든 고정된 것이 연기처럼 사라진다'는 맑스의 진단이야말로 적어도 물질이 개벽되는 사태를 짚어낸 것이다. 그것도 『선언』에서 그가 열거하는 역사상 여러 차례 있었던 변혁 중의 단지 하나를 지시한 것은 아니라고 보는 것이 맑스의 문장을 '작품'으로 읽을 때의 실감이다. 다만 그가 물질개벽을 설파했을뿐더러 이에 대한 주체적 대응의 원만한 길을 제시하기까지 했다고는 보기 힘들며, 그 점에서 맑스와 또다른 유형의 '개벽사상가'라 할 니체의 경우도 비슷하지 않은가 한다.

　어쨌든 동학으로 상징되는 조선조 말기 우리 민중의 주체적 자기변혁의 노력은 한편으로 1894년의 농민전쟁으로 이어지고 다른 한편 증산교·원불교 등의 개벽사상으로 계승되는바, 여기서는 이런 운동들을 구체적으로 평가하려는 것은 아니고 동학과 관련된 움직임에만 의미를 부여하려는 것은 더욱이나 아니다. 다만 한국 근대문학의 성취를 평가함에 있어서도 협의의 문학작품이나 학술적 담론에 국한되지 말고 이러한 민중적이고 한반도에 고유한 사상적 탐구와 그 문헌들을 함께 고려한다면,[13] 앞서 말한 근대성과 탈근대지향성의 결합을 위한 훨씬 든든한 기반이 확인되리라는 점을 강조하려는 것이다. 사실 문학작품에 국한한다 하더라도, 타율적인 근대전환에서는 '물건다운 물건'이 달리는 시기가 한동안 불가피하다는 원리를 전제하면서 다른 피식민국들과 비교해보면, 몇십 년 정도의 시차는 오히려 짧은 편임을 알 수 있다. 다만 분단을 아직 극복하지 못한 상태에서 맞는 전지구적 자본주의의 전면공세 앞에서, 그나마 이제까지 힘들여 가꾸어온 성과를 어떻게 수호하며 키워나갈 것인가가 문제다. 그럴수록 우리는 외국의 선진적 노력들로부터 겸허하게 배우고 그들과 연대하려고 진지하게 노력하면서, 우리 삶 한복판에 이미 실현된 엄연한 성취와 활력을 경시하지 말아야 할 것이다.

| 답변 및 추가토론 |

1. 첫번째 답변

우선 유재건(柳在建)선생께서 저의 발제가 쉽게 다가오는 면이 있다고 하셨는데 참 감사한 얘깁니다. 제 발제에서 불필요한 혼란이 일어난 부분에 대한 지적도 있었습니다만, 이야기의 요점은 결코 어려운 것이 아닙니다. 다만, 제가 '실세가 있는 논의'를 존중하겠다고 했는데, 현대 세계에서 실세가 있는 논의들 중에는 대단히 어려운 이야기가 많습니다. 또 불필요하게 어려운 논의들도 많습니다. 그런데도 그것이 실세를 가졌기 때문에

---

13 예컨대 1860~62년 사이에 지어진 것으로 전하는 『용담유사(龍譚遺詞)』는 본고의 시대구분법에 의하건 작품에 대한 문예비평적 판단에 따르건 근대문학은 결코 아니지만, 특정 종교의 가르침이라고 젖혀놓지 않는다면 우리 근대문학 '맹아'를 한층 풍요롭게 만드는 문헌임이 분명하며, 원불교 창시자 소태산(小太山) 박중빈(朴重彬, 1891~1943)의 언행록에 해당하는 『대종경(大宗經)』(1962)은 우리 시대 한국문학의 중요한 자산목록에 올려 마땅할 것이다.

도외시하고 살아갈 수가 없습니다. 그래서 그 많은 어려운 논의들, 어떻게 보면 사람들의 얼을 빼기 위해서 일부러 그렇게 어렵게 하는지도 모르는 논의들을 우리 나름으로 수용하려다보면, 더구나 짧은 지면에 수용하려다보면 더러 난해한 이야기도 나오게 마련입니다. 개인적인 변명으로서가 아니라, 이것도 우리의 공부법과 관련된 이야기이기 때문에 말씀을 드리는 겁니다. 그런데 저 자신의 주장은 사실 간단해요. 자본주의적인 근대를 사람답게 충실하게 살려면 자본주의가 만들어놓은 현실을 현실대로 인정하면서 동시에 자본주의 근대의 극복을 위해 노력하면서 살아야 한다는 얘기입니다. 이게 안병직선생 주장대로 본처에게도 충실하고 첩에게도 충실한 것보다도 더 어려운 일인지 쉬운 일인지 모르겠습니다만,(웃음) 약간 차원이 다른 문제가 아닌가 합니다. 두 살림을 하는 것보다 어떤 점에서는 훨씬 더 보편적인 과제이고 또 어떤 점에서는 더 어려운 과제이기도 합니다. 그래서 그런 양면을 우리는 동시에 생각하면서 살아야 하고 그럴 수 있다는 신념을 가지신 분이라면 제 얘기가 근본적으로 어려워서 못 받아들일 것은 없지 않은가 생각합니다.

근대성의 두 측면과 전통사상의 근대성 문제

김명호(金明昊)선생께서 구체적인 사항을 정확하게 짚어주셨기 때문에 거기에 대해 먼저 말씀을 드리겠습니다. 근대성에 대해서 다소 모호한 점이 있다고 했는데 가령 김교수가 토론문에서 지적한 대목, "버면의 말대로 근대성의 체험에 충실하면서 버면보다도 확실하게 근대성의 극복을 지향하는 예술이념으로서의 리얼리즘" 이런 대목 같은 것은 사실은 '근대성'이라는 말 대신에 '근대'의 극복이라고 표현했다면 훨씬 명료하고 혼란이 적었을 겁니다. 또 "한용운이나 벽초 홍명희처럼 '근대성의 과감한 수용'을 겸한 작가들"이라는 대목도 '근대현실의 과감한 수용'이라고 했다면 더 명료했겠지요. 그렇기는 하지만 '근대성'이라는 용어에 따르는 혼란이란 것은 영어의 모더니티라는 말이 근대라는 시기를 가리키기도 하고, 윤소영(尹邵榮)교수가 강조했듯이 자본주의 시대의 삶의 질이라든가 사회 역사적인 질, 이런 것을 가리키기도 하는 까닭에, 때로는 근대로 번역해야 맞고 때로는 근대성이라고 하는 게 낫기도 합니다. 또 하나는 사람마다 이 개념을 조금씩 다르게 설정하기 때문에 문제가 생기기도 하죠. 예를 들어서 김명호교수가 근대성이 긍정적인 가치개념으로 변모됐다고 하셨는데 긍정적인 가치개념으로 쓰는 사람도 있고 부정적인 가치개념으로 쓰는 사람도 있기 때문에 여러가지 혼란이 일어납니다. 제 경우에는 이것을 부분적으로 긍정적이면서 부분적으로 부정되어야 할 가치개념으로 썼기 때문에 더욱 혼란스러울지 모르겠습니다만, 저로서는 그것이 오히려 더욱 정확하게 쓴 경우라고 자부하고 있습니다.

김명호교수는 또 제가 전통 속에서 유학뿐만 아니라 불교나 노장사상, 민중종교, 토속종교를 언급한 것에 대해서 경계의 말씀을 하셨는데 그러한 경각심이 필요하다는 데 대해서 기본적으로 동의합니다. 가령 비교적(秘敎的) 형식들로부터 해방되는 작업이 선행해야 한다는 점, 다만 이건 선행해야 한다기보다는 그런 작업과 함께 이루어져야 한다고 표현하는 것이 제 취향에는 맞을 것 같겠습니다만, 아무튼 자칫 전근대적인 것으로 하여금 탈근대적인 것으로 행세하게 할 위험성이 다분히 있지 않은가라고 하신 데에는 동의합니다. 다만, 우리가 근대극복을 얘기할 때, 그러니까 어떤 분들은 근대극복이란 것은 우리가 자본주의 근대부터 철저히 성취해놓고 선진국이나 되고 난 다음에 보자라고 생각하는 분들도 있고, 그렇지 않고 지금부터 극복을 얘기하자는 분들도 그 극복의 이념이나 사상을 서양의 진보사상, 가령 맑스주의라든가 그런 데서 그대로 따와서 적용하려는 경우가 있는데, 저는 그것으로는 부족하다는 생각입니다. 물론 서양에도 맑스주의만 있는 것이 아니고 또 맑스주의에 대해서도 여러가지 해석과 응용방법이 있습니다만, 어쨌든 탈구조주의 내지 해체주의가 강조하는 서양 형이상학의 극복이라는 것이 그것 나름대로 중요한 의의를 갖는 작업인데 그것에 상응하는 작업이 우리 전통 내부에도 있다, 또 어떻게 보면 탈구조주의보다 훨씬 원만하게 그 일을 수행해온 면이 있다, 적어도 훨씬 원만하게 수행할 저력을 지녔다는 것이고, 그럴 때에 소위 세계종교로 이미 인정받은 종교만 아니라 우리 민족 고유의 민중적인 종교사상에서도 그런 것을 찾아보자는 것입니다. 저는 그 분야에 깊은 연구가 없습니다만, 가령 동학이나 증산교 같은 것은 원래부터 그런 비교적 성격에서 완전히 벗어나지 못했고 오늘날 그런 성격이 더 짙어진 면도 있는 것이 사실입니다. 반면에 원불교의 경우는 그 창시자가 '물질개벽'을 얘기한 것이 사실은 맑스가 자본주의가 발전하면서 모든 단단한 것이 연기처럼 사라진다고 했을 때의 철두철미 근대적인 사물인식과 통하는 것이라고 생각합니다. 그리고 교단의 오늘의 행태를 보더라도 근대극복을 위한 구체적인 의지와 경륜이 뚜렷하지 않아 근대주의에 함몰된 면이 있을지언정 미신적인 종말론과는 거리가 멀다고 봅니다. 아무튼 국학에 조예가 깊으신 분들일수록 우리 전통의 이런 면들도 그야말로 실사구시의 정신으로 점검해주셨으면 합니다.

윤소영교수가 여러가지 지적을 하셨는데, 윤교수는 제가 왜 이런 말을 하는지 모르겠다, 놀랍다, 는 말을 여러번 하셨지만 저도 윤소영교수가 왜 그런 말을 하는지 잘 모를 때가 있어요.(일동 웃음) 그중 하나는 안병직교수하고 저하고 겉으로는 다른 것 같지만 기본적으로 입장이 같다고 하셨는데, 저는 안교수를 존경하기 때문에 다른 일이라면 영광으로 생각하겠지만 이 경우에만은 과분한 영광으로 사양하고 싶습니다. 또, 이를테면 '모던'을 얘기하면서 그것을 시기구분으로만 얘기하고 그 삶의 질을 얘기하지 않느냐고 하셨는데, 시대구분과 상관없이 질만을 얘기하는 사람을 몇 사람 논하면서 거기에 대해 시대구분의 중요성을 강조한 것은, 비록 질을 중요시하더라도 시대구분과 무관하게 초역사적인 질을 얘기하는 것은 무책임한 일이라고 말했던 거지요. 자본주의적 근대를 전제하고 그 근대적 삶의 질을 맑스적인 입장에서 이해하려는 윤교수와 제가 그렇게 차이가 있는 것인지 저는 잘 모르겠어요. 근대가 발생하면서 왜 하필이면 이런 형태로 발생했는가에 대해서 여러가지 질문을 제기하셨는데 저는 원래부터 그러한 질문이 중요하다고 생각하고 나름대로 거기에 대해 생각한 바도 있고 여기저기서 단편적으로 논의한 바도 있지만, 물론 이 글에서는 이야기할 틈이 없었습니다. 그밖에 가령 제가 민족사적 차별성을 무시한다, 이렇게 전제를 해놓고 나중에는 제가 민족사적인 특징을 얘기하는 것이 놀랍고 역설적이라고 하셨는데, 그야 민족사적인 차별성을 무시한다는 전제를 해놓고 보면 그 다음부터는 민족사적인 차별성에 대해서 제가 하는 얘기는 전부 놀랍고 역설적일 수밖에 없을 게 아닌가요?

그리고 이건 지엽적인 문제로 지적하신다고 했지만, 공부법과 관련된 것으로 잠시 언급하겠는데, 만델이 후기자본주의가 더욱 순수한 자본주의가 됐다고 한 데 대해, 그렇지 않고 1989년 이후로 더욱 복잡화됐다는 것이 윤교수의 지적이었습니다. 그런데 우선 만델의 후기자본주의라는 것은 그 시대구분의 기준이 1989년이 아니라 2차대전 이후를 경계선으로 잡고 있습니다만, 그 점을 떠나서도 만델이 후기자본주의가 더욱 순수한 자본주의가 됐다고 할 때는 자본주의의 모순이 더욱 선명해지고 그런 의미에서 사회가 더욱 복잡화되고 있다는 얘기지 자본주의가 순수해져서 모든 문제가 사라졌다거나 완화되었다는 얘기는 아닙니다. 그래서 제가 그런 만델의 논지를 방편으로 받아서 1989년 동구권의 몰락 이후로 자본주의가 더 순수화됐다고 한다면 윤교수가 말하는 복잡화됐다는 얘기와 똑같은 얘기인데 거기에 대해서 왜 그렇게 신경을 쓰시는지요. 신경을 좀 끄셔도 되지 않을까 ─ (일동 웃음)

분단체제나 민족문학론에 대해서는 여기서 길게 얘기할 틈이 없습니다만, 저는 분단문제 혹은 우리 한반도의 분단체제가 민족모순의 특수한 형태라고만 보는 것은 지나친 단순화라고 생각합니다. 물론 민족모순과 직결된 문제이긴 합니다만 저는 기본적으로 분단체제는 자본주의 세계체제의 한 하위체제라고 보고 있고, 계급모순과 민족모순이 중첩되어서 복합적으로 작용하는, 자본주의 세계체제의 특수한 하나의 발현양태라고 보고 있습니다. 그 점만 말씀드리고 넘어가지요.

다음에 유재건교수가 리얼리즘에 관해서 말씀하셨고 김인걸(金仁杰)선생께서 리얼리즘과 관련해서 주체의 문제를 말씀하신 것이 있는데 잠깐씩만 답변해보겠습니다.

근대극복 지향과 리얼리즘

리얼리즘을 다른 여러가지 이념의 적절성 여부를 판별하는 기준으로 내세우려면 무슨 구체성이 있어야 하지 않는가, 그래서 가령 제임슨이 말하는 1단계, 혹은 그 이전부터 통용되는 것인지, 그리고 통용된다면 그것이 너무 포괄적이어서 남을 판별한다는 기준이 그 스스로 포괄성에 묻혀버릴 우려는 없는 것인가 하는 질문이었던 것 같습니다. 자세하게 설명할 겨를이 없습니다만, 아무튼 어떤 적절한 기준이 성립하려면 포괄성과 구체성이 동시에 있어야지요. 포괄적이 아니면 어느 한 시기에만 적용되지 다른 시기에는 적용이 안 되기 때문에, 적어도 근대 전반에 걸쳐서, 가령 르네쌍스 이후로는 현재까지 이것을 적용하는 것이 적절하다 할 정도의 포괄성이 있어야 되고, 다른 한편으로는 그만한 시기를 포괄하는 가운데 그 안에서 어떤 것은 이래서 좋고 어떤 것은 저래서 나쁘다고 얘기할 수 있는 확고한 면모가 있어야 할 것입니다. 그래서 제가 버먼의 모더니즘 개념이 포괄성이 있는 것은 좋은데, 다시 말해 근대인의 경험을 반영하고 표현하는 온갖 문학이나 이념들을 다 모더니즘이라고 얘기하면서 모더니즘은 곧 리얼리즘이다라고까지 말하는 것이 포괄적인 점은 좋은데, 기준다운 기준은 없다고 비판했던 겁니다. 그에 반해, '리얼리즘'은 버먼이 모더니즘이라는 말로 포괄하고자 한 시대를 전부 포괄하면서도 버먼이 모더니즘이라고 칭찬하는 작품들 중에서 어떤 것은 인정하고 어떤 것은 문제 삼는 차별성을 지닌 개념으로 제시된 것입니다. 그런데 제임슨의 3개단계론에서 문제는, 아까 제가 1,2단계에 일정한 공통성이 있지만 동시에 3단계 이전의 여러 단계들을 단순화할 우려가 있다고 했는데, 저는 포스트모더니즘 이전의 단계가 두 개뿐이라고 생각하지 않고 세 개나 네 개, 아무튼 더 있다고 봅니다. 왜냐하면 근대라는 것이 르네쌍스부터 시작한다, 또는 16세기부터 시작한다고 하면, 제임슨이 1단계의 시작이라고 얘기하는 18세기의 사실주의 단계 이전에 르네쌍스 예술도 있고 신고전주의도 있고 낭만주의도 있고 그런 여러 단계가 있어온 끝에 사실주의가 시작되고, 그 다음에 모더니즘, 그 다음에 포스트모더니즘, 이런 식으로 되는 것이지요. 물론 르네쌍스부터 19세기의 자연주의까지 일관된 어떤 사실주의적 성격을 찾아볼 수도 있지만, 그렇게 따진다면 제임슨의 2단계, 3단계라고 해서 그 점이 완전히 달라지는 것은 아니지요. 그러면 제가 생각하는 리얼리즘이라는 개념은 적어도 르네쌍스 이래의 그 많은 단계 모두에 통용될 수 있는 것인가. 가령 제가 셰익스피어나 세르반떼스를 얘기했지만 그 작가들도 리얼리즘의 기준으로 평가하는 것이 의미있는 일인가. 이 질문은 이들이 위대한 작가가 된 것이 당시 열리고 있던 근대의 현실을 현실로서 수용하면서 동시에 근대를 극복하려는 지향을 그때 이미 보였다는 사실과 연관지어 설명할 수 있는가 하는 것을 점검함으로써 답변할 수 있으리라고 생각합니다. 흔히 셰익스피어를 두고 어떤 사람은 그가 보수주의자였다고 말하기도 하고 또 맑스주의 비평가 중에는 '리얼리즘의 승리'가 일어나서 그의 보수적 세계관에도 불구하고 셰익스피어는 부르주아시대의 도래를 긍정하고 그것을 지지하는 입장에 섰다고 말하는 사람도 있는데, 저는 그 어느 쪽도 제대로 맞는 얘기는 아니라고 생각합니다. 셰익스피어의 작품을 보면 봉건시대 몰락의 필연성에 대해서는 누구보다도 냉혹하게 제시하고 있지만 그렇다고 해서 도래하는 자본주의 사회를 그가 긍정했다고는 보기 힘든 면이 너무나 많습니다. 그렇기 때문에 그를 반동적이라고 비난하기도 하는데, 저는 오히려 그는 위대한 작가이기 때문에 봉건시대 종언의 불가피성을 인식하면서 동시에 근대가 막 시작하고 있는 싯점에 이미 근대극복의 지향을 보였다고 해석하고 싶고, 그렇기 때문에 이러한 리얼리즘론은 멀리는 셰익스피어에도 적용될 수 있다고 믿는 것입니다. 또한 20세기의 로런스 같은 작가의 위대성을 모더니즘이나 포스트모더니즘과는 전혀 다른 관점으로 해석하는 데에도 적용될 수 있다고 믿고 있습니다만 그 얘기는 여기서 생략할 수밖에 없겠습니다.

마지막으로 주체에 대한 김인걸교수의 문제제기에 대해 말씀드리겠습니다. 한용운, 홍명희 등 제가 언급한 작가들이 근대의 태내에서 성립·발전되어온 것으로 근대 지양(止揚)을 내용적으로 함의하고 있다고 보기 어려운 측면이 있다고 하셨는데, 이분들의 작품 속에 근대지양이 어느정도로 함의되어 있는가 하는 것은 그야말로 작품을 놓고 따져봐야 할 문제입니다만, 근대의 태내에서 성립·발전되어왔기 때문에 그런 성격을 가질 수 없다는 것은 저로서는 이해하기 힘든 점입니다. 탈근대지향성이 근대의 태내에서 배양이 안되면 도대체 어디에서 배양될 수 있겠습니까? 그 점에서만은 저도 안병직선생과 전적으로 동감입니다. 근대를 외면하고는 어디서도 탈근대를 찾을 수 없을 것입니다. 물론 김인걸교수의 기본적인 취지는 제 논의가 주체의 문제를 제대로 다루지 않았다, 근대를 지양하려면 근대를 지양 내지 극복하는 주체세력이나 그러한 근대문학을 만드는 주체에 대한 언급이 있어야 하는데 그것에 대한 언급이 없었다, 는 건데 그 자체는 맞는 말씀입니다. 다만, 만약 그 말씀이 지금 우리 사회 속에 당장 사회주의혁명을 이룩하고 근대극복을 달성할 수 있는 주체세력이 있는데 제가 그것을 소홀히했다는 전제에서 나온 말이라고 한다면 그 점에서는 또 한번 일시적으로 안병직교수와 동의해서 그러한 대안이 지금 당장에는 없다고 말하고 싶습니다. 그러나 그런 뜻이 아니고 장래의 긴 시간에 걸친 근대극복에 대한 지향을 견지하면서 거기에 걸맞은 업적을 축적해온 세력에 대한 인식이나 언급이 저의 발제 속에 전혀 없었는가 하면, 전혀 없지는 않았을 거예요. 가령 1894년을 우리 근대문학의 기점으로 보느냐 마느냐 하는 해석에 대해서 제 나름대로 논평을 한 대목이 있습니다. 아까 제가 읽지는 않았습니다만 발제문에는 그런 인용이 나옵니다. 가령 갑오경장이라는 사건을 통해서 근대주의적인 개혁을 한 것만 가지고 1894년에 우리 근대문학이 시작되었다고 한다면 이것은 근대주의적인 관점에 선 근대문학 기점설이고 근대극복의 지향 혹은 그러한 세력을 무시한 것이 됩니다. 그러나 저는 우선 햇수로 봐서 1894년이든 1905년이든 그 10년쯤이 그렇게 중요한 것이 아니라 어떤 관점에서 보느냐가 중요한 것이고, 1894년으로 볼 때의 관점은 그해가 갑오경장만의 해가 아니라 갑오농민전쟁의 해이기도 했다는 사실에 근거하자고 했습니다. 다시 말해서 우리 사회 내에서 민중이 주체가 되어 근대를 성취하면서 동시에 서양적인 근대와는 다른 시대를 어떤 식으로든 내다보는 커다란 움직임이 있었고, 갑오경장 자체도 단순히 외세의 압력이나 위로부터의 개혁이 아니라 농민전쟁이라는 난리통을 한번 겪고 나서 지배층에서도 정신이 좀 들어가지고 그냥은 안되겠다 하는 각성이 생기고 이런저런 내부의 압력이 겹쳐서 이루어진 일이니만큼, 그 의의는 근대주의적으로만 해석할 수가 없다고 봅니다. 그런 관점에서 1894년을 근대문학의 기점으로 봐도 무방하다는 저의 주장만 하더라도 주체세력 문제에 대한 저나름의 인식을 담고 있다고 변명하고 싶습니다. 감사합니다.

2. 두번째 답변

청중석에서 나온 처음 질문은 '자본주의 극복'의 의미가 무엇이냐, '현실자본주의의 극복'은 아닌 것 같은데, 라는 것이었습니다. 제 얘기는 바로 현실자본주의의 극복입니다. 자본주의의 극복이라고 할 때 현실자본주의의 극복이지 무슨 다른 자본주의의 극복이 있겠습니까? 다만 현실자본주의의 극복이 오늘 이루어진다든가 내일 이루어진다든가 내일모레 이루어질 수 있다는 얘기는 아니고, 그 점에서는 자본주의를 극복할 지혜가 아직 우리에게 없다는 안병직선생 의견에 동의합니다. 다만 그 지혜란 것이 어느날 갑자기 생기는 것이 아니라, 또는 우리 모두가 선진국이 되면 그때 가서 비로소 생길 수 있다거나 그때 가면 저절로 생기는 것이 아니라, 근대를 살아가는 과정에서 근대의 태 안에서 축적해나가는 것입니다. 그리고 그것을 축적하려고 할 경우에는 자본주의 현실을 수용하는 과정에서도 이미 지혜가 발휘되어야 지혜가 생기는 것이지, 그건 다음에나 보고 지금은 우선 돈이나 벌자 해서는 탈근대가 안되는 것은 물론이고 교육혁명도 안되고 선진국도 안되고 서울대학교도 별로 크게 발전할 것 같지 않습니다.

그 다음 분 말씀은 특별히 저에게 한 것이 아니라 우리 모두에게 해당하는 것 같은데 그야 다 지당하신 말씀입니다. 하지만 꾸짖음을 받은 사람의 하나로서 한마디 하고 싶은 것은, 첫째 여기 앉아 계신 분들이 모두 이쪽 말을 들으면 이쪽 말이 옳고 저쪽 말을 들으면 저쪽 말도 옳다라고 진제하고 말씀하셨는데, 과연 그렇습니까? 뭐, 이 자리에서 손 들어보라고는 안하겠습니다만, 양쪽 다 옳다고 느끼신 분도 있을 것이고, 저 백아무개는 엉터리고 다른 사람이 옳다고 느끼신 사람들도 있을 것이고, 백아무개의 얘기가 그래도 낫다고 생각하는 지혜로운 분들도 계실 것입니다. (일동 웃음) 또, 이것저것 다 틀렸다, 그놈이 그놈이다, 라고 하시는 분도 계실 겁니다. 그러니까 물론 개념을 미리 규정하고 출발하는 것이 어느정도 필요한 과정이고 그것이 오늘 어느정도 부족했는지는 모르지만, 개념을 정의하고 출발한다고 해서 오늘 이런 논의를 할 때 절대로 합의가 이루어진다거나 시비가 분명해진다고는 보지 않습니다. 그건 한국에서만 그런 것이 아니라 서양의 어느 선진국을 가더라도 이 정도 수준의 문제를 논의하게 되면 반드시 견해차이가 나고 모호성이 남는 것이 당연하다고 생각합니다. 그리고 개념규정이란 것도 그래요. 개념규정을 일일이 다 하다보면 책을 몇십권 써도 모자랄 수가 있고, 개념규정에 사용한 단어들의 개념은 또 누가 규정하겠습니까? 그래서 어디까지나 그때그때의 현실적인 필요에 맞추어서 간이 맞게 잘 하면 칭찬을 받는 거고 못하면 못한 만큼 야단을 맞는 것이지 처음부터 모두가 똑같다고 말할 수는 없다고 생각합니다.

| 보론 |

보론의 지면 역시 미리부터 엄격히 제한된 것이므로 또 한번 극히 선택적이고 소략한 견해표명으로 그칠 수밖에 없다.

약정토론자 중 가장 많은 질문을 던진 분이 윤소영교수였는데, 나로서는 뜻밖인 질문마저 적지 않아서 답변을 빠뜨린 것이 더러 있었다. 가령 '근대'의 특성을 자본주의 생산양식과 관련시켜 그 사회역사적 질을 논해야 한다는 주장에 대해서는 그것이 바로 나의 문제의식이기도 함을 해명코자 했지만, 자본주의 생산양식과 민족국가 형태의 내적 상관성 문제에 대해서는 별다른 부연설명이 없이 넘어갔다. 그런데 민족국가 내지 국민국가가 독자적인 단위라기보다 세계경제의 상부구조에 해당하는 '열국체계(interstate system)'의 일부라는 점은 윤교수가 주창해온 '신식국독자론'보다 내가 민족문학론의 전개에 많이 참고해온 '세계체제론'에서 오히려 먼저 강조했던 인식으로서, 이 대목에서도 솔직히 나는 질문자가 나를 안병직교수와 한묶음으로 비판하는 내용이 도대체 무엇인지 몰라서 한동안 어리둥절했던 것이다. 윤교수는 '민족문학'이라는 명칭 때문인지 소박한 민족주의적 입론을 가정했고, 가령 윤교수와 함께 참여했던 『창비1987』 좌담에서 내가 국민국가 위주 발상에 대해 일찌감치 제기한 반론도 사회과학에 무지한 문인의 순진한 언설쯤으로 치부해버린 것이 아닌가 싶다.

그렇다 치더라도 예의 국민국가 성립과 더불어 출범한 국민문학들, 나아가 '문학'이라는 것 자체가 부르주아 이데올로기형태라는 주장은 그 나름으로 뜻있는 문제제기였는데, 논의를 거기까지 끌고가지 못한 것은 나의 불찰이다. 다만 푸꼬라든가 알뛰쎄, 발리바르, 마셔레이 등이 개진한 그러한 관점이 우리 문단에 소개되지 않았던 것은 아니며(물론 가장 널리 알려지기로는 이들 프랑스 이론가의 주요 저서보다는 테리 이글턴의 『문학이론입문』과 후기 레이먼드 윌리엄즈의 '문화적 유물론'을 통해서지만), 나 자신은 부르주아 이데올로기로서의 특정 '문학' 개념을 문학 일반 및 근대문학 일반으로 확대하는 설정이 자본주의시대의 문학을 포함한 고대 이래의 수많은 문학과 예술작품이 '작품'임으로서 지니는 해방적 기능을 제대로 못 살릴 우려가 있다고 보아서 일정한 거리를 두어온 것뿐이다. 이 대목에서도 '작품' 개념에 대한 나의 이러한 집착이 전통적 부르주아 미학의 관념적 문학관이나 또는 그러한 문학관에서 (윤교수의 일러있는 지적처럼) 완전히 탈피하지 못한 이른바 '정통맑스주의 미학'에 대한 비판의식이 결여된 리얼리즘론이라고 단정할 일은 아니다. 예컨대 「작품·실천·진리」라든가 「민족문학론과 리얼리즘론」 같은 졸고의 최종 성과가 어떤 것이든, 그 논지는 '맑스주의 미학'을 포함한 모든 '미학'에 대한 해체를 전제하고 있다. 다만 '도(道)'라든가 '진여(眞如)'의 개념(및 체험)을 우리 시대에 되살리는 새로운 진리론과 진리구현작업이 없이는 '해체' 자체가 또하나의 관념으로 머문다는 것이 나의 주장인데, 이 점에 대해서는 윤교수뿐 아니라 다른 토론자 중에도 쉽사리 동의하지 않는 분이 있는 줄 모르는 바 아니다.

안병직교수의 입장에 대해서는 그와 기본적으로 생각을 달리하는 점을 토론회 당일에도 어느정도 못박아두었다. 약정토론자가 아닌 동료 발제자로서 그 이상의 논평은 자제하지 않을 수 없었는데, 공부법을 공부하자는 애초의 취지를 살리기 위해서는, 그의 어법이나 세부적 주장에 관해서도 좀더 진지한 토론이 있어야 했을 것이다. 예컨대 '자본주의 제3파동' 운운하는 안교수(및 나까무라)의 주장에 대해 일찍이 바로 안교수와 좌담하면서 내가 제기했던 의문(『창작과비평』 1989년 겨울호, 31면)을 안교수 자신이 젖혀두는 것은 그의 자유지만, 비슷한 문제제기가 다른 논자들을 통해 있었을 법도 하지 않은가. 19세기 후반에 '제2의 16세기'가 도래한다는 맑스의 진단을 신용한다면 20세기는 그 '제2파동'의 연장일 개연성이 더 클 것이요, 애당초 맑스를 불신키로 한다면 19세기가 아닌 20세기의 후반이야말로 '두번째 물결'에 해당할 터이다.

이런 식으로 따지고 들자면 경제학이나 역사학의 전문지식이 없이도 지적할 점이 너무도 많다. 그러나 여기서는, 근대에 충실하면서도 근대극복을 지향하고 살자는 나의 논지에 대해 안교수가 예수의 말을 빌려 '내일 일은 내일에 염려하자'고 답한 대목만 짚고서 끝내기로 한다. 나는 그리스도교 신자도 아니지만, 성현의 말씀을 이런 식으로 오용해서는 곤란하다는 생각이다. 알려져 있다시피 "내일 일을 위하여 염려하지 말라 내일 일은 내일 염려할 것이요 한 날 괴로움은 그날에 족하니라"라는 마태복음(6장 34절)의 가르침은 "그러므로 염려하여 이르기를 무엇을 먹을까 무엇을 마실까 무엇을 입을까 하지 말라"(31절)는 말씀의 연장인데, 말씀대로라면 우선 '선진자본주의로의 진입'부터 달성하고 보자는 입장이야말로 예수의 가르침을 저버린 태도다. 자고 나면 또 오고 또 오는 자본주의 세상에 주눅이 들어서 내일 무엇을 먹고 입을지에 골몰하는 태도가 바로 그것이며, 그에 비하면 근대의 극복이 내일 당장 이뤄지지 않더라도 "한 날 괴로움은 그날에 족하니" 오늘 할 수 있는 만큼만 근대극복을 위해 일하고 잠자리에 들자는 사람이 차라리 '예수의 제자'답다 하지 않겠는가!

〈1993〉

'통일시대'의 한국문학

최근의 시를 중심으로

1. '통일시대'와 문학

'통일시대 한국문학의 전망'이 원래 내게 주어진 제목이다.* 그러나 문자 그대로 통일이 된 시대의 한국, 더구나 그 문학을 지금 싯점에서 미리 내다보라고 한다면 이는 내 재간으로 도저히 안되는 일이다. 하기야 다른 누군들 그런 재주가 있을까? 어떤 특별한 예견력이나 특수한 분석능력이 있어 통일 후 한반도 상황의 어느 일면을 미리 알아맞히는 경우를 전적으로 배제할 필요는 없지만, 적어도 문학에 관해서는 그런 식의 '전망'이 별로 의미있는 일거리가 되기 어렵다.

사실은 통일문제에 대해서도 그런 식으로 접근하는 것은 바람직하지 않다. 심지어 통일에 방해가 될 수도 있다. 현시점에서 우리가 통일 이후의 시대를 큰 어려움 없이 전망하는 게 가능하다는 발상은, 통일이 어떤 방식 어떤 형태로 이루어질지가 대충 결정되었고 이제 그 집행 문제만 남았다는 전제를 알게모르게 깔고 있다. 특히 서독에 의한 동독 합병의 형태로 독일이 통일되고 지구상의 공산주의정권들 대다수가 무너진 이래, 한

---

* 이 글은 1995년 9월 대산재단이 해방 50년을 맞아 마련한 '한국 현대문학 50년' 쎔포지엄에서의 발제논문에 근거한 것이다.

132

반도 역시 남쪽의 현체제가 크게 변하지 않은 채 조만간에 통일을 이루리라는 생각이 꽤 널리 퍼진 것이 사실이다. 물론 이 전제가 옳을 경우에는 '조만간'이 언제일지 모르더라도 그런 통일이 실현된 한반도의 이런저런 모습을 예측해보는 일이 한결 뜻있는 작업이 될 터이다. 하지만 전제 자체가 틀렸다고 하면 문제는 심각하다. 단순히 부질없는 공상을 하는 것으로 끝나지 않고, 통일사업을 현실적이고 슬기롭게 진행할 여지를 그만큼 좁혀버릴뿐더러 남북간의 화해와 상호이해를 가로막는 행위가 된다. 북한의 존재만 빼고는 매사가 기본적으로는 잘나가고 있고 앞으로 더 잘나가리라는 환상을 키워놓게 마련인 것이다. 이런 단순화된 사고가 한반도의 현실뿐 아니라 현실 일반에 대해서도 문학인의 올바른 대응이 아님은 물론이다.

다른 한편, 남쪽에 의한 이른바 흡수통일을 전제하지 않고 통일 한반도의 모습을 거의 완전한 미지수로 남긴 채 그 바람직한 내용을 이리저리 그려보는 '전망'들도 없지 않다. 현실이 그렇게 된다는 보장은 없지만 어떻게 되는 것이 가장 바람직한지 한번 구체적으로 생각해보자는 식이다. 이런 작업이 그 나름으로 의의가 없지는 않다. 특히 눈앞에 주어진 현실이나 본질상 그 연장선에서 못 벗어나는 피상적 변화에만 길들여진 현대인들의 경우, 우리의 상상력을 자극하고 현실에 대한 비판의식을 고취하는 이런 '유토피아적' 대안 모색은 매우 값진 것이랄 수 있으며, 심지어 문학의 본분에 걸맞은 작업이랄 수도 있다.

하지만 여기에도 위험은 따른다. 통일이 워낙 요원해서 지금으로서는 공상향의 설계밖에 할 수 없는 처지라면 몰라도, 현실적으로 통일사업이 진행중인 시대라면 최대한으로 현실에 근거한 설계를 내놓는 일이 무엇보다 긴요할 터인데, 유토피아적 접근은 이런 절실한 노력을 게을리하는 꼴이 된다. 또, 한반도에 국한된 유토피아의 설계 자체가 한반도 문제를 세계체제의 문제와 별도로 생각하는 낡은 사고방식을 조장하기 쉽다. 게

다가 좀더 기본적인 이론상의 문제도 있으니, '있는 그대로의 현실' 아니면 곧 '비현실적인 꿈'이나 '원대한 이상'밖에 생각지 못하는 이분법의 함정이다. '있는 그대로의 현실'은 깊이 들여다볼수록 '있던 것이 없어진 현실'이자 '없던 것이 있어지는 현실'이며 '만들어지면서 스스로를 만들어가는' 인간 주체들을 내포한 현실인데, 유토피아주의는 이에 대한 올바른 깨우침을 주지 못한다. 기성현실에의 추종을 거부하는 노력을 촉발할 수는 있으나 현실을 드러내는 가운데 이를 넘어서기도 하는 문학 본연의 '변증(법)적' 차원에는 미달하는 것이다.

정작 한반도의 분단현실을 보더라도, 통일은 공상밖에 할 수 없을 만큼 요원하기만 한 것도 아니고 진정으로 창조적인 모색이 없이도 확실하달 정도로 기정사실화되지도 않은 상태다. 우선, 독일의 통일이 우리가 따를 어떤 모범은 못 되면서도 많은 사람에게 한반도의 통일이 가능하다는 심증을 굳혀준 것은 분명하다. 또한, 그뒤로 진행된 여러 공산주의정권들의 붕괴 내지 변모는, 한반도에 북한 주도의 통일이 달성될 가망이 거의 없으며—'무력 적화통일' 자체가 원래 정권안보용 구호의 성격이 짙었던 것이지만—나아가 분단이 계속되건 남북합작의 통일이 이루어지건 한반도가 당장에 자본주의 세계체제로부터 이탈할 가능성이 희박함을 보여주었다.

더욱 중요한 것은, 독일의 통일이 초래한 어려움에 대한 지식이 깊어지고 이런 통일을 그나마 성취하고 감당한 지난날의 서독과 현재 남한 간의 차이를 좀더 냉철히 인식하는 가운데, 통일이 '일회적 사건이기보다는 지속적인 과정'으로 이루어져야 한다는 합의가 점차 넓어지고 있는 점이다. 갑작스런 '적화통일'이 가능하지도 바람직하지도 않듯이, 갑작스런 자본주의적 통일 역시 민족의 장래를 위해서는 물론이고 심지어 한국 자본주의의 앞날을 위해서도 바람직하지 않은 것이다. 그리고 보니 남한의 지금 실력으로는 '독일식 통일'을 해내기가 힘들다는 점이 다행이라면 다행이다. 바람직하지도 않은 길을 잘되는 길로 착각하고 들어설 위험이 그만큼 줄어들기 때문이다.

통일 한반도가 자본주의 세계체제로부터 이탈하지는 않더라도 한국 자본주의의 현상태를 어떤 식으로든 타파한 상태가 될 수밖에 없다는 전망은 '지속적인 과정으로서의 통일'에 구체적인 내용을 부여한다. 예컨대 남쪽에서는 세계시장의 논리를 현실로서 인정하면서도 장기적으로 그 논리를 넘어선 대안적 세계를 모색하고 남한의 자본주의를 개량해가면서 통일과업의 와중에서 좀더 본격적인 변혁의 계기를 찾으려는 복합적인 노력이 진행중인데, 바로 이러한 움직임이 '분단체제극복으로서의 통일'을 향한 노력이다. 북의 경우는 짐작하기 훨씬 어렵지만, 세계시장을 향한 점진적 '개방'과 이에 따른 '개혁'이 단순한 체제수호의 방편으로 그칠지, 체제수호에 실패하면서 그나마 남한 주도의 통일밖에 대안이 없게 될지, 아니면 북의 민중 또한 '분단체제극복으로서의 통일' 움직임에 합류할 길이 열릴지, 두고볼 일이다.

아무튼 통일이 일회적 사건이 아닌 지속적인 과정이라고 한다면 우리는 이미 '통일시대'를 살고 있다고 해도 무방하다. 단순히 분단극복을 역사적 과제로 안고 있는 시대일 뿐 아니라 분단체제를 꾸준히 허물어가는 다각적인 노력이 진행중이고 그것 없이는 통일다운 통일을 생각할 수 없는 그런 시대에 들어서 있는 것이다. 이런 의미의 통일시대라면 그 문학을 전망하는 일은 막연한 장래를 예측하려는 부질없는 노력과는 전혀 다른 성격이 되며, 분단시대 50년의 문학을 돌이켜보고 그 현상을 조명·진단하는 작업과도 자연스럽게 이어진다. 그리고 이런 통일시대는 주어진 현실을 엄정하게 드러내면서 동시에 그 극복에 일조하는 문학 본연의 변증적 작업을 떠나서 성립하기 힘들다.

2. '통일시대'와 '민족문학의 새 단계'

　앞서 '통일시대'를 '분단체제극복으로서의 통일작업이 진행중인 시대'
로 해석했는데 그 의미를 좀더 구체적으로 밝힐 필요가 있겠다. 단순히 분
단극복이 민족사적 과제가 된 시대라고 한다면 1945년 삼팔선 획정 이래
의 분단시대 전부가 '통일시대'가 되는 꼴이다. 그러나 1950년 한국전쟁
이 터지기까지는 분단의 고착을 막으려는 이런저런 평화적 노력이 모두
실패하여 무력통일의 대규모 시도로 귀결하는 시기이고, 이것이 민족사
의 일대 참극으로 끝나고 1953년에 휴전이 성립하면서 비로소 분단이 일
종의 '체제'로 자리잡기 시작하는 것이다. 그렇다면 분단체제극복으로서
의 통일작업이라는 표현은 아무리 빨라도 1953년 이후에야 해당되는 셈
이다.

　하지만 분단체제가 하나의 체제로서 자기재생산 능력을 확보하는 데도
휴전 이후 다시 얼마간의 시간이 걸렸거니와, 이에 맞선 의식적인 분단체
제극복 운동이 벌어지는 것은 훨씬 뒤의 일이다. 도대체 '북진통일' 아닌
일체의 통일운동이 탄압받는 세월이 오래 계속되었고, 정권이 평화통일
을 내세운 1972년 7·4공동성명 이후로도 관 주도가 아닌 평화통일론이
불온시되기는 마찬가지였다. 적어도 1987년의 6월항쟁 시기까지는 의식
적인 분단체제극복 운동이 미미했다고 하겠는데, 이는 4·19혁명과 5·18
광주민중항쟁, 6월항쟁 중 어느 하나에서도 '통일'이 그 당장에는 대중행
동의 중심 구호로 떠오르지 않았다는 데서도 실감된다. 물론 6월항쟁 때
는 '자주·민주·통일'이 운동권 내부에서 합의된 목표였고, 특히 학생운
동의 지도부는 자주적인 조국통일을 거의 지상과제로 삼고 있었다. 그러
나 다수대중의 관심은 역시 개헌과 군사독재타도였으며, 운동권의 통일
열기도 실은 한편으로 통일논의 자체를 억누르는 독재정권에 대한 반감

과 다른 한편으로 분단체제의 성격에 대한 인식부족에 힘입은 바가 컸던 것이다.

그러므로 '분단체제극복으로서의 통일'이라는 과제가 표면에 떠오르기 시작한 것은 아무래도 6월항쟁의 성취가 있은 뒤라고 보아야 한다. 이후에도 민간 통일운동에 대한 억압이 없어진 것은 아니지만 전처럼 무차별적이지는 못했고 노태우 정권의 북방정책 이후, 특히 독일 통일과 공산권의 변화 이후 '정부=반통일세력'이라는 단순한 등식이 성립하지 않게 되었다. 촛점은 어떤 통일을 누가 어떻게 이룰까로 옮겨졌으며, 재야세력 중 통일운동에 가장 열성적인 분파가 반드시 정답을 갖고 있지도 않다는 사실 또한 명백해졌다. 여기서 분단현실을 좀더 총체적이고 체계적으로 인식할 필요가 절실해졌고 분단체제를 극복할 광범위한 연대세력을 새롭게 구상하고 창출하려는 노력이 요청되기에 이르렀다.[1] 이런 노력이 얼마나 제대로 열매맺고 어떤 통일국가를 달성할지는 지켜볼 일이지만, 이 글에서 말하는 '통일시대'가 좀더 정확히 들어맞는 시기는 아무래도 1987년 이후라고 보아야 할 것 같다.

이는 우리 문단에서 진행된 '민족문학' 논의에서 1987년 이후를 하나의 새 단계로 지목하는 발상과도 일치한다. 실제로 '민족문학의 새 단계'론은 나 자신이 제기한 것으로[2] 아직 통설의 자격을 얻은 것은 못 된다. 그러나 1990년 이래 급격히 확산된 민족문학위기론, 심지어 민족문학폐기론 들은 비록 발상은 다를지라도 지금이 전과는 단계가 달라졌다는 인식을 내포한 것이며, 필자의 발상과 좀더 비슷한 예로는 얼마 전(1995년 5월)

---

[1] 분단체제에 대한 나 자신의 입장은 졸저 『분단체제 변혁의 공부길』(창작과비평사 1994) 특히 그 제1부와 그 책 출간 뒤에 발표한 「분단시대의 최근 정세와 분단체제론」(『창작과비평』 1994년 여름호) 및 「민족문학론, 분단체제론, 근대극복론」(『창작과비평』 1995년 가을호)〔각기 『흔들리는 분단체제』 제3장과 4장〕 참조.

[2] 졸저 『민족문학의 새 단계』(창작과비평사 1990)에 실린 「오늘의 민족문학과 민족운동」(1988) 및 「통일운동과 문학」(1989) 참조.

민족문학사연구소가 주최한 '해방 50년과 한국문학' 씸포지엄에서 종합토론자로 나선 염무웅교수의 발언으로서, 그는 당일의 발제들이나 개별토론에서 '1987년의 획기적 중요성'에 대한 인식이 전반적으로 부족했음을 지적한 바 있다.

물론 원만한 문학사적 정리를 위해서는 1987~90년 사이 일련의 국내외적 사태를 종합적으로 감안해야지 6월항쟁 한가지에 집착할 일은 아니다. 그러나 항쟁이 대표하는 주체적 노력과 이에 따른 문학활동(독서활동을 포함하는) 공간의 확대, 현실에 대한 인식의 전진 등을 빼버리고 소련·동구권의 붕괴 같은 외부적 사건에 치중하는 일은, '민족문학'을 소련의 공식 문학 및 정치이념과 동일시했던 일부 한정된 민족문학론자들의 행태를 실질적으로 답습한 꼴밖에 안되는 것이다.

1980년대 말의 싯점에서 민족문학의 새 단계가 열렸다고 본 구체적인 근거들을 이 자리에서 되풀이하지는 않겠다. 다만 그것이 국내 창작만을 기준으로 한 것이 아니라 이른바 해금작품, 불온시되던 번역서 등을 포함하여 종전과는 질적으로 달라진 문학풍토 전체를 염두에 두었던 것이며, 또한 '유월 이후를 보는 시각'(「통일운동과 문학」제4절) 논의에서처럼 우리의 문학과 민족운동 전반에 걸쳐 부각된 새로운 변증적 종합의 과제를 지목했던 것이다. 다시 말해 항쟁으로 넓어진 공간이 새로운 기회이자 전에 없던 도전이라는 뜻에서의 '새 단계'였다. 그러므로 1989~90년에 걸친 세계정치의 대변화로 그 도전이 더욱 거세졌다고 해서 민족문학의 오늘에 관한 기본인식이 달라질 까닭은 없었다. 민족문학의 이념은 본디부터 '사회주의적 사실주의'와는 한정된 친연성 이상을 지니지 않았던만큼, '현실사회주의'의 몰락이라든가 그에 따른 '사회주의사실주의' 문학의 대대적인 평가절하는 민족문학에 대한 일정한 타격과 동시에 그 새로운 가능성의 기약이기도 했던 것이다.[3]

이런 원칙론에 부합하는 '새 단계'의 문학적 성과가 1990년대도 이제

절반을 넘긴 현재까지 과연 충실히 이루어졌는가는 따로 검증해볼 문제다. '민족문학'을 부르짖던 많은 논자들이 아예 안면을 바꾸거나 적어도 유보적인 자세를 취하고 애당초 비판적이던 사람은 대놓고 냉소하든가 더러는 연민어린 격려를 보내주는 작금의 현상들은 무언가 기약되던 만큼—또는 기약되었다고 생각하던 만큼—의 결실이 없었다는 의심을 낳기에 충분하기 때문이다.

　의심의 내용을 좀더 구체적으로 살핀다면 크게 두 가지로 나눠볼 수 있겠다. 첫째, 한국어로 씌어진 온갖 문학을 그냥 '한국문학'이라 부르지 않고 굳이 '민족문학'이라는 별개의 잣대를 끌어들이는 일은 처음에도 무리였지만 특히 민족주의의 폐해가 뚜렷해지고 나아가 이데올로기적인 갈등이 무의미해진 오늘에는 완전히 시대착오가 되지 않았느냐는 것이다. 여기서 '처음에도 무리였지만'이라고 토를 단 것은, 우리 세대의 민족문학론이 출발하던 1970년대 초에 이미 그런 의문이 제기되었기 때문이다. 아무튼 중요한 것은, 당시의 반대입장을 고수해온 경우건 적어도 1980년대까지는 좀더 긍정적으로 보아주는 경우건 현시점에서는 더이상 민족문학 개념의 용도를 인정할 수 없다는 사람이 많다는 사실이다. 국내외의 '세계화' 대세와 모든 '근대적'인 것의 시효가 끝났다고 주장하는 '포스트모더니즘'의 이런저런 담론들이 그러한 입장을 직접간접으로 뒷받침해주고 있음은 물론이다.

　이와 관련된 여러 복잡한 문제들을 여기서 상세히 다룰 계제는 아니다. 다만, 민족문학이 단순한 민족주의 문학이 아님은 1970년대 초부터—또는 그에 앞서 해방 직후의 민족문학론에서도—지적되어왔지만 이제 그러한 선언으로만은 부족하고 '민족주의'가 아니면서 '민족적'이라는 것이

---

3 이 문제에 관해 필자는 졸고 「민족문학론과 리얼리즘론」(벽사 이우성교수 정년퇴직기념 논총 『민족사의 전개와 그 문화』, 창작과비평사 1990, 하권에 발표, 졸저 평론선집 『현대문학을 보는 시각』, 솔 1991에 수록)에서 비교적 상세한 검토를 시도했다.

무엇인지에 대한 설득력있는 해명이 필수적인 시기가 되었음을 강조할 필요가 있다. 이에 대한 종전의 한가지 답은, 민족문학의 담론은 '민중적' 또는 '계급적' 내용을 가진 민족담론이므로 민족주의와는 구별된다는 것이었다. 그러나 민중 및 계급의 담론 자체가 민족 단위 또는 국민국가 단위의 주체를 절대시했던 한에는 그것도 설득력있는 해답은 못 된다. 세계체제의 실정에 알맞은, 그 이상도 그 이하도 아닌 만큼의 무게를 개별 민족이나 일국 단위의 민중에게 실어주는 담론만이 '민족주의문학'이 아닌 '민중·민족문학'의 이념을 옹호할 수 있는 것이다.

그런데 포스트모더니즘의 대세가 개별 민족문학들은 물론 문학이라는 인간활동 자체를 무의미하게 만들거나 적어도 '문화생산'의 일부로 해소해버린다는 주장은 거꾸로 민족문학의 중요성을 새롭게 인식하는 계기가 될 수도 있다. 바로 이 점을 필자는 「지구시대의 민족문학」이라는 글에서 부각시키고자 했는데, '지구시대와 세계문학의 이념'을 논한 제1절을 이렇게 끝맺은 바 있다. "지금까지(즉 과거에) 우리는 민족문학이 민족의 현실에 충실함으로써 세계문학의 대열에 당당히 참여할 수 있음을 주로 강조해온 편이지만, 지구시대의 현정세는 민족문학의 이바지가 특별히 필요할 만큼 '세계문학의 대열' 자체가 몹시도 헝클어진 형국인지도 모른다."[4] 어쨌든 민족문학 개념의 시효만료설은 다분히 피상적인 인식에서 나왔다고 하겠으나, 그에 맞선 대응이 지구시대의 현정세와 세계문학의 현황, 일국단위 운동의 점차 뚜렷해지는 한계와 여전한 필요성 등에 대해 한층 차원높은 인식을 보여주지 못한다면 대세에 그대로 밀리는 길밖에 없을 것이다. 여기서 '분단체제극복으로서의 통일'이라는 과제도 똑같이 넓은 시야와 변증적 인식을 요구하는 과제임을 상기할 필요가 있다.

민족문학 개념의 효용에 대한 두번째 문제제기는 개념에 상응하는 창

---

4 『창작과비평』 1993년 여름호, 94면〔본서 35~36면〕.

작의 실적이 과연 있느냐는 것이다. 아무리 '새 단계'의 기준이 국내 창작품만이 아니라 해도, 한국문학 자체의 생산이 따라주지 않는다면 다른 온갖 진전들을 문학적인 성취라 일컫기에는 부족할 터이며 더구나 '민족문학'의 성취라고 말할 수는 없을 것이기 때문이다. 이에 관해서는 나 자신도 예의 「지구시대의 민족문학」에서, "적어도 1987년까지는, 그리고 어쩌면 최근까지도, 우리 사회의 민족문학운동은 반독재투쟁을 수행하고 민족문학·민중문학의 이념을 전파하는 데 너무 바빴던만큼" 작품생산을 소홀히 한 바 없지 않았고 그리하여 "이른바 민족문학 진영은 그간의 소홀함으로 '물건'이 딸리는 곤경이 벌어지고 드디어 그동안 애써 전파해온 민족·민중문학의 이념 자체가 수세에 몰리는 일이 흔하게 되었다"(118면)는 점을 지적하였다. 그러나 '물건'을 찾는 사람들이 1970년대 초 「오적(五賊)」이나 「객지(客地)」의 발표, 또는 1980년대 박노해의 등장이나 김남주(金南柱)의 옥중 창작 같은 괄목할 '사건'을 기대하는 것도 새 단계에 걸맞지 않은 발상이려니와, 민족문학운동에 적극적으로 참여해온 '민족문학 진영'의 창작만이 국내 창작계의 '민족문학적 성과'를 이루는 것도 아니다. 그러므로 새 단계 민족문학의 실적에 관한 점검은, 민족주의 문학의 이념과 더불어 민족문학 '진영'이라는, 실제로 문민정권 수립 이후 그 효용이 거의 소진된 개념을 해체하는 작업과 병행되어야 할 것이다.

이 작업 또한 분단체제에 대한 인식 문제와 직결되어 있다. 원래 '민족문학'이나 '국민문학'이 영어로는 다같이 national literature일 수밖에 없는데도 우리 문학에서 군이 전자를 고집하고 후자를 기피해온 것은 우리 민족 특유의 역사적 경험이 작용한 까닭이다. 즉 식민지시대에는 국가를 잃은 마당에 '국민문학' 운운하는 것은 곧 친일문학에 합류하거나 적어도 그에 대한 저항을 흐리는 일이었고, 분단시대에는 반쪽 국가의 국민문학이기를 거부하는 의지가 '민족문학'이라는 용어 선택에 담겼던 것이다. 그러나 통일이 일회적 사건이 아니고 지속적인 과정이며 이것이 분단체제의 극복과정일 때에만 '통일다운 통일'이 가능하다고 한다면, '민족 전체의 민족문학' 대 '분단국가의 국민문학'이라는 이분법도 수정되어 마땅하다. 분단체제는 한반도 전체를 망라하지만 남북의 상이한 두 사회를 하위체제로 두고서 작동하는만큼, 통일운동 자체가 남북 각기의 실정에 맞는 내부개혁 운동들이 성장하면서 그 연장선상에서 독특한 범한반도적 민중연대를 형성하고 통일국가의 형태도 그 과정에서 새롭게 창안해야 한다. 마찬가지로, 문학에서도 막연히 분단극복의 대의를 공유하는 전민족의 문학을 말하기보다는 남북 각각의 현실에 일차적으로 근거하여 그곳 독자들의 사랑을 받는 가운데 남북 공통의 민족문학으로 되기를 꾀해야 할 것이다. 따라서 남쪽의 작가들이 산출하는 진정한 민족문학은 남한의 국민문학을 '겸한' 온 겨레의 문학이어야 할 것인바, 사실 이는 특정 민족의 국민문학이 넓게는 세계의 문학이면서 좁게는 어느 지방의 향토문학을 겸하기도 하는 문학 일반의 중층적(重層的) 성격을 약간 특이하게 예시한 경우에 불과하다.

　이러한 의미의 '통일시대 한국문학'은 어떤 모습이어야 하는가? 문학 작품의 참된 의미가 그 소재나 저자 개인의 이념적 주장에 의해 결정될 수 없음은 어느 경우든 마찬가지지만, '분단체제극복과정'의 문학으로 우리 시대의 한국문학을 이해할 때 그 점은 더욱 중요하다. 단순히 통일의 대의를 부르짖는다거나 분단현실의 일면적 또는 피상적 묘사로 자족하는 행위는 분단체제라는 이 특이하고 복합적인 체제를 본의 아니게 굳혀주기 십상인 것이다. 바로 이 함정에 빠지지 않기 위한 끊임없는 경계태세가 무엇보다 긴요하며, 이는 분단체제극복의 과제에 걸맞은 변증적 사유를 획득하기 위한 치열한 싸움의 과정이기도 하다. 물론 '통일시대'의 총체상을 점검하고 분단체제극복에 획기적으로 기여하는 대작이 되려면 소재나 작가의 알음알이 차원에서도 분단 문제가 본격적으로 제기되지 않을 수 없을 것이다. 그러나 이런 대작의 생산은, 먼저 개개인의 작가가 자신에게 절실한 소재 또는 과제를 잡아서 자기가 알고 느끼는 만큼 정직하고 치열하게 수행해나가는 작업이 축적되는 가운데 자연스럽게 이룩되는 것이지 욕심을 앞세워서 될 일은 아니다.

3. 현단계 한국문학의 단편적 점검

개인적인 술회를 곁들이자면, 나는 「지구시대의 민족문학」을 탈고할 때부터 그 속편의 필요성을 느끼고 있었다. 그러나 속편은커녕 오히려 평필 자체를 놓다시피 하고 지내온 것이 그후의 실정이다. 전번 글에 보완이 필요하다고 생각된 것은 무엇보다도 구체적인 작품 논의가 너무나 단편적이어서 '지구시대의 민족문학'이라는 거창한 문제제기에 걸맞지 않았기 때문이다. 실제로 글이 발표된 뒤 '총론과 각론이 따로 논다'는 비판을 들었는데, 걸맞은 각론을 조달하기가 쉽지 않다는 사실 자체가 총론의 논지에 부합되는 면도 없지는 않았지만 여하튼 각론이 미흡했던 것은 부인할 길이 없다. 불행한 점은 이번 글 역시 충실한 속편이나 보론이기보다 또하나의 단편적인 점검이 되리라는 것이다. 특히 이번에는 소설에 대한 언급을 거의 생략하고 시를 주로 다룰 생각이다. 주어진 시간에 면피할 길이 그나마 이 길밖에 없었기 때문이다.

1) 원로·중진들의 정진

상업주의 매체들이 판치는 세상일수록 연대가 바뀔 때마다 '혜성처럼' 나타나는 어떤 신인을 기대한다. 그러다 보면 억지로 새 별을 만들어내거나 그게 잘 안 먹힐 경우 우리 문학의 '침체'를 개탄하게 마련이다. 하지만 한국문학이 근래 와서 내세울 것 중에는 어느 특정 신예의 활약보다도, 근대문학 출범 이후로 문단경력 30년, 40년 또는 그 이상 정진을 계속하는 시인들을 상당수 갖게 되었다는 사실을 꼽을 수 있다. 고은에 대해서는 주로 서사시 『백두산』을 중심으로 뒤에 논하겠지만, 그밖에 신경림(申庚林)의 40년 가까운 작업에 대해서는 최근 『신경림 문학의 세계』(창작과비평사 1995)라는 합동 평론집에서 평가된 바 있고, 그밖에 민영(閔暎), 황동규(黃東奎), 정현종(鄭玄宗), 조태일(趙泰一), 오규원(吳圭原) 등이 중진급으로 한참 활약중이다. 여기에 『마음의 수수밭』(창작과비평사 1994)의 천양희(千良姬)와 오랜만에 새 시집 『순간의 거울』(창작과비평사 1995)을 낸 이가림(李嘉林), 그리고 한동안 병고에 시달리다가 『중심의 괴로움』(솔 1994)으로 본격적인 시작활동 재개를 알리는 김지하를 덧붙일 수 있을 것이다. 또한 나 자신은 서정주(徐廷柱)의 『늙은 떠돌이의 시』(민음사 1993)가 몇편을 빼고는 '정진'의 성과라고 인정하기 힘들지만 어쨌든 그 나이에 현역성을 고수하는 것만도 일종의 신기록이라 아니할 수 없다.

앞에 열거한 대다수의 시인보다 선배이면서 근년에 괄목할 성과를 내놓은 이가 『죽지 않는 도시』(고려원 1994)의 이형기(李炯基)다. 단순히 그가 자서(自序)에서 말한 '허무의식을 바탕으로 하는' 서정시를 꾸준히 써왔다든가 이번 시집의 1,2부에서는 새로이 '종말론적 상상력에 입각한 문명비평의 시'를 선보이고 있대서가 아니라, 문명과 생태계의 위기에 대한 관심이 종래의 내면세계 탐구와 점차 융합되면서 더 젊은 시인들에게도 흔치 않은 치열성을 얻고 있기 때문이다. 예컨대 표제작 「죽지 않는 도시」는 일종의 공상과학시로 읽힐 수 있으나 그보다는 초현실주의적 상상력으로 단련된 현실비판으로서, "젊어도 늙고/늙어도 늙고/태어날 때부터 이미 폭삭 늙어서/온통 노욕과 고집불통만 칡넝쿨처럼 칭칭/무성하게 뻗어난 도시"는 늙어도 젊고 젊어도 젊기만을 바라면서 정신없이 살다가 의미없이 죽어가는 현대인들의 역설적 표상이다. 「메갈로폴리스의 공룡들」의 경우 "그래도 또 쌓이는 쓰레기 쓰레기/도시의 외곽에는 이제 빈터가 없다"라고 한 전반부까지는 평범한 환경관계 논설과 크게 다를 바 없지만,

144

한발 한발 거리를 좁혀오는 막강 쓰레기군단.
함부로 버려진 그날의 원한을
쓰레기는 잊은 적이 없다.
냉혹한 복수의 찬 피, 무표정
고도문명 시대의 메갈로폴리스에 되살아난
보라 저 공룡의 무리들!

이라는 대목에 이르면 SF영화의 어떤 섬뜩한 장면이 연상되기도 한다.
(다만 "자칭 호모사피엔스는 그 앞에서/벌거벗고 떨고 있다./떨고만 있
다"라는 마지막 석 줄은 도리어 긴장을 떨어뜨리지 않나 싶다.)
  이형기 시의 이러한 성취는 「상처 감추기」에 피력된 그의 독특하고 고
집스러운 시작 태도와 무관하지 않다. 한마디로 그것은 첫 행과 마지막 행
에 반복되는 '시를 왜 쉽게 쓸 것인가'라는 주장이다.

나는 여태껏 말을 믿어본 일이 없다
말의 낙타를 타고 말이 없는 곳
한 마리 방울뱀의 침묵 속에 묻히려고
나는 평생을 일해서 나의 파멸을 벌었다
그것은 단 한 줄의 어려운 시

—「상처 감추기」제3연

이는 김수영의 「말」에서 "죽음을 꿰뚫는 가장 무력한 말/죽음을 위한 말
죽음에 섬기는 말/고지식한 것을 제일 싫어하는 말" 운운한 대목을 상기
시키기도 하는데, 그렇다고 「상처 감추기」가 일방적인 난해시 옹호라고
읽는 것도 너무 고지식한 독법이다. 우선 이 작품이 옹호하는 어려운 시는

자신에게 더없이 절실한 무언가를 지키기 위한 것이요 '지금은 우리 시대의 가장 어두운 밤이다'라는 시대인식이 관련된 것이며, 실제로 「상처 감추기」가 유달리 난해한 시도 아니다. 뿐만 아니라 바로 이러한 자세로부터 「통일전망대」처럼 평이하면서도 결코 고지식하지 않은, 분단시대의 절창이 나오기도 한다.

실은 아무것도 보이지 않는다
부질없는 망원경
그러나 이 기계장치의 눈
두 겹 유리알 테두리만 벗어나면
다 보인다
그냥 그 텅 빈 하늘
그냥 그
아득하게 이어진 산과 들판
그런 모양으로
별수없이 언제나 하나일 수밖에 없는
아픔이
슬픔이
핏발선 눈으로 서로 노려본
40년 세월의 총칼 파수도 아랑곳없이
우수수 우수수
낙엽을 몰고가는 늦가을 바람이
다 보인다 하나로

─「통일전망대」 전문

텅 빈 하늘, 이어진 산과 들판들이 '하나로' 다 보이는 경지에 닿기까지는

'부질없는 망원경'뿐 아니라 그밖에 수많은 장치를 벗어던져야 하며 언어에 대한 집요한 의심도 그 과정에서 필수적인 단련인 것이다.

이형기와는 대조적으로 정치현실에 대한 비판의 시를 많이 써온 조태일은 최근 시집『풀꽃은 꺾이지 않는다』(창작과비평사 1995)에 이르러 오히려 전통적인 서정시에 가까워진 모습을 보여준다. 그런데도 이를 반드시 '통일시대 문학'의 중심에서 멀어진 퇴행현상으로 볼 수 없다는 데에 그의 특이한 성취가 있다. 우선 그의 시세계는『국토』(창작과비평사 1975)처럼 당국의 직접적인 제재(긴급조치 제9호에 의한 판금조치)를 받은 저항시의 경우에도 항상 풍부한 서정성을 특징으로 삼고 있었으므로 이번 시집이나 직전의『산속에서 꽃속에서』(창작과비평사 1991)에 이르러 어떤 갑작스런 전환이 일어난 것이 아니다. 동시에, 앞서도 말했듯이 우리의 '통일시대'는 분단체제를 허물어갈 온갖 자산을 도처에서 찾아내고 활용하는 시대인만큼, 전통적 서정시도 영랑(永郎)이나 미당(未堂)의 모작 냄새를 안 풍기고 그들처럼 우리말을 능란하게 구사하여 겨레의 정감을 자연스럽게 움직이는 경지에 도달하기만 한다면 민족문학의 값진 수확이 아닐 수 없다. 실제로「노을」이나「노을 속의 바람」「홍시들」「가을날에」등은 바로 그런 경지까지 간 아름다운 시들이다.

하지만 이런 서정만으로 통일시대 문학의 '중심'에 설 수가 있을 것인가? 아름다운 노래가 한편으로 심금을 울리면서도 막상 우리가 나날이 살아가는 삶과는 거리가 있다는 느낌을 준다면 그 '중심성'은 의심스러워질 것이다. 이 문제와 관련하여「동리산에서」와「봄이 오는 소리」는 다같이 시인의 어린시절을 되살리면서도 흥미로운 대조를 부인다. "그 빨지산늘 다 어디 갔나/ㄱ 어린 짐승 자라서 다 어디 갔나/그 죽순 자라서 어디 갔나/그 홍시 다 어디 갔나/그 남순이 어디 갔나"로 끝나는 전자가 시로써밖에는 되살리지 못할 것들에 대한 아쉬움과 그리움을 토로한 데 반해,「봄이 오는 소리」는 "어렸을 적,/발바닥을 포개며 뛰놀던/원달리 동리산

태안사에/봄이 딛는 발자국 소리/여기까지 들려오네"로 시작하여 지금 광주의 생활에서도 "그곳을 향해/모든 일 젖혀놓고 눈을 감네"라고 끝내면서 그 연속성을 강조하고 있다. 과연 그것은 광주뿐 아니라 서울의 삶, 그리고 동시대 다수인의 삶으로까지 이어지는 어떤 것일까? 이들 시 자체에서 얻을 수 있는 답은 무척 모호한 것 같다. 그 모호함은 「풀씨」라는 또 하나의 아름다운 노래에서도 엿보인다.

> 풀씨가 날아다니다 멈추는 곳
> 그곳이 나의 고향,
> 그곳에 묻히리.
>
> 햇볕 하염없이 뛰노는 언덕배기면 어떻고
> 소나기 쏜살같이 꽂히는 시냇가면 어떠리.
> 온갖 짐승 제멋에 뛰노는 산속이면 어떻고
> 노오란 미꾸라지 꾸물대는 진흙밭이면 어떠리.
>
> 풀씨가 날아다니다
> 멈출 곳 없어 언제까지나 떠다니는 길목,
> 그곳이면 어떠리.
> 그곳이 나의 고향,
> 그곳에 묻히리.

—「풀씨」 전문

산속이나 언덕배기는 원래 묻힐 만한 곳이고, 시냇가나 진흙밭은 명당과는 거리가 멀지만 아무튼 시골 고향을 연상시키는 이미지들이다. 문제는 "풀씨가 날아다니다/멈출 곳 없어 언제까지나 떠다니는 길목"인데, 이것

역시 시골의 어느 길목일까, 아니면 도회의 길목이라도 좋다는 말인가? 여기서도 확답은 없다. 그러나 처음에 "풀씨가 날아다니다 멈추는 곳"을 주문했다가 어느새 "풀씨가 날아다니다/멈출 곳 없어……"로까지 발전한 것을 보면 상당한 융통성을 상정해도 좋을 듯하다.

융통성의 여지, 그리고 더 큰 구체성과 현실성에 대한 요구는 이 시집에 다른 성격의 시들이 동거하고 있다는 사실에서도 온다. 그중 「다시 오월에」라거나 「대선이 끝나고」 등은 정치현실에 대한 조태일의 비판이 지속됨을 예증하기는 하지만, 전자는 다소 상투적이고 후자는 기발한 데는 있으나 개인적 푸념 비슷하여 그다지 감동적이랄 수는 없다. 반면에 「삼백, 예순, 다섯, 날」 같은 시는 영랑이나 미당과는 차원이 다른 현대감각을 살린 성공작이며, 「겨울 보리」는 '보리=민중'이라는 흔한—흔하지만 영랑이나 미당 계열의 서정시인들은 큰 관심이 없는—우의(寓意)와 무관하지 않으면서도 이를 전통 서정시의 아름다움과 결합시킴으로써 그 우의에 담긴 진실을 쇄신하기도 한다.

조태일과 동년배면서 시세계는 여러 모로 거의 극단적 대조를 이루는 시인이 오규원이다. 원래 그는 황동규, 정현종과 더불어 철저히 도회적 감수성의 시인이며 경쾌한 재치의 시인이고 민족문학운동과의 합치점을 찾기가 쉽지 않았다. 그런데 황동규가 '가벼운 존재들'에 대한 탐구를 지속하여 『몰운대행(行)』(문학과지성사 1991)이나 『미시령 큰바람』(문학과지성사 1993)에 이르러서는 일상생활이나 여행길에 마주치는 어떤 사물이라도 운율 자체의 가벼운 움직임에 걸맞게 활용하는 기량의 한 정점에 이르렀고, 정현종은 『한 꽃송이』(문학과지성사 1992)의 「벌에 쏘이고」「좋은 풍경」「환합니다」 등에서 생명의 환희에 새롭게 개안하고 있다면, 오규원은 『사랑의 감옥』(문학과지성사 1991)에서 도시의 어지러운 풍경 속에서도 명동이면 명동 나름의 '시'를 찾으려는 노력에 점차 주력하다가 최근의 『길, 골목, 호텔 그리고 강물소리』(문학과지성사 1994)에 오면 일상적인 풍경과 사물의 시에 대한 탐구가 더욱 본격화된다. 그 결과 이상(李箱) 유의 난해시가 재생된 느낌도 들고 아무튼 황동규나 정현종과는 전혀 결이 다른 시가 많이 등장하는데, 나 자신은 이상이 지녔던 치열성을 자기식으로 재연한 이런 오규원의 시를 오히려 주목하고 싶다.

그중 「안락의자와 시」라는 산문시는 말하자면 오규원의 시론에 해당한다. 시인은 자기 앞에 놓인 안락의자를 이리저리 묘사하면서 번번이 그 진술의 '인간적인 편견' '낭만적인 관점' '관념적인 세계 읽기' '낡은 의고전주의적 편견' 따위를 스스로 부정하고 새로 시작한다. 그러던 끝에,

> 나는 지금 안락의자의 시를 쓰고 있다 안락의자는 방의 평면이 주는 균형 위에 중심을 놓고 있다 중심은 하나의 등받이와 두 개의 팔걸이와 네 개의 다리를 이어주는 이음새에 형태를 흘려보내며 형광의 빛을 밖으로 내보낸다 빛을 내보내는 곳에서 존재는 빛나는 형태를 이루며 형광의 빛 속에 섞인 시간과 방 밑의 시멘트와 철근과 철근 밑의 다른 시멘트의 수직과 수평의 시간 속에서…… 아니 나는 지금 시를 쓰고 있지 않다 안락의자의 시를 보고 있다

라는 결말에 이른다. 이 결말이 아주 만족스럽지는 않다. 안락의자의 시에 마침내 도달했다고 스스로 단정하는 것은 전략상으로도 현명한 일이 아니려니와, 최소한 시를 '본다'는 관념, 즉 시각적 대상으로 삼는 태도는 한번 더 뒤집었어야 하지 않을까. 그러나 이 결말까지 이르는 과정이나 인용된 부분에는 상습화된 '낯설게 하기'와 구별되는 치열성이 있다.

실제로 이번 시집에는 매너리즘 — 및 내용면에서는 트리비얼리즘 — 에 해당하는 작품도 적지 않다. 그러나 거기서 벗어나는 명편들은 종래 '길, 골목, 호텔' 들에 치중하던 오규원의 도시적 감수성을 '강물소리'와 허공 법계로까지 넓혀주는 성과를 이룬다. 예컨대 「우주」 연작은 대부분

시에 미달하는 하찮은 풍경에 과도한 의미를 부여하려 한 느낌이지만, 시집 말미의 「탁탁 혹은 톡톡」은, "물론 그도 나도/法 속에 있다"로 끝맺은 서두의 「보리수 아래」를 이어받으면서 우리가 유심·무심간에 행하는 조그만 행위가 지닐 수 있는 우주적인 울림을 상기시키는 데 성공한다. 「물과 길」 연작 다섯 편의 경우는 물가의 특정 풍경들을 '낯설게 하기' 수법으로 제시하는 가운데, 가령 「3」은 그냥 한폭의 신선한 풍경 정도로 머무는 인상이나, 「2」에서 돌밭 나무 위에 새들이 집을 짓고 거기서 날아오를 때마다 "하늘은 새의 배경이 되었다 어떤 새는/보이지 않는 곳에까지 날아올랐지만/거기서부터는 새가 없는/하늘이 시작되었다"고 말하며 끝맺는 것은 하늘과 새의 일치, 나아가 "새가 없는" 그러나 아주 없어졌다고도 하기 어려운 '하늘'을 독자의 심중에 새겨놓는다.[5] 「물과 길 4」는 훨씬 정교하고 이색적인 풍경화이면서, 그 또한 자연 속의 만물의 일치와 그에 따른 조그만 물총새나 망개나무·싸리나무 들의 위력을 깨우쳐주기도 한다.

> 강이 허리가 꺾이는 곳에서는 산이
> 뒤로 물러섰다 그래도 산의
> 머리는 하늘과 닿고 산이
> 물러선 자리는 텅 비고 절벽이 생겨
> 곳곳의 물이 거기 모여
> 반짝였다 산을 따라가지 못한
> 절벽은 그러나 자주 몸을 헐며
> 서서 물을 받는다 팍팍한 그 붉은 황토에

---

5 이 시에 대한 황현산(黃鉉産)의 해설(같은 시집, 108~10면)은 다른 작품들에 대해서와 마찬가지로 일독에 값한다. 그러나 구절구절의 치밀한 분석 이전에 이 시가 '자연스러운' 한 풍경을 다소 낯설게 그려낸 것임을 먼저 밝힐 필요가 있겠으며, 분석 자체도 '시인의 언어'라든가 '초극의 공간' 중심으로 끌고 가기보다 시인의 모더니스트적 감수성이 실재하는 푸른 하늘과 '법'으로서의 허공을 향해 새롭게 열려간 점을 주목하고 싶은 것이 나 자신의 반응이다.

동그랗게 숨구멍을 뚫고 물총새가

절벽과 함께 몸을 두고

새끼를 기른다 그래서 절벽에 붙어

강을 굽어보는 물총새가

긴 부리로 가볍게 해를 들고

있을 때도 있다 절벽 끝에 사는

키 작은 망개나무와 싸리나무가 하늘의

별과 달을 들어올릴 때도 있다

―「물과 길 4」 전문

오규원 시의 이러한 진전의 댓가로 『사랑의 감옥』에서 큰 비중을 차지하던 현대 서울의 구체적 모습들이 거의 자취를 감춘 것은 아쉬움이라면 아쉬움이다. 그러나 조태일의 경우든 오규원의 경우든 최근 시집에서 도달한 경지를 간직하면서 도시현실의 탐구를 수행(또는 재개)할 때에 독자의 한결 높아진 기대에 부응하고 분단현실의 단편적 재현을 넘어 그 체계적 인식과 극복에 결정적인 이바지가 될 것이다.

2) 중견·신예들의 활약

앞서도 말했듯이 온 사회의 각광을 한몸에 모으는 신예의 등장 여부를 한국문학 전체의 활기를 가늠하는 척도로 삼는 것은 부당하지만, 재능있는 신인이 잇달아 나오고 중견들의 활동이 관록있는 선배에게도 도전이 되는 상황이라야 '새 단계'의 민족문학이 제대로 진행되고 있는 상황일 터이다. 다행히도 우리 시단에 '문학의 위기' 운운하는 온갖 언설에도 불구하고 이런 기운이 엄연하다는 것이 과문한 대로 필자의 판단이다. 다만 독서량의 제약에다 지면의 제약마저 겹친 처지라, 필자가 읽은 근작 시집들 중에서도 논술의 편의에 맞춰, 그리고 되도록이면 나 자신이 그간 논의에서 소홀히했던 시인들을 위주로 선별하여 단편적으로 언급하고 넘어갈 생각이다.

그런데 '통일시대 한국문학'에서 원로·중진 시인들의 성취에 관한 앞 절의 논의는 분단문제 자체보다 도회와 시골의 현실 문제에 집중되었고 특히 도시현실 탐구의 중요성을 강조하는 방향으로 흘렀음이 눈에 띌 것이다. 여기에는 그 나름의 이유가 있다. 첫째, 단순한 분단극복이 아닌 분단체제극복 운동에서는 당면한 일상의 삶을 어떻게 살아가고 바꿔나가느냐가 통일의 당위성을 강조하는 일 못지않게 또는 그 이상으로 중요하기 때문이요, 둘째로 오늘날 도시와 농촌의 문제는 여러가지 '사회문제' 중 하나에 불과한 것이 아니라 자본주의 세계체제의 핵심 문제이기 때문이다. 즉 도시화는 단지 자본주의 발전에 수반되는 현상이라기보다 '자본의 도시화'라는 자본주의의 본질에 해당하는 현상이며,[6] 그런 의미에서 농촌의 절대 면적과 인구가 줄어드는 현실은 물론, 남아 있는 농업생산과 시골살이 자체가 '도시화된 자본'의 지배영역에 들어가는 현실도 정도의 차이는 있을지언정 자본주의시대의 보편적 현상이다. 그렇다고 이런 대세에 편승하여 농업 및 시골의 존재를 기존의 경제논리로만 판단하는 자세는 전승된 민족적 삶의 '경제외적' 의미 — '경제외적'이란 실상 그때그때의 경제학 담론이 '경제'의 일부로 계산하지 않는다는 뜻이지 반드시 살림살이 꾸리는 일로서의 경제 그 자체의 바깥에 위치했다는 뜻은 아니다 — 를 부정할뿐더러 세계경제의 차원에서도 기득권을 가진 특정 계급의 이해관계를 절대시하는 태도에 다름아니다. 여기서 도시화 현실의 논리를 무시하지 않으면서도 시골과 도시의 관계를 어떻게 새로 정립하고 기존의 관념과는 다르게 살아가는 방도를 어떻게 찾아내느냐는 문제가 세계체제의 독특한 일부인 한반도 분단체제를 어떻게 극복하느냐는 문제의 중심에

6 David Harvey, *The Urbanization of Capital*, Blackwell 1989 참조.

놓이게 되는 것이다.

　이런 상황에서 끝까지 시골의 삶터를 지키는 가운데서 나온 시들이 도시에 생활근거를 둔 시인들의 시골 체험을 노래한 작품과는 또다른 의의를 띤다. 시골살이를 고수하는 시인들 중에서도 엄밀한 의미의 '농민시인'이 써낸 수준있는 작품은 한층 만나보기 힘들다. 나로서 쉽게 떠오르는 예는 박형진(朴炯珍) 시집 『바구니 속 감자싹은 시들어가고』(창작과비평사 1994) 중 일부와 『바람부는 솔숲에 사랑은 머물고』(실천문학사 1987) 이래 왕성하게 진행된 고재종(高在鍾)의 작업 정도다. 특히 고재종의 최근 시집 『날랜 사랑』(창작과비평사 1995)에 오면, 나날이 더 황폐해지는 농촌이지만 그럴수록 더욱 귀하게 다가오는 농촌생활의 보람을 감동적으로 노래한 「직관」「봄의 진동」「청빈에 대하여」「날랜 사랑」 등 제1부의 시편과 그밖의 여러 시들이 눈길을 끈다. 그렇다고 현실에 대한 그의 분노가 덜해진 것이 아님은 「분통리의 여름」이나 「풀들의 배웅」 같은 시에 역력하다. 문제는 두 가지 감정이 따로 놀고 있지는 않느냐는 것인데, 시집을 통틀어 그런 느낌이 없는 것은 아니다. 「분통리의 여름」만 하더라도 농촌현실의 통렬한 고발이긴 하지만 「직관」이나 「날랜 사랑」 등의 소중한 기쁨과는 단절이 느껴지며, 이 점은 후자의 시편들의 어떤 한계를 시사하는 말이 될 수도 있겠다. 그러나 「풀들의 배웅」의 경우는, 농촌에서의 오십 평생을 마감하고 눈물의 도시행을 택한 이웃에게 "그대 마침내 왕창 망하는 날/하얀 재 한줌으로나 돌아와/거기 거기 하염없이 뿌려지는 길섶에"라고 저주 아닌 저주를 발음할 때조차 '배웅'도 했고 '마중'도 해줄 풀들과의 일체감을 상실하지 않는다. 시인이 농촌을 지키면서 이런 일체감을 간직한 채 농촌파괴의 진원지인 도시의 현실까지 꿰뚫어볼 때─그리하여 시의 소재를 굳이 도시로까지 넓히느냐 마느냐를 떠나 '도회적 감수성'을 자랑하는 동시대 시인들의 기법조차 한결 자유자재로 농민시에 활용할 수 있을 때─고재종의 시세계가 훨씬 풍요해지고 분단체제극복에 더욱 큰 힘을 쓰는 '세계성'을 획득할 것이다.

아무튼 농촌생활의 기쁨을 주로 전하는 시도 고재종처럼 실제로 땀 흘려 농사짓고 사는 시인만이 줄 수 있는 실감이 있을 때 한가한 전원시와 전혀 다른 차원을 보여주는 것은 분명하다. 못자리에 자란 어린 모들을 보는 기쁨을 읊은 「초여름」도 그중 한 예지만, 「고절」을 보면 바로 이런 시인이기에 고재종은 고은이 "어찌 국화 따위만을 헛되이 노래하느냐"[7]라고 경고한 국화조차 새롭게 노래할 수 있다. 「고절」은 서정주의 「국화 옆에서」를 연상시키는 바 있는데, 미당의 그 이름난 ― 그리고 실제로 아름다운 ― 시에서 "그립고 아쉬움에 가슴 조이든/머언 먼 젊음의 뒤안길에서/인제는 돌아와 거울 앞에 선/내 누님같이 생긴 꽃이여"[8]라는 유명한 구절이 실은 사춘기적 정서가 다분히 남은 데 비해, 「고절」은 그런 감정의 사치를 누릴 여유가 없는 농군의 시요 현대인에게 요구되는 '오상고절(傲霜孤節)'을 표상한 국화 시라는 점 하나만으로도 뜻깊은 성취라 해야겠다.

아직도, 아직도 이 땅엔
제 한 목숨 다해 반짝이는 것이 있다

상강 지나며
가슴 후비는 소슬바람
뼈에 드는 찬서리의 나날들 딛고

가령 지난 여름 울아부지
홀로 폭폭하게는 논둑 풀 베다

---

7 고은의 시 「국화」에 관해서는 다음 절의 논의 참조.
8 『미당 시전집』 1(서정주전집 1, 민음사 1994)의 대본을 따랐다.

거기 잠시 담배 한대 물고 앉아

땀구슬 눈물구슬 서리서리 쏟던 자리

노염과 그리움으로 몸서리치던 자리에

저렇게 저렇게

형형 반짝이는 들국떨기의 고요함이여

사람에게서 나온 것은

하찮은 것 하나 안 사라지고

꽃으로 별로 노래로 남는다는 말 있다

— 「고절」 전문

　　고재종의 현장이 농촌이라면 엄원태(嚴源泰)의 시적 현주소는 『소읍에 대한 보고』(문학과지성사 1995)라는 그의 새 시집 제목대로 도회도 시골도 아닌 소읍이다. "소읍에, 아직 사람이 산다/아니, 아직 이곳에 사람이 산단 말인가, 하고/새삼스레 누구는 질문해본 적이 있을지도 모른다"라고 표제작이 말하고 있듯이 소읍의 삶은 우리 시대의 많은 사람들 — 어쩌면 소읍 주민 자신들도 여럿 포함하여 — 에 의해 무시되기 일쑤다.

소읍의 한적하고 평화로운 풍경!

지나다니는 사람들의 눈에, 그렇게 비칠지도 모르지만

그들은 그 평화로운 삶을, 그저 그렇게 끈질기게

견·뎌·내·는 것이다

소읍엔, 파리를 날리는 식당이 있고

짜장면과 짬뽕 외에는 팔아본 적이 별로 없는 중화요리집이 있으며

고기는 냉장고에,라고 써붙인 정육점이 있고
먼지를 뒤집어쓴 소주나 과자를 파는 가게가 있으며
가게는 비운 채, 한쪽으로 담배 판매대만 빼꼼 열어놓은 담배집이 있다
아예 문을 닫아버린 가게도 있다, 소읍엔
햇살의 운동장인 시외버스 공용정류장과 역전의 빈터가 있으며
엎어진 집들이 있고
지겨운 듯 비틀린 가로수들이 있으며
그것보다 더 많은, 하릴없는 사람들이 있고
또 그것보다는 훨씬 많은, 한없이 늘어진 일상이라는 시간이 있다

보라, 소읍에도 이렇듯 없는 것이 없다
보라, 이 삶은 이렇듯 다양하게, 기교적으로, 견뎌지는 것이다

소읍에,
아직 사람이 산다

—「소읍에 대한 보고」 뒷부분

이 시를 두고 묘사의 실감은 인정되지만 운문의 맛이 부족하다는 비판
이 가능할지 모른다. 하지만 "견·뎌·내·는"이라는 색다른 표기라든가
갑자기 호흡이 짧아진 마지막 두 줄을 보더라도 시인 나름의 계산이 있었
음은 분명하다. 실제로 되풀이해 읽을수록, '산문적'이란 말조차 너무 문
학적이다 싶을 소읍의 "한없이 늘어진 일상"에 맞춰 평범한 산문처럼 읽
히는 시행을 거침없이 사용한 것도 일종의 실험정신임을 느끼게 된다.
「북녘들 산업도로」「일몰, 산업도로」「밥 먹는다는 것」「골목 안 국밥집」
등 소읍을 다룬 시들을 함께 읽으면 더욱 그렇다. 또한 이 시집에는 「꽃샘
바람」처럼 서정시에 흔한 짧은 행을 그대로 살린 작품도 있고, 「남해 금

산」처럼 노랫가락과 '소읍' 시들을 상기하는 '산문적' 진술이 배합된 경우도 있다.

소읍에 대한 엄원태의 '보고'가 독자를 사로잡는 효과를 운율의 기교적인 활용과 연관시켜 생각하는 것은 당연하지만 그런 설명만으로 충분할 수는 없다. 실제로 시집을 읽어나가다보면 소읍 현실에 대한 그의 깊은 관심과 이를 드러내는 기술적 단련이 시인 개인의 '한없이 늘어진' 그러나 '다양하게, 기교적으로, 견뎌지는 것'이기도 한 투병생활의 체험과 직결되었음을 알게 된다. 그런데 소읍의 잊혀진 채 견뎌지는 삶이 곧 극소수 현란한 정상급 국제도시와 점점 지켜내기 힘들어지는 시골다운 시골 사이에 놓인, 도·농을 막론하고 현대세계의 대부분이 된 현실의 표상이기도 하기에 그의 보고가 절실성을 더한다는 사실에 관해서는 시인 자신이 얼마나 의식하고 있는 것일까? 중요한 것은 물론 작품으로 드러난 의식인데, 「내 병, 욕망의 아이러니」 같은 시에서는 (서준섭이 '해설'에서 지적하듯이) 자신의 질병을 통해 사회의 질병을 넌지시 진단하려는 기미가 뚜렷하다. 또한 「물 뜨러 가는 길」에서,

> 나는 자연을 믿지 않게 되었나, 이제 더 이상
> 기댈 것이 세상에는 존재하지 않는다는 것인가
> 病 깊어져서 나는 눈앞에 보이는 존재를
> 언제부턴가, 믿지 않게 되었다
> 아니, 내겐 앞과 뒤가 뒤섞여 뒤죽박죽이다
> 내 인식의 창은 아주 얇다, 나는 다시금 확인한다
> 창문을 통해, 바라보면 마음을 서늘히 씻어주던 靑山!
> 제법 늠름한 어깨를 가져 아름다운 배경이 되어주던 靑山이
> 그 뒤쪽으론 골재 채석장으로 엄청나게 깎여서
> 가슴까지 허옇게 깎아지른 듯 잘려나가버린 것을

158

오늘, 生水를 뜨러 산을 돌아가던 그 길에 보게 되었다
먼지 속에 돌아가던 거대한 쇄석기 소리에
나는 내가 뜨러 가는 물이 어디 제석산 첩첩산중
아득히 먼 곳에 있으리라는 예감에 빠져들곤 하였다

—「물 뜨러 가는 길」 뒷부분

라며 환멸과 회의와 자기성찰을 거쳐 도달하는 상태는, "아득히 먼 곳"에
서나 물을 뜨게 되리라는 허탈감만이 아니고, 그럴수록 우리에게 절박한,
한자로 쓴 "생수(生水)"가 암시하는 어떤 생명의 물이 "제석산 첩첩산중"
어딘가에 분명히 있으리라는 "예감"이기도 하다. 시인이 이런 예감을 좇
아 "눈앞에 보이는 존재"를 의심하면서도 일상을 건디고 확인하고 재현하
는 단련을 계속한다면, 소읍의 현실 역시 분단체제의 일부이자 세계체제
의 일부일뿐더러 "제석산 첩첩산중/아득히 먼 곳"을 향한 도정의 일부일
수 있음을 더욱 능숙한 운문으로 더욱 분명하게 일러주게 되리라 믿는다.

농촌을 고수하는 고재종이나 소읍에 충실한 엄원태와 달리, 시골을 떠
나 서울로 왔으되 농어촌에 내린 삶의 뿌리를 잃지 않고 도시생활에 대한
정직하고 섬세한 탐구를 진행해온 중견시인이 고형렬(高炯烈)이다. 최근
에 그가 내놓은 『마당식사가 그립다』(고려원 1994)는 1990년대의 명작 시집
중에 꼽아 마땅할 『사진리 대설』(창작과비평사 1993)에 비해 밀도가 덜하기
는 하다.[9] 특히 제5부에서 통일문제를 직접 언급한 시들은 (자신의 지난날
이 배어든 「곽밥」을 빼고는) 별다른 묘미가 없고 두번째 시집 『해청』(창작
과비평사 1987)의 「사리원길」 등 일련의 시들이 지닌 그윽한 품격에 못 미친
다. 그러나 「사진리 대설」이 장엄하게 환기한 바 어릴 적 동해안의 대자연
과 그 속에서의 삶은 「마당식사」에서 여전히 생동하고 있으며, 더욱 중요

---

9 『사진리 대설』에 대한 감상 겸 비평으로는 시집의 발문을 대신한 김사인(金思寅)의 「고형렬 시
인에게 보내는 사신(私信)」이 빼어나다.

한 것은 이런 기억을 지닌 인간이 오늘의 서울살이를 어떻게 감당할 것인 가라는 절박한 문제와의 대결이 좀더 본격화되고 있다는 점이다.

일반론의 차원에서 그 문제의 복잡성을 밝히는 일은 그다지 어렵지 않다. 너무도 다른 삶을 알았고 그에 대한 그리움을 지닌 시인이 서울의 일상에 휩쓸린다면 이는 명백한 자기이반일 터이며, 섣불리 서울살이의 '시'를 찾는 일은 오히려 이런 자기이반을 미화하고 서울 바깥에 사는 동포들을 현혹하는 더욱 심각한 배반일 수 있다. 하지만 서울의 오염과 비참을 고발하고 도시의 비정을 규탄하기만 해서도 천심을 상하기는 매한가지 아닌가. 바로 그렇기 때문에 많은 시인들이 도시에 살면서 도시의 현실을 비켜가기 일쑤인데 그 또한 떳떳한 자세는 아니고 큰 시인이 되는 길은 더욱 아니다. 이 어려운 문제를 일거에 풀어낸 대작을 고형렬이 아직 내놓지는 못했다. 그러나 『사진리 대설』의 「먼물이 죽는다」에서 물이 썩으면서 사람 속도 녹슬어가는 현실을 그리거나 「안 보이는 시」에서 분단도 무엇도 다 망각해가는 소시민의 일상을 개탄하다가도 「금천탕의 옥동들」을 보고 「신이 있었음직한 도봉(道峰)」을 보았듯이, 『마당식사가 그립다』에서도 그때그때의 실감에 충실한 서울살이와의 섬세한 대결을 회피하지 않는다.

시집의 첫머리를 장식하는 「서울」이라는 시부터가 여러가지 묘한 울림으로 가득하다.

눈을 감으면 너의 알몸이 보인다
이제는 네가 알몸으로 보인다
까마아득한 낭 밑을 내려다보아라
그렇다 내 얼굴 속 검은 피와
여기 벗고 선 우리들이 보인다
검은 거웃의 누이도 아우도 어머님도

예를 못 갖추고 서 있는 가족들
가지 못하는 나무들을 본다
이제는 친구들도 알몸으로 나타난다
이제는 정말 늦은 것이다

—「서울」 전문

이런 시에 '서울'이라는 제목을 붙인 점이야말로 고형렬 특유의 대담하고
참신한 운행이다. 그로 인해 첫 줄의 '너'가 서울인지 아니면 시인이 말을
거는 어느 특정인인지가 모호해진다. '서울의 알몸'을 상상하는 일이 간단
하다면 물론 전자 쪽으로 쉽게 판가름나겠지만, 그게 그렇지 않으니까 누
이나 아우나 어머님 외의 다른 누구를 상상하는 쪽을 생각해보게 된다. 어
쩌면 처음부터 '서울의 알몸'을 상상하라는 무리한 주문으로 관념화를 자
초하느니보다 한박자 늦춰주는 시인의 계산이 있었는지 모른다. 뒤이어
'까마득한 낭 밑을 보아라'라는 행 역시 서울과 무관한 것도 같고 고층건
물에서 내려다보는 경험이나 도시생활에서 마주치는 절망의 심연을 연상
시키기도 하는데, 아무튼 눈을 감고 가족이나 친구들의 알몸을 머릿속에
그리는 평범한 사태를 언급하고 있는 것이 아님은 분명하다. 그리고 이 모
든 것이 역시 '서울'이라든가 '시대'의 차원에서 생각할 문제임을 못박는
대목이 '이세는 정말 늦은 것이다'라는 다분히 아리송한 결말이다. 하지만
무엇이 어떻게 너무 늦었다는 말인가? 그 답은 이 시에서 '알몸'이 갖는 양
의성(兩義性)만큼이나 복합적이 아닐까 싶다. 알몸이란 비록 '예를 못 갖
추'는 상태이긴 하지만 '적나라'라는 긍정적 합의도 따르는 낱말이듯이,
너무 늦었다는 선언은 한편으로 절망의 선언이면서 이제야말로 오로지
적나라로부터 다시 시작하는 길밖에 없게 되었다는 다짐을 내포하기도
하는 것이다.
　실제로 「목비행기」나 「마포가 솟는다」 같은 시가 보여주는 서울의 구

체적인 모습도 결코 단순하지 않다. 「동대문 에스컬레이터 1989」도 현대문명을 단순히 풍자한 것이라기보다 고층건물의 초고속 엘리베이터도 못되는 낡은 에스컬레이터에 대한 은근한 친밀감이 아주 없지 않고, 「육십층에 들어갔다」는 "바라보지 말고 글로 알지 말고/우리는 그곳에 가보아야 할" 또하나의 도시적 체험을 실감나게 재현하면서 여러가지 정치적 암시를 풍긴다. 그런가 하면 「오염천지」와 「물」은 고형렬이 (사진리와 미시령 아래 집을 기억하는 시인으로 당연하게) 많은 관심을 기울이는 공해문제를 다룬 시 가운데 성공작에 속하며, 다른 한편 「교각 비둘기」에서는 김광섭(金珖燮)의 성북동 채석장보다 훨씬 살벌하고 지저분한 시내 고가도로 교각의 틈바구니에서 「성북동 비둘기」에 못지않은 시를 건져내기도 한다.

> 형상이 덜 된 비둘기 새끼들의
> 울퉁불퉁한 머리와 뿔을 보니
> 이 세상 또 다른 바쁨이 있거니
> 혜화동 로터리 교각 밑에는
> 미워도 우리 전부를 등지지 않는
> 바쁜 생의 인내와 할 일이 있었다.
>
> ─「교각 비둘기」 마지막 연

고형렬은 통일을 노래하건 공해를 고발하건 군중의 합창에 가담하거나 이를 선도할 일이 애초부터 별로 없었던 시인이지만, 광주항쟁 직후 '오월시'의 깃발을 들었던 이영진(李榮鎭)이나 김진경(金津經)의 최근 작업은 또 다른 의의를 지닌다. 깃발 내리기가 유행인 시대에 영합하기를 거부하면서도 낡은 노래를 고지식하게 되풀이하지는 않는 것이다. 오월시 신작 시집 『그리움이 끝나면 다시 길 떠날 수 있을까』(푸른나무 1994)에 발표된 김진경의 「낙타」나 「포장을 하며」가 바로 그런 예이며, 같은 책 및 개인시집 『숲은 어린 짐승들을 기른다』(창작과비평사 1995)에 실린 이영진의 작품을 보면 한편으로 「한천 저수지」「다만 침묵 속에 있을 뿐」에서의 어떤 달관이 「밤 7시 20분 전·5월 16일·광화문」이나 「물 속에 떨어진 잉크 한방울은 핵폭탄보다 무섭다」에서 서울 도심의 풍경을 날카롭게 포착하며 성찰하는 능력과 별개의 것이 아님을 느낄 수 있다. 물론 "금동시장 천변가를 걷다 보면 다 보이고 다 들린다"(「다만 침묵 속에 있을 뿐」)는 식의 발언들에 전혀 허세가 없는지는 의문이다. 또한, 대도시에서 겪는 인식과 정서의 혼란을 스스럼없이 진술하는 일도 일정한 달관을 전제한다고 할 때, 「밤 7시 20분 전……」「물 속에 떨어진 잉크……」 같은 시들의 성과에도 예의 '허세'에 상응하는, 지나친 능변에 안주하는 기미가 없는지 엄밀하게 따져볼 일이다. 그러나 전반적으로는 어렵게 얻은 달관과 현실에 걸맞은 곤혹감 사이의 균형이 돋보이며, 이 점은 「증오는 추억이 아니다」의 결말에서 "꽃이 피어날까봐/사랑, 그 몸서리나게 은밀한 유혹이/내 증오의 무게를 덜어낼까봐/겁이 났었다./어법을 바꾸어 사랑을 노래하게 될까봐"라는 과거완료형 서술의 이중적 울림이 안이한 화해와 증오에의 집착을 동시에 배제하는 데서도 드러난다.

   1980년대의 저항정신을 고수하면서도 90년대의 달라진 현실을 정직하게 대면하는 신예시인 중 진솔한 자기반성이 저항의 치열성을 손상하지 않는 시를 써낸 탁월한 예로는 『지푸라기로 다가와 어느덧 섬이 된 그대에게』(실천문학사 1993)의 이원규(李元圭)를 뒤늦게나마 들어야겠다. 이 경우 '뒤늦게나마'라는 단서가 특히 필요한 것은, 부지런한 평론가라면 「지구시대의 민족문학」을 쓸 당시에 벌써 읽고 언급했을 터인데 나는 같은 잡지에 실린 신경림의 서평[10]을 흐뭇한 마음으로 읽고도 또 한참의 세월

---

10 신경림 「왜 시를 읽는가」, 『창작과비평』 1993년 가을호.

을 그냥 보냈기 때문이다. 아무튼 이 시집에는 서평자의 지적대로 거칠고 장황한 시들도 없지 않지만, 요즘은 평단과 언론의 천덕꾸러기 신세가 되어버린 '민중시'가 엄연히 살아 있고 그것도 시로서 살아 있음을 확인해주는 작품들을 여럿 만나는 즐거움을 맛본다. 「겨울 나이테」「빈혈」「사랑이란」「근황 1992」 등은 달라진 현실 속에서 새로운 결의를 다지면서 그 결의의 진실성에 걸맞은 간결과 단단함을 갖추었고, 「겨울 외등」의 경우는 형식의 단아함으로는 이들에 못 미칠지 몰라도 별다른 무리를 저지름이 없이 끝 연의 지혜롭고 감동적인 호소에 도달한다.

> 언제나 절망의 다른 이름은
> 섣부른 희망이었다
> 너무 멀어 오히려 절망이 되는 별빛도 아닌
> 지상의 가장 구체적인 불빛을
> 뜨거운 이마 타는 눈빛으로 바라보라
> 한 시대의 쓸쓸한 밤을 지켜줄 것은
> 오직 저 겨울 외등뿐일지니
> 풀꽃 하나가 세상의 한 모서리를 감당하듯
> 저마다의 성역을 향하여
> 산 자는 산 값으로 치열하라!
> 살아남은 자는 살아남은 값으로 치열하라!
>
> ─「겨울 외등」 마지막 연

「면회」「고백」 같은 작품들은 1990년대 급진운동권 일각의 세태를 좀 더 사실적으로 그려내는데, 이런 시들의 실감도 싸움을 계속하는 자의 치열성이 없이는 이룩되지 않는다. 다른 한편 「꽃사태」나 「막장 비행기」는 80년대에도 능히 씌어졌을 내용이지만 이원규 개인으로서는 아무래도 그후의 좌절과 성숙을 겪은 뒤에야 획득한 경지라 해도 좋을 것이다. 그같은 성숙의 또다른 열매로 감동적인 수배자 시 「강촌서정」이 있다.

등단하고 얼마 안된 최영미의 처녀시집 『서른 잔치는 끝났다』(창작과비평사 1994)가 그야말로 선풍적인 인기를 모은 데는 작품의 수준과 무관한 요소도 여러가지가 작용했고 그중에는 제목이 풍기는 청산주의적 분위기가 (저자의 운동권 경력과 더불어) 90년대 중반의 시류를 탄 면도 없지 않았을 것이다. 그러나 강조할 점은 첫째, 시집의 문학적 성과를 결코 간과해서는 안되리라는 것이요, 동시에 80년대 민중운동과의 관계에서도 한마디로 청산주의로 치부하기 힘든 면모를 지녔다는 점이다. 표제작 자체도 "그러나 대체 무슨 상관이란 말인가"를 되풀이하며 무관심을 표명하지만, "어쩌면 난 알고 있다/누군가 그 대신 상을 차리고, 새벽이 오기 전에/다시 사람들을 불러 모으리라는 걸/환하게 불 밝히고 무대를 다시 꾸미리라"고 예감할 때의 태도는 착잡한 것이어서 독자의 무관심을 유발하는 효과와는 거리가 멀다. 실제로 80년대의 경험에 대한 반성이나 회한의 내용도 운동권 일반이나 이념 전반에 관한 것이라기보다 「사랑이, 혁명이, 시작되기도 전에……」가 말해주듯 '논리적 연관' 이전의 절실하고 처절한 개인적 체험에 관한 것이고, 따라서 본래의 순결성을 되찾으려는 「돌려다오」의 간절함이나 「너에게 가는 길을 나는 모른다」가 토로하는 방향상실감은 숱한 청산주의 작품 — 범용한 '후일담소설'들을 포함하여 — 과 차원을 달리하는 성취다. 또한 「북한산에 첫눈 오던 날」에서 표면상 시대와 관계없는 한폭의 서경(敍景)이자 서정이면서 막 지나간 시대에 대한 진정어린 만가(輓歌)의 구실을 함께 해내는 것도 인상적이다.

미처 피할 새도 없이
겨울이 가을을 덮친다

울긋불긋
위에
희끗희끗

층층이 무너지는 소리도 없이
죽음이 삶의 마지막 몸부림 위에 내려앉는 아침
너가 지키려 한 여름이, 가을이, 한번 싸워보지도 못하고 가는구나

내일이면 더 순수해질 단풍의 붉은 피를 위해

미처 피할 새도 없이
첫눈이 쌓인다

—「북한산에 첫눈 오던 날」 전문

최영미 시집이 세인의 관심을 모은 또 한가지 요소는 '신세대 여성'다운 그의 발랄함과 솔직함이다. 아니, 때로는 당돌함이라고 말하는 게 더 어울린다. 하지만 이때 유의할 점은, '발랄·솔직'과 '당돌' 사이의 경계선 역시 주체가 남자냐 여자냐에 따라 통념이 크게 달라진다는 사실이다. 최영미의 시는 바로 이런 통념에 대한 의식적인 도전이고 그것이 일시적 충격효과에 치우친 예도 없지 않지만, 지성을 갖춘 참신한 감수성을 느끼게 할 때도 많다. 예컨대「Personal Computer」는 그 마지막 행의 '숙녀답지 않은' 표현으로 자못 논란의 대상이 되고 일부 남성 독자의 실없는 말밥에 오르기도 했지만, 개인용 컴퓨터를 현대인의 일상과 연결시켜 이만큼 재치있고 실감나게 쓴 시도 드물 듯하다. 「어떤 사기」 역시 당돌한 결말이 인상적인데 경쾌한 재치와 세련된 지성이 예의 충격효과를 적절히 제어하고 있다. 그리고 이 모든 것이 '여성'의 체험에 근거하고 있다는 점이 중

요하다. 「지하철에서」 연작의 경우도 (개별 작품들의 수준이 고르달 수는 없지만) 서울의 '지옥철'을 타는 여자 승객의 실감이 생생하기 때문에 서울살이의 한 단면이자 현대인이 좀더 폭넓게 공유하는 경험의 표상으로서 독자의 기억에 남는다. 그에 반해 「선운사에서」 같은 빼어난 시는 얼핏 여성의 작품이라 못박을 이유가 없는 것 같지만, 실은 분명히 여성 화자이면서 '여류시인의 애정시'라는 통념과 판이한 그 심드렁한 달관의 어조가 시의 묘미 중 큰 몫을 차지하고 있다. 「성북동 비둘기」를 연상시키는 또하나의 시편인 「새들은 아직도……」를 고형렬의 「교각 비둘기」와 비교하더라도, "봄바람 싸한 냄새만 맡아도 / 우르르 알을 까겠지"라는 표현에서 여성 특유의 감수성이 생동함을 느낀다.

이렇듯 어떤 기본적 순결성을 바탕에 간직한 채 현대 도회인의 경험을 생생하게 부각시키되 여성해방의 문제의식을 지녔다는 점이야말로 최영미의 작업을 앞서 거론한 오규원, 고형렬, 이원규 등의 시세계와 함께 거론하면서 동시에 저들에게 없는 새로움을 주장할 근거가 된다. 그리고 이런 시집이 수십만의 독자를 얻었다는 사실은, 연전에 도종환(都鍾煥)의 『접시꽃 당신』(실천문학사 1986)이 대중의 감상주의에 힘입어 대량판매서가 되었더라도 수많은 독자에게 격조있는 서정시를 접할 기회를 처음으로 준 공헌이 컸듯이, 한국의 독서계에 이바지가 되고 남한의 국민문학을 겸한 진정한 민족문학의 고전이 자리잡을 터를 넓혀놓았다고 하겠다.

최영미 같은 각광은 전혀 못 받았지만 여성 특유의 경험, 나아가 여성해방적인 의식이 참신한 시적 개성 속에 살아 있는 예로 이경림(李敬林)을 꼽을 수 있겠다. 이 경우에도 나는 그의 두번째 시집 『그곳에도 사거리는 있다』(세계사 1995)를 통해 처음 알게 된 후에야 첫시집 『토씨찾기』(생각하는 백성 1992)를 뒤늦게 읽었다. 두 시집 모두 짧은 지면에 제대로 논할 수 없는 내실을 담았는데, 의도된 충격효과로 치자면 「詩·5」(『그곳에도 사거리는 있다』)의 "화끈하게 간통을 하고 나니 비로소 세계가 보였다"라는 첫 줄도 어디 내놓으나 모자람이 없을 것이다. 이어서 화자는 그제야 보이게 된 것들을 열거하는 가운데, "아득히 결핍에 기대어 선 나무들, 겨드랑이에 슬쩍 감추어둔 바람/이파리의 뒷면에 정교하게 얽혀 있는 실핏줄/그것들이 팔 아프게 들고 있는 이파리의 푸른 살, 그래/잔등에 산맥 하나씩 짊어진 잎새들, 저문 길/터벅 걸어 까마득 집 찾아가는 것들, 가까스로/제 집 찾아 울먹울먹 서 있는 막다른 철대문/구더기 쇠파리 끌어안고 하염없이 썩어가는 쓰레기통"으로 이어나가는 운문의 흐름을 타고 자연의 아름다움에서 변두리의 답답하고 지저분한 삶으로 순식간에 이동하더니, 제2연에서 "푸른 안개에 싸여 거대한 문이 고요히 열리는구나"라는 더욱 신비스러운 발견을 하고 이를 "(세계의 주인은 나의 情夫였구나)"라는, 서두의 충격을 되살리는 내심의 찬탄과 연결시킨다. 그런 다음 마지막 연은 좀 다른 충격효과로 시작한다.

> 네 이년! 내 속에서 오백 년째 가부좌를 틀고 있는 상투 튼 귀신이
> 시도 때도 없이 머리끄덩이를 들고 밤하늘로 동댕이쳤다
> 나는 밤마다 달빛을 타고 흘러다녔다. 내 머리채가 하늘을 덮었다
> 머리칼 사이로 출렁이는 세상, 그 속에서
> 꽝꽝 닫힌 집들의 문을 하나씩 열고 있는 그가 보였다
> 밤새도록

"상투 튼 귀신"이 결국 자기 내부의 존재라는 점도 주목을 요하려니와, 인용된 연 중 3~5행의 초현실적 심상을 보더라도 이것이 사실적인 간통 이야기와는 달리 읽힐 내용임을 짐작할 수 있다. 시집의 '자서(自序)'가 아니더라도 화자의 '정부(情夫)'가 시인에게는 작품 제목대로 '시'이고 시인 없는 싸움을 수반하는 일임을 말해준다.

그렇기 때문에 이 시집에는 「노래」처럼 시인의 운명을 훨씬 얌전(?)하

고 절절하게 읊은 작품이 있고, 사랑에 대해서도 「사랑·3」 또는 「자작나무」 같은 아름다운 노래가 있다. (반면에 「사랑」의 경우는 남녀간 정분의 괴로움과 욕됨을 가차없이 들춰낸다.) 그밖에 여러 주제에 걸쳐 눈길을 끄는 시들이 많은데, 한가지 아쉬운 점은 첫시집의 「대하 드라마 역사는 흐른다」라든가 「무덤에서」 같은 작품들에 우회적으로나마 부각되던 정치적 현실, 「안암동」 연작에서 정면으로 (그리고 감명깊게) 그려낸 가난한 서민의 삶 들이 거의 자취를 감추었다는 점이다. 최영미의 경우건 이경림의 경우건 내면세계의 치열한 탐구 자체는 시인의 당연한 몫이고 1980년대의 일부 '민중시'가 너무나 소홀히했던 차원을 복원하는 의미도 있지만, 이경림처럼 빼어난 감수성의 시인이 이 차원을 포기하지 않으면서 사회현실을 좀더 넓게 둘러본다면 그야말로 민족문학의 새 단계를 살찌우는 작품세계가 전개되지 않을까 싶다.

이들 두 여성시인을 말하는 맥락에서 빼놓을 수 없는 또 한사람이 『지루한 세상에 불타는 구두를 던져라』(세계사 1994)의 신현림(申鉉林)이다. 그 역시 「아들 자랑」이나 「활짝 핀 살코기의 공허함을 아세요?」에서처럼 뚜렷한 여성해방 의식을 보여주며 그런 명시적 문제제기가 아니더라도 여성 특유의 감수성을 살린 훌륭한 시를 많이 써냈다. 특히 이 시인은 「bottle woman」이 예시하듯이 조형예술 작품의 사진(또는 사진을 안 쓸 경우라도 그에 대한 잦은 언급)을 곁들인 형식상의 실험을 즐기는데, 나 자신 「철로가의 집 한 채」 「한 솥밥 궁전으로 당신을 초대한다」 등 좀더 전통적이랄 수 있는 시들이 아직은 더 착실한 성과라 생각하지만, 형식상의 파격만이 아닌 시 자체의 끊임없는 쇄신을 향한 여러가지 실험을 지속하는 것은 물론 바람직한 일이다.

끝으로 신현림과 여러모로 대조가 되는 나희덕(羅熙德)의 『그 말이 잎을 물들였다』(창작과비평사 1994)에 대해 한마디 덧붙이기로 한다. 대조가 된다고 한 것은 우선 특별히 눈에 띄는 형식상의 실험이 드물고 분명히 여성적인 감수성의 시들이지만 여성해방을 내놓고 주장하는 경우도 거의 없기 때문이다. 그 결과 나희덕의 시는 『태아의 잠』과 『바늘구멍 속의 폭풍』의 시인 김기택이 발문에서 지적하듯이 다소 단조로운 느낌을 줄 때도 있다. 그러나 이 시인의 고전적 절제도 그 나름의 실험과 단련 없이는 불가능한 것으로서 (발문에서도 예찬한) 「찬비 내리고」라든가 「그런 저녁이 있다」 「어린 것」 등의 품격은 쉽게 달성되는 바가 아니며, 「허」의 예리한 자기성찰이나 「너무 이른, 또는 너무 늦은」의 특이한 사랑론을 보더라도 그가 결코 범용한 건강성에 빠진 시인이 아님이 거듭 확인된다. 다만 나희덕의 경우는 건강성과 고전적 품위를 고수하면서 좀더 분방한 실험도 해보는 것이 '새 단계'의 문학에 걸맞은 비약을 성취하는 길이 되리라 본다.

3) 고은의 『백두산』

이제까지 논의가 주로 짧은 시를 중심으로 진행되었는데 이는 한국 시의 주된 성취가 그 분야에서 이루어지고 있다는 점에서 당연한 일이었다. 그러나 분단체제극복이 본격적인 과제로 제기된 '민족문학의 새 단계'를 말하면서 작품의 일차적인 소재로서든 아니든 분단문제가 필연적으로 개입될 만큼의 규모를 갖춘 장시나 장편소설에 대한 언급이 전혀 없다면 곤란할 것이다. 편의상 소설을 제외하기로 한 필자를 위해 다행스럽게도 고은의 서사시 『백두산』 전7권이 제3부(창작과비평사 1994)의 출간으로 완성되었다. 그 성과에 대한 약간의 검토가 이제까지 단시 위주로 된 논의를 보완하는 의미가 되리라 본다.

사실 「지구시대의 민족문학」의 작품논의가 지닌 한계 중에는 1980년대 초반 이래 고은의 작업을 '민족문학 최대의 덩어리'로 지목하면서도 이에 대한 검토를 생략한 사실이 있었다. 당시로서는 지면 사정에다가 마침 『고은 문학의 세계』(신경림·백낙청 엮음, 창작과비평사 1993)에 「선시와 리얼리즘」이라는 글을 기고한 직후였고 『민족문학의 새 단계』에서도 그에 대한 언급이 비교적 잦았던 터라, 다시 고은론을 펼칠 계제가 아니라고 판단했던 것이다. 하지만 "그의 문학적 성취는 너무나 데면데면하게 다루어지기가 일쑤인 것이 우리 평단의 현실"(101면)이라는 그때의 지적은 몇몇 예외를 빼고는 지금도 유효하지 않은가 한다.

최근 『창작과비평』(1995년 여름호)의 좌담에서는 임규찬·정과리·신승엽·김형수 등 젊은 문인 넷이서 「오늘의 문학, 무엇을 이루었나」라는 제목 아래 90년대 문학의 성과를 점검했는데, 그 자리에서 사회자의 적극적인 발의로 고은 문학을 첫머리에 거론했고 여러가지 타당한 지적을 내놓기도 했다. 그러나 빗나간 비판이 별다른 반박 없이 넘어간다거나 미흡한 작품이 일반적인 찬사 속에 그대로 끼여들어가는 식의 데면데면함은 여전했다는 느낌이다. 예컨대 한 논자가 "고은 시의 문제점 하나를 들어볼까요? 그것은 비문입니다. 문장이 안됩니다"(18면)라고 단언할 때, 산문이 아닌 시에서 '비문(非文)'의 기준을 어디에 둘 것인가라는 기초적인 문제가 전혀 거론되지 않는다. 더구나 비문의 예로 제시된 「국화」의 "수많은 꽃들에 대하여/그대는 죽음이다"라는 대목은 산문의 기준으로도 정상적인 문장이 못 될 까닭이 없다. 이때 "수많은 꽃들에 대하여"는 논자의 풀이대로 "수많은 꽃들을 노래할 수 있는데, 그 무한한 가능성에 비하면('대하여'가 아니죠), 국화만을 노래하는 그대의 시는 죽은 것과 다름없다"(같은 곳)는 뜻이 아니라, 문자 그대로 국화에 '대해서'만 살고 나머지 모든 꽃들에 '대해서'는 죽은 꼴이 된다는 말이다. 그러니 사실상 국화에 대해서조차 죽음이고 거짓이다라는 말이 되고 마는 것이 평범한 산문과 다르다면 다른 섬인데, 이는 오히려 시로서의 미덕이다. 또한 이 작품은 남쪽 시인들의 순수주의·현실도피주의와 북쪽의 개인숭배적 정치지상주의를 각기 대표적인 폐해로 적시하고 있지만, 순수주의 시의 표상으로 딱히 '국화'를 꼽은 데에는 정치적으로 별로 순수하지 못한 행태를 상기시켜주는

효과에 대한 저자의 운산도 작용했을 것이다.[11]

　다른 한편 좌담 당시는 서사시 『백두산』이 완간된 뒤인데도, 『만인보』 1~9권이나 고은의 빼어난 서정시들과 『백두산』의 질적 차이가 거론되지 않고 넘어간 것 또한 아쉬움이다. (물론 작품의 규모 때문에 미처 못 읽은 사람이 있을 법하다. 그런 사정이라면 나는 누구보다도 관대해야 될 처지다.) 나 자신 『백두산』의 성공적 완성에 관한 기대를 여러차례 표명한 바 있으나 완간된 결과는 못 미치는 면이 많았고 젊은 동학들의 자상한 논평이 듣고 싶었던 것이다. 물론 이동순(李東洵)의 「서사시 『백두산』 완간의 의미와 그 역사성」(『창작과비평』 1995년 겨울호) 같은 평론은 데면데면함과 거리가 멀다. 줄거리의 짜임새와 전개, 등장인물의 성격형성 등에 대해서—작품의 전반적 성취와 감동적인 여러 대목에 대한 찬사를 전제하기는 하면서도—낱낱이 짚어내어 비판하고 있는 것이다. 비판 중에는 나로서 판단하기 힘든 역사적 지식에 관한 것도 있고 지나친 요구라 생각되는 것도 없지 않으나, 사실주의적 핍진성의 차원에서는 지적된 의문점들 대부분을 인정해야 하지 않을까 싶다.

　문제는 사실주의적 핍진성이라는 기준을 이 작품에다 얼마만큼 적용해야 합당하냐는 것이다. 나 자신은 『백두산』이 처음 발표되기 시작할 무렵 (1985), 그 사실주의적 측면보다는 "적어도 '바우' 부분(『실천문학』 연재 1,2회분)에서 보는 한말 백두산 일대의 생활환경은 영웅서사시의 전형적 무대인 전근대적이고 심지어 원시적인 사회의 모습이 그대로 간직된 곳이다. 여기서 우리는, 한반도 수천년래의 삶이 자본주의 세계경제로 편입되는 운명적 과정의 어느 한 계기가 소설로 다뤄지기 힘든 일정한 객관적인 여

11　참고로 시집 『네 눈동자』(창작과비평사 1988)에 실린 「국화」의 전문을 인용한다. "남쪽의 시인이여/어찌 국화 따위만을 헛되이 노래하느냐/수많은 꽃들에 대하여/그대는 죽음이다/아니/역사에 대하여/그대는 죽음이다/북의 시인이여/어찌 어버이만 굳게 노래하느냐/수많은 형제자매에 대하여/그대는 죽음이다//남과 북의 시인이여 그대들 떠나라/오 죽음으로부터 거짓으로부터"

건과 더불어 산문 이상의 표현을 유도하는 영웅적·전설적 분위기와 합류하는 지점에, 성공적인 민족서사시의 한 가능성이 열림을 내다본다"(『민족문학의 새 단계』, 40면)라고 하여 사실주의와는 다른 방향의 성과를 기대했었다. 그리고 적어도 제1권의 경우는, 특히 '큰 눈' 대목 같은 것은 지금 다시 읽어도 가슴 울리는 장엄한 시적 성취로 남아 있다. 이렇게 시작된 작품이 의병운동과 독립군 활동에 김투만과 바우 등이 참여하면서 역사적 사건의 기술이 점점 더 많은 비중을 차지해갈 때, 독자는 특정 세목의 역사적 또는 생태학적 진실성이나 줄거리와 인물의 사실주의적 핍진성 여부보다는 도대체 이런 사항들이 관심의 중심에 떠오르게 되는 것 자체를 안타깝게 느끼기 쉽다. 그런데 저자 스스로가 만주 일대의 항일무장투쟁의 역사를 정확히 복원하기 위해 실제 자료조사를 포함한 엄청난 노력을 기울였음이 작품에 역력한만큼, 이동순식의 비판이 전혀 엉뚱하달 수도 없는 것이다.

이처럼 서사시가 아닌 사실주의 역사소설에나 적용될 비판을 부분적으로나마 자초한 데에는 작품의 구상에서 완결에 이르는 십여년 사이에 일어난 정치적 정세의 변화도 한몫했을 것 같다. 즉 자료의 절대적 부족과 표현자유의 혹심한 제약이 바로 서사시적 상상력의 발동을 촉구했던 터인데, 이러한 제한이 획기적으로 완화되면서 시인은 애초의 분방한 상상력을 고수하기보다 — 그리하여 상상력의 원활한 가동에 적합한 만큼만의 규모나 디테일로 만족하기보다 — 대대적인 사실복원의 유혹으로 끌려든 게 아닌가 하는 것이다. 그러나 이런 외부적 여건이 핵심적인 요인일 수는 없다. 그보다는 작품이 스스로 떠맡은 사상·이념저 과제가 세월이 시날수록 더욱 복잡하고 어려워졌고 그 해결을 위해서는 오늘의 현실에 대한 심오한 통찰은 물론 이에 상응하는 서사시 운문형식 자체의 훨씬 다각적인 실험이 요구되는 가운데, 도리어 이 부담을 빗겨가는 그같은 방향전환이 일어났을 가능성을 추측해본다.

『백두산』을 포함한 고은 시의 이념적 지향을 두고 흔히 "민족주체사상, 자주독립사상"(이동순, 앞의 글, 212면)이라든가 "민족주의적 심성이나 사고"(앞의 좌담, 22면)를 말하지만 항일민족운동을 소재로 삼은 『백두산』만 보더라도 이는 지나친 단순화다. 애초에 부여땅의 머슴 추만길(뒤에 김투만)이 주인집 아가씨와 북녘으로 도망감으로써 이야기가 시작되는 발상부터가 그렇거니와, 아직 조선이 망하기 전인 '먼 길' 대목 끝부분(제1권, 41면)에서 말하는 '새 세상'이 민족주의보다는 신분차별을 포함한 온갖 억압이 철폐된 대동세계에 대한 지향임이 명백하다. 이는 '큰 눈' 내리는 장면 중,

> 눈 오면
> 옷깃으로 스미는 가루눈에
> 더운 목 썬득썬득 서늘한데
> 하늘에 밀물 드나 썰물 나나
> 컹컹컹 하늘 짖는 소리 이따금 들리며
> 눈 날린다 날려
> 바우 아범 더운 가슴
> 신골같이 단단한 가슴 더더욱 뜨거워지는데
> 염통 뛰는 소리 가죽옷 울리는데
> 가루눈
> 백두산 전역 가루눈 날린다

라는 대목에 이어 "모든 마름놈들 잡놈들 다 쫓아라/눈 날린다/임이여 꿈이여 층층이 노래여/그 누가 이 세상 다스린다 하느냐/모든 아전놈들 다 쫓아라/그 누가 이 세상 차지한다 하느냐/모든 백관 만조백관 다 내몰아라/어느 시러베아들놈이/어느 놈이/이 세상 주물러 만들었다 하느냐"(제1권, 84면) 운운하는 구절이 끼여드는 데서도 확인된다. 실제로 김투만이

174

접하는 홍범도 장군 등 많은 독립운동가들이 사회혁명가이기도 함은 물론, 투만의 딸 옥단은 가장 첨예한 의식의 사회주의자로 발전하기도 한다.

그러므로 『백두산』에 이념상으로 문제점이 있다면 소박한 민족주의라기보다 민족주체사상과 사회변혁사상을 결합하는 지난한 과제를 시인이 제대로 감당하지 못한 점이라고 보아야 한다. 더구나 이는 분단체제의 성격에 대한 저자의 인식의 전진과도 무관하지 않다. 항일민족운동의 사회적 내용에 대한 관심은 처음부터 뚜렷했지만 혁명운동 자체가 뒷날 분단체제의 일익을 이루는 기득권의 근거가 될 위험까지 점차 주목하게 된 것이다. 작품의 결말부인 '우등불'에서 옥단이 임풍, 경례 두 동지와 눈길을 헤매면서 주고받는 이야기에서, "독립이면 그만이지"라는 그들의 말에 옥단은 "아니야 나는 그렇지 않아/독립은 인민들이/(…)/함께 잘사는 세상이지/그것이 아니고/나라를 위하여 싸운 독립군/민족을 위하여 싸운 혁명군만이/일체의 권력을 누리면 안되지"(제7권, 260면)라고 답한다. 옥단의 마지막 긴 사설 — 그는 눈보라 속에서 쓰러져 잠들지 않기 위해 일부러 말을 많이 하기도 한다 — 에는 이런 예언적 발언도 나온다.

> 11월혁명은 위대하지
> 하지만 그것은 아직 혁명일 뿐이야
> 앞으로 혁명은 더 많은 일을 해야 해
> 지금은 이름뿐
> 지금은 깃발뿐
> 붉은 깃발이 휘날릴 뿐이야
> 장차 이 혁명의 깃발도 구슬플 때가 올 것이야
>
> —『백두산』 제7권, 262~63면

그리고 마지막으로 이렇게 말한다.

우리는 혁명가가 아니라
조선의 한 인민일 뿐이야
거기서부터 이 싸움을 다시 시작해야 해
어느 지도자만이 절대가 아니야
조선 전체만이
다른 민족들과 함께 나누는 절대인 것이야
아 살고 싶어

—『백두산』 제7권, 263면

오늘의 싯점에서 공감하고도 남을 말임은 분명하다. 그러나 작품의 전체 구조가 처음부터 이런 인식을 바탕으로 착실하게 설계되었다고는 보기 어렵다. 따라서 김투만이나 바우의 영웅적인 생애가 이동순의 표현대로 '비극적'인 종말이라기보다 차라리 허망한 죽음에 가깝게 끝나는 것도 분단체제에 대한 저자의 심화된 인식이 뒤늦게 개입한 탓이 아닐까 싶다. 옥단의 죽음에 이르면 그 일견 허망한 죽음의 의미가 새로 정리되기는 한다.

만약 이것마저 없어서는
민족일 수 없었으므로
민족이기 위하여 오로지 민족이기 위하여
죽어간 전우와 동지들 뒤따라
여기 한 여자도 쓰러졌다
처절한 겸허로써
아무도 모르는 마지막 미소로써
마침내 눈 쌓인 세상 하나

176

그칠 줄 모르고

눈 퍼붓는 세상 하나

높은 곳 낮은 곳

다 없어지는 세상 하나

아니 그것이야말로

한 나라가 아니라

온 세상 여러 나라의 새로운 시작이므로

—『백두산』제7권, 271면

여기 다시 나타나는 "눈 쌓인 세상 하나"가 민족주의적 정열을 평등사회에의 염원과 결합시키면서 작품 서두의 장엄한 서사시적 세계를 복원해주는데, 다만 이것이 일관된 시적 진행의 대단원이 아닌 단편적 효과라는 아쉬움은 지워지지 않는다.

『백두산』의 결함이 주제의식의 소박성보다 미처 감당하기 힘든 그 복잡성에 기인한다는 점은 작품 도처에서 확인된다. 예컨대 그것은 한편으로 "멸망조차/이렇게 웅휘하지 못하다니"라고 탄식하면서 영웅적인 항쟁을 갈망하다가, "그러나/조선이 없어진다고/조선사람/조선의 의지 없어지지 않는다/조선말 없어지지 않는다/황진 지나/파릇파릇 풀 깔린 남만주/조선사람 살아있다/조선반도에서/조선사람 죽어가며 살아있다"(제3권, 68면)라고 생활하는 민중의 일상적인 삶 자체를 더욱 중시하는 태도로 나타나기도 하고, 국외에서의 무장투쟁보다는 역시 국내에 살면서 싸워야 하지 않을까라는 바우의 거듭되는 흔들림을 낳기도 한다. 여기서 시인 자신의 고뇌어린 성찰이 엿보이는데, 작품 속의 성과는 때로는 감동적인 시로, 때로는 긴장이 풀린 진술로 엇갈리며 나타나는 것이다.

고은 같은 다작의 시인에게서는 비슷한 엇갈림이 짧은 시를 모은 시집에서도 다소간에 드러나는 것이 불가피하다. 이때 그 성과를 정확히 짚어주는 일이 비평의 임무임은 더 말할 나위 없다. 무조건 생산량을 줄이라고 충고한다든가, 가령 최근 시집 『독도』(창작과비평사 1995)의 「후기」에서 "얼마 동안 책임으로서의 시대와 역사를 함부로 외치지 않는 그런 적당한 단련이 필요하다"고 말한 것 자체를 놓고 시비를 따지려 드는 것은 부질없는 짓이다. 좋은 작품, 덜 좋은 작품을 구체적으로 가리는 비평이 설득력을 지니면 시인은 자연히 덜 좋은 시를 덜 쓰기 위해 필요한 만큼의 속도조절을 할 것이다. 그리고 「후기」의 태도표명으로 말한다면, 뒤이어 "거기서 회피할 수 없는 현실의 문제에 대한 신인으로 돌아올 터이다"라고 했으니 일단 지켜보는 것이 순서일뿐더러, 실은 이미 씌어진 작품을 제대로만 읽어도 그 말이 허언인지 아닌지 짚이는 바가 있게 마련이다. 예컨대 『독도』의 경우 내가 읽기로는, 제4부의 여러 행사시는 애당초 시인이 말한 "적당한 단련"과 거리가 있는 작업이었다 치더라도, 제3부의 「내일」 같은 시도 시집 『내일의 노래』(창작과비평사 1992)와 『아직 가지 않은 길』(현대문학사 1993)에 실린 비슷한 시들에 비해 긴장이 떨어지는 느낌이다. 반면에 「푸른 하늘」 같은 짧은 시는 전통적 서정시와 맥을 대면서도 "가을밤 몇만리 밖"으로까지의 확대가 허세로 느껴지지 않을 만한 어떤 단련을 그 간결 속에 담았다. 그런가 하면 「다른 세상이 오고 있다」에서

지금 이 세상의 목숨이 하나씩 멸종되어가고 있다
연두가 어느새 썩은 보라
그러나 이것만이 아니다
우리 각자의 마음 안에서도
무엇인가가
하나씩 멸종되어가고 있다
속속들이 내장을 다 뒤지고 나와
이제 사랑이라는 말 쓰지 말자

사실인즉 멸종되기 직전의 벼랑 끝으로
다른 세상이 오고 있다
이제까지의 그것이 아닌 그것이 아닌

— 「다른 세상이 오고 있다」 전문

이라고 노래할 때, 현실의 문제에 관해 이제 누구나 "신인으로 돌아올" 필
요가 있는 세상임이 실감되는 바 있으며, 시 「내일」에서 반복되는 "내일
이 없다면"이라는 말의 의미가 한결 잡히는 듯하다.

4. 결론을 대신하여

이제까지의 구체적인 작품논의가 현단계 한국문학의 극히 일부를 대상
으로 삼은 것임은 나 자신 누구보다 잘 알고 있다. 도대체 읽은 작품이 한
정된 가운데서도 시 이외의 갈래들, 특히 우리 경우에 중요한 소설을 의도
적으로 배제하고 진행한 것이다. 이 점은 다른 기회에 어떤 식으로든 보완
할 의무를 느낀다.

하지만 비록 멋대로 설정했지만 의식된 한계말고도, 그리고 개별 작품
에 대한 평가의 잘잘못에 따른 문제점말고도, 이번 글에서 역시 총론과 각
론의 연결이 필자가 의도한 만큼도 이루어지지 않았다는 비판이 제기될
가능성은 얼마든지 있다. 판단은 독자에게 맡길 일이나, 호의적인 읽기를
유도할 한두 가지 고려사항을 덧붙이는 것으로 결론을 대신할까 한다.

첫째, 본론에서도 거듭 강조했지만 분단체제극복론 또는 이 글의 '통일
시대'론은 통일을 어떤 일회적 사건이나 비교적 단순한 과정으로 설정하
고 그에 걸맞은 문학적 주체를 잡아낼 수 있다는 생각과는 정반대의 입장
에 있다. 분단시대 하루하루를 살아가는 범백사(凡百事)가 분단체제극복

에 활용되지 않을 것이 없는 동시에 기득권 세력에 의해 역용될 가능성이 처음부터 배제된 것도 없다는 인식이다. 따라서 어떤 문학적 성과가 통일시대에 얼마큼의 공헌이고 어떤 역기능을 지닐 수 있는가를 물건을 놓고 그때그때 살펴보는 것 외의 왕도가 없게 마련이다. 이는 일찍이 분단체제 및 분단모순 논의가 처음 번지기 시작할 무렵 어느 토론회에서도 밝혔던 점이다.[12] 물론, 그렇다 하더라도 이 글의 작품론들을 시인별로 짜맞추기보다 주제별 구성을 시도했더라면 독자가 총론의 문제의식과 연결하기가 쉬웠으리라는 점은 인정해야겠다.

둘째, 주제중심의 배열이 아주 없었던 것은 아니지만 총론과의 연결이 덜 뚜렷해진 데에는 가령 도시와 농촌 문제, '내면세계'와 '사회현실'의 연관 문제, 분단극복 같은 역사적 과제와 일상생활의 탐구 문제 등을 총괄할 수 있는 이론적 틀로서 리얼리즘에 대한 언급이 빠진 까닭도 있다. 이것 역시 나로서는 계산된 생략이었는데, 1980년대라면 누구나 한마디씩 했을 법하고 나 자신은 90년대에도 여전한 관심사로 삼고 있지만 이 글에 끌어넣기에는 너무나 복잡한 문제라고 생각되었다. 80년대에도 나는 '사회주의리얼리즘'이라든가 '비판적 리얼리즘'이라든가 하는 기존의 개념이 민족문학의 지도이념으로 미흡한 바 많다는 점을 주장했지만 새 단계를 맞아 그 쓸모는 더욱 한정되기에 이르렀다. 오직 리얼리즘론 자체의 발본적 쇄신을 통해서만 그것이 민족문학의 세계성을 보장하는 이론상의 기여가 될 수 있는 것이다. 동시에 그 기여를 대신해줄 다른 마땅한 이론적 대안도 없다는 믿음에서 나 자신 예의 쇄신을 위해 단편적인 노력이나마 해보았다.[13] 그러나 이 문제에 관한 평단과 학계의 현재 논의가 활발하지

---

12 "분단모순 등등의 개념에 대한 해명을 들으면서 가령 분단모순론이 응용된 실제비평이 어떤 것일지 궁금해하는 분이 있다면, 또 한마디의 해명이 필요하겠다. 문학비평과 관련해서 분단모순론 ─ 그리고 그 인류사적 틀로서의 지혜의 시대론 ─ 이 갖는 의의는 무엇보다도, 어떤 이론을 문학에 응용하는 일체의 태도를 문제삼는다는 점이다."(졸고 「90년대 민족문학의 과제」, 『창작과비평』 1991년 봄호, 107면)

못한 상태에서 내 나름으로 재해석한 리얼리즘 개념을 작품론에 수시로 끌어대는 것은 특정 관념을 덮어씌우려 한다는 오해를 사기 쉽다. 따라서 나 자신은 '리얼리즘적' 의미를 함축한다고 생각한 이런저런 세부적 논의들을 독자들이 새겨 읽어주기를 기대한 것이다. 여기서는 이 글이 거론한 다양한 시적 성취를 무리없이 포용하는 리얼리즘 개념만이 통일시대 한국문학의 요구에 부응할 수 있으리라는 점을 지적하는 것으로써 글을 마치고자 한다.

〈1995〉

---

13 앞서 언급한 「민족문학론과 리얼리즘론」, 제목 그대로 '단상'에 불과하지만 「시와 리얼리즘에 관한 단상」(『실천문학』 1991년 겨울호), 그리고 영문학 작품을 다룬 것으로 「로렌스 소설의 전형성 재론」(『창작과비평』 1992년 여름호) 등 참조.

2000년대의 한국문학을 위한 단상

2000이란 숫자가 묘해서 '2000년대'라고 하면 여러 규모의 시간대가 떠오른다. '새로운 천년'이라는, 자주 입에 오르내리지만 희대의 선지자가 아니고는 예측 못할 시기가 있는가 하면, '21세기'라는 훨씬 짧은 기간도 있다. 훨씬 짧다고는 해도 역시 남다른 경륜과 선견지명을 가진 이나 그려 볼 수 있는 기간이며, 그나마 아직 시작도 되지 않았다. 그러므로 이 글에서는 한 세기를 다시 십등분한 십년의 세월, 언젠가는 '공공년대'라고 불리게 될지도 모를 2000년대 첫 십년을 염두에 두고 몇가지 토막생각을 개진할까 한다.

십년 단위의 미래만 해도, 변화의 속도가 지난 십년보다 더욱 빠르리라는 것말고는 확실히 예측할 수 있는 일이 드물다. 희망 섞인 판단으로는 이 기간에 한반도 분단체제극복 과정은 어떤 결정적인 고비를 넘기면서 일단의 성사를 볼 듯도 한데, 십년 이상을 미리 내다보는 일이 위태로운 것도 바로 이 결정적인 단계의 성사 여부와 그 구체적인 양상에 따라 추후의 사태가 크게 달라질 것이기 때문이다. 비슷한 논리로, '21세기' 전체를 들먹이는 일이 허황되기 십상인 것은 단순히 백년의 물리적 길이 때문이 아니라, 새로운 세기 들어 여러 십년이 가기 전에 아마도 자본주의 세계체제가 더 좋은 쪽으로든 나쁜 쪽으로든 결정적인 변혁을 겪으리라고 판단

182

되기 때문이다. 그 실상을 지켜보기 전에 다음 일을 예견하기가 지난한 것이다.

아무튼 앞으로 올 십년을 두고, 문학 분야에 한정해서조차 무슨 예언을하는 것은 부질없는 일이다. 지나온 세월을 되돌아보면서 다소나마 도움이 될 생각들을 정리해보는 정도인데, 지난 십년의 한국문학을 되새기는 작업부터가 나로서는 준비가 태부족인 과제임을 미리 실토하지 않을 수 없다.

1. 공정한 평가를 저해하는 것들

개인의 역량이나 정직성 문제를 떠나, 한 시대의 문학에 대한 공정·원만한 평가를 저해하는 요인들은 어떤 것일까. 우리 문학의 경우에는 일단두 가지를 들 수 있을 것 같다. 하나는 문학관(또는 시국관)을 기준으로 문인들을 '진영'으로 가르면서 작품에 대해서도 편파적 판정으로 흐르는 경향이고, 다른 하나는 십년대가 바뀔 때마다 거대언론매체와 일부 작가·평론가들이 들고나오는 세대론이다.

나 자신은 '등단'의 시기조차 불명확한데다 그 무렵 신세대로 각광받던 '4·19세대'에 정확히 속하는 나이도 아니어서, '60년대 문학'론의 때부터그런 식의 세대론에는 큰 공감을 느끼지 못했다. 70,80,90년대를 지나면서도 그 점에는 변함이 없었다고 말할 수 있다. '진영' 개념에 대해서도, 민족민주운동의 격진기에 뜻을 같이하고 행동을 함께하는 문학인들의 일정한 조직화와 연대의식은 지지했지만, 이러한 조직도 "좋은 작품과 덜좋은 작품 또 아주 좋지 않은 작품을 가리는 데 있어서 공명정대한 문인들의 모임"이 될 것을 바로 격전이 한창이던 80년대 중반에 주문했었다(「민족문학과 민중문학」, 『민족문학과 세계문학 II』, 351면). 그러나 원칙의 천명과 구체적인 실행은 별개 문제다. 싸움이 격해지고 오래가다보면 함께 싸우는 사람들끼리의 연대의식이 작품에 대한 당연한 애정과 관심을 넘어 편파적 옹호로 이어지기 쉬우며, 더욱 중요한 것은—마음의 여유와 절대적 시간의 여유가 모두 부족한 가운데—싸움에 나서지 않는 작가들에 대한 무지나 편견을 낳게 마련인 것이다.

스스로 반성하건대, 『창작과비평』 25주년을 기념하는 토론장에서 발제를 맡은 나는 90년대 문학을 전망하는 이런저런 이야기를 했지만, 그때 거명한 작가들 가운데는 정작 90년대 들어 가장 주목받는 활약을 벌인 시인과 소설가들이—고은·신경림 같은 낯익은 이름을 빼고는—거의가 빠져 있었다(1991년 봄호의 '90년대 민족문학의 과제' 발제 및 토론 참조). 80년대에 이미 활동을 시작한 작가들에 대해서도 그 존재조차 알지 못한 예가 많았던 것이다.

개인의 역량부족은 근절이 불가능한 항구적 숙제지만 적어도 '진영' 개념의 질곡만은 벗어던질 필요가 절실했다. 이 작업을 내 나름으로 시도한 것이 「지구시대의 민족문학」(『창작과비평』 1993년 가을호)인데,* 여기서 나는 김기택의 시 및 신경숙의 소설에 대한 적극적인 평가를 현기영·박노해·공선옥에 관한 논의와 아울러 진행했다. 그때만 해도 주변의 반응은 대체로 좋지 않았다. 작품상의 성과를 인정하더라도 작품론을 자주 쓰지도 않는 사람이—사실 이 점은 90년대 내내 나를 짓누른 부담이었고 아직도 그렇다—굳이 '우리쪽'을 젖혀놓고 그들을 거론할 필요가 있느냐는 솔직한 섭섭함의 표시가 있는가 하면, 평가 자체도 과장되었다는 비판 또한 없지 않았다.

그러나 지금 돌이켜보아도 두 작가에 대한 평가와 기대가 그다지 빗나간 것은 아니었지 싶다. 『태아의 잠』에 이어 『바늘구멍 속의 폭풍』(1994)과

---

* 이 글은 연구논문이 아닌 단상의 성격이고 자기 점검과 반성 및 해명의 뜻을 담은 글이니만큼 남의 노작에 대한 섭렵은 적고 졸고에 대한 언급이 잦은 점을 양해하시기 바란다.

『사무원』(1999)을 낸 김기택은 80년대에 등단하여 90년대에 착실한 이바지를 해낸 시인 가운데 하나임이 분명하며, 신경숙의 경우 장편『외딴 방』(1995) 하나만으로도 90년대를 빛냈다는 찬사를 받기에 충분하다. 문제는 평자의 한정된 독서나 논술상의 불가피한 선택에 따른 본의 아닌 불공정 행위들이다. 몰라서 언급 못한 경우와 의도적인 묵살이 혼동되는 일은 어느 때나 있지만, 독서량이 부족한 평자에게는 특히나 짐이 되는 것이 그것이다. 1993년 당시 아직 등단 안한 작가들이나 90년대 후반에 가서야『인간의 시간』(1996)『길은 광야의 것이다』(1998) 두 시집으로 역시 90년대를 빛내준 백무산이 빠진 것은 그렇다 치더라도, 공정·원만한 평가라는 비평가의 본분에 멀리 미달했음이 사실이다. 그 점은 이런저런 자리를 통해 약간의 보완을 시도한 뒤인 지금도 크게 달라졌달 수 없다. 두고두고 갚는 데까지 갚아나갈, 세상에 대한 빚인 것이다.

아무튼 이제 진영 개념의 비평적 위력은 대세의 흐름에 의해 거의 소멸된 듯하다. '민족문학 진영'으로 명백히 분류가능한 작가들의 작품에만 국한하다보면, 그러잖아도 위기설에 휘말린 민족문학의 빈곤을 스스로 부각시키는 결과밖에 안되기 때문이다. 아니, 사단법인화(1996)로부터 최근의 새 집행부 구성(1999)에 이르는 '민족문학작가회의'의 발전경로를 보더라도 지금은 이렇다할 진영 자체가 사라진 형국이다.

2. 세대론과 문학운동론의 상호작용

진영 개념의 해소가 민족문학의 위기설까지 해소할 수 있을지는 따로 검토할 일이다. 우선은 공정한 문학적 평가를 저해하는 또하나의 요인으로, 새로운 연대마다 언론매체의 부추김을 받으며 등장하곤 했던 이런저런 신세대론에 대해 생각해보기로 한다. 이런 세대론은 상업주의적 매체의 위세에 비례해서 그 위력을 더해왔고, 90년대에는 그전 어느 때보다 맹위를 떨쳤다고 할 수 있다. 그러나 각 연대의 구체적 양상을 들여다보면 그것이 결코 일방적으로 규정된 것이 아니고, 진영론의 기반을 이루는 문학운동론 — 지난 한 세대 동안은 주로 민족문학운동론 — 과의 일정한 상호작용 속에 진행되었음이 드러난다.

앞서 '60년대 문학'론을 언급했으나 이는 지금 수준으로 보면 일시적 에피쏘드에 불과했다. 매스컴의 위력 자체가 비교적 한정된 시기인데다, 60년대 중엽에서야 시작된 그 논의가 제대로 자리잡기도 전에 70년대가 다가와버렸던 것이다. '60년대 문학'론자들은 삽시간에 구세대로 변해버리고, 언론에서는 황석영·최인호·조해일 등을 뒤섞어서 '70년대 작가'로 조명하기 시작했다. 하지만 이 또한 오래가지 못했는데, 이 경우는 시간이 부족했다거나 상업적 언론매체의 성장이 따라주지 않았다고는 말할 수 없다. 그러면 어째서 이런 식의 '70년대 작가'론을 오늘날 기억하는 사람이 드물 정도가 되었는가?

해답의 큰 부분이 나는 70년대 초에 본격화된 민족문학론과 민족문학운동에 있다고 생각한다. 이 담론과 운동을 통해 60년대와 70년대를 가르는 결정적 차이가 어떤 '신세대적 감각'이 아니라 김지하의 「오적」(1970)과 황석영의 「객지」(1971)로 표상되는 새로운 문학정신의 대두이며, 그 뒷배를 이루는 앞시대의 주된 선배로서 1968년과 69년에 각기 작고한 김수영과 신동엽의 우뚝한 자리가 매겨졌다. 동시에 이문구처럼 신세대 취급에서 제외됐던 소설가의 작업이 70년대 문학의 주류에 귀속될 수 있었다. 여기에 김정한의 문단복귀, 신경림의 재등장, 고은의 발전적 변모 등이 더하여 70년대의 문학이 유신통치의 억압 아래서도 제법 화려하게 꽃피었음은 알려진 사실이다. (1970년에 창간된 『문학과지성』의 경우, 민족문학론에는 동조한 바 없으나 일부 동인의 자유실천문인협의회 활동과 잡지 및 출판을 통한 작품발굴로 중대한 기여를 했다. 다만 70년대를 '양대 계간지

시대'라는 식으로 정리하는 것은 편벽된 시각이며, 『한국문학』이나 월간 『대화』 등의 다양한 공헌을 감안하는 큰 그림 속에서 3개 계간지의 각기 다른 몫을 대중해봐야 할 것이다.)

80년대의 양상은 또 달랐다. 5·17내란과 광주학살의 충격이 워낙 컸기 때문에 감각 위주나 탈이념적인 세대론이 설 자리는 별로 없었다. 물론 그때도 연속 무크 『우리 세대의 문학』 같은 시도가 없었던 것은 아니나 언론의 주목을 계속 받기에는 역부족이었다. 세대론은 오히려 '민족문학 진영' 내부에서 조직·이념상의 주도권을 노린 급진적 소장세대의 도전으로 거센 힘을 발휘했다. 이에 대한 거대매체들의 반응은 복합적이었는바, 한편으로는 그 또한 잡식성의 상업주의가 취급을 마다할 품목이 아니었지만, 다른 한편 언론사 자체로서는 대대적인 전파를 용인할 수 없는 논의였다. 그 결과 80년대의 세대론은 상업주의에 의한 활용이 없지는 않았으나, 상업주의의 전면화를 견제하면서 민족문학 담론의 대중화에 기여하기도 했다. 동시에 편협한 '진영' 담론의 형성에도 일조했으며, 줄곧 '소시민적 민족문학론'으로 공격받은 좀더 유연한 민족문학론으로서는 자기쇄신을 위한 값진 자극도 얻었지만 몹시도 고달픈 연대가 되었던 것 또한 사실이다.

'민중적 민족문학' '민주주의 민족문학' '노동해방문학' '민족해방문학' 등 다양한 이름으로 제기된 1980년대의 세대론적 성격을 겸한 급진운동론은 90년대가 몇해 안 가서 거의 파산상태에 이르렀다. 직접적인 원인은 1989~91년 사이에 소련·동구 '현실사회주의'의 몰락을 가져온 지정학적 내변화의 충격이었지만, 87년 6월항쟁 이후 민족문학의 새로운 과제에 부응하지 못한 내부적 요인이 더 결정적이었달 수 있다. 아무튼 한때 위세 좋던 운동론의 갑작스런 퇴장과 '세계화' 담론의 새로운 위력, 상업주의 언론권력의 팽창 등이 새 십년대의 전개와 겹치면서, 90년대는 그 어느 때보다 신세대론이 힘을 떨치는 연대가 되었다.

3. 1990년대의 작품과 담론

  그렇다고 매스컴이 이른바 90년대 작가들을 일방적으로 찬양한 것은
결코 아니다. 대개는 비판이 섞여들었고, 우려의 목소리가 더해지는 일도
적지 않았다. 문제는 '새로운 감각'을 대변한다는 일군의 작가들을 거듭
부각시킴으로써, 한편으로는 거명되는 작가들 사이에 엄연히 존재하는
질적 차이를 이차적 관심사로 돌리고, 다른 한편 이 명단에 들지 못한 선
배작가 또는 '감각'이 다른 신진들의 성취를 변두리로 밀어내는 결과를 가
져왔다는 점이다. 더구나 저들 '90년대 작가'에 대해서조차 곧잘 냉소를
던지는 논조는 문학 자체를 외면한다는 더 큰 규모의 '신세대'에 대한 요
란스러운 보도까지 겹쳐, 90년대 문학 전반에 대한 평가절하를 조장했다.
이런 풍조에 반발한 일부 평자들의 '90년대문학 비판'도 흔히는 언론의
왜곡된 개념설정을 그 출발점으로 삼음으로써 실질적인 대항담론이 되지
못한 것 같다.

  90년대 한국문학의 성취를 총괄할 준비가 되어 있지 않음은 이미 밝힌
대로다. 하지만 대략적인 인상에만 의존하더라도, '90년대 문학'을 세칭
'90년대 작가'의 문학으로 좁혀 잡지만 않는다면, 훌륭한 작품이 산출된
양으로는 지난 어느 시기보다 못할 바 없지 않을까 싶다. 80년대에 등단하
여 90년대에 빛나는 성과를 보탠 예를 앞서 들었거니와, 90년대에 등단한
'90년대 작가' 가운데서도 옥석을 가려 상찬할 작품이 적지 않다. 예컨대
은희경은 주로 기존의 관습과 윤리의식을 조롱하는 '신세대 감각'으로 눈
길을 모았지만, 그가 조롱하는 대상은 많은 경우 남성위주의 통념이라는
구체성을 지녔으며, 단편 「빈처」(1996)가 예증하듯이 삶에 대한 진지한 성
찰을 외면한 경박성과는 거리가 있다. 반면에 김영하 같은 작가는 뛰어난
문장력과 이야기 솜씨를 지녔으나 이에 걸맞은 탐구정신이 모자란다는

인상이며, 그보다는 배수아의 소설집 『바람 인형』(1996)에서 신세대적 감각이 삶의 방향상실을 뽐내기보다 진지하게 고뇌하는 자세와 결합되고 있음을 본다.

아무튼 세칭 90년대 작가 내지 신세대 작가를 두고도 섬세한 분별이 진행될수록 그중 착실한 성취들이 빛을 발하려니와, 시야를 넓혀 90년대에 생산된 온갖 문학에 주목한다면 그 실적은 더욱 풍성해진다. 쉽게 말해 고은·신경림·박경리·박완서·현기영 등의 활동이 지속되고 황석영이 집필을 재개했으며 최명희의 『혼불』(1996) 같은 역작이 간행된 연대의 문학이 전보다 빈곤해졌달 수는 없는 것이다. 그리고 60년대 이래 꾸준히 이어져온 조태일의 작업이 그의 갑작스런 타계로 끝을 맺은 것은 더없이 애석한 일이지만 90년대에 그의 시세계는 또 한번 새 경지를 열었으며(이 시인에 대한 절절한 추도문이자 뛰어난 평론으로 『창작과비평』 1999년 겨울호에 실린 염무웅 「자유정신으로 이슬로 벼려진 칼빛 언어 ― 조태일론」 참조), 연작소설 『흰 소가 끄는 수레』(1997)를 써낸 박범신의 새출발도 내게는 인상적인 사건이었다.

그러나 훌륭한 작품이 나오더라도 주변의 소음 속에 파묻히기가 한결 쉬워진 것이 90년대의 사정이기도 했다. 이 또한 엄연한 문학적 현실이며 '작품외적 요인'이라고 무시할 일이 아니다. 앞서 살펴보았듯이 거대언론의 상업주의적 담론이라는 것도 문학계의 담론과 무관하게 일방적으로 진행되는 것이 아닌데, 90년대에는 상업주의를 견제할 만한 비평담론을 찾아보기가 한층 어렵게 되었던 것이다. 문학에 관한 유익한 토론에 앞장설 임무를 띤 평론가들이 특히나 뼈아프게 반성할 대목이다.

가능한 대항담론으로 여전히 민족문학론을 꼽을 수 있었다. 그러나 80년대 민족문학론의 급진적 분파들은 물론, 그들의 공격을 견뎌낸 논자들도 90년대 문학담론을 주도했다고는 말하기 어렵다. 그렇다고 다른 대안이 나온 것도 아니다. 물론 민족문학론과 무관하게 본격문학 및 '문학성'을 옹호하는 논자들이 있지만(예컨대 김병익 비평집 『새로운 글쓰기와 문학의 진

정성』에 실린 「신세대의 새로운 삶의 양식, 그리고 문학」 등 제1부의 글들 참조), 문학
의 궁극적 패배에 거의 체념하면서 '신세대'의 개별 작품들에 대한 엄정한
비평에 적극성을 보여주지 못한 문학론이 위력을 지닐 리 없다. 오히려 민
족문학론을 약화시키는 '신세대' 담론을 결과적으로 부추긴 감이 있다. 하
지만 문제의 핵심은 민족문학론 자체가 여전히 타당성을 지니느냐는 것
일 터이다.

4. 민족문학론은 지금도 유효한가 — 분단체제론과 민족문학론

민족문학 개념을 부정하는 90년대의 발언 가운데는 70년대 초 민족문
학 논의가 시작될 무렵의 상투적인 비판을 떠올리게 하는 것들도 많다. 당
시 미국 학계 주도의 근대화 담론에 편승했듯이 요즘의 세계화 담론에 들
떠서 '국가'나 '민족'이라면 무조건 낡은 이야기로 냉소하거나, '문학'에다
무슨 앞가지를 붙이기만 해도 문학을 부정한 것으로 단정하는 논의가 적
지 않은 것이다. 다른 한편 70년대나 80년대까지의 효용성은 일단 인정해
주면서 이제는 소명을 다한 민족문학론이 물러날 때가 되지 않았는가 하
는 일종의 '명퇴 권고'도 들린다. 이럴 때 곧잘 인용되는 것이 필자의 「민
족문학 개념의 정립을 위해」(1974)에 나오는 다음과 같은 대목이다.

이렇게 이해되는 민족문학의 개념은 철저히 역사적인 성격을 띤다. 즉
어디까지나 그 개념에 내실(內實)을 부여하는 역사적 상황이 존재하는 한
에서 의의있는 개념이고, 상황이 변하는 경우 그것은 부정되거나 한층 차
원높은 개념 속에 흡수될 운명에 놓여 있는 것이다. (『민족문학과 세계문학 I』,
125면)

실제로 상황은 많이 변했고, 그 변화가 민족문학운동과 민족문학론에 힘입은 바 적지 않은 것 또한 사실이다. 요는 무엇이 변했고 무엇이 이뤄졌으며 무엇이 남았는가를 면밀히 따져서 민족문학론의 퇴출 여부를 결정할 일인 것이다.

90년대가 진행되는 동안 민족문학론자들의 자기점검이 없었던 것은 아니다. 70년대 이래의 관점을 굳건히 지키고자 한 예도 있고 적극적인 궤도수정의 노력도 있었다. 나 자신은 『창작과비평』 100호 기념 토론회 임규찬의 발제문 「세계사적 전환기에 민족문학론은 유효한가」에 대해 논평하면서, "민족문학론의 문제의식은 여전히 유효하지만 민족문학이라는 용어가 일종의 '간판'으로서 가졌던 쓸모는 줄었다는 임규찬(林奎燦)씨의 발제에 동의한다"(1998년 여름호, 152면)는 간략한 정리에 그쳤다. 부연설명으로서, 임규찬도 지적한 '국민문학' 개념과의 공존가능성, 그리고 세계문학 자체의 위기에 대한 인식 등을 들기도 했으나(152~53면), 본격적인 정리와는 거리가 먼 것이었다. 무엇보다도 민족문학론의 문제의식 중 어떤 것이 얼마만큼 유효한지에 대한 구체적 검토가 있어야 했고, 문학용어를 '간판'으로 쓴다는 것 자체가 처음부터 문학인으로서 빗나간 행위가 아니었는지도 따져봤어야 했다.

'간판' 구실이 단기적 정치투쟁의 도구역할을 뜻한다면, 이는 분명히 문학의 본분과 거리가 있다. 하지만 문학 자체에 적용되는 논쟁적 개념으로 구실한다는 뜻이라면 민족문학 개념의 '역사적 성격'에 대한 주장에 하나의 토를 달아주는 것과 다를 바 없다. 즉 '민족문학'이 어떤 고정된 실체를 가리키기보다 특정한 역사적 상황에서 문학을 논하는 데 가장 생산적인 개념으로 채택되었다는 뜻이 되며, 바로 그렇기 때문에 민족문학은 해당시대 문학 가운데서, 예컨대 분단문제를 소재로 삼았다거나 민족문제에 대해 어떤 특정한 주장을 내세우는 작품들을 따로 지칭하는 용어도 아닌 결과가 된다. 따라서 어떤 특정 갈래의 문학을 전체에 강요하는 비문학적 처사가 아닌 것이다. 흔히, 좋은 건 다 민족문학이냐라는 비아냥 섞인 반문을 접하지만, 적어도 민족문학 개념이 유효한 시기에 좋은 문학을 다 (또는 거의 다) 포용할 수 없는 민족문학이라면 "부정되거나 한층 차원높은 개념 속에 흡수"되어 마땅할 터이다.

우리 시대의 민족문학론이 — 가령 8·15 직후의 민족문학론과 구별되는 주요 특징의 하나로 — 한반도의 자주적이고 평화적인 통일을 핵심적인 민족문제로 설정한 것이 타당하다면, 민족문학론은 적어도 분단체제가 엄존하는 만큼의 유효성을 아직껏 지닌다고 할 수 있을 것이다. 그러나 참여문학론·농민문학론·시민문학론·민중문학론·리얼리즘문학론 등 60년대 이래의 다양한 논의들이 70년대 들어 점차 민족문학론으로 수렴되어 80년대까지 후자의 구심력에 대체로 순응한 것은 단순히 분단문제의 중심성 때문만은 아니다. 국민의 기본권마저 박탈하면서 민간의 통일논의 자체를 봉쇄하는 군부독재정권의 존재가 '민족민주운동'의 단결을 요구했고 그만큼 '논쟁적 개념'으로서뿐만 아니라 구호로서도 '민족문학'의 쓸모를 높여주었던 것이다.

일상화된 분단체제극복 운동의 선결조건에 해당하는 강권통치 제거작업이 1987년의 6월항쟁 이후 시동됨으로써 민족문학 '간판'의 그러한 쓸모에도 중대한 변화의 계기가 왔다. 나 자신은 80년대 말에 민족문학의 '새 단계'를 주장하면서(『민족문학의 새 단계』에 실린 「오늘의 민족문학과 민족운동」 및 「통일운동과 문학」 참조), 분단체제에 대한 인식을 통해 종전의 계급해방론과 민족해방론뿐 아니라 자유주의적 개혁론도 아우르는 '새로운 종합'을 이 단계 민족운동의 과제이자 민족문학의 과제로 설정한 바 있다(「통일운동과 문학」, 126~29면). 그러나 분단체제론이 좀더 구체성을 갖춘 것은 90년대에 와서였다.

한반도의 분단현실을 자본주의 세계체제 작동의 한 국지적 사례로 파악하는 분단체제론은 민중의 참여로 이루어지는 한반도 통일이라는 민족문제 해결의 세계사적 의의를 새삼 확인하지만, 문제의식의 출발점은 '민족' 개념이기보다 전지구적 현실인식이요 이에 따른 국지적 행동의 필요성이다. 다만 '전지구적 사고'와 '국지적 행동'을 결합하는 무수한 항목들 가운데 한민족과 한반도 주민들의 경우 분단체제극복이라는 중간항의 비중이 결정적임을 확인하는 것이다. (동시에 한반도에서만큼 그러한 중간항의 의의가 명백하지 않은 경우에도 '민족'과 '국가'의 문제가 세계화시대일수록 엄연하다는 일반론으로 발전하기도 한다.) 그런데 '한민족과 한반도 주민'이라고 말하는 것은 양자가 — 과거에도 완전히 일치했던 적은 없지만 — 더이상 혼동될 수 없는 국면이 도래했기 때문이다. 하나의 혈연적·문화적 공동체로서의 한(민)족집단은 이미 전세계에 퍼진 다국적(多國籍) 집단으로 자리잡았고, 해외에 정착한 동포 중 대다수에게 한반도의 바람직한 통일이 자신의 보람찬 삶에 필요조건일지언정 그들 자신이 통일된 한반도의 주민으로 회귀하기는 어렵게 된 실정이다. 그러면서도 동족 간의 일정한 유대를 간직하며 살고자 하는 그들 나름의 민족적 염원은 염원대로 절실하며, 이는 우리 시대 '민족문제'의 또다른 차원인 것이다.

민족문제에 대한 이런 복합적 인식을 수용하는 '민족문학'은 간판으로 쓰이기에 너무나 복잡한 개념이 아닐 수 없다. 무릇 간판이나 구호는 간명해야 하는 법이니까. 따라서 70년대 중반 민족문학 담론의 구심력이 성립하기 전에 이런저런 담론들이 병립했듯이, 이제 문학담론의 새로운 다원화 현상이 벌어지는 시기가 된 셈이다. 이는 작품을 쓰는 사람이나 읽는 사람에게 그만큼 중압감이 덜해진 시기랄 수도 있다. 다만 생태계보존이라든가 성차별철폐, 전지구 차원의 빈곤해소, 자본주의의 본질적 반문학성에 대한 저항 등의 새로운 담론들의 중압감이 과연 얼마나 덜할 것인지는 누구도 장담할 수 없으며, 현시점의 한반도에서 이들 담론이 뜻한 바를 제대로 이루기 위해서도 분단체제극복 운동을 중심으로 상호연대할 필요가 있는 것이라면(졸저 『흔들리는 분단체제』 제1장 참조), '분단체제극복에 기여하는 문학'의 대명사로서의 '민족문학'은 여전히 그 중심성을 내세움직하다. 아니, 남한의 국민문학이자 전체 한민족의 문학으로서의 민족문학, 세계문학 자체가 위협받는 시대에 문학의 생존공간을 확보해주는 민족어문학이자 지역문학으로서의 민족문학이라면, 그 어느 때보다 세계사적 의의가 충일한 개념이라고 자부해도 좋을 것이다.

5. 1990년대의 리얼리즘 논의

  민족문학 개념의 구심작용이 한창이던 시절에도 민족문학론이 주도력을 독점한 일은 없었다. 한편으로는 단순한 민족주의문학과 스스로를 구별하기 위해서도 민족문학은 민중문학과 서로 보완하면서 견제하는 관계임을 처음부터 강조했고, 또 바로 그렇기 때문에 '민중적 민족문학' '민주주의 민족문학' 등의 대안제시가 세대논쟁 또는 정파투쟁의 한시적 도구 이상이 되지 못했던 것이다.

  다른 한편, 민족문학론은 최량의 세계문학 생산을 겨냥하는 담론으로서, 어느 한 민족의 문학에 국한되지 않는 담론인 리얼리즘론과의 상호연관 또한 중시해왔다. 그리하여 민족문학 논쟁이 상업주의 언론의 지면마저 장식하던 80년대는 '사회주의현실주의'를 들고나온 논자들의 목소리가 드높아진 연대이기도 했다.

  그 위세가 한풀 꺾이기 시작한 90년대 초에 나는 이 논의의 득실을 정리하면서 민족문학론과 리얼리즘론의 상호보완성을 재확인하고자 했다. 졸고 「민족문학론과 리얼리즘론」(1990)은, "기존의 사회주의리얼리즘 이념에 대한 이제까지의 비판을 거쳐 도달한 새로운 리얼리즘론일지라도 이데올로기의 성격에서 아주 벗어나는 것은 아니"(『현대문학을 보는 시각』, 220면)라고 결론지음으로써 '리얼리즘' 역시 하나의 방편이요 '논쟁적 개

념'임을 명시했지만, 글의 기본적인 문제의식은 "포스트모더니즘의 도전
도 능히 이겨낼 만한 리얼리즘론의 자기쇄신이 없이는 민족문학 자체가
포스트모더니즘시대의 사이비 국제주의에 휩쓸려버리고 말리라는"(175면)
것이었다.

　90년대의 리얼리즘 논의는 민족문학론에 비한다면 그래도 활기가 더
있었던 셈이다. 나 자신은 한 영국 작가에 대한 평론을 통해 '전형성' '재
현' 등 핵심개념을 새로이 천착하거나(『창작과비평』 1992년 여름호, 「로렌스 소
설의 전형성 재론」 및 『안과밖』 1996년 창간호, 「로렌스와 재현 및 (가상)현실 문제」), 고
은의 선시(禪詩) 또는 신경숙의 장편을 논하면서 ─ 『외딴방』론의 경우 '리
얼리즘'이라는 낱말을 쓰지 않았지만 ─ 리얼리즘론의 적용범위를 넓히고
자 하는 등, 우회적인 기여를 하는 데 머물렀다. 한편, 90년대 후반 진정석
(陳正石)의 문제제기(1996년 11월 민족문학작가회의와 민족문학사연구소 공동주최
학술대회 발표 「민족문학과 모더니즘」 및 『창작과비평』 1997년 가을호, 「모더니즘의 재
인식」)로 촉발된 리얼리즘/모더니즘 논쟁은 제법 세인의 관심을 모았고,
이 과정에서 윤지관·김명환 등에 의한 결연한 리얼리즘 옹호가 있었다.
그러나 리얼리즘론의 획기적 자기쇄신이 이루어졌다고는 보기 힘들며,
모더니즘에 대해서도 한국의 모더니즘운동에 대한 관심의 환기라든가 마
샬 버먼(Marshall Berman)의 모더니즘론의 도입을 크게 넘어서는 공헌은
없었던 것으로 판단된다. 그 결과 민족문학이 사이비 국제주의에 문자 그
대로 휩쓸려버리는 사태까지는 안 갔어도, 민족문학론의 문제의식이 흐
려진 것이 사실이다.

　급기야 최원식(崔元植)은 "서구에서 상륙한 이래 이 땅에서 벌어진 긴
이데올로기 투쟁과정에 얽히고설킨 리얼리즘과 모더니즘은 제아무리 갈
고 닦아도 구원의 가망이 없는 용어들인지도 모른다"는 절망에 가까운 심
경을 토로하면서(유종호 외 31인 『현대 한국문학 100년』, 민음사 1999, 633면), "작
품으로의 귀환" 및 "'리얼리즘'과 '모더니즘'의 회통(會通)"(각기 글의 부제

와 주제목)을 제창하기에 이르렀다. 나 역시 일종의 회통론자요 리얼리즘을 둘러싼 어지러운 논란에 적잖이 피로를 느껴온 터라, 그의 이번 글을 각별한 관심을 갖고 읽었다. 여기서 얻은 여러 값진 자극을 계기로, 2000년대 비평담론의 전진을 위해 검토를 요하는 한두 가지 문제점을 짚어보기로 한다.

먼저 예의 '회통'과 '작품으로의 귀환'은 차원이 좀 다른 이야기로서 구별할 필요가 있다. 작품에 충실한다는 것은 모든 비평담론의 기본인만큼 그간의 리얼리즘론이든 모더니즘론이든 이 기본조건을 결했다면 한시바삐 '작품으로 귀환'해야 한다. 양자의 회통을 위해서는 물론, 번듯한 독자적 생존을 위해서도 필수조건인 것이다. 다만 이것이 비평담론을 대신하지는 못하며, 엄밀히 따지면 담론과 무관한 문학행위가 따로 있는 것도 아니다. "지금 중요한 것은 담론의 정립이라기보다는 담론의 형이상학화를 경계하는 비평정신의 회복을 통해서 담론으로부터 대상을 창안하기보다는 담론으로부터 대상으로 귀환하는 것"(634면)이라는 구절에서도, "담론으로부터 대상을 창안"하는 일은 배격해 마땅하지만 '담론'과 별개의 '대상'이라는 담론 자체에 형이상학화의 위험이 도사리고 있음을 간과해서도 안된다.

6. 리얼리즘/모더니즘의 회통과 대립

물론 논자가 실제로 겨냥한 것은 담론 일반이기보다 '형이상학화된 담론'일 터이므로, 그가 기존의 리얼리즘/모더니즘 논의들을 어떻게 인식하며 어떠한 '회통'을 시도하는지에 눈을 돌려야 할 것이다. 먼저 주목할 점은 제목의 '리얼리즘'과 '모더니즘'에 각기 홑따옴표를 붙여 "현실적으로 통용되는 통상적인 리얼리즘과 모더니즘을 의미한다"고 못박은 사실이다. 통상적인 의미의 리얼리즘이라면 흔히 실증의 정신에 따른 현실모사를 중시하는 '사실주의'가 떠오르고, 모더니즘은 이에 반발한 비사실주의적 실험예술을 일컫는 것으로 이해된다. 하지만 이런 '리얼리즘'과 '모더니즘'이라면 양자의 회통이란 게 그다지 어려울 것도 대수로울 것도 없고, 회통의 사례도 한국문학 안팎에서 쉽게 찾아볼 수 있을 것이다. 환상과 사실성을 적절히 배합한 조세희의 『난장이가 쏘아올린 작은 공』만 해도 훌륭한 본보기가 아니겠는가.

그런데 정작 최원식의 개념규정에는 특이한 데가 있다. "전자(통상적 리얼리즘)가 모사론적 방법으로 근대극복의 전망을 탐구하는 문학 경향이라면, 후자(통상적 모더니즘)는 비모사론적 방법으로 근대비판을 실험하는 문학 경향을 가리킨다"(618면, 주1)라고 하여, 모사론/비모사론의 방법적 대립에다 근대극복/근대비판이라는 역사관의 대립을 추가하고 있는 것이다. 여기서 우리는 논자의 촛점이 구미 학계에서도 "현실적으로 통용되는 통상적인" 대립구도보다 1920, 30년대의 한국에서 화제가 된 카프식 리얼리즘론 대 김기림 등의 모더니즘이라는 대립구도에 맞춰져 있음을 짐작케 된다. 이러한 문학사적 — 또는 한층 좁은 의미로 문예사조사적 — 관점은 한국 모더니즘의 성향과 성취에 대해 많은 통찰을 낳지만, 리얼리즘/모더니즘 논의에는 오히려 혼란을 더하는 바 없지 않다. '통상적'에 대조되는 것으로 저자는 '최량의' 리얼리즘과 모더니즘을 지목하는데, 그렇다면 근대비판의 의지는 있었을지언정 근대극복의 전망 탐구와는 무관한 서구 중산계급의 이런저런 모사론적 사실주의는 '통상적'도 아니고 '최량'도 아닌 다른 무엇이 되어야 하는 것인가.

물론 "70년대 민족문학운동은 김수영의 작업을 비판적으로 계승함으로써 '리얼리즘'과 '모더니즘'의 분절을 극복할 절호의 기회를 맞이하였던 것이다. (…) 그러나 전반적으로 조감할 때 70년대 이후 민족문학운동은 '모더니즘'으로부터 '리얼리즘'으로 선회했다고 판단할 수밖에 없다"

(628~29면)는 판단이 정확하다면, 서구문학사에 대한 적합성을 희생하더라도 70년대 이후 한국문학에 대한 질정을 우선시해야 할 터이다. 하지만 과연 그런가? 앞서 조세희를 거론했지만, '최량의 리얼리즘'으로 더 쉽게 분류될 신경림이나 황석영일지라도 모더니즘의 세례를 거치지 않고 — 그런 의미로 통상적 모더니즘과 일정한 회통을 이룸이 없이 — 그 업적이 가능했을 것인가?

실은 여기에도 개념상의 혼란이 있어 이런 질문들이 과연 적절한 성질인지 확인하기 어렵다. 민족문학운동이 선회해서 택한 '리얼리즘'이 '통상적 리얼리즘'인지 '최량의 리얼리즘'인지가 분명치 않은 것이다. 전자라면 신경림·황석영말고도 수많은 예외가 있어, 어느 운동에나 따라오는 태작들 위주의 '전반적 조감'에 기울었다는 비판을 면키 어렵다. 반면에 '최량의 리얼리즘'을 향해 선회한 것이라면 그로 인한 통상적 리얼리즘/모더니즘의 회통 실적을 작품과 비평담론 중 최량의 사례를 놓고 좀더 자상하게 검토했어야 할 것이다.

실제로 논자가 김수영을 거의 전무후무한 회통의 사례로 꼽고 있는 것을 보면, 그의 진의는 최량의 리얼리즘과 최량의 모더니즘조차 모두 넘어선 어떤 절대적인 경지가 아닌가 싶다. 그러나 이것이 구체적으로 어떤 경지이고 70년대 이후로 과연 되풀이된 바 없는 경지인지에 대한 토론이 가능하려면, '최량의' 리얼리즘/모더니즘이 각기 어떤 내용인지에 대한 규정이 앞서야 한다. 그도 인정하듯이 이때에 양자가 반드시 대칭적일 필요는 없다. 최량의 리얼리즘조차 최량의 모더니즘에 포섭된다는 '광의의 모더니즘'론도 얼마든지 가능하고, 최량의 모더니즘일지라도 최량의 리얼리즘에 의한 극복대상이라는 — 70년대 이래 우리 평단에서 많은 사람들이 공들여 가꾸어온 — 리얼리즘론도 가능하다. 요는 논자 나름의 분명한 구도를 밝히면서 그 안에서 김수영이면 김수영이 — 그리고 70년대 이래의 시인으로 국한하더라도 고은이나 김지하, 백무산, 황지우 등등이 각

198

각 — 정확히 어떤 자리를 차지하는지를 보여주는 일이다. "어떤 사물에 이름을 붙일 때, 그 이후 사물을 대신한 이름이 이름의 연쇄를 구성할 때, 이름은 사물로부터 미끄러져 사물의 소외가 깊어지기도 한다. 리얼리즘/모더니즘을 대칭적으로건 비대칭적으로건 차이 속에 정의하려는 노력을 통해 얻어진 리얼리즘과 모더니즘의 집단정체성은 상상된 또는 창안된 표지이기 쉽다"(633면)라는 일반론으로 대신할 일은 아닌 것이다.

최원식의 이번 글에서 전반적으로 감지되는 것은, 단지 리얼리즘론뿐 아니라 민족문학론을 포함한 여러 비평담론의 근년의 지지부진한 행보가 가져다준 좌절감과 피로감이 아닌가 한다. 여기에는 80년대에 그토록 열 띠게 소모적이던 논쟁에 시달린 후유증도 없지 않을 듯하다. 그 점에서야 나도 동병상련의 심경이지만 이것이 괴롭고 성가시다고 벗어던질 짐도 아니라는 생각이다. 최원식의 회통론에 열정은 없고 피로만 있다는 말은 아니다. 회통을 바탕으로 "낡은 사회주의의 붕괴와 브레이크 없는 자본의 질주를 가로질러 창조적인 우리식 어법을 탐색하는 것"(636면)이 그의 적극적 기획이며, 이는 나 또한 깊이 공감하는 대목이다. ('지공무사'라든가 '각성한 노동자의 눈' 들도 '우리식 어법'을 지향한 내 나름의 떠듬대는 모색의 결과이며, '남한의 국민문학을 겸한 전체 한민족의 민족문학'도 서구어로 직역이 불가능한 문구다.) 요는 우리식 어법이 제대로 개발되기도 전에 리얼리즘의 담론을 버릴 수 있느냐는 것이다. 무릇 어떤 낱말을 쓰기로 하면 내가 원하지 않는 온갖 때가 함께 묻어오듯이, 때묻은 낱말을 버릴 때도 내게 긴요한 알맹이마저 잃게 되는 것이 얼마나 흔한 일인가.

우리 문학에서 그간 '리얼리즘/모더니슴의 대립'을 통헤 추구해온 문제의식의 핵심은, 90년대 와서 친숙해진 언어로 바꾸면 '근대적응과 근대극복의 이중과제'를 추구하는 데 가장 적합한 문학이념이 무엇이냐는 것이다. 최원식 자신이 '광의의 모더니즘'이 대안이 되지 못한다고 보는 이유로 "자칫 근대에의 투항으로 떨어질 소지가 다분하다"(632면)고 했는데 바로 그거다. 버먼의 저서(*All That Is Solid Melts Into Air: The Experience of Modernity*, 1982)를 보더라도, 근대의 문제점들에 대한 절실한 인식이 모더니즘 예술의 특징으로 되어 있지만, 그러한 문제점들을 안은 채 거의 무한정으로 지속되면서 모든 변혁적 사상과 운동조차 '녹여버리는' 것이 근대로 설정되어 있다(예컨대 제2장의 맑스론 참조). 물론 이 점에서 리얼리즘론의 실적도 흠집투성이다. 실증주의적 사실주의가 근대극복보다 근대적응에 몰두하는 이념이라면, 사회주의리얼리즘은 스스로 근대주의를 완전히 청산 못한 채 서둘러 근대극복의 성취를 선포했다가 파산한 예이다. 하지만 어쨌든 근대극복이 우리의 숙제이고 이는 낭만주의적 근대거부를 껴안으면서 넘어서는 '변증법적 성취'를 요구한다. 그리고 이처럼 근대적응과 근대극복을 둘이 아닌 하나의 과업으로 수행하는 데 미달하는 비판과 고뇌, 절망 또는 체념은 제아무리 진정성과 멋스러움으로 빛날지라도 '모더니즘'이란 범주 속에 총괄하여 또다시 넘어설 필요가 있는 것이다. 루카치식 리얼리즘론만 해도 바로 그러한 기본적 문제의식은 여전히 유효하다. 예컨대 '자연주의와 모더니즘의 연속성'이라는 루카치의 명제가, 우리가 말하는 이중과제의 맥락에서 통상적 리얼리즘과 통상적 모더니즘이 굳이 '회통'을 꾀할 필요도 없는 이미 '한통속'임을 날카롭게 보여주는 것도 우연이 아닌 것이다.

7. 민중문학론과 '각성한 노동자의 눈'

민족문학론을 보완하며 견제하기도 해온 또하나의 상대는 앞서 말한 대로 민중문학론이었다. 그런데 90년대에 거의 실종하다시피 한 것이 바로 민중문학론이다. 모더니즘에 대한 관심도, 80년대 논자들의 독단적 폄하에 대한 보상의 성격이 있기는 했으나, 이런 실종사태와 무관하지 않을 듯하다. 윤지관도 지적하듯이 30년대 모더니즘운동의 실패를 논하는 자리에서조차 곧잘 빠지는 사항이 "지식인의 고립과 민중운동의 힘과의 단절"(「1930년대 모더니즘을 보는 눈」, 『현대 한국문학 100년』, 642면)이며, 김수영에 대한 최근 흔해진 일방적 찬사에도 민중담론의 약화가 작용하고 있는지 모른다.

그리고 보니 나 자신도 '각성한 노동자의 눈'을 말한 지가 한참 되었다. 물론 이 문구(「민중·민족문학의 새 단계」에서는 '각성된 노동자의 눈'으로 표현— 『민족문학의 새 단계』, 37면)는 당시 '남한 노동자계급'의 각성을 과장하는 평론가 및 운동론자 들의 '새 단계'론에 반대하는 취지로 쓰였고, 한국의 경우 진정으로 각성한 노동자들의 운동력은 "어디까지나 광범위한 국민대중에 의한 민주화운동·통일운동의 연대성을 강화시키는 성질"(38면)이라는 주장의 일부였다. '각성한 노동자의 눈'이 어째서 한반도 및 남한에서 열린 실천의 장에서는 '노동자계급'보다 '민중'을 담론의 중심에 두고 심지어 '국민대중'과도 일치할 수 있어야 하는지를 이론적으로 해명하는 데는 분단체제론과 세계체제론의 좀더 정교한 전개가 따라야 했다. 그러나 제대로 각성한 노동자라면, 80년대식 '선진노동자'가—또는 그의 이름을 내건 급진적 지식인이—요구하던 '노동해방문학'이나 '민중적 민족문학'보다는 "본격적 장편문학"(같은 곳)을 위시한 좀더 다양하고 풍성한 예술적 성취를 택하리라는 주장은 지금 돌이켜보건대 평범한 상식에 가깝다.

오히려 현시점에서는 어째서 굳이 '노동자'냐는 의문이 앞서기 쉽다. 여기서 중요한 것이 문자 그대로 전지구적인 시각이다. '세계화'가 진행되는 오늘의 세계는 어느 특정 지역(예컨대 구미 선진국이나 동아시아의 일부)에 시야를 국한했을 때보다도 빈부의 격차가 현저히 확대되어가는 세계이며, 그것도 (국지적인 예외가 있지만) 주로 노동하는 사람들이 가난해지고 놀고 먹거나 있는 돈을 놀리고 사는 사람들이 부유해지는 세상인 것이다. '노동자의 눈'은 두말할 나위 없이 이런 세상이 부당하며 극복되어야 함을 꿰뚫어본다. 나아가, '지식사회'가 되고 '정보화사회'가 된다고 해서 노동이 근절될 수 없으며 되어서도 안됨을 인식한다. 물론 이런 인식이 누구에게나 저절로 생겨나는 것은 아니다. 노동이 근절될 수 없다는 인식은, 한편으로 정보화의 과정에서 얼마나 많은 궂은일이 세계의 다른 지역이나 국내의 외국인노동자 등 눈에 덜 뜨이는 영역으로 옮겨지고 있는지에 대한 통찰을 요하며, 다른 한편으로 정보화의 진전이 자본 위주로 진행될 때 정보와 인간노동의 분리 또한 위험수준을 초과하여 인류의 다수가 부적격품(triage)으로 폐기처분되는 문명궤멸의 날이 올 수도 있다는 위기감각도 필요하다. 노동이 근절되어서도 안된다는 주장은 바로 이런 위기감각의 다른 표현이기도 하지만, 그와 동시에, 지식과 여가만 있고 노동이 근절된 상태를 이상화하는 유한계급적 발상을 거부하고, 몸과 마음이 함께하는 노동이야말로 삶의 보람이며 적당한 여가의 즐거움은 이와 떼어 생각할 수 없는 것이라는 노동자 특유의 — 하지만 어디까지나 유한계급 이념의 미망에서 벗어난 각성한 노동자의 — 노동관을 내포하고 있다.

다시 말해 '각성한 노동자의 눈'은 근대 세계체제와 현행 세계화과정에 대한 발본적 대안을 제시하는 입장을 뜻한다. 그러나 섣부른 계급운동으로 치닫는 것은 참다운 각성과 거리가 멀다. 온전한 의미의 '노동자계급'은 세계경제를 단위로 해서만 논할 수 있고 그 차원에서는 아직도 형성중인 계급인만큼, 촛점을 좀더 광범위한 '민중'에 두는 운동노선이야말로 각성한 노동자의 당연한 선택이다. 더구나 한반도의 경우는 분단체제의 존재로 인해 일국단위 계급운동의 효용성이 더욱 불투명한만큼, '국민대중'에 폭넓게 호소하는 중도적 내부개혁 및 분단체제극복 운동이 요구되는 것이다. 그렇다고 이것을 일시적인 연합전선으로만 볼 일도 아니다. 정보화가 진행될수록 노동자와 지식기술자를 겸한 인구가 늘어나게 마련이며, 자본의 규모가 커질수록 진정한 노동계급은 항산(恒産)이 없어 항심(恒心)도 결한 적빈자집단이 아니라 가진 것이 아주 없지 않으면서 항심을 잃을 정도로 많지도 않은—동시에 궁핍화의 위협을 무엇보다 항심에 대한 위협으로 인식하고 저항하는—층으로 구성된다. 다시 말해 계급운동론자들에 의해 흔히 전략상의 연합체로만 인식되는 '민중'이 실은 목하 형성중인 전지구적 노동계급의 실체인 것이며, 이들의 전면적 산업노동자화나 절대빈곤화가 아니라 오히려 노동하는 인간으로서의 자기인식을 수반하는 지식화와 실력양성이 해방의 관건이 되는 것이다.

8. 정보화시대와 문학

따라서 '각성한 노동자의 눈'은—'눈'이라는 시각기관에 치우쳤다는 문제점은 있으나—분단체제론과 민족문학론, 그리고 이들이 내건 '이중과제'의 기준에 비추어도 유효한 개념이다. 나아가, 세계문학 자체가 위협받는 시대에 문학의 옹호에 특히나 유력한 개념이기도 하다. 이 논지를 제대로 펼치기에는 허용된 지면이나 개인적 준비가 다 모자라지만, 한두 가지 가설을 제시함으로써 글을 마칠까 한다.

문학을 포함한 일체의 진지한 예술을 위협하는 현상으로 쉽게 눈에 띄는 것은 상업주의·소비주의다. 하지만 그 저변에는 정보화라는 더욱 기본적인 대세가 있다는 주장도 만만찮으며, 특히 문학의 경우는 새로운 매체들의 발달로 남다른 곤경에 처해 있음이 지적된다.

'정보화'에 관해서는 지식과 정보가 인간의 창조적 노동과 결합하느냐 분리되느냐가 문제의 핵심임을 앞에서 지적했다. 알음알이가 깨달음의 일부가 되고 삶의 방편이 되어야지 노동을 소외시키는 자본의 일부가 되어서는 안된다는 문제의식인 것이다. 이는 알음알이를 무조건 배격하는 태도와 다르며, 정보화의 대세를 외면하는 어리석음과도 무관하다. 예술론으로 말한다면, 작품의 인식적·반영적 기능을 중시하면서도 이를 창조성 그 자체와는 구별하는, 우리 문단에도 이제는 결코 낯설지 않은 종류의 리얼리즘론과 합치하는 자세이다.

새로운 매체들의 비약적인 발달에 관해서도 그 대세를 몰라라할 길은 없다. 다만 이로써 문학의 위축과 궁극적인 몰락이 불가피해진다는 주장은 몇가지 중요한 사실을 간과한 것이 아닌가 싶다. 우선 오늘날 매체발달의 양상이 매체 자체의 내적 논리뿐 아니라 매체의 소유관계에 의해 결정되고 있다는 점이며, 이것이 당분간 어쩔 수 없는 현실이라 할지라도 문학과 시각매체·영상매체를 상호배타적인 것으로 설정하는 사고방식에 문제가 있다. 엄밀히 말하면 문자도 시각매체려니와, 그런 '법률가적' 논리를 떠나서도 문학예술과 문자문화가 거의 동일시된 것은 서양에서도 인쇄술이 발달하고 시민계급이 득세한 최근 수백년의 일이다. (동아시아의 전통사회에서는 나랏말과 상이한 문자의 비중이 유달리 높았던 조선의 경우가 예외였을 것이다.) 서양문학이 자랑하는 셰익스피어의 희곡만 해도 연극이라는 그 시대 '멀티미디어 예술'의 대본이 아니었던가. 이제 새로운 매체들의 발달로 문자문학의 절대적 우세가 끝나게 되었다고 할 때, 우리는 먼저 언어예술로서의 문학과 문자문화로 국한되는 특정 문학장르들은 별개라는 점을 상기할 필요가 있다. 영상매체를 포함한 오늘의 뉴미디어에서 언어의 비중이 커지고 그 예술적 수준이 높아지는 가운데, 연극이나 영화는 물론 예컨대 뮤직비디오나 컴퓨터게임의 틀을 활용한 문학(=언어예술)의 새로운 꽃핌이 없으란 법이 어디 있는가. 다만 이를 위해서도 주로 문자로 남은 문학유산을 활기차게 간직하고 새로운 축적을 계속해야 할 것이며, 무엇보다 새 매체들과 언어예술의 결합이 '각성한 노동자의 눈'에 부합하게 진행되어야 할 것이다.

2000년대의 한국문학이 이 과정에서 어떤 공헌을 할 수 있을까? 자본이 주도하는 세계화와 정보화가 한창인 시대에 새 매체에 대한 성급한 기대는 금물이다. 전통적인 문학유산에 대해서도 우리의 빈곤을 실상대로 인식할 필요가 절실하다. 그러나 민족문학운동이 진행되어온 지난 몇십년간 한국문학의 활기는 이른바 선진국에서도 부러워하는 남다른 데가 있다. 분단체제극복이라는 세계사적 의의로 가득 찬 과업을 수행중인 우리는 새로운 십년대에 이제까지의 실적을 능가하는 성과를 내는 일이 불가능하지는 않을 것이다.

〈2000〉

| 덧글 |* '단상' 후기

지난번 강화도에서의 활발한 토론에 이어 한기욱, 김이구 두 분이 전자그물망에 보충질의와 논평을 올려주셔서 참으로 풍성한 잔칫상을 받은 기분입니다. 이 '후기'가 소찬의 답례라도 되기를 바랍니다만 여관집 밥상처럼 가짓수만 늘어나지 않을까 걱정이군요. 아무튼 진정석형의 발제에서 제기된 문제들부터 다루면서, 연관된 질문이나 논평을 가급적 묶어서 언급하도록 하겠습니다. 조금이라도 읽기 편하시도록 중간제목도 달기로 합니다만, 너무 긴 글을 올리게 되어 적이 민망스러운 느낌입니다.

1. '이중과제'에 대한 되풀이말

'이중과제'는 요즘 우리가 자주 쓰는 용어니만큼, 토론장에서의 발언을 되풀이하는 게 되더라도 다시 짚고 넘어가렵니다. '근대적응'과 '근대

---

* 앞의 글이 『창작과비평』지에 발표된 후 창비 편집진 연수회가 열렸고 발제와 토론 과정에서 이 글에 대한 여러가지 언급이 있었다. 거기서 미처 다 못한 말과 이후에 떠오른 나의 생각들을 정리하여 「'단상' 후기」라는 제목으로 창비의 내부 인터넷 게시판에 올린 바 있는데, 그 내용을 여기 '덧글' 형태로 소개한다.

극복'이라는 별도의 두 과제를 동시에 수행하는 것이 아니라, 이것이면서 저것이기도 하며, 이것이 아니면 저것도 성립이 안되는 '이중적 성격의 단일과제'라는 점이 중요합니다. (영어로는 double project라고 단수를 쓰기 때문에 '두 개의 과제'가 아닌 점이 더 잘 나타나는 셈이지요.) 따라서 양자간의 선·후도 없습니다. '극복' 작업의 성격이 결여된 '적응'은 — 세계체제 변방에서 우선 그렇지만 실은 중심부에서도 장기적으로는 마찬가지인데 — 적응으로서도 실패하기 마련이고, '적응'의 작업이 못되는 '극복'이 성사될 수 없음은 너무나 뻔한 일입니다.

'성취'라는 말이 '적응'보다 더 주체적이고 그럴듯하다고 느끼는 분들이 없지 않습니다만, '적응'이 더 정확한 표현임도 토론장에서 강조한 바입니다. '근대성'이라고 하면 정의하기에 따라, 즉 근대 세계체제의 중심부가 이룩한 특정 가치들로 정의할 경우, '성취'가 맞을 수도 있습니다. 하지만 '근대'라고 하면 그러한 의미의 '근대성'과 온갖 다른 요소들을 아울러 지닌 채 우리에게 운명처럼 안겨진 상황이요 시간이니만큼, 적응하고 감당하며 끝내는 극복에 성공할 일이지 '성취'의 대상만은 아닌 것입니다.

2. '이론비평'과 '실제비평'

그날 답변한 또 한가지 사항은 "민족문학론의 하위범주, 분석도구를 한층 정교하게 가다듬을 필요"에 관해서였습니다. 이 또한 우리들 자신이 인식을 정리할 여지가 남은 문제이고, "이론비평과 실제비평의 괴리"라든가 "체제론과 문학론(미학)의 불균등 발전" 등 진정석형의 다른 지적들과도 직결된 문제기 때문에, 약간 부연하겠습니다. 당시에 저는 체계적 이론의 정립이라면 사양하겠고 차라리 문학비평의 실행을 통해 보완할 일로 설정하고 있다고 말씀드렸습니다. 저 자신이 이론작업을 안한 사람은 아니고 앞으로 전혀 않겠다는 말은 아닙니다. 또 저의 이론작업이 (그 수준이야 어떻든) 현실/허구/가상현실이라든가 (김상환교수가 언급한) 언어의 성격 같은 주제를 외면했던 것도 아니지요. 그러나 메타비평의 영역에서 제가 써낸 몇편의 주된 논지는 '이론'에 대한 '비평'의 우위 또는 우선성이었습니다. 다시 말해 '이론비평과 실제비평의 괴리'가 없는 '훌륭한 비평'이 근대철학에서 이해하는 '이론'보다 한층 근원적인 작업이라는 것이지요. 따라서 90년대의 저의 작업을 두고 분단체제론에 비해 문학분야에서의 성과가 부족했다는 비판이라면 몰라도, 이를 '문학이론 또는 미학의 저개발'로 설정하는 발상에는 동의하기 어렵다는 겁니다.

'이론비평과 실제비평의 괴리'가 언급된 문맥은 진정석형이 '공정한 평가를 저해하는 것들'에 몇가지를 추가하는 대목이었습니다. 실제로 이론주의의 창궐은 80년대나 90년대나, 정치적 성향의 차이만 있을 뿐 줄곧 우리 평단의 병폐 가운데 하나였습니다. 그러나 이건 크게 보아 '개인 역량' 범위에 넣을 수 있겠다 싶어 「단상」에서는 따로 언급하지 않았고, 했더라도 저는 마치 '이론비평'과 '실제비평'이 따로 있다는 듯한 표현은 피했을 것입니다. 있는 것은 훌륭한 비평과 그렇지 못한 비평이고, 후자 가운데 이론과잉으로 실패한 비평과, 이론적인 모색이 결여되어 자기도 모르게 남의 이론에 맹종한 답답한 작품읽기가 있는 거지요. 앞으로 평론가의 저서를 놓고도 '이론비평과 실제비평의 괴리'가 없는 훌륭한 논의들이 많이 나오기를 기대합니다. (여담입니다만, 신문 문화면 같은 데를 보면 오해가 심한 듯하여 한마디 덧붙이는데, 남의 비평에 대한 이러한 재비판은 어디까지나 비평이지 메타비평이 아닙니다. 후자는 '비평이란 무엇인가'라는 질문을 추구하는 이론작업이지요. 그러나 창작이 어떤 의미로 비평작업을 내포하듯이, 비평에도 메타비평 작업이 다소간에 함축되어 있겠지요.)

3. 문학의 전문성과 '미적 근대성' 문제

발제문에 "문학의 제도적 자립화"(1면), "미적 근대성의 이중적 함의"(2면) 등으로 요약된 문제는 매우 중요한 것들인데 언급할 기회가 없었습니다. 전자는 최원식교수가 언젠가 최근 한국문학에서 '국사의식(國士意識)의 쇠퇴'를 오히려 환영했던 바와 상통하는 의식이고, 후자는 하버마스의 '근대성 — 미완의 기획' 논의에서 근대에 진행된 생활세계의 분화작업과 그에 따른 전문화를 받아들이면서 재통합을 추구하자는 발상과 연결되는 것 같습니다. 둘다 '이중과제' 수행에 절실한 요소를 지적했다고 생각되는데, 다만 '근대의 완성'이 아닌 '근대의 극복'을 추구하는 입장에서는 '분화를 거친 재통합'을 어찌해볼 수 없는 과정으로 체념하고 있을 게 아니라 '분화에 대한 창조적 저항'도 곁들일 수 있어야 하고, 왕년의 국사의식이나 계몽주의와 근대작가로서의 직업의식을 종합하는 새로운 중도(中道)를 찾을 필요가 있으리라고 믿습니다.

이는 '민족문학론의 고답주의'에 대한 진형의 물음과도 무관하지 않습니다. 실제로 민족문학론을 펼치는 많은 사람들이 선비기질이랄지 국사의식이랄지, 여하튼 요즘 세상에서는 고답주의의 혐의를 받을 소지가 다분합니다. 그래서 민중문학론을 동시에 펼치더라도 실제 민중과는 거리가 멀다는 느낌을 곧잘 풍깁니다. 하지만 이것 역시 '개인 역량'의 문제지, 원칙상으로는 늘상 '대중화'를 화두로 붙들고 있었던 것이 (민중문학론은 더 말할 것 없고) 민족문학론이요 리얼리즘론입니다. 다만 그것은 화두였지 처방은 아니었습니다. 자본주의 아래서 실재하는 대중을 지배하는 대세는 저항의 대상으로 삼아야 했고 지금도 그러하기 때문에 대중추수가 아닌 대중화를 찾아야 했던 것입니다. 상당한 실세를 지닌 대중적 저항운동과 의식 또는 무의식적 연대가 없는 상황에서 진정한 리얼리즘 예술이 꽃피기 힘든 이유도 거기 있습니다.

따라서 모더니즘 예술의 한계와 관련해서 '민중운동의 힘과의 단절'을 지적한 윤지관씨의 발언과 관련하여 진정석형이 리얼리즘도 매한가지 아니었는가라고 반문한 것은 정곡을 찌른 비판은 아니었습니다. 특정 리얼리스트 또는 리얼리즘 운동에서는 얼마든지 그럴 수 있으나, 민중운동과의 연계를 태생적으로 요구하는 예술이념과 그렇지 않은 이념의 차이를 식별할 필요는 여전히 남는 것입니다.

그밖에도 중요한 지적이 많았습니다. 특히 작가와 작품에 대한 구체적인 논의가 더 있어야 한다는 발제자 및 여러 토론자의 말씀을 전적으로 수긍합니다. 그러나 읽는이들이 너무 긴 '후기'를 원하시지 않을 터이니 다른 분들이 주로 언급하신 문제로 넘어가겠습니다.

4. 민족문학론의 '중심성' 문제와 '새 단계'설

민족문학론 — 또는 민족문학론/리얼리즘론/민중문학론이라는 '3두마차' — 의 중심성 내지 구심작용 문제에 여러 발언자가 관심을 표하셨지요. 이는 한기욱교수의 보충질문이 언급하는 '단계' 문제와 직결된 것이기도 합니다. 토론장에서 말씀드렸듯이 저는 1두마차든 3두마차든 특정 문학담론이 지배적인 위치를 차지하던 시대는 (다행히도) 지났다고 봅니다. 「단상」에서도 "이제 문학담론의 새로운 다원화 현상이 벌어지는 시기”를 말했지요. 그런데 바로 이어서, 오늘날 한반도에서 다양한 사회운동들이 분단체제극복 운동을 중심으로 상호연대할 필요성을 전제하면서, "'분단체제극복에 기여하는 문학'의 대명사로서의 '민족문학'은 여전히 그 중심성을 내세움직하다"라고 썼기 때문에, 금세 딴소리를 하는 게 아닌가 하는 의혹을 샀을 수도 있습니다. 그러나 거기 '참조'를 부탁드린 졸문 「분단체제극복운동의 일상화를 위해」를 읽으신 분은 아시겠지만 예의 '상호연대'는 한때 모든 운동을 '민족민주운동'의 단일조직으로 통합하자던 발상과는 전혀 다른 것입니다. 마찬가지로 '분단체제극복에 기여하는 문학'이라는 개념도 너무나 복잡하고 유동적이어서, 다른 여러 논의들을 한반도의 현실에 입각해서 서로 연결짓는 기능을 발휘할 수는 있을지언정 저들을 하나의 논의로 수렴할 수는 없는 것입니다. 리얼리즘론과 민중문학론이 추가된 '3두마차'라도 마찬가지고요. 다만 스스로 주력해왔던 논의들을 재점검하는 자리였기 때문에, 생태학적 상상력론이나 페미니즘 문학론 등 다른 논의를 따로 제기하지는 않았습니다.

'중심성'에 대해 유재건교수는 좀 다른 각도에서 질문하신 것을 기억합니다. 이런 논의들이 창작자에게 지나친 부담감을 주지 않겠느냐고 하셨지요. 그러잖아도 창비가 독자와 작가에게 부담을 많이 주는 잡지로 유명하고 그중에서도 이 백아무개의 공해가 악명높은 판에 그 질문은 깊이 새겨둘 만합니다. 저로서는 우선, '문학담론의 다원화' 시대가 왔음을 인정한 이상 저 자신의 담론도 다양화할 생각이며, 이번에 재론한 그 세 가지만을 계속 밀고나갈 의향이 아님을 말씀드리고자 합니다(물론 김상한교수의 '간단한 질문'이 주문한 바 포스트모더니즘론을 겸하는 리얼리즘론은 더 써볼 욕심을 갖고 있습니다만).

그런데 평론이 작가에게 주는 '부담감'이라는 것도 몇가지로 나눠서 생각해볼 필요가 있을 듯합니다. 첫째는 객관적인 상황이 중심성을 내세울 형국이 아닌데 중심성을 고집하는 비평이 지닌 부담감입니다. 이것은 물론 부당한 억압이지요. 개인적인 아집이나 부정직성(또는 '치기와 맹목'!)이 낳는 나쁜 비평의 폐해나 마찬가지로 우리 모두가 비판하고 불식해야 합니다. 그러나 문제가 이렇듯 간단치만 않은 것이, '중심성' 자체가 상대적 개념이거든요. 누구나 자기 담론이 어느정도는 중심에 자리할 가치가 있다고 믿을 때 기운이 더 나는 것이고, 실제로 '일정한 중심성'을 지니는 경우가 있겠습니다. 그런 경우 도를 지나치면 억압이 되듯이 불급해도 패기부족이 되지요. 때로는 약간의 억압성도 필요악으로 참아줌직합니다. (박명규교수가 '공정한 평가를 저해하는 것들'의 사례로 민족문학론 등도 거론하는 서술방식을 제의하셨는데, 이들 담론의 폐해를 일부 인정하면서도 제가 그런 방식을 채택하지 않은 것은 애초의 구도가 달랐기 때문만이 아니고, 특정 상황에서 민족문학론이 가졌던 특정 정도의 억압성을 좀더 '목소리가 낮은' 담론이 그 상황에서 다른 방식으로 행사했던 억압성과 대비해야 하는 등, 이야기가 복잡해지기 때문이었습니다.)

　게다가 비평이 과불급 없이 잘 되었을 경우에도 작가가 일반독자가 아닌 작가이기 때문에 느끼는 부담감은 남다를 수 있습니다. 평론을 읽다보면 작가가 이랬어야 한다 저랬어야 한다는 말투가 곧잘 보이므로 더욱이나 그렇지요. 그러나 저 자신은 이런 말투는 어디까지나 말투일 뿐이고, 평론의 본분은 한 사람의 (비교적 훈련이 잘 된) 독자가 자신이 읽은 작품에 관해 다른 독자들(작가도 포함되지만 주로 불특정 다수의 독자들)과 더불어 가급적 유익한 토론을 벌이는 일이라 믿고 있습니다. 작가가 이걸 자기를 겨냥한 충고나 '지도'로 오인해서든, 그게 아닌 줄 알면서도 저자로서 과민할 수밖에 없는 것이든, 이 세번째 종류의 부담감은 작가생활의 피치 못할 짐일 따름입니다. (그러나 작가에게 이런 종류의 부담감 외에 다른 종류의 부담은 안 주는 평론가는 참으로 뛰어난 평론가지요.)

　'문학담론의 다원화 현상'으로 돌아가서, 이러한 상황의 시초가 87년 6월항쟁의 성과로 주어졌다는 것이 저의 인식입니다. 당시에 그런 인식에 충분히 도달해 있었다는 말이 아니라, 80년대말부터 내놓은 '새 단계'설에 대해 그러한 추가설명을 덧붙일 수 있겠다는 것입니다. 이 생각이 옳다면 90년대말~2천년대초의 상황이 또하나의 새 단계랄 수는 없고, IMF사태라든가 다른 어떤 계기를 분기점으로 하나의 새로운 국면이 열렸다고 볼 수는 있을 것입니다. (김이구형의 논평도 비슷한 인식에 따른 것이 아닐지요?) '각성한 노동자의 눈'이 6월 이후의 국면에서 자유주의적 개혁론을 포함하는 '종합'을 요구하는 관점이었듯이 현국면에서도 발본적인 시각과 중도적 실천노선을 결합하는 개혁 겸 변혁 운동을 요구하기는 마찬가지라 믿습니다.

　이 과정에서 '신자유주의'의 역할과 위상에 대해 한기욱교수가 질문하셨는데, 신자유주의가 '인간의 가면을 벗어던진 자본주의'라고 한다면 구자유주의는 '인간의 가면을 쓴 자본주의'와 '인간의 얼굴을 갖고자 하는 자본주의'의 양면이 있다는 게 제 생각입니다. 예의 '종합'을 통해 가면은 벗도록 만들면서 '갖고자 하는 바'를 '가질 수 있게' 해주는 현실적인 길 ― 장기적으로 자본주의 세계체제의 변혁을 전제하면서 그 중·단기적 존속에 적응하기도 하는 길 ― 을 제시해야겠지요. 그러니까 신자유주의와의 투쟁은 어디까지나 이런 복합적 투쟁의 일부일 것입니다. 그리고 분단체제극복 과정이 92년의 기본합의서 발효나 작금의 대북화해협력정책보다 한층 결정적인 고비를 넘긴다면 그때는 '종합'의 양상이 한결 달라져야 할 것이고 또하나의 '새 단계'를 말할 수 있지 않을까 싶습니다.

5. '각성한 노동자'와 항산·항심

'각성한 노동자의 눈', 그리고 노동자계급과 민중, 계급의식과 '부적
격' 인간의 양산 등등의 문제를 두고 여러 분의 질문이 있었습니다. 지금
저로서는 감당하기 힘든 문제도 많습니다. 우선은 임형택선생께서도 잠깐
물어보신 항산(恒産)과 항심(恒心)의 관계를 중심으로 풀어나갈까 합니다.

전통적인 항산론은 최소한 자급자족이 가능한 자작농 — 또는 좀더 사
대부층 위주로 생각한다면 최소한의 봉제사(奉祭祀) 접빈객(接賓客)을 허
용하는 자작농토 더하기 소작료수입 — 정도를 항심 지키기에 필요한 소
유로 본 듯합니다. 반면에 다수의 전통적 맑스주의자들은 사유재산이 없
어야 항심(=보편계급으로서의 프롤레타리아 계급의식)이 가능해진다고
주장했다고 생각됩니다. 맑스 자신의 입장이 그랬는지는 의문입니다만.
어쨌든 항심을 지키는 데 필요한 재산의 분량과 성격은 시대상황에 따라
달라진다고 믿습니다. 물론 개인의 수양 수준에 따라서도 달라지고요. 현
대사회에서는 생산수단의 소유라는 기준으로 보면 자작농토는 가장 항심
이 없다고 알려진 소부르주아 계급 표준의 재산에 불과합니다. 중소기업
주인들도 대동소이고요. 그렇다고 대기업의 지배자들이 더 나은 위치인
가? 그것도 아닌 것이, 이들이야말로 '항심을 잃을 정도로 재산이 많은' 사
람의 표본일 것입니다. 그렇다면 '사유재산' 일반이 아닌 '사회적 생산수
단의 사적 소유'가 항심에 방해된다는 명제가 바야흐로 타당성을 주장할
수 있는 시대가 도래한 셈입니다.

그러나 생산수단으로부터 소외되는 데 그치지 않고 적빈에 떨어진 사
람, 특히나 지식이라는 무형의 재산마저 완전히 빈털터리인 사람이 항심

을 갖기도 그 어느때보다 힘든 세상이 현대사회입니다. (특별한 수도자는 별도고요.) 동시에 생산력의 발달과 더불어 일정정도의 생활근거를 확보하기는 비교적 쉬워진 면도 있습니다. 더 중요한 점은, 항심에 필요한 항산이 꼭 법률상의 사유재산이어야 하는 건 아니라는 것입니다. 사회보장, 공공재산의 이용에 대한 민주적 권리, 사유재산의 자의적 사용에 대한 정치적 규제, 이런 것들이 확대될수록 개인의 실질적 재산은 늘어나지요. '보편계급'으로서의 사명을 다할 수 있는 '무산계급'은 바로 이런 의미로 최소한의 개인재산과 적잖은 자동적 권리, 그리고 독점권을 주장하지 않는 최대한의 무형재산(=지식과 교양)을 지닌 집단일 것입니다. 「단상」에서 "노동하는 인간으로서의 자기인식을 수반하는 지식화와 실력양성"(『창작과비평』 2000년 봄호, 229면) 운운한 것은 이를 염두에 둔 말이었습니다. 빈곤층의 '부적격품화'가 그에 위배됨은 짐작하시겠지요. 우리가 빈부격차 확대에 맞서 싸워야 하는 것은 단기적으로 '사회안정에 필요한 중산층 보호'라는 목표도 전적으로 배제할 일은 아니나, 길게 볼 때 인간해방의 변혁사업을 위한 것입니다.

세계체제 차원에서 형성중인 노동자계급이라는 개념은 세계체제론에서는 친숙한 개념입니다. (저의 졸고를 너무 여러 개 거론했기에 언급을 생략했습니다만 「분단시대의 계급의식」이라는 글에서 이 문제를 논한 바 있습니다.) 앞에 그려본 식으로 항산의 성격이 바뀌고 항심을 지닐 수 있는 인구가 늘어난다면, 현재 잡다한 연합체로밖에 볼 수 없는 '민중'의 절대다수가 '노동자계급'으로 형성되는─톰슨(E. P. Thompson)저 의미로 사기형성을 하는─시기도 내다볼 수 있습니다. 이 계급은 산업노동자층만도 아니고 적빈자집단도 아닐 테니까요. 민중이 그러한 전지구적 노동자계급으로 변모하면서 지금은 넓은 의미로 민중층에 속하지만 그 과정에서 자산가계급으로 상승하는 부류도 없지는 않을 것입니다. 하지만 이는 요즘 우리 사회에서 흔히 들먹이는 민중/시민(운동)의 구별과는 다른 것이지요. 시민운동에 참여하는 대다수가 아직 노동자계급은 아니지만 광의의 민중(즉 소수 특권층을 제외한 인민대중)으로 이해하는 것이 저 자신의 인식입니다. 이들을 다시 '민중'과 '시민'으로 구별할 근거가 지금의 현실 속에 아주 없지는 않다 하더라도, 그것은 극히 유동적인 현실에 대한 단기적·피상적 파악에 지나지 않습니다. 그런데도 이 구별에 집착하는 것은 이른바 재야민중운동 단체들의 타성인 동시에 시민운동가들(및 소위 중산층)이 곧잘 빠지는 허위의식이라 생각합니다. 전지구적 항심집단의 형성을 저해하는 요인 가운데 하나지요.

'각성한 노동자의 눈'이 문학비평의 실행과정에서 어떤 실익을 가져다주느냐는 것은 또다른 문제입니다. 김이구형은 예컨대 박노해의 『노동의 새벽』이 발표되던 시기에는 현실성이 더 있었다고 하셨는데, 이 표현이 세인의 관심을 모으기 쉬웠다는 점에서는 물론 그렇지요. 하지만 당시 저의 표현은 박노해의 작업을 부각시키면서 그 작업조차 성숙한 계급의식에는 미달했다는 취지를 담은 것이었고, 이 취지에 대한 세인의 호응은 별로 크지 않았습니다. 아무튼 지금은 시대적 분위기가 전혀 다른데, 바로 그렇기 때문에 이 표현이 — 물론 그것이 함축한 시대인식이 정당하고 '지공무사(至公無私)한' 비평행위를 저해하지 않는다는 전제하에 — 갖는 또다른 '현실성'이 있을 것입니다. 앞으로 우리 시대의 역작들을 대상으로 이 점을 점검하는 것이 저 개인으로서는 숙제이며, 많은 분들의 동참을 바라마지 않습니다.

장황한 글이 되었습니다. 친절하게 읽어주시고 매섭게 비판해주시기 바랍니다.

2000년 2월 28일

___제2부

선시와 리얼리즘

최근의 고은 시집 세 권을 중심으로

선시(禪詩)와 리얼리즘이 각기 무엇인지 말하기 어렵지만, 둘 사이에 관련을 짓는 일이 수월하달 수는 없을 것이다. 당대의 총체적인 현실을 그려낸다는 식의 문학적 작업이, '불립문자(不立文字)'라 하여 깨달음을 언표하는 일이 부질없어진 선(禪)의 경지와 어울리기 힘들 것 같기 때문이다. 하지만 이런 선의 경지가 일단 시로서 씌어지고 읊어지면 그것은 어쨌든 문학일 테고, 따라서 리얼리즘 문학과의 연관도 전혀 엉뚱하달 수만은 없게 된다.

한편 리얼리즘의 경우에도, 현실의 어느 한구석만을 그럴듯하게 묘사하는 일의 부질없음과 현실의 전부를 인간의 낱말들에 고스란히 담으려는 노력의 허망함을 깨닫는 순간, '불립문자'가 결코 남의 일이 아님이 실감되지 않을까? 또, 실감하고서도 그냥 주저앉아 입 다물고 있을 수만은 없을 때, '시'의 경지에서 어떤 해답을 찾게 되지 않을까? 그렇다면 선시와 리얼리즘 문학은 다시 한걸음 서로 다가서는 셈이다. 실제로 수많은 신승들노 끝끝내 입 다물지 않고, 깨달음의 경지를 노래하며 남을 일깨우는 시 혹은 게송(偈頌)을 남겼던 것이다.

그러나 설혹 모든 리얼리즘문학이 시의 경지를 지향한다고 해도 그것이 곧 짧은 시—상식적으로 이해하는 문학의 한 갈래로서의 시—를 통해 가능한지는 딴 문제다. 더구나 모든 짧은 시가 리얼리즘을 성취할 수 있다거나 성취해야 하는지는 또 한번 다른 이야기가 된다. 나 자신은 한 편의 시에서 '전형성' '현실반영' 등이 얼마나 이루어졌느냐는 리얼리즘론의 통상적 기준보다 그것이 과연 '지공무사(至公無私)'나 '중도(中道)' 또는 '사무사(思無邪)'와도 통하는 차원의 '당파성'에 이르렀는가, 그리하여 '시의 경지'를 획득했느냐가 더 본질적인 물음이라는 의견을 밝힌 일이 있다(「시와 리얼리즘에 관한 단상」, 『실천문학』 1991년 겨울호). 그런데 지공무사한 경지는 실사구시(實事求是)의 정신과 떼어 생각할 수 없으므로, 시인은 전형적이고 총체적인 현실인식을 그가 처한 때와 장소와 목전의 작업이 요구하는 만큼은 작품 속에 담고자 하게 마련이다. 선시라는 특수한 갈래의 작품에서도 그러한 정신이 아예 없다면 시라고 하기 힘들다. 반면에 '현실반영'에 집착하여, 주어진 작업의 장르적 특성을 무시한 채 다른 형식에나 어울리는 사실성 또는 전형성을 요구한다면 이는 선도 아니요 시도 아님은 물론 리얼리즘에서도 벗어나는 길이다. 결국 선시로 분류되는 작품이든 아니든, 그것이 얼마나 '선적(禪的)'이고 얼마나 '리얼리즘적'인지는 개별 작품을 놓고 따짐으로써만 가려질 수 있으며, 선시와 리얼리즘의 일반적인 친화성 여부도 이런 검증을 통해서만 뜻있는 논의가 가능해질 것이다.

1990년대의 한국문학에서 선시와 리얼리즘 문제가 중요한 관심사로 떠오르는 것은, 한편으로 그간의 리얼리즘론을 짧은 시의 영역에까지 확대하여 심화하려는 비평적 노력이 벌어지면서, 다른 한편 80년대의 풍조에 대한 일종의 반발인지, 자칭 타칭의 선시들이 일대 유행을 이루다시피 했기 때문이다. 『뭐냐: 고은 선시(高銀禪詩)』(청하 1991)가 나온 것도 이 무렵이다. 다만 고은으로서는 '선시집'이라고 따로 이름붙인 것이 처음일 뿐 선시라 일컬음직한 시들을 늘상 써왔으며, 이제 와서 『뭐냐』를 펴낸 데에

는 그 또한 시류에 영합해서라기보다, 유행을 탄 요즘의 선시 아닌 선시들
에 일침을 놓으려는 뜻이 강하지 않았을까 싶다.

『뭐냐』 하나만 두고도 그렇지만 특히 뒤이어 나온 『내일의 노래』(창작과
비평사 1992)와 『아직 가지 않은 길』(현대문학 1993)까지를 함께 읽을 때, 고은
의 시에서 선시와 선시 아닌 것을 구별하기란 결코 쉽지 않다. 시인 스스
로도 그의 등단 무렵의 서정시들에 대해 최근 이렇게 술회한 바 있다. "나
의 서정시에는 아주 어설프게나마 선적(禪的)인 요소가 끼쳐들고 있었다.
그러나 이것은 어떤 시에도 거기에 반드시 내재하는 선적인 것에 비하면
유난스러운 특색(特色)이나 이색(異色)이 아닌지도 모른다. 다만 나의 '직
업'이 선종(禪宗)의 승려이기 때문에 그런 특색으로 나를 설명하기 십상이
었음에 틀림없다."(「운명으로서의 문학」, 『고은문학앨범』, 웅진출판 1993, 204~205
면) 그런데 초기의 미숙성을 멀찌감치 떨쳐버린 90년대 고은 시의 특색이
란다면, 그것은 "어떤 시에도 거기에 반드시 내재하는 선적인 것"이 드디
어 튼튼히 자리잡으면서 짧은 시들로서는 쉽지 않은 리얼리즘적 성취마
저 보여주게 된 점이라고 하겠다.

선시는 잘 쓰기도 힘들지만 그 성격상 잘되고 못된 것을 가려서 논평하
기가 무척 힘들다. 그러나 어쨌든 시라는 형태로 펴내놓은 이상 독자는 시
로서의 그 됨됨이를 의식·무의식중에 평가하게 마련이고 비평적 발언을
통해 좀더 원만한 평가를 지향하지 않을 수 없다. 가령 『뭐냐』의 첫번째
시 「메아리」는 어떤가?

저문 산더러
너는 뭐냐

너 뭐냐 뭐냐……

물론 전문이다. 그리고 극도로 말을 아껴야 하는 선시인만큼 제목을 언제나 함께 읽는 것이 중요하다. 그랬을 때 "너 뭐냐 뭐냐……"는 산울림임이 분명하며, '뭐냐' 소리는 점들로 표시된 것처럼 계속 이어진다고 봐야 옳다. 그런데 저문 산더러 너는 뭐냐고 물었으니 대답이 나올 리도 만무하지만, 시집 제목이 말해주듯이 '뭐냐'는 선의 화두(話頭)를 대표하는 질문이다. 사람이 있어 무슨 서술적인 대답을 시도했다 해도 애당초 부질없는 짓이었을 것이다.

하지만 시적 효과라는 면에서는, '뭐냐……'라는 메아리가 번져나가는 가운데 문득 애초의 질문조차 단지 공허한 울림으로만 남게 됨을 느낀다는 점이 중요하다. 말소리가 메아리로 바뀔 뿐 아니라 산과 골짜기마저도 어렴풋한 흔적으로 변해버린다. 그러나 이것만이라면 삼라만상이 헛것이라는 교리에 부합하고 '흔적' 아닌 '실물'이 따로 없다는 탈구조주의의 학설에 어울릴지언정 시로서는 모자람이 있다. "너 뭐냐 뭐냐……"의 메아리로 모든 것이 해소되는 순간을 실감하면서 오히려 저물녘의 산과 들이 되살아오고 그리하여 산이 더욱 산답고 물은 물다워지는 한에서만 한 편의 선시로 완성될 터이다. 또한 '뭐냐'라는 질문의 절실함과 허망함이 일시에 가슴속까지 울려와야 할 것이다.

과연 이 시의 단 몇줄이 이런 시적 작업을 수행하고 있는지는 독자마다 스스로 판단할 수밖에 없다. 실제로 「무지개」("이런 것이 있구나 옷깃 여며")라든가 「종로」("대구 종로거리 지나가다가 활명수를 사먹었다") 같은 한줄짜리 시는 어떤 선적인 경지를 연상시키기도 하고 실제로 참선자의 공안(公案)으로 활용될 수도 있겠으나, 그것이 딱히 '무지개'라는 대상과 결부될 이유라거나 유사 모조품과 구별할 길이 작품 내부에서는 충분치 않다. (반면에 같은 한줄배기라도 「빨래」의 "빨래 펄럭이누나 보살이 보살인 줄 모르며"는 시로서의 의외성과 구체성, 역동성이 충실하다.) 아무튼 실재하는 산이 문득 묘연해지고 뱀허물 벗은 듯 어떤 본래의 깨달음

이 암시되면서도 가을바람 선들거리는 산기슭이 되살아오는 경험은 「산
을 내려오며」에서도 마주치는데, 여기서는 "뱀허물로 가을바람 시시부지
뒤척이는바"라는 마지막 행이 결정적이다. 또한 '산은 산' 어쩌고 하는 말
씀이 그 자체로 또하나의 공허한 수작에 그칠 가능성을 경계한 「산은 산」
에서도, 결말의 "밥 먹어라/밥 먹었으면 똥 내놔"가 평범한 욕지거리로
떨어지지 않는 것은 "똥 내놔"라는 특이한 표현 덕이다. 밥 먹고 똥 누며
사는 평범 속에 진리가 있다는 그야말로 평범한 이야기 외에, 평범 가운데
서 중생과 세상에 대한 책무를 다하라는 준열한 다그침이 함축된 것이다.

　　원래 선종의 가르침에서도 반드시 좌선입정이 능사가 아니라 생활 속
의 선, 이른바 '선외선(禪外禪)' 또는 '무시선(無時禪) 무처선(無處禪)'이 되
어야 한다고 곧잘 강조한다. 그런 점에서 선시집 『뭐냐』에 「산은 산」 같은
시는 물론, 「남과 북」처럼 당대의 사회현실을 '선시적'으로 언급한 작품이
있는 것은 당연한 일이다.

　　　묘향산 보현사 주지가 전화를 걸었다
　　　해남 대흥사 주지가 전화를 받았다
　　　요새 어떤가 여기 부처가 돌아앉았네
　　　여기도 돌아앉았다네

　　　거기뿐이 아니었다
　　　남과 북 모든 부처들이 돌아앉았다

　　　제법이로군 놈들

여기서도 백미는 마지막 줄이다. '제법'이 못 되는 온갖 인간들과 종교들
에 대한 경멸이 담긴 동시에, "놈들"이라는 표현에는——그것은 문맥상 두

주지보다 돌아앉은 "남과 북 모든 부처들"에 가까운데 — 종당에는 부처도 여읜다는 선가의 살불(殺佛)정신이 숨쉬고 있다.

「길을 물어」 같은 시에 이르면 '선적' 요소는 분명하나 선시라기에는 우선 너무 길고 시어에는 유행가 가사 토막까지 섞여든다. 그리고 이때의 '선적' 요소는 '선외 선'의 그것임이 분명하다.

이로부터 중생을 물어라
부처가 뭐냐고 묻는 멍청이들이여
중생을 물어라
배 고프면
밥을 물어라
달빛에 길을 물어
유자꽃 피는
유자꽃 피는 항구 찾아가거라
항구의 술집을 물어라

묻다가 묻다가 물어볼 것 없어!

이것이 곧 '리얼리즘 시'이기도 하냐는 질문을 군이 여기서 제기할 바는 아니다. 단지 '선적인 요소'와 일정한 '리얼리즘적 지향'이 융합되어 있는 것만은 분명하다. 그에 비해 「먼 불빛」의 경우는 짧다는 점 빼고는 군이 선시라 부를지 의문이지만, 아무튼 시인의 현실지향이 결코 현실안주가 아님을 상기시킨다.

밤길 먼 불빛이 내 힘이었다
그것으로

그것으로
어제와 오늘 내일이여

더욱이 '밤길 먼 불빛'을 어떤 원대한 이상의 상징쯤으로 관념화하지 말고 시인과 독자가 모두 실제 인생에서 만나 힘을 얻었을 법한 산 체험이자 산 경전으로 읽을 때, 이 시 또한 부처의 은혜와 중생의 은혜를 일깨워주는 선시라 일컬어 부족함이 없을 듯싶다.

다음 시집 『내일의 노래』는 문자 그대로의 연작시는 아니지만 '창비시선 101번'을 위해 전작으로 써낸 시집인만큼 어떤 일관된 흐름을 찾아볼 여지도 없지 않다. 주조를 이루는 것이 있다면 「먼 불빛」에서와 같은 내일로의 정진, 그리고 이에 수반되는 시대에 관한 성찰들이 아닐까 싶다. 따라서 「먼 불빛」처럼 선시의 규격에도 맞을 짧은 작품은 드물고, 좀더 많은 행들의 거침없는 움직임이 (다소 풀어진 행이 아주 없는 것은 아니나) 지배적인 인상으로 남는다.

내일을 향한 시인의 힘찬 움직임은 권두의 「내일」을 비롯하여 이시영(李時英) 시인이 서평(「고은의 시, 허수경의 노래」, 『창작과비평』 1992년 가을호)에서 상찬한 「죽은 깃발」과 그밖에 여러 편에 나타나는데, 「불만」도 그중 하나다.

불만! 얼마나 힘찬 것이냐
누구에게나
있어야 할 불만이
있는 불만보다 많아야 한다
한밤중 전등불빛의 직사광선으로 비추어보면
거기에 있는 나 자신에 대한 불만!

쓰다 만 글
아직 읽지 않은 책
죽어 있는 시계
이것들이야말로 나의 힘이다
창밖으로
38국도의 밤길 내달리는 차들이 보인다
그것들까지
나의 불만이다
얼마나 힘찬 것이냐

—「불만」 전문

평범한 산문적 진술을 드문드문 행을 바꾸고 느낌표를 두엇 붙였을 뿐인 것처럼 보일 수도 있지만, 이 시의 주된 힘은 '힘찬 것'에 대한 그 거듭된 주장에서 나오는 게 아니다. 예컨대 3~4행은, 있는 것에 대한 불만보다 있어야 할 것에 대한 불만이 더 많아야 한다는 뜻과 더불어, 판에 박힌 불만들이 아무리 많더라도 그것과는 질적으로 다른 "있어야 할" 불만이 더 많아야 한다는 또다른 뜻을 포함한다. 산문이라면 오문(誤文)의 혐의마저 걸릴 아리송한 표현이지만, 여기서는 복합적인 의미를 산출하는 데에 정확하게 복무하고 있다. 또한 7~9행에서는 "쓰다 만 글"과 "아직 읽지 않은 책"이 둘다 지식인이면 누구나 뼈저리게 느끼는 불만의 원천이지만, 이때에 시간의 유한성을 일깨워주는 것이 살아서 찰칵거리는 시계가 아니라 "죽어 있는 시계"라는 점이 특이하다. 시인에게는 죽은 깃발을 다시 들어올리듯 죽은 시계를 살려놓고 앞으로 나갈 임무까지 맡겨진 것이다. 게다가 공교롭게도 시인이 거주하는 안성을 지나는 국도가 38번 국도라서, 독자는 삼팔선을 연상하면서 동시에 "38국도의 밤길 내달리는 차들"이 휴전선을 넘지 못하는 데 대한 '있어야 할 불만'을 선사받게 된다.

'죽은 깃발' '죽어 있는 시계' 등의 심상이 말해주는 것은 국내의 민중운동이 수그러든 형국일뿐더러 전세계적으로 자본의 승리가 구가되는 90년대 초를 사는 시인 특유의 시대인식이다. 이렇게 다가온, 그리고 한동안 계속 다가올 시대에 관한 그의 인식은 미래 창조를 위한 강렬한 의지와는 별도로 지극히 암울한 데가 있다. 그것은 「새벽 종소리」에서 말하는 대로 "또하나의 야만의 시대" "사람이 사람일 수 없는 시대" "괴물의 시대／첨단의 시대／기술의 시대"(제5연)이고, "앞으로는 지난 세기와 다르리라／다시 공룡의 시대가 오리라／벌써부터 아이들은 공룡을 그리기 시작했다"(「공룡」 제2연)라는 인식을 안겨주는 시대이기도 하다.

처음부터 규모가 한정되고 서정(抒情)이 주목적인 표현이라는 점을 감안한다면, 이는 우리의 현실인식에서 빼놓을 수 없는 진실을 담은 발언이라는 것이 나 자신의 실감이다. 적어도, 자본주의말고 무슨 대안이 있는가라고 체념을 알맞게 가미한 자기만족에 빠진다거나 문민시대의 개혁작업으로 분단체제나 세계체제와의 싸움이 무의미해졌다고 주장하는 태도에 견준다면, 공룡시대의 예언은 가히 실사구시의 정신 그 자체라 할 만하다. 물론 이렇게 말할 수 있는 것은, 그런 예언과 더불어 공룡시대를 이겨낸 다른 내일에 대한 시인의 정열이 끓고 있기 때문이요, 오늘에 대한 인식에도 다른 차원이 있기 때문이다. 책머리의 「내일」 뒤에 「오늘」 「다시 오늘」 같은 시가 따르는 것도 그렇거니와, 「내일」과 「오늘」 사이에 「수평선」이 끼여든 것이 결코 우연일 수 없다. 서해 난바다 외딴섬 외딴집 평범한 아낙의 "그 힘찬 목소리"를 들려주는 이 작품말고도, 「가거도 아낙」 「제삿날 밤」 「말 한마디」 「서산 할머니」 등 일련의 시들이 『만인보』에서 우리가 흔히 만나본 풀뿌리 삶들의 긴장성을 되살려준다.

동시에 드높이 솟은 정신의 고귀함, "유구한 허구"일 수도 있지만 우리 시대에 너무 결핍된 나머지 언제나 남의 이념에 시달리는 삶을 살게 되는 바 그러한 '정신'에 대한 인식도 『내일의 노래』에서 중요한 몫을 차지한다.

실로 오랜만에 정신이라는 유구한 허구에
거기 쥐도 새도 모르게 사로잡히고 싶다
아이들이 멀리 보낸 연처럼
떠오른 그 정신의 고립

거기에서 바람에 곤두박질치고 싶다

　　　　　　　　　　　　　　—「어느날의 노래」 마지막 5행

성급한 사람들은 이를 두고 도피라고, 한가한 휴식을 찾는다고 나무랄지
모른다. 그러나 이 시집에는 마침 「휴식」이라는 제목의 빼어난 시가 있는
데, 그 또한 엄연한 '내일의 노래'이다.

말 달렸던 세월 갔다고 끝나지 않는다
다시 말 달릴 세월이 왔다
하루 벌어
하루 먹고 쉬어라
그대 곁에 철쭉꽃도 피어나리라

한숨은 슬픔이 아니다
한숨 내쉬며 쉴 때
때마침 하늘 속 솔개도 뚝 멈춰 쉬고 있다

진짜배기 휴식일진대 그것은 정신의 절정일 것

　　　　　　　　　　　　　　　　　—「휴식」 전문

228

시인의 갑년에 나온 『아직 가지 않은 길』은 원래 「마정리 바람소리」라는 제목으로 잡지에 연재했던 시들이다. 이를 시집으로 묶으면서 표제작을 새로 써서 권말에 붙였는데, 그 내용도 '내일의 노래'라 부름직한 작품이다. 그만큼 '내일'과 '아직 가지 않은 길'에 열중한, '환갑노인'의 영상과는 너무나 거리가 먼 시인의 젊음이 전편에 약동하는 시집이기도 하다.

그런데 원제 「마정리 바람소리」가 편의상 붙였던 것이어서 떼어냈다고 저자 서문에서 밝히고 있지만, 이 시집에는 시인이 사는 마정리의 시골 삶이 유달리 생생하며, 바람은 "내 오랜 사랑 바람부는 날"이라는 시인 자신의 말처럼 고은 시의 단골손님이자 이 시집의 젊음을 담보하는 동력의 하나다.

> 내 오랜 사랑 바람부는 날
> 바람아! 하고
> 다섯살짜리 차령이 소리친다
> 그 소리에
> 얼룩배기 젖소가 뒤따른다
> 움메에
>
> 바람부는 날
> 풀 보아라
> 나무 보아라
> 가만히 있지 못하는 짐승 보아라
>
> 이렇게 이 세상 이룩함이여
> 녹슨 경운기의 침묵과 더불어
>
> ─「바람부는 날」 전문

선시와 리얼리즘 229

일찍이 『전원시편』(1986)을 통해서도 독자가 친숙해진 세계지만, 과감하게 생략해나가는 활달한 필치를 보나 시인과 어린 딸과 젖소의 일치에 이어 풀·나무와 "가만히 있지 못하는 짐승"까지 모두 공감의 둘레 안으로 힘 안 들이고 끌어넣는 그 자연스러움을 보나, 『전원시편』하고도 또다른 경지에 다다랐음이 역력하다. 그래서 "이렇게 이 세상 이룩함이여"는 가히 '선적인' 깨달음에 가깝다 할 것이며, 여기에 "녹슨 경운기의 침묵"이 알맞게 더해져 입정(入定)의 고요를 연상시키면서 동시에 경운기가 낡아가고 녹슬어가는 농촌의 현실도 넌지시 기억 속에 심어놓는다.

사실 이 시집 첫머리의 「마정리」를 비롯하여 「마을사람들」「첫눈」「허튼 소리」 등등에 그려진 농촌의 모습은 어찌 보면 『전원시편』에서보다 훨씬 이상화된 충만한 세상이다. 그러나 그 충만은 현실의 결함을 억지로 제거하고 꾸며낸 것이라기보다 결함투성이의 현실 속에서 "사랑"을 배우고 "먼동 무렵까지의 지혜"를 배우면서(「뱀」) 얻은 평안이다. 예컨대 「안성장 할머니 몇분」의 여인들은 관점을 조금만 달리하면 '옛날 같지 않은 시골인심'이라거나 '서울내기 뺨쳐먹을 서울 근교 농민'의 전형쯤으로 될 법하다. 시인 자신도 "얼굴은 요순시절 그대로인데/그게 아니옵지요"라고 말한다. 그러나 "요순시절 그대로의 얼굴"이 어디 까닭없이 이뤄졌을 것인가? 역시 시인(또는 화자)처럼 "허허허 일흔여든 이런 할머니한테/잠깐 속아넘어가는 하루도 있어야 하옵지요"라고 보는 것이 옳게 보는 자세다. 그리고 이것이 국외자의 여유를 넘어 어떤 깨달음의 경지에 이른 것임을 뒤따르는 절묘한 대목이 보증해준다.

그러고 보니 돌아오는 길
무궁화를 부용꽃으로 잘못 본 바
이것도 오랜 무궁화께서

이 미련한 사내 하나 속이신 것이옵지요

—마지막 4행

「오막살이 집 한 채」 같은 시에서는 사람들이 거의 떠나버린 농촌의 실상이 좀더 구체적으로 드러난다. 물론 여기서도 황량한 마을 저쪽 한구석에 "저 혼자 섭섭새인 듯" 서 있는 오막살이에서 저녁연기 오르는 걸 보는 환희를 노래하는 것이 작품의 결말이다. 그러나 이제 춘삼월 제비도 집 짓지 않고, "어찌 제비뿐이랴/사람들도 넋놓고 먼 데 바라보다가/아이고 하고/경운기 발동을 걸고 뒤늦게 서두른다"라는 소묘(제5연)도 마지막 연 못지않게 여실하다. 그러기에 "어쩔 수 없이/마을은 거룩하다/맨 마지막으로/마을은 거룩하다"라는 첫 연의 "맨 마지막으로"에는 가령 『조국의 별』(1984)의 「마을에 사로잡혀서」나 「다시 마을에 사로잡혀서」와 같은 아름다운 시에 없던 비장감이 서리게 된다. 이런 비장감에도 불구하고 시 자체는 아직 목가적이라면, "아무래도 이 시대는 한번쯤 망하리라"로 시작되는 「두엄자리 옆에서」는 농촌과 도시 정경 한점씩의 간결하고 생생한 대비를 통해 한층 신랄한 목소리를 들려준다. 또, 시골과 대도시 사이의 어중치기로서, "이제 사람은 사랑으로도 증오로도 죽지 않고/그저 죽어간다"는 실감을 안겨주는 소도시의 모습을 그린 「소도시에서」도 소품 나름의 진지한 현실인식을 담고 있다.

이러한 시대인식이 리얼리즘의 정신과 연결되어 있음은 '비유'에 대한 시적 명상을 통해서도 확인된다. 『내일의 노래』에서도 "비유 따위를 의심한 지 오래이므로"(「장항에서」)라고 말한 바 있는 시인은, 『아직 가지 않은 길』의 「잡초에 대하여」 「어둠을 위하여」 등에서 이 문제를 좀더 깊이 곱씹는다. 이에 대한 시인의 생각은 결코 단순하지 않다. 낡은 비유는 물론 리얼리즘의 적이고 깨달음의 적이다. 하지만 일체의 비유를 제거한 '사실만의 언술'이 해결책인가? 도대체 그런 것이 가능한지도 의문이려니와,

그것이 '불립문자'의 정신뿐 아니라 '전형성'의 기준에도 어긋날 것은 뻔하다. 그러기에 「어둠을 위하여」는 "이제까지의 오랜 비유를 파묻으십시오"로 시작하여 "이 나라 문학과 정치 1백 년이/어둠을 비유로만 길들여 왔습니다"(제2연 1~2행)라고 이런저런 '암흑시대'의 관념화를 비판하지만, "이런 비유로만 써온 어둠을/어둠 제자리로 돌려놓"는 일은 "이제까지의 비유를 지나/죽음을 지나"라는 표현에서 보듯(제3연) 목숨을 건 어떤 모험이며, "어이할 수 없는 어둠이야말로 거짓없는 어둠일 따름입니다"라는 마지막 연이 비유를 배제한 동어반복적 명제인지 아니면 또다른, 새로운 비유인지도 결코 분명치 않다. 적어도 시 전체는 그것이 아무리 산문적 진술에 가깝더라도 시로서 성공하는한 '비유'를 벗어던질 수 없을 것이다.

「잡초에 대하여」 역시 비유의 거부이자 새로운 비유적 사색의 실행이다.

> 비유에서 가장 절실한 것은
> 이제까지 잡초였습니다
> 하지만
> 90년대에 이르러
> 이 비유의 궤도를 조금만 비켜나면
> 거기에 내동댕이쳐진
> 잡초와의 싸움으로 살아간
> 내 할아버지의 무덤이 있습니다
> 여기서 어느 것에 기울어지지 맙시다
> 비유와 현실을 다 아울러
> 오늘 물러설 줄 모르고 해야 할 일은
> 명아주
> 바랭이

쇠비름

며느리미씨깨

이 이름들 외워가노라면

조선의 잡초 이름 2백 가지 이상

거기에 다 미치지 못할지라도

그 이름들이야말로

어느새 내 몇십대 할아버지 이래

내 이름이었음을 알게 됩니다

길 가다가 길가 질경이가 어디 질경이입니까

죽은 고모 아닙니까 고모부 아닙니까

— 전문

알려졌다시피 1970년대와 80년대의 한국 문단에서 각종 잡초의 이미지는 민중의 상징으로 그야말로 들풀처럼 퍼져나갔다. 김수영의 「풀」과 그에 대한 특정한 독법에 크게 힘입은 이 움직임은 훌륭한 시들도 적잖게 낳았고 「풀」에 대해서도 전혀 엉뚱한 해석이 아닌 그 나름으로 절실한 것이었다. 하지만 "90년대에 이르러" 한번 크게 반성해야 될 만큼 그동안 관념화된 '민중시'를 양산했고 민중 자신의 삶을 — "잡초와의 싸움으로 살아간/내 할아버지의 〔아마도 잡초가 무성하도록 내동댕이쳐진〕 무덤" 처럼 — 더욱 변방으로 몰아내는 데 일조한 것 또한 사실이다. 따라서 언필칭 '이름 없는 들풀'이 아닌 "명아주/바랭이/쇠비름/며느리미씨깨" 등등을 하나하나 (시행을 바꿔가면서까지) 배우고 익히는 일은, 잡초 이름뿐 아니라 잡초 같은 인생들의 속내를 실사구시의 정신으로 알아보고 밝혀내는 작업이다. 아니, 그것이 곧 자기 삶의 일부이기도 함을 깨닫는 일인 것이다.

그런데 이러한 깨달음을 시적으로 요약한 마지막 두 줄은 뭐니뭐니해도 비유적 언어다. (게다가 일부러 매끄럽지 않게 움직이는 언어의 '음악적 효과'를 활용한 행들이기도 하다.) 풀이 곧 민중이라는 막연한 등식 대신에 질경이라는 특정 잡초와 죽은 고모, 고모부라는 특정 피붙이를 연결시켰고 그 연결 또한 문자 그대로의 등식이라기에는 문맥상 다른 여운이 있지만, 어쨌든 비유는 비유인 것이다. 그러나 중요한 것은 비유가 좀더 구체화되었다는 사실이 아니라, "여기서 어느 것에 기울어지지 맙시다/비유와 현실을 다 아울러"라는 말처럼 중도(中道)를 얻는 일이다. 이 시에서 그것이 얼마나 달성되었는지는 독자가 저마다 판단할 문제이나, 나로서는 비유에 관한 적중한 사실적 주장과 시 본연의 비유적 사고가 시종 무리 없이 어우러진 성공작이 아닌가 한다.

비유를 의심하면서 비유에 의존하고 심지어 새로운 비유의 창조를 장기로 삼는다는 점에서도 선시와 리얼리즘은 일치한다. 선가에서 '불립문자'를 강조하면서도 끊임없이 게송을 내놓는 것부터가, 누가 일부러 말을 지어내지 않더라도 문자가 저절로 세워지게 마련임이 중생의 경계이고 언어의 속성이며 이를 깨기 위해서도 문자가 동원될 만큼은 동원되어야 하기 때문일 터이다. 그런데 금덩어리를 놓고 이것이 금덩어리다라고 하는 진술조차도 일종의 비유일진대(이에 관한 논의로 졸고 「작품·실천·진리」, 『민족문학의 새 단계』, 372~73면 참조), '비유'보다 '현실'에 육박하려는 리얼리즘의 기획 역시 비유를 통한 비유와의 끝없는 싸움을 떠나서 어떻게 성립할 수 있을 것인가?

이렇게 볼 때 고은의 근작 시집들에서 확인되는 선시적 요소와 리얼리즘적 요소의 공존가능성은 편의적인 공존이라기보다 양자의 본질적 친연성에 바탕한 일치의 가능성이다. 물론 낱낱의 작품에서 그 일치가 얼마나 실현되었는지, 또 부분적인 일치에 머물렀을 경우 그 구체적인 성과가 선과 리얼리즘 어느 쪽의 모습을 더 닮았는지는 사안별로 검증할 길밖에 없다. 시집 『아직 가지 않은 길』에서 본다면 「소나무 잘라둔 뒤」「어떤 대화」「할아버님 말씀」 등이 선시 쪽에 가깝고 굳이 리얼리즘 개념을 끌어댄 논의가 생산적이 될 가망이 적은 작품들이다. 그러나 앞에서도 보았듯이 이럴 때 강조되는 '선'은 곧 '선외 선'이요 '무시선 무처선'인만큼 좀더 현실묘사가 풍부하고 절실한 시들을 향해 처음부터 열려 있다. (이들보다 더 긴 「길 묻길래」 같은 시에서 그러한 개방성이 오히려 덜 느껴지는 것은 그것이 선적이라기보다 선의 공식을 적용한 작품에 가깝기 때문이 아닐까.) 이런 개방성으로 하여 고은의 선시는 『만인보』의 세계를 연상시키는 시편들과 「어떤 기쁨」「마을 뒤」「오랜만의 나들이」 등 좀더 개인적인 서정을 담은 시들의 겸손과 은근한 기쁨으로 자연스럽게 이어지며, 종국에는 리얼리즘 논의의 한복판으로 끌어들여 생산적인 토론이 얼마든지 가능한 「잡초에 대하여」 같은 작품과도 하나의 시세계를 이룩하고 있다.

그런데 고은의 문학세계 전체를 리얼리즘의 관점에서 평가한다면 어떻게 될까? 여기서는 그럴 계제도 아니고 나 자신 그럴 준비도 안되었다. 다만 선시와 리얼리즘의 회통(會通)을 우리 문단의 누구보다도 왕성하게 수행해온 것만으로도 그 평가는 결코 낮은 것일 수 없으며, 리얼리즘 문학의 본령에 터를 잡았다고 할 소설가 중에서도 그보다 리얼리즘적 평가의 대상으로 더 절실한 사례가 한국문학에 있을지 또한 의문이다.

다른 한편, 리얼리즘론에서 으레 강조하는 당대적 현실, 그중에서도 노동하는 대중을 포함한 현대 도시인의 생활현실을 고은 문학이 과연 얼마만큼 지공무사한 태도와 실사구시의 정신으로 구현할지는 더 지켜볼 일이다. 이제까지 독자들이 그 점에서 더러 미흡함을 느낀 데에는, 1980년대 중반 이래 그가 몰두해온 두 개의 대작 중 서사시 『백두산』은 완성이 되더라도 현대의 도시생활과는 제재상 무관할 터이요 『만인보』의 경우는 아직껏 저자의 도회진출 이전의 시기에 머물고 있다는 사실도 작용했을 것이

다. 그러나 물론 이것이 단순히 소재 차원에서 따질 일은 아니다. 예컨대
『백두산』이 다루는 그때 그곳의 민중생활과 항일투쟁의 실상을 저자가 얼
마나 투철한 현재적 관점으로 파악하고 서사시에서조차 시 본연의 '선시
적' 요소를 획득하느냐는 문제이다.* 또한 『만인보』의 경우는 그 무대가
도시의 아스팔트와 네온싸인뿐 아니라 공장의 불빛까지를 포용할 때가
물론 기다려지지만, 그전에라도 『만인보』 연작 자체 내에서든 서정시집이
나 여타 장르에서든 「새벽 종소리」에서 예언한 "괴물의 시대/첨단의 시
대/기술의 시대"를 얼마나 깊이있게 드러내느냐가 중요한 것이다.

　고은의 최근 시집 세 권에만도 이런 시대를 견디며 살아갈 "먼동 무렵
까지의 지혜"가 이미 찬란하다. 그것이 인류 전체를 위한 먼동을 실제로
트게 해주는 지혜로 얼마나 확실하게 커나갈는지 그를 아는 모든 독자의
기대어린 관심사가 아닐 수 없다.

〈1993〉

* 완성된 『백두산』에 대한 평가로는 본서 160~69면 참조.

236

고은 시선집 『어느 바람』 발문

이 선집은 고은(高銀) 시인의 고희(古稀)를 축하하고자 엮은 것이다. 고희 기념으로 한권의 선집을 펴내는 일은 어느 경우에나 의미가 있겠지만 고은이야말로 적당한 선집이 절실히 필요한 시인이다. 무엇보다 그는 엄청난 다산성의 작가이기에 독자가 일일이 따라읽기가 벅차고 그러다보면 아예 안 읽는 경우도 적지 않은 것이다. 실제로 고은은 명망에 비해 개별 시집이 많이 팔리는 편은 아니며, 한두 개의 대표작으로 알려진 시인이 아니기 때문에 설문조사 같은 데서도 손해보기가 일쑤다.

그 사이에 『부활』(1975) 등 몇권의 선집이 있기는 했다. 하지만 대개는 절판된데다, 그중 알차다고 할 『나의 파도소리』(나남문학선 20, 1987)를 봐도 새로운 시선집이 필요함을 느끼게 된다. 『네 눈동자』(1988) 이래의 수많은 작품이 원천적으로 제외되었음은 물론이고, 그전까지만의 작품을 갖고도 470면 가까운 두께라 손쉽게 들고 다니며 애독할 선(選)시집과는 거리가 있는 것이다.

이번 선집에는 최근 시집 『두고 온 시』(2002)까지 십수년의 작업이 추가로 반영되었다. 그 대신 모든 산문과 『백두산』 등 서사시·장시는 물론, 『만인보』 연작도 제외함으로써 짐을 덜기로 했다. 짐을 던다고 덜었어도, 이시영(李時英)의 계산에 따르면(디지털창비 http://www.changbi.com '웹매거진'

2002년 1월호 중 '대화: 고은 VS 이시영' 참조) 이제까지 고은이 간행한 순수 단행본 시집만 스물아홉 권인데 『고은 시전집』 1·2(민음사 1983)에는 개별 시집에 안 실었던 작품도 수록되었으니, 짧은 시들로 국한하고도 엄청난 분량이다. 그 많은 시들을 어떻게 다 새로 읽고 한권으로 추려 엮을 것인가?

이 현실적인 문제를 해결하면서 시인의 고희를 더욱 뜻깊게 기념하는 방법으로 이 선집은 독특한 선정방식을 택했다. 김승희(金勝熙), 안도현(安度眩), 고형렬(高炯烈), 이시영 네 명의 시인이 시기별로 분담하여 일차 후보작을 고른 뒤, 평론가인 필자가 최종 선정을 책임지기로 한 것이다.

물론 이 방식이 다 좋은 것만은 아니다. 결과에 불만인 독자는 책임소재마저 분명치 않다고 느낄 터이며, 나 자신 평소에 애호하던 시를 못 넣게 된 아쉬움이 없지 않았다. 하지만 내게 넘어온 목록에서만도 뽑고 싶은 시들은 넘치도록 많았고, 어차피 누가 고르든 선자 자신조차 이런저런 불만을 갖게 마련인 게 사화집 엮기가 아닌가. 비교적 나이든 후배가 앞장서는 것이 잔치에 합당하다고 보아 최종 선정이 내게 맡겨진 것이니만큼, 일차 후보작에 대한 선정자의 판단을 철저히 존중하는 것이 협동작업의 의미를 살리면서 잔치기분을 한층 돋우는 길이라고 보았다.

따라서 이 책 1~4부는 네 분의 동역자가 각기 골라놓은 작품 중에서만 최종 수록시를 뽑았다. 대본 역시 그들이 사용한 것을 무조건 따랐다. 이 점은 고은 시를 논의할 때 중요한 사항인데, 저자는 새로 수록하는 기회가 날 적마다 자기 시에 손질 — 때로는 대폭적인 손질 — 을 하는 걸로 알려져 있다. 이는 자기 시든 남의 시든 외우는 것이 없음을 공언하며(앞의 '대화: 고은 VS 이시영' 참조) 자기 시의 단일한 '정본(定本)'을 확정하는 일에 무관심한 기질의 표현이겠지만, 아무튼 편자로서는 어떤 대본을 이용했는지를 명기할 의무를 띠게 된다.

일차 선정자와의 협동이라는 원칙에서 벗어난 유일한 예외는, 네 시인의 역할배정이 끝난 뒤에 출간된 『두고 온 시』에서 뽑은 제5부 여섯 편이다. 시집이 나왔다는 당연한 사실말고도 나로서는 이 시집을 꼭 대상에 넣고 싶은 이유가 있었다.

무엇보다도, 저자가 고희를 맞은 지금도 절정의 기량을 뽐내는 현역시인이라는 증거를 대할 기회였다. 동시에 고은의 시세계를 전형적으로 보여주는 시집인 면도 있다. 『두고 온 시』 1, 2부의 제목이 각기 '순례 시편'과 '작은 노래'인데, 고은 시의 전부는 물론 아니지만 본질적인 어떤 특징들을 집약한 표현들이 아닌가 한다.

그중 불교의 게송(偈頌) 또는 선시(禪詩)의 전통을 이은 '작은 노래' 계열은 단시집 『여수(旅愁)』(1970, 『세노야 세노야』 중 단시모음) 이래 고은 특유의 성취로 자리잡았으며, 『뭐냐: 고은 선시』(1991)의 영역(및 불역)본 간행을 계기로 서양 시단에서도 주목받게 되었다. 다만 이 선집에서는 '작은 노래'의 선정을 자제했는데, 『가야 할 사람』(1986) 『뭐냐』 『순간의 꽃』(2001) 등이 이미 반영되었고 『네 눈동자』(1988)에서 「바람 시편」 열두 점을 전부 수록했기 때문이다. (다만 『여수』에서 한 편도 못 실은 게 못내 아쉽다.)

'순례 시편' 중 많은 것은 최근에 부쩍 잦아진 저자의 해외여행 경험을 담고 있다. 사실 고은에게 방랑과 여행은 젊은날로부터 체질화된 삶의 방식에 가까웠다. 해외여행의 기회가 주어진 것은 그의 나이 오십대 중반에 가서였지만, 중요한 것은 국내외를 막론하고 여행이 단순한 '관광'이 아니라(「관광객」, 『어느 바람』 114면 참조) 정신의 모험이요 순례가 되는 일이다. 동시에 「카리브 바다에서」(264면)가 보여주듯 낯선 곳에서 얻은 근본적인 반성이 새로운 귀환으로 이어지는 일이다. 『두고 온 시』에서도 고은 시의 그러한 면모가 —『남과 북』(2000)이나 『히말라야』(2000)에서와 마찬가지로 — 생생히 살아있음을 나는 선집의 독자에게 상기시키고 싶었다.

그러나 정작 선정된 시 중에서 해외경험을 직접 다룬 경우는 「카리브 바다에서」와 「죽은 시인들과의 시간」 두 편뿐이다. (후자는 해외의 어느 장소를 노래했다기보다 외국의 국제시인대회에서 주제에 맞춰 즉흥적으로 써낸 작품인데, 그곳과는 거리가 먼 히말라야 여행의 체험이 새 주제와 융합되어 독특한 경지를 개척하고 있다.) 촛점은 어디까지나 정신의 순례이며, 시인의 이런 탐구가 꾸준히 지속되며 다양하게 변주되는 양상을 단편적으로나마 확인할 수 있을 것이다.

선집 제목 '어느 바람'도 시인의 이런 면모에 주목하며 편자들이 붙인 것이다. 1980년대 초의 명편 「자작나무숲으로 가서」(86면)의 창조적 변주라고 할 「숲의 노래」(250면)에서 암시를 얻었다.

아무튼 이렇게 엮은 139편 — 또는 「바람 시편」 열두 점을 하나씩 따로 계산하면 150편 — 이 시를 좋아하는 독자라면 누구나 애장하고 애송할 한권의 시집이 되었으면 한다. 아울러 시인의 방대하고 다양한 시세계를 비교적 충실하게 반영했기를 바란다. 물론 150편은 고은의 단시들 중에서도 극히 일부에 지나지 않는데다가, 앞서 말했듯이 서사시·장시와 더불어 『만인보』 열다섯 권(1986~97)이 처음부터 배제되었음을 상기할 필요가 있다. 후자는 짧은 시들의 연작이므로 선집에 얼마든지 포함될 수 있는 형식이며, 서사시·장시의 경우도 전편이 포함될 수는 없다손치더라도 『백두산』(1987~94)이나 『머나먼 길』(2000) 같은 작품에서 빼어난 대목들을 발췌 수록함으로써 선집을 더욱 빛나게 하는 일이 얼마든지 가능했다. 간편한 한권을 만들기 위한 편법으로 제외되었을 따름이다.

따라서 이 선집이 고은 시의 '전모'를 짐작하기에는 턱없이 모자란다. 그러나 대체로 발표연대순으로 배열된 선정작들을 읽다보면 그의 시세계의 다양성과 더불어 어떤 일관성을 느낄 수 있고, 언젠가 나 자신이 '변모와 성숙'이라는 표현을 썼듯이(「한 시인의 변모와 성숙」, 졸저 『민족문학과 세계문학 II』, 창작과비평사 1985) 뚜렷한 발전의 과정을 감지할 수 있으리라 본다.

그렇다고 그의 초기시들이 한마디로 미숙하다는 말은 아니다. 말초적인 감각과 아리송한 표현에 탐닉한 작품도 적지 않지만, 첫시집『피안감성(彼岸感性)』(1960)에서 여기 뽑은 「심청부(沈淸賦)」만 해도 심청 주제에 대한 시인의 끈덕진 관심을 예고할뿐더러 뒷날『새벽길』(1978)의 「인당수(印塘水)」로 이어지는 힘찬 가락을 일찌감치 들려준다. 또한『해변의 운문집』(1966)과『신·언어의 마을』(1967)에서 「제주만조(濟州滿潮)」 「해연풍(海軟風)」 「저녁 숲길에서」 등을 통해 선보인, 긴 시행(詩行)을 유려하게 구사한 감각적이면서도 명상적인 시들은 저자의 이 시기에나 만날 수 있는 독특한 성취라 생각된다. 그런가 하면 「슬픈 씨를 뿌리면서」 같은 작품은 「해연풍」의 '노래' 주제를 받아 국토사랑·겨레사랑이 한층 절절히 표현되는 뒷날의 「임종」 「화신북상(花信北上)」 「아리랑」 「우리나라 음유시인」 등으로 연결짓고 있다.

1970년대에 세상사람을 놀라게 한 고은의 변모는 그전까지 탐미주의·허무주의의 시인으로 알려져온 그가 1974년 초 동료문인 석방운동을 시발점으로 반독재 민중운동의 투사로 나선 일이다. 시인 자신의 술회에 따르면 실은 그의 각성이 1970년 전태일 분신사건을 계기로 이미 시작되었다는데, 1970년대 초엽의 작품을 모은『문의마을에 가서』(1974)에서 이미 시적 변모가 감지된다는 점에서 그 주장은 신빙성이 있다. 아니, 예의 탐미주의자나 허무주의자로서의 명성 그리고 이에 수반되는 갖가지 기행(奇行)도 참담한 현실에 대한 남다른 감수성과 적응불능의 체질을 반영했던 것이라고 볼 수 있다. 전투적인 사회참여시는『새벽길』(1978)에서 절정을 이루지만 이것이 초기시와의 느닷없는 단절이라기보다『문의마을에 가서』와『입산』(1977), 그리고『고은 시전집』2에 수록된 '입산 이후' 대목의 과도기적 시편들을 거치는 완만한 변화를 보이면서 이 시기 특유의 성과를 남기는 것도 그 때문일 것이다.

그런데 돌이켜보면『새벽길』의 작업 자체가 하나의 과도기로 비친다. 시대적 문제에 대한 적극적 개입은 이후로도 고은 시의 중요한 특징으로 남지만, 세번째 출옥 이후 안성(安城)에 정착한 뒤『고은 시전집』두 권을 정리하고『조국의 별』(1984) 등 신작시집을 잇달아 펴내며『만인보』와『백두산』의 집필에 힘을 쏟은 시기야말로 고은 본래의 예민한 감수성과 활동가로서 단련된 사회의식이 드디어 행복한 결합을 이룩한 때라고 말할 수 있다.

마침 이 시기는 한국사회의 변혁열정이 고조되고 전투적인 '민중시'가 기세를 떨치던 시대라, 고은의 한층 성숙해진 문학이 오히려 현실로부터의 후퇴라는 비판을 듣는 일도 많았다. 그러나 예컨대「삼월」(84면)이라는 짤막한 시에서 보더라도,

> 마정리 아이들의 노는 소리
> 저게 요순시절이구나
> 나는 안다
> 아이들의 노는 소리가
> 만세소리보다 백번이나 귀중한 것을
> 십년 동안 만세 불러온 나는 안다
>
> 근대 이래 죽도록 만세만 불러온 겨레 아니냐

라는 앞부분이 결코 '만세 부르기'를 접자는 말이 아니다. 정말 귀중한 것이 무엇인지를 알고 무엇을 위한 만세를 부르는지를 제대로 알고 부르자는 것일 뿐이다.

> 친구야 오늘의 만세가 무엇인가를 나는 안다
> 너와 나 여기에 두 팔로 태어나서
> 내일도 또 내일도 두 팔 들어 만세 불러야 할 겨레 아니냐

동서남북이 하나의 노을인 그날까지

동서남북이 하나인

그날까지 (제3연)

　이러한 자기성찰은 때로는 이제까지의 관행에 대한 회의로, 때로는 새
로운 운동을 위한 다짐으로 그 강조점이 이동하기는 하지만, 이후 고은 시
의 중요한 주제를 이루며 이른바 민중시 — 그것이 고은 자신의 것이든 남
의 것이든 — 의 수준을 검증하는 하나의 잣대를 제공한다. 1980년대의 작
품 중『그날의 대행진』(1988)에 수록된 집회 및 행사용 시가 이 선집에 한
편도 오르지 않은 것 또한 그 잣대에 따른 것이다.

　1990년대에 고은의 시세계가 다시 어떤 획기적인 전환을 겪었다고 보
기는 어렵다. 한편으로『눈물을 위하여』(1990)에서『속삭임』(1998)에 이르
는 여러 시집을 통해 절정의 수준을 유지하는 수많은 시를 썼는가 하면,
개중에는 스스로 개척해놓은 영토에 안주하는 듯한 작품도 있었고,『만인
보』의 경우는 이 시기에 발표한 13~15권이 유년기 또는 청소년기에 알던
사람을 소재로 삼은 전편들에 비해 긴장이 덜한 것이 사실이었다.

　그러나 문단의 대세와 관련해서는 고은이 또 한번 미묘한 긴장 속에 살
았음이 드러난다. 한국문학의 1990년대는 국내외적 정치·사회 현실의 변
화에다 1980년대 문학의 과격성에 대한 반발이 겹쳐, 경박한 감각주의와
언어유희의 시들이 주류로 복귀하는 분위기였다. 이런 풍토에서, 생경한
전투성에 대한 자기비판을 일찌감치 수행하고서도 여전히 날카로운 시대
인식을 견지하면서 특유의 달변과 감수성을 자랑하는 고은의 직입은 쉽
게 부인할 수도, 그렇다고 유행에 편입할 수도 없는 상대였다.

여기저기 산수유꽃이시어라

추운 바람 속

이미 봄이옵나니

그것도 모르고 기다리던 봄이시라면
제 마음 가득히 여든살 아흔살도 헛되옵나니

이런 봄 첫걸음에 점심 굶는 어린이 있사옵나니

—「산수유」 전문

『눈물을 위하여』에서 따온 이 시는 「삼월」의 자기반성을 이어받으면서 '점심 굶는 어린이'라는 진부하다면 진부한 현실고발에 위력을 실어준다. 『뭐냐』 등에서 독특한 선시(禪詩) 작업에 착수한 것도 이런 자세의 표현인데, 시인이 회갑을 맞은 해에 지적했던 점이지만 선적(禪的)인 것과 리얼리즘적인 것의 결합은 1990년대에 이르러 더욱 현저해진 고은 시의 특성이다. 이번 선집에는 명시적인 사회적 발언을 겸한 선시가 덜 실린 것이 아쉽기는 하다. 그러나 「성철 스님 각령으로부터」(188면)나 「가야산」(196면) 같은 작품을 보더라도 생활현실과 동떨어진 선문답에 대한 저자의 따가운 비판의식이 잘 드러난다.

1990년대 고은 시의 성취에 기복이 있음을 염려하던 독자라면 2000년대 들어 그가 잇달아 간행한 『남과 북』『히말라야』『순간의 꽃』 그리고 『두고 온 시』를 읽으며 그런 염려의 부질없음을 확인했을 것이다. 특히 『남과 북』은 처음으로 한반도 북녘을 다녀온 경험을 토대로 남과 북의 여러 고장을—『만인보』에서 인물을 주로 다루었듯이—노래했는데, 남북의 독자가 공유함직한 민족문학을 위해 새 영역을 개척한 시집이다. 고장의 모습들에 비해 상대적으로 인기척이 드문 감이 있으나, 이는 한편으로 북에서 인물접촉의 제약 때문에, 다른 한편으로는 통일사업의 일꾼으로

나서고자 하는 이로서의 조심성 때문에 그리 된 바 없지 않을 것이다. 그런 중에도 「평양」(210면)이나 「단군릉」(227면) 같은 작품을 보면 일찍이 「국화」(125면)에서 보여주었던 비판의식이 은근히 작동하고 있음이 감지된다.

물론 앞날에 대한 궁금증은 남는다. 우선 『남과 북』의 연장선상에서 떠오르는 질문이지만, 이제 6·15공동선언으로 남북의 교류가 한층 활발해진 새로운 국면을 맞아 분단체제극복작업에 좀더 구체적으로 개입하는 민족문학의 고전들을 써낼 것인가? 십중팔구 지속될 시인의 해외 도처로의 순례에서 『히말라야』나 『두고 온 시』의 성취를 반복만 하지 않는 또 한차례의 전진을 보여줄 시들이 나올 것인가? 지난날로 되돌아가 1950년대 전쟁기에 알았던 사람들을 다룰 참이라는 『만인보』 16권 이하는 어떤 모양새가 될 것인가? 그리고 시인 스스로 "사실은, 내 허영은 서사에 있죠. 굳이 내게 콤플렉스가 하나 있다면 호메로스 콤플렉스가 있습니다"('대화: 고은 VS 이시영')라고 토로했지만, 과연 이 '콤플렉스'를 극복할 고유의 서사시 형식을 창조할 수 있을 것인가?

오로지 향후의 작품만이 이런 질문들에 답해줄 수 있음은 물론이다. 그러나 거의 반세기에 걸친 고은의 기존 작업만으로도 그가 우리 문학사의 우뚝한 존재가 되었음을 인정하는 것은 그것대로 중요하다. 첫째, 다작 자체가 미덕은 아니지만 훌륭한 작품을 풍성한 분량으로 써낸다는 것은 대시인의 필요조건의 하나인데, 그 점에서 고은은 정지용(鄭芝溶), 백석(白石), 김수영(金洙暎)이나 신동엽(申東曄) 같은 애석한 이름들과 구별된다. 아니, 장수와 다작의 시인으로 곧잘 칭송되는 미당(未堂) 서정주(徐廷柱)를 쉽게 넘어선다. 실제로 서정주의 경우, 여든살이 넘도록 현역시인으로 남았던 점은 장한 일이나 『떠돌이의 시』(1976)와 『학이 울고 간 날들의 시』(1982) 중 일부를 빼고 나면 환갑 지난 뒤의 창작은 대부분 긴장이 풀린 '관광객'의 기록이나 객담에 가까운 것들이다.

그러나 미당의 행적에 대한 논란을 일단 젖혀둘 때 서정주와 김수영을

각기 고은과 비교해보는 것이 후자의 시세계를 자리매기는 데 도움이 될
수 있을 듯하다. 김수영에 비하면 고은의 시가 확실히 접근하기가 수월코
그 점에서 한층 대중적이다. 때로는 김수영만큼 치밀한 운산이 부족해서
그렇기도 하지만, 둘다 달변의 시인이요 속도감의 시인이며 "고지식한 것
을 제일 싫어하는 말"(김수영 「말」)의 신봉자이면서도 고은에게는 오히려
미당을 연상시키는 토속적인 정취와 향토에 대한 본능적인 애착, 넉넉하
고 더러는 능청스러운 어법이 있어 친근감을 더해주는 것이 사실이다.

하지만 근작 「사과꽃」을 예로 들더라도, 김수영보다 덜 난해하다뿐이
지 그 사상이나 가락 모두 김수영과 통할지언정 서정주로서는 근접할 수
없는 경지이다.

> 있어야 할 날들이었다
> 하루가 가고
> 하루가 가고
> 이 누리 앞과 뒤
> 그렇게 있어야 할 날들이었다 (제1연 앞부분)

지난날에 대한 고통스러운 되새김과 힘겨운 긍정으로 시작하는 이 시
는 제3연에 이르러 갑작스러운 비약으로 '사과밭'이 나타난다.

> 전체도
> 개인도 그 다음은 똑같이 지옥의 길 아니고 무엇이었던가
>
> 그러나 있어야 할 날들이었다
> 긴 밤 지나
> 대낮은 얼마나 허망한가

사과밭이다 (2~3연)

이어서 "사과꽃이 피었다/참으로 먼데까지 왔다/(…)/지난날 항쟁의 밤같이 박수소리가 살아났다 온통 하얗다"라는 제4연을 통해 독자는 이 사과밭에 만발한 꽃들이 곧 괴로웠지만 반드시 있어야 했던 항쟁의 날들이 이룩한 빛나는 성과임을 안다. 그런데 바로 다음 연에서 이 성과는 '진리'의 차원으로 격상되는 동시에 바로 진리이기에 항구적이고 절대적일 수 없다는 역설을 낳는다.

> 진리 이후에는 다른 진리가 있다
> 사과꽃에 너무 사로잡히지 말라
> (…)
>
> 사과꽃이 일제히
> 바람에 날리고 있다
> 아 그렇게도 꿈꾸던 자유는 낙화였구나
> 활짝 열려
> 열리자마자 쾅! 닫혀
> 흩어진 자의 꽉 찬 고독들
> 저물어버린 하늘 속에서 떨고 있다
> 이 세상에는 더 많은 미지의 암흑이 있어야 한다
> 밤이 도둑처럼 왔다
> 별빛 아래
> 저쪽까지 밤새도록 사과밭이다 (제5연)

그리고 나서 "사과꽃 졌다/사과꽃 졌다" 되풀이하는 두 줄로 끝난다.

이 결말이 "지옥의 길"을 거쳐 드디어 만개한 사과밭에 도달했음을 의기양양해서 노래하는 게 아니듯이 단순한 환멸이나 '인생무상'을 설파하는 것도 아니다. 어렵게 피운 꽃이라고 집착하는 사람에게는 이 또한 낙화에 불과함을 오금을 박듯이 말해주지만, 피워낸 꽃이 지는 것은 '더 많은 미지의 암흑'을 향한 새로운 열림이며 진리 또한 '불립문자(不立文字)'의 진여(眞如)가 아닌한 양면적이고 상대적임을 일깨우고 있는 것이다.

이렇듯 가위 김수영적인 역설과 함축성을 구사하면서도 이 시는 일반 독자가 따라갈 수 있는 일정한 서사구조를 지닌데다가, 6월항쟁까지의 —아니 6월항쟁 이후로도— 고통스럽게 지속된 싸움에 동참했던 모든 사람의 가슴에 다가오는 정서적 호소력을 자랑하기도 한다. 이것이 과연 고은이 '고지식한 것'을 김수영보다 덜 경계한 결과일까? 선적인 것에 대한 그의 일관된 추구를 상기하건 시 자체의 언어를 보건 그러한 혐의에는 무게를 두기 힘들다. 오히려 선시와 리얼리즘의 회통(會通)을 이루며 '고지식한 것을 제일 싫어하는 말'에 대중적인 친근감마저 부여하는 최고의 시적 작업에서 김수영보다 한발 더 나아간 증거라 보아야 옳을 것이다. 일찍이 김수영이 선배로서 "대성(大成)하라"고 부탁했던 시인은 김수영이 기대한 "한국의 쟝 쥬네"(『김수영전집』 2, 민음사 1981, 315면 '高銀에게 보낸 편지')가 아니라 외국에도 없는 고은 자신으로서 그 당부를 우여곡절 속에서나마 착실하게 이행해온 것이다.

그러한 고은이 칠십을 맞아서도 여전히 젊다는 사실이 못내 고맙고 든든하다. 이 한권의 선집이 시인과 독자를 한층 가깝게 하여 독자의 삶을 살찌움과 동시에 시인의 간단없는 정진에 기운을 보탤 수 있기 바란다.

〈2003〉

미당 담론에 관하여
'창비무명인'의 「국화꽃의 비밀」을 읽고

창비무명인님이 「국화꽃의 비밀」을 창비게시판에 연재하기 시작하신 것이 지난〔2001년〕 6월 24일이었지요. 열심히 따라 읽으면서 도중에라도 한마디 격려와 논평을 보태고 싶은 충동을 여러번 느꼈습니다. 그러나 끝까지 읽고 평해달라는 저자의 부탁도 있었거니와, 읽어가면서 인터넷 특유의 쌍방향성과 예측불능의 변화가 섞여드는 걸 보고 더욱이나 조용히 지켜보기로 작정했지요.

그런데 정작 연재가 끝난 싯점부터 한동안은 도저히 글을 쓸 처지가 못되었습니다. 그러다보니 어느덧 2주가 훌쩍 지나갔고, 게시판의 관심사는 벌써 창비무명인님의 글에서 꽤나 멀어진 느낌입니다. 하지만 저로서는 애초에 마음먹었던 대로 몇자 적고 싶은 의욕이 여전하고 일종의 의무감마저 갖게 되는군요. 다행히 연재됐던 글들이 '자게 추천글방'에 올라 있으니 굳이 새로 퍼올 것 없이 그냥 생각나는 바를 적겠습니다.*

의무감까지 갖는 것은 창비무명인님(이하 '님'이라고 줄여 부르기도 합니다)의 글이 오늘날 우리에게 절실히 필요한 본격적 미당론의 전개에 중요한 이바지였을 뿐 아니라 창비게시판에 모처럼 자유게시판다운 즐거움

---

* 이 연재물은 김환희 지음 『국화꽃의 비밀』(새움 2001)로 출간되었다 — 편집자.

과 보람을 한껏 선사해주었기 때문입니다. 그토록 정성들여 쓴 평문을 이 곳에 올려주신 것만도 충분히 고마운 일이지만, 게시판 연재라는 형식을 택함으로써 다른 방식에서는 찾아볼 수 없는 생동감 넘치는 발표가 되었고 어떤 의미로는 집필과 발표의 새로운 방식을 개발하게 된 것이지요. 원래는 님께서 궁여지책으로 선택한 방법인지 모르나 싸이버공간의 가능성을 확인하고 확대하는 망외의 성과로서 많은 네티즌에게 즐거움을 선사해주셨다고 믿습니다.

미당이 작고하고 미당 담론이 가열되기 시작할 때부터 저도 한번 끼여들고 싶다는 욕구를 언뜻언뜻 비치곤 했지요. 그러나 본격적인 미당론을 쓸 처지는 못 되고, 창비무명인님의 글을 읽은 독후감 삼아 몇가지 단편적인 생각을 피력하는 일이 지금 제 형편으로는 고작입니다. 그 점에서도 님께 감사할 일이지요.

창비무명인님의 진지한 자세와 폭넓은 자료섭렵, 선행연구자들에 대한 기탄없는 비판 등은 이미 여러 독자들이 칭송한 바 있으니 제가 더이상의 찬사를 보낼 필요는 없겠습니다. 그보다는 "미당이 '부족방언의 마술사'라고 해서 '시인부락의 족장'이라는 월계관을 씌우는 것은 잘못된 일입니다"(연재 4회, 6. 27)라는 님의 주장(이며 결론)에 저도 충심으로 동의한다는 점을 말하고 싶습니다. 한국어를 능수능란하게 다룬 시인의 재능과 업적을 부정하지 않으면서도 그것만으로 최고의 시인에게나 돌릴 영예를 인정해주어서는 안된다는 말씀이겠지요.

그런데 기왕에 '마술사' 또는 '요술사' 얘기가 났으니 그 말뜻에 대해서도 한번 되새겨볼 필요가 있을 듯합니다. 님은 "한 부족의 구성원이 정신이 제대로 박혔다면, 마술사 내지 요술사를 그 부족의 '우두머리'로 뽑지는 않습니다. 더군다나 그 마술사가 줏대가 없는 기회주의자인 경우엔 더욱 그러하지요"(같은 곳)라고 하셨는데, '줏대없는 기회주의자'가 족장 자격이 없는 건 당연하지만, '마술사 내지 요술사'이기 때문에 자동적으로

250

'우두머리'가 되어서는 곤란하다는 주장을 펴려면 '언어의 마술사'라는 말을 좀더 명확히 정의할 필요가 있겠지요. 우리는 일반사회에서의 요술쟁이를 말하고 있는 게 아니라 '시인부락'에 국한해서 '부족방언의 마술사'를 논하는 중이거든요.

이 문제는 나중에 다시 얘기하기로 하고, 미당 서정주에 대한 이러한 결론이 나오기까지 님께서 공들여 수행하신 「국화 옆에서」의 새로운 해석에 대해 몇마디 해보지요.

이 해석은 제가 아는 한 확실히 새로운 해석이며, 작품에 대해 적어도 저 자신은 미처 생각하지 못했던 여러가지를 생각케 해준 값진 비평입니다. 그러나 저의 결론부터 먼저 말씀드리면, '국화꽃=천황＋천조대신(天照大神)'이라는 논지를 입증하는 데 성공하신 것 같지는 않아요.

무엇보다도, 「국화 옆에서」의 창작시점과 천황의 인간선언 싯점이 다같이 1946년 무렵인데, "인간선언 후 현인신에서 평범인으로 돌아온 히로히토왕의 이미지와 4연에 묘사된 늦가을 무서리 속에 피어 있는 국화꽃의 이미지가 많이 유사하다"(8회, 7. 2)는 주장이 사실이라 하더라도, 이 시기에 현인신(現人神)의 몰락을 동정하며 시를 쓰는 시인의 모습은 님 스스로 강조하신 '종천순일파(從天順日派)' 서정주의 모습에 어울리지 않습니다. 해방이 된 뒤에도 일황에 대한 충성심과 애착을 간직한 채 이런 시를 쓸 정도라면 오히려 '역천친일파(逆天親日派)'요 (제 주변의 어느 분 표현대로) 일종의 친일지사(親日志士)가 아니겠습니까. (해방전 창작설로 돌아가더라도 역시 비슷한 문제에 부딪칠 것 같아요.)

황국(黃菊)이 일본 황실의 상징이라는 사실이 「국화 옆에서」를 읽는 대다수 한국 독자들에게 큰 의미를 갖기 어렵나는 (김홍년님 등 몇분의) 지적은 그 자체로서 님의 논지를 뒤집는 것은 아닐 겁니다. 그러나 천황(또는 천황＋천조대신)의 상징으로서의 황국을 다룬 '부족방언의 마술'이 마술로서 제대로 먹혀들지 않고 있다는 지적으로서는 설득력을 갖지 싶군요.

그런데 황국이 곧 천황이요 「국화 옆에서」가 곧바로 천황 또는 천조대
신을 노래한 시라고 주장하는 대신, 일본의 신화나 전설의 깊은 영향이 시
인의 상상력과 감수성 속에 (십중팔구 무반성적으로) 작용하고 있다는 쪽
으로 논지를 완화한다면 훨씬 그럴법하지 않을까요? 그리고 이 경우에도,
"왜 학자들은 일제 강점기에 태어나 성장한 미당의 시들을 일본문화와 연
계시켜 읽으려는 시도를 그동안 하지 않은 것일까? 지난 50년간의 우리의
학문적 풍토라는 것이 일본의 문화적 상징과 신화들을 언급하는 것 자체
를 금기시할 정도로 폐쇄적이었던 말인가?"(3회분 보론, 6. 26)라는 또하나의
심각한 문제제기는 여전히 유효할 것입니다.

미당 시의 이런 측면에 대한 지적은 미당의 감수성 전반에 대한 정확한
진단을 위해서도 중요하지만, 「국화 옆에서」를 제대로 감상 또는 비판하
는 데도 빼놓을 수 없을 듯합니다. 이 시를 좋아하는 독자에게든 친일시로
서 경계하는 창비무명인님 같은 분에게든, 작품의 가장 특징적인 대목은
"내 누님 같은 꽃"이 나오는 제3연일 거예요. 그리고 이 국화는, 님이 인용
하신 이어령(李御寧)교수가 지적했듯이, 동양의 전통적 사군자(四君子) 가
운데 하나이며 '오상고절(傲霜孤節)'의 상징으로서의 국화와는 많이 다른
성격입니다.

그런데 정작 우리가 문학독자로서 따질 문제는, 달라서 어떻게 됐느냐는
것입니다. 이어령교수의 판단처럼 시의 성공에 결정적으로 기여하느냐
아니면 1,2연 및 4연의 흐름에서도 벗어나면서 시적 효과를 손상하고 있
느냐는 거지요. 님은 딱히 후자의 주장을 펼친 것 같지는 않고, 시와 '요
술'이 성공하긴 하는데 친일정서에 물든 '흑색 요술'이라는 입장이시라는
인상입니다. 제가 바로 읽었는지 모르겠습니다만, 아무튼 저 자신은 제3
연이 특징적인 건 분명하지만 작품상의 결함에 해당한다고 봅니다. 연전
에 어느 글에 쓴 적이 있습니다만, 그 나름의 아름다움을 지녔지만 "사춘
기적 정서가 다분히 남은" 대목이라 생각되거든요. 그에 비한다면 제가

그때 거론하던 고재종(高在鍾) 시인의 '고절'은 "그런 감정의 사치를 누릴 여유가 없는 농군의 시요 현대인에게 요구되는 '오상고절'을 표상한 국화시"로서 오히려 한수 위라고 평가했던 것이지요.(본서 145면 참조)

미당 자신은 나이들면서 비로소 40대 여인의 미를 제대로 알아보게 되었다고 술회한 바 있지만, 소복 입은 연상의 여인에게 느끼는 묘한 끌림은 사춘기에 흔히 있음직한 감정이며 저자의 의도와 무관하게 바로 이런 사춘기적 정서에 대한 호소가 「국화 옆에서」의 이 대목이 많은 독자에게 행사하는 매력의 일부가 아닌가 합니다. 물론 그게 전부란 말은 아니고요. 저자가 이 정일(靜溢)한 여인과 자신을 은근히 동일시하면서 독자도 함께 끌고 들어가는 효과도 있는 것 같아요. (님은 "적지 않은 학자들이 국화꽃을 파란만장한 삶을 거친 후 관조의 단계에 이른 40대의 시인 서정주를 상징하는 것으로 보았는데, 이는 「국화 옆에서」의 발표싯점(1947)과 『서정주시선』에 수록된 싯점(1956)을 혼돈한 때문이 아닐까 싶습니다. 박광용교수가 지적한 것처럼, 서정주가 이 시를 발간한 때는 32세였으므로, 40대의 중년여인과 동일시한다는 것은 무리가 있습니다. 참고삼아 말씀드리면, 그 당시 히로히토 일왕의 나이는 46세였습니다"(5회, 6. 29)라고 하셨습니다만, 30대 초의 별로 정일하지 않은 남자로 살면서도 40대의 여인과 자신을 얼마든지 동일시할 수 있는 것이 미당 특유의 요술이자 다분히 상습화된 자기미화이기도 하지 않을까요?)

어쨌든 창비무명인님의 자세한 논의를 읽으면서 「국화 옆에서」 제3연에 대해 제가 막연히 느끼던 불만을 좀더 정밀히 규정할 수 있었습니다. 이 시에 대한 저이 전체적 평기를 말씀드린다면, 각 연이 모두 그나름의 요술을 행사하고 있지만 제3연에 끼여드는 독특한 정서——그것이 사춘기적인 것이든 일본문화친연적인 것이든——가 첫행부터 마지막행까지 빈틈없이 연결되는 요술에는 미달한다는 것이에요. 요술사로서도 허점을 보인다는 거지요.

사실 저는 '부족방언의 마술사' 또는 '요술사'라고 할 때에 그 말 자체를 나쁜 뜻으로 쓸 필요는 없다는 생각입니다. 마술사이므로 곧 족장이 될 수 없다고 말할 건 아니라는 거지요. 어찌 보면 시인이면 누구나 자기 나라 말의 마술사여야 할 것입니다. 그리고 족장은 그들 중에서 요술도 가장 잘하려니와 그 요술이 부족에게 해를 끼치는 '흑색 요술'이 아닌 사람이 맡을 일이겠지요.

　　그렇기는 하지만, 일반적으로 '언어의 마술사'라고 하면 시인 중에서도 언어적인 기교가 특히 돋보이며 유려하고 거침없는 가락을 지닌 시인을 지칭하는 경우가 많습니다. 그런 점에서 서정주는 한국시의 탁월한 마술사 가운데 하나임이 분명합니다. (하지만 이런 한정된 의미로도 과연 서정주가 고은보다 뛰어난 마술사인지는 한번 작심하고 따져볼 문제지요.) 반면에 이산(怡山) 김광섭(金珖燮) 같은 시인은 그의 「겨울날」이나 「산」이 도달한 시적 경지가 미당이 쉽게 흉내내기 힘든 것임에도 불구하고, 어딘가 눌변의 인상을 풍기는 것이 그의 시인적 개성이기 때문에, 마술사라는 호칭이 별로 따르지 않습니다. 즉 이런 제한된 의미의 '마술사'는 '시인부락의 족장'이 되는 데 필수조건이 아니지만, 그렇다고 배제사유도 아닌 거지요.

　　미당이 '족장' 자격이 없다는 창비무명인님의 결론에 동의하면서, 마술사로서는 어떤 등급의 마술사인지도 작품을 위주로 가려내는 일의 중요성을 강조하고 싶습니다. 동시에 그의 마술이 흑색 마술인지 백색 마술인지도—우리가 너무 흑백논리에 빠지지만 않는다면—작품을 근거로 가려봐야겠지요. 「국화 옆에서」에 대한 님의 해석과는 의견을 달리하는 바도 있었습니다만, 그 요술이 '흑색 요술'임을 강조하신 논의를 어쨌든 시의 내용을 토대로 전개하신 점은 이번 논문의 또 한가지 미덕이었다고 생각합니다.

　　물론 미당 시에 대한 저의 전체적인 평가를 말하려면 좀더 긴 시기에 걸친 더 많은 작품을 언급해야겠지요. 지금으로서는 『미당시전집』에는 「국화 옆에서」보다 못한 시도 수두룩하지만 「국화 옆에서」가 결코 미당시의 최고 경지를 대표하는 작품도 아니라는 저의 생각을 알리는 것으로 대신합니다. 이에 관해 일간 한번쯤 더 쓰겠습니다.

미당 담론과 미당 시

창비무명인님(이하 실례지만 '무명인님'으로 약칭하기도 합니다)에 대한 논평에 이어 그의 논지와 무관하게 미당에 관한 제 생각을 몇자 보완할 것을 약속드렸더랬습니다. 그런데 며칠 사이에 무명인님의 답글뿐 아니라 여러분들의 논의가 잇따랐군요. (두세 번으로 나누어 드나들면서 찾아 읽는 데 한참 걸렸습니다.) 우리 사회와 문학에서 본격화될 필요가 아직도 절실한 미당론이 그나마 가장 활발한 곳이 이 자유게시판이고, 그렇게 된 공덕의 큰 몫은 무명인님께 돌릴 일이 아닌가 합니다.

무명인님께서는 잠시 게시판을 떠나신다고 (섭섭하게도) 선언하셨으니 이 글을 보실지 모르겠습니다만, 저의 논평에 대한 7월 18일자의 답글은 잘 읽었습니다. 정성어린 답변에 대해 저도 한두 마디 보태는 게 도리겠다 싶군요.

한마디로 저는 창비무명인님의 답글을 읽으면서 우리의 견해가 한결 접근했다는 느낌을 받았습니다. 가령 저자의 "'종천순일(從天順日)적' 태도와 작품 「국화 옆에서」 사이의 연관성을 다시 정리하면서 일제 강점기에 태어나 일본식 교육을 받고 자란 미당이 나름대로의 사상 내지 세계관을 형성하는 데 있어서 천황과 천조대신은 굉장히 중요한 역할을 했을 것입니다. (…) 그리고 그 이후 그의 친일적인 멘털리티는 그 스스로도 뚜렷이 의식하지 못한 채 다른 형상으로, 민족주의의 옷을 입고, 변화해 존속해왔을 것이라고 생각합니다"라고 하신 결론은, 「국화 옆에서」가 곧바로 히로히또(裕仁) 천황 또는 아마떼라스오오미까미(天照大御神)를 노래한 시라기보다 일제하에 형성된 시인의 감수성이 작용한 결과로 보는 것이 설득력이 더 있겠다는, 저 자신이나 검정고무신님 등 몇분의 반응에 한발 다가선 것이라고 생각되는군요.

"부족방언의 요술사"와 관련해서는—맞습니다, 무명인님 자신이 "흑색 요술"이라는 표현을 쓰셨으므로 "백색 요술"의 가능성을 전제했고 따라서 요술을 무조건 나쁜 것으로 단정하신 건 아니지요. "언어의 마술사로서의 시인"이라는 개념을 좀더 차분히 따져보자는 논지를 펼치다보니 무명인님 글의 일면을 단순화해버린 것이 사실입니다.

다른 한편 무명인님께서 "우리는 일반사회에서의 요술쟁이를 말하고 있는 게 아니라 '시인부락'에 국한해서 "부족방언의 마술사"를 논하는 중이거든요"라는 저의 발언을 꼬집어 "저는 시인부락과 일반사회를 이분법적으로 분류하시는 선생님의 견해가 잘 납득이 가지 않습니다"라고 말씀하셨는데, 이건 이것대로 저의 본뜻을 잘못 아신 게 아닌가 싶어요. 저는 우리가 통상적인 요술이 아니라 "부족방언의 요술"을 논하고 있음을 상기시킨 것이지 문학의 세계와 일반사회를 '이분법적으로 분류'한 건 아니거든요.

끝으로 '비평적 글쓰기' 문제입니다. 물론 저는 창비무명인님이나 어느 누구에게도 미당문학 전반에 관해 어떤 절대적 평가—또는 다른 특정 시인과 비교하는 상대적 평가—를 내놓으라고 요구하지 않습니다. 다만 저 자신을 포함한 독자들에게 그러한 평가가 하나의 숙제로 따라다님을 상기했던 것이지요. 한 편의 시를 시로서 읽을 때는 그것이 좋은 시다, 나쁜 시다, 또는 어느 만큼만 좋은 시다라는 판단이 알게모르게 마음속에 자리잡게 마련입니다. 이건 거의 생리적인 현상이라 봐요. 그리고 이런 판단이 '섣부른 예단'이나 '단정적 결론'이 되지 않도록 하는 훈련이야말로 문학공부의 요체이며, 무명인님이 지향하시는 '해석학적 글쓰기'가 최선의 효과를 거두는 데도 필수적이라고 봅니다.

따라서 "미당의 예술성의 우수성 내지 열등성에 대해 단정적으로 평가하지 않은 제 글이 과연 비평적 글쓰기인가? 하는 문제에 대해선 각자의 문학관 내지 비평관에 따라서 달라질 수 있다고 생각합니다"라고 말씀하신 것은 문제의 촛점을 흐리고 있어요. "단정적으로" 평가하지 않는 것은 대부분의 경우 오히려 미덕이지요. (이것도 모든 경우에 그런 건 아니지요 — 단정할 때 단정하는 게 비평적 독자의 임무이기도 하니까!) "명시적으로" 평가하지 않는 것도 많은 경우에 미덕으로 작용합니다. 다만 어차피 평가는 알게모르게 하게 마련이니 그것이 좀더 근거있고 섬세하며 적절한 평가가 되게 만드는 끊임없는 노력이 필요한 것이며, 때로는 자신의 평가를 명시적으로 밝힐 필요도 생기는 것이겠지요. 그렇게 밝힘으로써 좀더 타당한 평가를 향한 자기점검과 수정의 계기를 얻을 수도 있고요.

창비무명인님 외에도 제 글을 논평해주신 분들이 많아서 흐뭇했습니다. 그런데 자유게시판에 퍼온 『동아일보』 기사를 읽고는 좀 허탈했어요. 이런 오독에 오보를 내고도 아무런 책임을 질 필요가 없는 것이 우리나라 거대언론의 현실인지도 모릅니다.

오보 여부를 떠나 더 중요한 것은 하얌님(7. 19)과 월촌님(7. 20)이 잇따라 지적했듯이 창비무명인님의 활약은 애써 외면하다가 백아무개가 나서고 지나가는 말로 고아무개 시인이 언급되니까 이런 이름들 중심으로 기사를 꾸며대는 기성언론 일반의 속성입니다. 이런 놀음에 동원돼서 저 자신 민망스럽습니다만, 제가 자유게시판에 글을 씀으로써 무명인님 등의 존재가 '더욱' 가려졌는지는 의문이에요. 길게 보면 아닐 거라는 희망을 저는 갖고 있습니다.

비슷한 느낌을 가지신 분이 많겠지만, 지난 6, 7개월 사이의 미당 담론은 우리 사회의 온갖 문제점 — 그리고 돋아나는 새로운 가능성 — 을 집약하는 면이 있는 것 같습니다. 담론이 들끓게 된 첫 계기는 물론 미당의 별세였고, 다음번으로는 뭐니뭐니해도 『창작과비평』 여름호에 실린 고은의 「미당 담론」이었습니다. 그리고 창비무명인님의 「국화꽃의 비밀」 연재가 세번째 계기쯤 되지 않았나 싶네요.

고은씨 이야기를 꺼내면 또 편가르기에 이용되기 쉽지만, 저는 당시 창비의 「머리말」에 필자가 썼던 대로 이 글이 "예찬과 비난의 이분법을 넘는 소중한 한걸음"이 되기를 희망했었습니다. 미당의 시에 대한 좀더 본격적인 논의였으면 하는 아쉬움이 있기는 했지만, 과도한 예찬과 무분별한 비난 어느 쪽에도 속하지 않는 논의임은 분명했으니까요.

당장의 결과는 물론 딴판이었습니다. 공교롭게도 이 일에 소위 메이저 신문들이 앞장서 "옛스승에 대한 제자의 (패륜적) 공격"이라는 쪽으로 분위기를 몰고갔지요. 다행히 양식있는 목소리가 일간지의 지면에도 아주 없지 않아서 ─ 그중에 제 기억에 특히 남는 것은 문인들보다 『세계일보』의 신찬균씨나 『한국일보』의 박래부씨 같은 언론인의 칼럼이었어요 ─ 저들 신문의 '미당논쟁'은 흐지부지된 느낌입니다.

고은씨의 글에서 인간 미당에 대한 논의가 큰 비중을 차지한 것은 제목이 말해주듯이 '미당 담론'에 대한 개입이 그 의도였기 때문이 아닌가 합니다. (동시에 시인의 삶과 작품 사이의 결코 단순하지 않은 관계가 중요한 담론주제로 떠올라 있었기 때문이겠지요.) 미당과 특별한 관계에 있는 그가 마음먹고 개입해야 할 만큼 저간의 미당 담론이 왜곡되어 있었던 것은 사실입니다.

사람이 세상을 떠났을 때 되도록 망자의 좋은 면을 이야기하는 것이 통례이고, 자신이 즐겨 읽던 시인의 죽음을 애도하다보면 다소 과장된 평가가 나와도 크게 탓할 일이 아니지만, 미당 사망 직후의 찬사들은 그런 수준으로만 보아넘기기 힘든 경우가 많았지요. 사실 저는 그런 찬사를 읽으면서, 사람들이 흔히 진보주의자들에게 적용하는 '이념적 조급성'이라는 표현이 떠오르기도 했습니다. 민족문학이다 뭐다 하면서 당대 역사에 대한 문학인의 책임이라든가 문학과 정치의 관련성을 강조해온 입장에 대한 이데올로기적인 반발이, 너희들이 뭐라고 떠들든 친일파요 군부독재 예찬자였던 서정주야말로 최고의 시인 아니냐는 식으로 나타난 듯합니다. '단군 이래 최대의 시인' 등등의 성급하고 과격한 선언이 나온 것도 그런 연유가 아니었을까요? 단군 이래 한민족의 모든 시적 성과를 비교평가할 능력을 가진 비평가가 현시점에서 존재할 수 있는지조차 의심스러운데 말이지요.

물론 저는 미당의 정치적·도덕적 과오가 곧 시인으로서의 성취를 불가능하게 했다거나 이룩된 성취를 전적으로 부정할 이유가 된다고 생각지는 않아요. 이에 대해 언젠가 게시판에 몇마디 적기도 했지요.

"시인의 삶과 작품이 무관한 건 아니지만 그 관계가 꽤나 복잡하다는 생각은 합니다. 가령 친일문인의 경우에도 그 친일하는 방식에 몇가지 유형이 있고 문학적 성취로 이어지거나 성취를 가로막는 방식도 갖가지가 있을 듯해요. 예컨대 춘원 이광수가 자기기만에 특별한 소질을 지닌 순진한 친일파였다고 한다면, 육당 최남선은 ─ 물론 자기기만의 요소가 없었던 건 아니지만 ─ 그 나름으로 철저히 실리를 챙긴다는 타산에 입각한 친일을 한 유형이겠지요.

미당 서정주의 경우는 이도 저도 아닌 또다른 유형 같아요. 망인에게 미안한 이야기지만, 그냥 주책없이 친일을 했다고 할까요? 그렇게 정신없이 친일행각을 하고 나서는, 일본이 몇백년은 갈 줄 알았지 그렇게 망할 줄 어떻게 알았겠냐고 뻔뻔할 정도로 솔직히 털어놓고, 바로 그것이 진정한 참회가 아니었기 때문에 독재자가 들어설 때마다 또 줄줄이 찬양을 하고…… 뭐 이런 식이 아니었을까 싶어요.

그런데 바로 그 때문에 좀더 진지한 친일파나 변절자들보다 좋은 시를 쓸 여지는 더 있는 체질이었는지도 몰라요. 하지만 아무리 한국시의 유산이 빈약하다 해도 한국 최고의 시적 성취를 남길 체질은 아니었지요."(편집인의 글 9, 지난 게시판 2001. 3. 1)

일제하에서의 짙은 고뇌도, 해방후의 진지한 참회도 없었기에 '최고의 시적 성취'가 불가능했다는 증거의 일단을 우리는 해방 직후에 나온 『귀촉도』(1946)가 『화사집』(1941)에 비해서도 빈약하다는 사실에서 찾아볼 수 있다고 생각합니다. 아니, 「국화 옆에서」 자체가 창조의 고통에 맞먹는 소쩍새 울음의 절절함이나 먹구름 속 천둥소리의 위엄을 전달하지 못한 채 쉽게 즐길 수 있는 감미로움을 선사하는 데 그치고 있지요.

고은씨가 초기시 「자화상」을 부각시킨 취지도 이런 것이 아닐까 해요. 저는 이 작품이 『화사집』에서는 기억할 만한 명품 중에 하나이고 고은씨 또한 그 점을 부인하고 있다고는 생각지 않습니다. 어쨌든 종이 스스로 종(또는 종의 자식)임을 인식했을 때의 고뇌와 결단도 없고 그렇다고 종이 아니라 마름의 자식임을 자인하는 솔직함이나 그에 따른 고민도 없는 시인적 체질이 미당 시의 중요한 특징으로 두고두고 작용한다는 점은 주목할 만하다고 생각합니다.

다른 한편 「곡(曲)」이라는 후기시를 읽으면 '종천순일파'적인 시인의 행태가 상기되고 그런 시인의 자기변명이 느껴지기는 하지만, 주책없이 살아온 시인다운 진솔함이 살아나기도 합니다.

> 곧장 가자하면 갈수 없는 벼랑 길도
> 굽어서 돌아가기면 갈수 있는 이치를
> 겨울 굽은 난초잎에서 새삼스레 배우는 날
> 無力이여 無力이여 안으로 굽기만 하는
> 내 왼갖 無力이여
> 하기는 이 이무기 힘도 대견키사 하여라.
>
> ─「曲」 전문(『서정주 전집』 1권, 민음사, 420면)

실제로 이 시와 함께 『떠돌이의 시』(1976)에 수록된 「寒蘭을 보며」 「故鄕蘭草」 「바위와 蘭草꽃」 등 난초를 다룬 시들은 1970년대 미당 시의 성과라 하겠습니다.

　서정주 문학에 대한 전체적 평가가 쉽지 않은 것은, 그의 방대한 시적 생산이 예찬자들 말처럼 편편이 '마술사'의 솜씨를 보여주는 것도 아니지만 그렇다고 초기시에서 절정에 달했다가 계속 긴장이 풀어져만 간 자취도 아니기 때문일 것입니다. 고 김수영 시인이 미당의 시를 몹시 싫어했음은 알려진 사실이고 저도 생전에 직접 들은 바 있는데, "그래도 초기시보다는 요즘 것들이 나아요"라는 게 그의 판단이었어요. 그 무렵이 『冬天』(1968)에 실린 시들이 발표되던 때였을 겁니다. 저 자신 최근에 미당의 시들을 꽤 여러 편 다시 읽으면서 『新羅抄』(1960)와 『동천』에 이르러서야 예의 '사춘기적 정서'가 대체로 정리되고 시상이 한층 자유분방해지며 얼마간의 철학적 깊이가 더해지기도 한다고 느꼈습니다. 물론 정말 깊이있는 형이상학적(形而上學的) 기상(奇想)을 담은 시가 되기에는 안이한 너스레가 너무 많고, 「동천」 같은 시는 소월(素月)조의 가락이 아무래도 안 맞는 것 같아요. (그렇다고 서정주가 영국의 '형이상파' 시인을 닮은 시인이 되었어야 한다는 이야기는 아니고요.)

　저 역시 미당 시에 대한 총체적인 평가를 유보한 채 마치렵니다. 처음부터 단상(斷想)식의 두서없는 글을 생각했던 것이니 읽는 분들도 양해해주시기 바랍니다. 인내심을 갖고 읽어주셔서 고맙습니다.

〈2001〉

백석문학상 후보 시집들

심사평 네 꼭지

■ 제1회 ■

가장 먼저 마음을 정리해야 한 것은 백무산의 『길은 광야의 것이다』에 관해서였다. 내용으로 본다면 제12회 만해문학상 수상작 『인간의 시간』에 비해서도 진일보한 면이 있어 원칙적으로 끝까지 고려해볼 만했다. 그러나 다른 유력한 후보작이 없는 것도 아닌데 창비가 주관하는 또하나의 상을 주는 것은 아무래도 거북한 일이었다.

최하림(崔夏林) 시집 『굴참나무숲에서 아이들이 온다』는 그의 오랜 시력 중에서도 특기할 만한 성과며 최근 우리 시단의 중요한 수확임이 분명하다. 특히 투병의 괴로움이 녹아든 주밀한 관찰과 생의 환희가 어우러진 시편들이 가슴을 울렸다. 다만 풍성함에서는 나머지 두 시집에 못 미치는 느낌이었다.

그리하여 이상국(李相國)의 『집은 아직 따뜻하다』와 황지우(黃芝雨)의 『어느날 나는 흐린 酒店에 앉아 있을 거다』를 두고 한참 고민했다. 둘다 긴장이 떨어지는 시들이 없지 않고, 특히 황지우 시집 중 뒷부분이 그런 경우가 많은 듯하다. 그러나 앞부분의 근작들이 훌륭한 것이 고무적이며, 개인의 발전 여부를 떠나 이들 작품은 그 자체로서 드문 수준의 성취이다.

시인 특유의 달변과 기지가 놀랍게 정제된 서정시도 여럿이고 김수영의
후기시에서처럼 서정을 넘어 정신의 새 영역을 치열하게 탐구하는 시들
도 있다.

이상국은 전통적인 서정에 뿌리를 둔데다가 이른바 참여시의 큰 흐름
을 타온 시인이라 언뜻 간과되기도 하지만, 이번 시집을 보면 그 또한 김
수영이 말한 '모더니즘의 세례'를 모른 시인이 아님이 확인된다. 「낙타를
찾아서」 같은 시의 지적 민첩성이나 「禪林院址에 가서」의 불교적 깊이가
그 좋은 예일 것이다. 그러면서도 「겨울 화진포」에서처럼 분단시대 시인
으로서의 역사의식을 견지하고 있음이 든든하다.

굳이 하나를 골라야 한다면 요즘의 시류에서 오히려 촌스럽다고 몰리
는 쪽을 지지하는 것이 백석의 정신에도 어울리지 않을까 생각하였으나
공동수상이라는 행복한 대안을 찾아서 나 또한 행복하였다. 두 분께 진심
어린 축하를 보낸다.

〈1999〉

■ 제2회 ■

본심에 오른 일곱 권 모두가 취할 바가 있어 심사를 준비하는 일이 즐
거웠다. 『그로테스크』는 작위적인 시들이 적지 않으나 특유의 기상(奇想)
이 살아난 작품들이 눈길을 끌었고, 『나는 거기에 있었다』는 도(道)의 경
지를 노래하는 데 비해 도에 관한 사변에 머문 시들이 마음에 걸렸지만
실제로 달관을 얻은 작품들도 만날 수 있었으며, 『바닷가 우체국』은 안이
한 감동에 호소하는 일이 잦다 싶다가도 아름다운 서정이 가슴에 와닿곤
했다.

인상적인 작품이 더 많기로는 김진경(金津經)과 김명인(金明仁)의 시집

을 꼽을 만했다. 『슬픔의 힘』은 제1부의 산문시들이 대체로 너무 산문적이어서 실망스러웠는데, 제2부로 들어가며 「백제와당연화무늬」「미소」「협곡」 등 빼어난 작품이 잇따르고 있어 괄목상대하게 되었다. 이런 보람은 3·4·5부에서도 대체로 지속되었지만 시인의 꾸준한 전진을 좀더 지켜보는 쪽으로 마음을 정리했다. 『길의 침묵』은 불필요하게 난해한 작품이 많은 것이 흠이었는데 「咸白山」「사십 일」 등에 이르면서 그런 결함이 만만찮은 시적 성취의 부산물임을 실감하기 시작했다. 「저 등나무꽃 그늘 아래」나 「달과 과학」에서 실직자의 아픔에 대한 공감이 시집의 전체적 흐름과 자연스럽게 결합되는 모습도 감명깊었다.

그러나 이번 심사에서 끝까지 힘들었던 것은 김기택(金基澤)과 최영철(崔泳喆)의 시집 중에서 고르는 일이었다. 『사무원』은 태작이 거의 없는 밀도높은 시집일뿐더러, 삶의 물질성 내지 육체성에 대한 이 시인의 끈질긴 탐구가 새 경지에 이른 면모가 보인다. 예컨대 「발자국 1」에서 신체성의 제약에 대한 인식이 공(空)의 깨달음과 절묘하게 일치하는데, 「발자국 2」에서는 눈덮인 아름다운 겨울산을 배경으로 몸뚱이를 지닌 생명의 고달픔과 위태로움이 부각된다. 동시에 실질적으로 '발가락' 연작에 해당할 「우주인」에서는 물질이 중력의 제약을 받는 이 진토가 곧 낙토일 수 있음을 상기시키기도 한다. 「비린내」「포장마차에서」「어항 유리벽에 붙어 있는 낙지들아」 등도 따로따로 잘 읽히는 시들이면서, 함께 읽을 때 시인의 복합적 인식이 더욱 빛을 발한다. '신생아' 연작이나 「아기는 있는 힘을 다하여 잔다」 같은 시에서는 새로운 경험의 영역이 열림도 보이는데, 앞으로 한층 다양한 작품세계가 개진되기를 기대한다.

최영철 시집은 더러 허술한 데도 있다. 그러나 「20세기 공로패」에서 "길 없는 길/가락 없는 청맹과니의 고개 넘어오며/나 비로소 득음했으니/너에게 상을 준다 20세기여/이렇게 만신창이로 허덕거린 사이/나는 다 망가져 처음으로 돌아왔다"라고 자괴하며 자부했듯이, 이번 시집에는 오랜

방황과 피폐 끝에 새로이 얻은 통찰과 싱싱한 힘이 도처에서 빛나고 있다. 이어지는 「21세기 임명장」의 멋진 결말 — "잠시 떠맡은 해 별 풀 달/그냥 그 자리 둥실 떠 있기를" — 에서도 그의 득음을 실감할 수 있으며, 표제작 「일광욕하는 가구」 또한 일상의 "풀죽고 곰팡이 슨 허섭스레기"가 평범한 햇살을 쬘 때 기적처럼 찾아오는 갱생을 증언해준다. 그밖에도 이 시집의 내용은 다양하며 풍부하다. '푸조나무 아래' 연작 중의 서정적 절창들이나 「박새」 「失語」 등등이 각기 다른 미덕을 지녔다. 마지막 남은 두 시집 중 나는 결국 『일광욕하는 가구』 쪽으로 기울었다.

〈2000〉

■ 제3회 ■

예심위원들이 골라준 일곱 권 모두에서 얻는 것이 있어 올해도 심사의 즐거움이 적지 않았다. 그중에서도 특별한 즐거움이자 보람은 김영무(金榮茂) 시집 『가상현실』을 처음 읽었을 때의 감동을 확인받은 일이었다. 한 분의 적극적인 주창과 다른 한분의 흔쾌한 동의 사이에서 나는 흐뭇한 마음으로 한 표를 보태기만 하면 되었다.

이 시집은 제4부의 '장편 굿시'가 다소 밀도가 떨어질 뿐 1, 2, 3부 모두 높은 수준을 유지한다. 그중에서도 암 선고와 수술 및 투병의 체험을 직접적으로 담은 제1부야말로 백미이며, 그 체험과 이에 따른 깨달음이 2, 3부의 성취에도 밑절미가 되고 있다. 충격적인 '선고' 이후 오히려 "세상은 화해"지고 몇날 며칠 지속되는 지독한 통증이 "찬란한 불꽃놀이"로 표현되기도 하는데, 이것이 전혀 허세나 역설(逆說) 자랑으로 읽히지 않는 것이 희한하다. 아픔과 두려움은 그것대로 절절히 기록하면서 그런 일을 직접 겪지 않은 독자들도 공감할 삶 본연의 어떤 경지를 드러냈기 때문일 것이다.

이럴 때 으레 그렇듯이 시인의 언어는 진부하고 고지식한 진술을 용납하지 않는다. '세상이 환해지는' 경험을 말한 시 「가상현실」에서도 정확한 표현은 "너의 세상은 환해진다"이다. 암 선고를 받은 나의 새로운 경험이면서 나와는 거리가 있는 '너의 세상' —

　환하디 환한 나라
　시간의 뿌리와 공간의 돌쩌귀가
　뽑혀나간 너의 현실은 안과 밖 따로 없이
　무한복제로 자가증식하는
　아, 디지털 테크놀로지 최첨단
　암세포들의 세상

이다. 순명(順命)을 내세워 이것저것 무분별하게 수용하고 찬미하는 생활은 아닌 것이다.

동시에 순명의 지혜가 기발한 시상과 결합된 시들을 거듭 만나게 된다. 「불꽃놀이」나 「마니피카트」 연작이 좋은 예이며, 「난처한 늦둥이」에서는 간병하고 투병하는 부부 사이의 은근한 정마저 느껴져 더욱 감동적이다. 어찌 보면 죽음은, 너무 일찍부터 병적으로 집착하는 사람과 끝내 생각 없이 무명(無明) 속에 죽는 사람을 뺀 대부분의 인간에게는 항상 '늦둥이'로 다가오게 마련인데, 시인은 "어이없게도 우리들 이불 속으로/파고 들어와 새근새근 잠들어 있는/갓난 죽음"을 인정하고 받아주는 지혜와 기술을 터득한 것이 분명하다. 그런 점에서 이 '난처한 늦둥이'는 이미 어느정도는 "순둥이로 자라 효도"하고 있는 셈이다.

다른 시집들에 대해서도 반가움과 고마움을 간략히 밝히는 것으로 심사평을 마치기로 한다.

266

『팽이는 서고 싶다』에서는 오랜 수난 끝에 되돌아온 저자의 시심이 건재함을 확인할 수 있었고,『개마고원에서 온 친구에게』는 다른 의미로 오래 방황하고 침묵했던 시인이 새로운 경지를 열어가는 모습이 존경스러웠다.『내 영혼은 오래되었으나』역시 한동안의 침묵 끝에 나온 시집인데, 아직은 시로의 귀환이 온전히 이루어진 느낌은 아니나 고무적인 바 있었다. 그에 비해『아무것도 아닌 것에 대하여』의 경우는, 타고난 서정시인이면서도 너무 쉽게 쓰는 게 아닌가라는 염려를 더러 갖게 하던 이 시인이 한층 밀도높은 언어를 선보인 것이 그야말로 고무적이었다.

고두현(高斗鉉), 윤제림(尹堤林) 두 분의 시집은 (부끄러운 고백이지만) 내게는 발견의 기쁨이 주가 되었다. 특히『사랑을 놓치다』는 여유 속에 긴장을 놓지 않는 솜씨가 탁월한 훌륭한 시집이다.

〈2001〉

■ 제7회 ■

박형준의『춤』이 심사위원들의 고른 칭찬을 받았지만 마지막까지 후보로 남은 것은 삶의 무게가 더 짙게 느껴지는 김신용과 정양의 시집이었다.

김신용의『환상통』은 노동하는 삶, 때로는 노동에서조차 탈락한 삶의 실감이 가득하다. 이 점 하나만으로도 요즘 시단의 흐름 속에서는 소중한 수확이 아닐 수 없다. 더구나 표제작을 비롯해서「물렁해, 슬픈 것들」「幻?」「比目魚」「그 두 발」「아내의 재봉틀」등 여러 작품은 단순히 가난과 비참을 증언하는 데 그치지 않고 깅 렬하고 개성적인 이미지의 시를 만들어낸다. 다만 이런 작품조차 더러는 조금 짧았으면 싶은 생각이 들 때가 있는데, 시집의 후반부로 갈수록 너무 설명적으로 늘어지는 경우가 많았다.

정양의『길을 잃고 싶을 때가 많았다』도 제1부의 고향마을 이야기들을 읽으면서는 무언가 최선에 미달하지 않나 하는 생각이 들었다. 완성도가 부족해서가 아니라, 초기 『만인보』 시편에서 익숙한 정서가 지배하는 듯했기 때문이다. 하지만 자세히 보면 사투리로 된 연(聯)을 끼워넣는 기법이라든가 「내외」나 「판쇠의 쓸개」 「작대기」 같은 작품적 성취가 모두 이 시인 고유의 것이려니와, 제2부에 이르면 또다른 경지가 열린다. 시인 자신 및 우리 사회의 현재 삶에 밀착한 시편들일 뿐 아니라, 「어금니」 「꽃불」 「낙화암 2」 같은 시에서 만나는 분노, 허탈, 관용, 애정 등 복합적 감정의 절묘한 균형은 뛰어난 시적 역량을 증거하고 있다. 전체적으로 수상작으로 손색없는 시집이라는 데 나 또한 기꺼이 동의했다.

그밖에 이문재의 『제국호텔』도 감명깊게 읽었다. 요즘 한국시단에는 생태주의 시가 가위 '범람'의 수준이지만, 생태적 감성이 진실한 서정 및 정련된 언어 그리고 날카로운 비판적 지성과 만나는 경우는 드문 만큼이나 값지다.

이경림의 『상자들』은 때로는 시 자체가 상자에 갇혀버린 듯 답답하고 때로는 감정의 토로가 너무 직설적인 점이 흠이지만 「동백 울타리」 「머리칼 이야기」 등 훌륭한 시편들을 만날 수 있어 반가웠다.

천양희의 『너무 많은 입』과 송재학의 『진흙 얼굴』은 각기 유형을 달리하면서도 높은 수준을 유지하는 시집이었다. 오규원의 『새와 나무와 새똥 그리고 돌멩이』와 안도현의 『너에게 가려고 강을 만들었다』 역시 여전한 솜씨를 보여주기는 하지만, 더러 매너리즘으로 굳어지는 기미가 보이는 점이 불만스러웠다.

〈2005〉

『외딴 방』이 묻는 것과 이룬 것

1

신경숙(申京淑)의 장편 『외딴 방』은 글쓰기에 관한 물음으로 시작하여 같은 물음으로 끝난다.

이 글은 사실도 픽션도 아닌 그 중간쯤의 글이 될 것 같은 예감이다. 하지만 그걸 문학이라고 할 수 있을 것인지. 글쓰기를 생각해본다, 내게 글쓰기란 무엇인가? 하고.[1] (15면)

작품 마지막에 이 토막 전체가 두 군데만 약간 바뀐 상태로 되풀이된다.

이 글은 사실도 픽션도 아닌 그 중간쯤의 글이 된 것 같다. 하지만 이걸 문학이라고 할 수 있을 것인지. 글쓰기를 생각해본다. 내게 글쓰기란 무엇인가? 하고. (424면)

---

1 인용문은 『외딴방』 개정판(문학동네 1999)을 기준으로 하여 본문 중에 면수만 표시한다.

실제로 이 결말은 잡지 연재 당시(『문학동네』 1~4호)에는 없었고 단행본으로 간행하면서 덧붙인 부분에 속하는데, 이런 수정에는 약간의 부담도 따름을 뒤에 살펴보겠지만, 아무튼 작가로서는 숙고 끝에 완성본의 결말로 삼을 만큼 절실한 물음이었음이 분명하다. 그리고 이 물음을 제대로 묻고 있다는 점이야말로 『외딴 방』이 이룬 성취의 큰 몫으로 꼽음직하다.

언표된 질문 자체로 말한다면 이제는 어지간히 상투화된 것들이다. 한때 참신했던 이런 질문이 쉽사리 상투화되고 만 것은, 가령 '사실/픽션' 구분이 쉽지 않다는 지적만 하더라도, 있는 사실, 있었던 사실의 엄숙함이 애당초 안중에 없는 사람들이 유희 삼아 그런 질문을 던지는 수가 흔하기 때문이다. 그러나 『외딴 방』에서 이 물음은 '사실대로' 쓰는 일의 중요함과 어려움을 뼈저리게 체득한 데서 나온다. 예컨대 제3장에서 어느 선배가 집필중의 '나'에게 전화를 해서 직전 연재분에서 「금지된 장난」이라는 영화를 보았다는 서술의 허구성—내지 허위성—을 지적하는 삽화가 있다. '나'는 실제로 본 영화가 마음에 안 들었기에 소설의 특성을 빌려 ('나'가 태어나기 전에 딱 한번 상영된 적이 있을 따름인) 「금지된 장난」을 대신 써먹었는데 그것이 선배에게 적발된 것이다. 그런데 이 삽화가 작중에서 갖는 의미는 결코 간단치 않다. 우선 작가가 '후기'에서도 밝히듯이 어디까지나 "이 글은 소설"(10면)이라는 점을 상기시키는 구실을 한다. 동시에 실제로 본 영화가 「부메랑」이었다는 고백을 통해 소설은 소설이되 사실에 가까운 소설임을 새삼 확인하기도 한다. (아니면 '사실에 가깝다는 느낌을 받게 만드는'이라고 해야 할지? 저자가 「부메랑」 아닌 또다른 영화를 보아놓고 「부메랑」을 본 듯이 말했다 해서 내가 책임질 수도 없고 저자에게 책임을 물을 수도 없는 일이니까.)

선배의 충고에 대한 '나'의 반응 또한 새겨들을 필요가 있다. 충고 자체도, 다른 작품은 몰라도 『외딴 방』에서만은 "그냥 본 대로 그대로 쓰라고…… 그렇다고 내가 너한테 리얼리티를 요구하고 있다고는 생각 마라"

는 것으로서 무작정 사실주의적 정확성을 강조한 것이 아니었고, '나'는 그 말뜻을 충분히 새겨들을 줄 안다.

> ……내 아무리 집착해도 소설은 삶의 자취를 따라갈 뿐이라는, 글쓰기로 서는 삶을 앞서나갈 수도, 아니 삶과 나란히 걸어갈 수조차 없다는 내 빠른 체념을 그는 지적하고 있었다. 체념의 자리를 메워주던 장식과 연출과 과장들을. (243면)

여기서 먼저 주목할 구절은 "내 빠른 체념"이다. 이렇게 쓰는 사람은 글쓰기의 한계에 대해 아예 체념해버린 사람이 아니라 이따금 너무 쉽게 체념하는 자신을 아프게 반성하는 사람이다. 게다가 "체념의 자리를 메워주던 장식과 연출과 과장들을." — 이보다 더 신랄한 자기비판이 어디 있을 것인가.

이 삽화가 이것으로 완결되는 것도 아니다. 다음 토막은 이렇게 이어진다.

> 전화를 끊고 저녁 반찬용으로 시금치를 삶았다. 싱싱한 시금치. 삶아지면서 시금치의 빛깔이 바래지 말라고 끓는 물에 소금을 조금 집어넣었다. 삶아진 시금치를 찬물에 두 번 헹궈냈다. 손바닥에 올려놓고 물기를 짰다. 그래, 나는 이렇게밖에 쓸 수 없는 것이다. 손바닥에 올려놓고 물기를 짰다, 라고밖에. 물기가 짜지기 전까지의 손바닥 위에 올려진 시금치의 감촉이며 냄새며를 문장으로 표현해볼 도리가 없는 것이다. 그의 진실은 내가 표현해볼 도리가 없는 그 속에 잠겨 있을지도 모르는 일인데도. 시금치의 푸르스름한 빛깔이 성긴 마음을 가라앉혀주었다. 냉면을 만들어 먹던 그릇에 시금치를 나실나실 퍼 담았다. 생마늘 두 쪽을 찧어 넣었다. 참기름병과 깨소금병을 꺼내놓고 어슷어슷 파를 썰었다. (243~44면)

이렇게 써놓았다고 해서 시금치의 감촉이나 냄새, 색깔 따위가 그대로 재생될 리는 없다. 하지만 다른 매체를 통한 재현이나 심지어 '실체험'보다도 "그의 진실" — '시금치의 진실'이자 '삶의 진실'?[2] — 을 더 깊이 느끼게 해주는 힘이 과연 없다고 할 것인가. 그냥 "손바닥에 올려놓고 물기를 짰다"라고 쓴 것이 아니라 글쓰기 일반과 『외딴 방』 쓰기와 시금치 대목 쓰기에 관한 진지한 성찰의 과정에서 그 말이 나오며 "나실나실 펴 담"고 "어슷어슷 파를 썰"은 이야기가 나오기 때문에 — 게다가 '어슷어슷'이라는 낱말을 받아 새로 펼치는 올케와의 삽화에서도 그러한 성찰이 암묵적으로 이어지기 때문에 — 언어예술만이 가능한 진실의 드러남이 이룩되는 것이다.

위에 든 예는 소설 속에서 그야말로 하나의 삽화에 불과하다. 그러나 '사실'과 '픽션'에 관한 저자의 물음이 사실에 대한 경시가 아니라, 밝히고 싶은 사실이 너무나 많고 절실한 데서 비롯됨을 보여준다. '문학'과 '글쓰기'에 대한 물음도 위의 인용문에 나온 또하나의 낱말, 바로 '진실' 그것에 대한 헌신의 표현이다. 때문에 이 물음은 이따금 '문학'보다 '문학 바깥'을 중시할 것을 촉구한다. 예컨대 죽은 희재언니의 '인기척'을 느끼면서 '나'가 대화 아닌 대화를 하는 도중에 언니가 주문하는 바가 그것이다.

언니가 뭐라구 해도 나는 언니를 쓰려고 해. 언니가 예전대로 고스란히 재생되어질지 어쩔지는 나도 모르겠어. (…) 언니의 진실을, 언니에 대한 나의 진실을, 제대로 따라가야 할 텐데. 내가 진실해질 수 있는 때는 내 기

---

2 앞 토막에서 "삶의 자취" "삶을 앞서나갈 수도" "삶과 나란히" 운운할 때의 '삶'은 연재 본에 '그'로 되어 있다. '그'는 불필요한 호기심을 자극할뿐더러 이 대목에서는 "그는 지적하고 있었다"의 선배 '그'와 혼동될 우려마저 있으므로 손대기를 잘했다고 본다. 시금치 대목의 "그의 진실"도 '삶의 진실'로 바꾸면 더 선명해지는 잇점이 있겠으나 이 경우는 잃는 바도 없지 않을 듯하다.

억을 들여다보고 있는 때도 남은 사진들을 들여다보고 있을 때도 아니었어. 그런 것들은 공허했어. 이렇게 엎드려 뭐라고뭐라고 적어보고 있을 때만 나는 나를 알겠었어. 나는 글쓰기로 언니에게 도달해보려고 해.

……

……뭐라구?

……

조금만 크게 말해봐? 뭐라는 게야?

……

응?

……

문학 바깥에 머무르라구? 날 보고 하는 소리야?

……

문학 바깥이 어딘데?

……

언니는 지금 어디 있는데? (197~98면)

하지만 문학도 문학 나름이다. 문학이 무엇이며 문학의 안과 밖이 무엇인지를 묻기를 중단한 문학이라면 당연히 그 '바깥'에 머물러야 할 것인 반면, 물음의 경건성을 한시도 저버리지 않는 글쓰기라면 바로 작가가 다른 대목에서 긍정하는 진실된 문학이 될 것이다.[3]

3 "끝끝내 숨어버리는 것들을 억지로 끌어낼 순 없었다. 그러나 내가 애착하는 것들은 끝끝내 숨어버리는 것들이다. 쉽게 끌려나오지 않고 숨어버리는 것들의 진실이 인젠가는 삶을 다른 각도로 바라볼 수 있는 심미안이 뇌어 놀아올 거라고 나는 생각한다. 어디에서 어떤 삶을 살고 있든 문학은 그 진실의 고귀함을 잊지 않을 것이라고."(412~13면) 다만 이 구절에서 '심미안'이라는 표현은 다소 부적절하다. '눈(眼)'을 오관의 하나가 아닌 온갖 인식기능의 대명사로 새겨들어준다고 해도, 거기에 '심미(審美)'라는 앞가지가 붙고 나면 "그 진실의 고귀함"을 '심미적 감상(鑑賞)의 대상'으로 환원하는 한발짝 비켜선 태도를 눈감아줄 길이 없어진다. 심미안도 물론 필요하지만 이 소설이 추구하고 이룩해낸 진실에 비한다면 너무나 국한된 기능임이 아쉽다

'언니와 그녀들' 그리고 '나'의 이야기야말로 『외딴 방』이 밝히고자 하는 진실의 몸체요 그것을 밝히는 일의 어려움이 '나'를 글쓰기로부터 도망질치게 만드는 주된 요인이다. 따라서 이야기를 진실되게 해내려는 서사적 노력이 글쓰기에 대한 끝없는 문제제기와 뒤엉켜 진행되는 것은 불가피한 일이다. 그리고 바로 이런 복합적인 노력을 독자에게도 요구한다는 점이 『외딴 방』 읽기의 어려움이자 특별한 즐거움이기도 하다.

이쯤에서 나도 저자처럼 '기승전결의 형식'을 잠시 놓아버리고 우리 문학에서 이런 노력을 요구하며 그에 따르는 즐거움을 제공하는 장편소설이 과연 몇이나 될지 자문해본다. 또 그러한 (많지 않은) 장편 가운데서 『외딴 방』의 상대적 지위는 어떤 것일까? 현란한 형식상의 실험이야 요즘 들어 너나없이 선보이고 있다. 그러나 실험을 위한 실험은 논외로 치자. 『외딴 방』의 '나'가 탐독했고 필사까지 했던 『난장이가 쏘아올린 작은 공』은 물론 그런 부류가 아니지만, 문학에 대한 물음의 집요성이나 현실에 대한 탐구의 깊이에서 『외딴 방』과 견줄 차원에 다다랐다고는 보기 어렵다. (신경숙 자신의 첫 장편 『깊은 슬픔』도 그 차원에 미달함은 물론이다. 이 작품은 아예 그 삼각관계의 상징성을 살리기 위해 훨씬 더 양식화(樣式化)하거나─가령 괴테의 『친화성』(Die Wahlverwand-schaften)처럼─아니면 주요 인물들의 성격적 결함에 대한 훨씬 처절한 자연주의적 해부가 있었어야, 형식상의 실험으로서나 사랑의 진실에 관한 탐구로서 그 진가를 발휘했을 것이다.) 오히려, 중편의 경우이긴 하지만, 황석영의 「객지」나 「한씨연대기」가 글쓰기에 대한 자의식을 표출하는 '실험적 기법'을 구사하지 않으면서도 『외딴 방』 못지않은 실험정신의 소산이라 할 만하다. 일견 낯익은 사실주의에 안주한 듯싶은 『삼대』도 한국문학에서 당대현실을 처음으로 원숙하게 그려낸 장편답게 두고두고 신선함을 안겨주는 바

는 것이다.

있는데, 그렇더라도 독자를 좀 너무 편하게 해준 느낌이 없지 않다. 또한 『임꺽정』은 결코 구수한 옛이야기식 서술만이 아니고 진지한 기법상의 성찰이 반영된 서사물이지만, 미완인데다가 창조적 모색의 긴장이 풀어지는 대목도 많은 것이 사실이다. 아무튼 순전히 서사형식의 관점에서도 『외딴 방』의 소중한 성취를 일단 실감하지 않을 수 없다.

2

　『외딴 방』의 주된 이야기는 '나'가 유신말기에 구로공단에서 일하면서 '산업체특별학급'에 다니던 삼년 남짓의 세월에 관한 것이다. 그 서사를 촉발하는 계기는 당시의 학교 친구 하계숙이 지금은 유명한 소설가가 된 '나'에게 어느날 전화를 걸어온 일이다. 몇번의 통화 중 '나'의 가슴에 가장 아프게 날아든 말이 ― 작중에 거듭 되풀이되는 ― '너는 우리 얘기는 쓰지 않더구나. 네게 그런 시절이 있었다는 걸 부끄러워하는 건 아니니. 넌 우리들하고 다른 삶을 사는 것 같더라'는 것이다(36, 44, 71면 등). 물론 '나'는 흔히 있을 법한 속물근성으로 못살던 시절과 그때의 동료들을 창피스러워해온 것은 아니다. 동시에 첫 전화를 받고부터 스스로에게 던진 질문, "아직 만나지 못한 그녀들과 나 사이엔 무엇이 있는 걸까"(35면)라는 물음에 대한 답 또한 쉽게 나오지 않는다. 어떤 의미로는 '그녀들과 나'의 이야기 전체가 그녀들과 나 사이에 놓여 있었고, 따라서 그 이야기를 해내는 일이 곧 질문에 대한 답이 되기도 하는 것이다.
　서사를 방해하는 가장 결정적인 요인은 두말할 것 없이 희재언니의 기억, 특히 그녀의 끔찍한 죽음과 이를 저도 모르게 방조한 충격에 관련된 기억이다. 그런데 신경숙 개인으로서는 오히려 그 이야기를 첫 창작집 『겨울 우화』(1990)에 실린 바로 「외딴 방」(1988)이라는 제목의 단편에서 일찌감치 해낸 바 있다. 이에 대해 장편 『외딴 방』의 '나'는, "하지만 그녀, 하계숙이 그 글을 읽는다고 해도 그녀는 그 글이 그 시절 우리들 얘기라고 생각하지는 않을 것이다. 나는 정직하지 못하고 할 수 있는껏 시치미를 떼었으니까"(71면)라고 자평한다. 하계숙이 '우리들 얘기'로 생각지 않을 일차적인 이유는 하계숙들의 학교생활이나 공장생활이 빠졌기 때문일 터이다. 그러나 저자의 자기비판은 단편소설에서 족히 있음직한 소재의 한정문제가 아니라 심지어 희재언니 이야기조차 거기서는 제대로 전달하지 못한 어떤 본질적인 진실성의 문제를 제기한다고 보아야 할 것이다. 바로 그렇기 때문에 이미 해버렸던 그녀 이야기가 장편 『외딴 방』을 쓰는 과정에서 처음 하는 이야기나 다름없이 힘들고 괴로운 장애로 작용한다.

이번 작품에서는, "희재언니…… 기어이 튀어나오고 마는 이름"을 대하자 '나'는 다음 문장에서 "우리는, 희재언니는 유신말기 산업역군의 풍속화"(48면)라는 말로 그녀의 이야기를 그 시절 하계숙들 이야기의 한복판에 자리매기고 출발한다. 이로써 진실에 한발 다가서지만 글쓰기가 그만큼 더 어려워지기도 한다. '나' 자신도 포함되었던 이 '풍속화'가 작가에게 끊임없는 아픔으로 남았고 그리하여 희재언니의 이야기와 나머지 '우리들'의 이야기가 상승작용을 일으키면서 순탄한 서사를 방해하는 것이다. 가령 2장에서 '나'가 서사 도중 집필을 중단하고 부질없는 전화질을 하면서 시간을 끄는 것은 '그때의 가난'이 도저히 믿어지지 않아서다.

> 그땐 어째서 그토록 가난했는지. 어떻게 그렇게나 돈이 없었는지. 어떻게 그토록? 침대 옆 거울 속에서 무슨 외침이 흘러나오는 것 같다. 뭘 잘못 알고 있는 거 아니야? 어떻게 그럴 수 있어? 믿어지지가 않아. 나한테 뭐라구 하지 마. 나도 안 믿어져. 괜한 J에게 전화를 걸었다. (312면)

그 믿어지지 않는 가난의 일차적인 원인은 물론 저임금이었다. 외사촌과 '나'가 받은 임금의 상세한 내역을 처음 밝힌 대목(65면)에서부터 믿어지지 않는다는 말이 나오고, 얼마 뒤 "저임금이란 말이 주는 가슴 저림. 저임금, 저임금…… 내가 기억하는 우리들의 급료는 사실이었을까"(75면)라는 토막에서도 되풀된다. 저임금뿐 아니라 열악한 작업환경과 이계장 같은 감독자의 비열한 유린행위, 노조에 대한 회사와 당국의 탄압 등등이 1970년대 말·80년대 초 한국 노동현장의 이 풍속화에 결국은 생생하게 담겨지기에 이른다.

그런데 이러한 성취에서 빼놓지 못할 요소는 하계숙들과 동류이면서 또한 여러 면에서 저들 대다수와 뚜렷이 구별되는 '나' 자신의 이야기가 단편 「외딴 방」에서와 달리 큰 비중을 차지한다는 점이다. '나'의 시골집은 결코 부농은 아니지만 그렇다고 가난하지도 않았다. 오히려, "제사가 많았던 시골에서의 우리집은 어느 집보다 음식이 풍부했으며, 동네에서 가장 넓은 마당을 가진 가운뎃집이었으며, 장항아리며 닭이며 자전거며 오리가 가장 많은 집이었다. 그런데 도시로 나오니 하층민이다."(58면, 인용자 강조) 하지만 이 '모순'이야말로 농촌의 희생을 전제로 삼은 저임금정책, 그리고 국민들의 향학열을 사회적 길들이기 및 경제적 착취에 이용하는 교육제도와 사회구조가 드러나는 한가지 양태이다. 아무튼 '나'의 시골집은 공장과 학교의 많은 동료들이 못 가진 행복의 공간이지만 그만큼 도시생활의 충격을 더해주기도 한다. 갑작스러운 신분하락 때문에 더 고통스럽기도 하고, 나아가 도시의 '우리들'의 공통된 질곡과 비참을 그만큼 더 예리하게 감지할 수 있게 해주기도 하는 것이다.[4]

---

4 "자연 속에서 중간다리도 없이 갑자기 공깅 잎으로 걸어가야 했던 나와, 거기에서 보았던 내 나이 또래, 혹은 대여섯살 많은 처녀들 앞에 놓인 삶의 질곡들과 자연의 숨결이 끊어진 이 도시를 나는 어떻게 받아들여야 할지 모르고 있었다."(68면) 사소한 문제지만 한가지 지적하고 싶은 점은, 인용문 중 '보았던'은 (그 앞의 '걸어가야 했던'과는 달리) 굳이 이렇게 복과거(複過去)를 만들 필요가 없는, 요즘 문장에서 일종의 매너리즘으로 굳어졌고 신경숙에서도 이따금 발견되는 흠이 아닌가 한다. '본'이라고 해도 그 자체가 과거형이며, 영어처럼 종속절의 시제를

'나'는 비교적 나은 가정배경 외에도, 일찍부터 작가가 되려는 열망을 품었고 더구나 그 열망을 실현하는 데 성공한다는 점에서 대다수 여공들과 구별되는 존재다. 그러나 이러한 예외성이 '나'가 서술하는 경험의 전형성을 심각하게 훼손할 까닭은 없다. 첫째는 적빈에 몰려 무작정 상경하는 처녀들도 각기 그 나름의 꿈과 열망이 가세해서 상경을 감행하는 것이지 오로지 가난만이 이유인 경우가 오히려 예외라 보아야 하며, 둘째 '나'의 열망이 열여섯 나이에 쇠스랑으로 자기 발을 찍을 만큼 예외적으로 강렬한 것이었기에 상경한 농촌 자녀들이 마주치는 일반적인 모순 속에 던져졌던 것이다. 이 모순을 혼신의 힘을 다해 살았고 외딴 방을 탈출한 뒤에도—탈출의 순간 자체는 또 한번의 '무작정 탈출'이지 성공의 결과가 아니었지만—'산업역군의 풍속화'로부터 벗어나는 데 실로 눈부신 성공을 거둔 사람으로서의 자의식을 정확하게 반영하는 글쓰기의 모색을 끝까지 지속함으로써 '풍속화'의 독창성과 정직성을 확보할 수 있게 된다.

　'나'의 이런 성공에는 본인의 재능과 인내라든가 최홍이 선생 같은 분을 만난 행운 등 여러가지가 작용한다. 그러나 가장 직접적인 공헌은 먼저 서울에 와 있다가 '나'와 외사촌을 맡아 생활을 꾸려가는 큰오빠의 헌신적인 뒷바라지와 엄격한 보호일 것이다. 이런 큰오빠의 힘겨운 모습은 시골에 남은 아버지, 어머니, 남동생과 나중에 서울에 온 셋째오빠, 그리고 함께 상경하여 공장과 학교를 같이 다니는 외사촌 등의 이야기와 함께 "우리나라 어디서나 볼 수 있는 농촌생활로 간주되는 우리 가족의 생활방식"(54~55면)을 담은 또다른 풍속화를 이루기도 하지만, 훗날의 '나'에게 희재 언니의 기억보다 덜 충격적일 뿐 그에 못지않게 가슴저린 아픔을 주고 서사상의 머뭇거림을 낳는 것이 바로 큰오빠의 고생이다.

　이러한 온갖 아픈 기억들이 스스로의 억압작용을 뚫고 드디어 이야기

주절과 일치시킬 필요가 없는 한국어의 어법으로는 '거기에서 보는'이라고 하더라도 (물론 뜻이 조금은 달라지지만) '모르고 있었다'는 시점의 과거에 저절로 귀속되지 않는가.

되는 데 성공함으로써 『외딴 방』은 남진우(南眞祐)가 일찍이 지적했듯이 "가까운 한 시대를 총체적으로 형상화한 증언록"이자 드물게 "감동적인 노동소설"이 되었다.[5] 실제로 80년대에 노동소설이라는 것이 많이 씌어졌고 전투적 노동운동의 중요성을 강조한 작품이 줄을 이었다. 하지만, 정작 노동자들의 생활현장과 작업현장을 동시에 여실하게 그려낸 예는 드물었으며 장편의 경우는 더욱 그렇다. 노조활동에 관해서도 비록 『외딴 방』의 '나'와 외사촌은 학교를 가기 위해 죄책감을 무릅쓰고 노조 탈퇴서를 쓰는 인물들이지만, 아니 바로 그런 인물의 시선을 통해 노조 지도자와 가담자들이 그려졌기 때문에, 유채옥이라든가 이름도 잊어버린 2대 지부장, 미스리, 윤순임, 서선, YH의 김삼옥 등등의 모습이 더욱 생생하게 살아나고 그들의 정당성이 어김없이 옹호된다. 실제로 하계숙이 전화로 "너는 우리들 얘기는 쓰지 않더구나"라고 했을 때 그 말이 충격으로 다가온 데에는, 삼청교육대에 끌려갔다 온 미스리가 "나중에 글쓰는 사람이 되거든, 우리들 얘기도 쓰렴"(355면)이라고 부탁하던 기억이 가세했기 때문일 것이다.

물론 작가 자신의 문학관은 이른바 민중문학 또는 민족문학을 표방하는 사람들과는 거리가 있는 듯하다. 작중에서 이런 사람들을 대변하는 것은 오히려 셋째오빠다. 문민정부가 12·12 주동자 처벌조차 못하고 있음을 비난하면서 셋째오빠는 "니가 작가라면 그런 문제들을 외면해선 안돼. 그 쿠데타가 결국은 광주 일도 불러온 거야. 무시무시한 일이지"라고 말한다. 이에 대해 '나'는 다음 토막에서 이런 혼잣말로 답변을 대신한다.

……몰라, 오빠. 나는 그런 것들보다 그때 연탄불은 잘 타고 있었는지, 가방을 챙겨들고 방을 나간 오빠가 어디 길바닥에서나 자지 않았는지, 그

---

5 해설 「우물의 어둠에서 백로의 숲까지 — 신경숙의 『외딴 방』에 대한 몇개의 단상」, 『외딴 방』 (전2권, 문학동네 1995; 제2권, 292면).

런 것들이 더 중요하게 느껴져. 그때 왜 그렇게 추웠는지 말야. (…) 오빠. 그때 내가 정말 싫었던 건 대통령의 얼굴이 아니라 무우국을 끓이려고 사다놓은 무우가 꽝꽝 얼어버려가지고 칼이 들어가지 않은 것 그런 것들이었어. 눈이 내린 아침에 수돗물을 틀었을 때 말야. 물이 얼지 않고 시원스럽게 나와주면 너무 좋았고, 안 그리고 얼어서 나오지 않으면 너무 싫고 그랬어. 내가 문학을 하려고 했던 건 문학이 뭔가를 변화시켜주리라고 생각해서가 아니었어. 그냥 좋았어. 문학이 있다는 것만으로도 현실에선 불가능한 것, 금지된 것들을 꿈꿀 수가 있었지. 대체 그 꿈은 어디에서 흘러온 것일까. 나는 내가 사회의 일원이라고 생각해. 문학으로 인해 내가 꿈을 꿀 수 있다면 사회도 꿈을 꿀 수 있는 거 아니야? (206면)

이 진술을 그대로 작가 신경숙의 문학관과 동일시할 일은 아니다. 그러나 다른 자리에서의 개인적 발언을 보더라도,[6] 민족문학론의 이름으로든 그 어떤 명분으로든 삶의 섬세한 진실과 개인의 꿈꾸기에 대해 강압적인 모든 사람을 향한 작가 자신의 항변이 담긴 대목임을 짐작할 수 있다. 반면에 주목할 점은, 이런 항변에도 불구하고 실제로 '나'는 셋째오빠가 주문한 거의 모든 것, 어쩌면 그 이상의 것을 써냈다는 사실이다. 유신말기의 억압상과 민중의 빈곤, 노조에 대한 부당한 탄압과 YH사건, 12·12와 5·17에 이은 광주학살과 삼청교육대 등등이 고스란히 『외딴 방』의 화폭에 재생된 것이다. 뿐만 아니라 "내가 문학을 하려고 했던 건 문학이 뭔가

---

6 예컨대 계간 『창작과비평』 30주년 기념호에 기고한 글에서 신경숙은 "특히 작가생활을 시작하면서 나는 어느 한 시기에 창비에 상당량의 억압을 느끼기도 했다"면서, "세상의 설명되지 않는 것들을 감싸안아줄 여유가 창비에게는 없는 것 같았다. 어느 여름날, 느닷없이 포도밭에 일렁이던 불길이나, 한낮의 산길을 걸어갈 때 느껴지는 두려움이나, 이 건물 안에 나 혼자 자고 있는 건 아닌가 싶어 신새벽에 건물 바깥으로 나가 다른 불빛을 확인하고 돌아오는 인간이 지닌 본능적인 무섬증들을 창비 앞에선 감히 말할 수가 없었다"고 술회한 바 있다.(1996년 봄호, 44면)

를 변화시켜주리라고 생각해서가 아니었어"라는 주장에도 불구하고 이 작품의 글쓰기는 그 무엇보다도 중요한 것 곧 '나' 자신을 변화시켰음이 드러나며, 변화가 '나'의 차원에 그칠지 사회에 더 널리 번질지는 두고볼 일이다. 민족문학을 말해온 평자로서 한마디 덧붙이자면, 바로 이런 개인 차원의 진정한 변화가 수반되는 '시대의 증언'이나 '사회현실의 고발'만이 뜻있는 사회변화를 가져올 수 있고 민족문학의 이름도 살릴 수 있으리라 는 것이다.

3

여러 평자가 이미 지적했듯이[7] 『외딴 방』은 독특한 형식 실험을 수행한 소설이고 그중에서 두드러지는 특징은 외딴 방 시절의 과거 이야기와 그 이야기를 집필하는 '나'의 현재 시간이 교직(交織)되며 진행된다는 점이 다. 또한 이 짜임에서 과거는 현재형으로, 현재는 과거형으로 서술된다는 특이한 사실도 주목을 끈 바 있다.[8] 물론 이것은 작중의 '나'도 의식하고 있을뿐더러 의식적으로 결정한 서술전략이기조차 하다.

이제야 문체가 정해진다. 단문. 아주 단조롭게. 지나간 시간은 현재형으 로, 지금의 시간은 과거형으로. 사진 찍듯. 선명하게. 외딴 방이 다시 닫히

---

7 과문 탓인지 몰라도 『외딴 방』을 따로 다룬 평론은 별로 많지 않은 듯하다. 다른 작품 또는 작 가를 함께 논하면서 언급한 예는 물론 많겠지만, 필자는 앞서 인용한 남진우의 해설 외에 주로 다음 글들을 참조했고 모두가 많은 참고가 되었다. 염무웅 「글쓰기의 정체성을 찾아서」, 『창작 과비평』 1995년 겨울호; 박해현 「우물 속의 하얀 새」, 『문학동네』 1996년 봄호; 김사인 「『외딴 방』에 대한 몇개의 메모」, 『문학동네』 같은 호; 최원식 「제11회 만해문학상 심사경위」, 『창작 과비평』 1996년 겨울호.
8 예컨대 염무웅, 앞의 글 282면.

지 않게. 그때 땅바닥을 쳐다보며 훈련원 대문을 향해 걸어가던 큰오빠의 고독을 문체 속에 끌어올 것. (43면)

그런데 여기서 간과해서는 안될 몇가지 사항이 있다. 첫째, 의식적인 결정이라고는 하지만 처음부터 그렇게 정해놓고 쓰기 시작한 것이 아니고 어떻게 쓸지를 궁리하며 이야기를 한참 풀어나가던 끝에 문득 내려지게 되는 결단이라는 점이다. (이는 '나'가 뒤에 가서(412면) '반짇고리 들추기'에 견준 그의 집필방식의 한 예이기도 하다.) 글쓰기를 묻는 서두는 물론이고 "여기는 섬이다"로 시작하는 다음 문단 역시 현재의 시간을 그대로 옮기는 현재형이었다. 곧이어 '열여섯의 나'를 생각하며 "열여섯의 내가 있다"(15면)라고 그 시절 또한 현재형으로 서술되는데, 아직까지 이 현재형은 지난 일을 특히 생생하게 제시하는 기법으로 흔히 쓰이는 이른바 '역사적 현재'로 범상하게 받아넘길 수 있는 성질이다. 이런 '역사적 현재'는 최근의 사건인, 덕수궁 앞에서 택시를 타고 오던 중의 과거형 서술 속에도 뒤섞여 있다(20~21면). 또한 옛날 일이 주로 현재형으로 서술되지만 "우리들 사이엔 봉제공장, 전자공장, 의류공장, 식품공장들의 생산부 라인이 존재했다"(25면)라는 과거형 토막이 끼여들기도 한다. 이런 기복과 헤매임을 거치다가, 작가가 되겠다는 '나'의 숨은 꿈이 큰오빠에게 알려진 날의 오빠 모습이 떠오른 뒤에 비로소 예의 결정이 내려지는 것이다.

둘째로 유의할 점은 이렇게 정하고 나서도 소설의 진행과정에서 그 방침에 어긋나는 시제 사용이 적지 않게 일어난다는 사실이다. 이에 대해서는 좀더 상세한 점검을 곧 시도하겠지만, 그에 앞서 생각해볼 일은 이러한 서술전략의 의도가 무엇이냐는 점이다.

먼저, "사진 찍듯. 선명하게"라는 다짐이 — "큰오빠의 고독을 문체 속에 끌어올 것"에서도 알 수 있듯이 문자 그대로 사진 찍듯 모사하겠다는 소박한 사실주의와는 무관하지만 — 아무튼 문학적 재현의 의지를 드러내고 있음이 주의를 끈다. 동시에 그 재현은 "외딴 방이 다시 닫히지 않게"라는 해방의 목표를 지닌 것이기도 하다.[9] 그런데 재현과 해방은 어떤 내적 연관이 있을까? 일반론의 차원에서는 양자의 필연적 연관성을 주장하는 데서부터 재현이 도리어 해방의 걸림돌이라는 생각까지 여러 설이 있을 터이다. 여기서는 그런 이론들의 다툼에 끼여들기보다 『외딴 방』의 구체적 맥락에서 현재형 서술을 통한 과거사의 재현이 어떤 해방적 기능을 갖는가를 살펴볼 일이다. 즉 지난날의 '나'가 겪은 일들이 현재형으로 서술되는 것은, 통상적인 의미의 '역사적 현재'로써 재현의 생동성을 높이며 염무웅의 표현으로 '과거성의 상실'을 성취하려는 것만이 아니라, 어떤 의미로는 한번도 제대로 과거가 되지 못하고 현재로 남은 체험을 그 현재성대로 서술함으로써 비로소 과거성을 부여하려는 몸부림이라 할 수 있다. 단편 「외딴 방」에서 진실을 얼버무리고 말았음을 고백하면서 장편 속의 '나'는 이렇게 쓴다.

정면으로 쳐다볼 자신이 없어 얼른 뚜껑을 닫아버리며 나는 느꼈다. 내게는 그때가 지나간 시간이 되지 못하고 있음을, 낙타의 혹처럼 나는 내 등에 그 시간들을 짊어지고 있음을, 오래도록, 어쩌면 나, 여기 머무는 동안 내내 그 시간들은 나의 현재일 것임을. (71면)

바로 그렇기 때문에 "지나간 시간은 현재형으로, 지금의 시간은 과거

9 이 인용문 또한 잡지본과의 대조가 흥미로운 예 가운데 하나다. 원래 "지나간 시간은 현재형으로, 지금의 시간은 과거형으로, 사진 찍듯"이라는 하나의 문장이 단행본에서 두 문장으로 나뉘었고 거기에 "외딴 방이 다시 단히지 않게"가 덧붙여졌다. 또 이에 앞서 "아주 단조롭게" 다음에 "모든 대화의 행을 가르지 않고 서술 속에 섞는다"라는 문장이 있던 것을 삭제했는데, 이는 내용 그대로 대화의 행가르기를 추가한 단행본의 서술방식에 맞춘 것으로서 읽기가 훨씬 쉬워진 잇점 외에 어떤 장단점이 있는지는 독자마다 음미해볼 일이다. (가령 과거 일의 현재형 서술에서는 잡지본의 형식을 고수했더라면?) 그리고 "큰오빠의 등을"이 "큰오빠의 고독을"로 바뀌었는데 이것은 명백한 개선이라 하겠다.

형으로"라고 정한 뒤에도 내부의 저항이나 충격이 너무 강해지는 순간에는 정해진 시제에 흔들림이 일어난다.

> 내부의 진흙뻘 속에서 무엇이 힘겹게 고개를 들며 소리친다. 뭘 하려는 게야? 고만고만한 세부사항이나 찾아내서 뭘 어쩌겠다는 거지? 제발 연대 순으로 줄맞춰 요점 정리하려고 들지 마. 그건 점점 더 부자연스러워질 뿐이라구. 설마 삶을 영화로 착각하고 있는 건 아니겠지? 삶이 직선으로 줄거리를 가질 수 있다고 생각하는 건 아니겠지? (167면)

고지식한 서술기법이 『외딴 방』에는 통할 수 없음을 말해주는 이 대목은 동시에 '나'의 앞선 결정과는 달리 지금 일인데도 현재형으로 서술되었다. ('이때에 내부의 진흙뻘 속에서 무엇이 힘겹게 고개를 들며 소리쳤다' 운운해서는 도저히 맛이 안 났을 것이 분명하다.) 그리고 이처럼 작문중의 현재가 갑자기 날것대로 뛰어든 것은 마침 지난날 이야기가 "순환선"이 되어버린 큰오빠, "새벽에 가발 쓰고 양복 입고 학원으로 가서 수업을 마치고 돌아와, 밥을 먹고 방위복을 입고 도시락을 들고 나갔다가, 다시 집으로 와 양복 입고 가발 쓰고 학원으로 간다"(167면)라는 대목에 이르렀기 때문이다.

시제의 이런 흔들림은 당연히 희재언니 이야기에서 자주 나타난다. 실제로 희재언니의 이름이 처음 튀어나오는 것은 현재형의 지나간 세월도, 글쓰는 요즘도 아닌 '6년 전'의 단편에서 재인용하는 방식을 통해서다(48면). 그녀 이야기가 본격적으로 서술될 때도 마찬가지이며(145면 이하), 단편 인용을 마치고 독자적인 서술이 시작되면서는 (지금쯤은 독자들에게 어느정도 낯익어진) 현재형이 아니라 오히려 '전통적인' 과거형이 쓰인다(145~50면). 희재언니와 관련하여 '지나간 시간은 현재형으로'라는 규칙이 대체적으로 지켜지게 되는 것은 옥상에서 희재언니를 만나고 내려와서

284

외사촌에게 그녀 이야기를 해주는 장면(150~51면)을 거치고 나서부터다.

『외딴 방』에서 지난 시간에 대한 서술의 흐름은 대강 이렇게 정리할 수 있을 듯싶다. 곧, 첫머리에 이런저런 모색을 한참 하다가 '문체'에 대한 '나'의 일정한 방침이 뒤늦게 정해지고, 이후 큰오빠나 희재언니 모습이 끼여들 때 흔들림을 겪으면서 1~2장에 걸쳐 점차 그 틀이 정착되어, 3장에서는 대체로 안정된 서술이 진행되다가, 4장에서 이야기의 막바지에 다가가면서, 그러니까 희재언니가 결혼 계획을 발설한(324~25면) 뒤부터 다시 호흡이 흐트러져서 마지막에는 다시 6년 전 「외딴 방」의 도움을 빌려서야 겨우 희재언니 이야기를 끝맺을 수 있는 것이다(383~85면). 여기서 그 과정을 일일이 추적할 겨를은 없으나, 지금의 '나'가 산문집 교정을 보고 돌아와 세면대 앞에 서서 희재언니의 '인기척'과 대화하는 장면에서부터 더러 딴 이야기로 변죽을 울리면서도 어쩔 수 없이 희재언니 이야기로 돌아가고 또 그래야 한다고 스스로 다짐하며 드디어 '그날 아침 이야기'를 해버리기까지의 숨가쁜 진행은, 흔히 말하는 신경숙의 '느림'보다 잘 짜여진 멜로드라마의 '스릴과 써스펜스'를 상기시킬 정도다. 이 과정에서 다시 시제의 흔들림이 일어남은 당연하며, 특히 희재언니의 죽음을 집필하기 직전에 "얼굴과 마음이 다 퉁퉁 붓는 느낌이다. (…) 그래 그날 아침 이야기를 하자, 해버리자"(379~80면)는 현재형이고, "그날 아침 골목에서 그녀를 만났다"(380면)로 시작되는 바로 다음 토막은 과거형이어서, 애초의 집필 방침을 정면으로 위배하고 있다.

4

포스트모더니즘 계열의 서사이론은 대체로 줄거리의 깔끔한 마무리를 수상쩍게 본다. 통속문학의 '해피 엔딩'은 더 말할 것 없고 비극적 결말이라도 어떤 완결감을 주는 끝맺음은 그 자체가 이데올로기적 봉쇄 내지 '닫음(closure)'에 해당한다고 보는 것이다. 『외딴 방』은 '기승전결의 형식' 또는 '연대순으로 줄맞춘 요점정리'를 거부하는 발언을 내장하고 있을뿐더러, "하지 못한 말들과 행동들이 소설화되지 않고 미래로 남아 있었을 때로 되돌아가고 싶다. 수정과 보탬과 나 자신을 향한 질문이 고스란히 남아 있었던 때로…… 1995년 8월 8일에"(410면)라고 한 잡지본의 결말이나, 전면적은 아닐지라도 적잖은 '수정과 보탬'을 가한 뒤에 "내게 글쓰기란 무엇인가?"(424면)라는 '나 자신을 향한 질문'으로 끝낸 단행본의 결말 모두가 예의 '닫음'을 피하려는 의도를 보여준다. 이는 분명히 작품의 미덕 가운데 하나지만 여기에 너무 집착하여, 특히 시작과 거의 같은 문구로 끝나는 수정본 결말을 유행적으로 받아들여서 『외딴 방』이 독특하게 이루어낸 아름다운 마무리를 놓쳐서도 안될 것이다.

예컨대 희재언니 이야기 자체가 온갖 곡절을 담았지만 그 나름의 '기승전결'을 갖고 완결되었고 결과적으로 이 인물에 일정한 '전형성'마저 부여하게 된 점은 『외딴 방』의 분명한 성취로 인정되어야 한다. 앞서 '나'가 지난날의 '풍속화'에서 예외적인 존재이면서도 그 나름의 대표성이 없지 않음을 지적했지만, 희재언니야말로 '나'나 외사촌과 달리 평균적인 '외딴 방' 거주자에 훨씬 가깝다.

나의 외사촌과 나는 그곳을 떠나야 했기에 하고 싶은 게 많았고 되고 싶은 게 뚜렷했고 소유할 수 없으나 갖고 싶은 게 많았다. 그래서 나와 나의 외사촌은 서로 다툴 일이 많았다. 그러나 희재언니는 아니다. 그녀는 그녀 자신이 그 골목이다. 그곳의 전신주이고 구토물이고 여관이다. 그녀는 공장 굴뚝이며 어두운 시장이며 재봉틀이다. 서른일곱 개의 외딴 방들이 그녀, 생의 장소다. (331~32면)

물론 이것은 어디까지나 '나'의 발언이고 사실이 그런지는 독자가 작품 전체를 두고 판단할 일이다. 다만 인물의 전형성이라는 것이 어느 한 인물만을 딱 떼어놓고 그가 얼마나 전형적이냐를 따지는 문제가 아니고 다른 여러 인물 및 작중의 여러 다른 요소들과의 관련 속에서 파악될 문제라고 한다면, 희재언니의 성공적인 전형화를 인정하기가 그다지 힘들지 않을 듯하다. 그녀의 끔찍한 죽음이 예외적일뿐더러 그녀의 삶 또한 당대 노동자 생활의 전모를 보여주는 것은 결코 아니지만, '나'뿐 아니라 유채옥, 미스 리 등 다른 의미로 그녀와 구별되는 인물들이 함께 등장하는 소설 속에서 그녀가 무엇을 대표하고 무엇을 대표하지 않는지를 독자가 알아챌 수 있게끔 형상화되었다는 점에서, 희재언니라는 전형적인 인물의 창조가 『외딴 방』의 마무리를 돕고 있다고 하겠다.

그러나 이 마무리가 실로 아름다운 마무리라 일컬음직한 것은 희재언니의 기억을 '낙타의 혹'처럼 지고 살아온 '나'가 그녀를 객관화하면서 동시에 그녀와 자신의 일체성 비슷한 것을 깨닫는 경지에까지 도달하기 때문이다. 그렇다고 그녀를 "바로 소녀 신경숙의 분신"으로 보고 "따라서 희재언니의 죽음은 (…) 그녀[= '나']와 무관한 죽음이 아니라 그녀의 개입이 불가피한 죽음이다"[10]라고 말하는 것은 좀 지나치지 싶다. 하지만 희재언니의 죽음까지 이야기하고 난 뒤, "지금 이 글에 마침표를 찍으려다 보니 나를 쳐다보고 있었던 사람은 나였다는 생각이 든다. 내가 나 자신에게 서먹서먹하게 얘기를 시키고 있었다는 생각"(388면)이라는 대목에서 먼저 떠오르는 "나를 쳐다보고 있었던 사람"은 희재언니다. 그리고 이 뒤늦은 통찰은 집필 도중에 희재언니의 '인기척'을 느끼거나 그녀의 '발짝소리'를 들으며 그녀와 대화하기도 하는 장면들(194~98, 326~28면)을 초자연적인 장치에 기댐이 없이 훌륭하게 설명해주기도 하는 것이다.[11]

---

10 남진우 「해설」, 『외딴 방』(문학동네 1995; 제2권, 297면).

따라서 희재언니와 '나'의 최종적 관계는 문자 그대로의 동일시라기보다 참된 의미의 화해이며, 일정한 동일시를 거친 뒤 마침내 그녀와의 작별이 이루어진다. 그녀의 죽음에 대한 서술을 마치고 고향 집에 내려간 '나'는 쇠스랑을 빠뜨렸던 우물을 밤중에 들여다보다가 그 속에 "그녀의 얼굴이 무슨 말씀처럼 떠" 있음을 본다. 그리고 "마음을 열고 살아 있는 사람들을 생각해. 지난 이야기의 열쇠는 내 손에 쥐어진 게 아니라 너의 손에 쥐어져 있어. 네가 만났던 사람들의 슬픔과 기쁨들을 살아 있는 사람들에게 퍼뜨리렴. 그 사람들의 진실이 너를 변화시킬 거야"(404면)라는 마지막 당부를 읽는다. 그런 뒤에 그녀는 '쇠스랑을 건져올려주고' 사라진다.

희재언니와의 이런 화해가 재확인되고 세상과의 새로운 만남으로 더욱 확대되는 것은 도시로 돌아오는 기차 안에서다. 여기 나오는 더벅머리 소년은 신동엽의 시 「종로 5가」에서 길을 묻던 시골 말씨의 노동자 소년을 연상시키는 바도 있는데, 영등포역에서 내리는 그 역시 노동자임이 분명하지만 내린 뒤의 모습은 훨씬 더 활달하고 다음 순간 뜀박질하는 그의 "아름다운 다리"(408면)가 거의 어떤 돌연한 현현(epiphany)을 이루기까지 한다. '나'의 마음속에는 백로의 무리를 찾아가보리라는 오랜 기약이 되살아나고, 기차가 '외딴 방' 부근의 가리봉역을 통과할 적에는 더이상 회피하지 않음은 물론, "눈을 부릅뜨고 차창을 내다"본다.

멀리 공장 굴뚝들이 울뚝울뚝 솟아 있었다. 기차가 좀 천천히 달렸으면. 그곳에 불을 좀 밝혀주었으면. 창틀에 내려놓은 팔을 쳐다보았다. 기차의 진동에 팔이 이리저리 흔들렸다. 여기가 그곳이려니 생각하는 순간, 가슴

11 바로 이 점이 『오래 전 집을 떠날 때』(창작과비평사 1996)에 실린 일부 작품의 '귀신 이야기'에 비해 『외딴 방』의 '오싹한' 장면들이 훌륭한 까닭의 하나다. 예컨대 의자에 걸쳐놓았던 숄이 스르르 떨어질 때 인기척으로 알고 소스라치던 순간(195면)의 오싹함은 오싹함대로 귀신 이야기에서보다 오히려 생생하게 남는다.

속에서 백로 한 마리가 푸드득 깃질을 쳤다. (409면)

백로가 『외딴 방』에서 매우 효과적으로 사용되어 작품의 촘촘하고 섬
세한 결을 이룩하는 이미지 가운데 하나임은 누구나 쉽게 감지할 수 있다.
그러나 이 작품의 이미지 활용은 흔히 '상징적 기법'으로 통하는 것들보다
훨씬 복잡하면서도 자연스럽다. 가령 백로들만 해도 그들이 '나'가 꿈꾸는
아름답고 평화로운 세계를, 또는 작가가 되려는 그녀의 염원을 '상징한
다'라고 간단히 말할 수 없는 것이다. 첫째, 외사촌의 사진첩에서 백로들
사진을 처음 보고 언젠가 그들을 만나러 가리라고 기약하는 장면(32~33면)
은 아직 하나의 사실적인 진술을 넘어서지 않는다. 그러다가 그때의 기약
을 지금의 '나'도 결코 잊은 바 없음을 다짐하면서 "하나, 지금 이 이름, 희
재언니, 그녀의 부재가 이루어지던 그때의 그 아득한 슬픔 속으로도 그 백
로의 무리가 날아들었는지, 그때도 언젠가 그 숲속에 가보겠다는 내 마음
속의 기약을 아로새길 수 있었던 것인지"(50면)라고 묻는 대목에 이르면,
백로의 무리 또는 그들의 날아듦이 어떤 상징성을 띠기 시작한다. 하지만
끝내 '백로는 곧 무엇의 상징'이라고 찍을 수 있는 것은 아니며, 위에 말한
더벅머리 소년과의 만남 이후 "가물가물 상실되려던 마음의 기약이 어렴
풋하게 되살아남을 느꼈다"는 말도 딱히 비유적이랄 게 없는 진술이다.
다만 "가슴속에서 백로 한 마리가 푸드득 깃질을 쳤다"가 비유적 표현임
은 분명한데, 이때의 '백로 한 마리'는 앞서의 '백로들의 무리'와 연결되면
서 동시에 희재언니와 연결되기도 함을 주목해야 한다. 그리하여 희재언
니를 위한 '나'의 마지막 작별인사 겸 진혼곡이 울려나온다.

자, 망설이지 말고 날아가라, 저 숲속으로. 눈앞을 가로막는 능선을 넘어
서 가라. 아득한 밤하늘 아래 별을 향해 높고 아름다이 잠들어라.

연년세세 잊지 않을 것이니 언젠가 다시 새로운 문장이 되어 돌아오렴. 돌아와서 내 숨결이 닿지 않는 곳에서 발생했다 사라진 진실을 들려주렴. 이제 우리 작별인사를 하자. 그때 우리 변변히 작별인사도 못했으니. (…)

잘 가…… 나를 아껴주고 보살펴준 일 소중히 간직할게. (409~10면)

이처럼 쉽게 뜻매길 수 없는 '상징'이기에 끝부분(423면) 제주도 해안의 (백로가 아닌) 새들도 그 상징적 울림의 영역에 쉽게 포섭된다. 아직도 '나'는 백로의 무리를 보러 가지 못했지만 무언가 그에 맞먹거나 버금가는 경험이 이루어지고 있음이 암시되는 것이다.

신경숙은 흔히 그 서정적인 문체로 '시적'인 소설가라는 평을 듣는다. 하지만 실은 어느 특정 대목이나 묘사의 서정성보다 위와 같은 '상징'의 신축섬세한 구사를 포함하여 언어가 가진 잠재력을 — 마치 시인이 단순히 '산문적인 의미'뿐 아니라 연(聯)과 행의 구조, 운율, 비유, 상징 등등 온갖 수단을 동원하듯이 — 최대한으로 활용한다는 뜻으로 '시의 경지'를 추구하는 작가라고 말할 수 있다. 그리고 신경숙의 작품 가운데서도 그러한 노력이 가장 확실한 성공을 거둔 것이 아직은 『외딴 방』이 아닐까 한다.

빛나는 성공이라도 비판의 여지가 없을 수야 없다. 예컨대 '나'와 그 남매들의 도시생활에서는 갖가지 고난이 여실하게 그려지지만, 호남 출신들이 서울에서 당하는 차별이나 수모는 전혀 다뤄지지 않는다. 물론 대다수가 호남 출신인 공단지역의 작업장이나 셋집에서는 오히려 그 문제가 덜 심각했을 것이다. 그러나 용문동 동사무소에 취직한 큰오빠라든가 곧바로 대학생이 된 셋째오빠의 경험은 달랐기 쉬우며 — 아니, 실생활에서 어떠했든 소설 속에서는 다른 면모를 보여주는 것이 한결 방불할 터이며 — 작업장에서도 지역감정의 발로가 전혀 없는 것은 무언가 단순화된 느낌을 주고, 지역주의가 중대한 현실로 대두한 오늘의 독자에게 현재성이 덜해진다. 또한, 작업장 묘사에서 노동자들이 자신의 답답함과 괴로움을 동료끼리 부질없는 싸움질로 발산하는 시끄럽고 상스러운 장면도 있을 법한데 노조와 관련된 이유있는 다툼을 빼면 다들 너무도 온순하고 착한 모습이다.

이런 것들은 박해현(朴海鉉)이 지적한 신경숙의 "교묘한 무공해성"(『문학동네』 6호, 104면)의 다른 일면이기도 하겠지만, 아무튼 '산업역군의 풍속화'로서 『외딴 방』이 완벽에 미달했다는 증거일 것이다. 산업현장 아닌 영역에서 작가의 지나친 과묵함이 불만스럽게 느껴지는 대목은 남녀관계 문제다. 물론 희재언니의 혼전관계를 주로 함축적인 필치로 다룬 것은 소설의 품격을 높이지만, 어린시절 남자친구 '창'에 관해서는 많은 지면을 할애하고 있음에도 그 인물이 제대로 그려지지 않았다. 게다가 이따금씩 누구라는 설명 없이 '그'라고 대명사로만 불리는 인물이 거듭 나오는데, 때로는 이름은 몰라도 독자가 기억할 수 있는 특정 인물이 떠오르고 때로는 또다른 인물인지, 심지어 인물이 아닌 어떤 추상적 존재인지가 불분명하다. 저자가 의도적으로 그랬으리라는 짐작은 가지만 혹시 여기에 또다른 "장식과 연출과 과장들"이 개입하고 있는 것은 아닌지?

아무튼 『외딴 방』에서 작가는 자신을 변화시키면서 하계숙과 희재언니를 포함하는 '우리들'에게 인간으로서의 위엄을 부여하는 엄청난 일을 해내었다. 그러나 저자 스스로 다짐하듯이 이 작업은 결코 완결된 것이 아니다.

이름도 없이, 물질적인 풍요와는 아무런 연관도 없이, 그러나 열 손가락을 움직여 끊임없이 물질을 만들어내야 했던 그들을 나는 이제야 내 친구들이라고 부른다. 그들이 나의 내부에 퍼뜨린 사회적 의지를 잊지 않으리. 나의 본질을 낳아준 어머니와 같이, 익명의 그들이 나의 내부의 한켠을 낳아주었음을…… 그래서 나 또한 나의 말을 통하여 그들의 의젓한 자리를

세상에 새로이 낳아주어야 함을…… (419면)

　그렇다고 신경숙에게 '노동소설'을 계속 쓰라고 주문하는 것이 아님은
물론이다. 『외딴 방』 자체가 '노동소설'만은 아니려니와, 도대체 소재 위
주의 이런 분류가 큰 의미를 갖지도 못한다. 다만 "그들의 의젓한 자리를
세상에 새로이 낳아주"는 작업만은 어떤 식으로든 계속되어야 할 것이며,
이는 당연히 『외딴 방』처럼 작가 자신을 변화시키는 일이 되고 『외딴 방』
의 틀조차 깨면서 글쓰기에 대한 신실한 물음을 지속하는 작업이기도 할
것이다.

〈1997, 1999〉

소설가의 책상, 에쎄이스트의 책상
배수아 장편소설 『에쎄이스트의 책상』 읽기

1

'에쎄이스트의 책상'이라는 배수아(裵琇亞) 장편의 제목은 장르에 대한 관심을 불러일으킨다. 저자도 「작가의 말」에서 주로 이 문제를 언급한다.

"나는 소설을 쓰기를 원했으나, 그것이 단지 소설의 형태로만 나타나기를 원하지는 않았다. 혹은 처음에는 그 기간 동안 내가 읽고 들은 몇 권의 책과 소소한 음악에 관해서 짧고 단조로운 에세이를 쓰고 싶었으나, 그러기 위해서 소설의 도움을 받기를 원했다"(배수아 『에쎄이스트의 책상』, 문학동네 2003, 197면)는 첫마디가 집필과정에 소설가로서의 욕구와 에쎄이스트로서의 욕구가 함께 작용했음을 알려준다. 그 결과물이 소설로 불리는 데 대해서는 짐짓 대범한 태도다.

이 글을 쓰면서 나는 가능하다면 다른 것을 쓰되, 사람들이 그것을 소설이라고 불러도 아무래도 상관없는 그런 형태를 원했다. 사람들이 이것을 소설이라고 부르는 이유는 내가 일단은 소설가이기 때문이고 대개 소설을 썼기 때문이고 또한 이것의 공식적인 타이틀이 소설이라고 불려질 것이기 때문이다. (197~98면)

그러나 저자의 좀더 뼈있는 주장은 그 단락의 끝머리에 나온다.

어느 순간에 달콤한 멜로디에 의존한 크리스마스 선물용 바이올린 음악의 선율이 참을 수 없게 여겨질 수 있는 것처럼 어느 순간에는 글 속에 담긴 스토리 자체를, 혹은 그런 선명한 스토리에 의존해서 진행되는 글을 내게서 가능한 한 멀리 두고 그 사이를 뱀과 화염의 강물로 차단하고자 했다. 무엇이라고 불리는가 하는 것은 그 이후의 문제가 될 것이다. (198면)

자신의 글쓰기가 소설문학의 어떤 낯익은 모습에 대한 치열한 거부의 소산임을 밝히고 있는 것이다.

이 작품을 무엇이라 부를지를 정하는 것이 이 글의 목적은 아니다. 실제로 호칭의 문제에서는, 소설 또는 장편소설이라는 '공식적인 타이틀'을 갖고 서점의 소설 코너에 나와 있는 책들은 일단 소설이라고 불러주자는 것이 내 입장이다. 그것이 온갖 불필요한 관념적 논의를 피해가는 길이기도 하려니와, 실제로 그 수많은 책들의 형식을 두루 포용할 만큼 다양하며 변화무쌍한 것이 소설의 장르적 특성이라는 생각이기도 하다. 따라서 나는 배수아가 상정한 '사람들'과 더불어 '이것을 소설이라고 부르는' 데 아무런 이의가 없다.

글머리에 장르 이야기를 꺼낸 것은 다른 이유에서다. 책의 제목이나 작품이 지닌 '에쎄이적 요소' 또는 저자의 에쎄이스트적 욕구 표명에 이끌려서 『에세이스트의 책상』이 실제로 보여주는 소설적 성과를 과소평가할 우려가 없는지 따져보았으면 하는 것이다.

이 작품의 ('비소설적 산문'이라는 뜻에서의) '에쎄이적' 면모로는 먼저 작가 자신이 말한 '선명한 스토리에 의존해서 진행되는 글'과의 거리를 떠올릴 수 있다. 동시에 작가가 애초에 쓰고 싶었다는 '짧고 단조로운 에세이'보다 훨씬 많은 분량의 독서감상과 음악평, 그밖의 숱한 관념적 담론이 도처에 발견되는 점을 들 수도 있다.[1] 게다가 작중의 일인칭 화자는 비록 고국에서 '작가'로 활동했다는 언급이 나오기는 하지만, M을 마지막 만날 무렵에 쓰고 있는 것이 음악에 관한 에쎄이이며, M에 대한 그리움 때문에 쓰기 시작한—아마도 이 책의 내용에 해당할—글 또한 그녀에게는 허구가 아니라 성찰과 회상의 기록, 즉 비소설적 산문인 것이다.

그러나 소설의 내용이 실존인물의 진실된 기록이라는 설정이야말로 낯익은 소설적 장치다. 실제로 사실에 충실한 기록일지라도 소설이라는 '공식적인 타이틀'을 일단 내건 책에서 그것이 사실의 기록이라는 주장이 나오면, 이 주장 자체를 허구(虛構=픽션)로 읽기로 독자와 작가 간에 암묵적인 계약이 성립하는 것이다. 이런 기록이 '선명한 스토리에 의존해서 진행되는 글'이 아니라는 점은, 그것이 스토리(=이야기) 자체의 전면적인 부재가 아닌 한, 현대소설에서 전혀 새로운 현상이 아니며, 실은 서구의 장편소설이 처음 자리잡아가던 18세기 영국에서 이미 『트리스트럼 샌디』(Laurence Sterne, *Tristram Shandy*, 1760~67)의 선례가 있다.

사변적인 담론의 존재 또한 전통적인 장편소설에서 오히려 흔한 현상이다. 현대소설로 올수록 저자의 논설적 개입을 차단하려는 경향이 강해지지만, 작중의 대화나 일인칭 화자의 서술은 경우가 다르다. 사변적인 언설 자체가 (일인칭 화자를 포함한) 해당 인물의 형상화 수단일 수 있으며, 이런 언설을 작품의 일부로 삼는 포용성이야말로 장편소설이 지닌 큰 매력이다. 다만 그런 대목들이 무언가 저자의 생경한 개입으로 느껴져서 독자의 공감을 사지 못할 때 그것을 나쁜 의미로, 즉 소설임을 표방하면서

---

1 책의 해설자도 이 점을 강조한다. "그 때문에 이 소설은 마치 M을 정신적 질료로 하여 그에 대한 회상에서부터 풀려나오는 언어나 음악에 대한 생각과 예술 텍스트에 대한 개인적 논평을 펼쳐놓는 에쎄이처럼 읽히고, 또 실제로 소설 전체가 인물이나 사건이 별로 중요하지 않은 에쎄이적인 형식을 띠고 있기도 하다. 이 소설의 제목이 '에쎄이스트의 책상'이라는 것은, 그래서 의미심장하다."(김영찬 「자기의 테크놀로지와 글쓰기의 자의식」, 『에쎄이스트의 책상』, 181면)

제대로 소설이 되지 못했다는 의미로, '에쎄이적'이라 부를 수 있을 것이다.

실제로 『에쎄이스트의 책상』은 지식인의 사변적 언어를 작중인물의 실감나는 진술이자 이야기 진행의 유기적 요소로 포용했다는 점만으로도 한국소설에 있어 흔치 않은 성취라 할 만하다. 어쨌든 중요한 것은 이 작품의 소설적 성취가 과연 어떤 것이며, 혹 나쁜 의미의 에쎄이적 요소가 그래도 있다면 어떤 것인지를 진지하게 따져보는 일이다.

2

먼저 분명한 것은, 작품의 제목이나 제1장의 파격적인 출발이 줄 수도 있는 선입견에 사로잡히지 않고 책을 읽었을 때, 선명한 줄거리가 없다뿐이지 개별화된 인물과 극적인 사건이 작품의 길이에 비해 결코 적지 않은 소설이 『에쎄이스트의 책상』이라는 점이다. M에 대해서는 뒤에 더 자세히 살펴보겠지만, 주인공급인 '나'와 M이 모두 개성을 지닌 인물로 등장하며 요아힘, 아네스, 에리히, 수미 등 군소인물도 각기 생생한 인상을 남긴다.

제3장의 경우는 전통적 사실주의 소설의 한 장을 방불케 할 정도다. 1,2장과 달리 3장에서는 사건진행의 앞뒤가 얼마간 정돈되기 시작한다. 화자가 3년 만에, 그것도 갑작스럽게 독일에 다시 왔다든가, 요아힘과는 중도에 만나 그의 집으로 왔고, 요아힘은 머잖아 슐레스비히 홀슈타인 지역으로 여행을 떠나는데 화자는 따라가지 않을 참이라든가, 때는 크리스마스 철이라 성탄절 전날 저녁에 요아힘의 어머니 집을 방문키로 되어 있다는 사실 들이 고전적 소설에서처럼 솜씨있게 소개된다. 또한 요아힘의 거처와 그곳에서의 일상, 추운 저녁 어머니 집을 찾아가는 두 사람의 모습과 주변의 풍경 등이 드문드문 끼여드는 회상과 함께 실감나게 묘사된다.

특히 그 집에 도착한 후 요아힘의 어머니 아네스, 그녀의 (몇달 단위로 바뀌는) 동거자 비욘, 요아힘의 쌍둥이 형제 페터 등과 카푸치노를 마시면서 주로 아네스와 화자만이 대화를 나누다가 모두가 아무런 대화 없이 오리고기 요리를 먹는 장면은 전혀 난해하지 않으면서 재미있는 전통적 명작소설의 한장면 같다. 음악 이야기가 아네스와의 대화 도중에 나오기는 하지만, 화자 자신의 음악관에 대한 난해한 담론은 없다. 아네스가 소장한 음반을 보면서, "나는 하나하나의 CD 재킷을 모두 꼼꼼하게 읽었다. 흥미가 있었던 것은 물론 아니다. 나는 듣기 편하고 소프트한 음악을 몹시 싫어했으나 특별히 할 일이 없었고, 아네스를 즐겁게 해주기 위해서였다"(39면)라고 언급하는 정도다. 화자와 M이 공유하는 전혀 다른 음악론은 우회적으로만 제시되고, 아네스의 성격이나 그때의 분위기를 재현하는 데 주안점이 두어져 있는 것이다. 식사를 마친 뒤 요아힘과 둘이서 교회의 자정 예배를 구경갔다가 헌금통을 돌리기 직전에 빠져나와서 집으로 돌아오기까지의 마지막 대목 또한 잘 만들어진 단편의 마무리처럼 깔끔하다.

물론 제3장은 이 작품에서 매우 예외적인 부분이다. M에 대한 언급이 단 한차례도 안 나오는 유일한 장이라는 점에서도 그렇다. 요아힘과 함께 지내는 날들의 기록은 제4장으로 이어지는데, 섣달 그믐날 요아힘 친구들의 파티로 시작해 며칠 뒤 요아힘이 슐레스비히 홀슈타인으로 떠나고 화자가 요아힘의 애견 베니를 돌보며 남게 되는 데서 끝난다. 여기서도 파티의 묘사 같은 것은 제3장의 사실주의적 재현 솜씨를 그대로 보여준다. 하지만 M 이야기가 끼여들면서 시간상의 이동이 한결 어지러워지고 M 또는 화자의 생각이, 적어도 이 싯점에서는, 이해하기 힘들어진다. 그 과정에서 수많은 복선이 준비되기도 하는데, 예컨대 파티에서 어떤 남자가 물었고 돌아오는 길에 요아힘이 다시 묻는 'M은 어떻게 지내?'라는 질문은 바로 화자가 자주 꾸는 악몽 속의 질문이기도 함이 그 다음 장에 가서야 밝혀지며, 누군가 아는 사람이 자연스럽게 묻고 자연스럽게 돌아서는 그 꿈이 왜 악몽이어야 하는지는 책을 거의 다 읽으면서야 조금씩 분명해지는 것이다.

표면상의 이야기는 제5장으로 이어져 요아힘이 떠난 뒤 화자의 생활을 들려준다. 베니를 데리고 나가는 산책 외에는 거의 독서로 시간을 보내는 단조로운 일상이기 때문에 자연히 이때 읽은 책 이야기, 특히 『책 읽어주는 사람』과 『사람들이 모여 함께 살기』에 관한 화자의 반응이 큰 비중을 차지한다. 그러나 이 대목에서도 작가의 에쎄이스트적 통찰 못지않게 이야기꾼으로서의 솜씨가 돋보인다. 『책 읽어주는 사람』을 읽던 경험에 대한 긴 서술(80~88면)은 M과의 독일어 수업에 대한 기억과 착종되는데, 전차를 타고 가다가 종점의 빈 찻간에 홀로 남겨질 때까지 독서에 정신없이 몰입했던 것이 주로 책 내용 때문이었는지 아니면 M에 대한 기억이 더 강력하게 작용했는지 분명치 않은 것도 인상적이다.

산책과 독서 외에 화자가 즐겨 하는 또 한가지는 음악을 듣는 일이다. 그리고 쇼스따꼬비치에 관한 이야기로 제5장이 끝날 때, 독자는 한편으로 제1장에서 다소 곤혹스럽게 마주쳤던 쇼스따꼬비치 음악과 죽음에 관한 발언을 회상하면서, 다른 한편 제11장 끝머리 가까이에 쇼스따꼬비치가 다시 언급되는 대목을 포함하여 음악과 죽음에 대해 거듭되는 명상에 한걸음 다가선다. 그런 뒤에 제6장에 이르면, 요아힘의 집에서의 시간이 잠깐만 언급될 뿐 M이 (에리히와 더불어) 등장하는 과거 이야기가 대부분을 차지하게 된다.

마치 '이야기의 한가운데로(in medias res)' 뛰어들 듯이 시작했던 소설의 제1장이 바로 그 과거의 어느날이었음은 4~5장을 읽어가면서야 분명해진다. 그리고 "더 많은 죽음이거나 더 많은 알몸(나체의 개체수를 나타내는 것이 아닌), 더 많은 (단 한 명인) 최초의 인간, 더 많은 우주, 더 많은 음악의 영혼, 더 많은 유일한 것, 더 많은 더 멀리 그쪽으로, 더 많은 멘델스존, 더 많은 M, 그리고 더 많은 그 겨울"(8면) 같은 아리송한 구절이 아무렇게나 나열된 것이 아니고 악곡에서처럼 반복되면서 발전시켜나갈 주제들을 심어놓은 것임은 작품을 통독하면서야 온전히 드러난다.

주인공이 물에 빠지는 극적인 사건을 서술한 제2장이 도대체 언제 이야기며, 어떻게 끝난 사건인지는 훨씬 나중에 밝혀진다. 제2장은 "최초로 물에 빠졌을 때는"(14면)이라고 시작해서 화자가 서서히 죽음에 다가가는 상태에서 끝나버리는데, 화자가 M과 작별하는 시간(9장 142면)에 가서야, M과의 결별을 작심하고 M의 집에서 나온 뒤에 그런 사건이 있었음이 알려지는 것이다.

당장에는, 물에 빠진 순간에 베니가 짖어대고 곧바로 3장에서 요아힘과 베니가 소개되기 때문에 독자는 일단 이 무렵의 사건이 아니었을까 생각하게 된다. 특히, "성탄절 전날 저녁에 나는 요아힘의 집을 방문하도록 되어 있었다"(20면)라는 제3장의 서두는 얼핏 그런 싯점에 사고가 발생했다는 이야기로 들리기도 한다. 실제로 작가는 통상적인 스토리 진행에 익숙한 독자를 일부러 어리둥절하게 만들려 했는지도 모른다. 어쨌든 요아힘 어머니 집을 방문하기 바로 전날 도착한 화자가 물에 빠질 사이가 없었음은 금방 밝혀지며, 이후 제9장에서 다시 언급될 때까지는 사고에 관해 일언반구도 안 나온다. 그렇기 때문에 언제 어떻게 물에 빠져서 어떻게 살아났는지에 대한 독자의 궁금증이 소설 내내 따라다니게 되며, 물속에서 화자가 했던 M에 대한 생각, 죽음에 대한 생각 들이 꾸준히 독자의 머릿속에 남게 되기도 한다.

이처럼 『에세이스트의 책상』은 줄거리가 없기는커녕 거의 교활하다 싶을 정도로 치밀한 운산과 정교한 복선을 — "정교하면서도 자유롭고 즉흥적인 수학의 제국"(10면)을 예찬하는 작품답게 — 깔고 펼쳐지는 서사(敍事)이다. 제목이나 「작가의 말」 중 어떤 구절 또는 그 서사의 파격성만 갖고서 소설이 아니라거나 사건이 없는 이야기라고 속단할 일이 아닌 것이다.

물론 이런 원칙론만으로 『에세이스트의 책상』의 구체적인 소설적 성취를 가늠할 수는 없다. 좀더 자상한 분석이 필요하고 무엇보다 M이라는 인물을 검토해야 할 것인데, 그에 앞서 이 소설의 문체에 대해 잠깐 언급하고자 한다. 앞서 제3장을 두고 명작소설의 한장면 같다고 했지만 때로는 그 생경한 문장이 '번역본 명작소설'을 연상시키는 것도 사실이다. 그런데 번역투 문체는 배수아의 초기작부터 더러 만나보곤 했으나 이 작품의 경우 좀 다른 차원이 있는 것으로 보인다.[2] 예컨대 제3장에서 화자가 요아힘 어머니 집을 찾아갔을 때 이런 대화가 있다.

"카푸치노?"

아네스가 자리에서 일어서면서 나에게 물었다. 나는 고마워, 하면서 고개를 끄덕였다. 여행은 어땠어? 하고 비욘이 소파에서 몸을 돌리고 물었다.

(36면)

이건 서툰 번역투라기보다 '막나가는' 직역에 가깝다. 독일인과 독일어로 진행되는 대화의 느낌을 효과적으로 재현하기 위해 의도된 수단으로 봐야 할 것이다.

직역이 독특한 울림을 내는 경우도 있다. 물에 빠진 화자가 베니에게 "내 사랑, 아무 일도 없을 거야. 거기 기다리고 있으면 내가 곧 돌아올 테니까. 착하지, 내 사랑"(15면)이라고 속으로 말하는 것은 실상 요아힘의 말투를 그대로 따른 것이고, '내 사랑'은 한국어의 뉘앙스와는 전혀 다른 독일어의 습관적 호칭을 직역한 것이다. 그러나 독자에게는 화자의 어떤 애틋한 심정으로 전달되며, 실제로 "나는 내가 M보다 더 빨리 죽으리라고는 생각하지 못했다. M 또한 그러했을 것이다"(18면)라는 대목과 연결되어

---

2 작가 스스로도 자신의 번역투 문장에 대해 의식하고 있음은 『일요일 스키야키 식당』에서 노용이 편지를 쓰다가 "어떠냐? 이런 완전한 번역투가"라고 괄호 속의 한마디를 덧붙이는 데서도 짐작된다.(배수아 『일요일 스키야키 식당』, 문학과지성사 2003, 235면)

묘한 시적 여운을 남긴다. "최초로 물에 빠졌을 때는"이라는 표현도 번역투를 교묘하게 활용한 예라 할 수 있다. 한국어의 어법으로는 여러번 물에 빠져본 사람의 첫번째 경험을 뜻하기 십상인데, 이 작품을 다 읽고 나면 물에 빠졌을 때 '처음에는' 이러저러한 느낌이었다는 말로 해석하는 것이 맞겠다는 판단이 선다. 제2, 제3의 사고에 대해서는 언급도 없고 관심도 안 보이는 것이다. 한국어로는 부자연스러운 어법을 동원함으로써 독자의 궁금증을 돋우고 어쩌면 의도적으로 농락하기까지 한 예이다.

이러한 언어상의 실험은 『동물원 킨트』에서 저자가 말하는 '이방인 놀이'만큼 과격한 것은 아니다. 이방인 놀이란 외국에 안 가고도 이방인 됨을 즐기는 혼자만의 놀이인데, 모국어를 쓰면서도 외국어처럼 서툴게 말하는 것도 그 한가지다. "머릿속에서 문법에 맞는 문장을 만들고, 그것을 신경써서 발음해가면서 말이다. 자신의 모국어를 외국어처럼 받아들이는 것이 이 놀이에서는 가장 중요하다."[3] 물론 『동물원 킨트』도 내용은 독일에서 주로 독일어로 진행되는 것이므로 문자 그대로 '이방인 놀이'의 기록은 아니다. 다만 그러한 놀이의 정신이 작품의 문체에 두드러지게 반영돼 있는데, 어쩌면 그러한 실험을 거친 덕에 『에쎄이스트의 책상』의 좀더 신축자재한 언어가 가능해졌는지 모른다. 물론 『에쎄이스트의 책상』에도 한국어를 단순히 잘못 썼다고 봐야 할 예가 없지 않으며,[4] 전반적으로 이 소설의 문체가 얼마나 상찬할 만한지는 대목마다 또는 문장마다 더 세밀히 따져볼 일이다.

---

3 배수아 『동물원 킨트』, 머리말 「동물원에 간다」, 이가서 2002, 8면.
4 예컨대 "자세하고 명쾌하게 설명하려고 하면 할수록 내 문장은 길어지고 구구절절해지며" (118면)라고 할 때의 '구구절절'은 특별한 창안이라기보다 '구구해지며'를 잘못 쓴 흔한 오류로 봐야 할 것이다.

3

그런데 M은 과연 어떤 존재인가?

화자 스스로 M의 실체에 대해 의문을 제기하는 순간이 있기는 하지만, 작중의 세계에서는 M이 환각이나 추상이 아닌 실존인물이요, 그것도 상당한 구체성이 부여된 인물임은 의심의 여지가 없다. 소설 첫머리의 M에 대한 묘사는 오히려 극사실(極寫實)에 가까울 정도다.

빗물은 M의 희고 윤기 없이 창백한 이마를 지나 감기를 앓은 다음이라 더욱 움푹 들어간 눈두덩과 끝이 약간 아래쪽을 향한 코를 따라 흘러내렸다. 마지막 순간에 M이 고개를 들자 그것은 믿을 수 없을 만큼 엷고 섬세하며, 미소짓고 있지 않을 때라도 양옆으로 충분히 길고, 아침의 태양빛이 스며든 듯 밝고 붉은 입술로 떨어졌다. 섬세하고 완만하게 두드러진 골격의 광대뼈, 학교에 다닐 무렵 핀 족 혹은 에스키모 인의 광대뼈, 라고 놀림을 받았다고 하는 그것 바로 아래의 피부가 경련하듯 순간적으로 떨리는 것을 아주 가까이서 볼 수 있었다. (5~6면)

물론 M이 인물인 동시에 그 이상의 어떤 것을 상징하는 일은 얼마든지 가능하다. (M은 '음악'을 뜻하는 독일어 Musik의 첫글자이기도 하다. 물론 M이 곧 음악을 상징한다고 말하는 건 가당치 않지만, "음악은 인간이 만들어낸 것 중에 유일하게 인간에게 속하지 않는 어떤 것이다"(145면)라는 명제의 신봉자가 'M'이라고 불리는 것은 어울리는 바 있다.) 그러나 상징성을 제대로 논하기 위해서도 M이 작중인물로서 어떤 행동을 하고 어떤 특징을 보여주는지에 대한 기본적인 파악이 전제되어야 할 것이다.

다소 저급한 비평방법일지 모르나 화자와 M 사이의 진행을 스토리 차원에서 시간순으로 정리해볼까 한다. (실제로 그 윤곽은 나 자신의 경우 두 번을 읽고 더러는 책장을 되넘겨가면서야 정리할 수 있었는데, 비슷한 경험을 해본 독자가 적지 않으리라 본다. 반면에 처음 읽는 독자로 하여금 적이 헛갈리게 하는 것이 작가의 의도였다면, 스토리의 윤곽을 미리 알고 접근하는 것이 바람직한 독법은 아닐 게다.)

먼저, 화자가 M을 처음 만난 것은 화자의 첫 독일체류 기간중 그녀의 두번째 독일어 선생으로 요아힘이 소개해서이다. 이 만남은 제5장과 6장 그리고 마지막 12장으로 분산되어 단편적으로 언급된다(각기 82~83면, 110면, 171~73면).

M과의 독일어 수업은 한달 만에 끝난다. 둘은 급속히 가까워져 "수업 기간의 마지막 순간에 우리는 함께 살았으며 더이상 독일어 교사와 학생이 아니었다."(97면) 소설 첫머리 비오는 날의 장면은 그렇게 된 뒤 언젠가였을 것이고, 그때 둘은 M의 작고한 숙모 집에 "그녀의 물건을 가지러 가기로 되어 있었다."(6면) 실제로 바로 숙모 집에 차를 타고 가는 길이었기 쉬운데, 어쨌든 집에 도착했을 때도 비는 내리고 있었다. 둘은 빗속을 거닐다 왔고, 돌아온 뒤 "M은 서재에 있는 긴 의자 위에 누워서 눈을 감은 채 가슴에 양손을 얹고 불규칙적인 숨을 몰아쉬고 있었다. 나는 욕실 선반장에서 마른 수건을 찾아내서 M의 맨발을 닦았다."(제7장 115면)

화자가 세번째 독일어 교사 에리히에게 작문을 제출하면서 M에 관한 이야기를 쓰는 것은 그후의 일이다. 그리고 작문을 돌려받은 지 2주일 뒤에 에리히의 생일파티—3년 뒤 다시 독일에 온 화자가 요아힘과 함께 참석한 제4장의 연말 모임에서 누군가가 기억해서 언급하는 그 파티—가 열린다. 이 파티에서, 특히 돌아오는 길에, M과 화자 사이에 결정적인 사건이 벌어지는데, 이날의 사건 역시 특유의 토막난 서술을 통해 전달된다. 제6장 끝머리에 M과 화자의 벅찬 '희열의 순간'을 에리히가 끼여들며 중단시켰다가(111~12면), 제7장에 들어가 사랑에 대한 단상, 비오는 날의 회상, 요아힘과 M에 대한 생각, 그리고 뒷부분에 가서 플라텐과 슈베르트에 관한 진술들이 다양하게 전개되는 틈새에 끼어들어(123~24면 및 128면), 예의 결정적인 대화가 거의 지나가는 말처럼 전달된다.

전차 안은 난방이 들어오지 않아 몹시 추웠기 때문에 M은 울 스카프로 턱과 입을 가리고 있었다. 그래서 마지막으로 M이, 단지 순수한 육체적인 호기심 때문에, 더이상의 다른 의미는 전혀 없이, 에리히와 잠자리를 같이 한 적이 있다는 말을 했을 때, 그 목소리는 분명하게 들리지 않았다. (128면)

이 고백을 듣고 난 직후 화자는 M의 집을 나와 원래 빌려놓았던 공동숙소의 방으로 돌아온다(제8장 131면). M이 찾아와서 "아무리 벨을 누르고 애원해도 내가 문을 열어주지 않자 M은 현관문 앞에서 밤새도록 웅크리고 있었고 다음날 아침 앰불런스에 의해 병원으로 실려갔다."(제9장 137면) 귀국하기까지 시간이 더 남았지만 M을 영영 다시 안 보겠다는 것이 애초 화자의 결심이었다. 그러나 이 사태로 한달 정도 입원했던 M이 퇴원하자마자 찾아왔을 때 마지막의 만남이 이루어진다(139~44면). 헤어지는 순간 그들의 눈동자에 담긴 "절망적인 최후의 몸짓"(143면)을 빼면 둘의 대화는 마치 평상시처럼 차를 마시고 음악을 논하는 가운데 진행된다. 화자가 물에 빠지는 사고를 당한 것이 M이 입원한 동안이었음이 밝혀지는 것도 이 자리에서다. 그러나 죽지 않고 살아난 경위에 대해서는 끝내 설명이 없다. "그 사고에 대해서 내가 기억하는 부분은 거의 없었기 때문에 나는 M에게 설명해줄 수 없었다."(142면)

M과의 직접적인 만남은 이것으로 끝이다. 다만 화자는 3년 후 다시 베를린에 돌아왔을 때, 요아힘 집에서 혼자 사는 시간이 끝나갈 무렵 M이 살고 있을지 모른다고 요아힘으로부터 얼핏 들은 바 있는 시뻬포슈 구역을 찾아간 일이 있다(제12장 168~71면). 그러나 M에 대해 알아볼 생각은 않

은 채 혼자 산책을 하고 모퉁이 까페에서 석양빛을 보다가 다시 전차를 타고 돌아온다. 화자는 "내가 시뻬포슈에 간 것은 M을 생각해서가 아니었다. 나는 알렉산더 광장에서 가장 먼저 온 전차를 갈아탔고, 그것이 나를 시뻬포슈로 데려가주었을 뿐이었다"(169면)고 말하기도 하는데, 그러나 제10장 끝머리에서 고백한 M에 대한 그리움이, 즉 그런 의미의 'M 생각'이 불식간에 작용하지 않았다고는 보기 어렵다.

제12장 첫토막에서의 시뻬포슈 방문 직후 M과의 장면이 하나 더 서술된다. 바로 다음 토막은 이렇게 시작한다.

문을 열고 방 안으로 들어갔다. M은 책상 곁에 서 있었다. 창으로 빛이 스며들어와 M의 모습이 반쯤은 금빛으로 빛나고 반쯤은 그늘 속에 잠긴 상태였다. 나를 보자 M은 성큼성큼 큰 보폭으로 다가왔다. 그리고 손을 내밀었다. 우리는 악수를 했다. (171면)

시간의 진행과 함께 순차적으로 전개되는 서사라면 이는 막판의 멜로드라마틱한 반전을 이루는 해후 장면이 될 터이다. 사실은 물론 정반대다. M과의 첫 만남과 첫날 수업 이야기가 약간의 변주를 거치며 되새겨진 것일 따름이다. 상투적인 소설의 깜짝사건을 기대하는 부류의 독자를 또 한번 골탕먹일 의도였는지도 모르며, 더 중요하게는 M에 대한 그리움이 시뻬포슈 방문 이후에 더욱 절절해졌음을 암시하는 수단일 수도 있다.

그런데 이 모든 사건이 진행되는 동안 M과 관련해서 한번도 명시적으로 언급되지 않는 것이 있으니, 곧 M의 성별이다. 뜬금없이 들릴지 모르지만, M은 남자인가 여자인가?

이런 원시적인 질문을 던지는 것은, 화자가 여자이므로 그녀가 사랑했던 M은 남자이리라고 독자가 단정하기 십상이고, 실제로 나 자신 한참을 그렇게 읽었기 때문이다. 다른 독자들의 반응을 널리 탐문해보지는 못했다. 그러나 김영찬(金永贊)의 해설이나 백지연(白智延)의 단평 모두 M의 성별에 대해 특별한 관심을 표명하지 않았다.[5] 작중의 화자도 M을 두고 '그녀'는커녕 '그'라는 대명사조차 사용하지 않지만, 이것이야말로 작가의 주도면밀한 계산을 암시하는 것 아닌가.

어쨌든 M이 남자려니 하며 읽던 나의 선입견이 처음 흔들린 것은 에리히와의 육체적인 관계에 대한 그녀의 고백 대목에서였다. (나는 특별한 경우 외에는 서양식 어법에서 유래한 '그녀'보다 우리 전래의 어법대로 남녀를 통칭하는 '그'를 선호하지만, 이제부터 작품의 용례를 좇아 M을 '그녀'로 지칭하기로 한다.) 물론 남자하고 육체적인 관계를 가졌다고 자동적으로 M을 여자로 규정할 수는 없다. 하지만, "내 수치심 속에서 M은 호객행위를 하는 거리의 여자들처럼 과장해서 허리를 비트는 걸음을 옮겼고 에리히의 무릎 위에 앉아 내 작문을 읽었으며 부스럼이 난 얼굴을 쳐들고 추호의 부끄러움도 없이 외설적인 몸짓을 취했다"(134면)는 화자의 공상 속에 M은 일단 여자의 모습으로 등장하며, 화자의 분노에 찬 생각이 계속되면서 M의 성별은 조금 더 분명해진다. "M은 에리히가 페니스를 가

---

5 김영찬은 배수아 소설이 "인물의 성별을 의도적으로 삭제"(『에세이스트의 책상』, 176면)하는 현상을 언급하지만 이는 『동물원 킨트』를 염두에 둔 말인 것 같고, M을 '그녀'가 아닌 '그'로 지칭한다.(179면) 백지연 「배수아, 존재를 증명하는 글쓰기 — 배수아의 신작 『에세이스트의 책상』」, 창비웹진 2004년 4월호(http://www.changbi.com/webzine/content＝문학칼럼)에서는 M의 성별에 대한 언급이 아예 없다.

『동물원 킨트』의 실험은 성별 문제에서도 훨씬 급진적이다. 머리말의 첫 대목에서 저자는 "드물게도, 이 글은 분명하게 미리 생각되어진 면이 있었다. 그것은 주인공의 성별을 규정하지 않겠다는 것이었다"(5면)고 공언한다. 결과는 이러한 의도와 무관하게 주인공이 여자라는 느낌을 주지만, 이런 극단적 반소설(앙띠로망)적 의도를 그만큼 일관되게 밀고나간 것도 만만찮은 성취다.

그 직전의 배수아 장편 『이바나』(이마고 2002)에서는 K와 '나'가 연인 사이이고 K는 '그'로 지칭되는데, 소설이 절반 가까이 나간 지점에서야 K가 여학교를 다녔다는 사실이 슬그머니 언급되고, 또 한참을 더 가서야 "K는 또한 자신의 성적인 정체성을 부정했다. K는 그녀,라고 불리는 것을 철저하게 거부했다. 그리하여 나는 글 내내 K를 그,라고 부른다. 그것이 K에게 가지고 있던 내 호의를 표시할 수 있는 유일한 방법이다"(98면)라는 해명이 나온다. 하지만 K가 처음부터 여성으로 설정된 것만은 명시적으로 밝혔다.

진 남자이며, 보통의 여자들이 추구하는 보통의 쾌락을 제공한다는 그 사실을 강조해서 말한 것이었다. 그러나 나는 M을 잘 알고 있었기 때문에, 그 말 때문에 에리히에게 질투심을 느끼지는 않았다. (⋯) M에게 침실에서의 에리히는 속삭이는 바이브레이터와 다르지 않았을 것이라고 확신한다."(135~36면) 훗날 M과 이별한 화자가 M에 대한 그리움에 시달리고 있을 때, 혹시 M이 다른 모습으로 나타난 것일까 하고 일시적으로나마 생각하는 대상도 모두 여자들이다(157면 및 174면).

그러면 M이 여자라고 할 때 화자와의 사랑은 어떤 성격인가? 그것이 단순한 우정을 넘어선 사랑임에는 틀림없지만 그렇다고 문자 그대로의 동성애 관계라고 보는 것도 타당치 않은 것 같다. 가슴 벅찬 순간에 "M의 맨발을 다 닦은 다음 바닥에 앉아 M의 젖가슴 위에 머리를 기울이고 M의 심장의 고동 소리를"(122~23면) 듣기도 하고, "나는 손가락으로 M의 젖가슴과 사슴처럼 고집스러우면서도 우아한 늑골과 매끈거리면서 열이 있는 배와 소름이 돋아 있는 팔 위를 미끄러져"(123면)가기도 하지만, 이런 대목들은 설혹 남녀 사이일지라도 욕정의 표현과는 거리가 있다. M과 화자 관계가 육체적인 결합보다 정신적인 일치에 근거한 것이라는 점은 M의 '중성적' 성격에 대한 거듭된 강조에 의해서도 밑받침된다.[6]

화자 자신의 경험이나 철학에서도 육체적 관계는 대수롭지 않은 것으로 치부된다. M의 고백이 촉발한 고통스러운 명상은 다음과 같은 자기성찰과 질문으로 끝난다.

그러나 단지 순수한 육체적인 호기심 때문에 이성과 잠자리를 같이 할 때

---

6 앞서 인용문에서 중략된 대목에는 "단순한 자웅결합의 쾌락에 순응하기에 M은 너무나 독립적이고 너무나 중성적이고 너무나 강하고 너무나 저항적이었다"(136면)는 말이 나온다. M과의 첫만남을 서술할 때도 '중성적'이라는 인상이 되풀이된다. "처음 만난 M은 키가 크고 중성적이고 아름다웠으나 엄격하게 보였다."(82면) "첫번째 인상은 우선 놀랍도록 창백하다는 것이었다. 그리고 나는 그토록 충격적일 정도로 중성적인 얼굴을 본 일이 없었다."(171면)

내가 수치심을 느꼈던가? 도덕적인 저항을 느꼈던가? 정신과 육체의 괴리에 대해서 질문을 던졌던가? 그렇지 않다. 조금도 그렇지 않았다. 나에게 육체적인 관계란, 특히 쾌락을 가지고 오는 육체적인 관계란 신성시될 이유가 없는 것이었다. 그리고 성인이 되기 이전부터 그런 입장을 오랜 시간 동안 지켜왔다. 나는 육체적인 행위를 통해 더 가까워지거나 더 멀어지는 관계를 알지 못한다. 그럼에도 불구하고 왜 나는 M을 더이상 받아들일 수가 없는가? (136면)

이러한 정신주의는 M도 동조하는 — 오히려 그녀가 선도했을 — 철학이기도 하다. "개인적인 친밀감이나 인간적인 애정을 초월하여 M이 지속적으로 봉사하고자 하는 인간 외부에 따로 존재하는 관념"(69면)이라는 그녀의 사상, 음악에 대한 두 사람의 공통된 헌신, 언어의 한계에 대한 고통스러운 인식 등이 바로 그것이다. 이는 또한 「작가의 말」을 끝맺으면서 저자가 열정적으로 지지하는 세계, "그것이 없다면 모든 사물이 태어난 그대로의 영혼 없는 무의미함으로 흘러가버릴, 음악이 곧 언어이자 문학이며 언어가 곧 침묵인 그 세계"(198면)와도 통한다.

그러나 M과 화자와 저자 사이의 이러한 사상적 일치를 근거로 『에세이스트의 책상』을 그들의 공통된 철학을 설파하는 작품으로 읽는 것은 이 소설에서 '나쁜 의미의 에쎄이적 요소'가 지배적이라는 판정에 다름아닐 것이다. 육체적인 관계를 초월한 어떤 절대의 세계에 대한 에쎄이스트적 탐구, 이를 위한 '고립된 삶'의 예찬 내지 그 비극성의 증언, 그리고 고립을 견디지 못하는 군중에 대한 비판과 저항의 발언이 작품의 주된 성과가 되는 셈이다. 물론 그것만으로도 한 편의 뜻있는 작품일 수 있지만, 과연 그렇게 읽는 것이 『에세이스트의 책상』에 대한 충분한 대접인가?

4

실제로 『에세이스트의 책상』은 그런 각도로 읽더라도 빛나는 대목이 많다. 하지만 내가 보기에 이 작품의 한층 빛나는 성취는 M과 화자 ─ 그리고 어쩌면 저자 자신 ─ 의 정신주의에 대한 소설적 교정장치를 풍부하게 내장하고 있다는 점이다.

예컨대 "나는 육체적인 행위를 통해 더 가까워지거나 더 멀어지는 관계를 알지 못한다"는 명제를 보자. 화자의 이 말은 따지고 보면 여러모로 수상쩍은 발언이다. 그러나 화자로서는 정직한 진술일 터이며 십중팔구 M도 동의했을, 아니 선창했을 주장이다. 저자 스스로도 이것이 영육(靈肉)이 쌍전(雙全)하는 삶에 대한 얼마만큼의 무지를 드러내는 주장인지를 제대로 인식하고 있는 것 같지 않다. 하지만 작품 자체는 이 수상쩍은 명제를 다시 생각하게 만드는 여러 계기를 담고 있다.

이 주장이 나오는 명상만 보더라도, "그럼에도 불구하고 왜 나는 M을 더이상 받아들일 수가 없는가?"라는 질문이 곧바로 뒤따르면서 끝난다. 사실 M의 고백 ─ 이라기보다 통보에 가깝지만 ─ 을 되새기며 괴로워하는 화자의 마음속에서 M이나 화자 자신의 평소 신념은 아무런 힘을 발휘하지 못한다.

그러자 그 이전에 M의 얼굴에서 내가 읽었던 수많은 것들, 나에게 찾아가야 할 문장과 노래가 되어주었던, 보편문법과 야만인의 언어가 되어주었던 그 수많은 아름답고 숭고한 의미들이 아무런 항변이나 흔적도 없이 사라져버렸다. 그 다음에는 한 낯설고 척박하게 메마른 얼굴이 거기 누워 있을 뿐이었다. (134면)

더구나 그 말을 해주었을 때의 M의 눈을 떠올리면, "그렇게 말하면서 M은 내가 상처받을 것을 미리 계산했을 것이 분명했다."(135면)

"단 한 번의 응시로 무언의 극치로 치닫는 M의 눈동자"(110면)는 첫 만남에서부터 화자에게 깊은 인상을 남긴 바 있는데, 최후의 만남에서도 그 눈동자는 다시 화자를 사로잡는다. 하지만 동시에 드러나는 것은 훨씬 범상하고 인간적인 감정이다. "그러나 그날 M의 눈동자는 거기에 또다른 것을 말하고 있었다. M은 수치스러워하고 있었다. M은 자신이 나를 떠나기 위해 선택했던 방법과 그리고 내가 떠난 뒤에도 완전히 나를 떠날 수 없는 자신에 대한 수치스러움을 완벽하게 숨길 수 없었다."(143면)

그러면 무엇이 그들을 헤어지게 만들었고 M으로 하여금 '미리 계산'하고 그런 말을 하게 했을까? 그 동기가 단순하거나 선명할 수는 없다. 그러나 화자가 일치의 순간을 맛볼 때마다 미래에 대한 예감과 불안을 느끼곤 했던 것이 사실이며, M도 마찬가지였으리라 짐작할 수 있다. 에리히의 생일파티에서 둘이 팔을 잡고 서 있을 때,

> 그때 나는 M을 만나게 된 것이, 나에게 M이 이 세상의 그 누구와도 다르다는 것이, M도 그렇게 생각하고 있다는 것이, 이런 희열의 순간을 지금까지 살아오면서 단 한 번도 알지 못했다는 것이, 그 모든 것이 순간적으로 벅차서 M의 손등에 입술을 가져다댔다. M이 다른 손으로 내 손을 강하게 잡았다. 내 얼굴이 붉어지고 갑자기 미래의 시간이 강하게 떠올랐다. 나는 아마도 예상하지 못한 곳으로 가게 되리라. (111~12면)

당장의 '미래'에는 그녀가 한국을 다녀와야 할 사정이고 언제 다시 온다는 확실한 언질을 줄 수 없다는 현실이 포함된다. 그러나 이런 현실적인 사정과 관련해서도, "너무 오래 사랑하게 되는 것을 두려워하지 않았던가? (…) M이 베를린에 홀로 남게 되는 것을 두려워했던 것처럼 사랑 안에서

그렇게 홀로 남게 되는 것을 나는 두려워하지 않았던가?"(119면)라는 의문이 뒤섞여 있다. M 또한 베를린에 홀로 남게 되는 것에 더하여 "너무 오래 사랑하게 되는 것"을 두려워했음이 분명하다. 에리히와의 육체적 관계를 고백한 것은 "자신이 나를 떠나기 위해 선택했던 방법"(143면)이었던 것이다.

화자는 이별 장면에서 그 점을 부각시키지만, 다음 순간(제9장의 마지막 토막) 언어와 음악에 대한 언설로써 M과의 실패한 관계를 정리한다.

나는 M에게서 언어를 배우는 대신에 음악을 배워야만 했다. 혹은 M을 위해서 오랜 시간 무대 위에서 현악기 연주를 했어야만 했다. 만일 우리가 언어가 아니라 단지 음악으로만 대화를 나누었다면, 나는 M에 대해서 아무것도 몰랐거나 혹은 그 반대로 모든 것을 알게 되었을지도 모른다. 나는 M에게서 완전히 놓여나든지 아니면 M을 완전히 가질 수 있었을 것이다. (144면)

인간들의 일시적이지 않은 교제가 "단지 음악으로만 대화를 나누"는 관계가 된다는 것은 어차피 환상적인 가정이지만, 화자의 이런 진술을 허위의식이 다소간에 가미된 작중인물의 상념으로 보느냐 아니면 저자의 전면적 지지를 받는 사상의 개진으로 보느냐에 따라 '소설'과 '에쎄이'의 미묘한 차이가 벌어진다. 이때 저울추가 '소설' 쪽으로 확실히 기운다고 보기는 어렵다. 다만 화자와 M이 결별하는 과정에 그들 스스로가 의식하지 못하는 ─ 또는 순간적으로 감지했다가 금세 고매한 언어로 덮어버리곤 하는 ─ 복잡한 동기가 작용하고 있음을 살펴보았다. 게다가 요아힘 같은 인물의 존재도 단순히 M을 돋보이게 만드는 이상의 효과를 지닌다.

요아힘은 분명 속된 인간이고 사고력의 한계도 뚜렷하다. 그러나 화자가 생각하기에도 실상이 겉보기만큼 단순한 것은 아니다.

M이 언제나 냉소하고 있었던 것은 요아힘의 사고력의 단순성과 협소한 지평이었으나 요아힘은 언제나 파생되는 결과만을 가지고 거꾸로 되묻곤 했던 것이다. 그래서 그들의 토론을 듣고 있노라면, 그것을 토론이라고 이름 붙일 수 있다면, 요아힘이 점점 더 바보스러운 고집쟁이로 보일 수밖에 없었다. (…) 그러나 지금 생각해보면 요아힘이 진심으로 M의 생각을 이해하지 못해서 그랬던 것은 아니라고 짐작할 수 있다. 요아힘은 단지 거기에 동의할 수 없었을 뿐이다. (70면)

그리고 요아힘이 동의할 수 없었던 것은 속물성이라거나 '사고력의 단순성과 협소한 지평'말고도 그 나름의 절실한 인생체험이 있기 때문이다. 예컨대 그가 군복무를 대신해서 양로원 소속의 노인병동에서 사회봉사요원으로 일할 때 "매일 아침 수십 명의 나이 든 여자들의 배설물로 더럽혀진 아랫도리를 씻어내줘야 했"(67면)던 경험은 너무나 실감나게 전해지며, M과 화자의 철학에서 소홀히 취급되는 인간 육체의 또다른 "정말 실제적"(같은 곳)인 위력을 상기시킨다.

　이런 의미심장한 소설적 교정장치들이 눈에 띔에도 불구하고 저울추가 '소설' 쪽으로 확실하게 기울었다고 말하기 힘든 것은, 독자가 흡족한 소설적 성취에서 기대함직한 것들을 결한 바 또한 적지 않기 때문이다. 예컨대 요아힘과 화자의 관계만 해도 그렇다. 두 사람의 일상 ─ 마치 오래 같이 살아온 부부처럼 무덤덤하기까지 한 일상 ─ 은 풍부한 디테일로 묘사되지만 정작 이 남녀가 어떤 사이인지는 설명되지 않는다. 이는 다분히 의도적인 것일 테다. 남녀가 한집에 살기만 하면 성행위를 했냐 안했냐부터 캐려 드는 유치한 호기심을 거부하면서, "나는 육체적인 행위를 통해 더 가까워지거나 더 멀어지는 관계를 알지 못한다"는 신조를 입증하는 사례로 제시했을 수도 있다. 하지만 화자 쪽에서는 어떤지 몰라도, 요아힘은 그의 성격상 3년 전에도 친했고, 함께 여행을 가도 좋다고 제안했으며, 3년 만에 다시 만나 한방에 계속 머무는 여성과 육체적인 교섭 없는 동거를 두말없이 받아들였을 것 같지 않다. 적어도 육체관계 없이 지냈다면 지낸 대로의 긴장이 있었을 테고, 반대로 좀더 '정상적'인 동거생활이었다면 또 그에 따른 감정의 기복이 감지되어야 마땅하다. 작중의 상황은 그도 저도 아니며, 예의 신조를 가진 사람에게 너무도 맞춤하게 설정되었다.

화자의 한국생활이나 한국에서의 과거가 거의 언급되지 않는 것 자체는 결함이랄 게 없다. 어설프게 작품의 무대를 넓히기보다는 주제와 직결된 부분(학교의 경험이나 수미와의 영화관람 등)만 언급함으로써 집중성을 도모하는 것도 그럴듯한 전략인 것이다. 하지만 화자의 시야와 자기인식에 어떤 본질적인 문제점이 있다고 할 경우에는 그 문제점의 개인적·사회적 뿌리를 규명하려는 자세가 바람직하다. 그런데 『에세이스트의 책상』에서는 문제점의 존재가 부각되기는 하지만 규명의 노력이 뒤따르기보다는 (제9장의 끝머리에서처럼) 새로운 신비화와 도취의 언어가 시야를 가려버리곤 한다.[7]

한국사회의 현실을 사실적으로 그려내는 배수아의 솜씨가 근년에도 여전함은 『에세이스트의 책상』 직전의 장편 『일요일 스키야키 식당』에도 드러난다. 그 점에서 이 작품은 『이바나』에서 『동물원 킨트』를 거쳐 『에세이스트의 책상』으로 이어지는 선에서 일탈하는 모습인데, 딱히 "소설에는 주인공이라는 것이 있고 그리고 그의 여정을 따라가는 것이 소설 읽기

---

7 배수아의 초기작들을 두고 신수정은 "도취는 결핍을 부른다"(신수정 「포스트모던 테일 　 배수아론」, 『푸줏간에 걸린 고기』, 문학동네 2003, 164면)는 점을 지적했는데, 애초에 어떤 결핍이 도취를 불러왔을 가능성도 생각해볼 일이다. 실제로 배수아의 초기작에서는 도취가 결핍으로 귀결하는 과정과 함께 도취를 유발하는 한층 원초적인 결핍에 대한 인식도 틈틈이 엿보인다. 이에 비해 『에세이스트의 책상』은 애초의 결핍에 대해 ─ 학교시절의 고립과 억압말고는 ─ 거의 무관심하다. 물론 그 대신에 도취와 결핍이 엇갈리는 현상이 그 어느 때보다 절실하게 부각되는 것이 사실이다.

라고"(「작가의 말」, 『일요일 스키야키 식당』, 291면) 단정해서가 아니라, 그 풍부한 세태묘사와 '빈곤'에 대한 작가의 관심이 제대로 융합하지 못했다는 점에서 이 또한 '나쁜 의미의 에쎄이적 요소'가 잔존한 소설이라 할 것이다. 다만 이 경우에는 작가가 자신의 에쎄이스트적인 관심에 지나치게 몰입해서라기보다 『에세이스트의 책상』의 주인공 화자처럼 작가에게서 혼신의 집중을 이끌어내는 인물이 없기 때문에 '소설'로서의 아쉬움을 남긴 형국이다.[8]

『에세이스트의 책상』의 화자가 이런 반응에 개의할 것 같지는 않다. 그녀의 마지막 발언(이자 소설의 마지막 단락)은 '어디에서 왔으며 어디로 가는가'에 대한 대답의 가능성 자체를 일축한다.

> 책상 앞에서 나는 계속해서 쓴다. 페터 한트케의 말처럼, '단지 글을 쓰고 있을 때만이, 나는 비로소 내가 되며 진실로 집에 있는 듯이 느낀다.' 그러므로 어디에서 왔으며 어디로 가는가, 그것은 아무것도 말해주지 않을 것이다. (174면)

물론 '어디에서 왔으며 어디로 가는가'에 대한 형이상학적 물음에는 답이 있기 어려울뿐더러 질문 자체가 부질없기 쉽다. 그러나 배수아의 책상이 어디까지나 소설가의 책상이라는 점이 확인될수록, 책상에 대한 다분히

---

8 비슷한 예로 근년의 단편 「우이동」(『세계의 문학』 2000년 겨울호)을 들 수 있다. 이 작품은 사실주의적 단편의 명품으로서의 면모를 거의 완비했지만, 1970년대라는 그 시대적 배경과 작가가 사는 현재와의 관계에 대한 아무런 관심도 엿보이지 않기 때문에, 즉 『에세이스트의 책상』에서와 같은 작가의 절실한 현재적 관심사와 동떨어져 있기 때문에, 무언가 뜬금없다는 인상을 남긴다. 배수아의 초기작에서 민중생활의 수많은 진실을 포착한 신승엽의 읽기는 당시로도 적절했고 지금도 「우이동」이나 『일요일 스키야키 식당』 같은 작품에 적용될 수 있지만, 그것이 단편적 인식을 넘어 어떤 역사적인 '주체 형성의 노력'으로까지 발전할 전망은 당시에도 밝지 않았고 지금도 거의 안 보인다고 해야 할 것 같다.(신승엽 「배수아 소설의 몇 가지 낯설고 불안한 매력」, 『민족문학을 넘어서』, 소명출판 2000)

낯익은 집착이 어디서 와서 어디로 가는지에 대해서도 한결 폭넓고 예리한 소설적 탐사가 이루어지기를 주문하고 싶어진다.

〈2004〉

'창비적 독법'과 나의 소설읽기

『창비』 소설비평 특집에 대한 김명인·김영찬의 논의에 부쳐

1. 대조적인 창비관

『창작과비평』 지난 여름호(통권 제124호)의 특집 '한국소설의 새로운 가능성을 찾는다'는 창비 편집진의 평론가들이 모처럼 분발을 다짐하는 계기로 삼고자 기획되었다. '모처럼'이라는 표현은 곧 그동안 분발이 부족했다는 자성을 포함한다. 특집 들머리의 '편집자 대담'에서 진정석(陳正石)이 말했듯이 "그간의 직무소홀을 일거에 만회해보겠다는 야심(?)도 어느 정도 있었"(20면)다고 봐야 할 게다.

직무소홀을 반성하는 일이라면 누구보다 나 자신이 해당된다. 그것도 이중의 의미에서 그렇다. 문학평론가를 자처하면서도 벌써 몇해째 평론다운 평론을 써낸 일이 없고 한국문학에 대한 독서조차 게을리해왔으니 그것만으로도 통렬히 반성할 처지인데, 편집진 전체가 특별한 분발을 해야 할 형국이라면 비록 편집 일선에서 물러선 상태일지라도 편집인으로서의 책임 또한 면키 어렵다. 물론 『창비』가 틈틈이 문학특집을 하지 않은 것은 아니다. 그러나 나보다 정도가 덜할지언정 상당수 동료들이 문학생산의 현장에 밀착해서 활약하지 못했고, 어쨌든 『창비』가 충분한 내부토론과 의견조정을 거쳐 한국문단에 신선한 기여를 하는 힘이 예전 같지 못

했던 것이 사실이지 싶다.

하지만 이런 것을 '일거에' 만회한다는 것은 불가능한 일이고 물론 그런 목표를 세우지도 않았다. 각자가 소설생산의 현장에 자기식으로 다가가는 모습을 보이고 추후의 공붓거리를 제공함으로써 자기갱신의 첫걸음을 내딛고자 했을 따름이다. 그러므로 "이번 창비 특집은 그 이벤트적 성격이나 규모에도 불구하고 결국 '일단 자세히 읽고 보자' 이상도 이하도 아닌 것이 된다. 따라서 '어떻게 읽을 것인가' 하는 문제는 괄호 속에 들어 있고 그것은 필자로 참여한 '창비식구'들 각자의 몫이 된다"[1]는 김명인(金明仁)의 비판은 당연히 감수할 내용이다. 또, "무엇보다 90년대 이후 소설에 대한 총론이 없다는 것이 가장 두드러진 문제이다"(명 257)는 지적도 맞다. 이와 관련해서 김영찬은 "창비가 결과적으로 지금까지의 자족적인 태도에서 벗어나 자신의 비평적 시각과 담론의 적합성을 시험하면서 그 자체를 스스로 활발한 토론과 비평의 대상으로 방(放)하고 있는 것처럼 보인다"(영 271)라고 좀더 호의적인 해석을 내려주었지만, 적절한 총론의 부재는 '지금까지의 자족적인 태도' 이외에 다른 총론이 없을 거라는 그 자신의 심증을 굳혀주었는지도 모른다.

기획의 이런 원천적 한계를 전제하고도 그 구체적인 실행에서 또한 수많은 아쉬움을 남겼음이 분명한데, 그럼에도 이 특집에 대해 김명인, 김영찬 두 분을 포함해서 많은 사람이 관심을 보여준 것은 고마운 일이다. 창비로서는 애초의 다짐대로 분발을 수행하면서 그 일환으로 두 분이 시작한 생산적 토론을 이어나가는 것이 보답하는 길이라 믿는다. 이것이 여전히 평론가로서의 준비부족에 시달리면서도 『창비』 편집진의 한 사람이자 후속논의에서 중요하게 거론된 글의 필자로서 몇가지 의견을 개진하기로

---

1 김명인 「민족문학론과 90년대 이후의 한국소설」, 『창작과비평』 2004년 가을호, 256면. 앞으로 가을호에 실린 이 글과 김영찬 「한국문학의 증상들 혹은 리얼리즘이라는 독법」을 언급할 때는 각기 '명'과 '영'으로 약칭하고 면수만 표시한다.

한 연유이다.

김영찬은, 김명인이 창비적 관점의 부족을 비판한 것과 대조적으로, "창비가 그간 보여왔던 보수적인 비평적 행보의 근본적 전환" 시도를 환영하면서도 "그 근본적 전환을 가로막는 창비 고유의 비평적 태도와 판단이 여전히 존재하는 것"(영 271)을 문제삼는다. 특히 편집자 대담에서 임규찬이 "마치 실제 현실에 상당한 무엇이 있는데 창비가 그것을 못 따라가고 있다고 진단하는 것 같은데 정말 그런가 솔직히 반문하고 싶습니다. (…) 다양한 질적 변화가 이루어지고 있지만, 현실의 중요한 변화들을 제대로 감당할 만한 문학적 움직임이 활발하지는 않았다는 점을 먼저 유념할 필요가 있습니다"(제124호, 21면)라고 말한 것을 두고, 의처증 환자에 대한 라깡의 지적을 원용해서 날카로운 비판을 던진다. "라깡에 따르면, 아내가 다른 남자와 놀아나고 있다는 의처증 환자의 주장이 설령 사실이라고 하더라도 그의 질투는 여전히 병리적이다. 왜냐하면 그 주장은 주체와 관련된 어떤 진실을 억압하면서 제기되는 것이기 때문이다."(영 272)[2]

그런데 특정한 '창비적 독법'을 설정한다는 점에서는 김영찬과 김명인이 묘한 공통점을 보인다. 김명인의 경우 그것은 '창비 비평'의 전환이 아니라 그 본래 임무를 더욱 적극적으로 수행하라는 주문인 점이 다를 뿐이다.

여전히 7,80년대 민족문학론의 아성으로서의 지위를 자의건 타의건 포

---

2 그러나 임규찬으로서는 다소 억울하다는 생각이 들 법하다. 라깡의 비유를 엄밀히 적용한다면, 먼저 현재의 문학적 움직임이 활발한지 그렇지 못한지(즉 환자의 아내가 놀아나고 있는지 아닌지)를 규명한 뒤에, 만약 활발하지 않다는 의심이 맞을 경우 임규찬의 판단 중 어느 만큼이 정상인의 통찰이고 얼마만큼이 '의처증'에 해당하는지를 자상하게 가려주었어야 할 텐데, 김영찬은 "억압되고 있는 것은 (…) 창비 스스로가 '현실의 중요한 변화들을 제대로 감당할 만한 문학적 움직임이 활발하지는 않았다는' 사실에 직접 연루되어 있다는 사실, 즉 바로 창비가 정확히 그 문제점의 일부분이라는 사실이다"(영 272)라는 말로 임규찬의 현실진단을 일단 수용함으로써 그런 논증을 생략해버린 것이다.

318

기하지 않고 있는 창비는 한사코 그 영향으로부터 벗어나 원심화하고 있는 것으로 보이는 90년대 이후의 문학에 대해서 이제 무슨 말을 건네고 있는 것일까. 혹은 건네고 싶은 것일까. (명 254)

이어서 그는 "90년대와 2000년대 초반 소설계의 총아들"을 창비에서도 출판하게 된 현상을 두고, "이를 종래 '민중적 민족문학'이라는 엄격한 잣대를 적용하여 발간 작품을 준별하던 창비가 그 엄격성을 대폭 완화한 결과라고 하면 과언이 될까"(같은 면)라고 묻기도 한다. 결과적으로 여름호의 특집에 실린 나의 평론[3]은 "좋은 의미로건 나쁜 의미로건 거의 '창비의 무게'가 실려 있지 않은 것"(명 259)으로 보이는 세 편 중 하나로 분류된다.

아무튼, "창비가 아직 '민족문학'을 포기하지 않았다면 그 '민족문학'이란 것이 2000년대의 남한문학에서 무엇이며 어떻게 생동할 수 있는지에 대한 합의를 먼저 이루고, 90년대 이후 작가들에게 그것을 납득시키는 노력을 기울이며 바로 그 입장에서 적극적으로 당대 문학의 산물들을 평가하고 비판하고 견인하는 모습을 보여주었으면 하는"(명 269) 김명인의 기대와 주문에 대해서는 이번 글 또한 멀리 못 미칠 것임을 미리 밝히지 않을 수 없다. 이는 역량의 문제이기도 하려니와 창비도 '자명한 것들과의 결별'을 할 권리가 있기 때문이다.[4] 사실 나 자신으로 말하면 '민족문학'이든 '민중적 민족문학'이든 그것을 자명한 것이라고 생각해본 적이 없다. 오히려 80년대에 많은 사람들이 자명하다고 단정하던 것들과 거리를 두었다고 해서 무수한 질타의 대상이 되었음은 두루 알려진 일이다.

김명인 자신이 일례로 제시한 현대 한국소설의 지형도에 대해서도 나는 구체적으로 시비를 가리거나 대안을 내놓을 능력이 없다. 평론가로서

---

3 졸고 「소설가의 책상, 에쎄이스트의 책상 — 배수아 장편소설 『에쎄이스트의 책상』 읽기」, 『창작과비평』 2004년 여름호. 이하 이 글을 언급할 때 '백'으로 약칭하고 면수만 표시한다.
4 김명인 평론집 『자명한 것들과의 결별』(창비 2004), 「책머리에」 참조.

부끄러운 일이지만 무엇보다 독서의 절대량 부족 탓이다. 다만, "은희경이 열어젖히고 전경린이 세속화시킨 일상성의 세계, 윤대녕과 신경숙이 개척한 내면성의 세계, 공지영이나 방현석이 지켜온 후일담의 세계, 성석제와 김영하, 혹은 김연수에게서 보이는 탈낭만적 서사의 세계, 요즈음 이를 테면 『피터팬 죽이기』의 김주희, 『어느덧 일주일』의 전수찬 등 최신예들의 무중력의 세계, 그리고 공선옥, 한창훈, 전성태 등이 견지하고 있는 자연주의적 민중탐구의 세계 등"으로 지도를 그리는 방식에 대해서는 큰 매력을 느끼지 못한다. 김명인 자신이 "나는 이런 나의 관점이나 분류항목을 강요하려는 것이 아니라, 바로 '창비 비평'에서 이와 같은 최소한의 거친 관점이라도 발견되기를 기대한 것이다"(명 259)라고 부연하고 있지만, 내가 보기에 그 분류기준이 잡다할뿐더러, 훌륭한 작가일수록 어느 항목에도 집어넣기가 힘들어진다는 점을 충분히 감안하지 않는 것 같기 때문이다. 결과적으로 좋은 작품과 그렇지 못한 작품의 분별을 흐려놓을 우려가 큰 것이다. 비평작업에서 소재나 경향 위주로 작가들을 분류해보는 일이 무의미하다는 것은 물론 아니지만, "좋은 문학작품을 알아보는 안목을 바탕으로 그러한 작품과 그보다 덜 좋은 작품, 아예 안 좋은 작품 들을 지공무사하게 가려주는 본래의 임무를 다하는 것이 무엇보다 우선되어야"[5] 한다는 것이 나의 비평관이다.

'창비적 독법'에 대해서도 나의 종요로운 생각은 바로 이것이다. 따라서 이런 지공무사(至公無私)한 읽기에 방해가 되는 어떠한 고정된 방법이나 '코드'도 기껏해야 그때그때의 방편에 그쳐야 한다고 믿는다. 물론 본

---

[5] 졸고 「비평과 비평가에 관한 단상」, 『문학과사회』 1997년 여름호, 525면. 실제로 나는 민중·민족문학운동이 한창이던 1980년대 중엽에 비슷한 입장을 거의 동일한 표현을 써서 밝힌 바 있다. 1985년 1월 자유실천문인협의회 주최 '민족문학의 밤' 행사에서 강연하면서 다음과 같이 주문했다. "자유실천문인협의회는 무엇보다도 훌륭한 작품의 생산에 헌신적이고 좋은 작품과 덜 좋은 작품 또 아주 좋지 않은 작품을 가리는 데 있어서 공명정대한 문인들의 모임이 되어야 하겠습니다."(「민족문학과 민중문학」, 『민족문학과 세계문학 II』, 창작과비평사 1985, 351면)

인의 의도나 노력에도 불구하고 어떤 고정관념에 사로잡히고, 그러면서 그런 줄조차 모를 수가 있다. 아니, 라깡을 들먹이지 않더라도 그런 '억압'이 전혀 없는 사람은 없을 것이다. 더구나 각기 자기식으로 읽더라도 비슷하게 읽는 사람끼리 모이는 일은 자연스럽고 어느 선까지는 바람직하기도 한데, 그 댓가로 '억압'의 비중이 커지는 상황이 얼마든지 가능하다. 따라서 집단적인 자기인식을 더욱 명료히하라는 김명인의 다그침이나, 미처 깨닫지 못한 집단의식의 폐해를 강조하는 김영찬의 비판이 하나같이 고마운 채찍질이 아닐 수 없다. 이 글은 이에 보답하려고 노력하되 내 역량의 한계에 맞고 비평관에도 어울리는 방식, 즉 특집의 배수아론을 놓고 두 분이 구체적으로 비판한 내용을 위주로 '창비적 소설독법'에 관한 논의를 진행할까 한다.

2. 『에세이스트의 책상』재론

배수아론이라고 했지만 정확하게는 장편 『에세이스트의 책상』(문학동네 2003, 이하 『책상』) 한 편에 대한 작품론이었다. 그나마 동시대의 문학지형에서 배수아의 소설이 어떤 위치에 있으며 또 그의 작품세계에서 『책상』이 어떻게 자리매김되어야 하는가 하는 '총론'이 생략된 작품론이었다. 이는 무엇보다 특집에 참여하는 것조차 힘겨웠던 내 처지에서 섣부른 일반화를 자제하고 그 한 작품 읽기만이라도 제대로 해보려는 뜻이었다. 그러나 『책상』에 그렇게 주의를 집중했을 때는 당연히 배수아가 그만한 주목에 값하는 작가라는 판단을 전제한 것이며, 『책상』이 그의 최신 장편일 뿐 아니라 결코 열등한 작품이 아니라는 판단도 독자에게 전달되었으리라 믿는다.

이 작품을 재론하는 지금도 나는 배수아의 작품세계 전체를 조망하고 있지 못하다. 장편소설로 국한하더라도 지난번 글에서 명시적으로 언급한 네 편 외에 첫 장편 『랩소디 인 블루』(고려원 1995)와 새로 나온 『독학자』(열림원 2004)를 읽은 정도인데, 초기작들의 풍성함과 발랄함을 선호하는 평자들이 왜 그러는지 이해하기는 하지만 정신의 치열성에서 오히려 진일보한 『책상』을 배수아 문학의 후퇴로 보는 데는 동의하기 어렵다. 한마디로 나는 배수아야말로 우리 현대문학에 몇 안되는 진성(眞性) 모더니스트가 아닐까 하는 생각이다. 이는 모더니즘에 대해 비판적인 입장을 견지해온 나로서 최고의 평가와는 거리를 두는 셈이지만, 모더니즘이건 포스트모더니즘이건 대부분이 외래 조류인 풍토에서,[6] 그리고 '모더니즘 대 포스트모더니즘'을 문학의 주된 대립축으로 삼는 구도 자체가 수입품이며 한국문학의 핵심을 비켜선 논란이라 믿는 입장에서, 단순히 민첩한 두뇌와 반짝이는 감수성으로 방불하게 만들어낸 유사품의 수준을 넘어 작가적 체질의 자연스러운 발현이자 온몸을 던진 탐구로서의 모더니즘 소설이 한국어로 씌어진 현상은 뜻깊은 성취라고 본다.

김명인은 특집의 여러 글을 두루 언급한 까닭에 『책상』 읽기에 대한 비판은 상대적으로 소략해졌다. 어쨌든 그의 주된 논점은 내가 시도한 자세히 읽기가 이 작품에 대한 "좀 과람(過濫)한 대접"이 아니냐는 것이다. 특히 "글 말미에 사족같이 붙은 부분, '문제점의 개인적·사회적 뿌리를 규명하려는 자세가 바람직'하다거나 '책상에 대한 다분히 낯익은 집착이 어디서 와서 어디로 가는지에 대해서 예리한 소설적 탐사'를 당부한다"는 말로 그치고 평자 자신의 해명과 진단을 생략한 것은 "정당한 의미에서의 자세히 읽기로서의 비평"에도 미달한다는 것이다.(명 265) 이어서 그는 이 문제에 관한 자기 나름의 해석을 제시한 뒤, "이렇게 보면 이 작품은 90년

6 리얼리즘은 외래 조류가 아니냐는 반문이 아마도 나올 것이다. 나는 그게 똑같은 경우라고는 생각지 않지만, 리얼리즘을 내세운 작품이나 논의 중 상당수 역시 바로 수입품의 생소함을 벗어던지지 못한 점이 문제라는 데는 쉽게 동의한다.

대적 탈주서사의 한 극점이라고 할 만하다"고 결론짓고, "자, 이 작품은 과연 '분단시대 민족문학'의 깊이와 넓이 안에 포괄될 수 있는 것일까"(명 266)라고 묻는다.

"이 글에서의 창비적 체취의 부재"(같은 면)를 아쉬워하고 있는 김명인 이니만큼 어쩌면 당연하겠지만, 나는 『책상』에 대한 그의 해석을 읽으면서 이것이야말로 김영찬이 상정하는 '창비 고유의 독법'에 딱 들어맞겠구나 하는 느낌이 들었다. 김영찬은 "이 소설의 '서사(敍事)'를 일목요연하게 재구성해 보여준" 나의 자세한 읽기가 여러모로 도움이 되었음을 시인하면서도 그것이 예의 창비적 독법에서 자유롭지 못했다고 진단한다. 따라서 소설에 대한 과람한 대접은커녕 도리어 "그렇게 읽는 것이 과연 작품에 대한 '충분한 대접'인가"(영 274) 하는 의문을 던지고 있다.

김영찬은 특집의 글들에 대한 논평을 나와 최원식에 집중했기 때문에 『책상』에 대해 비교적 상세한 논의를 보태주었다. 이 논의는 그 자체로 하나의 착실한 『책상』론이라 할 만하며 내가 보건대 단행본에 부친 그의 '해설'에 비해 진일보한 평론이어서, 내 글도 개입된 생산적 토론의 한 성과를 목격하는 흐뭇함을 느낀다. 실제로 배수아 소설을 두고 그가 내놓은 많은 진술은 나도 수긍하는 내용인데, 어쩌면 김영찬 자신은 '창비적 독법'에 대한 그 나름의 고정관념 때문에 내가 동의하지 않으리라고 예단했는지도 모르겠다.

내가 "의도적으로 파괴되어 있는 목적론적·선형적(線形的) 서사를 굳이 선형적으로 재구성"(영 276)해본 것은 양자 사이에 "가로놓인 '뱀과 화염의 강물'(배수아 「작가의 말」, 『책상』, 198면)이 소설을 조직하는 특수한 담론적 양상을 가벼이 넘겨"(같은 면)버려서가 아니다. 서사와 재현의 문제─ 둘이 동일한 것도 물론 아니지만─에 대한 창비 관계자들의 개인적 견해야 다양하겠지만, 내 경우 소설읽기에서 재현을 "중요한 참조점"(영 275)의 하나로 삼기는 할지언정 그것을 예술성의 핵심으로 설정하지 않음은 이미 여러 군데서 밝힌 바 있다.[7] 내가 스토리의 진행을 재구성해보는 "다소 저급한 비평방법"(백 37, 본서 302면)을 동원한 것은, 김영찬의 '해설'을 포함한 요즘의 너무나 많은 비평이 선형적 서사의 파괴를 곧바로 서사의 부재와 동일시하며 『책상』에서처럼 작가가 실제로 공들여 창작한 서사를 가벼이 넘겨버린 채 '특수한 담론적 양상'에 대한 비평가 자신의 (그것도 이제는 대체로 낯익은 것이 되어버린) 담론을 펼치는 데 몰두하기 일쑤이기 때문이다. 이런 현상에 대해 내 나름의 이의제기를 하고 싶었던 것이다.

"M과의 사랑을 이야기하는 화자의 의식은, 새롭게 방향을 돌려잡은 작가의 글쓰기에 대한 자의식을 그대로 연출하고 있는 것이다. M이 겉으로 재현된 스토리의 차원에서는 구체적인 실존인물일지 몰라도 담론의 차원에서는 하나의 추상적 상징일 수밖에 없는 까닭은 여기에 있다"(영 277)는 주장에 대해서도 나는 대체로 수긍하는 편이다. 다만 상징적 존재로서의 M, 그리고 글쓰기의 "격렬한 인간적 내면의 드라마"(영 279)가 그 온전한 울림을 얻기 위해서도 작가가 들려주는 '서사'를 제대로 음미할 필요가 있다는 것이다. 이는 "겉으로 재현된 스토리 차원"으로 가볍게 넘길 문제가 아니라, 스토리를 알아보기 힘들 정도로 서사를 복잡하게 요리해놓은 소설적 담론의 문제인 것이다.

예컨대 제2장의 화자가 물에 빠지는 에피쏘드가 뜬금없이 나왔다가 뚜렷한 결말 없이 끝나는 데 따른 효과는 먼젓번 글에서도 지적했다. 즉 계속해서 독자의 궁금증을 자아낼뿐더러, "물속에서 화자가 했던 M에 대한 생각, 죽음에 대한 생각 들이 꾸준히 독자의 머릿속에 남게 되기도 한다"(백 34, 본서 299면)는 점이다. 이 사건이 독일로 다시 가서 요아힘의 집에 머물던 시기가 아니라, M과의 결별을 작심하고 M의 집을 나온 뒤에 일어났

---

7 예컨대 졸고 「모더니즘 논의에 덧붙여」, 『민족문학과 세계문학 II』, 창작과비평사 1985; 「시와 리얼리즘에 관한 단상」, 『실천문학』 1991년 겨울호; 「로렌스 소설의 전형성 재론」, 『창작과비평』 1992년 여름호 등 참조.

음이 제9장에 가서 화자가 M과 마지막으로 나누는 대화 도중에 마치 지나가는 말처럼 나온다는 점 또한 언급했다(백 33, 38, 본서 299면). 그런데 이런 식으로 마치 독자와 숨바꼭질하듯이 해서 작가가 얻는 게 무엇인가? 화자가 M의 집에서 뛰쳐나와 M을 만나주기를 거부한 것이 M에게 앰뷸런스에 실려갈 정도의 타격을 준 것 못지않게, 화자도 우연이든 반 의도적으로든 익사 일보전까지 가는 상처를 입었음을 섬세한 독자가 음미하도록 남겨둔 것이 아닐까?[8] 『책상』이 단지 사랑 이야기만이 아닌 것은 분명하지만 사랑 이야기로서의 그 애틋함을 놓친다면 그 자체로서 부주의한 읽기요, 글쓰기에 대한 성찰의 깊이를 실감하는 작업에도 충실치 못한 결과가 되는 것이다.

M의 성별 문제도 그렇다. 김영찬은 여전히 이를 대수롭지 않게 여기는 듯, "M은 주체 바깥의 모든 것을 증류해버린 '영혼의 삶'을 살고자 하는 화자의 자아이상(ego ideal)이 투사된 인물"(영 277)이라는 지적 이외에 별다른 언급이 없다. 그러나 주체 바깥의 모든 것은 물론 주체의 성적 정체성마저 증류해버리려는 시도일지라도 소설 속에서 그 시도가 여자를 두고 진행되는지 남자를 두고 진행되는지, '탈정체성 작업'의 대상이 남녀관계인지 여여관계인지에 따라 많은 것이 달라지게 마련이다.[9] 실제로 화자와 M이 둘다 여자이기 때문에 여러가지 미묘한 효과가 발생한다고 보아야 한다.

그 점에서 M이 여자임을 정확히 어느 싯점에서 알게 되느냐는 문제도

---

8 그리고 보면 내가 별다른 논평 없이 인용했던 "그 사고에 대해서 내가 기억하는 부분은 거의 없었기 때문에 나는 M에게 설명해줄 수 없었디"(『책상』, 142면)는 화사의 진술도 그대로 고지식하게 수용할 일은 아니다. 설혹 그 순간에 그랬다 치더라도 책상머리에 앉아 글쓰기를 시작한 화자의 기억에는 제2장의 내용이 생생히 살아 있는 것이다.

9 『동물원 킨트』에서처럼 저자가 처음부터 남자도 여자도 아닌 '인물'을 그리려는 시도를 한 경우도 있으며 『이바나』에서는 K를 일부러 남자인 것처럼 부르다가 뒤에 가서야 그 연유를 밝히게 됨은 지난 글에서 지적한 대로다(백 40 주5). 『책상』의 방식은 그 둘 중 어느 것과도 다른 제3의 것인데 작품마다 상이하게 작동하는 장치를 가려서 반응할 필요가 있다.

결코 무관한 일이 아니다. 나는 M이 남자려니 하는 선입견(및 그렇다는 활자화된 소문)에 사로잡혀서 읽어나가다가 제8장의 134면에 이르러서야 여자라는 생각을 하게 되었다고 술회한 바 있는데(백 40, 본서 306면), 이에 대해 김명인은 "이미 그 이전 112면에서 에리히가 M과 화자를 더불어서 '아가씨들'이라고 지칭하는 부분이 나온다"(명 264, 주5)고 일깨워주었다.[10] 실은 이 점을 내게 가장 먼저 알려준 것은 임홍배(林洪培)였다. 공간(公刊)된 자료는 아니지만, 그는 단순히 이 사실을 밝히는 데 그치지 않고 에리히의 발언이 그가 화자 및 M과 각기 맺어온 관계에 얼마나 어울리는 행동인지를 날카롭게 설파했다.

> 7장에서 분명히 밝혀지지만, 이 장면에서 에리히가 개입하여 '나'와 M의 황홀한 순간에 훼방을 놓는 것은 두 사람에 대한 질투심과—잠자리를 함께한 적이 있는—M에 대한 복수심의 노골적 표현이다. 이어서 에리히가 이 '아가씨들'에게 "힘쓸 만한 (…) 남자들은 다 여기 모여 있는데 거기서 뭐 하는 거야?"라고 야유하는 것도 두 사람의 관계에 대한 공개적인 모욕인 것이다.[11]

이런 소설적 세목을 포착하는 것이 글쓰기에 대한 『책상』의 성찰을 과

---

10 그러나 이어서 "M의 첫인상을 묘사하는 부분에서부터 M이 여성이라는 사실을 알 수 있다. 소설의 82면 '처음 만난 M은 키가 컸고 중성적이고 아름다웠으나 엄격하게 보였다'는 부분이다"(같은 주)는 김명인의 주장에는 동의하기 어렵다. 고정된 성적 정체성으로부터의 탈피를 추구하는 이 작가의 소설에서 그러한 표현은 남녀 어느 쪽에나 적용될 수 있기 때문이다. 다른 고려사항이 없다면 심지어 김명인이 지적한 112면의 그 대목조차 결정적인 증거는 되지 못한다. "우리는 채식주의자들의 식탁 곁에 선 채 냉장고에서 아이스크림을 꺼내고 있었다"(『책상』, 111면)고 했으므로, 당시 그곳에 여성 채식주의자가 한명 이상 있었다고 가정한다면 "거기 아가씨들!"이라는 에리히의 외침을 '나'와 그 여자들을 향한 것으로 읽는 것도 불가능한 일은 아닌 것이다.

11 임홍배 「소설 읽기의 다양한 방식—『창비』 여름호 특집을 읽고」(2004. 7. 16 비공개 공부모임 자료), 2면. 이 자료의 인용을 허락해준 임교수께 감사한다.

소평가하는 일이어야 할 이유는 없다. 실제로 나는 김영찬이 강조한 『책상』의 성취를 대부분 인정하는 입장이다.

> 『에세이스트의 책상』의 소설적 성취는 '고립된 삶'을 예찬하는 정신주의의 설파에 있는 것도 아니고 그렇다고 거꾸로 육체적·경험적 현실이 그 정신주의의 허위성을 전복하는 장면에 있는 것도 아니다. 개인적으로는 『에세이스트의 책상』에 나타나는 경향이 배수아의 소설로서는 썩 바람직한 방향이 아니라는 생각이지만, 그래도 굳이 소설적 성취를 논한다면 그 가운데 하나는 이 소설이 개체적 고립의 정신주의를 동력으로 씌어지는 기억의 서사의 실험적 극단을 보여주면서도, 그 이면에서 그 자체의 한계로서 작용하는 격렬한 인간적 내면의 드라마를 통해 자기 자신의 글쓰기의 한계지점을 성찰한다는 데 있을 것이다. (영 279)

내가 화자의 성찰이나 진술이 서사의 진행을 통해 전복되는 대목들을 지적하고 상찬했던 것은 사실이다. 그러나 화자의 차원에서도 그 의식이 결코 단순치 않으며 정신주의의 한계지점에 대한 고통스러운 자기성찰을 내포하고 있음을 부정한 것은 아니다. 다만 그런 자기성찰의 과정에서조차 "나는 육체적인 행위를 통해 더 가까워지거나 더 멀어지는 관계를 알지 못한다"(『책상』, 136면)는 식의 맹점에 대한 통찰은 없음을 상기시킨 것이고, 그런 맥락에서 "화자의 시야와 자기인식에 어떤 본질적인 문제점이 있다고 할 경우에는 그 문제점의 개인적·사회적 뿌리를 규명하려는 자세가 바람직하다"(백 46, 본서 313면)고 주문했던 것이다.[12]

---

12 이를 두고 이 주문이 "'작품 자체'라면 몰라도 화자와 똑같이 문제가 무엇인지조차 모르고 있는 작가에게 건네는 요구로서는 부적절한 것이 아닌가 한다"(영 276)는 비판은 이해하기 어렵다. 원칙적으로 비평이 작품에 대해 피력하는 이런저런 아쉬움은 설령 작가에 대한 주문의 형태를 띠더라도 — 이 경우엔 그러지도 않았지만 — 작가 개인이 아닌 '작품 자체'에 대한 주문이자 비판임은 당연한 상식이다. 아니, 배수아 개인이라 할지라도 그가 이런 비판에 어떻게

『책상』을 평가하면서 나 자신이 '소설'과 '에쎄이'를 대비해보았지만 이들 낱말을 각기 다르게 정의하다보면 부질없는 입씨름에 휘말릴 우려도 없지 않다. 나는 '소설'을 특정한 재현작업과 서사구조를 전제하는 규격품이 아니라 온갖 에쎄이적 요소와 '반소설'적 성취마저 소화하는 잡식성 장르로 이해했다. 또, 비록 그런 기준의 '소설'에 미달하는 '에쎄이' 차원에서도 『책상』에는 "빛나는 대목이 많"(백 42, 본서 309면)음을 전제하면서 그 이상의 '소설적 성취'마저 있다고 평가했다. 다만 글쓰기에 대한 자기성찰의 기록이 아무리 매혹적일지라도 "책상에 대한 다분히 낯익은 집착"(백 47, 본서 314~15면)의 주관적 — 즉 자기성찰이 불충분한 — 토로가 상당부분을 차지한다는 점을 '나쁜 의미의 에쎄이적 요소'로 표현하기도 한 것이다. 흥미로운 것은 임홍배의 경우, 『책상』에서 "삶의 문제를 정신주의적 지향으로 해소하지 않는 작가의식의 표명"을 시종 읽어내면서 이 작품의 "진정한 '에쎄이'적 지향"과 "가장 '소설적'인 국면"의 합치를 강조한다는 점이다.[13] '소설'에 대한 나의 이해를 기본적으로 공유하면서 '에쎄이'라는 낱말은 달리 사용해서 『책상』의 성취를 나보다 높이 평가하고 있는 셈이다.

'에쎄이'라는 낱말에 대한 긍정적인 이해를 떠나 임홍배의 작품읽기 자체에 김영찬이 공감할지는 의문이다. 그는 『책상』에 대해 어떤 면에서 나보다도 단호한 비판을 가한다.

반응할지를 굳이 예단할 필요는 없지 않은가.

13 "M과의 황홀한 체험이 일회적 순간의 체험에 그칠 수밖에 없다는 사실은 '나'와 M의 관계가 순수한 정신주의적 교감으로 자족할 수 없는 것임을 말해주는 동시에 삶의 문제를 정신주의적 지향으로 해소하지 않는 작가의식의 표명이다. (⋯) 작품의 마지막에 이르러 M에 대한 기억이 마침내는 하나의 '임의적 기호'로 환치되는 에피소드는 그런 의미에서 잉여와 결핍이 서로 꼬리를 물고 이어져 있는 현실의 단면이라 할 수 있다. (⋯) 이처럼 '나'의 의지와 확신과 예측을 빗나가는 삶의 다른 가능성들에 대한 끝없는 질문이 어쩌면 이 작품의 진정한 '에쎄이'적 지향인 동시에 가장 '소설적'인 국면이 아닐까."(앞의 자료, 4~5면)

사실 『에세이스트의 책상』은 그동안 오해되어왔던 배수아 소설의 '정체'를 작가 스스로 노골적으로 드러내고 있는 소설이다. (⋯) 그러나 작가가 이전까지와는 달리 『에세이스트의 책상』에서 소설을 더욱 극단으로 밀고 나가려는 탈근대적인 허무주의적 실험의 충동을 스스로 절대적인 순수 코기토(cogito)라는 다분히 근대주의적인 고정점 안에 가두어버린 것은 자신의 소설이 발산하는 고유한 매력과 장점을 흐려버리는 패착(敗着)이 될 가능성도 없지 않다. (영 280)

나는 '근대주의적 코기토'와 '탈근대적 허무주의'가 동전의 양면 비슷한 것이라는 생각이기 때문에 『책상』의 작가의식을 "순수 코기토라는 다분히 근대주의적인 고정점"으로 못박을지는 망설여지지만, 화자든 저자든 무엇인가에 갇혀 있는 건 분명하다는 것이 바로 나 자신의 주장이다. 김영찬의 비판은, "화자의 시야와 자기인식에 어떤 본질적인 문제점이 있다고 할 경우에는 그 문제점의 개인적·사회적 뿌리를 규명하려는 자세가 바람직하다"는 주문과 상통할 여지가 있는 것이 아닐까.

3. 소설읽기와 '코드'

결론적으로 김영찬은 내 글에 대한 비판을 '창비의 고유한 독법'과 연결시켜 다음과 같이 정리한다.

백낙청의 비평은 모더니즘 소설을 읽는 창비의 고유한 독법을 전형적으로 보여준다. 단순하게 말하자면 그것은 모더니즘을 리얼리즘 쪽으로 끌어당기는 독법이다. 그것은 가령 『에세이스트의 책상』처럼 애초에 '소설'의 규범 자체를 거부하고 있는 소설에 오히려 미리 설정된 '소설적'이라는 기준을 적용하고 그 기준에 호응하는 요소를 가려내어 소설의 공과를 가르는 방식으로 나타난다. 물론 이때 그 '소설적'이라는 기준도 리얼리즘적 재현이라는 규범의 영역 내에서 작동하는 것이다. 이러한 창비 고유의 독법은 말하자면 이질적이고 낯선 것을 익숙한 코드로 환원하는 방식이다. (영 281)

이는 리얼리즘을 주장하거나 창비에 관여하는 모든 사람이 한번쯤 숙고해 마땅한 이야기다. 그러나 이런 방식의 비판은 비판자에게도 똑같이 적용될 수 있는 양날의 칼이 아닌가! 나는 모더니즘을 리얼리즘 쪽으로 끌어당기든 리얼리즘을 모더니즘 쪽으로 끌어당기든 그것이 "이질적이고 낯선 것을 익숙한 코드로 환원하는 방식"으로 굳어지지 않고 읽는이 나름의 진지한 독법이기만 하다면 다 좋다는 입장인데, 혹시라도 김영찬은 나의 이런 독서관이 그가 상정한 창비식 독법에 비해 '이질적이고 낯선 것'이어서 이를 자신에게 '익숙한 코드로 환원'하고 있는 것은 아닐까?

거듭 말하지만 나를 포함한 '창비 비평'에 그가 우려하는 요소가 전혀 없다고 주장하려는 건 아니다. 그러나 "애초에 '소설'의 규범 자체를 거부하고 있는 소설"이라고 할 때 김영찬은 그러한 작품마저 기꺼이 포괄하는 나의 소설 개념을 배수아가 거부한 선형적 서사 위주의 소설로 환원하고 있는 것으로 보인다. '재현' 문제에 대한 내 생각도 김영찬이 예단하는 것과 꽤 다르리라는 점을 앞에 밝혔는데, 기존의 『책상』론들이 곧잘 무시하는 재현적 요소를 부각시킨 것을 "리얼리즘적 재현이라는 규범의 영역 내"에 머문 것과 동일시하는 것 또한 일종의 환원 독법이라 하겠다.

리얼리즘론으로 말한다면 그 경직되고 환원주의적인 주장들이 한때 우리 문단을 휩쓸었고 지금도 리얼리즘을 옹호한다는 사람들 자신이 그로부터 완전히 벗어나지 못한 경우가 많은만큼 유독 김영찬에게 리얼리즘에 대한 이해가 곡진하지 못하다고 탓할 일은 아니다. 그러나 특정 리얼리즘론자가 아니라 리얼리즘론 일반을 문제삼을 적에는 우리 평단에서 벌어진 리얼리즘 논의 중 가장 수준높은 내용을 일단 상대하는 것이 비평의 정도일 것이다. 나 자신이 관련된 논의에 대해 이렇게 말하기는 쑥스럽지만, 지난 한 세대에 걸쳐 한국에서 진행된 리얼리즘 논의에는 외국에서도 뚜렷하게 부각되지 않은 이론적 쟁점과 모색이 있었으며, 어쨌든 '리얼리즘적 재현이라는 규범'으로 쉽사리 규정할 수 없는 내용이 적지 않았다. 80년대의 투박한 논의들과의 결별을 자랑삼아온 신진 평론가들이 리얼리즘론에 대한 투박한 논의를 태연하게 내놓곤 하는 것은 아이러니가 아닐 수 없다.

아무튼 김영찬 나름의 코드의 작동은 김영하(金英夏)의 장편 『검은 꽃』 (문학동네 2003)을 논한 최원식의 글(「남과 북의 새로운 역사감각들 — 김영하의 『검은 꽃』과 홍석중의 『황진이』」)에 대한 비판에서도 감지된다. 이 작품에 대한 나 자신의 결론을 미리 말한다면 나는 『검은 꽃』을 김영찬과도 다르고 최원식과도 다르게 읽었으며, 오히려 김명인이 이를 "서사충동과 반서사충동이 갈등하면서 실패한 텍스트"로 규정하고 "이 소설은 역사소설로도 실패하고 역사를 부정하는 데도 실패"했으며 "바로 거기서 최원식의 오해, 혹은 약간의 과잉평가가 나올 여지가 생기는 것이다"(명 261)고 비판한 데에 상당부분 공감한다. 물론 완전히 동의하는 것은 아니다. 예컨대 김명인이 "서사충동과 반서사충동의 갈등"이라고 규정한 것은 내가 보기에, 이 작품이 "선형적 서사성을 배제"(같은 면)했다기보다 시간순서를 약간 뒤바꾸긴 했어도 대체로 뚜렷한 스토리를 서술하는 가운데 특정한 성격의 서사를 기대하는 독자 — 어쩌면 김영하 자신도 '리얼리즘적'이라고 부를지 모르는 코드에 익숙한 독자 — 의 의표를 찌르는 작업에 지나치게 열중하는 데서 오는 작품효과의 분산이라고 말하는 게 더 정확할 듯하다. 이런 식의 의표찌르기는 또다른 코드로 굳어질 수 있으며 『검은 꽃』의 방대한 화면과 서사를 감당하기에는 어차피 역부족이다. 그런 점에서 "이 소설은 역사소설로도 실패하고 역사를 부정하는 데도 실패했다"는 김명인의 비판에 큰 무리는 없다고 보는 것이다.

김영찬이 상찬하는 '쿨(cool)함'이라는 미덕이 『검은 꽃』에서 어느 정도로 생동하고 있다고 김명인이 인정할지는 모르겠다.[14] 나 자신 그 효과를 아주 부정하는 것은 아니며, 장면 하나씩을 단편처럼 따로 읽는다면 작가의 재치와 '쿨한' 아이러니, 그리고 전체적으로 저자의 묘사력과 서술력이 돋보이는 경우가 허다하다고 믿는다. 다만 여러 장면을 서로 연결지어 파악하다보면 작가가 그때그때 거두는 단발적 효과가 누적된 위력을 발휘하기는커녕 도리어 지루한 느낌을 주기 십상이다. 이는 소설에 대한 어떤 일반화된 틀에 맞춘 통일성 또는 단일효과를 요구하는 말이 아니라, 『검은 꽃』이 장편일뿐더러 대규모 서사의 뼈대를 갖춘 소설임에도 불구하고 이에 걸맞은 매력과 장악력을 유지하지 못한다는 뜻이다.

그러므로 김영찬의 『검은 꽃』 평가가 결코 칭찬 일변도가 아님에도 불구하고 여기서도 그가 '리얼리즘' 또는 '창비 고유의 독법'이라고 생각하는 것에 대한 집착이 상당부분 작용해서 약간의 과잉평가를 초래했다는 느낌이다. 기존의 독법이라는 것—그것이 과연 리얼리즘적이며 창비적인 것이냐는 일단 논외로 하고—을 흔들고 뒤집는 일이 지금은 도리어 유행이다시피 되었는데도 여전히 그 작업에 큰 의미를 부여하고 있는 것이다. 더구나, "그동안 한국소설에서 의심할 수 없이 자명한 것으로 받아들여져온 역사주의와 국가(민족)주의를 상대화하여 다시 생각하게 만드는 효과"(영 287) 운운할 때는 그동안 한국 소설이나 평론에서 결코 자명하

---

14 김영찬의 이 발언은 단편집 『오빠가 돌아왔다』에 관한 것이지만 그는 이것이 『검은 꽃』에도 상당부분 적용된다고 판단하고 있음이 분명하다. "김영하는 그가 생각하는 그런 세상의 무겁지 않은 진실을 시종 그 안도 바깥도 아닌 경계선상에서 짐짓 시치미 떼면서 무관심한 척 건드리고 지나간다. 이러한 태도가 갖는 문제점이 있다면 그것대로 다시 따져보더라도, 적어도 그 '쿨(cool)함'이 한편으로는 현실과 역사에 지나치게 덧씌워진 엄숙한 환상을 탈각시키는 효과를 갖는 것만은 틀림없다./『검은 꽃』에서 그 점은 소설에서 재현되는 역사적 소재의 무게에 의해 어느정도 견제되고 있기는 해도, 그 '쿨'한 탈(脫)환상의 태도는 여일(如一)하다."(영 287)

332

지 않았던 것까지 자명한 것으로 치환하는 새로운 코드에 그가 사로잡혀 있는 게 아닌가 하는 의문마저 든다.

하지만 『검은 꽃』의 문제점에 대한 그의 최종적인 지적은 날카로운 비평안을 선보인다.

『검은 꽃』에서 문제가 되는 것은 역설적이게도 역사와 근대, 국가와 주체 등의 문제를 효과적으로 상대화하는 아이러니의 유희 자체가 거꾸로 그에 대한 더이상의 집요한 사유와 성찰을 가로막고 있다는 점이다. 이는 한편으로는 작가가 그 아이러니의 질주에 지나치게 탐닉하는 듯 보인다는 사실과도 무관하지 않다. 물론 그 활기찬 탐닉의 향유 속에서, 탈환상의 아이러니에서 유일하게 제외되고 있는 대상은 바로 작가 자신이다. (영 287~88)

이는 내가 제기한 비판과 다시 한번 상통하는 바 있다고 생각되는데, 바로 그렇기 때문에 그가 결론에 가서 리얼리즘에 관한 예의 이분법으로 되돌아가는 것이 못내 아쉽다. "지금 한국문학과 모더니티의 생생한 진실은, 아직 오지 않은 리얼리즘의 '물건'이 아니라 비록 비루해 보이고 마뜩지 않을지는 몰라도 '문학의 위기'가 이야기되는 이 후기근대의 현장을 힘겹게 포복하고 있는 바로 그 문학들 속에, 그 문학들이 안고 있는 결여 속에 있는 것"(영 290)이라고 할 때 '후기근대'를 그가 어떻게 정의하고 있는지는 모르겠지만, "비록 비루해 보이고 마뜩지 않을지는 몰라도 '문학의 위기'가 이야기되는 이 후기근대의 현장을 힘겹게 포복하고 있는 바로 그 문학들"이란 표현이야말로 다름아닌 리얼리즘론자의 언사일 수 있지 않은가.

물론 중요한 것은 작품이라는 '물건'이며 이에 대한 독자 개개인의 읽기이지, 리얼리즘론자나 모더니즘 또는 포스트모더니즘 주창자의 언사가 아니지만 말이다.

⟨2004⟩

황석영의 장편소설 『손님』
한반도에서 화해와 평화 찾기

1

한반도에서 '분단체제의 극복'이 단순한 '분단극복'과 다르다는 것은 거듭 강조할 만한 명제이다. 전쟁으로 국토가 온통 잿더미가 되거나 전쟁까지 안 가면서도 주민들이 온통 불행해지는 파국적인 통일에 의해서도 분단은 극복되는 셈이지만, 우리의 목표가 그런 것일 수는 없다. 당연히 분단체제보다 나은 인간사회를 한반도에 건설하는 통일이라야 하는 것이다.

그런데 한반도의 현실은, 분단상태에서 화해와 평화가 꽃피는 양질의 사회를 만들 수도 없으려니와, 분단체제의 반평화적이고 반민중적인 속성을 동원해서 통일을 달성하기도 어렵게 되어 있다. 왜냐하면 어느 한쪽에서라도 무력통일을 시도하는 순간 핵무기마저 동원되는 전쟁이 벌어질 것이 확실하며, 독일에서와 같이 기득권층이 주도한 '흡수통일'을 시도할 경우에도 그에 대한 반발로 전쟁이 터지거나 전쟁에 버금가는 혼란과 국제적 위상실추로 끝날 확률이 높기 때문이다. 이렇게 본다면 한반도에서 '분단극복'은 '분단체제의 극복'이 아닐 도리 또한 없는 것 같다.

체제의 개량이 아닌 극복이라고 하면 일종의 혁명이다. 그러나 분단체제극복의 경우 그것이 평화적이고 장기적일 수밖에 없다는 데 특성이 있고, 그렇기 때문에 자칫하면 극복에 미달한 상태에 안주해버릴 위험이 따른다. 그러므로 '평화적 혁명' '장기적 혁명'이라는 일종의 형용모순을 감내하면서 안주의 위험을 떨치고 최대한 빠른 기간에 변혁을 성취해야 하는데, 이러한 작업은 분단 안된 사회에서의 혁명전략이나 개혁운동과 다른 차원의 독창적인 기획을 요구한다.

분단체제극복의 과정에서 창조적 문학의 몫이 유달리 강조되는 것도 그 때문이다. 혁명기의 선전선동이나 안정된 사회의 문화창달이 모두 예술의 몫이기는 하지만, 평화적이면서도 변혁적이어야 하는 분단체제극복 작업이야말로 첨단의 인식과 지혜를 발견하고 실천하는 작업인 것이다. 비슷한 주장을 나는 「통일운동과 문학」(1989)에서도 했었다.

> 지식층의 (…) 자기정비를 위해서나 민중역량의 활성화를 위해서나 문학의 창조적 역할은 절대적이다. 물론 그것은 문학만의 몫은 아니고 유독 지금 이곳의 문학에만 주어진 몫도 아니다. 그러나 유례없이 경직되고 살벌한 분단이면서 남북 각각에서 세계가 놀라는 저나름의 실적을 올리기도 한 이 전대미문의 분단체제를 극복하려는 우리의 통일운동은 남달리 창조적인 운동이 아니고서는 성공하기 어렵게 되어 있다. 말하자면 통일운동은 하나의 창조적 예술이어야 하고 통일운동가는 누구나 예술가로, 역사의 예술가로 되어야 한다는 것이다. 이런 예술의 일부로서만 우리의 문학도 한껏 꽃 필 수 있는 것이지만, 민족언어의 예술이 응분의 몫을 해내지 못하는 곳에서 역사행위의 예술가들만이 어김없이 대령해주기를 기대하는 것도 부질없는 일일 터이다.[1]

---

1 백낙청 「통일운동과 문학」, 『민족문학의 새 단계』, 창작과비평사 1990, 129~30면.

이 대목에서 '통일운동'을 '분단체제극복운동'으로 이해한다면 문학의 창조적 역할에 대한 기대는 오늘날 더욱 절실해진 것이 아닐까 한다.

이런 의미로 분단체제극복에 기여하는 문학이 굳이 작품소재상의 분류에 따른 '분단문학'일 필요가 없음은 물론이다. 남북분단이나 민족분열, 외세개입 등의 문제와 표면상 별 관련이 없는 소재를 다루더라도, 분단체제가 지배하는 오늘의 현실에 대해 새로운 깨우침을 주고 창조적 대응을 일깨우는 작품이면 되는 것이다. 그렇다고는 해도, 남과 북의 현실을 두루 알면서 분단과 분열에 따른 문제를 직접 취급하는 작품이 전혀 없다면 문학이 그 시대적 사명을 제대로 감당하기 힘들지 않을까. 실제로 남과 북의 작가가 각기 휴전선 너머 다른 쪽의 현실을 구체적으로 탐구하기 힘든 상황이야말로 분단체제를 아직까지 살아남게 해준 여건의 일부이기도 하다.

합법적인 남북간 민간교류가 확대되면서 문학에 대한 이런 제약도 점차 풀리고 있다. 덕분에 한국문학은 6·15공동선언 전에 이미 고은의 『남과 북』 같은 값진 수확을 거두었다. 이 시집은 남과 북을 두루 다루면서 시인 스스로 "남과 북에서 함께 읽히는 시집이기를"[2] 겨냥했을 뿐 아니라, 실제로 통일 이후에도 충분히 읽음직한 성과에 도달했다고 본다. 그러나 "『만인보』가 인간화엄이라면 『남과 북』은 국토화엄이다"[3]라는 최원식(崔元植)의 찬사가 역으로 함축하듯이 이 시집의 세계는 유달리 인적이 드물며 분단시대의 어지러운 갈등의 표출이 자제되어 있다. 그것이 원래 저자가 의도한 바이기도 하겠지만, 15일간의 (평균보다 훨씬 긴) 방북도 『만

---

2 고은 「후기」, 『남과 북』, 창작과비평사 2000, 253면.
3 최원식 「나와 우리, 그리고 세상 ─ 통일시대의 문학」, 『문학의 귀환』, 창작과비평사 2001. 이어서 그는 『남과 북』을 "우리 시대가 산출한 최고의 시집"으로 규정하면서 "그럼에도 나는 어떤 결핍을 느낀다. 그의 시는 더 복잡해져야 한다. 언어도단의 깨달음, 그 촌철살인(寸鐵殺人)이 현실화하는 절차의 복잡성이 작품내적 논리와 정합하는 과정에서 자연스럽게 획득되는 문학적 질감이 더 두터워졌으면 싶다"(같은 글, 85면)고 덧붙인다.

인보』식의 인간화엄을 겸한 국토화엄 시집을 쓰기에는 충분치 않았을 터이며, 게다가 합법적 교류자 나름의 자기검열이 작용했을 수도 있다.

그런 점에서 1989년 최초의 불법 방북 이후 북녘을 남쪽의 어느 작가보다 널리 둘러보았고 이후 망명과 투옥이라는 댓가를 치른 황석영(黃晳暎)의 입지는 남다르다. 바로 이런 입지를 딛고, 또 그러한 입지가 6·15공동선언으로 좀더 넓어진 싯점에 나온 것이 그의 장편 『손님』[4]이다. 북녘의 현실을 (비록 해방 직후와 한국전쟁 당시의 한 기간에 치중하기는 했지만) 장편소설의 규모로 다루고 있다는 점만으로도 이 작품은 한반도에서 화해와 평화를 찾고 분단체제를 극복하려는 작업에서 특별한 주목에 값하는 것이다.

2

물론 『손님』이 우리의 눈길을 끄는 것이 소재개척의 공로 때문만은 아니다. 무엇보다도 작가는 한국전쟁중 황해도 신천(信川)에서 벌어진 민간인학살사건의 진상을 파헤치는 작업을 통해 분단체제의 형성과정과 구성요인을 탐구하는 동시에, "아직도 한반도에 남아 있는 전쟁의 상흔과 냉전의 유령들을 이 한판 굿으로 잠재우고 화해와 상생의 새세기를 시작"(「작가의 말」, 262면)하려는 분명한 의지를 작품으로 보여주고 있다.

소설 속에는 물론 「작가의 말」에도 분단체제라는 표현이 나오지는 않는다. 그러나 '화해와 상생의 새세기'를 추구하는 그의 문제의식이 분단체

---

4 황석영 『손님』, 창작과비평사 2001. 앞으로 이 책에서의 인용은 면수만 표시한다. 『손님』의 번역본으로는 현재 정경모(鄭敬謨) 옮김, 일어본 『客人』(岩波書店 2004)과 프랑스어본 Hwang Sok-yong, *L'Invité*, tr. Choi Mikyung et Jean-Noël Juttet (Zulma 2004) 두 가지가 있다. 〔그후 영역본 *The Guest*, tr. Chun Kyung-ja and Maya West (Seven Stories Press 2005)도 나왔음.〕

제론과 상통하는 바 적지 않다는 생각이다. 알려져 있다시피 신천학살에 대한 북측의 공식 입장은 "미제침략자들"에 의한 "천인공노할 범죄"(90면)였다는 것이다. 더 일반화한다면 (평양에서 류요섭 목사를 안내한 지도원이 말하듯이) "우리가 분열하게 된 것은 원천적으로 외세 때문입네다. 일제와 미제가 그렇게 만들었지요"(96면)라는 입장으로서, 분단이 일종의 체제로 자리잡을 만큼의 내부적 요인을 확보했음을 충분히 인정치 않는 시각인 것이다.

이러한 외세책임론은 실제로 1945년 당시의 국토분단과 이에 따른 민족분열에 관한한 타당성이 높다. 그러나 휴전 이후 분단이 고착되고 분단체제라 일컬음직한 비교적 안정된 구조가 성립하는 과정에는 전쟁중의 상잔(相殘)을 포함해서 한반도 주민들 자신의 이런저런 행위가 크게 작용했다고 봐야 한다. 신천학살이 북의 공식 선전과 달리 주로 우익 기독교도들에 의해 저질러졌음을 밝혀내는 『손님』은 바로 그런 종류의 내부요인들에 의해 분단체제가 구축되었고 오늘날까지 유지되어왔다는 통찰을 담고 있다. 동시에 참다운 화해는 남과 북 어느 쪽의 것이든 체제측의 선전에 얽매이지 말고 스스로 진실을 알아내는 노력이 필요함을 부각시킨다.

그렇다고 이 소설이 기독교나 기독교도들에 대한 일방적인 규탄은 아니다. 많은 평자들이 주목했고 저자 스스로도 밝혔듯이 제목의 '손님'은 재미 목사 류요섭이 방문객으로 북에 왔음을 가리키기보다, 기독교와 맑스주의가 둘다 "우리가 자생적인 근대화를 이루지 못하고 타의에 의하여 지니게 된 모더니티"(「작가의 말」, 261면)이며 "하나의 뿌리를 가진 두 개의 가지였다"(262면)는 인식을 바탕으로, "천연두를 서병(西病)으로 파악하고 이를 막아내고자 했던 중세의 조선 민중들이 '마마' 또는 '손님'이라 부르면서 '손님굿'이라는 무속의 한 형식을 만들어낸 것에 착안해서 (…) 이들 기독교와 맑스주의를 '손님'으로 규정"(같은 면)했던 것이다.

동시에 이 소설이 기독교도와 맑스주의자에 대해 기계적인 양비론(兩

非論)에 흐르지 않고 있는 점도 중요하다. 기독교들이라고 하나같이 부정적으로 그려지지 않았지만 특히 맑스주의가 조선의 현실에서 행사한 긍정적·해방적 기능을 어김없이 보여준다. 이 점은 반공 이데올로기가 지배하는 남쪽의 작가로서 특히 소중한 업적인데, 많은 평자들이 지적했듯이 이땅에서의 맑스주의 채택에는 그 나름의 '물질적 기반'이 있었던 것이다.[5]

실제로 『손님』에서 좌우가 모두 살육행위를 저지르긴 하나, 적어도 찬샘골의 주요 좌익들에게서는 홍승용(洪承瑢)의 지적대로 "광기를 조금도 느낄 수 없다."[6] 특히 리순남과 박일랑의 모습은 감동적이기까지 하다. 순남의 유령은 요한과 둘이서 요섭을 찾아왔을 때부터 예리한 통찰과 균형잡힌 시각이 돋보이며 훌륭한 인간성의 소유자임이 느껴진다.

바른 말 하자문 너이 아부지 류인덕 장로나 너이 할아부지 류삼성 목사넌 일제 동척으 마름으루 땅마지기랑 과수원을 차지헌 사람덜 아니가. 그밖에 광명교회 나가던 동리사람덜두 거개가 많건 적건 제 땅 갖구 밥술깨나 먹던 사람덜이다. (…) 그런 사람덜이 건준 요원으 대부분얼 이루었넌데 점잖게 민족진영이라구 부른다멘서. (125면)

기렇다구 좌파에 문제가 없던 거넌 아니야. 공산당 한다멘서 나 겉은 촌

5 김재용 「냉전적 분단구조 해체의 소설적 탐구」, 『실천문학』 2001년 가을호, 329~30면; 양진오 「한반도의 민족 문제에 대한 장기지속적인 성찰」, 『실천문학』 2002년 가을호, 161면; 이정희 「유령을 개울 것인가, 기어에 몸 올 입힐 것인기: 『손님』의 민중신학적 읽기」, 『당대비평』 2001년 겨울호, 383면; 홍승용 「미래의 조건」, 『진보평론』 2002년 여름호, 223~25면; 임홍배 「주체의 위기와 서사의 회귀」, 『창작과비평』 2002년 가을호, 372면 등 참조. 이 가운데 양진오는 기독교의 정신적·물질적 기반도 함께 언급하면서 양쪽 다 "손님은 손님이되 아주 무례한 손님은 아니었을 것이다. 문제는 기독교와 사회주의의 교조성을 제어하고 상호공존의 지혜를 발견할 만한 민족의 내부역량이 부족했다는 데 있다"는 주장을 펼친다.
6 홍승용, 앞의 글 223~24면.

무지렁뱅이넌 분간두 못할 지경으루 파벌이 많아서. (같은 면)

너〔요한의 귀신〕 말 잘했다. 신으주 사건은 양켄이 다 잘못한 거이야. 어
지러울 때 좌우로 붙어 돌아치넌 기회주이자덜이 많거덩. (126면)

말하자문 조선으 빈농이며 가난헌 인민언 일제가 찌그러뜨린 못생긴 독
이여. 그걸 귀하게 하여 시작허넌 것이 계급적 닙장이 아닌가. 너이야 그
독얼 깨어버리자는 거구. (128면)

뒤에 밝혀지는 피살 장면에서도 그는 가족을 생각해서 도망치기를 포기
한 채 의연하게 죽음을 받아들인다.

평생을 '이찌로'로만 알려졌던 머슴 출신 리인민위원장 박일랑의 이야
기는 마지막에 잡혀죽을 적의 장면들 빼고는 주로 순남과 요한 등 다른 사
람의 입을 통해 전해진다. 그는 옛날의 상전인 류인덕 장로 내외를 폭력으
로 제압한 바 있기 때문에 요한이 특별히 미워하는 표적이지만, 전부터 그
와 친분이 있던 순남이 전해주는 8·15 이후 그의 변모는 오히려 해방의
참뜻을 되새기게 해준다.

생각해보라우, 너이덜이 반말지꺼리나 하구 아무 생각두 없넌 반편이라
구 여기던 이찌로가 글얼 읽게 되어서. 박일랑이라구 제 이름얼 쓰게 되었
디. 해방언 이런 거이 아니가. 너이가 이밥 먹구 따스한 이불 덮구 학교 댕
기멘 글을 배워 교회두 나가구 성경두 읽구 기도 찬송하넌 동안 나뭇짐이
나 지구 소걸이 일만 허던 박일랑 동무가 '토지개혁'이란 글자를 읽고 쓰게
되었던 거다. (138면)

일랑은 철사에 코를 꿰인 채 끌려갔다가 방공호 속에 갇힌 사람들과 함께

휘발유 불에 타죽는 끔찍한 최후를 맞는다. 하지만 그의 마지막 술회는 긍지와 새로운 각성으로 깊은 인상을 남긴다.

아아, 성두 이름두 없이 이찌로 평생에 허리 한번 씨언허게 못 펴보구 일만 직싸도록 허였디만 지난 몇넌 동안언 보람이 있댔구나. (…)

나넌 평생에 누굴 미워해본 적이 없대서. 기래두 입성 얻어입구 좋언 날 되문 고봉 밥얼 얻어먹구 군입 소리 듣디 않을라구 땅을 파대구 또 파댔넌데. 기러티만 내 눈앞에서 식구덜 죽넌 거를 보구야 알았디. 제 속이 깨이디 않으문 숲속으 짐승이나 한가디라구. (224~25면)

순남이나 일랑에 대한 작품의 이러한 공감의 바탕에는 당시의 현실에서 가장 핵심적인 현안이자 갈등의 촛점이 토지개혁 문제였다는 인식이 깔려 있다. "그런데 천지가 개벽할 일이 일어나기 시작한 거다. 그게 무엇이냐, 조상 대대로 물려받아온 땅을 빼앗는 거야. 토지개혁이 실시되었지"(123~24면)라는 요한(의 유령)의 진술대로 '광기'의 시초는 거기 있었던 것이다(일랑이 류장로의 면상을 후려친 것도 토지헌납을 요구하는 과정에서였다). 이 점 또한 여러 평자가 이미 지적한 바이며,[7] 이재영(李在榮)은 "주민 학살의 결정적인 계기는 기독교에 대한 탄압이 아니라 토지개혁에 있었고, 따라서 기독교는 경제적 이익과 재산몰수자에 대한 복수심을 충족시키기 위한 투쟁에서 이데올로기적인 정당화기제로 활용되었"[8]음을 강조하면서, 모든 책임을 외세에 돌릴 수 없다는 작품내의 암시도 함께 고려할 때 "이 작품의 제목으로 '손님'이 선택된 것은 작품의 내용과 어긋나는 일로 여겨진다"(같은 책, 114면)는 결론을 내린다.

---

7 주5에 언급한 김재용, 이정희, 홍승용, 임홍배 등 참조.

8 이재영 「진실과 화해 — 『손님』론」, 최원식·임홍배 엮음 『황석영 문학의 세계』, 창작과비평사 2003, 109면.

이재영의 이러한 결론을 반드시 비판의 뜻으로 읽을 필요는 없을 듯싶다. 제목이 내용을 정확히 요약하지 않음으로써 오히려 묘미가 더해질 수도 있기 때문이다. 다만 "기독교와 맑스주의를 '손님'으로 규정"(262면) 운운한 「작가의 말」이 작품의 문제의식을 오히려 좁혀버릴 위험이 있는데, 작가를 믿지 말고 작품을 믿으라는 경구를 되새길 계제인지 모른다. 실제로 작품을 보면 "사람언 조상얼 잘 모세야 사람구실을 하넌 거야. 놈에 구신얼 모시니 나라가 못씨게 대고 망해버렸디"(39면)라든가 "손님마마란 거이 원래가 서쪽 병이라구 하댔다. 서쪽 나라 오랑캐 병이라구 허니 양구신 믿넌 나라서 온 게 분명티 않으냐"(43면)라는 증조할머니의 항변이 「작가의 말」을 뒷받침하고 있지만, 작중의 맥락에서 토지개혁을 주도한 사상에까지 적용될 수 있는 발언인지는 분명치 않다.

'손님'론과 토지개혁 핵심설이 착종하는 가운데 문제를 더욱 복잡하게 만드는 것은 요섭의 외삼촌 안성만의 존재다. 그는 독실한 기독교인이면서도 토지개혁의 정당성을 시인한다. "가난하던 이들이 땅을 분여받아 굶주리지 않게 된 것은 예수님의 행적으로 보더라도 훌륭한 일이었다. 교회나 절이 가지고 있던 땅을 소작인에게 나누어준 일도 당연했다."(176면) 그런데 당시의 외래 '신학문'에 대한 그의 반성은 '예전부터 살아오던 사람살이의 일'과 설익은 신학문의 '열심당'을 대비시킨 점에서 '손님'론과 통하지만, '외래적인 것'과 '본래적인 것'을 절대적으로 갈라놓는 발상은 아니다.

그때 우리는 양쪽이 모두 어렸다고 생각한다. 더 자라서 사람 사는 일은 좀더 복잡하고 서로 이해할 일이 많다는 걸 깨닫게 되어야만 했다. 지상의 일은 역시 물질에 근거하여 땀 흘려 근로하고 그것을 베풀고 남과 나누어 누리는 일이며, 그것이 정의로워야 하늘에 떳떳한 신앙을 돌릴 수 있는 법이다. 야소교나 사회주의를 신학문이라고 받아 배운 지 한 세대도 못 되어

서로가 열심당만 되어 있었지 예전부터 살아오던 사람살이의 일은 잊어버리고 만 것이다. (같은 면)

더 많은 시간과 노력을 통해 '손님'이 '주인'으로 자리잡을 수도 있다는 발상이며, 물질적 평등과 사회정의의 중요성이 '예수님의 행적'과 사회주의에 공통된 것으로 이해함으로써 양자간의 화해가능성을 열어놓았다. 살육의 광기가 발동된 것은 이런 가능성을 실현하지 못한 전반적인 미숙성 때문이었던 것이다.[9] 분단체제의 형성·유지 과정에서 외래요인과 내부요인을 복합적으로 인식할 필요성을 다시금 상기시키는 대목이기도 하다.

3

그런데 '사람 사는 일'에 대해 좀더 성숙한 이해를 갖고 현실에 대응하는 길이 구체적으로 어떤 것이었을까? 예컨대 토지개혁의 당위성과 현실적 필요성을 기본적으로 긍정하면서 '예전부터 살아오던 사람살이의 일'을 반영하는 어떤 토지정책이 가능했을까? 훗날 남한에서 시행된 것 같은 '유상몰수(有償沒收) 유상분배(有償分配)'라면 토지 없는 다수 농민들의 욕구에 크게 미흡하고 사회정의 실현에도 미달했을 것이다. 다른 한편 '유상몰수 무상분배'는 국가재정상의 부담도 부담이지만 과연 어느 수준의 유상몰수로써 ― 또는 무상몰수의 범위를 어떻게 조절함으로써 ― 지주층의

---

9 소설 속에서는 광기 또한 일률적인 것이 아니다. 재령사건이 보여주듯이 좌우 양쪽이 모두 광기를 경험했지만 신천사건의 주요인물들의 경우 좌익 쪽에서는 광기를 느낄 수 없음은 앞서 지적한 바와 같다. 우익 청년단의 경우에도 "온몸이 성령의 불길에 휩싸이는 것처럼 사탄에 대한 증오와 혐오감이 뜨겁게 달아올랐"(203~4면)지만 그 나름의 기율을 지키던 초기의 열광과, 드디어는 자기 편에 가까운 사람들도 해치울 정도로 "더이상 사탄을 멸하는 주의 십자군이 아닌 것"(246면)이 되어버린 말기현상을 요한 스스로가 구별하고 있다.

불만도 달래고 실효있는 개혁도 완수할 수 있었을 것인가.

물론 안성만이 이 문제의 정답을 제출할 의무는 없고 황석영도 마찬가지다. 작가는 작품을 통해 문제를 성실하게 제기하고 독자로 하여금 스스로 생각하게 만들기만 하면 되는 것이다. 다만 작품의 문제제기가 치열하고 치밀해서 독자가 해답이 아닌 해답에 안주할 수 없도록 만드는 일도 성실한 문제제기의 일부다. 『손님』에서 성만의 발언을 두고 우리가 비판한다면 그것이 정답이 못 된다는 사실이 아니라, 성만이라는 인물이 거의 모든 문제에 대해 정답에 도달한 인간처럼 그려졌다는 점일 것이다.

성만의 일생이 결코 평탄하지 않았음은 소설에서 분명히 드러난다. 그러나 요섭이 만났을 때의 그는 이미 모든 갈등을 겪어냈고 자기 나름의 화해를 성취한 상태다. 그는 신천학살이 정점에 달한 날에 대해 "나넌 까딱했으문 내 하나님얼 버릴 뻔하였다. 그 이튿날 밤이 내 믿음으 오십년을 끔찍하게 뒤흔들어서"(210면)라고 말하지만 정작 그날의 목격담도 없고 그후 수십년간 신앙인으로서 겪은 시련도 더는 언급하지 않는다. 지난날의 마음속 고민을 굳이 조카에게 털어놓지 않는 것이 그의 성격일 수 있지만 홀로 회상하는 형식으로도 얼마든지 독자에게 알릴 수 있는 일이다.

성만이 비록 목사의 아들이고 유아세례자라고 하지만, 젊은시절에 이미 주변의 교인들보다 (비기독교도로 추정되는) 강선생을 더 존경했던데다가 전쟁중에 그 '불지옥'을 경험했는데도 지금까지 독실한 신앙인으로 살아오자면 남다른 영적 체험이 필요했을 것이다. 공산주의 체제와의 갈등 또한 만만찮았을 터인데 황주 철공장에 부역 나갔을 때 주일 지키기 문제로 야기된 마찰만 해도 지도원의 영명한 처사로 너무나 순탄하게 끝맺는다(178~82면). 결국 그는 온갖 시험과 단련을 이겨낸 기독교인이자 당원이며 "아주 훌륭한 아바이"(168면)로서, 학살사건에 대해서는 "더 자라서 사람 사는 일은 좀더 복잡하고 서로 이해할 일이 많다는 걸 깨닫게 되어야만 했다"(176면)라든가, 헛것들의 출몰을 두고는 "인차 세상이 바뀔라구 허년지 부쩍 나타나구 기래. (…) 그 일얼 겪은 사람들으 때가 무르익었단 소리디. 이젠 준비가 되었단 말이다. 기래서…… 구원할라구 뵈는 게다"(174~75면), 헛것들이 물러가자 "갈 사람덜언 가구 이제 산 사람덜언 새루 살아야디"(251면)라는 식으로 '유권해석'을 발표하는 인물로 기능하고 있다.

'때가 무르익은' 지금이 정확히 몇년도인지는 가늠하기가 쉽지 않다. 성만은 1945년 "해방 무렵"(176면)에 35세였는데 현재 "야든다슷"(171면)이라니 이대로 계산하면 요섭의 방북시기는 1995년이라야 맞다.[10] 다른 한편 "믿음으 오십년"을 문자 그대로 해석한다면 황석영이 『손님』을 집필하던 시기이자 남북정상회담이 성사된 2000년 무렵이 되며, 이쪽이 '전환기'로서는 더 방불하다. 다만 어느 쪽이든 김일성 주석 사망(1994년) 이후가 되는데 작중에서는 김일성 이후 시대의 표지를 전혀 찾아볼 수 없다. 이처럼 특정 시기의 사실주의적 묘사를 생략한 것은 1989년, 90년 방북체험의 기억을 활용하면서도 "화해와 상생의 새세기"의 기운을 담은 작품으로서 오히려 적절한 선택이었다고 할 만하다. 그러나 "야든다슷"이라고 나이를 명시함으로써 특정 연도를 추정케 한 것은 기법상의 허점이라 보아야겠다.

『손님』이 그려내는 화해가 어느 평자의 말대로 "조금은 느닷없고 억지스런"[11] 것이 된 데에는 인물이나 상황설정에서의 이런 허점들이 작용했

---

10 학살사건이 벌어진 1950년 10월 현재 성만이 아직 "마흔 안짝"(220면)으로 나오는 것은 미세한 착오이거나 그가 1911년생으로 '만 40세 미만'이라는 뜻으로 해석될 수 있겠다.

11 "요한과 순남과 일랑을 포함한 수많은 억울한 죽음들이 아무런 갈등도 없이 서로 다른 입장의 차이만을 드러내는 고백을 하고 한데 어울려 천도됐음을 암시하는 결말이나 그들의 천도를 기원하는 지노귀굿 한 자락을 읊는 것으로써 그 팽팽했던 대립과 과거의 상처를 마무리하는 것은 너무 황당하고 맥이 빠지는 것이다."(조성면 「천칭, 광기의 역사와 해원(解寃)의 리얼리즘」, '3. 조금은 느닷없고 억지스런 화해 그리고 우리에게 남겨진 과제', 『작가들』 2001년 겨울호, 324면) 조성면 자신은 곧바로 이것이 작품의 결함이라기보다 '우리에게 남겨진 과제'의 하나일 따름이라는 주장을 펼친다. "솔직히 말해서 달리 무슨 방법과 대안이 있을 수 있단 말인

다. 거듭 말하지만 작가나 작중인물에게서 어떤 구체적 대안이나 해답을 요구하는 것이 아니라, 질문의 무게와 치열함을 담보해줄 작중현실의 실감과 치밀성을 따져볼 필요가 있다는 것이다.

요섭과 만나기 전에 외삼촌이 그 나름으로 이미 화해를 달성하고 있었음을 언급했는데 실은 형수도 비슷하다. 학살자 류요한의 아내로, 그것도 아들을 낳는 순간 남편이 버리고 달아난 아내로 남아서 지낸 피눈물의 세월에 대해 백발의 형수는 침착하게 한마디 던질 뿐이다.

"난 홈자 여게 죄인으루 남아선…… 딸아이덜 벤벤히 멕이지 못해 잃구 저거[아들 단열] 하나 남은 걸 데리구 살멘서 늘 생각해서요. 하나님두 죄가 있다구 말이디." (152면)

하지만 그녀 역시 요섭이 찾아오기 전에 이런 의문을 자기 나름으로 정리한 상태다.

"입다물구 그런 천불지옥이 벌어지는 걸 내레다보구만 게셌으니 하나님두 죄가 있다구 생각해왔디. 기러다가 요새 와선 생각이 달라졌어요. 나 성경얼 못 본 디 오래돼요. 거이 닞어뿌렜디. 하디만 욥은 생각나. (…) 사람이 원체가 인생에 고난언 타구나는 게라. 성님이 죽인 사람덜두 다아 영혼이 있대서. 그이덜 사탄이 아니대서. 류요한이두 사탄이 아니대서. 믿음이 삐뚜레겠디. 나넌 이제서야 하나님언 죄가 없다구 알디."

"형수 지금 바라시는 게 뭐예요?"

가. 어찌 보면, 근사한 대안과 전망을 제시한다는 것 또는 이를 기대한다는 것 자체가 허구이고, 망상인 것을. 사실 이렇게 해서라도 화해와 상생의 길을 찾기 위해서 부단히 노력해야 하는 게 아닌가. 따라서 대안과 전망의 부재로 해석될 수도 있는 결말 부분의 조금은 느닷없고 억지스러운 화해는 작가만의 한계라기보다는 우리 모두의 한계이며, 현존하는 역사 현실이 제약하는 불가피한 현상이라 할 수 있다."(같은 면)

"나 바라는 거이 없다오, 시동상. 땅에 평화 하늘엔 영광 머 기런 거나 생각하오. 세상이 죄루 가득 차두 사람이 없애가멘 살아야디." (153면)

요섭이 짤막한 강론을 마쳤을 때도 형수는 "그런 줄 알구 있대서……" (155면)라고 혼잣말로 중얼거린다.

이렇게 보면 요섭이 형수로부터 아기를 쌌던 형의 옷가지를 받아서 뼛조각과 함께 파묻는 행위는 형수에 관한한 그녀가 혼자 이룩한 화해를 추인하는 행위에 불과하다. 오히려 그녀의 말 중에서 논란의 여지를 담은 것은 "이스라엘이나 조선으 하나님 겉은 건 없다오. 그냥…… 하나님언 하나님이디"(157면)라는, 마치 "조선의 하나님을 믿어라"(17면)는 이찌로의 절규[12]를 반박하는 듯한 발언이다. 하지만 이 또한 요섭과의 만남을 통해 형수가 잃었던 신앙을 되찾아가는 기미로 제시될 뿐, '조선의 하나님 대 그냥 하나님', 그리고 '조선의 하나님 대 미국의 하나님'에 대한 진지한 탐구로 이어지지 않는다.

『손님』의 화해달성 과정이 실감이 덜한 결정적인 원인은 사죄와 화해를 위해 고향을 찾아가는 류요섭 목사 자신이 여행을 통해 특별히 심각한 새 갈등을 겪는 바 없다는 점일 것이다. 조카 단열을 만나서의 서먹함과 껄끄러움 같은 것도 큰 무리 없이 해소된다. 더 중요한 것은, 고향을 방문하기 전에 요섭이 이미 학살사건의 진상을 대략 파악하고 있으며 — 심지어 그 자신에게나 독자에게나 가장 가슴 아프게 다가오는 두 인민군 여병사의 죽음에 관해서도 저들의 마지막 순간에 관해 듣지 못했을 뿐 대체적인 경위는 너무나 잘 알고 있다 — 그의 기본적 입장 또한 정리되어 있다.

---

12 이 말은 뒤에 일랑 자신의 일인칭 서술을 통해 "조선으 하나님얼 믿어라야"(214면)라고 반복된다. 이는 "지금 조국해방전쟁중이오. 교인이라 할지라도 마땅히 인민들 편에 서야 하지 않갔소. 미국으 하나님이 아니라 조선 하나님얼 믿어야 된다 그거요"(190면)라는 당 노선의 표현이기도 하다. 그러나 죽음을 앞두고 목구멍으로 넘어오는 피를 삼키면서 외쳐댄 일랑의 절규에는 어떤 당간부의 설득도 따르지 못할 절실함이 있다.

생전의 형을 마지막으로 찾은 심방예배에서 그는 "예수님께서는 사랑과 화평을 가르치셨습니다. 다시금 말하지만 우리의 고향을 차지하고 남아 있는 저들에게도 우리와 같은 영혼이 있습니다. 우리가 먼저 회개하여야 합니다"(15면)라고 설교했고, 단열을 처음 만나서도 "그땐 서루 죽이구 미워했지. 이제 그 사람들두 하나 둘 세상을 떠나구 있다. 서로 용서를 하지 않으면 우리는 영영 못 만나게 된다"(94면)고 일러준다.

현실에 대한 그의 진단이 타당한가는 별개문제다. 왜 군이 찾아와서 옛날을 들추느냐는 조카의 항변에 대한 그의 답변은 이렇다.

> "우리 속담에 털 뽑다 살인난다는 말이 있다. 손뼉이 마주쳐야 소리가 난다구두 했어. 누구 남들이 그런 행악을 한 게 아니라, 우리가…… 동네에서 오손도손 살던 사람들이 그랬다."
> "미신쟁이덜이 그랬다지요."
> "아니다, 사탄이 그렇게 했어."
> "그건 또 무슨 구신입네까?"
> 류요섭 목사는 말했다.
> "사람의 마음속 어디나 따라다니는 검은 것이다." (116면)

'남들이 아니라 우리가 그랬다'는 진술은 '미제의 만행' 운운하는 공식 선전에 비해 작중의 진실에 다가간 것이 분명하다. 그러나 내부요인만을 지나치게 강조한데다 기계적인 양비론의 혐의마저 느껴진다. 사탄에 대한 그의 해석은 형수에게 「욥기」를 읽어준 뒤 "이것은 우리가 그렇듯이 전지전능하신 하나님도 내적 갈등을 지니고 계신 존재임을 나타냅니다. 이것은 신성모독이 아니라 사람의 신앙적 결단에 의해서만 하나님은 완전한 존재가 되시는 것입니다"(155면)라고 설교하는 그의 독특한 신관(神觀) 및 구원관의 일부인데,[13] 타인을 사탄시하는 습성에 대한 따끔한 일침이긴 하지만 토지개혁 등 '우리끼리'의 현실적 갈등조차 추상화할 위험이 있다.

어찌 보면 이런 발언이 지주집안 출신의 목사이자 재미동포인 류요섭의 한계를 정확히 짚은 형상화일 수도 있다. "그런데 이제 보니 사실상 무서운 '손님 마마님'은 아직도 미국이 아닌가"(262면)라는 「작가의 말」이 작품에는 크게 반영되지 않은 느낌인데, 요섭의 사상적 한계를 통해 미국의 문제를 암시하려 한 것일까? 하지만 그러려면 요섭이라는 인물과 작가의 거리가 더 뚜렷해질 필요가 있을뿐더러, 이후의 진행을 통해 요섭이 자신의 한계를 대면하고 일정하게 극복하는 내면의 변화를 겪음으로써 진정한 화해의 가능성이 열리도록 했어야 할 것이다.

그런데 형상화 차원에서 요섭이라는 인물이 갖는 문제점은 오히려 작가와의 거리가 너무도 부족하다는 점이 아닌가 한다. 황석영과 그는 매우 다른 인물임에도 요섭은 — 그의 외삼촌이나 형수와 함께 — 저자가 독자에게 건네고 싶은 말을 발음하는 장치로 기능할 때가 많다. 게다가 그의 방북 경험을 그려내는 과정에서 저자 자신의 너무나 다른 처지가 은연중에 투영됨으로써 작품의 실감을 덜기도 한다. 쉬운 예로 북측 당국은 그가 애초에 신청도 안했던 고향방문을 허가할뿐더러 추가로 온갖 특전을 베푸는데, 이는 한 재미목사에게 "조국통일사업에 앞장서달라는"(117면) 당의 기대만으로는 도저히 설명이 안되는 현상이다. 남한의 유명작가이자 국가보안법을 어겨가며 북녘을 찾아온 황석영이라면 이런 특전을 베푸는 것도 당연하고 고향 신천에 간 김에 외세의 범죄상을 확인해주기를 기대하는 것도 그럴법하다. 하지만 사건 당시 열네살의 소년으로 현장에 있었던 류요섭이 신천박물관과 원암리 현장을 방문하고 친척들과 대화를 나눈다고 해서 당의 선전에 동조할 가능성은 태무한 것 아닌가.

---

13 다만 "저나 삼촌은 가해자가 아니잖습니까?"라고 성만에게 순진하게(?) 물었다가 "가해자 아닌 것덜이 어딨어!"(175면)라고 면박을 당하는 모습은 「욥기」에 대한 그의 해석과도 앞뒤가 맞지 않는다. 성만을 돋보이게 만드는 과정에서 빚어진 일인지도 모르겠다.

형상화의 성과가 돋보이는 것은 요섭보다 요한이다. 그는 상대방의 활동가들뿐 아니라 무고한 여성 병사, 그리고 드디어는 친구의 약혼녀네 가족들마저 살해하는 범죄자요, 요섭과 마지막 전화통화에서까지 "내가 왜 용서를 빌어? 우린 십자군이댔다. 빨갱이들은 루시퍼의 새끼들이야. 사탄의 무리들이다. 나는 미가엘 천사와 한편이구 놈들은 계시록의 짐승들이다"(22면)라고 소리지르는 완고파지만, 소설을 끝까지 읽고 보면 "류요한이 두 사탄이 아니대서"라는 형수의 말 그대로, 악마가 아닌 한 인간으로 실감되는 것이다.

　　요한이 끔찍한 일을 저질렀으리라는 암시는 작품 벽두의 요섭의 꿈(8~9면)에 이미 나오고, 아우와 통화하기 전 최초의 일인칭 서술에서 그는 자신이 이찌로의 "코를 삐삐선에 꿰어 이끌고 읍내까지 잡아갔"(17면)다든가 "나는 순남이를 그해 겨울에 해치운다"(20면)는 등의 단편적 고백을 들려준다. 마침내 제8장에서 그 전모가 밝혀질 때 요한의 잔혹행위는 거의 상상을 뛰어넘는다. 하지만 결코 극악무도하기만 한 것은 아니다. 일랑에게는 작심하고 복수했지만 순남을 죽인 것은 ― 철사로 목을 매어달았는데 쉽게 목숨이 끊어지지 않아서 결과적으로 개를 잡던 행위를 연상시키는 상징성을 더하게 되었지만 ― 읍내까지 끌고 갈 것 없이 빨리 끝내주자는 배려였고 마지막 권총 한방 역시 그런 의도였다. 휴양소에서 청년단원들의 노리개가 된 여선생을 쏘아죽이는 것도 윤간을 즐기는 그의 동료들과 구별되는 협기의 발로이자 평소 그녀에게 품고 있던 호의의 소산이다. 그에 비해 동생과의 약속을 어기고 여병사들을 살해한 일이나 박명선의 어머니와 자매들을 몰살한 것은 훨씬 용서하기 힘든 행위다. 그러나 전자의 경우는 청년단원이 '빨갱이'를 숨겨주었다가 체포된 사태를 의식한 탓이기도 했고, 후자의 경우 명선의 약혼자 조상호가 먼저 요한의 누나를 (매부가 입당을 했었다는 이유로) 살해한 데 대한 보복이었다.

　　요한의 이러한 면들을 감안하면 "우린 십자군이댔다. 빨갱이들은 루시

퍼의 새끼들이야. 사탄의 무리들이다"라는 주장은 그의 본심 전부가 아니고 도리어 확신이 무너진 상태에서 나온 호통소리였기 쉽다. 실제로 그는 누나의 죽음을 확인한 순간 "나는 이제 우리의 편먹기는 끝났다고 생각했다. 더이상 사탄을 멸하는 주의 십자군이 아닌 것이다"(246면)라고 정리한 바 있으며, 죽기 직전에는 LA에 사는 박명선을 찾아보기로 한 참이었다. 이러한 요한의 생전의 고뇌를 — 예컨대 '뜬것'들을 서울에서 처음 보았을 때나 재혼한 처가 죽고 나서 미국에서도 다시 보기 시작했을 때의 경험 같은 것을 — 더 구체적으로 지켜볼 수 있었더라면 하는 아쉬움은 남지만, 그가 순남, 일랑 들과 더불어 『손님』에서 가장 생생하게 살아있는 인물 중 하나임은 분명하다.

4

소설 『손님』이 "'황해도 진지노귀굿' 열두 마당을 기본 얼개로 하여 씌어졌"(262면)음은 작가 스스로 밝혔고, 이 선택은 많은 평자들로부터 높은 평가를 받은 바 있다.[14] 토착적 민중형식의 차용이 '손님' 주제에 부합하는데다가 그중에서도 진오귀굿은 해원(解寃)·상생을 위한 의식이다. 게다가 굿판에서 죽은 사람의 목소리를 듣곤 하는 관행은 대다수가 망자(亡者)가 된 신천사건 관련자들이 서사에 직접 끼여들 장치를 제공하는 것이다.

---

14 한 예로 임홍배의 격찬이 있다. "작품에 귀신이 등장하고 굿의 형식으로 이야기를 풀어가는 것도 난데없는 형식실험이 아니라 (『손님』 특유의) 문제의식과 유기적으로 결부되어 있다. 고향땅을 피로 물들인 요한에게 억울하게 죽은 자들의 원귀가 출몰하고 죽어서도 그의 천도행이 가로막히는 것은 당연하며, 또 과거의 참극을 잊지 못하는 산 자들의 마음속에 온갖 헛것들이 들끓는 것도 당연하다. 기억의 잔여물은 그것이 만들어진 과정을 망각하려 할수록 더 견고해지게 마련이라면, 산 자든 죽은 자든 과거의 망령에서 결코 자유로울 수 없는 것이다. 그런데 그 망령은 그냥 헛것이 아니라 전쟁의 참극이 오늘의 우리에게 풀어야 할 업으로 물려준 역사의 짐이라는 점이다."(임홍배, 앞의 글 374면)

다만 이를 두고 대단한 '탈리얼리즘'의 성취인 양 평가하는 것은 리얼리즘 개념을 지나치게 좁게 잡은 일방적인 단정이다. 홍승용이 적절히 설파하듯이 "21세기의 리얼리즘 소설에 귀신이 등장했다고 해서 헷갈릴 이유는 없는 것"이며, 21세기 전이라도 "리얼리즘은 꽤 넓게 이해되어왔다."[15] 이렇게 리얼리즘 소설의 형식적·기법적 다양성을 인정한다면 지노귀굿 양식에 기대어 망자를 등장시키는 것이 리얼리즘으로부터의 이탈이 아님은 물론, 굳이 그런 빌미 없이도 망자들의 일인칭 서술을 포함시켜서 안될 이유도 없다.

그러나 중요한 것은 『손님』의 성취를 리얼리즘이라 부를 거냐 말 거냐가 아니라 그 서술양식이 소설적 효과에 실제로 어떻게 기여하는지를 식별하고 평가하는 일일 테다. 우선 귀신의 등장만 해도, 산 사람이 죽은 자의 헛것을 보는 경험 자체는 자연과학자나 극단적 자연주의 작가도 받아들일 수 있는 성질인바, 그런 경험이 실제로 얼마나 핍진하게 그려졌는지는 별개의 문제이며, 헛것들의 발언이 얼마나 진실에 부합하느냐라거나 그런 부합현상이 얼마나 독자의 동의를 얻어내느냐는 것은 또다른 문제인 것이다.

『손님』의 경우 신천사건에 대한 유령들의 발언은 결코 헛것들의 헛소리가 아니고 각자의 처지에서 인지한 진실임이 분명하다. 이는 망자와 생존자의 수많은 일인칭 진술들이 합쳐, 특히 작품의 클라이맥스를 이루는 제8장 '시왕'에서 독자를 압도하는 일관된 그림을 제시하기 때문이기도 하지만, 작가가 잠시 삼인칭 서술로 돌아갔을 때 객관적인 권위를 띤 음성으로 북측의 공식 입장을 정면으로 부정하고 유령들의 증언을 밑받침해주는 점도 간과할 수 없다.

---

15 홍승용, 앞의 글, 226~27면. 홍승용은 브레히트의 예를 제시하는데, 더러 완고한 리얼리즘론자로 비판받는 루카치(G. Lukács)도 '헛것'들이 출몰하는 19세기 독일작가 호프만(E. T. A. Hoffmann)의 소설을 리얼리즘의 훌륭한 성과로 꼽은 바 있다.

그들[미군]은 신천 읍내에서 두 시간을 체류했다. (…) 미군이든 국방군이든 정규군은 겨울에 다시 후퇴할 때까지 북으로 진격해버려서 다시는 모습을 나타내지 않았다. 환영대회를 마치자마자 멸공통일이 현실이 되어버렸다면서 군당청사에서는 대한청년단과 자치경찰의 조직편성이 이루어졌고, 치안대와 경찰의 결성식이 이튿날 아침에 청사 앞마당에서 개최되었다. 그리고 방공호와 전호에서의 처형이 시작된다. (223면)

사실 예술적 차원에서 『손님』의 유령들을 문제삼자면 오히려 그들이 충분히 유령답지 않다는 점을 꼬집어야 할 것이다. 산 자를 현혹하고 오도하는 삿됨이 저들에게 없음은 물론, 원귀(冤鬼)다운 앙심이나 섬뜩함도 느껴지지 않는다. 철사에 코를 꿰이고 죽도록 얻어맞아 피투성이가 되었다가 휘발유 불에 타죽은 일랑을 포함해서 그 누구도 죽을 당시의 처참한 모습으로 나타나는 귀신이 없는 점도 그렇다. 이는 죽는 순간 편가름도 다 없어지고 "자잘못이 다 사라"(194면)진다는[16] 이 작품 특유의 설정 때문이기도 할 텐데, 작중인물들 역시 처음 잠깐을 빼고는 유령들을 거의 산 사람 대하듯이 한다. 아니, 제8장에서 마지막으로 다 모인 망령들 자신이 마치 마을집회에 모인 평범한 주민들처럼 행동한다. 귀신이라면 성만에게 따로 나타날 수도 있고 요섭과 외삼촌이 함께 있는 시간에 나타날 수도 있으련만, "성만이두 밖으루 나오라우. / 하는 소리에 돌아보니 순남이 아저씨가 외삼촌의 방 앞에서 그를 불러내는 중이었다. 외삼촌도 요섭처럼 거실로 어정어정 걸어나왔다."(194면) 더구나 이 대목은 헛것을 본 어느 한사람의 일인칭이 아니라 (요섭의 관점을 빌린) 삼인칭으로 서술된다.

16 순남의 유령이 이렇게 말하기 훨씬 앞서, 죽은 지 얼마 안된 요한의 망령은 "야야, 그 얘긴 관두라. 우린 아무 편두 아니야"(51면)라고 요섭에게 말하며, 며칠 뒤에도 "우린 같이들 떠돈다"(59면)고 일러준다.

물론 실생활에서의 유령체험이나 진오귀굿 도중의 망자 육성을 실감나게 재현하기보다 유령을 하나의 서술장치로 활용하는 것도 작가가 얼마든지 선택할 수 있는 기법이며, 앞서 말했듯이 굳이 리얼리즘의 범위를 벗어난다고 볼 필요도 없다. 다만 작품의 결말이 다소는 억지스러운 화해를 보여준 데에는, 서술양식에서 그처럼 큰 비중을 차지하는 유령들이 좀더 유령답지 못하고 원귀답지 못한 점이 무관하지 않을 것이다. 화해가 실다우려면 학살사건의 사실관계를 확인함은 물론, 사건의 원인이 되었던 온갖 갈등 중 아직도 산 자의 몫으로 남는 것을 밝히는 일도 중요한데, 『손님』의 헛것들은 죽는 순간 이미 실질적인 화해를 이룩했을 뿐 아니라 요한과의 대질 및 요섭의 고향방문으로 해원이 완성되었음을 선언하고 일제히 떠나간다. 하지만 가령 요한보다도 사람을 더 많이 죽였다고 하며 요한과 달리 한국에 남은 상호와의 대면이나 화해는 없어도 되는 것인가. 또, 신천사건에 대해 원혼들의 주장을 부인하는 이야기를 관계당국이 대대적으로 반복하고 있는 현실은 잊어도 좋은 것인가.

유령들에 관해 한가지만 더 지적한다면 수많은 남녀가 출현하지만 대화의 형태로든 혼자서 회상하는 형태로든 자기 몫의 일인칭 서술을 배당받은 여자 귀신이 하나도 없다는 사실이다. 예컨대 바이올린을 켜고 노래를 부르던 인민군 홍정숙과 강미애는 헛것의 형태로나마 다시 만나고 싶은 인물들이며, 이들보다 더욱 짤막하게 그려진 윤선생(휴양소에서 죽은 여선생), 박미선의 어머니나 여섯 명의 동생들, 순남과 일랑의 아내 등등 중에 누구 하나라도 자신의 이야기를 직접 들려주었더라면 학살의 기억은 훨씬 충격적이었을 테고 남자 귀신들끼리 사이좋게 합의해서 다 털고 떠나가기도 조금은 더 어려웠을지 모른다.

21세기 초 한국문학의 큰 성과 중 하나이고 분단현실을 직접 다루면서 화해와 평화를 추구한 소설로는 여전히 독보적인 위치에 있는 작품을 두고 이런저런 불만을 내놓는 것이 지나친 투정일 수도 있겠다. 하지만 우리의 과제를 분단체제의 극복으로 설정했을 때 이 세계사적 과업에 부응하는 문학은 분단체제의 재생산과정이 복잡한 만큼이나 복합적인 인식을 지녀야 하고, 거기에는 동족간 화해의 필요성이나 보편적인 평화에 대한 염원과 더불어 계급·성차·환경 등 여러 모순의 작동에 대한 정밀한 인식이 포함되어야 한다.[17] 이는 또한 당연히 작품으로 구현된 인식이어야 하며, 그에 걸맞은 기법상의 혁신과 정교한 실행이 따르게 마련이다. 『손님』을 읽는 작업은 이룩된 소설적 성취에서 커다란 즐거움과 일깨움을 얻음과 동시에, 더러 미흡한 점들조차 분단체제에 대한 새로운 성찰을 촉발한다는 점에서, 한반도에서 화해와 평화를 찾는 모든 사람에게 값진 경험이 아닐 수 없다.

〈2005〉

---

17 분단체제극복운동이 계급, 생태계, 여성 담론들과 결합할 가능성에 대해서는 졸저 『흔들리는 분단체제』, 창작과비평사 1998, 「분단체제 극복운동의 일상화를 위해」, 특히 4절(35~52면) 참조.

제3부

민족문학론과 리얼리즘론

1. 머리말

우리 상황에서 민족문학과 리얼리즘문학은 서로 뗄 수 없는 관계에 있다. 물론 그 둘이 본디 동일한 개념은 아니다. 그러나 우리의 민족문학론이 민족이 처한 역사적 현실에 대한 남다른 인식과 관심에서 출발하면서 동시에 높은 예술성을 지닌 '세계문학'의 경지를 목표로 삼는 한, 현실에 대한 정당한 인식과 정당한 실천적 관심을 구현하는 리얼리즘 예술이 민족문학의 목표와 일치하지 않을 수 없다. 반면에, 어느 특정 민족의 문학에 국한되지 않는 리얼리즘의 원리가 민족문학의 내실을 얼마나 필연적으로 요구하는지에 대해서는 사람마다 생각이 다를 수 있다. 하지만 그것이 추상적인 원리가 아니라 구체적인 현실 속에서 예술을 창조하고 수용하는 실천적인 원리라고 할 때, 심각한 민족적 위기와 더불어 시작한 우리 근대문학의 시대를 통틀어 '민족문학적'이지 않은 리얼리즘문학을 상상하기 힘들다. 뿐만 아니라 우리의 민족문학론에서 말하는 뜻으로 '제3세계적'인 리얼리즘이야말로 범세계적으로 이 시대의 가장 선진적인 문학·예술 이념이리라는 것이 본고에서 내세우는 주장이기도 하다.

실제로 70년대초부터 우리 문학에서 민족문학론이 본격적으로 펼쳐지면서 종전의 리얼리즘 논의들이 그 일부로 자연스럽게 수렴되었다. 그리하여 민족문학론의 성숙은 리얼리즘 문제에 대한 관심의 심화를 뜻했고 리얼리즘 논의의 진전은 또한 민족문학의 내용을 더해주는 것이었다. 리얼리즘론이 60년대말·70년대초의 다른 여러 비평적 논의들과 함께 민족문학론으로 수렴된 경위에 대해서는 70년대말의 졸고 「제3세계와 민중문학」 첫머리에 간략히 정리한 바 있으며, 80년대에 들어서도 「리얼리즘에 관하여」 등 일련의 작업을 통해 두 논의의 상호보완적 진행에 필자 나름의 이바지를 하고자 했다. '리얼리즘'을 표제에 내세운 글은 영문학 관계 논문 하나밖에 더 없었으나,[1] 민족문학을 거론하건 모더니즘을 논하건 또는 서양문학의 작가·작품론을 시도하건 리얼리즘에 대한 일관된 관심을 견지해온 것만은 사실이다.

그러나 80년대 후반 들어 급속히 논의가 확산된 '사회주의(적) 리얼리즘' 문제에 대해서는 언젠가 "소련 관변문학의 '사회주의사실주의'"[2]에 대한 냉담을 표시한 것말고는 별다른 명시적 언급이 없었다. 공부가 부족해서 못한 점도 있고 그 상황에서 굳이 명시하지 않아도 뜻이 통할 법해서 따로 말을 안한 면도 있지만, 아무튼 이제는 좀더 정면으로 이 문제를 다루는 것이 민족문학론을 위해서나 리얼리즘론을 위해서나 긴요해졌다. 나 자신의 준비는 여전히 부족하고 참조 가능한 자료나 기타 여건 또한 아직껏 충분과는 거리가 멀다. 그러나 다행히도 그간 이 분야 동학들의 노고로 생산적 토론의 기본조건은 대충 마련된 셈이며, 다른 한편 포스트모더니즘론의 유행과 그 와중에 전해져온 '현실사회주의권'의 위기 신호들은 관변 이데올로기로서의 사회주의사실주의뿐 아니라 리얼리즘 그 자체에

---

1 「'다른 어떤 율동적 형식'과 리얼리즘 — The Wedding Ring에 관한 로렌스 편지의 해석문제」, 『황찬호교수 정년기념 논문집』, 명지당 1987.

2 졸고 「로렌스문학과 기술시대의 문제」, 한국영어영문학회 편 『20세기영국소설연구』(민음사 1981), 114면. (이 글에 제시된 제3세계론에 문제가 있었음은 뒤에 다시 언급한다.)

대한 절박한 도전이 되고 있는 것이다.

2. 기존의 리얼리즘론과 민족문학론

70년대에 들어와 리얼리즘론과 민족문학론의 일정한 결합이 이루어졌음을 말했는데, 6·25로 인한 역사적 단절은 문학의 분야에서도 지난날의 경험을 이 작업에 활용하는 데 많은 제약을 주었다. 70년대 논의의 주역들이 카프시대나 8·15직후의 성과에 전혀 무지했던 것은 아니지만, 대개가 지식도 단편적일뿐더러 공개적인 토의가 불가능한 정황이었던 것이다. 80년대에는 이같은 금기가 드디어 깨어지고 카프의 유산 등에 대한 연구가 활발히 진행되면서, '프롤레타리아 문예'와 '사회주의리얼리즘'의 깃발이 새롭게 내세워졌다. 그리고 이러한 깃발을 내걸지 않은 종전의 민족문학론은 기껏해야 '비판적 리얼리즘'의 한 변형에 지나지 않는다는 설이 널리 퍼지기도 했다.

인위적으로 감춰졌던 과거의 유산이나 북쪽에서의 논의를 우리것으로 되찾는 일은 매우 중요하다. 그러나 이제까지 우리것이 아니었기에 과대평가하는 측면도 있었다면 이 또한 90년대에는 당연히 극복되어야 할 일종의 비주체성일 터이며, 분단시대의 갖가지 궁핍 속에서 어렵사리 쟁취한 논의수준을 후퇴시키는 일이 없어야 함은 물론이다. 그런 뜻에서 필자는 국문학사 지식의 얕음을 무릅쓰고 과거의 리얼리즘 논의에 대한 대략적인 소견을 먼저 말해둘까 한다.

서구 자연주의 내지 자연주의적 사실주의의 직수입이 아니고 이와 구별되는 리얼리즘 — 당시는 대개 '사실주의'로 번역되기는 했지만 — 을 최초로 거론했다는 점만으로도 1920~30년대 카프 논객들의 비평사적 공로는 뚜렷하다. 이는 오늘까지도 — 특히 강단세계의 — 여러 논자들이 이런 구별이 있다는 것조차 모르는 데 비할 때 더욱이나 그렇다. 반면에 카프의 논의 역시 수입품의 성격이 짙었음을 부인하기 어렵다. 19세기 또는 20세기의 서구 대신 주로 혁명후의 소련에서 — 대개는 일본을 거쳐 — 수입해온 점이 달랐고, 그보다도 민족해방·계급해방의 목적의식을 담은 수입행위였다는 점이 중요하게 지적되어야 할 것이지만, 이러한 목적의식에 걸맞은 성숙한 리얼리즘론이 나오지 못했다는 것이 필자의 가설이다. 이를 엄밀히 검증하자면 개개 논자의 문장을 섭렵하고 그중 어디까지가 단순 모방이고 어디부터가 독자적 발언이며 당시의 민족현실과 실제 작품들에 얼마나 적중한 비평이었는지를 따져야 할 것이다. 그러나 우선은 카프의 리얼리즘론 전체가 결코 민족문학론의 형태로 제기된 바 없다는 점에 주목하고자 한다. 이는 물론 당시 효과적인 민족운동과는 너무나 거리가 먼 '민족주의 문학'에 맞서서 '계급문학'의 기치를 내걸었기 때문이기도 하지만, 아무튼 그들 스스로 지향한 민족해방의 대의에 효과적으로 복무할 계급문학의 이론적 틀은 만들어지지 못했던 것이다.[3]

그러므로 명백히 민족문학론의 일부로서 리얼리즘이 제창된 것은 8·

3 필자가 알기로, 1933년경 소련의 사회주의리얼리즘이 국내에 처음 소개된 이후, 그것이 소련의 현실과는 엄연히 다른 조선의 현실에서 그대로 적용될 수 없음을 주장한 안함광(安含光)의 '유물변증법적 리얼리즘'과 김두용(金斗鎔)의 '×××〔혁명적?〕리얼리즘' 논의가 있으나 실제로 조선의 현실과 문학에 근거한 리얼리즘론의 전개와는 거리가 멀다. 안함광의 경우는 「창작방법문제 신이론의 음미」(1934)에서, "그러나 문제를 가까이 조선의 현실면과 결부시켜 생각하여볼 때 '사회주의적 리얼리즘'이란 슬로건은 조선의 객관적 현실에 대하여는 그의 사회적 적응성을 갖고 있지 못하다는 것은 앞에서 누설한 바와 같다. 그렇다고 해서 프롤레타리아 리얼리즘의 원시적 서식에로의 복귀에도 찬의를 표할 수는 없다. 이에 나는 조선서는 '유물변증법적 리얼리즘'의 수립을 제창한다"(김재용 엮음 『카프비평의 이해』, 풀빛 1989, 535면)라고 했다가, 2년 뒤의 「창작방법문제 논의의 발전과정과 그 전망」에서는 문제가 "결코 사회주의적 리얼리즘의 조선적 적용성의 미숙에 있는 것이 아니라 그 수입의 방법과 그 방법의 발현형태가 다분의 관념주의성을 대동한 것이었기 때문"이고 "유물변증법이 창작적 슬로건으로 명명될 때, 그 방법과 세계관과의 한계 규정이 곤란케 되어 마침내는 광범한 세계적 스케일에 있어서의 작가의 자유로운 창작활동을 제지할 다분의 가능성이 그 가운데 있었다는 것을 간과하는 편향이었다"(같은 책, 610면)고 자기비판하면서 별도의 명칭을 철회했다. 중요한 사실은 물론 어떤 이름으로든 민족문학을 구체적으로 해명하고 북돋울 리얼리즘론에는 미달했다는 점이다.

15후의 조선문학가동맹 시절에 와서였다고 하겠다. 1946년의 제1회 전국 문학자대회에서 임화(林和)는 「조선 민족문학 건설의 기본과제에 관한 일 반보고」를 통해, 왕년의 프로문학이 이룩한 뚜렷한 공적을 확인하면서도 '계급문학 대 민족문학'이라는 구도 자체가 잘못된 것임을 스스로 비판 했다.

첫째로 프로문학은 수입된 사조의 모방으로 기인되는 공식주의적 약점 을 드러내었다. 종래의 신문학 가운데 들어 있는 긍정될 요소와 새로이 대 두할 수 있는 예술문학 가운데 들어 있는 좋은 의미의 민족성을 부르주아 적이라고 하여 부정하는 과오에 빠졌다. 반제국주의적이요 반봉건적인 민 족문학의 수립의 과제가 역시 장래에 있다는 사실도 그다지 고려되지 아니 했고 문학유산의 계승이라든가 예술적 완성이라든가 하는 문제도 적당히 취급되지 아니했다. 통틀어 민주적인 민족문학의 수립이 부단히 현실적 과 제로 살아있고 그것을 수행할 주요한 담당자로서의 역사적 사명에 대한 자 각이 부족했음은 반성되지 아니하면 아니된다. [4]

이러한 민족문학론의 '창작방법'에 해당하는 것이 그 대회에서 김남천 (金南天)이 제기한 '진보적 리얼리즘'이었다. 이는 지난날 프로문학의 공 식주의에 대한 자아비판에 상응하는 것으로서, '사회주의리얼리즘'이 그 대로 조선의 현실에 적용될 수 없다던 당시의 일부 내부비판을 수용한 것 이기도 하다. 그리하여 김남천은 진보적 리얼리즘이 "과학적 유물론과 맞 붙은 리얼리즘이요 더 명확히는 진보적 민주주의 건립을 역사적 임무로 하는 시내의 유물변증법과 맞붙은 리얼리즘"(「새로운 창작방법에 관하여」, 『건 설기의 조선문학』, 124~25면)으로 규정하였다.

---

4 조선문학가동맹 엮음 『건설기의 조선문학』(온누리 1988), 41~42면.

임화·김남천 들의 민족문학론은 문학가동맹 내부에서도 이기영(李箕永)·한설야(韓雪野)·한효(韓曉) 등 '조선프로레타리아문학동맹' 출신 논자들에 의해 계급적 당파성의 부족을 비판받았고 또 그럴 만한 구석이 분명히 있었다. 그러나 '인민적 민족문학' 내지는 '인민적 민주주의 민족문학'으로 진행한 그 논의가[5] 민족문학론으로서 그리고 민족현실에 근거한 리얼리즘론으로서 새로운 수준에 도달했던 것임을 부인하기 어렵다. 6·25 이후의 남한 평단이 그만한 수준을 되찾는 데는 실로 장구한 세월이 소요되었던 것이다. 그러나 오늘날의 싯점에서 돌이켜보면 '문맹'계에서 제기했던 계급의식의 문제보다도 오히려—실은 진정한 의미의 계급의식과 무관한 것일 수 없지만—반제국주의적 인식의 불철저성이 이 시기 민족문학론의 큰 약점으로 떠오른다. 1946년의 10월봉기 이후로 반미의식이 고조되기는 하지만, 미국의 개입에 의한 분단이라는 결정적인 변수를 소홀히한 채 일제잔재와 봉건유제 청산을 통한 진보적 민주주의 건설과 뒤이은 사회주의에로의 이행이라는 안이한 전망에 의존하는 입장이었다. 그 결과 임화의 민족문학론은 한편으로 계급문학론자들의 비판을 받으면서 실은 민족문학 자체를 "보다 높은 다른 문학의 생성, 발전의 유일한 기초"(『건설기의 조선문학』, 45면)라는 식으로 단순화하는 것이기도 했다. 따라서 분단시대의 한복판에서 자라나온 민족문학론의 시각으로 볼 때에는, 분단체제가 성립된 이후의 이런저런 새로운 문제들이 빠져 있다는 점뿐 아니라, 삼팔선이 이미 그어진 당시 나름의 복합적 현실이 충분히 감안되지 못했다는 점에서도 그 한계를 지적하지 않을 수 없는 것이다.

　　리얼리즘의 이론으로서도 김남천의 '진보적 리얼리즘'론은 분명히 한 시대 전의 것이다. 리얼리즘을 문자 그대로의 '창작방법' 즉 작가가 현실을 그리는 방식 내지 양식으로 이해한 것은 사회주의리얼리즘론 내부에

5　임화 「민족문학의 이념」(『문학』 3호, 1947. 4); 청량산인(淸涼山人) 「민족문학론—인민적 민주주의 민족문학 건설을 위하여」(『문학』 7호, 1948. 4) 등 참조.

서도 그후 집중적으로 비판받은 견해이며, "현실을 선입견을 가지지 않고 현실의 있는 그대로를 그리려고 하는 태도가 리얼리즘이요, 현실에 선입 견을 가지고 임하는 그것으로서 현실을 재단하려는 창작태도가 즉 아이 디얼리즘"(『건설기의 조선문학』, 124면)이라는 식으로 '창작방법의 기본적인 방향'을 양분한 것은 자연주의 내지 사실주의의 입장에 가깝다. 물론 이러 한 사실주의가 그 시대의 고유한 역사적 임무에 부응하는 "유물변증법과 맞붙은" 리얼리즘 즉 '진보적 리얼리즘'임을 명시하고 있지만, 이처럼 앞 머리에 수식어를 붙여서 리얼리즘 자체에 대한 미흡한 인식을 보완하려 는 절충주의적 태도는 20~30년대의 '변증적 사실주의'(김기진), '사회적 사실주의'(임화), '프롤레타리아 리얼리즘'(한설야), '유물변증법적 리얼 리즘'(안함광) 등과 본질적으로 달라진 바 없으며 카프시대 사회주의리얼 리즘론의 기본적 문제점을 재생한 것이었다. 그리고 이러한 절충주의의 징표로 어김없이 등장하는 현상이 30년대에 이미 나왔던 '혁명적 로맨티 시즘' 개념에의 과도한 의존이다(「새로운 창작방법에 관하여」 참조).

80년대의 민족문학 논의에서 새로이 제기된 많은 문제들이 실제로는 20~30년대 또는 8·15직후에 떠올랐던 것의 복원임은 앞서 말한 바 있다. 그러나 옛것의 복원이 불필요할 만큼 70년대의 민족문학론·리얼리즘론 이 건실했던 것은 아니며, 특히 80년대 후반에 이르러 사회주의리얼리즘 이 공개적으로 다시 거론되면서 우리 사회의 기본모순에 대한 인식이 첨 예해지고 문학에서의 당파성 문제가 부각되는 등 전체 논의의 활성화에 값진 공헌이 이루어진 것이 사실이다. 반면에 그에 따른 폐단도 적지 않았 고 특히 카프시대의 공식주의를 재생하는 것 자체가 미덕으로 간주되는 경향조차 없지 않았다. 여기에 북한에서의 논의가 또한 소개되면서 다소 엇갈리는 영향을 미친 것 같다. 즉 한편으로는 카프운동을 '항일혁명문 학'의 부수적 기능 또는 심하면 종파주의로 규정하는 주체사상의 입장이 카프 및 최신의 극단적 계급문학론자에 대해 얼마간 제동을 걸었는가 하면, 다른 한편 문학가동맹의 민족문학운동으로부터 일찌감치 이탈하여 월북한 '문맹'계 작가들 대다수가 주체사상으로의 이행을 성취함에 따라 그들이 원래 대변했던 입장의 민족문학론적 한계가 도리어 미덕으로 제시되는 데 일조하기도 했던 것이다. 북한에서의 사회주의리얼리즘 논의 자체에 대해서는 아는 바가 적어 무어라 말하기가 조심스럽다. 다만 한창 활발했다는 1960년대 중엽 이전의 토론에 대한 최근의 어느 소개를 보더라도,[6] '사실주의'와 구별되는(동시에 그것과 결코 무관할 수도 없는) '리얼리즘'의 본질을 천착하는 작업은 부족해 보인다. 그보다는 '비판적 사실주의'와 '사회주의적 사실주의' ─ 또는 '비판적 사실주의'와 '그 이전의 사실주의' ─ 를 구별하고 그에 따른 작가·작품의 분류에 치중한 나머지, 리얼리즘 일반에 관해서건 사회주의리얼리즘에 관해서건 어떤 괄목할 이론적 전진이 있었던 것 같지 않다. 그리고 이 점에 관한한 67년 이래 주체이론이 확립되고서도 마찬가지가 아닌가 한다. 민족문학론과 리얼리즘론의 결합도 '민족적 형식에 사회주의적인 내용을 담는 사회주의적 사실주의'라는 공식이 아직 통용될 만큼 절충주의적 성격이 강하다.

아무튼 이제까지 알려진 (북쪽의 논의를 포함한) 대부분의 사회주의리얼리즘론이 민족문학론과의 유기적 연관도 부실하고 리얼리즘 자체에 대한 주체적 탐구도 부족한 상태에서, '현실사회주의' 사회들의 전반적 위기와 포스트모더니즘 문화의 대량유입이라는 극심한 도전에 부딪히게 되었다. 그런데 이는 사회주의리얼리즘론에 대한 도전이자 리얼리즘론 전체에 대한 도전이요 민족문학론에 대한 도전이기도 하다. 리얼리즘론과 민족문학론이 본디 불가분의 관계에 있는데다가, 그사이 리얼리즘론의 위

---

6 김성수 「우리 문학에서의 사회주의적 사실주의의 발생」(『창작과비평』 1990년 봄호) 참조. 또한 사회주의리얼리즘에 촛점을 둔 것은 아니지만 쉽게 구해볼 수 있는 원자료로 북한사회과학원 문학연구실 편 『우리나라 문학에서 사실주의의 발생, 발전 논쟁』(사계절 1989)이 있으며, 이 책에 대한 박희병 교수의 서평 「북한 학계의 사실주의 논쟁의 성과와 문제점」(『창작과비평』 1989년 가을호)도 많은 도움이 된다.

신은 좋든 싫든 사회주의리얼리즘론의 위신과 결부된 바 있었고 심지어 전적으로 그래야 옳다는 주장 또한 적지 않았던 것이다.

사회주의권의 리얼리즘론에 주로 의존하던 논자들에게는 동유럽 정권들의 몰락이 가장 직접적인 충격이기 쉽다. 그러나 실제로는 '포스트모더니즘'이라 흔히 불리는 일련의 새로운 문화현상 및 문화이론들이 오히려 더 근본적인 도전이라 보아야 할 것이다. 포스트모더니즘이 그 본질에 있어서는 종전의 리얼리즘론자들이 비판하던 모더니즘과 다를 바 없다 하더라도, 그 발현양태가 20세기 상반기의 특징적 양상과는 어쨌든 크게 달라져 고식적 모더니즘비판의 과녁을 벗어난 면이 많으며, 예컨대 탈구조주의가 제기한 '주체'와 '객관적 실체' '재현' '언어' '휴머니즘' 등등의 문제들은 기왕의 리얼리즘론 — 특히 사회주의리얼리즘론 — 에서 너무 소박하게 다뤄지기가 일쑤였던 것이 사실이다. 본고에서는 이들 개념을 직접 다루려는 것은 아니나, 포스트모더니즘의 도전도 능히 이겨낼 만한 리얼리즘론의 자기쇄신이 없이는 민족문학 자체가 포스트모더니즘시대의 사이비 국제주의에 휩쓸려버리고 말리라는 현실의식을 깔고 있다. 물론 우리 문화풍토의 성격상 최근 포스트모더니즘론의 위세는 또하나의 유행수입품의 성격이 짙다. 그러나 현단계 자본주의 세계경제가 이제까지의 대다수 리얼리즘론자들이 정확히 해명하지 못한 지구력과 복잡성을 지닌 것이 사실이라면, 설혹 유행하는 이름이 바뀔지라도 이 현실에서 기인하는 문화적 도전은 지속되게 마련이다. 우리의 민족문학론은 당면한 민족적 현실에 대한 정당한 인식과 정당한 실천적 관심이라는 자신의 '리얼리즘적' 속성을 고수하면서, '탈근대' 또는 '탈현대'라 일컬어지는 이 시대의 새로움에 부응하는 또 한번의 이론적 약진을 이룩해야 할 처지이다. 그러한 약진의 전제조건 가운데는 사회주의리얼리즘론의 진지한 재검토가 당연히 포함될 터이다.

3. 사회주의리얼리즘론의 몇가지 기본적 전제

알려진 대로 '사회주의(적) 리얼리즘'은 1932년 소련공산당 중앙위원회의 결정으로 쏘비에뜨작가동맹 결성을 준비하는 과정에서 처음 그 용어가 제시되었고 1934년의 제1차 작가총회에서 쏘비에뜨예술의 기본 '방법'으로 확정되었다.[7] 이 개념의 해석과 그 실행에 따른 여러가지 문제들은 사회주의 진영 내부에서도 수많은 논쟁을 거치게 되지만, 우선 1934년의 작가총회 결정이 소련의 문학예술을 위해 양면적인 의미를 가졌음을 지적할 수 있겠다. 즉 한편으로 '사회주의리얼리즘' 개념은 쁘롤레뜨꿀뜨(프롤레타리아문화계몽조직연합)와 라쁘(러시아프롤레타리아예술동맹) 등의 편협한 계급주의 내지 공식주의에 맞선 레닌, 고르끼 들의 오랜 노력의 성과로서 인류의 다양한 문화적 유산을 포용하는 사회주의 예술론의 전진이었다. 그러나 다른 한편 스딸린 체제의 공고화에 따른 공인 문예노선의 정립으로서, 사회주의리얼리즘의 개방성과 양식적 다양성에 대한 온갖 합리적 선언에도 불구하고 관변 이데올로기로서의 경직화가 시작되었다는 점도 있다. 이런 경직화가 극단에 달했을 때, 사회주의리얼리즘의 '리얼리즘'은 구태의연한 묘사방법으로서의 사실주의 내지 자연주의에 머문 채 작품의 소재(예컨대 소련의 '갈등 없는' 새로운 사회)나 작가의 경향성에 따라 그런 사이비 리얼리즘에 '사회주의적'이라는 관형사가 부여되고는 했다. 이런 극단적 경직화에 대한 비판은 소련의 공식 기구들에서도 벌써 오래 전에 이루어졌으므로 여기서 굳이 길게 문제삼을 일이 아니다. 다만 원래의 출발점에 담긴 경직화의 가능성이 충분히 인식되고 극복

---

7 이 과정 및 그후의 논의를 소개한 국내의 자료로 문학예술연구소 엮음 『현실주의연구 I』(제3문학사 1990)에 실린 공동연구 「사회주의현실주의 논의의 역사적 전개에 관한 일 고찰」 및 번역논문 「소련의 현실주의 논의」(N. 툰) 참조.

되었는지는 이제부터 좀더 검토해볼 일인 것이다.

논의의 편의상 리얼리즘 자체에 대한 검토를 잠시 미루고, '사회주의적 리얼리즘'의 관형사가 말해주는 '사회주의적 당파성' 문제를 먼저 살펴보기로 하자. '리얼리즘'보다도 더욱 배타성이 짙고 경직화의 가능성이 높다고 느껴지기 쉬운 이 개념의 핵심적 중요성은 그간 사회주의리얼리즘론의 진전과 더불어 오히려 더 강조되기에 이르렀다고 하겠다. 본고에서는, 처음부터 사회주의리얼리즘의 우월성을 전제하고 출발하지 않는 독자들이 이 '당파성' 개념에 대해 과연 어떻게 반응할까를 물어보는 방식으로 논의를 진행할까 한다. 국내에서도 소개된 사회주의권의 한 문헌은 '당파성 ─ 사회주의리얼리즘의 중심적인 미학적 범주'라는 대목에서 이렇게 말한다.

따라서 당파적이라고 하는 것은 예술적 해석에서나 삶에서나 당의 관점을 채택한다는 것을 뜻한다. 이 관점은, 자신은 상황을 초월해 있다고 느끼며, '충고'나 해주고 사회주의 건설에 대한 자신의 생각에 어긋나는 것은 모두 과오로 돌려버리는 비활동적 방관자의 입장과는 양립할 수 없다. 당파적이라고 하는 것은, 오늘날 그 어느때보다도 예술가가 사회발전의 계획자요 지도자로서의 과학적·도덕적 자질들을 아울러 갖춘다는 것을 뜻한다. 이런 자질들은 예술가로 하여금 우리의 발전과정의 갈등들을 해결하는 데에 지도적인 역할을 할 수 있게 해준다. 끝으로 당파적이라고 하는 것은, 사회주의적인 충동을 창출하기 위하여 예술적 발언 하나하나의 결과를 계산하고 주제와 소재, 관념·인물·갈등 및 그 해석들의 선택에 내재하는 사회적 영향을 계산한다는 것을 뜻한다.[8]

8 Erwin Pracht and Werner Neubert, "Partisanship"(1966), in *Preserve and Create: Essays in Marxist Literary Criticism*, ed. G. LeRoy and U. Beitz (Humanities Press 1973), 191~92면. 이 글은 위의 『현실주의연구 I』에 「당파성에 관하여」라는 제목으로 번역되었는데 인용구절의 번역

이 진술은 물론 사회주의리얼리즘의 최신 발언은 아니고 반드시 대표성을 지닌 발언도 아닐는지 모른다. 그러나 논의의 큰 갈래 하나를 대표하는 것만은 분명할 터이므로, 이런 진술이 민족문학론의 민족·민중적 관점에 소박하게 공감하는 정도의 독자에게 어떻게 비쳐질지를 일단 물어보자는 것이다. 그랬을 경우 먼저 분명한 점은, "당의 관점을 채택한다는 것을 뜻한다"는 첫 문장의 주장을 빼고는 — 그리고 "사회주의적인 충동"이라는 표현에 대한 의견차이를 빼고는 — 여기서 말하는 '당파성'이 우리의 '소박한 민족문학론자'가 얼마든지 공감할 수 있는 내용이라는 것이다. 적어도 예술과 현실의 무관성, 예술가의 무책임성, 객관적 현실의 부재 내지는 그 재현의 원천적 불가능성 따위를 설하는 포스트모더니즘의 온갖 이론들에 비할 때 그러하다. 뿐만 아니라 맑스주의 정당이나 사회주의리얼리즘 논의와 무연한 현대 영국의 리비스(F. R. Leavis) 같은 비평가의 문학관도 이 점에서 한국 민족문학론자의 실감과 일치하고 있다. 하기야 실감이 곧 이론은 아니다. 그러나 기존 사회주의리얼리즘론이 지닌 약점이나 한계가 무엇이건 민족문학론의 전개에서 놓쳐서는 안될 합리적 핵심이 있다는 문제의식을 가질 이유로는 충분하다 하겠다.

소박한 공감의 대상에서 일단 유보해놓은 표현들도 민족문학론이 무시 못할 핵심적인 문제들을 제기하는 것만은 분명하다. '당'에 관한 주장이 그러한 당이 없는 상황에 그대로 적용되지 못함은 분명하지만, '당파성'의 계급적 성격, 그 예술적 구현에 요구되는 조직적 실천의 내용과 비중, 작

을 필자가 그대로 따르지는 않았다. '현실주의'보다 '리얼리즘'이라는 표현을 택한 이유는 뒤에 설명하겠지만, 이 대목에서 특히 지적할 점은 to be partisan을 '당원이 된다는 것'으로 옮긴 점이다. 원저자가 '당파성'과 '당성'의 동일함을 주장하고 있는 것은 분명하나, '당성'조차도 '당원이 된다는 것'과는 동일하지 않으며, 원어 Parteilichkeit(영어의 partisanship)가 필연적으로 제기하는 '당파성'과 '당성'의 다소 모호한 관계 문제를 처음부터 배제하고 들어가서는 안될 것이다.

가에 있어서 사회주의적 세계관과 목적의식의 중요성 문제 등등은 민족문학론이 소박한 공감에서 실천적 이론의 차원으로 진행하기 위해 반드시 대면해야 할 과제들이다. 따라서 종전적 사회주의리얼리즘론에 대해 불만을 말한다면, 이들 개념을 촉발하자마자 일방적으로 논의를 종결하는 일이 너무나 많았다는 점일 것이다.

중요한 문제제기를 담았으면서도 오히려 진지한 모색을 가로막는 효과가 두드러진 개념의 좋은 예가 '비판적 리얼리즘'과 '사회주의리얼리즘'의 구별이다. 이 개념에는 '당파성'에 대한 새로운 해석과 더불어 리얼리즘 예술의 당파적 내용과 그 성취방법 등 누구도 회피해서는 안될 문제의식이 내포되어 있다. 그러나 현실로는 바로 그러한 문제의식을 회피 또는 제한하는 데 곧잘 이용된 것이 예의 양분법이기도 하다. 스딸린시대에 그것이 조야한 자연주의적 관변문학의 명분이 되었음은 앞서도 언급했지만, 더 중요한 문제는 그러한 과거를 비판·극복했다고 자부하는 논자들 가운데서도 정신적 태만의 징표가 여전히 발견된다는 것이다. 예컨대 위에 인용한 프라흐트와 노이버트의 진술에 곧바로 이어지는 발언은,

> '당'의 개념에 민주주의와 집중주의의 통합도 포함된다는 것은 말할 나위도 없다. 레닌이 「당조직과 당문학」에서 말하듯이, 무엇이 당에 부합하고 무엇이 당에 적대적인가의 경계선을 결정하기 위해서 우리는 당의 강령과 당의 전술적 결정사항 및 규약들, 그리고 마지막으로 사회주의 노동자계급 운동의 전반적인 경험을 갖고 있다.

라는 것이다. 여기서 "민주주의와 집중주의의 통합"이라는 지난한 이론적·실천적 숙제는 이미 해결된 것인 양 가볍게 언급될 뿐이며, 실재하는 "당의 강령과 당의 전술적 결정사항 및 규약들"이 "노동자계급 운동의 전반적인 경험"과 얼마나 일치하는지를 진지하게 따지려는 기색도 안 보인

다. 또한 작가의 세계관 문제와 관련해서도, "과거의 많은 리얼리스트들의 경우— 발자끄의 예만 들어도 충분한데—그들의 정치적 견해와 전체 세계관 사이에 모순이 있었던 데 반해, 사회주의리얼리즘에서는 그러한 불일치가 적절치 않다. 사회주의리얼리즘은 그 필수적인 전제와 기초로서 우리 시대의 유일하게 논리적이며 동질적인 세계관인 노동자계급의 과학적 세계관을 갖고 있는 것이다"(*Preserve and Create*, 190면; 『현실주의연구 I』, 287면)라고 할 때, 현실 속의 논자들이 제시한 특정 세계관의 과학성과 논리성·동질성 문제라든가 그것을 작품 속에 구현하고자 하는 구체적 작업의 복잡성 따위에 대한 논의가 제대로 수행되기 전에 중단되어버리는 것이다.[9]

이러한 불철저성의 배후에 이른바 현실사회주의 사회의 성격에 대한 안일한 판단이 개재했음은 뻬레스뜨로이까와 동유럽의 변화를 목격한 오늘에 이르러서는 의심의 여지가 없게 되었다. 그 단적인 예가 이른바 사회주의생산양식론(약칭 SMP론)인데, 볼셰비끼혁명 이후의 소련에서 사회주의 경제제도 건설이 진행되면서 생산양식 차원에서도 전혀 새로운 사회구성체가 성립되었다는 주장이다. 1934년의 작가총회에서 즈다노프가

---

[9] 비슷한 주장과 그에 따르는 지적 태만의 가능성은 훔볼트대학 독문학연구소의 「사회주의현실주의 테제」에서도 발견된다. "부르조아 문학에 특징적으로 나타나는 현실의 예술적 전유과정에서의 모순과 장애는 원칙적으로 변증법적 유물론과 노동계급의 이익에 의해 그 세계상이 규정되어 있는 예술가에게는 존재하지 않는다. 사회주의 이데올로기는 과학적으로 정초된 것이므로 예술가를 반대하지 않고 오히려 그가 선입관 없이 세계를 있는 그대로 보도록 장려한다. 때문에 삶의 충실한 형상화는 그의 세계상과 모순되지 않고, 오히려 그것을 풍부하게 하고 보충한다. 모순과 장애는 예컨대 예술가가 부분적으로 혹은 전적으로 세계와 예술에 관한 그릇되고 속류유물론적인 견해에 물들어 있거나(예컨대 쁘롤레뜨꿀뜨) 널리 유포된 편견이 그에게 영향을 끼치게 되는(개인숭배, 교조주의적 이론 등) 이행기에 등장할 수가 있다. 사회발전의 합법칙성에 대한 인식, 인민에 대해 책임을 져야 한다는 사회주의적 의식이 예술적 상상을 지도하고 그것이 우연적이거나 주관적인 것에 집착하지 않도록 도와준다."(『현실주의연구 I』, 224면) 여기서 마지막 문장은 "도와준다"에 강조를 둘 경우 얼마든지 그럴 법한 이야기다. 하지만 이데올로기의 '도움'이 부분적인 것일 따름이거나 오히려 역효과를 낼 우려가 쁘롤레뜨꿀뜨나 스딸린시대와 더불어 끝났다고 말한다면 논란을 겨우 시작한 데 불과하다.

행한 환영연설의 기조도 그러한 SMP론과 통하는 것이었다.[10] 이것이 한 걸음 더 나가면 착취가 폐절된 사회주의 사회구성체에서는 모든 갈등이 사라진다는 '무갈등론'을 낳고 예술에서도 쏘비에뜨사회의 긍정적 면모를 사실주의적으로 묘사하는 것이 곧 사회주의리얼리즘이 되는 것이다. 무갈등론 자체는 스딸린 사후 1954~57년의 토론을 거치면서 폐기되지만, 브레즈네프 시대의 소련이나 지금은 거의 사라진 독일민주주의공화국(동독)의 사회를 '선진(또는 발전된) 사회주의'로 규정하던 논리도 SMP론의 한 변형이었다. 예컨대 1971년에 동독에서 간행된 사회주의리얼리즘론에 관한 문건에서도, "사회주의 사회는 하나의 일시적 국면이 아니라 그 자체의 법칙들, 고유한 물질적 기술적 토대와 상부구조를 지닌 독자적인 사회발전단계이다"[11]라는 입장이 견지된다.

물론 사회주의리얼리즘이 SMP론과 필연적으로 연결된 것은 아니다. 실제로 최초의 사회주의리얼리즘 작품으로 일컬어지는 고르끼의 『어머니』(1907)는 볼셰비끼혁명보다도 한참 전에 씌어졌으며, 작품이 태어난 사회의 성격보다도 '사회주의적 당파성' 문제에 더 중점을 두는 것이 논자들의 일반적 추세이다. 그러나 SMP론에 대한 각자의 입장정리는 일단 해놓을 일이며, '당파성'을 기준으로 삼더라도 소재 위주로 이를 적용하거나 "당파성은 노동자계급의 사회주의적 당파성 외에는 존재하지 않는 것"[12]

---

10 "여러분의 총회는 공산당의 영도와 우리의 위대한 지도자요 교사인 스딸린 동지의 탁월한 향도 아래 우리나라에서 사회주의 체제가 최종적이고 역전불능의 승리를 거둔 싯점에서 열리고 있습니다."(A. A. Zhdanov, "Soviet Literature — the Richest in Ideas, the Most Advanced Literature," *Soviet Writers' Congress*, 1934, Lawrence & Wishart 1977, 7면)

11 Elisabeth Simons, "Socialist Realism — Development of the Theory in the German Democratic Republic since 1955," *Preserve and Create*, 261면.

12 김창주 「맑스주의 미학의 제문제」, 『창작과비평』 1990년 여름호, 258면. 이 논자는 "당파성은 사회주의적인 개념이다"라는 명제에서 출발하여 "부르조아적 당파성, 귀족적 당파성 등이 존재한다고 주장하는 것은 옳지 못함"을 지적한 모이쎄이 까간(Moissei Kagan)을 원용하고 있다. 즉 당파성의 외적 지표로서의 "의식성과 공공연함(Bewußtheit und Offenheit)"이 노동자계급에게만 가능하기 때문이라는 것이다(위의 글, 257면). 비슷한 주장은 한스 코흐 「레닌의 논

이라는 입론에 근거하여 작가의 경향성 차원에서 적용하는 공식주의의 위험은 상존한다 할 것이다.

아무튼 비판적 리얼리즘 대 사회주의리얼리즘의 양분법이 실제 작품을 판단하는 데에 많은 혼란과 무리를 낳고 있는 것만은 분명하다. 자세한 분석을 해낼 겨를은 없지만, 필자가 보건대 그 대표적인 보기가 바로 사회주의리얼리즘의 최초의 걸작이라 일컬어지는 『어머니』에 대한 턱없는 과대평가이다. 『어머니』가 리얼리즘 소설의 새로운 소재를 개척했고 사회주의 문학의 발전과정에서 하나의 이정표가 되었다는 점, 당대 러시아 노동자계급의 투쟁에, 레닌의 찬사에 값할 만큼의, 직접적인 이바지를 했다는 점 등은 쉽게 인정할 수 있다. 그러나 온전한 중편도 장편도 아닌 어정쩡한 상태로 노동자생활·노동운동의 형상화에서도 많은 허점을 드러내고 있음 또한 분명한데,[13] 오늘도 국내외의 여러 논자들이 마치 입을 맞춘 듯이 그 작품의 예술적 탁월성을 예찬하는 현상 앞에서는 어리둥절해지지 않을 수 없다. 더구나 예컨대 『안나 까레니나』 같은 리얼리즘 문학의 어김없는 대작보다 바로 리얼리즘으로서 더 높은 차원에 다다랐다는 듯이 말

문 "당조직과 당문학"과 그 현재적 의미」(Hans Koch, "W. I. Lenins Schrift 'Parteiorganisation und Parteiliteratur' und ihre aktuelle Bedeutung," *Weimarer Beiträge*, 1960)에도 나온다 ― "나는 당파성의 문학이론적 개념을 레닌이 실제로 사용했던 의미로만 사용하고 나머지에 대해서는 진보적이거나 반동적인 경향문학, 사회주의적이거나 심지어 제국주의적인 경향문학, 즉 각기 자기 계급의 의미에서 다소간에 경향적인 문학에 대해 말하는 것이 더 정확한 용법이라고 믿는다."(『현실주의연구 I』, 264면. 강조는 원저자, 번역은 인용자가 더러 수정했음.) 이중 코흐의 경우는 레닌의 당이론에 근거한 당문학에 관한 주장이므로 뒤에 다시 언급하겠거니와, 맑스주의의 대두와 더불어 당파성에 대한 새로운 인식이 형성되고 종전과는 다른 성격의 공공연한 당파적 선택이 가능해졌다 할지라도 '당파성'의 외연 자체를 처음부터 한정하는 것은 문제를 '입으로만' 해결하는 데 그칠 위험이 짙다. 사회주의자를 자처하는 개인 및 집단을 포함하여 모든 사람의 당파성이 과연 어떤 당파성인지 사실에 입각해서 끊임없이 검토하는 대신, '당파성'이라는 찬사를 주느냐 안 주느냐의 편의적 양자택일에 자족하기 쉬운 것이다.

13 『어머니』에 대한 본격적인 논의는 아니지만 본고의 언급보다는 조금 더 구체적인 논평을 졸고 「통일운동과 문학」(『창작과비평』 1989년 봄호; 졸저 『민족문학의 새 단계』, 121~22면)에서 『피바다』와 관련하여 시도한 바 있다.

하는 것은 비평안목의 심각한 왜곡과 리얼리즘론 자체의 천박화를 가져올 위험이 크다. 물론 고르끼의 리얼리즘적 성취를 높이 평가하는 본뜻이 반드시 『어머니』가 『안나 까레니나』를 예술적으로 능가하는 소설이라기보다 똘스또이에게 결여됐던 새로운 수준의 경향성이 일정하게 구현된 최초의 소설이라는 것이겠다. 그러나 이는 마치 예술성과 리얼리즘적 성취가 별개인 듯이 생각하는 속류적 사고 ─ 형식주의와 표리관계에 있는 사고 ─ 로 흐르기 십상이며, 다른 한편 '비판적 리얼리즘'의 아무리 위대한 걸작도 '사회주의리얼리즘'의 수준작보다 (마치 고등학교에서 아무리 상급반이고 우등생일지라도 대학교의 1학년에 못 미치는 바 있듯이) 질적으로 한 급 낮은 작품이라는 식의 독단주의를 낳기도 한다.

그 예는 우리 주변에서도 얼마든지 찾아본다. 가령 고은, 황석영 등의 문학세계가 우리 문학에서 비판적 리얼리즘의 최고수준을 대표하기는 하지만 박노해·백무산의 노동문학보다 ─ 또는 논자에 따라서는 북한의 혁명문학이나 일부 카프작가의 경향문학보다 ─ 저급한 작품이라는 이야기를 흔히 듣는다. 이때, 전자가 '예술성'에서는 우월하지만 리얼리즘의 등급에서 떨어진다는 주장과 바로 예술성에서도 후자만 못하다는 주장이 엇갈리지만, '비판적 리얼리즘'이냐 '사회주의적 리얼리즘'이냐라는 분류가 무엇보다 중요시되는 점은 공통이다.[14]

사회주의권에서의 논의가 심화되면서 '사회주의적 리얼리즘'의 속류화에 대한 자기비판이 많이 나왔음은 이미 말했다. 특히 예술의 '방법'을 '세계관'에 종속시킨 초기의 편향뿐 아니라 '방법'을 협의의 '창작방법' 즉 형

---

14 그중 고은의 문학세계를 "비판적 현실주의로는 더 이상 충분할 수 없는 시대에 꽃피어나는 비판적 현실주의의 최고봉"으로 규정한 김명환(「90년대 문학운동의 새로운 전망」『창작과비평』1990년 봄호)의 경우는 독자적인 작품이해를 시도하고 있고 박노해에 대해서도 무조건의 지지를 보내지는 않으나, 역시 "비판적 현실주의와 사회주의 현실주의의 구분"에서 출발하는 것이 고은·박노해 들의 작품세계를 일관된 리얼리즘의 기준으로 정확하게 평가하는 데 방해가 되는 것 같다.

상화의 방식 내지 양식으로 이해한 또다른 편향도 비판의 대상이 되었고, 그리하여 요즘은 사회주의리얼리즘 예술이 온갖 종류 예술양식을 포용하고, 종전의 규격에서 벗어나는 작품들도 높이 평가한다는 점이 강조되기 일쑤다.[15] '방법'과 '세계관'의 개념에 관해서는 뒤에 다시 거론할 생각이다. 그런데 사회주의리얼리즘의 실제 작품들을 읽은 바가 너무 적어서 무슨 전체적인 평가를 내릴 수는 없지만, 최근에 부쩍 잦아진 크리스타 볼프 (Christa Wolf)에 대한 언급을 하나의 예로 삼는다면 최소한 우리 주변의 논의가 획일성과 공식성을 시원하게 벗어던지지 못했음이 느껴진다.[16] 볼프의 작품 역시 필자는 국내에 소개된 장편 『나누어진 하늘』(『세계의 문학』 1988년 겨울호) 하나를 읽은 것뿐이다. 직역투가 심한 번역본을 토대로 적절한 비평을 하기는 불가능하지만, 볼프의 예찬자 역시 동일한 토대에 입각한 것이라면 한두 마디 딴소리를 내놓음직하겠다.

　『나누어진 하늘』(Der geteilte Himmel)이 주제에서나 형식에서나 관변문학의 상투형을 깨부순 참신성을 보이며, 특히 분단한국의 독자에게는 번역으로 읽어도 감동적인 대목이 많은 것은 분명하다. 그러나 첫째 이 작품을 『고요한 돈강』의 숄로호프(Sholokhov)나 브레히트(Brecht) 같은 사회주의 문학의 진정한 고전과 동렬에 놓을 수 있을지가 의심스럽고, 둘째

15　예컨대 주12에 언급한 「맑스주의 미학의 제문제」 중 268면 참조: "마찬가지로 사회주의현실주의 예술에서는 이러한 예술가의 개성이 제약되는 것이 아니라 오히려 역사상의 그 어떤 예술방법에서보다 더욱 많은 창조적 자유가 보장되는 것이다. 그것은 프롤레타리아트의 드넓은 시적 시야와 원대한 이상이 자신의 생생한 경험이라는 거의 무제약적인 풍부한 현실과 만나게 된다는 사실로부터 가능해진다. 크리스타 볼프의 장편은 숄로호프, 심지어는 브레히트의 그것과도 분명히 구별되는 독특한 양식으로서 예술사에 기록될 것이다."

16　동일한 연구집단의 성과이므로 비슷한 견해가 나오는 것이 당연하겠지만, 『현실주의연구 I』에 실린 공동연구에도 다음과 같은 주장이 나온다. "따라서 사회주의 현실주의 문학은 결코 편협한 소재주의나, 단선적인 무갈등론의 지배를 받지 않는다. 이러한 사회주의 현실주의 문학은 이제 역사의 비극성을 다루거나, 심지어 개인의 내면적인 심리상태를 묘사하는 데도 인색하지 않다. 이미 우리에게도 소개된 바 있는 동독의 여류작가 크리스타 볼프가 쓴 『나누어진 하늘』(1963)은 썩 좋은 본보기가 된다."(「사회주의현실주의 논의의 역사적 전개에 관한 일 고찰」, 31면)

여러 걸음을 양보해서 『나누어진 하늘』이 그런 명작의 대열에 든다고 하더라도 그것이 사회주의 동독을 주된 무대로 삼았고 서베를린에 갔던 여주인공이 결국 동독으로 돌아온다는 사실을 빼면 어째서 굳이 사회주의 리얼리즘이라 불러야 하느냐는 문제가 남는 것이다. (이때 '비판적 리얼리즘'의 정의와도 딱 맞아떨어지지 않는다고 말하는 것은, 그런 양분법 자체를 문제삼는 물음에 대한 답변이 못 된다.) 우선 "회상의 기법이나 내적 독백 등 형식상의 새로움"(『현실주의연구 I』, 31면)은 어디까지나 규격화된 사회주의사실주의 문학과 대비했을 때의 새로움이지, 1960년대의 세계문학에서 전혀 새롭다 할 것이 못 된다. 그러한 기법 자체가 서구나 제3세계에서 이미 낯익은 것임은 물론, 일견 낡은 듯한 기법이 진정으로 새로운 작품에 동원될 때 획득하는 참다운 형식상의 새로움이 느껴지지도 않는 것이다. 이는 곧, 『나누어진 하늘』이 동독사회의 비리를 과감하게 다루고 남주인공의 서독행을 관료주의의 벽에 부딪힌 발명자의 고뇌에 기인한 것으로 설정한 그 내용상의 새로움조차 철저한 것은 못 된다는 뜻이다. 예컨대 현실사회주의의 부정적인 면에 대한 볼프의 비판이 빠스쩨르나끄(B. Pasternak)나 쏠제니쯔인(A. Solzhenitsyn)의 처절함에 멀리 못 미침은 명백하다. 빠스쩨르나끄, 쏠제니쯔인 들의 관점에 문제가 전혀 없다는 뜻이 아니다. 다만 동독의 현실에 대한 반발과 신뢰가 착종되면서 결국 신뢰쪽이 승리하는 볼프의 관점이 한층 타당하다고 가정한다면 그럴수록 더욱이, 그 예술적 구현에 최소한 『지바고 의사』나 『이반 제니쏘비치의 하루』만한 혼신의 무게가 실려야 한다는 말이다.

실제로 화학박사 만프레드 헤어푸르트가 서쪽으로 넘어가기까지에는 여주인공 리타 자이델과의 애정관계의 착잡한 진행이 적잖은 몫을 차지한다. 얼핏 보아 현실의 모순 때문에 사랑마저 버리고 떠나는 것 같지만, 주로 만프레드 쪽의 성격상의 문제로 인한 — 그러나 이 점을 분명히 문제삼지 못한 리타 쪽의 책임도 없다고 못할 — 애정관계의 부진함도 겹쳐서 남자의 일방적 결단이 이루어지는 것이다. 그러므로 리타가 서베를린으로 그를 찾아갔다가 결국 되돌아오는 데에는 동쪽사회의 긍정적인 면에 대한 애착뿐 아니라 만프레드와의 사랑의 공허함에 대한 직감적 확인도 동시에 작용한다. 이러한 복합적 동기설정 자체는 결코 이 소설의 결함이 아닌 장점이다. 문제는 그 복합요인의 어느 쪽에 대해서도 밑바닥까지 파고드는 철저성이 부족하다는 것이다. 즉 동독사회의 긍정적 면모를 대변하는 기능공 메터나겔, 교육자 슈바르첸바하, 공장장 벤트란트 등은 주로 리타의 시선을 통해 외면적으로 그려진데다가 리타의 회상에서 만프레드와의 애정관계가 차지하는 비중 때문에 충분히 다뤄지지 못했고, 다른 한편 애정관계의 묘사는 묘사대로 똘스또이나 도스또예프스끼, D. H. 로런스 들의 투시력과는 거리가 멀다. 사회적 주제의 개입이 단순히 소재 면에서 심리주의로의 전락을 막는 것이 아니라 심리묘사 자체를 오히려 구체화하는 것 — 다시 말해 심리의 천착도 더욱 정확하고 완벽하게 만드는 것 — 이 진정한 리얼리즘일 터인데, 그런 점에서 『나누어진 하늘』이 그 복합적인 주제가 지닌 가능성에도 불구하고 리얼리즘의 최고 경지에 달했다고 주장하는 것은 무리일 듯하다.

거듭 말하지만 여기서 볼프에 대한 본격적 비평을 하자는 것은 아니고, '비판적 리얼리즘 대 사회주의리얼리즘'이라는 공식의 문제점을 지적하는 가운데서 그 실제 논의들의 설득력이 부족한 예로 거론해본 것이다. 앞으로의 논의가 우리 민족·민중문학의 전진에 실질적인 기여가 되려면, 사회주의리얼리즘에 관해서도 막연히 그 이념을 해설하며 그것이 얼마나 좋은 것인가 하는 말잔치를 벌일 것이 아니라,[17] 고르끼든 숄로호프든 브

---

17 주15와 16의 인용문들도 그렇지만 예의 『현실주의연구 I』에 실린 공동연구의 다음과 같은 대목들은 (설득력 있는 예시가 따르지 않는 마당에서는) 화려한 말잔치라는 인상을 지우기 힘들다. "계급사회의 엘리트 예술과는 달리 사회주의 예술의 민중성은 민중들의 진정한 이해를 대변하고 휴머니즘적·민주주의적 지향성을 민중들이 쉽게 이해할 수 있는 민중의 언어로 표현한다. 또한 이것은 질적 수준의 저하나 대중추수적인 경향을 의미하진 않는다. 그것은 엄밀히

레히트든 크리스타 볼프든 '물건을 놓고' 이야기하는 습관을 길러야 할 것이며 물건을 자기 눈으로 보는 수련을 쌓아야 하리라고 믿는다.

4. 엥겔스와 발자끄론

리얼리즘에 관한 좀더 생산적인 논의를 위해, 이제까지 특히 사회주의권에서 논의의 출발점을 이루다시피 해온 엥겔스의 발자끄에 관한 언급을 다시 한번 찬찬히 돌이켜보는 것이 좋겠다. 널리 알려진 대로 그것은 본격적인 발자끄론이 아니고, 1888년 4월초 런던에 살던 엥겔스가 당시 영국의 노동소설가인 마거릿 하크니스(Margaret Harkness)에게 보내는 영문 편지의 초안으로 우리에게 전해져 내려오는 것이다. 수없이 많은 논자들이 이미 거론한 이 문헌을 다시 들추는 이유는 무엇보다도 저들 논자 사이에 뚜렷한 합의가 아직 없기 때문이다. 게다가 한국의 일반 독자들에게는 지금껏 정확한 해석의 근거가 될 만한 번역문도 아쉬운 상태인 것이다.[18]

과학성과 철저한 당파성의 변증법적 통일을 의미한다."(33면) "사회주의 당파성은 작품의 온 구석구석까지 스며든다. 우선 사회주의 당파성은 그것이 과학적 세계관을 근거로 하고 있다는 점에서, 다시 말해 그것이 표현하는 노동자계급의 이해와 목표가 역사의 객관적 발전과정과 전적으로 일치한다는 점에서 예술적 인식이 예술적 진리에 이르게 하는 방법적 원리를 이룬다. 당파성과 객관성의 일치로 표현되는 이러한 노동자계급의 인식론적 무제약성은 사회주의 현실주의의 '현실주의적 정향'의 견고함을 보장해주며 이로 인해 이전 단계의 모든 현실주의 방법이 보여주는 동요와 불철저성(한편으로는 이상화와 낭만화, 다른 한편으로는 자연주의로의 변질)을 극복할 수 있게 해준다. 또한 사회주의 당파성은 인류의 사회적 진보가 나아가는 방향을 꿋꿋하게 옹호하며 그 인류의 진보를 앞당기기 위해 노력하고, '현실의 토대에 기초하여' 그것을 실현시킨다는 점에서 예술의 가치평가의 적합성을 보장하는 원리가 된다. 이 당파성의 원리에 의하여 예술적 진리와 예술적 이념은 어떠한 모순도 없이 통일적으로 결합되게 된다."(50~51면)

18 필자가 아는 국역본은 김영기 옮김 『마르크스·엥겔스의 문학예술론』(논장 1989)과 조만영·정재경 옮김 『맑스·엥겔스 문학예술론』 제1권(돌베개 1990)인데, 후자가 전자에 비해 명백한

내용을 검토하기 전에 먼저 강조할 점은 이 문헌을 대하는 올바른 태도 문제다. 맑스나 엥겔스의 공간된 논저일지라도 신도가 경전 모시듯 해서는 곤란하겠지만 엥겔스가 외국어로 쓴 사신의 초안인 경우에는 더욱이나 그 '장르'와 전후맥락을 충분히 감안한 상식적인 자세가 전제되어야 할 것이다. 예컨대 엥겔스의 발언이 본격적인 발자끄론도 리얼리즘론도 아니요 어디까지나 『도시의 처녀』(A City Girl)라는 소설을 읽고 그 저자에게 해주는 말이라는 점을 염두에 두어야 한다. 다른 한편 지나가는 말에도 깊은 뜻을 담곤 하는 사상가의 경지를 알아볼 수도 있어야 하며, 루카치가 지적하듯이 노년의 엥겔스가 일련의 편지들을 통해 당시 이미 시작된바 유물론의 속화에 맞서 의식적인 투쟁을 전개하고 있었던 점도 기억해야 한다.[19]

이 편지는 무엇보다도, "내 생각에 리얼리즘이란 세부의 진실성 외에도 전형적 환경에서의 전형적 인물들을 진실하게 재현하는 것을 의미합니다"라는 리얼리즘에 대한 규정과, 발자끄에 있어서의 "리얼리즘의 승리"라는 명제로 유명하다.[20] 편지 서두에 엥겔스는 출판사를 통해 『도시의 처녀』를 보내준 저자에게 고맙다는 인사에 이어, 소설의 "사실주의적 진실"(realistic truth)과 더불어 "진정한 예술가의 용기"가 드러난 데에 깊

오역은 적은 편이나 전자에 없는 부정확하고 어색한 표현들도 꽤 나온다. 한편 『우리나라 문학에서 사실주의의 발생, 발전 논쟁』을 보면 모든 참가자가 엥겔스의 편지를 거론했고 그중 대다수는 그에 대한 자신의 해석을 제시하는 데서 토론을 시작하고 있는데, 그들이 인용하는 조선작가동맹출판사 1957년판 맑스·엥겔스 『예술론』의 번역도 완벽한 것 같지 않다. 예컨대 『논쟁』 175면에 『예술론』 352~53면으로부터 인용한 대목이 그렇고, 엥겔스가 거론한 하크네스 장편을 '단편소설'로 시종 번역하고 있는 것도 납득하기 어렵다.

19 Georg Lukács, "Verwirrung über den 'Sieg des Realismus,'" *Moskauer Schriften* (Frankfurt a.M.: Sendler Verlag 1981), 88면.

20 편지 인용은 원문이 영어인만큼 Marx and Engels, *On Literature and Art* (Progress Publishers 1976)를 대본으로 하고 Karl Marx, Friedrich Engels, *Werke* (Dietz Verlag 1987) 제37권의 독어본과 위의 국역본들을 참조하여 필자가 새로 옮긴다. 좀더 완벽한 번역을 위한 디딤돌이 되기 바란다.

은 감명을 받았다고 말한다. 구세군의 묘사,[21] 중산계급 사내에게 유혹당하는 무산계급 처녀라는 낯익은 이야기를 꾸밈없이 정면으로 다룬 점, 유혹자 아서 그랜트의 탁월한 형상화 등을 칭찬한 뒤, 바로 리얼리즘의 기준에 의한 몇마디 비판을 시작한다.

내가 무언가 비판할 점이 있다면, 그것은 어쩌면 이 소설이 결국에 가서는 충분히 리얼리스틱하지 못한 것이 아니냐는 점이겠습니다. 내 생각에 리얼리즘이란 세부의 진실성 외에도 전형적 환경에서의 전형적 인물들을 진실하게 재현하는 것을 의미합니다. 당신의 인물들은 그들 나름으로는 충분히 전형적입니다. 그러나 그들을 둘러싸고 그들의 행동을 좌우하는 환경은 어쩌면 그만큼 전형적이지 못하지 않은가 합니다. 『도시의 처녀』에서 노동자계급은 스스로 도울 능력이 없고 심지어 스스로 도우려는 노력조차 보여주지(행하지) 않는 수동적인 대중으로 그려져 있습니다. 그들을 무기력한 곤궁에서 끌어내려는 모든 시도는 밖으로부터, 위로부터 옵니다. 그런데 이것이 쌩씨몽과 로버트 오웬의 시절이던 1800년이나 1810년경에는 정확한 묘사일 수 있었겠지만, 거의 50년 동안 전투적 프롤레타리아트의 투쟁들의 대부분에 동참해온 영예를 지닌 이 사람에게 1887년의 싯점에서 그렇게 보일 수는 없는 것이지요. 그들을 둘러싼 억압적 환경에 대한 노동자계급의 항거, 인간으로서의 지위를 되찾으려는 그들의 때로는 발작적이고 때로는 반 의식적이며 때로는 의식적인 시도들은 엄연한 역사의 일부이며, 따라서 리얼리즘의 영역에서도 자기 자리를 요구하지 않을 수 없는 것입니다.[22]

---

21 구세군에 관해 논장본에서는 "아마도 당신의 이야기로부터 구세군이 그토록 거만하고 세련된 사회임을 체험하게 되는 것 같습니다만……"(88면) 하는 식으로 번역했는데, 실제로 엥겔스는 저자가 "거드럭대는 소위 점잖은 사람들이 뭐라고 하건"(in the teeth of supercilious respectability) 구세군을 진실되게 그렸기 때문에 저들도 구세군의 대중적 영향력의 원인에 대해 이 소설에서 배우는 바가 있을지 모르겠다는 말을 하고 있는 것이다.

뒤이어 나오는 것이 이른바 경향소설(Tendenzroman — 원문에도 독일어로 썼음)에 대한 언급이며, 자신이 그런 의미의 경향성 부족을 비판하고 있지 않음을 설명하기 위해 발자끄에 대한 견해를 들려주게 되는 것이다.

나는 당신이 저자의 사회적·정치적 견해를 찬양하기 위해 공공연한 사회주의 소설, 우리 독일인들이 '경향소설'이라 부르는 것[23]을 쓰지 않았다고 나무라는 것과는 거리가 멀지요. 내 말은 전혀 그런 게 아닙니다. 저자의 견해가 숨겨져 있으면 있을수록 예술작품을 위해서는 더 낫지요. 내가 말하는 리얼리즘은 심지어 저자의 견해에도 불구하고 나타나는 수가 있습

---

22 영문판 On Literature and Art, 90~91면. 돌베개본은 앞서 realistic truth를 "현실주의적 진리(realistische Wahrheit)"라고 옮긴 데 이어 '현실주의'라는 용어를 줄곧 사용한다. 엥겔스가 말하는 리얼리즘이 이미 19세기 후반 서구의 지배적 문예사조로서의 사실주의(프랑스에서 처음 명명된 réalisme)와 분명히 다른 요소를 내포하는만큼 '사실주의' 대신 '현실주의'라는 별개의 용어를 쓰는 취지는 수긍할 만하다. 그러나 엥겔스 자신은 사실주의/현실주의를 뚜렷이 구별해서 생각하지 않았다고 보는 것이 옳겠으며, '리얼리즘'의 참뜻이 후자에 가깝다는 인식이 더 분명해졌을 경우에도 전자와의 관계가 깨끗이 정리될 수는 없는 것이 그 '참뜻'의 일부이기도 하다. 필자 자신 '사실주의'와의 구별을 고집하면서도 항상 '사실주의'로 번역될 위험을 안은 외래어 '리얼리즘'을 그대로 쓰는 이유가 — 우리말의 '현실주의'가 '현실추수주의'에 가까운 의미를 가졌다는 점말고도 — 거기에 있다. 더구나 편지 둘째 단락에서의 realistic truth 운운은 무슨 '주의' 이전에 '사실적(寫實的) 진실성' 정도로 쓰인 말이므로 '현실주의적'보다 '사실주의적'이 차라리 나으며, '진리'는 도대체 가당치 않다.

23 이 대목의 영문은 다소 애매하다. "I am far from finding fault with your not having written a point-blank socialist novel, a 'Tendenzroman,' as we Germans call it, to glorify the social and political views of the authors."라는 문장의 구문상으로는, "우리 독일인들이 저자의 사회적·정치적 견해를 찬양하기 위해 '경향소설'이라 부르는 것……"이라고 번역하는 것이 순탄하고 시중의 국역본들도 그렇게 해석하고 있다. 그러나 이는 사리에 맞지 않는 발언이 된다. 따라서 독일어판 전집에서는 "……daß Sie keinen Roman geschrieben haben, der offen und direkt sozialistisch ist — einen 'Tendenzroman,' wie wir Deutschen es nennen —, um die sozialen und politischen Anschauungen des Autors zu verherrlichen."이라고 번역하면서 — 선을 넣어 그 의미를 바로잡았고 "저자들의"(of the authors)도 "저자의"(des Autors)로 고쳤다. 참고로, L. Baxandall과 S. Morawski 공편의 다른 영역본(Marx/Engels on literature and art, International General 1974)에도 "of the author"라고 단수로 나오는데, 이는 Progress Publishers본의 오식일 수도 있고 엥겔스가 "of the author's"를 잘못 썼을 가능성도 있다.

니다. 나는 발자끄를 과거·현재·미래의 모든 졸라(Zola)들보다 훨씬 더 위대한 리얼리즘의 대가라고 보는데, 『인간극』에서 그는 프랑스의 '고급사회', 특히 le monde parisien(빠리 사교계)에 대한 매우 놀랍도록 리얼리스틱한 역사를 제시합니다. 1815년 이후 재구성되어 이른바 la vieille politesse française(프랑스 전래의 생활범절)의 기치를 힘닿는 데까지 내걸었던 귀족들의 사회 속으로 신흥 부르주아계급이 점차적으로 잠식해들어가는 과정을, 1816년부터 1848년까지 거의 매년을 연대기처럼 기술하고 있는 것입니다. 그는 그에게 모범적 사회이던 이 귀족사회의 마지막 잔재들이 속된 벼락부자의 침투 앞에 점차적으로 무너지거나 저들에 의해 부패해지는 양상을 묘사하며, 본래부터 정략결혼의 희생물로 출발했기에 결혼생활에서의 부정(不貞)은 그 출발에 걸맞게 자기존재를 내세우는 방식에 불과했던 귀족 부인들의 자리에, 현금이나 비싼 옷가지를 위해 남편에게 오쟁이를 지우는 부르주아 아낙네들이 들어서는 과정을 보여줍니다. 그리고 이러한 중심화면 둘레에 프랑스 사회의 완벽한 역사를 집결시키고 있어, 나는 심지어 경제적인 세부사항(예컨대 혁명후 동산 및 부동산의 재분배)에 관해서도 이 시대를 연구했다는 역사가·경제학자·통계학자들 모두를 합친 데에서보다 더 많은 것을 거기서 배웠습니다. 물론 발자끄는 정치적으로 왕당파(Legitimist, 당시의 국왕이 아니라 7월혁명으로 실각한 부르봉왕가의 정통성을 주장하는 '정통주의자' — 역주)였지요. 그의 위대한 작품은 고상한 사회의 돌이킬 수 없는 쇠퇴를 슬퍼하는 끊임없는 비가이며, 그의 공감은 소멸의 선고를 받은 계급 쪽에 전적으로 가 있습니다. 그러나 그 모든 것에도 불구하고, 그가 가장 깊이 공감하는 바로 그 남녀들 즉 귀족들의 행동을 그릴 때만큼 그의 풍자가 신랄하고 그의 아이러니가 통렬한 적은 없습니다. 그리고 그가 항상 조금도 아낌없이 예찬하는 유일한 인간은 그의 가장 철저한 정치적 반대파인 쌩메리 수도원의 공화주의자 영웅들(입헌군주제로 끝난 7월혁명의 타협적 결과에 반대하여 공화국의 재건을 요구하며 1832년 6월에 봉기한 인사들로서, 그들이 마지막까지 지키던 바리케이드 중 하나가 Cloître Saint-Méry 주변에 있었음— 역주)인데, 이들은 당시(1830~36)에 실제로 인민대중의 대변자였습니다. 이처럼 발자끄가 자신의 계급적 공감과 정치적 편견에 역행할 수밖에 없었다는 점, 자신이 애착을 가진 귀족들의 몰락의 필연성을 그가 실제로 보았고 그들을 몰락해 마땅한 족속으로 그렸다는 점, 그리고 진정한 미래의 인간들을 당시로서는 유일하게 그들이 존재했던 그러한 곳에서 그가 실제로 보았다는 점 — 이것이야말로 나는 리얼리즘의 가장 위대한 승리 가운데 하나이며 우리 발자끄 선생의 가장 멋들어진 특징의 하나라고 생각합니다. (*On literature and Art*, 91~92면)

이렇게 발자끄에 대한 논의를 마친 다음 엥겔스는, 이제까지의 비판을 다소 완화하는 언사를 덧붙이면서 편지를 끝맺는다. 『도시의 처녀』 속의 노동자계급이 너무 수동적임을 비판했지만 실제로 하크니스가 그리는 런던의 노동자들이 유달리 수동적인 것만은 사실이며, 더구나 이번 소설에서는 주로 그 수동적인 면모를 그리고 다음 작품에서 좀더 적극적인 면모를 그리려는 계획을 저자가 본디부터 갖고 있었는지도 모를 일이라는 것이다(92면).

일개 사신이라고 하지만 실로 막중한 문제들이 제기되고 있음은 위의 인용을 읽어본 누구에게나 분명할 것이다. 예컨대 '리얼리즘'의 개념만 하더라도 엥겔스가 무슨 공식적인 정의를 제시했다고 보는 것은 잘못이지만, 특정 작품에 대한 논평에 멈추지 않는 그 나름의 일반적 입장을 개진하고 있음이 분명하다. 따라서, "세부의 진실성 외에도 전형적 환경에서의 전형적 인물들을 진실하게 재현하는 것"이라는 규정이 일차적으로 사실주의가 정착된 시대에 사실주의적 소설을 눈앞에 놓고 행한 발언임을 무시한 채 문학의 다른 장르는 물론 심지어 건축·음악 등 타예술에까지 이 공식을 적용하려드는 일이나 — 이때 영어의 typical characters는

'전형적 성격'이라는 추상명사로 옮겨지기 십상이다 ─ 장편소설 이외의 장르에 대한 이 발언의 적합성을 아예 무시하는 일이 다같이 온당치 못한 것이다.

본고의 논의와 관련해서 먼저 지적할 점은, 엥겔스는 사실주의가 아직도 전위적 사조이던 싯점에서 현대 장편소설이 사실주의적 기율을 지키는 것을 당연시하면서도 이미 사실주의와 구별되는 리얼리즘에 관해─루카치식으로 표현하자면 '오해된 리얼리즘에 반대하여'(wider den mißverstandenen Realismus) ─ 발언하고 있다는 것이다. 이때가 졸라의 전성시대요 마거릿 하크니스는 졸라의 예찬자였으며 『도시의 처녀』를 간행한 비저텔리 출판사는 졸라의 영역본을 내고 있었다는 사실도 기억함 직하다.[24] 그러므로 '사실주의'라는 번역어를 고수하는한 엥겔스의 그같은 문제의식에서 멀어지기 쉽다. 예컨대 앞서 인용한 『우리나라 문학에서 사실주의의 발생, 발전 논쟁』을 보면 엥겔스의 명제가 사실주의 일반에 관한 것이냐 비판적 사실주의에 국한되는 것이냐는 논란이 많은 지면을 차지하는데, 엥겔스는 '비판적 사실주의'는 언급한 바도 상정한 바도 없지만 그렇다고 '사실주의 일반'을 말하는 것도 아닌만큼 애당초 문제제기 자체가 빗나간 것이다. 엥겔스는 '사실주의 일반'도 아니려니와 당시 졸라 등이 대표한바 유행사조로서의 사실주의(내지 자연주의)와도 구별되는 리얼리즘(내지 현실주의)을 말했다. 그 구별의 요체가 바로 '세부의 진실성' 외에도 인물 및 환경의 '전형성'이 필요하다는 점이며, 언제나 **부분적인 사실**일 수밖에 없는 사실에 충실하면서 동시에 **전체**를 대표하는 전형이 가능하기 위해서는 졸라에게 없고 발자끄에게 있는 변증법적 사유가 전제되는 것이다.

'비판적 사실주의(또는 현실주의)'라는 개념은 물론 엥겔스 발언의 그

---

24 John Goode, "Margaret Harkness and the socialist novel," *The Socialist Novel in Britain*, ed. H. Gustav Klaus (Harvester 1982) 참조.

러한 취지를 일단 인정하면서 그가 제시한 리얼리즘의 내용이 다음 단계의 '사회주의적 사실주의(또는 현실주의)'에는 못 미친다는 입장이다. 그러나 엥겔스가 '비판적/사회주의적'의 구분에 대해 일언반구가 없는 것이 과연 그가 1930년대 이전 또는 1917년 이전에 살아서 사회주의적 당파성을 지닌 사실주의와 그렇지 못한 사실주의의 차이를 몰랐기 때문이었을지는 심히 의심스럽다. 실제로 엥겔스의 발자끄론이야말로 일종의 사회주의적 리얼리즘론이 아닌가. 편지를 쓰는 사람도 사회주의자요 받는 사람도 사회주의자며, 『도시의 처녀』는 노동소설이다. 발신인은 이 노동소설의 사실성을 높이 사주면서도 다름아닌 **노동계급적 당파성의 부족**을 비판한다. 그리고 이러한 당파성의 부족이 곧 진정한 리얼리즘의 부족임을 설파하는 것이다.

따라서 '경향소설'에 대한 언급은 리얼리즘의 경지에 이르지 못한 부실한 당파성에 대한 비판이지 경향문학 그 자체를 부정하는 말은 아니며 문학에서의 당파성을 경시하는 자세는 더욱이나 아니다.[25] 이 대목에서 발자끄 이야기가 나오는 것도 졸라의 경향문학과 발자끄의 비경향적 또는 비당파적 문학을 대조하려는 것이 아니고, 작가의 당파적 입장이 아닌 작품 자체의 당파성에 주목하는 말인 것이다. 엥겔스의 편지가 작가 자신이 올바른 세계관을 갖고 올바른 조직적 실천에 동참하려는 노력의 중요성을 전혀 언급하지 않는 것은 사실이다. 이것은 그런 인식이 아예 없었기 때문인지 아니면 있었지만 당시에는 루카치의 지적대로 유물론의 속류화

---

25 맑스와 엥겔스의 이러한 태도를 입증하는 구절들은 너무나 많지만 엥겔스가 미나 카우쯔키 (Minna Kautsky)에게 보낸 1885년 11월 26일자 편지의 다음 발언 또한 유명한 대목이다. "저는 결코 경향문학(Tendenzpoesie) 그 자체를 반대하는 사람은 아닙니다. 비극의 아버지인 아이스 퀼로스나 희극의 아버지 아리스토파네스는 모두가 경향성이 강한 시인들이었고 단떼와 세르 반떼스 역시 그랬으며, 쉴러의 『음모와 사랑』에 관해서도 가장 훌륭한 점은 바로 그것이 독일 최초의 정치적 경향극이라는 점이지요. 탁월한 소설가들을 내놓고 있는 현대 러시아인이나 노르웨이인들은 모두가 경향작가들입니다."(Werke, 36권, 394면: 『맑스·엥겔스 문학예술론』 1 권, 161면).

와 싸울 필요가 더 절실했기 때문인지, 또는 후자라 하더라도 — 전자보다는 후자가 진실에 가까우리라는 점은 의심하기 어려운데 — 그의 당파성 개념이 레닌의 수준에 미달함으로써 '사회주의리얼리즘론'으로는 본질적인 한계가 있는 것인지는 훨씬 더 길게 논의해볼 문제다. 다만 문학에서의 당파성이 무엇보다 작품의 당파성이라는 사실만은 사회주의리얼리즘론자들도 부인하지 않는다. 다만 이들은, 그러한 당파성을 확보하는 데 맑스·레닌주의적 사상과 실천이 필수조건이자 (일부 논자들의 표현대로라면) 거의 충분조건에 가깝다고 주장하고 있다.

사실은 엥겔스가 발자끄 문학에서 발견하는 당파성의 내용도 크게 보면 사회주의적인 것이다. 발자끄가 귀족계급에 대한 개인적 애착에도 불구하고 그들의 불가피하고도 당연한 몰락을 그려내는 '리얼리즘의 승리'를 이룩했다고 해서 그가 부르주아계급의 옹호자였다는 말은 결코 아니다. 발자끄의 반부르주아적 태도는 처음부터 전제된 것이며, "현금이나 비싼 옷가지를 위해 남편에게 오쟁이를 지우는 부르주아 아낙네들"이 그들에게 점차 사교계의 권좌를 빼앗기는 부정한 귀족 부인들보다 차라리 못하면 못했지 나을 바가 없는 것도 분명하다. 요는 발자끄의 반자본주의가 봉건주의자·왕당파의 퇴행적 반자본주의냐 아니냐인데, 엥겔스는 작가의 정치적 편견에도 불구하고 발자끄의 소설은 졸라보다 더욱 근본적인 차원에서 진보적인 반자본주의의 문학임을 지적하고 있는 것이다. 굳이 '비판적 사실주의'라는 용어를 사용한다면 거기에 문자 그대로 해당되는 것은 졸라의 자연주의 문학이요, 발자끄는 그것과 대비되는 '사회주의현실주의'의 일례가 되는 셈이다. 물론 민중의 대변자가 기껏 공화주의 좌파의 모습으로나 발견되던 시대의 작가에게서 '사회주의리얼리즘'의 충분한 구현을 기대할 수는 없다. 그러나 1848년의 빠리 노동자봉기와 『공산당선언』, 1867년의 『자본론』 간행, 1871년의 빠리 꼬뮌을 두루 겪은 사회주의자 엥겔스의 눈에는 발자끄가 여전히 최고의 리얼리스트였으며 당대 최고의 민중연대성에 값하는 당파성을 구현한 작가였던 것이다.

이러한 사실에 대한 강조가 19세기 위대한 리얼리스트들의 민중성(내지 민중연대성)과 20세기 사회주의 작가들의 좀더 의식적인 당파성의 구별을 흐리는 태도와 반드시 일치할 필요는 없다. 양자의 구별을 보되 작품에 구현된 민중성·당파성을 보자는 것이요, 그랬을 때 '비판적 리얼리즘/사회주의리얼리즘'이라는 양분법이 얼마만큼의 실질적 설명력을 가지며 어느 정도의 비중이 주어져야 할 개념틀인가를 묻는 것이지, 의식적인 당파성의 문제나 1917년의 세계사적 의의에 눈감으려는 것이 아니기 때문이다.

양분법 자체를 인정하면서도 19세기적인 '위대한 리얼리즘'에 집착하여 사회주의리얼리즘의 독자성을 과소평가했다고 비판받는 대표적인 인물이 루카치다.

> 루카치는 비록 사회주의 리얼리즘의 지지자로 항상 자처해왔으나 그의 수많은 논저 그 어디에서도 이 방법의 활용가능한 정의를 제시하지 않는다. 이것이 단지 정의내리기를 달가워하지 않는 학자적 성향만으로 설명될 수 없음은 분명하다. 그의 리얼리즘 개념은 19세기의 위대한 리얼리스트들에 입각한 것이었고 그는 이들의 창조적 예술을 사회주의 작가의 자산으로 만들려고 노력했다. 그러나 그 과정에서 그는 사회주의 리얼리즘과 비판적 리얼리즘의 경계를 흐려놓았다.[26]

26 Werner Mittenzwei, "The Brecht-Lukács Debate," *Preserve and Create*, 228면. 비슷한 비판은 헝가리 공산당 중앙위 산하의 문화이론 분과토론의 보고서(1965)에서도 나왔고 우리말로도 소개되었다. "그러나 루카치는 현실주의와 현실의 예술적 반영의 가장 일반적인 특징들을 과거 시대의 위대한 작품 특히 비판적 현실주의 시대의 작품들로부터 추상화했을 뿐 아니라 그것을 일면적으로 이상화하는 데 머물렀다. (중략) '진정한' 또는 '순수한' 민주주의라는 (날이 갈수록 퇴색해가는) 생각이 파시즘과 형식적 민주주의에 반대하였을 뿐 아니라 프롤레타리아트 독재와 사회주의 혁명의 전망까지 반대하였던 것과 마찬가지로, 루카치는 비판적 현실주의를 부르주아 데카당스에 대립시켰을 뿐 아니라 은연중에 사회주의 현실주의와도 대립시켰다.

브레히트에 의한 루카치 비판의 맥을 이은 이러한 비판들에는 수긍할 점이 많다. 특히 루카치가 19세기 위대한 리얼리즘 소설가들의 업적에 집착하여 19세기 후반 이래 여러가지 전위예술의 리얼리즘적 가능성에 둔감했던 것은 분명하며,[27] 이는 곧 브레히트의 새로운 사회주의 예술 자체에 대한 상대적 냉담과 골즈워디(J. Galsworthy)처럼 리얼리즘보다 문자 그대로 비판적 사실주의에 가까운 소설가에 대한 과대평가로 이어지기도 했다. 그리고 이러한 오류와 직결된 루카치 미학의 정태적·인신론주의적 편향에 대해서는 필자 역시 필자 나름의 비판을 꾀한 바 있다.[28] 다른 한편 루카치가 당파성을 경시하고 사회주의리얼리즘의 독자성과 우월성을 과소평가한다는 지적에 대해서는 방금 말한 루카치의 편향들에 비추어 일단 수긍할 만하지만, 그러한 비판을 제기하는 쪽의 편향도 감안하지 않을 수 없다. 1930년대의 브레히트와 달리 이들 비판자들은 대개가 집권당과 직결된 이론가로서 현존 정당의 노선이 곧 계급적 당파성이라는 공식

많은 경우 그의 논리적 정식화들은 민주주의 개념의 계급적 내용을 규정하지 않은 채 남겨두었다. 그가 '위대한 현실주의'라고 표현한 것이 바로 그 미학적 등가물이었던 것이다. 기본적인 이데올로기 문제를 논의하는 과정에서 그가 민주주의와 파시즘을 갈라놓았듯이, 문학분야에서 그는 거의 전적으로 비판적 현실주의와 부르주아 데카당스의 대립항이라는 견지에서만 사고했다. 본질적으로 사회주의 현실주의의 관점에서 비판적 현실주의를 전혀 비판하지 않았다."(「사회주의 현실주의에 대하여」, 『현실주의연구 I』, 117~18면. 영역본은 Lee Baxandall, ed., *Radical Perspectives in the Arts*, Penguin 1972에 수록된 Cultural Theory Panel attached to the Central Committee of the Hungarian Socialist Workers' Party, "Of Socialist Realism.")

27 이에 대해서도 헝가리 당의 비판은 통렬하다. "19세기 현실주의를 이상화하는 루카치의 관점은 사회주의 현실주의 예술론과 이론의 전개를 간접적인 방식으로 더더욱 방해했다. 19세기의 문학적 규범들과 결합된 그의 현실주의 해석이 가치평가의 기준이 되기도 했던 까닭에 그는 세기말과 20세기의 부르주아 문학에 대해 올바르고 섬세한 상을 그려낼 수 없었다. '위대한 현실주의'라는 절대적 기준과 관련하여 사회주의 현실주의가 그의 저작에서 뒷전으로 밀려났을 뿐 아니라 20세기의 다양한 주의들의 상대적 가치 또한 무시되었다. 자연주의에서 표현주의에 이르는 모든 상이하고 모순적인 유들을 앞에 놓고 루카치는 오로지 부르주아 데카당스의 징표인, 비판적 현실주의의 몰락만을 보았다."(『현실주의연구 I』, 118~19면)

28 졸고 「작품·실천·진리」, 『민족문학의 새 단계』, 367~74면 참조.

에 아무런 불편을 느끼지 않는 처지였으며, 루카치가 30년대 스딸린 치하의 모스끄바에서부터 소련의 헝가리침공 시절 이후까지 '자연주의 비판' 및 '리얼리즘의 승리'론의 형식으로 일관되게 수행해온 관변문학과 교조주의에 대한 투쟁을 차라리 백안시하는 경우도 많았다.[29] 더구나 작가 개인의 당파성 내지 당성보다 작품의 당파성을 중시하는 '리얼리즘의 승리'론의 기본입장은 아직도 거듭 강조할 필요성이 충분하며, 사실 '객관성의 당파성'(die Parteilichkeit der Objektivität)이라는 개념도 그것을 편향되게 해석하여 객관주의·인식론주의로 흐를 때 문제가 생기는 것이지 '과학적 세계관'과 일치하는 당파성임을 자부하는한 포기할 수 없는 핵심적 개념인 것이다.

그러나 여기서는 루카치에 대한 정확한 평가에 도달하는 것이 목적이 아니다. 어디까지나 리얼리즘 문제를 민족문학론과 연관지어 새롭게 검토하기 위해 엥겔스의 발자끄론을 살펴보았고 그 발자끄론에 크게 힘입은 루카치 리얼리즘론에 관한 시비에 눈을 돌렸던 것이다. 그러므로 이제 우리 자신의 본래 논의로 돌아가, '비판적 리얼리즘'의 대가들을 지나치게 선호하고 '사회주의리얼리즘'의 다양한 가능성에 너무 둔감했다는 루카치의 편향이 실은 리얼리즘에 관한 예의 양분법을 그 역시 너무 고식적으로 받아들였기 때문이 아닌지를 물어볼 필요가 있겠다. 바로 그러한 기본 틀에 매였기 때문에 '사회주의리얼리즘'의 실상을 왜곡·미화하는 편향에 맞서고자 할 때 '비판적 리얼리즘'을 과대평가하는 길밖에 발견할 수 없었

---

29 예컨대 루카치의 온갖 이론적 '오류'들을 신랄하게 비판한 Hans Koch, "Theorie und Politik bei Georg Lukács"(*Lukács und der Revisionismus*, Berlin 1960)는 결론에 가서, 이 모든 오류들이 단순한 이론적인 문제가 아님을 "1956년의 헝가리 계급투쟁에서 루카치가 (중략) 헝가리 노동자계급의 이데올로기적 무장해제에 적극적으로 가담했다"(135면)는 사실이 입증됐다고 하면서, 임레 나지 개혁정권을 전복시킨 소련의 무력침공을 루카치 이론에 대한 역사의 심판으로 읽는다. 56년 사태의 진상에 대해서는 논란의 여지가 있겠으나 그것이 그처럼 명백하게 헝가리 노동자계급의 승리였다면 그후 노동자들을 포함한 헝가리 국민 다수가 공산당에 대해 갖게 된 냉담과 적대감은 설명하기 힘들다.

는지도 모른다. 그렇다면 우리는 "루카치의 연구에 항상 뒤따르는 개념적 결론과는 별도로, 비판적 리얼리즘의 작가들에 대해서는 루카치보다 더한 깊이와 통찰을 갖고 논술한 사람이 거의 없으며, 이 분야에서 그의 공로는 의심의 여지가 없다"(Mittenzwei, 앞의 글, 206면)는 개괄적인 평가에 안주할 것이 아니라, 루카치가 발자끄 등 19세기 리얼리스트들 개개인에 대해서 과연 얼마나 정당한 인식을 바탕으로 그의 '비판적 리얼리즘' 및 '위대한 리얼리즘' 논의를 전개하고 있는지 구체적으로 검토하는 작업이 요구된다.

그 점은 엥겔스의 발자끄론에 관해서도 마찬가지다. 졸라와 발자끄의 비교가 대체로 정당하고 편지의 문맥에서는 더없이 적절함을 인정하더라도, 과연 발자끄가 리얼리즘의 전범이 될 만한 작가이며 엥겔스(및 맑스)의 극도로 높은 평가에 아무런 유보사항을 달지 않아도 되는지를 발자끄 문학 그 자체를 읽고서 판단할 일이 남는 것이다. 불행히도 필자의 경우 발자끄의 방대한 작품세계 중 번역으로나마 섭렵해본 것은 조그만 모서리에 지나지 않아서 믿음직한 판단을 내놓을 처지가 못 된다. 다만 사안의 중대성에 비추어 아예 생략할 수는 없는 대목이므로 몇편 소설과 약간의 참고문헌을 근거로 잠정적인 견해를 말해보고자 한다.

발자끄를 읽는 대다수 독자들이 감탄해 마지않는 것은, 그 많은 인물들의 생생함과 사건의 극적 전개, 세부묘사의 여실성과 정밀성 등에 더하여, 우리가 흔히 말하는 '자본주의사회의 생리'를 어느 누구보다도 가차없이 드러낸다는 점일 것이다. 자본주의에 대한 관념적 공격이나 자본제사회에서의 삶에 대한 절망의 표현이 더 전폭적인 경우야 허다하지만, 소설 읽는 재미를 한껏 맛보여주면서 눈곱만한 순정이나 도덕심도 용납 않는 현실의 논리를 그토록 실감케 하는 예는 다시 없다 할 것이다. 그 점에 관한 한 스땅달, 디킨즈, 죠지 엘리어트, 똘스또이 등 19세기의 다른 이름난 리얼리스트들은 발자끄에 비할 때 모두들 아직 세상 물정을 잘 모르는 이상주의자에 가깝다. 『자본론』의 저자 맑스와 그의 동역자 엥겔스가 발자끄 문학에 심취한 것도 그런 면에서 너무나 당연했다. 엥겔스가 심지어 해당 시대 경제사의 세부사항에 관해서도 모든 역사가·경제학자들한테보다 더 많은 것을 발자끄에게서 배웠다고 했을 때, 이를 가능케 한 것도 단순한 지식이나 재능의 문제가 아니라 그 시대의 역사를 자본주의 정착의 역사로 파악하는, 『자본론』에 맞먹는 변증법적 인식이었다.[30] 발자끄의 소설을 빽빽히 채우고 있는 세부묘사가 결코 지루하지 않은 것 또한 변증법적 인식과 무관하지 않다. 예컨대 『외제니 그랑데』(*Eugénie Grandet*)나 『고리오 영감』(*Père Goriot*)의 서두를 장식하는 사건무대의 긴 묘사가 자연주의 문학에서 흔히 만나는 '주변환경'에 대한 보고가 아니라 그 자체로 사건전개의 유기적 일부가 되어 '이야기 재미'의 한몫을 차지하는 이면에는, 인간이 환경의 영향에 좌우된다는 기계적 유물론의 인식수준을 넘어 인간을 규정하는 사회가 곧 인간적 실천의 소산이기도 하다는 새로운 차원의 역사인식·인간이해가 깔려 있는 것이다.

다른 한편 위대한 리얼리스트의 한 사람임이 분명한 영국의 소설가 죠지 엘리엇이 『고리오 영감』을 '역겨운 책'(a hateful book)이라고 했다고 하듯이, 발자끄에 심하게 반발하는 독자도 적지 않다. 발자끄의 탁월한 면에 무감각한 경우는 군이 고려할 필요가 없으나, 『자본론』에 방불한 그 냉엄한 현실인식에 한껏 탄복하던 독자도 어느 순간, 이것이 과연 현실의 전부이며 인생의 진면모일까라는 의문이 떠오를 수 있을 듯하다. 『자본론』과의 대비를 더 발전시켜 말한다면, 전자는 (비록 영국 등 몇몇 나라의 실제 역사를 자료로 삼고 있으나) 어디까지나 자본주의사회의 일반적인 운

---

30 졸라가 발자끄에 있어서의 '낭만주의의 잔재'요 '사실주의의 불철저성'이라고 비판한 요소들이 바로 발자끄의 변증법적 인식이요 졸라의 자연주의와 구별되는 점임을, 루카치는 「졸라 탄생 백주년에 부쳐」(태극출판사간 졸편 『문학과 행동』에 실림, 원문은 Luchterhand판 루카치전집 제6권 *Probleme des Realismus* III 중 "Balzac und der französiche Realismus"의 제4장)에서 탁월하게 설명해준다.

동법칙을 추출하는 것이 주목적인 학문적 저술이므로 그 시선이 냉혹할수록 좋다고 하겠으나 — 게다가 그 냉혹한 현실분석에는 계급투쟁을 통한 인간해방이라는 열정적인 꿈이 따르고 있거니와 — 삶 그 자체를 다루는 예술작품이 『자본론』을 너무 닮는다는 것은 예술로서 바람직한 경지만은 아니지 않겠느냐는 것이다. 그리고 보면 발자끄 소설에서 작중인물들이 발산하는 엄청난 활력과 작가 자신의 더욱 초인적인 생산력, 그리고 그 생산력의 다른 일면인 예의 놀라운 인식능력 이외에, 과연 어떤 긍정적 가치나 미래에의 전망을 찾아볼지 의심스러운 바가 있다. 엥겔스는 쌩메리 수도원의 공화파 영웅들을 거론했지만 그들이 발자끄의 전체 작품세계에서 실상 얼마만큼의 비중을 차지하는지 필자로서는 알지 못하며, 『잃어버린 환상』(Les Illusions perdues)에도 잠시 나오는 미셸 크레띠앙 같은 인물을 보면 발자끄의 예찬이 주로 그들의 '고매한 인격'에 대한 것이라는 인상이다. 그런데 고매한 인격이 현실 앞에서 무력하다는 것이야말로 발자끄 소설의 일관된 증언이며, 『종매 베뜨』(La Cousine Bette)의 윌로 부인이 보여주는 거의 성자적인 자기희생과 헌신은 (그 자체로서 미덕이라 할지 가부장주의에의 몰입으로 비판받아야 할지도 분명치 않거니와) 남편 윌로 남작의 방탕과 몰락을 오히려 방조하는 결과가 되고, 그녀 자신 마지막에는 원한에 찬 한마디를 내뱉고 죽는다. 발자끄의 이상화된 자화상으로 알려진 『잃어버린 환상』의 예술가 다르떼도 그가 발자끄요 발자끄는 위대한 창조자라는 등식을 떠나서는 또하나의 소외된 고매한 인격자에 그치고 만다.

발자끄 문학에 이런 희점 — 내지는 '역겹고' 정떨어지는 면 — 이 있는 것이 사실이라면 그에 대한 응분의 비판 없이 최상의 찬사를 보내는 루카치의 발자끄론에는 예의 인식론주의적 편향과도 통하는 중대한 문제점이 있는 셈이다.[31] 다시 말해 발자끄는 기왕의 사회주의리얼리즘론에서 설정한 '비판적 리얼리스트'의 모습과는 현격한 차이가 나지만,[32] 19세기의 진정으로 위대한 리얼리스트들 중에서는 '비판적 리얼리즘'의 개념에 가장 근접하는 일면을 지닌 작가이기도 한 것이다. 무엇보다 그의 냉엄성의 다른 일면이라 할 '순진성의 결여'는 곧 민중과 역사에 대한 믿음의 결핍이며, 이에 따르는 미래에 대한 전망의 결여가 그의 리얼리즘 자체를 제약하고 있기 때문이다. 그러므로 루카치가 — 또는 다른 누구라도 — 발자끄를 최고의 리얼리스트이자 위대한 리얼리즘의 전범 그 자체로 설정하는 한, '비판적 리얼리즘'을 규범화하고, '사회주의리얼리즘'을 과소평가한다는 공격을 면할 길이 없으며, 양자의 무리한 분리에 효과적으로 대응하기가 힘들게 마련이다.

엄밀히 따지면 발자끄 문학의 독특한 한계는 '리얼리즘의 승리'라는 말속에 이미 포함되어 있다. 이 '승리'의 결과로 패배한 당사자가 바로 정치적 반동주의자며 종교적·사회적 수구주의자인 발자끄 자신일진대, 당자가 쓴 작품에 그 패배의 흔적이 남지 않을 리 없다. 발자끄 문학의 약점에

---

31 예컨대 『잃어버린 환상』론에서 루카치는 발자끄 문학에서 괴테의 메피스토펠레스에 상응하는 인물이 범죄자 보트랭인데 후자의 특징은 (메피스토와 같은 초인간적 존재가 못 된다는 점 외에도) 그의 악마적인 현실비판이 "이 세계에서 누구나 행하고 또 누구나 살아남기 위해서는 행할 수밖에 없는 것의 잔혹하고 냉소적인 표현에 불과"하기 때문이며 그가 사람들을 '유혹'하는 힘은 보트랭의 지혜가 발자끄 세계의 가장 순결하고 성자 같은 인물들의 지혜와 동일하다는 데 있다"는 점을 지적한다(*Probleme des Realismus* III, 485~86면). 이는 비평가 루카치의 탁월성을 예시하는 날카로운 통찰임이 분명하다. 그러나 보트랭의 '지혜'가 (『파우스트』에서 메피스토펠레스의 그것처럼) 결국은 정당한 현실인식이 아닌 오판임을 작품 속에서 보여주는 것이 보트랭 역시 끝내 비명에 죽는다는 사실 정도라면 발자끄 문학의 위대성은 어디까지나 자본주의 사회의 파멸적 성격에 대한 인식의 계기라는 점으로 집약된다.

32 예컨대 1934년의 쏘비에뜨 작가총회에서 고르끼가 19세기 비판적 리얼리즘의 본질적 기능이 "대(大)부르주아지가 소생시킨 봉건영주들의 보수주의에 맞선 투쟁, 자유주의적이고 인도주의적인 사상을 바탕으로 민주주의를, 즉 소부르주아지를 조직화함으로써 수행한 투쟁"(Maxim Gorky, "Soviet Literature," *Soviet Writers' Congress*, 1934, 42면) 운운했을 때 이는 발자끄보다 졸라에게 해당되는 진술이라 하겠으며, "비판적 리얼리즘은 생존경쟁에 무능하고 인생에서 자기 자리를 찾지 못하며 개인적 존재의 무목적성을 다소간에 깨달으면서도 이러한 무목적성을 사회생활과 전체 역사과정 속의 모든 현상의 무의미성으로 이해한, 이른바 '잉여인간들'의 개인적 창조물이었다"(65면)라는 설명 역시 발자끄, 디킨즈, 톨스또이 그 누구에도 안 맞고 차라리 플로베르와 그 후예들에게 적중하는 말이다.

관한 가장 설득력있는 지적을 남긴 사람은 아마도 미국의 소설가 헨리 제임스일 것이다. 그 자신 발자끄의 열렬한 애독자이며 발자끄에 사숙했음을 끝까지 공언했던 터이기에, 그의 「발자끄론」(1902)을 채우는 온갖 찬사의 틈틈이에, 역사가와 예술가가 궁극적으로 하나일 수 없는 데서 오는 발자끄의 "파국"이라느니, "짐승우리의 철창 속에 갇힌 어떤 희귀한 동물"을 연상시킨다느니, "그는 자신을 가두고 자물쇠를 잠근 뒤 (…) 열쇠를 내던져버렸다"느니, "상상력 속에서 말고는, 그의 인생을 살지 못했다"느니 하는 제임스의 비판이 그만큼 더 통렬한 것이다.[33] 그리고 제임스의 이러한 해석이 상기시켜주는 것은, 발자끄 소설의 세밀한 사물묘사와 특히 정확한 금액에 대한 집념이 그의 유물론적 역사의식의 산물이라는 앞서의 논지를 기본적으로는 견지하더라도, 거기에는 또한 발자끄 개인의 편집광적 증상도 섞여들어가 있음을 간과해서는 안되리라는 점이다.[34] 바로 '누보 로망'의 반역사주의적 즉물주의와도 통하는 발자끄의 일면인 것이다.

'리얼리즘의 승리'에 따른 발자끄 리얼리즘의 이러한 부분적 패배에 대해 사회주의권 논자들은 그것이 '비판적 리얼리즘'의 일반적 특징이고 사회주의적 세계관(내지는 당노선)의 채택으로 해결되는 문제라고 주장한다. 그러나 적어도 이제까지의 세계문학의 실상에 비추어 — 물론 과문을 전제하고 — 판단하건대, "절대로 예술가를 믿지 말고 작품을 믿어라"(Never trust the artist. Trust the tale.)라는 로런스의 명제는 정도의 차이가 있을지언정 모든 인간에게 유효한 것이며,[35] 예술가와 예술작품의 괴리가

<hr/>

33 Henry James, "Honoré de Balzac," *Selected Literary Criticism* (Cambridge UP 1981) 194, 198, 201, 205면(강조는 원저자).

34 브레히트도 루카치에 대한 반박에서 이 점을 강조한다. "우리는 물건에 대한〔발자끄 자신의〕이러한 물신숭배적 집착을 그의 소설에서도 수백수천 페이지에 걸쳐 발견한다. 물론 우리는 그런 것을 피해야 된다고 한다.…… 그러나 이 물신숭배야말로 발자끄의 작중인물들에게 개성을 부여하는 것이다."(E. Bloch et al., *Aesthetics and Politics*, Verso 1977, 78면)

정확히 어느 정도이고 어떤 결과를 낳는지, 그리고 저자가 사회주의자 내지 당원이라는 사실이 그의 작품에 어떤 영향을 미쳤는지는 사안별로 검증할 문제이다. 적어도 스땅달, 디킨즈, 똘스또이 들이 비록 사회주의자는 아니지만 각기 당대 진보세력의 편에 섰기 때문에 발자끄 문학에는 없는 낙천성과 훈훈한 인간미를 지닌 것은 쉽게 느껴지는 사실이다. 또한 사회주의자의 문학에도 '사회주의리얼리즘'에 미달하는 사회주의적 문학이 있고 더구나 사회주의 문학인지 아닌지조차 불분명한 '공상적 사회주의' 문학이 있는 터이므로, 특정 '사회주의리얼리즘' 작가와 특정 '비판적 리얼리즘' 작가의 차이보다 예컨대 발자끄와 똘스또이의 차이가 더 중요하게 다뤄져야 할 대목도 없지 않을 것이다. 이러한 문제의식의 연장으로 다음에는 레닌의 똘스또이론을 검토해보기로 한다.

5. 레닌의 똘스또이론

문학·예술에 관한 레닌의 글 가운데서 똘스또이론보다 더욱 유명한 것은 흔히 「당조직과 당문학」으로 번역되는 1905년의 짤막한 논설이다. 특히 대다수 사회주의권 논자들은 이 글에서 강조된 당파성이야말로 사회주의리얼리즘의 핵심이며 문학사에서 전혀 새로운 문학관의 단초라고 주장한다(주12의 코흐 논문 등 참조). 반면에 까간처럼 "레닌의 당문헌, 즉 정치적 정론에 관해서 쓴 것을 그가 이념적, 미적 원리로서의 문학의 당파성에 관해서 쓴 것과 혼동하지 말 것"을 당부하는 이론가도 있다. 그러나 이 발

---

35 '리얼리즘의 승리' 개념과 상통하는 이 명제는 『미국 고전문학 연구』(D. H. Lawrence, *Studies in Classic American Literature*) 제1장에 나오는데, 작가의 표면적 의도와 작품 자체 사이의 괴리가 특히 심한 미국 고전들의 '표리부동성'을 로런스가 무조건 긍정하는 것이 아님도 주목할 필요가 있다. (졸고 「미국의 꿈과 미국문학의 짐」, 『민족문학과 세계문학 II』, 211면 및 242면 참조.)

언을 소개한 논자조차 '당조직과 당문학'보다 '당조직과 당문헌'이 더 적절하고 정확한 번역이 아닐까를 묻지는 않는다.[36] 실제로 「당조직과 당문학」— 제목 자체를 '당문헌'으로 바꾸지 않더라도 이때의 literature 또는 러시아어의 '리쩨라뚜라'(literatura)는 문학·비문학을 포함하는 넓은 의미, 즉 '문헌'의 뜻이다 — 을 읽어보면 분명하지만, 레닌은 당기관지 등 당과 관련된 매체들에 글을 쓰는 사회민주주의 당원들의 태도를 일차적으로 논하고 있는 것이다. 그리고 이 무렵 레닌의 주요관심사는 코호도 지적하듯이, 1905년 혁명 이후의 다소 넓어진 공간에서 그가 구상하는 새로운 유형의 당을 어떻게 정비·발전시킬까라는 당조직의 문제였다.

문학론이기보다 당조직론이라고 해서 문학 및 예술의 당과의 관계 문제로 발전시키지 못할 이유는 없다. 또한 "문필활동은 프롤레타리아트의 공동과업의 일부분이 되어야 하며 전체 노동자계급의 정치의식화된 전체 전위에 의해 가동되는 통일적이고 거대한 사회민주당(즉 볼셰비끼당 — 인용자) 메카니즘의 '톱니바퀴와 나사'가 되어야 한다"[37]라는 레닌의 유명한 구절에서 '문필활동'이 '문예창작'을 제외하지 않는 것은 분명하다. 그런데 '톱니바퀴와 나사'는 레닌의 본문에도 따옴표를 붙여놓았거니와, 이 비유를 실제 문학활동과 관련하여 어떻게 해석하고 적용할 것인가라는 어려운 문제는 레닌 자신이 깊이 파고들지 않는다. 단지 자유주의자들의 신경질적인 반응이 가당치 않음을 논박하고 있을 뿐이다. 첫째 자기는 어디까지나 당원의 문필활동을 논하고 있으므로 언론의 자유도 좋지만 "당의 이름을 이용하여 반당적 견해를 주장하는 당원들을 몰아낼" 결사의 자유도 당에 있다는 것이고, 둘째는 부르주아지기 그처럼 떠들어대는 '자

---

36 김창주 「맑스주의 미학의 제문제」 참조. M. Kagan, *Vorlesungen zur marxistisch-leninistischen Ästhetik* 에서의 인용은 앞의 글 258면에 나옴.

37 V. I. Lenin, "Party Organisation and Party Literature," *On Literature and Art* (Progress Publishers 1967), 25~26면. 『현실주의연구 I』에도 우리말 번역이 실렸음.

유'는 돈이 지배하는 자본주의 사회에서 한갓 위선에 불과하다는 것이다. 문학론이 아니고 목전의 당조직 문제를 다룬 논설에서는 그 이상의 천착이 없어도 그만이다. 그러나 본격적인 문학론을 전개한다는 후세의 논자들이 레닌의 이 논설에 절대적인 권위를 부여할뿐더러 '당파성=당성=당명복종'이라는 공식과 '문헌=문학=예술일반'이라는 공식을 슬그머니 곁들여 모든 예술활동이 현존 정당의 '톱니바퀴와 나사'가 될 것을 다그치는 모습은, 레닌이 일축한 부르주아 논객들의 신경질적 반응만큼이나 가당찮을 때가 많다.

'사회주의리얼리즘'이라는 용어가 「당조직과 당문학」에 안 나오는 것은 물론이다. 용어 자체가 레닌이 죽은 뒤에 쓰여진 것이기 때문이기도 하지만, 문학론이 아닌만큼 사회주의 문학에 대한 레닌의 일관된 관심을 리얼리즘 문제와 관련시켜 펼쳐보일 계제가 아니었던 것이다. 바로 이 문제가 정면으로 대두하는 것이 그의 똘스또이론에서다. 그리고 여기서 레닌은 1861~1905년에 걸친 러시아 역사의 한 시대가 지나간 싯점에서 노동자계급의 관점이 최고 수준의 리얼리즘 성취에 필수조건임을 거듭 역설함으로써 당파성과 리얼리즘의 불가분성을 제기한다.

레닌의 똘스또이론은 똘스또이 탄생 80주년이 되던 1908년에 쓴 「러시아혁명의 거울로서의 레프 똘스또이」와 작가의 타계를 맞아 1910~11년에 걸쳐 발표한 몇편이 있는데,[38] 그 논지는 비슷하다. 다만 전자가 아직도 생존한 대작가의 문학이 노동자계급 운동의 훌륭한 자산일 수도 있음을 부각시키는 데 비중을 두었다면, 후자 가운데는 똘스또이가 죽자 체제측 논객들마저 마음놓고 똘스또이를 칭찬하며 그의 유산을 왜곡하고 있는

---

38 위의 책 중 "Leo Tolstoy as the Mirror of the Russian Revolution"과, "L. N. Tolstoy," "L. N. Tolstoy and the Modern Labour Movement," "Tolstoy and the Modern Labour Movement," "Tolstoy and the Proletarian Struggle," "Leo Tolstoy and His Epoch," 국역본으로 『레닌의 문학예술론』(논장 1988)이 있으나 인용문 번역에 참고하는 정도로 했다.

상황에서 그 유산의 부정적 측면을 정확히 판별하는 쪽에 강조가 약간 더 주어진 글도 있다 하겠다. 어쨌든 레닌은 똘스또이 문학의 위대성과 한계를 똘스또이의 개인적 재능이나 사상 또는 귀족지주적 신분과의 관련에서 보는 대신 그가 알게모르게 대변한 1861~1905년 기간 러시아 농민계급의 저항과의 관련에서 파악하는 독창적인 똘스또이론을 전개함으로써, 스스로 강조하는 당파적 관점이 실제 문학비평에서 생산적으로 작용할 수 있음을 보여주었다. 같은 시기에 나온 쁠레하노프(G. V. Plekhanov)의 빗나간 똘스또이 해석은 더 말할 것도 없고, 똘스또이의 진보적 유산을 포용하려는 로자 룩셈부르크(Rosa Luxemburg)의 진지한 노력에 비해서도[39] 레닌의 평가는 훨씬 구체적이고 핵심을 찌른다.

귀족출신이며 사회주의혁명에 대해서는 이해도 없고 동조도 않는 똘스또이가 그의 작품에서는 러시아 부르주아혁명의 **농민적** 성격을 구현하는 독창성을 보인다는 것이 레닌의 분석이다.

그러나 똘스또이의 견해와 교의가 갖는 모순은 우연한 것이 아니다. 그 것은 19세기 마지막 3분의 1 기간의 러시아 생활의 모순적인 조건들을 표현한다. 농노제로부터 갓 해방된 가부장적인 농촌은 자본가와 징세원의 착취와 약탈에 문자 그대로 넘겨주어버린 상태였다. 여러 세기에 걸쳐 유지됐던 농민경제와 농민생활의 오래된 토대는 비상한 속도로 붕괴되었다. 그리고 똘스또이 사상의 모순들은 오늘날의 노동계급운동과 오늘날의 사회주의의 입장에서 평가할 것이 아니라 (이러한 평가는 물론 필요하지만 그것으로 충분하지는 않다) 진전하는 자본주의에 대한 저항, 자신의 땅에서 밀려나서 망해가는 대중들의 저항, 가부장적 러시아 농촌에서 발생할 수밖

---

39 쁠레하노프의 똘스또이론은 *Leo Tolstoy: A Critical Anthology* (Penguin 1971), 137~40면의 "Tolstoy and Nature," 룩셈부르크의 글은 『文藝讀本 トルストイ』(河出書房新社 1980)에 수록된 「社會を思索したトルストイ」 참조.

에 없었던 그 저항의 관점에서 평가해야 한다. 인류의 구원을 위한 새로운 처방을 발견한 예언자로서 똘스또이는 우스꽝스럽다. 따라서 그의 학설의 가장 취약한 부분을 하나의 교리로 만들려는 국내의 '똘스또이주의자'들은 언급할 가치도 없다. 똘스또이는 러시아 부르주아혁명이 다가오던 시기에 수백만 러시아 농민들 속에서 우러나온 생각과 감정의 대변자로서 위대하다. 똘스또이가 독창적인 것은, 그의 온갖 견해들을 전체로서 합쳐볼 때 그것이 우리의 혁명이 농민적 부르주아혁명으로 갖는 구체적인 특징들을 표현하고 있기 때문이다. 이러한 관점에서는, 똘스또이의 견해들이 보여주는 모순들은 농민계급이 우리 혁명에서 수행해야만 했던 역사적 역할을 둘러싼 모순된 조건들의 거울인 것이다. ("Leo Tolstoy as the Mirror of the Russian Revolution," 32~33면. 강조는 원저자)

이러한 분석은 그 대상작가의 격에 있어서나 혁명운동의 과정에서 반동적이라고 젖혀놓기 쉬운 과거 유산을 적극적으로 재해석하고 수용하는 자세에 있어서나 엥겔스의 발자끄론을 상기시키기에 족하다.

그러나 다른 일면 발자끄론과 구별해야 할 점도 있다. 우선, 레닌 역시 똘스또이에서의 일정한 '리얼리즘의 승리'를 읽어내고 있는 것이 사실이지만 그 승리의 역학은 발자끄의 경우와는 다른 성질이다. 똘스또이는 발자끄와 같은 의미의 반동적 정견을 가진 것은 아니고 스스로 '민중연대'의 원칙을 표방했던 것이며,[40] 다만 그 주된 연대대상이 당대 최고의 세계관

---

40 이에 대해서는 『현실주의연구 I』의 공동연구에도 적절한 지적이 나온다. "레닌은 톨스토이가 단지 그의 시대의 절박한 문제를 반영하고 있다는 이유만으로 '전세계적으로 위대한 작가'라고 여기지는 않는다. 레닌이 이 위대한 러시아 작가의 작품에 세계사적 의미를 부여했던 이유는 무엇보다도 톨스토이가 예술적 힘으로 사회적 불의를 타파하려 했기 때문이다. 즉, '지배계급에 대한 톨스토이의 고발은 대단히 강력하고 진지하게 수행되었'기 때문이다(「톨스토이와 프롤레타리아 투쟁」). 이런 의미에서의 톨스토이 문학은 민중의 이해가 결부되는 민주주의적·휴머니즘적 성격을 지녔다. 이것이 바로 '민중연대성' 원칙의 내용인 것이다."(19면)

을 구현할 수 없는 계급이었기에 똘스또이의 민중성에 이런저런 모순과 한계가 따르게 되었다는 것이 레닌의 인식이다. 따라서 작품에 의한 작가 개인의 '패배'는 발자끄의 경우만큼 현저하지 않은 셈이다.

발자끄론과의 또다른 차이는 엥겔스의 편지가 작품 위주의 논의였던 데 비해 레닌의 똘스또이론은 집필 당시의 좀더 긴박한 문제, 즉 만년의 똘스또이 사상과 그 영향에 대응하는 문제에 치중한 정론적 성격이 강하다는 점이다. 『전쟁과 평화』(1865~69)나 『안나 까레니나』(1875~77)의 문학적 위대성을 전제한 논의임은 물론인데, 그렇다고는 해도 후기의 사상에 치중한 발언은 똘스또이 문학 본연의 모습을 왜곡할 위험이 있다. 실제로 레닌의 똘스또이론이 그대로 적중하는 소설은 『부활』(1899)이며 『안나 까레니나』는 좀 다른 차원이 아닐지, 이 점 또한 작품을 놓고 검토해볼 필요가 있겠다.

『안나 까레니나』 역시 혁명전 러시아의 절박한 문제들에 대해 아무런 확실한 해결방향을 제시하지 못하는 것은 사실이다. 뿐만 아니라 이 소설 속의 똘스또이의 자화상으로 일컬어지는 레빈은 현존체제의 틀 안에서 지주와 농민들의 협조를 통해서 농촌문제가 해결되기를 꿈꾸기도 하며, 결말 부분에서 그가 보여주는 종교적 경향성과 일종의 농민추수주의는 똘스또이가 자신의 사상에 농민계급의 "순진성, 정치생활로부터의 그들의 소외, 그들의 신비주의, 세상으로부터 초연하고 싶어하는 그들의 성향, '악에 대한 무저항,' 자본주의와 '돈의 힘'에 대한 그들의 무력한 저주 등을 끌어들였다"("L. N. Tolstoy and the Modern Labour Movement," 60면)는 레닌의 비판을 상기시킨다. 실제로 레빈의 이런 면모를 기준으로 판단한다면 『안나 까레니나』는 '농민적' 한계 이전에 저자의 '지주적' 한계를 드러내는바 "토지의 사적 소유에 대한 그〔똘스또이〕의 굽힘없는 반대"("L. N. Tolstoy," 53면)도 『부활』이라면 모를까 『안나 까레니나』에는 적용되기 어렵다.

그러나 두말할 나위 없이 한 편의 소설을, 그것도 『안나 까레니나』처럼 방대하고 복잡한 소설을 중심인물 하나의 어떤 발언이나 행동만으로 판단하는 것은 잘못이다. 실제로 레빈의 '똘스또이주의적' 성향에 대한 비판은 작품 스스로가 훌륭하게 해내고 있다. 결말 자체의 애매성도 그렇고,[41] 제3부 30장에서 레빈 집안의 늙은 하녀 아가파 미하일로브나가 레빈이 농민들에게 잘해주려는 노력을 부질없는 짓이라고 비판하는 말은 — 비록 그녀 자신은 주인 편에 서서 주인을 위해 충고하는 것이지만 — 지주계급의 온갖 개량주의적 노력을 냉소하는 농민들의 시선을 담고 있다. 농촌의 개혁과 개선에 관한 레빈의 독자적 구상도 3부 32장 그의 형 니꼴라이와의 대화장면에서 작가의 예리한 자체검증을 받는다. 묵직한 사상적 내용을 담았으면서도 항상 그때그때 인물들의 감정의 흐름과 뒤얽힌 대화로서 그 지적인 내용에 대한 평면적 판단을 허용하지 않는 똘스또이의 탁월한 솜씨가 약여한 대목인만큼, 좀 길게 인용해본다.

도착한 지 사흘째 되던 날 니꼴라이는 동생에게 그의 계획을 한번 더 이야기하라고 걸고 들어오더니, 그것의 흠을 잡을 뿐 아니라 일부러 공산주의와 일치시켰다.

"넌 단지 남의 사상을 끌어와서 왜곡해놓고서, 적용도 안되는 곳에 그걸 적용하고 싶어하는 거야."

"아니 정말이지 그 둘은 아무 관계도 없어요. 공산주의자들은 재산이나 자본, 유산 따위의 정당성을 부인하는데 나는 그런 주요 자극제를 부인하지 않고"(레빈은 자기가 '주요 자극제' 식의 표현을 쓰는 데에 혐오감을 느꼈지만, 저술에 열중하게 된 이래로 저도 모르게 외래어들을 점점 더 쓰게 되었다) "단지 노동을 조정하려는 거예요."

---

41 결말의 애매성 문제를 포함하여 이 소설의 예술적 성취와 그 결코 단순치 않은 윤리의식에 대해 자상하게 논한 비평으로 F. R. Leavis, "*Anna Karenina*: Thought and Significance in a Great Creative Work," *Anna Karenina and Other Essays* (Chatto & Windus 1967) 참조.

"바로 그거야. 넌 다른 사람들의 사상을 가져오면서 그 사상에 힘을 주는 모든 것을 떼어내버리고서는, 그게 뭔가 새로운 것처럼 남들이 믿도록 만들고 싶어하는 거야." 니꼴라이는 성난 얼굴로 목을 실룩거리면서 말했다.

"하지만 내 구상은 그런 것하고는 전혀 —"

"적어도 그들의 사상에는" — 니꼴라이는 빈정거리는 미소를 띠고 번뜩이는 성난 눈으로 말했다 — "적어도 그 사상에는 명쾌함과 정확함이라는 기하학적 매력이랄까 그런 것이 있지. 그건 유토피아적일지는 몰라. 하지만 과거를 백지상태로 돌리는 일이 가능하다면, 사유재산과 가족제도를 폐기하는 일이 가능하다고 일단 가정한다면, 노동이 제 몫을 찾게 되지. 그런데 넌 아무것도 없이 —"

"형님은 왜 온통 뒤섞어놓으려고 그래요? 난 공산주의자였던 적이 없어요."

"하지만 난 그런 적이 있어. 지금 생각하면 그건 시기상조지만 합리적이긴 해. 초기의 그리스도교에게 장래가 있었듯이 장래가 있다고 생각해."

"나는 단지 노동력이 과학적이고 실험적인 방법으로 다루어져야 한다는 생각이에요. 그것을 연구해서 그 특성을 —"

"아니 그건 전혀 불필요한 일이야. 노동력은 그 발달의 정도에 따라 그 자체의 활동형태를 찾아내는 법이거든. 옛날에는 도처에 노예들이 있었고 다음에는 농노들이 있었어. 그리고 우리 시대에는 소작농도 있고 차지농(借地農)도 있고 고용노동자도 있어. 그런데 넌 도대체 뭘 어쩌라는 거냐?"

이 말에 레빈은 갑자기 열이 났다. 그의 마음속 깊은 구석에서는 그 말이 옳다고, 자기가 공산주의와 기존의 생활양식 사이에서 균형을 잡으려 하고 있었고 이는 별로 가능성이 없는 일이라는 게 사실이라고 느꼈기 때문이다.

"나는 노동이 나와 노동자들에게 이득이 되게 하는 길을 찾고 있는 거예요." 그는 열띤 어조로 말했다. "내가 수립하려는 건 —"

"넌 아무것도 수립할 맘이 없어. 넌 늘 그랬듯이 그냥 남다르게 보이고 싶은 거야. 네가 농민들을 착취하고 있는 것만은 아니고 무슨 사상을 가졌다고 내세우고 싶은 거지."

"아, 형님 생각이 그렇다면 됐어요. 날 좀 가만 내버려나 두세요."

레빈은 대답하면서 왼쪽 뺨의 근육이 억제할 수 없이 경련을 일으키는 것을 느꼈다.

"넌 신념이란 게 없고 전에도 없었어. 너는 단지 자존심의 만족을 얻으려는 것뿐이야."

"글쎄 됐다니까요! 날 내버려두기나 하세요."

"물론 내버려두지. 진작 내버려뒀어야 하는 건데. 네가 어찌 되든 내가 알 게 뭐냐. 그리고 내가 여기 온 것도 난 후회한다."[42]

이 대화에서야말로 해결되는 것은 아무것도 없다. 그러나 죽음을 앞둔 환자의 공연한 트집으로 시작하는 니꼴라이의 공격에 일말의 진실이 있음은 레빈 자신도 직감하는데, 이는 곧 레빈이 구상하는 해결책이 전혀 해결책이 아니라는 진실이다. 이처럼 『안나 까레니나』는 무슨 '똘스또이주의적' 해답을 제시하기보다 진지하고 복합적인 문제제기로 시종하고 있다. 그리고 예술가의 임무는 문제의 제기지 해답을 제시하는 일이 아니라는 체호프의 유명한 주장은 바로 『안나 까레니나』를 예로 들기도 했다.

자기 작품에 대한 예술가의 의식적인 태도를 당신이 요구하는 것은 옳은 말씀입니다. 그러나 당신은 두 가지 개념, 즉 문제의 해결과 문제의 올바른 제기를 혼동하고 있습니다. 예술가에게는 후자만이 의무사항이지요. 『안나

---

42 主友세계문학관 『안나 까레니나』(1983) 중권, 114~15면의 번역을 참조하면서 Leo Tolstoy, *Anna Karenina*(Norton Critical Edition 1970)의 Maude 영역본 319~20면을 토대로 새로 번역했음.

까레니나』와 〔뿌슈낀의〕『오네긴』을 보면 단 한 가지 문제도 해결되는 것이 없지만, 모든 문제들이 올바르게 제기되기 때문에 독자를 완전히 만족시킵니다.[43]

체호프의 이런 견해가 과학적 세계관이 결여된 작가의 자기변호랄 사람도 있을지 모르나, 실은 엥겔스도 (앞서 주25의 인용문에 바로 이어지는 문장에서) "그러나 내 생각에는 경향성이란 것이 명시적으로 제시됨이 없이 상황과 사건진행 자체로부터 자연스럽게 나와야 되며, 작가는 그가 묘사하는 사회적 갈등들에 대한 미래 역사의 해결책을 독자의 손에 쥐어줄 필요가 없는 것입니다"라고 했던 점을 기억함직하다. 어찌 보면 이런 발언들은 예술이 맡은 역할의 한계를 그어주는 말이지만, 특정 분야에서 그 한계를 넘어가는 전문화된 해결작업들보다 한층 총체적이고 변증법적인 예술 본연의 업무를 전제한 발언으로 읽을 수도 있겠다.

그렇다고 하더라도 중요한 점은 『안나 까레니나』에서 어떤 문제들이 얼마나 올바르게 제기되었느냐는 것이다. 본격적인 작품론이 아닌만큼 소설의 안나와 브론스끼 이야기가 제기하는 막중한 문제들은 일단 논외로 하고, 레빈 이야기에서 중심적인 몫을 차지하는 러시아 농촌의 문제를 주로 살펴보기로 한다. 이것이 당대 역사의 핵심적 문제였음은 레닌도 인정한 바다. 동시에 레닌은 그것이 노동자계급과 볼셰비끼당에 의해서만 해결될 수 있는 성질임을 강조했는데, 오늘의 싯점에서 『안나 까레니나』를 다시 읽을 때 사실은 레닌 스스로도 과소평가한 역사적인 과제이자 지금도 현재성을 시닌 문제기 똘스또이 소설에서 제기되고 있지 않은가 반문하게 된다. 예컨대 러시아에서는 노동계급의 문제보다 "노동자(일꾼)들과 토지의 관계"가 관건이라는 레빈의 주장도(4부 7장) 문자 그대로 읽으

---

43 1888년 10월 27일자 Alexei Suvorin에게의 편지 일부, 앞의 *Leo Tolstoy: A Critical Anthology*, 96~97면(강조는 원저자).

면 1870년대에나 해당되는 이야기지만, 볼셰비끼 혁명 70년이 넘도록 해결 못한 소련 경제의 주요 숙제 가운데 하나를 환기하는 이야기이기도 하다. 서구의 사회주의·공산주의 사상이 러시아의 현실에 안 맞는다는 지적(3부 24장, 5부 15장 등 참조)의 경우도 마찬가지다. 레빈의 사고방식에 러시아 농민계급의 몽매성과 연결됨직한 요소가 없는 것은 아니나 똘스또이(및 레빈)의 서구사상비판은 '슬라브주의'라는 보수적 이데올로기와는 거리가 멀며, 당시 러시아 맑스주의의 미숙한 상태에 비추어도 합리적인 면이 많다. 더욱 중요한 점은, 맑스주의 역사에서 노동자와 농민의 동맹이라는 일대 창안을 해낸 레닌조차도 정작 집권한 후에는 사회주의를 러시아 농촌현실에 적용하기 위해 '전시 공산주의'와 '신경제정책' 등의 다양한 실험을 해보는 데서 그쳤다는 사실이다. 그러므로 레빈 자신이나 가령 사회혁명당이 사회주의자들보다 더 나은 해결책을 가졌다는 주장이 아닌한—물론『안나 까레니나』는 그런 주장과 무관하다—이 대목의 문제제기 역시 아무도 '농민적 한계'라는 말로 청산할 수 없을 것이다.

뿐만 아니라 결국은 '노동하는 인간'이 문제의 핵심이라는 레빈의 거듭된 깨달음은(3부 24장, 27장 등) 오늘의 소련 농업에도 유효한 문제제기일 뿐아니라, 인류사회가 발달할수록 점점 더 중요해지는 보편적인 문제의 표현이라 할 수 있다. 예컨대 자본주의에서 빈부격차가 갖는 동원력이 사회주의에 의해 철폐되거나 달리 완화되었을 경우 가장 문제가 되는 것은, 어떻게 해서 많은 사람들이 열심히 그리고 능률적으로 일하게끔 만드느냐는 것이다. 전체적인 사회관계와 각자의 의식이 자발적인 노동을 담보할 때만 그 사회가 제대로 돌아가리라는 것만은 분명한데, 러시아 농촌에 관한 레빈의 경험과 명상을 이런 차원으로까지 확대하는 것은 결코 비약이 아니다. 『안나 까레니나』라는 풍성하고 고도로 완성된 작품 속에서 그것은 농민들과 나눈 육체노동 체험을 통한 레빈 자신의 깨달음이라든가, 이런 건강성이 결여된 상류사회에서는 안나 같은 최상의 인물일수록 가장 끔찍한 비극으로 끝난다는 사실이라든가, 심지어 소설 말미에서의 레빈의 '똘스또이주의적' 변모가 문제의 회피에 가깝다는 이런저런 작중의 암시와도 어우러져서, 인생이 과연 어떠하고 사회가 어떠해야 하는가에 대한 본질적인 물음을 불가피하게 만들고 있는 것이다.

그러므로 1861년 이후 "모든 것이 뒤집어져버린" 러시아 사회를 충실히 반영했다고 레닌이 지적한("Leo Tolstoy and His Epoch," 64~65면) 『안나 까레니나』 등 똘스또이의 걸작들은 1917년 이후의 "모든 것이 뒤집어져버린" 세계에도, 아니 1990년대의 "모든 것이 뒤집어져버린" 인류사회에도 여전히 절실한 '오늘의 문학'이다. 그렇다고 고르끼의 『어머니』 이래 대두한 좀더 뚜렷한 사회주의적 경향성을 지닌 리얼리즘 작품들의 새로움을 무시하자는 것이 아니다. 다만 예술적으로 어떤 결함이 있든 이들은 '사회주의적 리얼리즘'에 소속되므로 『안나 까레니나』보다 리얼리즘으로서 한 등급 높다고 말하는 것은 리얼리즘 개념의 부실화이자 똘스또이의 현재성에 대한 배반이며, 이때에 발자끄와 똘스또이를 '비판적 리얼리즘'의 이름으로 동일시하는 것 역시 — 발자끄의 현재성에 대한 정확한 인식을 위해서도 — 하등 도움이 안되는 일이다. 그리고 발자끄와 똘스또이의 차별성을 강조하는 것은, 후자가 결행한 "자기 계급과의 단절"[44]이 리얼리즘의 좀더 온전한 승리를 위해 갖는 중요성을 상기함과 동시에 발자끄가 그려낸 혁명후 프랑스의 고전적 자본주의 사회보다도 — 또는 사회주의리얼리즘론자들이 전범으로 삼은 혁명후 소련의 사회보다도 — 똘스또이가 처했던 혁명전 러시아의 여러모로 '제3세계적인' 상황이 오늘의 제3세계에는 물론이요 전지구적 현실에도 더 적실한 바 있다고 믿어지기 때문이다.

---

44 Mittenzwei, "The Brecht-Lukács Debate," 210면 참조: "루카치에게는 발자끄가 그가 말하는 종류의 이데올로기적 비판의 모범사례다. 발자끄를 본보기로 해서 루카치는 작가가 자기 계급과 단절하지 않고도 어떻게 그것을 비판할 수 있는가를 보여준다. (…) 루카치가 원하는 것은 비판적인 자세이지 지배계급과의 단절이 아니다." (이것이 루카치의 정치적 입장에 대한 정당한 진술인지는 별개 문제다.)

6. 마무리: '세계관'과 '방법'에 관하여

제3세계를 말할 때 우리가 늘 경계할 점은, 객관성과 일치하는 당파성을 갖고 전세계를 하나로 보는 것이 아니라 제3세계라는 지역의 특수성을 이런저런 방식으로 과장하는 '제3세계주의'적 편향에 빠질 가능성이다. 필자 자신 제3세계주의에 대한 경각심을 거듭 강조해왔으나 스스로 그런 위험으로부터 안전했다고 말할 수는 없다. 예컨대 사회주의권을 '제2세계'로 보는 통설에까지 회의적이었던 것은 당시로는 확실히 지나친 일이었다. 그런데 사회주의권의 독자성이 — 물론 그것은 한번도 온전히 독자적인 세계체제를 이룬 적은 없지만 — 크게 줄어들거나 유명무실해진 오늘의 싯점에서는, 이제야말로 누가 '제2세계'냐가 긴요한 게 아니라 전지구적인 하나의 현실을 어떤 관점에서 얼마나 진실되게 인식하고 대응하느냐가 사활적인 과제로 되었다. 이때 '제3세계적'이라는 표현을 계속 쓰는 것은, 지배자의 '제1세계적' 관점을 끝까지 거부하면서 동시에 이제까지 그 대안으로 제시되어온 '현실사회주의'(또는 '혁명후 사회')의 이론적·실천적 성과에 대해서도 주체적인 비판을 불사하겠다는 뜻이다. 본고의 주제와 직결시켜 말한다면, 모더니즘·포스트모더니즘 들의 범람에 휩쓸리기를 거부하면서 사회주의리얼리즘론의 논리에도 비판적으로 대응하는 민족문학론 나름의 리얼리즘을 키워나가겠다는 것이다.

그런 취지에서 이제까지 '비판적 리얼리즘 대 사회주의적 리얼리즘'의 구분법 등 몇가지 쟁점을 검토해왔는데, 끝으로 리얼리즘 논의에서 곧잘 쓰이는 '방법'과 '세계관'의 개념에 대해 몇마디 덧붙임으로써 마무리를 지을까 한다.

사회주의리얼리즘론에서는 예술의 '방법'에 관한 이해가 (앞서도 대강 보았듯이) 크게 세 단계를 거치며 발전해왔다고 볼 수 있다. 첫째는 '유물변증법적 세계관'을 절대시한 나머지 창작방법의 중요성을 거의 무시한 단계요, 둘째는 이 편향을 극복하면서 '방법'을 예술의 양식이나 형상화 방식으로 오해하며 더러는 특정 양식이나 형식에 사회주의리얼리즘을 얽어매는 또다른 편향이었다. 이 둘을 다 비판·극복한 최근의 이론은, 사회주의리얼리즘이 방법은 방법이되 예술의 창작과 수용 전반의 대체적인 방향을 제시하는 방법이지 협의의 창작방법이나 비평방법이 아니라는 것이다. 이 문제와 관련하여 곧잘 인용되는 동독의 리타 쇼버(Rita Schober)에 따르면 "예술방법이란 논리적·합리적 조종메카니즘이 아니라 특수한 예술적 반영과정에서의 인식방법과 가치평가방법의 관계를 규정하는 정신적·이념적 조정중심(Steuerungszentrum)"이라고 하며, "방향방법 (Richtungsmethode)"이라는 용어를 쓰기도 한다.[45] 쉬운 말로 바꾸면, 예술에는 어떤 통상적인 의미의 '방법'도 적용할 수 없다는 이야기다.[46]

이러한 통찰은 우리가 방법에 관한 끊임없는 성찰을 생략할 수 없지만 우리의 목표는 방법을 넘어선 지혜라는 필자의 입장에 부합된달 수도 있다.[47] 그런데도 이제까지의 사회주의리얼리즘론은 온갖 번쇄한 식별을 통하여 방법이 아닌 그것을 '방법'으로 정립하려 할지언정 사회주의리얼리즘을 방법으로 규정했던 그 출발점에 대한 집착에서 벗어나지 못했다. 짐작컨대 '지혜'라는 낱말을 접했더라도 그 '비과학성'이 끝내 못미더워서

45 리타 쇼버 「예술방법의 몇 가지 문제를 위하여」(Zu einigen Fragen der künstlerischen Methode, *Weimarer Beiträge*, 1978), 『현실주의연구 I』, 71면 및 76~77면.

46 N. 툰 「소련의 현실주의 논의」(1968)에서 나온 이야기도 결국은 대동소이하다. "모든 위대한 예술가들이 선행자의 경험에 바탕을 둔다는 것은 자명한 사실이지만, 이 경험을 반복하지는 않는다. 하나의 문학방법은 우선은 항상 한 작가의 예술적 발견의 총합인 것이다. 지나간 문학시대의 예술적 유산 및 자기 시대의 예술적 업적의 총합을 바탕으로 작가는 그 나름대로 이 과정에 영향을 주는 새로운 해결에 도달한다. 예술은 예술에서 생겨난다. 미학의 이러한 보편법칙은 그것의 변증법에서만, 즉 그때그때 작가의 고유한 창조적 업적을 더하여 인류의 예술경험의 상호작용 속에서만 파악될 수 있다."(『현실주의연구 I』, 162면)

47 『민족문학의 새 단계』에 실린 졸고 「신식민지시대와 서양문학 읽기」 참조.

'방법'을 버리기가 힘들었을 것이다.

실제로 방법 개념에 대한 집착은 이른바 과학적 세계관을 보유한 당이 어떻게 해서든 예술의 창작과 수용을 지도해야 되겠다는 집념의 표현에 다름아닌 듯하다. 미리 주어질 수 없는 막연한 '방향방법'이라도 어쨌든 '방법'으로 규정되어야만 조직에 의한 '과학적'인 지도가 가능해진다. 필자는 바람직한 조직에 의한 바람직한 만큼의 지도나 과학성을 향한 끊임없는 탐구가 모두 지혜의 일부라고 믿고 있다. 그러나 '방법'에 대한 지혜롭지 못한 집착이 있는 곳에서는, 구체적인 방법을 소홀히하고, '세계관'을 과대평가하거나 아니면 반대로 특정 방법을 규범화하는 기왕의 편향들이 거듭거듭 되살아날 위험이 남지 않을까 한다.

세계관이라는 것도 지혜를 위한 방편이지 그 자체가 진리를 담보하지 않는다. 본래 '세계관'(Weltanschauung)이라는 낱말이 갖는 잇점은 우리가 '세계'의 어느 일부가 아니라 그 전부―다시 말해 우주만물과 생사유무 일체―를 총체적으로 볼 필요성을 환기해주는 데 있다. 그런데 그럴 필요성을 진지하게 숙고하는 사람은 동시에 그 불가능성을 실감하게 마련이다. 문자 그대로 세계 전부를 본다는 것은 인간의 능력 밖이고, 다만 각자 처한 위치에서 눈에 보이는 부분에 대한 정확한 인식을 전체에 대한 최대한의 인식으로 끌어올리는 변증법적 전환이 가능하다면 가능할 따름이다. 그리고 생각이 여기에 미치면 '세계관'의 '觀'자 자체가―비록 독일어의 Anschauung이 '직관'의 뜻을 갖는다 해도―'보는' 기능에 어떤 특권을 부여한다는 점에서 반드시 적절한 것이 아님도 인정하지 않을 수 없다.

그러므로 구체적인 작품으로 구현된 (따라서 일목요연한 이론적 정리가 불가능한) 세계관 이외에 세계관이 달리 없다는 예술에서의 원칙은 실제 인생에도 그대로 적용되는 것이다. 역사 속에서 사색하며 실천하는 인간이 지속적으로 만들어나가는 것이 세계관이며, '과학적 세계관'으로 정리되어 있는 이념적 내용은 ─ 그것이 진정 과학적인 한에서 ─ 그러한 세계관 정립의 가장 유리한 길잡이요 길동무가 될 뿐이다. '과학적 세계관'이 그 이상의 것을 자처한다면 그것이야말로 '이데올로기'의 고전적 정의에 그대로 들어맞는다. 실제로 예술론에서 '방법'이라는 개념을 고집하는 것과 마찬가지로 일반적으로 맑스가 별로 안 쓰던 '세계관'이라는 용어를 애호하는 데에는, 자신의 입장에만은 '이데올로기'라는 표현을 적용하고 싶지 않은 심리가 큰 몫을 차지한다고 본다. 사회주의리얼리즘이 일종의 '정신적·이념적 조종중심'이라거나 "응용된 역사적 유물론"[48]이라고 할 때, 그것이 바로 사회주의리얼리즘도 하나의 이데올로기라는 말이 아니고 무엇이겠는가. 물론 전적인 허위의식이란 뜻은 아니고, 이것도 저것도 다 이데올로기인만큼 아무도 진리를 주장할 수 없다는 상대주의나 허무주의도 아니다. 다같이 이데올로기의 물 속에 있다 해도 그 가운데 진리의 꽃피어남이 따로 없지 않을 터이며, 허우적거림을 다잡아줄 동무나 뗏목도 방편으로서는 고마운 것이다.

실제로 필자는 "하나의 지속되는 역사적 싸움으로서의 리얼리즘 운동에 충실하면서 리얼리즘 개념의 형이상학적 성격을 극복하는"[49] 작업의 필요성을 말한 적이 있다. 본고의 논의와 관련시켜 부연한다면, 기존의 사회주의리얼리즘 이념에 대한 이제까지의 비판을 거쳐 도달한 새로운 리얼리즘론일지라도 이데올로기의 성격에서 아주 벗어나는 것은 아니라는 이야기가 되겠다. 또한 '리얼리즘 대 아이디얼리즘'이라는 식의 항구적인 대립이 아니라 특정한 '역사적 싸움으로서의 리얼리즘운동'이라고 한다면, 이는 넓게는 진리의 구현과 고전의 창출에 과학적 사실인식이 남다른 의미를 갖게 되는 근대와 더불어 시작된 싸움이요, 좁게는 르네쌍스 이래의 그러한 창조적 노력이 자본주의의 난숙으로 위협받게 되면서 절박해

---

48 『현실주의연구 I』, 8면에 인용된 Erwin Pracht, *Ästhetik und Kunst* (Berlin 1987)의 표현.
49 졸고 「모더니즘 논의에 덧붙여」, 『민족문학과 세계문학 II』, 446면.

진 모더니즘·포스트모더니즘시대의 싸움이다. 이 싸움의 끝에 다가올, 지혜가 한층 보편화된 세상의 예술은 아마도 '리얼리즘'이라는 거추장스럽고 말썽 많은 낱말을 더는 부릴 이유가 없게 되기 쉽다. 하지만 그러한 해방조차도 리얼리즘운동의 성취를 딛고서나 가능할 것이다.

〈1990〉

사회주의현실주의 논의에 부쳐

먼저 격조높고 진지한 발제를 해주신 조만영(趙萬英)선생께 감사드립니다. 이 점은 저뿐만 아니라 여기 앉아 계신 여러분 모두가 공감하시겠지요.「민족문학론과 리얼리즘론」이라는 저의 여러가지로 부족한 글이 나온 지가 일년이 되었는데 그 사이에 그에 대한 논의가 양적으로도 많았다고 할 수 없고 또 제가 느끼기에 저의 논지를 오해하신 분도 많았다고 생각합니다. 오늘 발제에서 그런 오해를 많이 지적해서 잡아주셨고 저의 문제의식을 더욱 분명하게 해주신 점도 있어 대단히 다행스럽게 생각합니다. 특히 저의 글이 당파성을 폐기하는 입장이라거나 사회주의적 리얼리즘 자체를 부정하는 입장이라는 식의 여러가지 비판이 있었는데, 기본적으로 당파성 문제를 제 나름대로 새롭게 제기하고 또 리얼리즘 자체를 천착하는 가운데 사회주의와의 관계도 새롭게 생각해보자는 저의 취지를 잘 이해해주셨습니다. 또하나, 좀더 구체적으로 들어가자면 엥겔스의 발자끄론을 새론하면서 엥겔스의 발자끄론이야말로 일종의 사회주의리얼리즘론이다, 라는 얘기를 제가 했고 또 엥겔스가 발자끄 문학에서 발견하는 당파성의 내용도 크게 보면 사회주의적인 것이다, 라고 얘기를 했습니다. 이런 발언이 여러가지 오해를 불러일으켰던 것 같습니다. 그야말로 발자끄를 사회주의리얼리즘 소설가로 지목하는 지나친 비약을 감행했다는 것인데, 발제자 자신은 '지나친 비약'이라는 말에 따옴표를 붙여가지고 그 표현과 일정한 거리를 두고 있습니다. 이것은 대단히 친절하고 또 타당한 처사라고 생각합니다. 그러니까 지나친 비약이라고 일컬어질 수도 있는 그런 편법까지 사용해가면서 제기하려고 했던 논자의 문제의식이 무엇인가, 여기에 주목을 해주셨는데 참 감사한 일입니다. 물론 칭찬만 하신 것은 아니고 비판도 하셨으니까 거기에 대한 답변을 해야겠지요.

먼저 좀 사소하다면 사소한 문제부터 얘기해보지요. 첫째로, 발제자는 제가 사회주의리얼리즘문학을 관변이데올로기라고 일괄 규정했다고 하셨는데 이것은 조금 오해하신 것 같아요. 제가 이 비슷한 표현을 쓴 것은 발제에서도 지적했듯이 「로렌스 문학과 기술시대의 문제」라는 영문학 논문에서입니다. 그리고 「민족문학론과 리얼리즘론」에서 그 대목을 재인용했는데 정확한 표현은 "소련 관변문학의 '사회주의사실주의'"였습니다. 즉 소련 관변문학에서 말하는 사회주의사실주의라는 뜻인데 그러나 사회주의사실주의가 전부 관변문학이라는 이야기는 아니고, 사회주의현실주의라고 부를 수 있는 문학이 전부 소련 관변문학이라는 얘기는 더욱이나 아닐 것입니다. 이 말이 꼭 세부적인 표현만 가지고 발뺌을 하려는 것은 아니고 제 글의 논지가 조만영씨가 평가해준 것처럼 사회주의리얼리즘론의 문제의식을 견지하면서 나름대로 발전시키려고 하는 것이라고 한다면 당연히 사회주의현실주의 전부를 관변문학으로, 관제이데올로기로 일괄 규정하는 일은 없어야겠지요. 저는 그런 일이 없었다고 생각합니다.

그리고 그것과 관계된 얘기인데, 조만영씨는 자신이 학단협(학술단체협의회) 학술토론회에서 발표한 「페레스트로이카와 사회주의현실주의」를 언급하면서, 스딸린주의를 비판하다가 사회주의현실주의는 물론이고 현실주의까지도 배척하는 폐단을 지적했는데 그 제5장 역시 저하고는 상관없는 얘기지요. 그런데 조만영씨의 발표문 제6장을 보면 사회주의문학과 사회주의현실주의문학을 구별하려는 논자들을 소개하고 있습니다. 그중에 오프차렌꼬라는 사람이 있더군요. 사회주의문학에서 당파성 문제를 새롭게 제기하면서 그러한 구별을 하려고 했다는데 어떤 면에서는 저의 문제의식과도 통합니다. 그러나 여기서 한가지 생각해봐야 할 것은, 조만 영씨도 지적했듯이 오프차렌꼬라는 사람이 이론으로는 당시 비주류적인 얘기를 제기하면서 실제로는 주류파의 잡지 편집장으로 그대로 있었고 또 그후로도 그때의 논의를 발전시켰다거나 하는 흔적이 안 보입니다. 그 렇다면 소련의 사회주의현실주의 공식문학의 테두리 안에서 활동한 사람 들이 더러더러 주류 이론에 대해 반기를 들고는 했지마는 과연 실질적인 비판이나 저항을 어느 정도까지 했던가를 묻게 됩니다. 오히려 근본적인 문제제기를 했던 사람들은 체제 밖에서 일했고, 비주류까지도 반대했던 그 사람들의 문학이 최선의 것은 아닐지 몰라도, 관제이데올로기로서의 사회주의현실주의에 대해서 정말 진지하게 문제제기를 하고 온몸으로 저 항한 사람들이 그 사람들이었기 때문에, 공산당권력이 무너지고 관변이 데올로기로서의 사회주의현실주의가 무너지면서 사회주의적이고 현실주 의적인 모든 것이 위기에 처하게 된 것은 아닐까 하는 생각이 듭니다. 그 래서 제가 기존의 소련의 공식문학을 전부 관제 어용문학으로 규정한 것 은 아니지만, 그 안에서 다소 비주류적이던 사람들에 대해서도 다분히 회 의적인 태도를 갖고 있는 것은 사실입니다.

또하나는 제가 제3세계 리얼리즘론이라는 용어를 고집한다고 비판하 셨는데 이것도 좀 부정확한 전달이 아닌가 싶습니다. 오히려 저의 리얼리 즘론이 소시민적 민족문학론이라고 비판하는 분들이 으레 저의 리얼리즘 론은 정통 리얼리즘론이 아니고 제3세계 리얼리즘론이다, 라고 딱지를 붙 이는 식으로 그 용어를 사용했고 저 자신은 '제3세계적인 상황'을 얘기한 다든가 '제3세계적인 문제의식'을 제기할 때 제3세계를 얘기했고 저의 리 얼리즘론을 스스로 '제3세계 리얼리즘론'으로 이름짓는 일은 대체로 피하 고자 했습니다. 그러나 필요할 때는 제3세계적이라는 용어를 사용하기도 했는데 그 취지는 「민족문학론과 리얼리즘론」에 나옵니다. 한마디로 '정통 리얼리즘'으로 자처해온 기존 사회주의리얼리즘의 정통성을 그대로 인정해줄 수는 없다는 입장이지요.

　좀더 본질적인 문제로 들어가서, 임규찬선생도 말씀하신 양분법 문제 즉 이른바 비판적 리얼리즘과 사회주의리얼리즘이라는 양분법을 폐기해야 할 것인가 하는 문제와, 그것과 직결된 문제입니다만, 조만영씨가 핵심적으로 제기하신 현실주의와 당파성의 관계 문제에 대해 말씀드리겠습니다. 발제자가 이 부분에 대해 저를 변호해주시면서 제가 예의 양분법을 폐기하자는 입장이 아니라고 말씀하셨는데, 저 자신은 어떻게 말을 해야 좋을지 모르겠어요. 폐기하자고 말한 게 저의 입장인지 폐기하지는 말자는 게 저의 입장인지 모르겠어요.(웃음) 그러니까 양분법이 담고자 했던 문제의식을 폐기해서는 안된다는 것은 분명한데, 그러나 양분법이라고 하면 그냥 나누는 것이 아니라 둘로 나누는 것이지요. 딱 둘로 나누는 양분법이라면 그거 폐기하는 게 낫지 않냐는 생각도 들고, 또 폐기하기가 정 아까우면 당분간 동결하는 것도 방법이라고 생각합니다. 왜냐하면 조금 아까 조만영씨도 우리나라 국문학사 시대구분을 함에 있어 그 둘만 가지고는 안된다는 얘기를 하셨지만, 서양서도 마찬가지라고 생각합니다. 양분법을 제기한 사람들이 염두에 둔 것이 자본주의사회일 뿐 아니라 자본주의사회 중에서도 사회주의적 운동이나 사상이 본격적으로 대두한 이후에나 해당되는 것입니다. 그러면 이전 시기의 현실주의 내지는 리얼리즘에 대해서는 어떻게 적용할 것인가, 그것도 다 비판적 사실주의로 집어넣어버릴 것인가, 가령 세르반떼스의 『돈 끼호떼』는 17세기의 작품인데 그건 비판적 현실주의인가? 대개는 비판적 현실주의라고 구분해왔습니다. 그러나 사회주의권의 논의 진행에서도 사회주의현실주의, 그전에 19세기의 비판적 현실주의, 또 '그 전의 현실주의' 이런 식으로 삼분법을 적용하는 예도 있는 걸로 봐서 딱 둘로만 나누는 양분법의 근거가 상당히 희박하다는 걸 알 수 있습니다. 그런데 사실 제가 볼 때 더 문젯거리인 개념은 사회주의현실주의보다도 비판적 현실주의라는 개념입니다. 그래서 심지어는, 비판적 현실주의/사회주의현실주의 이렇게 구분하지 말고 차라리 비판적 사실주의와 사회주의적 현실주의 이렇게 가른다면 양자의 구별도 더 뚜렷하고, 또 그렇게 갈랐을 때 엥겔스의 편지에서 말하는 졸라야말로 비판적 사실주의에 해당하는 사람이며 굳이 구분한다면 발자끄는 사회주의적 현실주의에 더 가까운 사람이 아니냐, 이렇게 말했던 것이지요. 일종의 레토릭입니다.

양분법을 폐기한다고 하더라도 당연히 구분해야 할 사항마저 망각해서는 안된다는 점은 조만영씨나 저나 합의하고 있는 사실인데, 역시 사회주의적 당파성 혹은 노동계급의 당파성이 본격적으로 대두한 이전과 이후 시대에 리얼리즘의 성격에 일어나는 변화를 어떤 식으로든 식별을 해야 되겠지요. 그런데 이런 취지로 구분한다 하더라도 '양분법'은 적절치가 않은 것이, 종전에 일부에서 생각했듯이 1917년 이후에 사회주의사회가 형성되었을 뿐 아니라 그것이 완전히 정착한 뒤 얼마 안 가서 자본주의를 쓰러뜨리리라는 전제가 있을 때에는 1917년이면 17년이 양분법의 기준이 될 수가 있어요. 하지만 그런 기준연도가 없을 경우에는 사회주의적 당파성이 구현되고 그것이 강화되는 계기가, 결정적인 계기가 하나가 아니라 여러 개 있다 이렇게 봐야 할 것 같습니다. 그렇기 때문에 그 시기마다 어떻게 변화하는가를 따져야겠는데 그중에는 프랑스대혁명도 꼽을 수 있다는 점을 제가 논문에서 말한 바 있습니다. 다만 프랑스대혁명과 관련하여 한가지 부연한다면, 저어도 프랑스대혁명 이후로는 제대로 된 현실주의가 되려면 자본주의를 극복하려는 그런 요인이 담겨야 되겠다, 그런 당파성이 구현되어야 한다고 말할 때에 혁명이 터진 1789년 자체를 분기점으로 삼는 것은 성급한 일이고 혁명에 의한 사회변혁이 어느정도 정착한 시기 즉 왕정복고가 이루어졌다가 다시 부르봉왕조가 물러나고 1830년 부르주아체제가 정착한 무렵을 기점으로 삼아야 하지 않을까 합니다. 어쨌든 1789년도 하나의 중요한 전기가 되고 1830년도 중요한 전기이고 그 다음에 1848년이 대단히 중요한 시기입니다. 루카치 같은 사람은 이것을 거의 절대적인 분기점으로 생각하는데 그해 빠리에서 노동자봉기가 일어남으로써 그것을 계기로 부르주아계급의 보수성이 확립됐고 또 바로 그해 『공산당선언』이 나와서 노동자계급의 당파성에 관한 최초의 본격적인 정식화가 이루어졌습니다. 이렇게 1848년이 하나의 분수령이 될 것이고 1917년 역시 또다른 분수령이 되는 것은 분명합니다. 이러한 것들이 꼭 동등한 무게를 갖는 계기는 아니겠지만 어쨌든 지금 우리 입장에서 볼 때는 그중 어느 하나만이 절대적이라고 보기 어려운 중요한 고비고비가 있었으니까 그 고비마다 당파성의 내용이 어떻게 달라지고 그것의 구현가능성이 얼마나 열렸는가, 이렇게 검토를 해가면서 리얼리즘의 구체적인 내용을 식별해야지, 그것을 딱 둘로만 양분하는 것은 모든 리얼리즘은 하나다라고 주장하는 것만큼이나 문제가 있다는 생각입니다.

그 다음에 당파성 자체에 관해서 얘기할 차례인데 아까도 말씀드렸지만 「민족문학론과 리얼리즘론」에서는 이 당파성이라는 것이 중심개념이 되어 있습니다. 그래서 발자끄론과 관련해서도 그 얘기를 꺼냈던 건데, 발자끄가 사회주의적 당파성의 모범적인 인물이라는 뜻이 아니라 심지어 발자끄처럼 그것과 개인적으로 인연이 먼 사람의 것일지라도 리얼리즘적인 작품에서는 그런 요소를 발견할 수 있고 또 엥겔스 자신이 발자끄를 논할 때 그런 인식이 없지 않았다라는 얘기였습니다. 또 제가 레닌의 리얼리즘론을 논하는 대목에서도 레닌의 당문학론에 대한 비판, 특히 그것의 기계적인 적용에 대한 비판에서 출발한 것은 당파성의 개념을 새롭게 해석함으로써 리얼리즘론으로 나가자는 취지였던 것입니다. 그런데 아까 임규찬씨도 질문에서 당파성의 근원에 대한 탐구의 필요성을 얘기하셨고 대단히 중요한 문제제기였다고 생각합니다. 그러면서 당파성이란 결국

현실이 담고 있는 모순의 극복이라는 운동과정에서 발원하는 것이 아닌가, 그런 의미에서 자본주의사회에서의 노동운동의 중요성, 그것과의 연관성을 강조하셨는데 물론 그렇습니다. 하지만 기왕에 당파성의 근원을 따져들어가고자 한다면 조금 더 멀리 거슬러올라가서 생각해보는 것도 필요할 것 같습니다.

지금 우리가 말하는 당파성의 개념이 대두하기 전에는 당파성이라는 것은 객관성이나 합리성에 위배되는 것이라고 생각했지요. 계몽철학자들을 위시한 부르주아적 보편주의가 그것입니다. 그보다 앞선, 계몽주의 이전의 시대에는 객관성·보편성의 개념 자체가 미약한 편이어서, 각기 자기가 속해 있는 신분에 따라서 생각하고 기성체제를 지지하는 일종의 무의식적 당파성이 지배했는데 이런 입장에 대해 계몽철학자들이 도전하면서 '보편적인 이성'의 기준으로 전시대의 편견을 비판했던 것이지요. 그렇기 때문에 사실은 그들의 보편주의 자체도 당파성의 범주에 들어갈 수 있는 것이고 실제로 그것이 부르주아지의 이데올로기에 불과하다는 비판이 부르주아지배가 확립된 이후에 본격화됩니다. 이 과정에서 가장 중요한 것은 뭐니뭐니해도 맑스와 엥겔스의 사상이지요. 그들의 이데올로기비판이라는 것이, 바로 이제까지 부르주아지가 과학이라든가 합리주의라든가 이성이라든가 보편적인 진리라고 제시해온 것 자체가 일종의 이데올로기라고 비판하면서, 그렇다고 모든 것은 이데올로기다라는 상대주의에 빠진 것도 아니라는 데에 그들의 당파성 개념의 새로움이 있습니다. 기존의 이데올로기들을 비판하는 자기 나름의 당파적인 입장에 서 있으면서도 이제는 그런 당파적인 입장이 여러가지 분파 중의 하나로서 갖는 편향된 입장이 아니고 오히려 보편적인 진리에 가장 근접하는 입장일 수 있다, 그것이 프롤레타리아계급의 형성과 더불어 가능해진 것이다, 이렇게 역사적인 설명을 시도했던 것입니다. 그래서 그때 말하는 당파성이라는 것은 바로 객관성과 같은 의미를 갖게 되지요. 그래서 루카치 같은 사람이 '객관성의 당파성'이라는 용어를 쓰는데 독일어로 die Parteilichkeit der Objektivität라고 합니다만, 이런 말을 썼다고 해서 사회주의현실주의 진영 내부에서 많은 비판을 받기도 했습니다. 인식론주의라느니 객관주의라느니 하고 말이지요. 그런데 루카치에게 그런 쪽으로 치우친 면이 있다는 점은 저도 비판한 적이 있습니다만, 당파성과 객관성이 일치가 되어야 한다는 이 명제 자체는 대단히 심오하고 중요한 문제의식이고 우리 모두에게 안겨진 막중한 과제라고 생각합니다. 이것은 이론으로만 풀어서 될 문제가 아니라 실제로 우리가 실현해야 하는 것이고, 한 개인이 단편적으로 간헐적으로 도달하는 데 그치지 않고 인류 전체가 하나의 집단으로서 실현해야 하는 과제이기 때문에 이것이 아직 숙제로 남아 있는 것입니다. 이것을 동양적으로 표현한다면, 당파성과 일치하는 진정한 객관성이라는 것은 가치중립성이라든가 자연과학의 객관성이 아니라 지공무사(至公無私)의 경지일 것입니다. 진리의 사업에 헌신함으로써 털끝만한 사심이나 편벽됨도 없어진 상태인데, 이제까지는 도인이라든가 수양이 잘된 성현군자라든가 또는 어느 작가가 작품 속에서 절정의 순간에 이런 지공무사의 경지에 도달했었고 그런 의미에서 객관성과 일치하는 당파성을 구현했다고 볼 수 있지만, 인류 전체로 볼 때에는 어느 정당이나 국가 또는 단체가 자기들이 그걸 구현했다는 주장도 물론 많았습니다만 아직 미완의 과제로 남아 있다는 사실이 요즘 들어 점점 더 뚜렷해지고 있습니다.

　제가 당파성을 강조할 때에는 이런 의미의 당파성을 말하는 것입니다. 그렇기 때문에 당파성과 현실주의의 관계가 발제자가 지적하듯이 아주 다의적이고 변증법적인 것이기는 하지만, 발제자가 얘기하는 것같이 제가 현실주의보다 당파성을 앞세움으로써 문제가 생기는 것은 아니라고 봅니다. 그 점에서는 오히려 임규찬씨가 말씀하신 대로 현실주의가 무엇인가, 더 나아가서 당파성이 무엇인가, 이것을 구체적으로 살피는 가운데 해결할 문제지 당파성과 현실주의의 선후관계를, 나는 당파성을 앞세우는데 조만영씨는 현실주의를 앞세우고 있다든가 하는 식으로 해결할 문제는 아니라고 봐요. 다만 당파성이 곧 현실주의라고 외쳐대는 평단 일각의 단순논리를 부정한 것은 타당한 이야기인데, 그 경우에도 그들이 부르짖는 당파성이 과연 제대로 된 당파성인가를 검토하는 식으로도 쉽게 정리할 수 있겠지요. 또 당파성이라는 것이 문학이나 예술에만 적용되는 문제가 아니고 많은 방면에 적용되는 문제이기 때문에, 문학에 그것이 적용될 때에는 현실주의로 나타난다고 하는 것이 더 적절할 수도 있습니다. 다시 말해서 당파성 일반을 말하는 것이 아니라 현실주의는 문학에서의 당파성이라는 식으로—그때 문학에서의 당파성이라는 것은 물론 작품으로 구현된 당파성이지요—이렇게 보면 큰 무리가 없지 않은가 하는 생각이 듭니다. 따라서 발제자가 리얼리즘의 경지에 이르지 못한 부실한 당파성에 대한 저의 언급과 관련해서 "당파성과 현실주의의 상호관계에서 당파성이 현실주의를 권장하는, 혹은 주도하는 계기이거나 한 것처럼 여겨지기도 하기 때문이다"라고 하셨는데 당파성에 관한 해석을 저와 함께하신다면 별문제가 안되는 대목이라고 생각합니다.

그런데 조만영씨도 지적했듯이 당파성이라는 것이 어떤 면에서는 막연한 것이기 때문에 항상 구체적인 실천과 연관하여 검증을 해야 하는데, 문학의 경우 장편소설이라든가 몇몇 장르에서는 현실주의가 어떤 것인가에 대해서, 우수한 현실주의 작품이 무엇이냐에 대해서 어느정도의 합의가 있습니다. 그렇기 때문에 그런 합의가 있는 상태에서 어떠한 당파성이 구현되어 있는가를 작품의 현실주의적 성격에서 출발하여 검증하는 것은 좋은 탐구방법이라고 생각합니다. 민면에 오늘 제2부에서 시에서의 리얼리즘에 관한 논의를 하는 모양이지마는, 시에서의 현실주의가 무엇인지 잘 모르는 상태에서는 차라리 당파성이 시에서 어떻게 구현되느냐 이렇게 출발하는 것이 더 나은 방법일지 모르겠고, 더군다나 음악이나 건축에서 그럼 리얼리즘이 뭐냐 전형성이 뭐냐 이렇게 되면 아주 아리송한 얘기가 될 수 있지요. 그래서 당파성과 현실주의의 관계에 대해서 저는 탐구방법상의 선후는 있을지언정 본질에서는 같다는 생각입니다.

한마디 덧붙이자면, 발제자가 임홍배씨의 입론을 비판하면서 임홍배씨가 우리가 어떠한 사회주의현실주의를 구현할 것인가를 생각하기보다는 이미 구현된 사회주의현실주의를 우리가 어떻게 성취할 것인가에 치중했다고 하셨는데, 실은 발제자의 경우도 가령 사회주의현실주의가 뭐다 혹은 사회주의가 뭐다라는 것을 이미 어느정도 확고하게 정해놓았거나 아니면 그 문제를 깊이 생각하지 않고서 얘기를 하시는 게 아닌가 싶어요. 다시 말해서 발제자처럼 사회주의적이라거나 당파적이라고 해서 반드시 현실주의적인 것은 아니라고 주장할 경우, 우리가 진정으로 사회주의적인 것이 뭐고 진정한 당파성을 어떻게 구현할 것인가에 대해 또렷이 정리할 수 있는 처지라면 몰라도 실제로 그렇지 못하다고 한다면, 나의 당파성이 곧 사회주의현실주의다라고 외쳐대는 사람들이 틀린 것은 물론이지만 당파성이 현실주의와 별개니까 현실주의를 통해서 그것에 도달할 수 있다고 말하는 경우에도 그 문제가 충분히 탐구가 안된 것이 아닌가 하는 거지요. 제가 양분법을 폐기하자고 할 때의 취지는, 한편으로는 이런저런 수식어를 붙이기 전에 리얼리즘 그 자체를 새로 한번 생각해보자는 그런 의도도 있었지만, 동시에 리얼리즘에 수식어로서 붙곤 하는 사회주의가 뭔지도 우리가 처음부터 다시 생각해보자는 의도가 있었던 것입니다.

끝으로 발제에서는 지나가는 말처럼 되어 있는 사항이지만 질문하고 싶은 것은 요즘 현실주의의 본질이 전형성에 있다는 "항간의 논의"를 언급하신 대목입니다. 거기에 대해 발제자 자신은 어떻게 생각하시는지. 왜냐하면 이것이 다음번 주제인 시에서의 리얼리즘 문제하고도 직결되고 또 당파성과 현실주의 문제와도 직결이 된다고 생각합니다. 저 자신은 엥겔스가 편지에서 전형성을 얘기할 때는 어디까지나 장편소설, 그것도 어느정도 사실주의적 관행이 전제된 장편소설을 두고서 발언한 것이기 때문에 이것을 다른 장르에 적용할 때에는 복잡한 변환수속을 거쳐야 되고 그런 수속을 거쳐서 얼마만큼의 성과를 거둘지도 아직은 미지수라고 생각합니다. 뿐만 아니라 장편소설에서도 전형성이 어떻게 달성되느냐 하는 것에 대해서 엥겔스 자신이 충분히 논의하지 않았고 리얼리즘 논자들도 아직껏 충분히 논의하지 않았다고 봅니다. 오히려 엥겔스의 경우에는 사실주의적인 성격의 소설을 염두에 둔 것이기 때문에 세부적인 묘사라든가 작중의 상황과 작중의 인물이 있어서 그것을 중심으로 전형성을 논의하기가 간단했던 것인데, 사실주의 소설에서든 다른 소설에서든 최고의 전형성이 어떻게 달성되는가라는 문제에 대해서는 엥겔스가 논의할 계제도 아니었지만 어쨌든 충분히 논의한 바가 없었다는 생각입니다. 이것은 평소에 내가 관심을 가지고 있는 문제이기 때문에 발제자의 의견도 듣고 싶군요.*

| 청중 질의에 대한 답변 |

당파성이라는 것은 노동자계급의 당을 전제하는 것이라고 하셨는데 저는 그렇게 표현하지 않겠습니다. 당파성이라는 것이 무슨 물건처럼 한마디로 있느냐 없느냐 이렇게 가를 수 있는 것은 아니고 역사 속에서 형성되는 것이니까 그 어느 단계에서는 당의 존재가 필수적일 수도 있겠지요. 그러나 처음에는 하나의 역사적인 과제로서 주어지고 — 그렇다고 추상적인 관념으로만 주어지는 것은 아니고 막연힌 충동이나 불만, 바람, 다소간에 의식화된 목표로서 먼저 주어져서 — 여러가지 역사적인 경로를 거쳐서 그것이 구체화되어간다고 생각합니다. 또 그 구체화되는 과정이 아직도

---

* 저자의 이런 관심을 추구한 후속작업으로 「로렌스 소설의 전형성 재론」(『창작과비평』 1992년 여름호) 참조.

상당한 앞길을 남겨놓고 있다는 것이 저의 판단입니다. 그래서 아까도 어떤 의미에서 당파성과 일치하는 객관성이라는 것은 '지공무사'의 경지와 같은 것인데 그것은 이제까지 개별적·간헐적으로밖에 실현되지 않았다고 표현했던 거지요. 그래서 표현을 좀 바꿔서, 노동자계급의 당파성이 온전히 실현되기 위해서는 노동자계급을 제대로 대변하고 그 목표를 실현할 수 있는 당이 전제되어야 한다, 이렇게는 말할지언정, 그냥 한마디로 당파성이 당을 전제한다라고 말하지는 않겠다는 것입니다. 오히려 군이 선후를 따진다면 막연한 상태로나마 노동자계급의 당파성이 먼저 있고 그것이 실현되는 과정의 어느 단계에 여러가지 조건이 무르익었을 때에 노동자계급의 정당이 등장하는데 그 과정에는 반드시 시행착오가 있다는 사실을 우리는 역사적 경험을 통해서 알고 있습니다.

보편계급적 존재를 인정하느냐는 질문에 관해서도 그것을 원론적으로 인정한다 안한다 이런 것이 중요한 게 아니라, 우리가 노동자계급이 이러저러하다든가 이러해야 한다, 앞으로 이러할 것이다라고 얘기할 때에 과연 어떤 주체를 머릿속에 담고 있는지 한번 생각해볼 문제입니다. 노동자계급이라는 말을 주어로 삼아서 이러저러한 문장을 많이 쓰고 있는데 그 주어의 내용을 근본적으로 검토해보아야 할 것이라고 생각합니다. 최근에 제가 「분단시대의 계급의식을 다시 생각한다」라는 글을 썼는데,[1] 계급이 기본적으로 경제적인 개념이라고 한다면 경제라는 것의 기본단위가 자본주의 발생 이후에는 기본적으로 세계경제가 아니겠는가, 그러나 다른 한편 그 경제의 운영과정이 정치과정과 불가분이고 이 정치라는 것은 주로 국민국가 단위로 진행이 되니까 정치투쟁·계급투쟁이라고 하면 일차적으로는 국민국가 단위로 생각하게 마련이라 여기서 오는 개념상의 혼란을 좀 정리해보자는 취지였습니다. 그러니까 경제는 세계단위로 움

---

1 졸저 『분단시대 변혁의 공부길』에 「분단시대의 계급의식」으로 개제하여 수록.

직이는데 정치투쟁을 일국단위로 생각을 하다보면 무언가 주어진 과제에
는 걸맞지 않은 무리가 생기고 편협성이 생기게 마련이지요. 노동자계급
이라고 할 때에도 우리가 노동자계급 그 자체를 변증법적으로 생각해야
한다고 할까, 복잡한 양면을 동시에 생각해야 할 것 같아요. 다시 말하면
노동자계급이라고 하면 전세계적으로 아직 제대로 형성되어 있지는 않을
지언정 지금 형성되어가고 있는, 세계경제 속에서의 범세계적 노동자계
급이라는 일면이 있고 다른 한편으로는 주로 우리가 직접적으로 부딪히
고 있는 일국단위의 정치생활·국민생활 속에서의 노동자계급이라는 일
면이 있습니다.

　게다가 우리 한국의 경우에는 또하나의 면이 있는 것이, 남북분단에서
오는 특성이지요. 즉 한국의 노동자 또는 한민족의 노동자계급이라고 하
면 남한의 노동자들만이 아니라 북한의 노동자들도 포괄하는 것이지요.
그러나 둘이 완전히 다른 성격의 사회 속에 살고 있기 때문에 이것을 하나
의 노동자계급으로, 일국적인 노동자계급으로 취급할 수도 없고, 그렇다
고 완전히 이웃나라의 노동자계급들로 취급할 수도 없어요. 다른 성격의
두 노동자계급이면서 동시에 하나의 민족사회에 소속된 노동자들이라고
얘기할 수밖에 없고, 또 저 자신이 주장해온 바로는 남북이 굉장히 이질적
이고 다른 사회 같지만 어떤 의미에서는 동일한 분단체제 내에 망라되어
있는 구성단위들이라고 보기 때문에 하나의 분단체제 속의 노동자계급이
고…… 이렇게 복잡하기 짝이 없습니다. 그런 복잡한 요인을 감안해서, 노
동자계급이라는 말을 우리가 주어로 썼을 때 거기에 정확히 걸맞은 서술
어를 쓰려는 노력이 선행되어야 한다는 거지요. 가령 보편계급으로서의
노동자계급을 말할 경우에도, 사실 '일국적인 (또는 반국적인) 보편계급'
이라는 건 일종의 형용모순이거든요. 그렇다고 실재하지도 않는 전세계
적인 보편계급을 말하는 것 역시 '보편적인 보편계급' 운운하는 동어반복
이 될 우려가 있습니다. 그러니까 당장에 보편계급을 인정할 것인가 말 것

인가 하는 문제에 너무 집착할 일은 아니라고 생각합니다.

노동소설에 관한 질문은 시간상 여기서 제가 구체적으로 사례를 들어 설명할 수는 없을 것이고 다음 기회로 미루는 것이 좋겠군요.

〈1991〉

시와 리얼리즘에 관한 단상

　『실천문학』의 씸포지엄 '다시 문제는 리얼리즘이다'의 제1부 토론을 마치고 제2부를 참관하면서, 기회가 돌아올 경우 나도 한마디 거들고 싶은 생각이 들었다. '시의 리얼리즘'이라는 주제가 워낙 흥미로운 것인데다, 제1부의 좀더 일반적인 논의와 연결을 지어보는 것이 나 자신과 청중을 위해서 모두 필요한 일이라고 느꼈기 때문이다. 하지만 그날의 열띤 분위기와 한정된 시간은 내가 끼여들 여지를 두지 않았다. 그러던 중 편집진의 배려로 뒤늦게 한두 가지 토막생각을 적어낼 기회를 얻은 것을 고맙게 생각한다.

　제1부 토론에서 나는, 리얼리즘논의의 중심에 놓이는 '당파성'의 개념은 어디까지나 '객관성'과 일치하는 것이어야 함을 강조했다. 말하자면 투철한 참여정신과 엄정한 객관정신이 조화롭게 결합된 지공무사의 경지라야 하는 것이다. 이는 또한 참된 의미의 중도(中道)이기도 하며, '사무사(思無邪)'의 성시와도 다르지 않을 것이다.

　바로 이런 의미의 '시'가 특정 시대의 특정 작품에서 얼마나 달성되었는지를 가리는 것이 리얼리즘 논의의 본뜻이 아닐까 한다. 이 차원에 미달하는 리얼리즘론이라면 예술의 어느 한정된 부문에만 해당되는 논의이거나, 마땅히 어느 일부에 국한되어야 할 것을 무리하게 일반화하는 논의가 될 수밖에 없다. 그러므로 특정 예술 또는 그중에서도 어느 갈래에서만 확인된 '리얼리즘적 특성'이 좁은 의미의 시에서 어떻게 관철되느냐 하는 문제보다는, 주어진 운문작품이 과연 시의 경지에 이르렀는지, 그리고 어떻게 그 경지에 이른 것인지가 항상 더 근본적인 문제인 것이다.

사실은 이제까지 리얼리즘 논의의 표본이 되어온 장편소설에 관해서도 이 점은 마찬가지다. 소설에서 '전형성'이라는 것이 실제로 어떻게 구현되는가의 문제도 아직껏 충분히 규명되지는 못했다고 토론에서 말했지만, 리얼리즘의 성취에는 '세부의 진실성' 외에도 상황 및 인물의 전형성이 필요하다든가, 일반화된 유형이 아니라 개별 인물로서의 특성이 형상화되어야 한다든가, 전형성과 평균성은 다르다든가 하는 식의 대체적인 규정이 있을 뿐이다. 그럴 수밖에 없는 것이, 예컨대 평균성과 다른 전형성이란 것도 어디까지나 작품의 유기적 일부로서만 주어지며 그 성패는 바로 작품이 '시의 경지'에 다다르는 데 성공했느냐는 문제 자체와 떼어놓을 수 없는 것이다. 그러므로 어떻게 시가 성취되느냐를 미리 이론으로 정해줄 수 없듯이 소설에서 전형성이 어떻게 확보되느냐에 관해서도 대체적인 (주로 어떻게 하면 안되는가를 알려주는) 지침 이상이 불가능함은 당연한 일이다. 다만 이런 당연한 어려움에 따른 논의상의 한계뿐 아니라, 문제의 성격 자체를 오인하는 가운데 촛점을 벗어나거나 피상에 머문 소설론이 흔했던 것도 사실이다. 심지어 바흐찐 같은 탁월한 이론가도 "소설이 '좁은 의미의 시'와 구별되는 특성을 주로 논하였고 그러한 소설장르 자체의 시적 내지 예술적 성격이 어디서 기원하며 어떤 의미에서 탁월하게 시적일 수 있는지를 제대로 논하지 않았"기 때문에(졸저 『민족문학과 세계문학 II』, 454면), 이론상으로도 미흡하고 소설문학 고전의 평가에서도 일종의 해체주의적 편향을 보인다고 하겠다.

그러나 당장의 문제는 '좁은 의미의 시'다. 제2부 토론 중 윤영천교수는 원래 소설에 관한 것인 엥겔스 편지의 전형성 개념을 시에까지 적용하려는 무리를 기왕의 논자들이 다소간에 범해오지 않았는가라고 물었는데, 이것이야말로 우리 모두가 진지하게 맞닥뜨려보아야 할 물음이다. 장편소설, 그것도 사실주의 전통과 어떤 식으로든 관련된 장편소설에 근거한 전형성, 사실성, 현실반영성 등의 기준을 짧은 서정시라든가 기타 온갖 종류의 운문작품(그리고 산문시)에 적용하는 데에 아무래도 억지가 따른다는 점은 하나의 상식이 아닐까 한다. 반면에 그러한 기준이 일부 한정된 갈래의 시들에만 적용된다고 말하면 훨씬 무난하기는 하지만, 대신에 '다시 문제는 리얼리즘이다'라는 주장이 조금은 무색해짐을 피할 수 없게 된다.

거듭 말하지만 나는 전형성, 현실반영 같은 특정 기준들의 충족 여부보다 '지공무사' 또는 '사무사'로서의 당파성의 구현 여부가 한층 본질적인 문제라고 믿고 있다. 따라서 오히려 좁은 의미의 시야말로 하나의 작품이 어떻게 시의 경지에 도달하는가를 확인하고 점검하는 최선의 표본이 되고, 나아가 현실주의적 성격이 좀더 농후한 장르들의 현실주의를 올바로 정초(定礎)하는 첩경일 수도 있다. 결국 이야기는 어떤 한 편의 시를 두고 ― 한 편 또는 두어 편만 검토해서 불충분함은 물론이지만 어쨌든 구체적인 작품을 하나씩 읽어가며 검토를 시작해야 하는 거니까 ― 그것이 어째서 '좋은 시'인지를 묻는, 더없이 낯익으면서도 늘상 새로운 작업으로 돌아오는 것이다. 이때 예의 '당파성'을 기준으로 삼는다는 것은, 시인이 자신의 감정·사고·지식·의지 그 어느 일면에도 치우침이 없는 지공무사한 언어를 찾았느냐를 따지는 일이다. 그리하여 읽는이 역시 그가 말귀가 밝고 마음을 비운 이상적인 독자일 때 온몸의 공감으로 받아들이지 않을 수 없게끔 되었는지를 묻는 일이다. 이러한 작업이 어디까지나 실제로 씌어진 시의 언어에 대한 구체적인 검토가 되어야 함은 물론이며, 운문일 경우 당연히 그 운율효과가 '의미'의 일부로서 감안되어야 할 것이다.

시의 율격과 가락, 심상, 수사법 등 형식상의 세목들에 대한 관심을 이른바 형식주의 비평의 전유물로 생각하는 경향도 없지 않으나 이는 물론 편견이다. 형식주의자들이 형식주의적 편견 때문에 그런 세목에 집착하는 것은 사실이지만, 그러한 세목들의 참뜻을 온전히 밝혀내는 일이야말로 '유물론자'의 몫이다. 적어도, 육신을 가진 인간인 시인이 온몸으로 행한 발언이라야 제대로 된 작품이고 그것은 똑같이 육신으로 살아 있는 인간인 독자의 온몸에 실제로 작용함으로써 완성된다고 믿는 것이 '관념론'과 정반대인한에서 '유물론적' 작업인 것이다. 오히려 시라는 구성물의 세부사항과 그것이 독자의 심신에 미치는 효력을 젖혀둔 채 막연히 '세계관'을 따지고 '현실반영'을 논하는 일이야말로 관념주의 비평이라 일컬어 마땅하다. 실상 우리가 권투나 축구 따위를 구경할 적에도 손발이 저절로 들썩거리기가 일쑤인데, 김수영의 표현대로 "온몸으로 바로 온몸을 밀고 나가는 것"이라는 시를 읽으면서 순간순간의 신체적·물리적 영향이 없다면 말이나 될 일인가. 다만 시는 그야말로 '온몸'의 행사이니만큼 주먹질 발길질 같은 단순동작들은 훨씬 절제될 따름이다. 하지만 가령 김수영 자신의 「의자가 많아서 걸린다」라는 작품에서 시행의 움직임 자체가 우리에게 무언가 자꾸만 닿고 걸리는 느낌을 실감시켜오지 않았다면 뒷부분에 가서, "닿고 닿아지고 걸리고 걸러지고／모서리뿐인 형식뿐인 격식뿐인／관청을 우리 집은 닮아가고 있다／철조망을 우리 집은 닮아가고 있다"라는 대목은 한갓 재담이거나 설익은 현실비판에 그치고 말았을 것이다.

이런 이야기는 「의자가 많아서 걸린다」를 두고서도 더 세밀한 검증이 필요하겠지만, 여기서는 하나의 주장으로 제시하는 데 만족할 수밖에 없다. 다만 나 자신의 작업 중에서도 신동엽의 「껍데기는 가라」에 대한 해석이라든가(「살아 있는 신동엽」) 『고은 시전집』의 몇몇 시편들에 대한 검토(「한 시인의 변모와 성숙」) 등이 모두 다소간에 이러한 인식의 소산이었음을 밝혀두고 싶으며, 더 나아가 관심있는 독자들이 1968년의 졸고 「김수영의 시세계」에서의 작품분석은 어느 정도로 그런 인식에 부합되는지도 점검해준다면 고마운 일이겠다.

이제까지의 논술에 얼마간 타당성이 있다 하더라도 시와 리얼리즘에 관해 남은 문제가 많음은 물론이다. 대표적인 난제의 하나는, 근대 장편소설에 주로 적용되는—그러나 서사시나 희곡에도 생산적으로 적용되는 경우를 흔히 보는—'전형성'의 개념이 쉽사리 통하지 않는 종류의 시들에 대해 어떤 상대적 평가를 내릴 것이냐는 문제다. 즉 전형 개념의 '변환'을 필요한 데까지는 해가면서 적용해보고 끝끝내 안될 때 안되는 만큼은 부족한 장르로 단정하느냐, 아니면 전형성의 기준이 도대체 가당치 않은 별개의 범주로 보느냐 하는 것이다. 신고전주의적으로 장르별 등급을 매기는 일도 위태롭지만, 모든 갈래의 무조건 평등이라는 것도 자명한 진리와는 거리가 멀다. 아니, '지공무사'의 경지와 다름없는 바람직한 당파성이 인류의 집단적 성취로서는 우리에게 미완의 과제로 안겨져 있다면, 이 과제달성을 위해 '전형' 개념이 함축하는 정확·원만하고 포괄적인 현실인식의 중요성은 더 깊이 연구해볼 문제다. 그러한 현실인식을 담은 '지공무사'의 경지만이 온전한 의미의 지공무사요 시대의 요구에 부응하는 중도가 아니겠느냐는 것이다. 상식적으로 말해, 완벽에 달한 짧은 시 한편의 의미를 소설 또는 희곡, 서사시의 그 어떤 대작으로도 대신할 수는 없지만, 그 나름의 완벽에 달한 장편소설이나 장막극과 동일한 비중을 갖는다고도 볼 수 없으리라는 것이다. 하지만 여기서도, 일정한 분량의 단시들이 모여 하나의 총체적 시세계를 이루었다고 하면 '상대평가'는 다시금 어려워지고 만다.

〈1991〉

민족문학과 근대성*

    전공자도 아닌 사람이 이 자리에 와서 토론에 참여하게 된 것은 대단한
영광입니다마는 과연 나왔어야 하는지 스스로 회의를 느낍니다. 원래 이
방면에 특별히 공부한 것도 없는데다가 개인사정이 겹쳐서 오늘 아침부
터 있었던 발제와 토론을 제대로 듣지도 못했습니다. 다만 발제문은 일단
한번씩 읽었고 아까 토론하는 중간에 들어와서 토론도 조금은 들을 기회
가 있었습니다. 시간을 절약하기 위해서도 그렇고 또 저 자신의 능력의 한
계를 감안해서도 여기 나온 논문들을 일일이 평하기보다 총론에 해당하

민족문학사연구소 창립 5주년 기념 씸포지엄 '민족문학과 근대성' 종합토론에서의 논평. 이에
앞서 다음과 같은 사회자의 발언이 있었다.
    "이제 백낙청·임형택(林熒澤) 두 분 선생님께서 지금까지의 발표에 대해 종합적인 강평을 하
는 것으로 종합토론을 대신하도록 하겠습니다. 특히 백낙청선생님께서는 최근에 쓰신 글을 통
해서 근대의 기점 문제에 대해 새로운 주장을 하신 바도 있습니다. 1894년을 그 기점으로 새롭
게 제기하셨는데, 오늘 발표하신 최원식(崔元植)선생님은 1905~10년 사이를 근대문학의 기점
으로 설정할 것을 주장하시면서 근대문학의 기점을 부질없이 끌어올리려는 시도를 그만둘 것
을 말씀하신 적이 있고, 김종철(金鍾哲)선생님께서는 장구한 근대로의 이행기를 주장하는 논문
을 오늘 발표하셨습니다. 또 고미숙(高美淑)선생도 근대로의 이행기에 부합하는 그런 내용의
논문을 발표하셨으니까, 백낙청선생님께서 이런저런 문제에 대해서 아마 적절하게 강평을 해
주실 수 있으리라 생각합니다. 그리고 임형택선생님께서는 모두 알고 계신 바와 같이 이조 후
기 한문학의 근대적인 측면과 민중적인 측면들 그리고 애국계몽기시대에 이르기까지 폭넓게
연구해오신 바가 있기 때문에 누구보다도 적절하게 말씀해주시리라 생각합니다. 두 분 선생님
의 강평을 부탁드립니다. 우선 백낙청선생님부터 말씀해주시죠."

는 최원식선생의 글을 중심으로 하면서 간간이 다른 문제에 대해서도 언급을 해볼까 합니다.

최원식교수가 이번에 내놓은 일련의 명제들은 그사이 최교수가 여기저기서 언급한 바도 있고 또 저하고는 사석에서 의견을 나눈 바도 있습니다만, 이렇게 일목요연하게 정리한 것은 처음이 아닌가 합니다. 그래서 제가보기에 대단히 의의깊은 발제이고 저로서는 대체로 공감하는 이야기들입니다. 앞에서부터 제기한 몇가지 문제점을 짚어가면서 제 의견을 말씀드릴까 하는데요. 우선 근대문학의 기점을 올리려는 부질없는 시도를 그만두자는 취지에 저는 전적으로 찬성합니다. 여기에 저 자신의 근대문학의 기점설이라는 것이 등장하는데, 그 점에 대해서는 나중에 따로 말씀을 드리도록 하겠습니다. 우선 원칙적으로 그동안 우리가 민족문학의 자산을 정당하게 평가하고 우리 문학이 오래전부터 가지고 있던 민족문학의 가능성을 인식하고자 노력하는 가운데, 기점 자체를 부당하게 올려잡으려는 시도가 많았다고 생각합니다. 그런데 그럴 필요가 없다고 말하는 것은 어떻게 보면 그만큼 우리 근대문학의 성취에 대해서 자신을 가지고, 꼭 기점이 많이 올라가야 되는 것이 아니고 결국은 근대문학이 출발한 이후의 업적과 지금 이루어지고 있는 작업 또 앞으로의 가능성 이것이 더 중요하다는 그런 생각의 표시라고 하겠습니다. 그것과 관련해서 최원식교수는 최근에 스땅달과 플로베르를 다시 읽은 이야기를 하고 또 서구에서 근대전환기 또는 근대초기에 우리나라의 『춘향전』과 유사한 작품이 많이 나왔다고 하면서 기령 셰익스피어의 『루크리스의 능욕』이라든가 레씽의 『에밀리아 갈로티』 등을 예로 들었습니다. 그것은 근대전환기에 이런 유사한 주제가 등장한다는 홍미있는 사실을 지적한 면도 있지만, 서양문학에서 유사한 근대초기 작품들과 비교해볼 때 우리 문학에서 근대문학의 맹아라든가 심지어는 근대문학 그 자체라고 일컬어지는 작품들이 실제로 서양문학의 그러한 작품수준에 미치지 못하는 것이 아닌가, 이런 사정에 대해 우리가 훨씬 더 냉철한 판단을 해야 옳다는 의사표시라고 생각합니다. 서양문학을 전공하는 사람으로서 저도 이 점은 사실이라고 봅니다. 『루크리스의 능욕』은 16세기 셰익스피어의 작품이고 레씽의 작품은 18세기, 스땅달이나 플로베르는 19세기니까 서양으로 치면 근대로의 전환이 이루어진 한참 뒤의 작품이라고 할 수 있습니다. 따라서 그러한 작품과 비교하기보다 오히려 더 거슬러올라가서 서양의 중세 말기에 나타난 근대 성향의 작품들과 비교해본다면, 가령 쉬운 예로 우리가 조선 말기 한문 단편의 성과라든가 이러한 것에서 근대성을 찾는 논의도 있습니다만, 서양의 14세기에 씌어진 작품으로 여러분도 다 아시는 보까치오의 『데까메론』 같은 작품을 보면 우선 그것이 한문 같은 중세의 공통 문어로 씌어지지 않고 그 나라의 언문으로 되어 있다는 사실도 사실이지만, 작품으로서의 완성도라든가 여러가지 면에서 확실히 다른 차원의 성취라고 생각합니다. 그래서 그런 세계문학적인 시야를 가지고 비교를 해보면서 가령 한문 단편이면 한문 단편이, 판소리소설 같으면 판소리소설이 과거의 작품에 비해서 어떤 진전을 이루었는가를 보는 동시에 『데까메론』 같은 작품에 비해서도 근대성이라는 면에서 여러가지로 부족하다는 점을 인정할 필요가 있다고 생각합니다.

우리 문학의 가난을 얘기하신 것과 더불어 프로문학의 위상에 대해서도 말씀을 하셨는데, 이제까지 좌우파 규정이 소박한 실재론에 지펴 있었다라는 말씀과 또 그 구체적인 예로서 카프문학의 주류성에 대한 주장이 특히 진보문학계 내지는 진보학계에서 상당한 위치를 차지하며 힘을 발휘하고 있었는데 이제는 그것을 해소할 때가 되었다는 주장을 내놓았습니다. 카프문학을 과대평가해서는 안된다는 이야기는 1980년대 카프연구의 열풍이 차츰 사그라들면서 여기저기서 나왔습니다만 이번에 최원식교수가 하신 것처럼 분명하게 다소 도전적으로 이런 문제제기를 한 것은 과문한 저로서는 처음 보는 일입니다. 물론 처음부터 카프를 부정하는 입장에서 그런 말을 한 사람은 많지만 카프의 문제의식이라든가 카프의 업적을 수용하면서 그 주류성에 대한 주장을 해소해야 한다는 주장은 제가 보기에는 상당히 새롭고도 중요한 주장이라고 생각합니다. 1970년대 이래 민족문학운동의 현장에서 한몫을 해온 사람으로서 이 취지에 기본적으로 동의합니다. 70년대 이래의 민족문학운동이 해방직후의 임화 같은 사람이 제기한 민족문학론을 여러가지 면에서 계승한 면이 없는 것은 아닙니다만, 기본적인 차이도 있습니다. 첫째는 8·15 후는 이미 분단이 된 뒤이긴 합니다만 우리 시대처럼 분단이 고착되기 전이기 때문에 분단극복이라는 과제가 민족문학의 중심적인 문제로 떠오르기 이전이었습니다. 또 하나는 최원식교수가 지적하고 있듯이 임화가 과거의 자신의 계급문학론에 대한 여러가지 반성을 했고 또 하정일선생의 논문에도 나옵니다만 그 전부터 프로문학을 민족문학의 구도 안에 수용하려는 노력을 했다고 하더라도 결코 카프문학의 주류성이라는 명제는 포기하지 않았습니다. 민족문학 혹은 인민민주주의 민족문학과 같은 개념을 내세울 때도 그것은 어디까지나 사회주의리얼리즘이라든가 프로문학의 이념을 조선의 낙후한 현실에 적응시키기 위해 하나의 과도기적 단계로 설정한 것이고 이것이 더 발전될 때 원래 카프문학이 또는 소련식 사회주의리얼리즘문학이 지향하는 쪽으로 나가야 된다는 전제가 깔려 있었다고 생각합니다. 그런데 우리 시대의 민족문학운동을 벌인 사람들은 물론 그 내부에 여러가지 의견의 차이가 있고 지금도 카프의 주류성을 견지하는 분들도 계십니다만 저 자신이나 상당수의 사람들은, 카프의 주류성을 계승한다는 의도를 처음부터 가지지 않고 민족문학론을 전개해왔고, 1980년대에 카프에 대한 논의가 활발해지면서 기존의 민족문학론에 대한 여러가지 도전이 나오고 그것이 소시민적이라고 비판할 때 우리는 이것이 소시민적이라서가 아니라 오히려 카프의 주류성을 전제로 한 민족문학론이 시대에 뒤떨어지고 우리 현실에 맞지 않기 때문에, 우리가 제기하는 민족문학론이 오히려 더 선진적이다라는 그런 신념을 가지고 해왔던 것입니다. 그렇기 때문에 최원식교수의 이러한 문제제기는 저의 문제의식과도 일치합니다.

그러면 근대문학의 기점에 대해서 제 입장을 말씀드려보겠습니다. 최원식교수는 근대문학의 기점에 대해 제가 1894년설을 주장했다고 하면서 거기에 대한 반대의견을 말씀하셨고, 이선영선생님께서는 기조강연에서 제가 1906년 정도를 근대문학의 기점으로 설정하고 있다고 말씀하시면서 대체로 거기에 동의하는 말씀을 하신 걸로 압니다. 어쩌면 사람을 헷갈리게 만드는 것이 저의 장기가 아닌가 하는 느낌이 듭니다. 사실 저는 여기에 대해 무슨 체계적인 논문을 쓴 것은 없고 「문학과 예술의 근대성 문제」(본서 수록 제목 「근대성과 근대문학에 관한 문제제기와 토론」)라는 글에서 잠깐 언급을 했고 또 『민족문학사연구』 제2호 좌담에서 이런 문제를 토론한 적이 있습니다. 그때 제가 말하고자 한 것은 1894년부터 1910년까지 실제로 어떤 작품이 있었고 어떤 활동이 있었는가를 소상하게 알고 있지 못한 사람으로서 기점이 1894년이 되어야 된다 또는 1905년이 되어야 된다고 말하는 것은 외람된 일이기도 하고 적어도 지금의 싯점에서는 거기에 대해서 확고한 의견을 내세울 만한 처지가 아니라는 것이었습니다. 오히려 제가, 특히 서양문학을 공부한 사람으로서 강조하고자 했던 것은, 하나는 우리나라뿐 아니라 다른 나라의 문학을 보더라도, 심지어는 유럽의 문학을 보더라도, 일반역사에서의 근대전환과 문학사에서의 근대문학의 출발 사이에 어떤 일정한 상관관계를 이론적으로 설정할 수 있지 않겠느냐 하는 것이었습니다. 다시 말해서 근대전환이 주체적으로 이루어지면 이루어질수록 근대문학의 기점이 앞당겨지고 심지어는 일반사에서의 근대전환보다 앞서는 경우도 있습니다. 가령 이딸리아 같은 나라가 그렇고 영국이 그렇습니다. 반면에 근대로의 전환이 타율적으로 이루어지면 그만큼 일반사에서의 근대사의 시발점과 문학사에서의 근대문학의 기점의 차이가 벌어지면서 근대문학사의 기점이 늦어집니다. 또 이렇게 늦어질 때 그 늦어지는 도가 심해질수록 딱히 어느 지점에서 근대문학의 시발점을 잡아야 할지가 모호해진다는 것입니다. 그래서 가령 1894년을 시발점으로 잡는 관점은 1876년의 개항을 근대사 출발의 기점으로 잡는다 하더라도 그때부터 1894년 이전까지는 문학적으로 너무나 성과가 미약하니까 1894년쯤 돼서 농민전쟁과 갑오경장을 거치면서 순우리말로 된『독립신문』도 나오고 국문이 주된 표현수단이 되었을 때, 일단 그때는 작품다운 작품이 없다 하더라도 그쯤 되면 근대문학의 기점으로 생각할 수 있지 않겠는가 하는 것이고, 작품다운 작품이 좀더 있어야 하겠다는 입장이라면 역시 1905년 이후에 가야 더 많은 작품이 나온다고 해서 그때를 기점으로 설정합니다. 특히 그 점에 대해서는 오늘 발제문에서 김종철선생의『은세계』에 관한 논문이라든가, 고미숙선생의 글을 통해서 알 수 있는 가령『독립신문』에 나온 창가류하고『대한매일신보』에 실린 시가류 사이에 얼마나 큰 차이가 있는가, 또 그밖에 여러가지 현상들, 이를테면 신채호의 민족문학론에 해당하는 논설이라든가 이런 것을 감안할 때, 1905년을 계기로 설령 그것이 같은 근대문학 내의 시기라 하더라도 어떤 커다란 국면의 전환이 이루어지는 것은 틀림이 없다고 생각합니다. 그러나 애국계몽기라고 해서 정말 근대문학으로 내세울 만한 작품이 확실히 있는지는 논란의 여지가 없지 않지요. 그래서 저는 1894년에 근대문학의 기점을 두고 1905년에 와서 새로운 국면이 벌어진다고 볼 것인지, 아니면 1894년 이후의 집중적인 준비기간을 거쳐 1905년에 가서야 근대문학이 제대로 출범한다고 볼 것인지, 이것은 전문가 여러분들이 토론해서 결정할 문제로 남겨두고자 하는 것입니다.

끝으로 근대문학의 근대성과 탈근대성, 또는 근대와 근대 이후, 이것이 이번 씸포지엄의 큰 주제인 것 같은데요, 저도 여기에 대해서 글을 썼습니다만 이런 논의가 흔히 마주치는 반응은, 첫째는 근대성이라고 말하는데 근대성의 개념이 너무 모호하다는 것이고, 둘째로 근대 이후라든가 탈근

대를 이야기하지만 그 탈근대의 전망이나 탈근대의 구체적인 양상이 제
대로 드러나지 않고 너무 막연하다는 두 가지인 듯합니다. 저 자신의 글에
대해서도 그런 논평을 많이 들었고 아마 이런 문제를 이론적으로 다룰 때
대부분의 논자가 그런 비판이나 지적을 받지 않을까 하는 생각이 듭니다.
그 점에 대해서 한가지 말씀드릴 것은 이 근대성이라는 개념이 가령 사회
경제사의 발달과정에서 자본주의시대를 근대라고 본다면, 물론 그것도
구체적인 적용에 들어가면 모호한 점이 많겠습니다만 그래도 비교적 객
관적으로 판정이 날 수 있는 문제라고 생각합니다. 그런데 문학에서의 근
대성이라 하면 그러한 자본주의적인 근대에 걸맞은 인식과 그런 현실에
대한 기본적인 적응력을 바탕으로 하면서도 동시에 문학이란 이름에 걸
맞은 작품을 내놓아야 하기 때문에, 자본주의사회에 수동적으로 적응하
는 것만으로는 그러한 문학이 성립할 수가 없습니다. 그렇기 때문에 근대
적인 문학이라든지 문학의 근대성을 규정하고자 할 경우에는 필연적으로
사회경제 면에서의 근대를 규정할 때와는 다른 요소가 끼여들게 됩니다.
다시 말해서 사회경제 면에서의 근대성에 해당하는 것을 부정하려는 노
력도 다소간에 끼여들게 마련입니다. 그렇기 때문에 어떻게 보면 적어도
문학에서는 근대 이후를 지향하는 그 자체도 근대성의 일부로 포함할 수
가 있습니다. 편의상 근대문학 속에서 어떤 면은 근대를 수용하는 요소이
고 어떤 면은 근대의 극복을 지향하는 요소라고 구별하는 것도 가능해지
기 때문에 여기에 모호성이 따릅니다. 단순히 논자의 역량부족이나 정리
가 미비해서라기보다도 소위 사회경제적인 현실의 근대성과는 다른 문학
의 근대성, 또는 주체적 인간의 대응방법의 근대성이라고 할 경우에는 그
모호성을 떨쳐버릴 수가 없다고 생각합니다. 그렇기는 하지만 근대의 역
사가 진전되면서 근대에 대해서 의식적으로 부정하고 이것을 넘어서야겠
다는 의지가 훌륭한 문학작품일수록 강화된다고 생각합니다. 그것이 딱
히 몇년도를 기해서 그전까지는 부르주아리얼리즘이었는데 그 이후는 사

438

회주의리얼리즘으로 변한다든가 하는 식의 명확한 구별을 짓는 데는 저 자신 반대한 바 있습니다만, 근대 서양문학의 위대한 작가들을 보더라도 역사상 여러번의 중요한 고비와 계기를 거치면서 이런 탈근대지향성이 강화되어온 추세이기 때문에 지금쯤 되면 근대극복에의 지향이 구체적으로 어떻게 드러나는가 하는 것을 작품평가의 중요한 기준으로 삼아도 되는 시기가 되었다고 생각합니다. 그리고 이것이 막연하다고들 하는데요, 적어도 우리 민족문학운동에서 구체적으로 제기된 문제에 따르면 이것은 결코 막연하지 않다고 봅니다. 왜냐하면 우리 민족문학운동이라는 것이 시발점에서부터, 한편으로는 가령 애국계몽기 같으면 선진제국의 국민문학을 우리땅에도 세워보자는 것으로 비교적 소박하게 시작을 했지만, 그때에도 은연중에 선진자본주의국가를 무조건 따라가는 것이 우리가 근대국민으로서 할 일은 아니라는 의식이 있었고, 더군다나 그러한 애국계몽기의 국민문학건설운동이 국권상실로 인해 실패하고 난 후로는 근대지향과 탈근대지향이라는 것이 더욱 눈에 띄게 병존하면서 진행되어왔습니다.

더구나 이제 우리 시대의 민족문학론에 이르면 이것이 우리 한반도의 분단체제극복이라는 구체적인 과제로 모아지는데, 이 분단체제극복이라는 것이 단순히 어떻게 해서든지 통일만 하고 보자, 무력통일을 하든 흡수통일을 하든 어떤 식으로건 통일만 하고 보자는 것이 아니거든요. 한반도의 분단체제가 세계체제의 일부로서 어떻게 형성되었고 또 현 세계체제안에서 어떻게 작동하고 있으며 이 분단체제를 제대로 극복하는 것이 세계체제에 어떤 변화를 가져오고 그것의 근본적인 변혁에까지도 이바지할 수 있는가라는 인식과 거기에 대한 일정한 경륜을 요구하는 것입니다. 따라서 분단체제의 극복에 이바지하는 민족문학이라는 것은 한편으로는 우리에게 아직도 미완의 과제로 남겨져 있는 근대성의 성취 문제, 구체적으로는 남한 내에서의 민주적 개혁이라든가 평등과 자주권의 증진과 같은 것, 또 한반도 전체에 걸친 통일국가의 형성과 민족의 통일, 이러한 목표를 설정하게 되지만 다른 한편으로는 이것이 그런 근대성을 뒤늦게나마 실현한다는 차원에서는 달성될 수 없는 목표라는 것을 인식하지 않을 수 없다고 봅니다. 즉 남한사회의 민주화라든가 자주화의 증진이라는 것이 분단체제 내에서는 엄연한 한계에 머물 수밖에 없다는 인식이 있고, 통일 문제에 대해서도 기존의 '근대적' 발상에서 벗어날 필요가 있기는 마찬가지라고 생각합니다. 통일도 우리가 1945년에 당연히 이룩했어야 할 통일 민족국가의 성립을 그때 놓쳤으니까 지금 뒤늦게나마 실현해보자는 생각, 가령 국가연합이나 연방제만 하더라도 현재 많은 사람들이 하나의 통일적인 민족국가를 이루기 위한 과도적 조치로서만 설정하고 있는 것 같은데요, 저는 그렇게 생각하지 않습니다. 그때 통일된 민족국가를 건설하지 못한 것은 우리로서는 큰 한이 되고 또 그 때문에 한국전쟁과 같은 엄청난 댓가를 지불하기도 했습니다. 그러나 이미 댓가를 지불할 만큼 했는데 이제 와서 통일을 한다면서 45년에 이루지 못한 국민국가를 복원하는 것만으로는 너무나 부족하고 또 그것은 현실적으로도 어려운 일이라고 봅니다. 그렇기 때문에 어떤 식의 복합국가가 될지는 모르겠습니다만 좀더 세계사의 큰 흐름에 부합하는, 다시 말해서 국민국가의 단일성이나 완결성이 약화되어가는 세계사의 대세에 부응하면서 동시에 우리 민족의 통일을 이룩하는 이런 민족사회를 만들어야 하는데, 거기에 이바지하는 문학이라고 한다면 전형적인 근대 개념으로서의 국민국가라든가 단일민족의 문제 또는 일국 사회 내부에서의 계급 문제 등을 뛰어넘는 인식이 필요하다고 생각합니다. 그래서 오늘날의 민족문학에 주어진 과제를 구체적으로 검토하고 그것을 해결하려는 경륜을 갖게 되면 근대 이후라든가 탈근대를 지향한다는 것이 결코 막연한 이야기만은 아니고 바로 우리가 이땅에서 분단체제를 어떻게 극복할 것인가, 또 이 체제하에서 어떤 작품을 쓰고 어떤 작품을 좋다고 평가하며 어떤 작품을 나쁘다거나 덜 좋다고

440

말할 것인가와 같은 우리 문학인 또는 문학연구자들의 일상적인 작업과 직결되는 구체성을 띠게 된다고 생각합니다.

〈1995〉

논평: 민족문학, 문명전환, IMF사태

저도 처음부터 나와서 한 분의 기조연설과 세 분의 발제, 그리고 약정 토론자들의 토론을 들으면서 여러가지 하고 싶은 말이 쌓였습니다. 게다가 종합토론*에서 다른 두 분이 말씀하시는 것을 들으니까 그분들 말씀에 대해서도 논평을 하고 싶은 생각이 들어서 10분밖에 없다는 것이 다소 '참담한' 기분입니다.(웃음) 하지만 저는 주최측이기도 하니까 시간을 정확하게는 못 지키더라도 지키는 시늉이라도 해야 할 처지입니다. 그래서 여러 가지 가운데서 두 분의 얘기, 혹은 두 대목에 관해서만 우선 말씀드리고 혹시라도 오늘 일진이 좋아서 마이크가 제게 다시 돌아오면 그때 다른 얘기도 해볼까 합니다.

두 가지 중 하나는, 최원식교수의 기조발제에는 약정토론이 따르지 않았기 때문에 누군가가 논평을 자세히 해줄 필요가 있지 않은가 하는 생각이 들었고요, 또하나는 제 분야가 문학이기 때문에 아까 임규찬선생의 민족문학론에 관한 발제와 그에 뒤따른 토론에 대해서 조금 말씀드리는 것이 제 임무인 듯합니다. 사회자께서도 아까 그렇게 주문까지 하셨으니 무언가 얘기를 해야 하지 않을까 싶습니다.

---

* 『창작과비평』 100호 기념 씸포지엄 'IMF시대 우리의 과제와 세기말의 문명전환'(1998. 3. 27)에서의 종합토론을 뜻함.

그러면 먼저 민족문학 논의에 대해서 몇가지만 간략하게 말씀드리겠습니다. 우선 박혜경(朴惠慶)선생이 논평하는 과정에서 민족문학론을 펴는 사람들이 아직도 민족을 너무 신성시하고 있지 않은가 하는 질문이 있었지요. 거기에 대해서 임규찬선생은 '민족주의와 다른 이념의 창조적 결합'을 위해서 지금도 고민하고 있다고 답하셨습니다. 제가 거기에 덧붙일 것은 이 고민이 비단 1990년대에 시작된 것이 아니고 적어도 해방 직후부터, 우리 문학에서 민족문학운동이 벌어지고 민족문학 논의가 시작되면서 쭉 계속되어왔다는 점입니다. 그리고 그러한 민족문학론에서는, 적어도 어느 수준 이상의 논의에서는, 민족이라는 것이 신성시되거나 절대시된 일이 없다는 점을 말씀드리고 싶습니다. 이 점에 대해서는 여러분들이 좀더 애정과 성의를 갖고 그동안의 논의를 점검해보시면 금방 확인이 되리라고 믿습니다.

두번째는 신세대문학에 관한 논의였는데요. 저는 임규찬선생의 얘기를 들으면서 처음에는 '아니, 신세대문학에 대해서 저렇게까지 일방적으로 부정할 수 있을까? 민족문학론이 자기반성을 한다면서 너무하는구나' 하는 생각을 했는데 조금 더 들어보니까 임규찬선생이 말씀하시는 '신세대문학'은 아주 특수한 의미인 것 같아요. 거기서 공선옥은 물론 빠지고, 신경숙과 은희경이 빠지고, 윤대녕도 빠지고…… 그러니까 연령적으로도 이들보다 더 아래 세대의 문학이면서 동시에 그중에서도 특수한 경향, 물론 요즘 크게 유행하는 경향이겠습니다만, 그런 것에 국한해서 말씀하셨다는 것을 이해하게 됐습니다. 그러면서 제가 생각한 것은 만약 그렇다면 '신세대문학'이라는, 이건 저널리즘에서 만들어가지고 유행시킨 용어인데, 이걸 그대로 받아서 쓰기보다는 조금 더 특정 작가들을 중심으로 성격을 규정해서 다른 이름으로 불러주는 것이 좋지 않겠는가, 마치 민족문학과 젊은 세대의 문학이 서로 대치되는 것 같은 인상을 주어서는 안되겠다는 것이었습니다.

그와 관련해서 한가지 더 말씀드리고 싶은 것은, 우리가 80년대 문학이라든가 1990년대 문학이라고 할 때 그 연대에 들어와서 활동하기 시작한 사람들의 문학을 중심으로 너무 국한시켜서 얘기하는 경향이 있다는 것입니다. 하지만 가령 우리가 80년대 문학의 성과를 말한다면 이미 50년대 말부터 활동해온 고은 시인이나 신경림 시인, 또 80년대에 들어와 『장길산』과 『무기의 그늘』을 완성한 황석영 같은 소설가, 이런 사람들의 업적을 빼고 과연 우리가 80년대 문학을 얘기할 수 있겠느냐는 겁니다. 마찬가지로 90년대 민족문학론을 얘기한다면, 제 경우 활동이 부진해서 미안하긴 합니다만, 거기에는 당연히 저 같은 사람도 90년대 평론가로 자처하고 있고 90년대 문학의 일부로 끼워주었으면 하는 생각입니다.(웃음) 그리고 또 한가지 우리가 너무 국한해서 생각하는 것은 우리가 말로는 편협한 문학주의를 비판하면서도 정작 한 시대의 문학적 성과를 말할 때는 시·소설 등 그야말로 순문예적 장르에 속하는 작품만 가지고 얘기하는 경우가 많은데, 90년대에 들어와서, 또는 그전부터 우리 문학에는 시·소설·희곡만이 아니라 가령 90년대의 기행문학이라든가 자전적 에쎄이, 80년대의 르뽀문학 같은 분야에서도 훌륭한 업적이 많이 나왔고 우리 문학의 중요한 자산을 이루었다고 생각합니다. 그래서 80년대 문학을 얘기하든 90년대 문학을 얘기하든 그런 것도 포함해서 논의하는 것이 좋지 않겠는가 하는 것입니다.

끝으로 김사인(金思寅)선생이 임규찬선생더러 '왜 백낙청은 비판하지 않는가?' 하는 질문을 던졌고, 조금 아까 정운영(鄭雲暎)선생도 제 이름을 들먹이셨는데 임규찬선생 답변을 제가 대신할 수 있는 성질은 아닙니다만, 짐작컨대 80년대에 하도 혹독한 비판을 많이 했기 때문에 요즘 와서는 미안해서 좀 봐주는 것이 아닌가 하는 생각도 듭니다.(웃음) 제가 왜 이런 얘기를 꺼내냐 하면, 혹시 토론자들의 말씀을 들으시면서 여러분들이 창비에서는 백아무개 하면 무조건 봐주고 떠받들고 하는가보다라고 생각하실지 몰라서 말씀드리는데 그 점은 사실과 다릅니다. 창비 지면을 지켜보신 분들은 아시겠지만 백아무개에 대한 가열한 비판이 80년대는 물론이고 90년대 들어서도 계속 나온 바 있습니다. 그런 개방성이라는 면에서는 다른 어느 잡지보다 활발하다고 저희는 자부하고 있습니다.

다음으로 최원식교수의 기조발제에 대해서 말씀드리겠습니다. 최선생은 여러분도 아시다시피 저와 함께 창비 일을 하고 있어서 그동안의 최교수 작업에 대해서 잘 알고 있는 편인데요. 이번 발제에서 저는, 특히 대국주의와 소국주의의 내적 긴장이라는 문제를 제기한 것이 그간의 최원식선생 작업에서 새로운 면이었다고 생각합니다. 전혀 새롭다기보다는 적어도 그런 식으로 표현한 것이 상당히 참신한 문제제기였다는 느낌입니다. 그리고 최교수 자신이 끝에 가서 저의 '복합국가론'이라든가 '한민족공동체론'에 대해 언급을 하셨습니다만, 제가 어떤 데서 '우리 한국이 세계체제 속에서 너무 잘살지도 않고 그렇다고 아주 못살지도 않는 나라로서의 잇점을 살려서 분단체제를 극복하고 뭔가 새로운 모범을 전세계에 보여주자'고 했던 발상과 통한다고 생각합니다. 다만 저는 이 문제의식을 더 발전시키기 위해서는 개념규정이 좀더 엄격했으면 좋겠다는 생각이 들었습니다. 가령 대국주의에 대해서도, 그것이 아까 이미경(李美卿)선생이 말씀하셨듯이 우리가 패권주의적인 대국이 되려는 것을 대국주의라고 하는가? 그것만은 아닌 것 같아요. 그렇다면 부국강병론 자체가 곧 대국주의인지, 이런 것이 좀더 분명해졌으면 좋겠고요. 특히 소국주의의 경우에는, 최선생은 제목에 '소국주의 추구'가 아니라 '대국주의와 소국주의의 긴장'을 말씀하셨고, 또 결론에서도 대국주의도 소국주의도 아니고 그 둘을 종합할 것을 주장하셨는데, 실제로 소국주의 자체를 추구하는 듯한 인상도 더러 받은 것이 사실입니다. 그것은 발제에서 사용되고 있는 소국주의라는 개념이 그때그때 다르기 때문이 아닌가 생각하는데요. 제가 볼 때는 소국주의의 개념을 크게 두 가지로 나눠서, 하나는 기존의 세계체제 속에서 어느정도 가능하지만 '문명전환'을 꿈꾸는 우리로서는 궁극적인 목표로 삼을 필요가 없는, 또는 대국주의 이념에 근본적으로 위배되는 것이 아니라고 생각함직한 소국주의, 다른 하나는 궁극적으로 바람직할지 몰라도 아직은 현실이 허용하지 않아 우리가 섣불리 추구할 것도 아닌 소국주의, 이렇게 둘로 나눠보는 것도 한가지 방법일 듯합니다. 다시 말해서 가령 작고도 단단한 나라라고 할 때 쉽게 떠오르는 것이 스위스나 북구 나라들, 네덜란드를 포함한 베네룩스 나라들같이 작으면서도 부강한 국가들인데, 그들은 역시 세계체제 속에서 부국강병에 성공한 사례들입니다. 또 그와 성격이 좀 다르고 더 낮은 위상이지만 우리 현실과는 훨씬 가까운 예가 타이완일 터인데, 이런 식으로 자본주의 세계경제의 분업구조에 안주하는 상태에 대해서는 최선생 자신이 분명히 우리가 지향할 소국주의가 아니라고 말씀하셨고 저도 동의하는 바입니다. 다른 한편으로 우리가 장기적으로 지향할 면이 많은 소국주의로는 가령 지금 우리나라의 지식인 사회에서 『녹색평론』 같은 잡지가 강조하는 — 새로운 안빈론(安貧論)이라고도 말할 수 있겠죠 — 그런 것이 있고…… 또 기조발제에서는 중세 안빈론을 언급했습니다만, 중세보다 더 올라가서 노자(老子)가 말하는 소국과민(小國寡民), 즉 나라는 작고 인구는 적은 것이 좋다는 사상과 통한다고 보는데, 저는 여기에 우리가 궁극적으로 지향해볼 만한 바가 분명히 있다고 믿습니다. 다만 장래의 '작은 나라'는 어디까지나 전지구적 인류공동체의 일부이지 옛날식의 고립된 공동체와는 달라야 하고, '적은 수의 백성들' 역시 세계시민으로서의 식견과 저항력을 갖춘 사람들이어야 할 것입니다. 따라서 이것이 가능하려면 그 전제조건으로서 첫째 과학기술이 고도로 발달해야 하고, 둘째로는 과학기술과 인간과의 관계가 지금과는 전혀 다른 것으로 변해야 한다고 봅니다. 그것은 단순히 과학기술과의 관계만이 아니라 사회체제의 변화 내지는 변혁을 의미하는 것이겠죠. 소국주의에 대해서도 이런 식으로 더 세분하고 더 발전시켜서 생각한다면 소국주의와 대국주의 간의 긴장이 정확히 어떤 것이며 그것을 어떻게 추구할지에 대해 중지를 좀더 모을 수 있지 않을까 합니다. 거기에 대해서 제 나름으로 생각한 바가 아주 없지도 않습니다만, 옆에서 지금 사회자가 뭔가 위협적인 몸짓을 해대고 있어서 이만 그치는 게 좋겠습니다.(박수)

*

저한테는 지나가면서 하는 질문 정도였던 것 같습니다만, 이럴 때 마이크를 안 잡으면 기회가 돌아오지 않을 것 같아서……(웃음) 아까 분단시대에 우리가 어떻게 해야 할지에 대해서 창비에서 좀더 구체적으로 밝혀줬으면 좋겠다는 주문이 있었던 것 같은데요. 저는 그 주문에 제대로 부응한다기보다 이제까지 나온 얘기에 포괄적으로 논평을 하고 싶습니다.

아까 정운영선생께서도 처음에는 오늘 토론회의 큰 제목에서 IMF와 문명전환이라는 것이 안 맞는다고 하셨다가 다시 생각해보면 맞는 것도 같다고 하셨는데, 청중석에서 맞는다고 말씀해주셔서 저는 대단히 감사하게 생각했습니다. 제가 지은 제목은 아닙니다만, 분명히 관계가 있고 우리가 관계를 지어야 한다고 생각하는데, 다만 얼마만큼 제대로 지었는지는 모르겠습니다. 아까 질문하신 분도 IMF사태가 일시적인 위기가 아니라 이것을 통해서 정말 새로운 것을 찾아야 한다고 말씀하셨는데, 결국 IMF시대의 당면과제 해결과 문명전환이 연결될 수 있느냐 없느냐 하는 것도 거기에 달려 있다고 봅니다. 가령 IMF 극복노력도 최원식선생이 말하는 대국주의 이념에 따라서 무조건 고도성장시대의 복원을 쐬한디든가 또는 정반대로 비현실적인 소국주의 이상을 추구한다고 할 때는 당면 대책을 문명전환으로 연결시킬 수가 없다고 하겠죠. 더구나 대국주의도 극단적인 대국주의, 우리 분수에 넘치는 큰 부자가 된다든가 흡수통일을 통한 강대국화 같은 헛꿈을 꾼다든가, 또는 소국주의 중에서도 아주 극단적인 소국주의, 지금 현실에는 맞지 않는 소국과민의 꿈을 그대로 실현하려고 한다면 IMF위기를 극복하는 일조차 실패하고 완전히 골병이 들기 십상일 거예요. 반면에 현재 세계체제의 분업체계 안에서 가능한 '타이완식' 소국주의랄까 부국강병론을 추구한다면 어느정도 현실적응은 가능하겠지만 문명전환이라는 큰 사업에서 무슨 뜻있는 몫을 해낼 수는 없겠지요. 여기서 바로 소국주의와 대국주의 간의 긴장이라는 것이 중요해지고 애초에 제가 말했던 대로 너무 잘살지도 못살지도 않는 나라로서의 위상을 유지하면서 그런 나라 특유의 잇점을 살리는 일이 중요해진다고 생각합니다. 그런 의미에서 저는 현존자본주의 세계체제에 적응하면서 일정한 경쟁력을 확보한다는 의미라면 '대국주의'라는 것도 너무 쉽사리 포기해서는 안된다고 하신 이미경선생 말씀에 동조하고 싶습니다.

그리고 이왕 얘기를 하는 김에 그동안 논의가 많이 된 '시장경제'에 대해서 한가지만 말씀드리고 싶은 것이 있는데요. 저는 그 얘기를 들으면서 시장이라는 것과 시장경제가 일치하는 면도 있지만 이것을 분리해서 볼 필요도 있지 않은가 생각했습니다. 시장경제라는 말은 아까 어느 분도 지적하셨습니다만, 자본주의 경제에 대한 대명사로 쓰이고 있고, '시장'은 또 '시장경제'의 준말로 곧잘 쓰입니다. 하지만 그러한 관행은 인정하면서도, 자본주의 시장경제라는 것이 본래 의미의 시장과 합치하는 면도 있지만 이를 억압하는 면도 있다는 브로델(F. Braudel)의 주장을 상기하고 싶습니다. 시장이라는 것은 원래 자본주의 이전에 아주 아득한 옛날부터 있었던 것이고, 앞으로 사회주의가 되든 뭐가 되든 인류생활에 없어서는 안될 것이라고 생각합니다. 다시 말해서 장터에 사람들이 모여서 만나고, 물건을 사고팔고 바꾸기도 하는 것은 인간의 공동체생활에서 매우 긴요한 일부인데, 자본주의 시장경제라는 것은 한편으로는 거기에서 싹이 터서 이걸 발전시켜왔지만 다른 한편으로 그런 자유로운 만남과 교역의 터로서의 시장을 억압하고 그걸 전혀 다른 성격의 것으로, 오히려 교환의 자유가 억제되고 독점이 판을 치는 곳으로 바뀌어가는 과정이라고 생각합니다. 그렇기 때문에 우리가 막연히 시장경제라고 말하고 '시장'의 필요성을 인정하면서 다른 한편으로는 시장경제의 극복을 말하다보면 굉장한 혼란이 생길 수도 있는데, 저는 자본주의 시장경제라는 것은 10년, 20년 단위로 볼 때는 엄연한 현실이고 최원식선생 말대로 그 바깥으로 도망갈 길이 없지만 100년, 200년 단위, 아니 100년이 채 못 되는 단위로 보더라도 인류와 맞지 않는 체제라고 봐요. 그렇기 때문에 그런 시장경제는 극복을 해야 하고, 그러기 위해 우선은 그 논리에 적응하면서 시장경제를 이용하기도 해야 하지만, 우리의 장기적인 목표는 오히려 본래 의미의 시장을 살리기 위해서도 시장경제는 극복해야 한다는 쪽으로 확실히 잡아야 되리라고 생각합니다.

〈1998〉

| 덧글 |

여러 사람이 말한 대로 시간에 쫓겨 충분한 토론을 못한 것이 무엇보다 아쉬웠지만, 그렇다고 이제 와서 그때 하고 싶었던 말을 일일이 되새길 필요는 없겠다. 다만 한두 가지 덧붙일 기회가 생긴 것을 기쁘게 생각한다.

먼지 민족문학론에 관해서인데, 그나마 종합토론에서 시간을 할애하고서도 산발적인 논평에 그쳐 논의의 핵심은 비켜가지 않았나 하는 자책감을 갖는다. 결론부터 말하면 나는 민족문학론의 문제의식은 여전히 유효하지만 민족문학이라는 용어가 일종의 '간판'으로서 가졌던 쓸모는 줄었다는 임규찬씨의 발제에 동의한다. (다만 그는 "이 말을 하나의 '간판'처럼 지나치게 남용하는 일은 가능한한 피하는 게 좋다"고 했는데 이는 촛점이 불분명한 지당한 말씀으로 들릴 우려가 있다.) 그리고 이러한 입장을 밝힌 글이 발제문에서 인용한 「지구시대의 민족문학」이었고, 우리의 민족문학이 '남한의 국민문학'도 겸하기 위해 좀더 적극적인 노력을 벌이자는 제언이었다. 그동안 평단에서 이에 대해 별다른 논의가 없던 참이라 나는 임규찬씨의 언급이 내심 고마웠고 좀더 본격적인 논의가 이어지기를 바랐다. 하지만 토론자 한 분에 의한 다소 회의적인 질문이 있었을 뿐 발제자는 이렇다할 대응을 하지 않았으며, 종합토론에서 내가 그 이야기를 길게 한다는 것 또한 마땅치 않다고 생각되었다.

'간판' 내지 구호로서의 '민족문학'은 식민지시대와 분단시대를 살아온 우리 민족사의 특성상 '국민문학'과 대비되는 성격이 두드러진다. 다시 말해 영어로 한다면 둘다 national literature이건만 우리가 굳이 '민족문학'을 고집한 것은 일본국 신민으로서의 국민문학이나 분단국 한쪽만의 국민문학을 거부한다는 의지의 표현이었다. 이런 배경을 감안할 때 민족문학의 기본성격을 고수하면서도 남한의 국민문학도 겸하자는 제안은 '국민문학이 아닌 민족문학'이라는 구호에는 실질적인 수정을 가하는 일이며, 그야말로 전에 없던 '곡예라면 곡예'를 새로 주문한 셈이다. 이것이 애당초 무망한 놀음인지 아니면 얼마든지 가능할뿐더러 실제로 90년대의 (비평담론들을 포함한) 문학적 성과에 이미 어느정도 반영된 것인지에 관해서는 앞으로 좀더 활발한 토론이 있기 바란다.

「지구시대의 민족문학」이 내세운 또하나의 주장은, "지금까지 우리는 민족문학이 민족의 현실에 충실함으로써 세계문학의 대열에 당당히 참여할 수 있음을 주로 강조해온 편이지만, 지구시대의 현정세는 민족문학의 이바지가 특별히 필요할 만큼 '세계문학의 대열' 자체가 몹시도 헝클어진 형국"이라는 것이었다. 이 또한 민족문학론의 정당성을 재확인하면서도 '간판'으로서의 민족문학은 전만큼 중요하지 않다는 주장으로 이어진다. 세계문학의 위기, 문학 자체의 전지구적 위기를 말하는 것이 민족문학을 위해서도 때로는 더욱 절실할 법하기 때문이다.

민족문학이 곧 민족주의 문학이 아니라는 점은 이미 여러 군데서 밝힌 바 있다. 그 가장 큰 근거는 민족문학의 주된 관심사인 분단체제의 극복이라든가 세계문학의 옹호가 민족주의로써는 해결될 수 없는 과제라는 사실이다. 민족문학 담론이 계급문제를 여전히 천착해야 하고 환경파괴와 성차별 문제를 끌어들여야 한다고 믿는 것도 그 때문이다. 그 점에서 이번 토론회에서 여성문제가 다른 발제자들에 의해서도 거의 다뤄지지 않은 것이 유감스럽다. 반면에 환경·생태계운동에 관해서는 적어도 그 중요성만은 충분히 환기되었다고 본다. 또, 노동운동과 환경운동의 연대가능성을 두고 토론자들 사이에 뚜렷한 의견차이가 드러나서 많은 사람에게 생각거리를 남겨주었다. 나 역시 이에 대해 좀더 생각을 정리할 필요를 느꼈는데, 특히 노동운동은 부(富)의 공정한 분배를 추구하지만 그 확대재생산을 반대하는 것이 아니기 때문에 노동운동과 환경운동의 '비(非)시장적 연대'가 가능할지 의문이라는 이필렬(李必烈)교수의 지적이 날카로운 도전으로 다가왔다.

당장의 실감인즉 두 운동의 연대가 정말 불가능하다면 노동운동이든 환경운동이든 둘다 큰일난 게 아닌가 하는 것이었다. 전자가 분배의 불균형을 약간 시정한다든가 후자가 환경파괴에 일정한 제동을 거는 '개량주의적' 성과로 만족하지 않고 계급적 착취가 근절된 사회, 또는 인간이 자연과 조화롭게 살아가는 세상을 진지하게 추구한다면 양자간에, 그리고 다른 모든 체제변혁세력과 연대를 이룩함이 없이 어떻게 그 지난한 일을 해내겠다는 것인가? 독자적인 무슨 방책이 있다면 모를까, 그렇지 않다면 연대가 가능하냐 아니냐를 따지기 전에 '어떻게 하면 가능해질까'를 묻는 것이 순서일 듯싶다. 가령 노동운동이 '인간이 자연과 조화롭게 사는 세상'을 목표로 삼는다거나 환경운동이 '계급적 착취가 근절된 사회'를 지향하기로 한다면, 혹시 이것이야말로 저들 운동이 이미 설정하고 있는—적어도 당연히 설정해 마땅한—궁극 목표를 달리 표현했을 따름이 아닌지? 노동운동이 추구하는 공정한 분배는 분배 그 자체보다도 결국 인간사회의 조화를 위한 것일 텐데, 이것이 인간과 자연 사이의 조화가 깨어지고 환경이 파괴된 상태에서 불가능하리라는 점은 명백하다. 또한 환경운동이 꿈꾸는 자연과 조화된 삶이 인간끼리의 계급적 착취가 지속되고 인간사회 내부의 조화가 깨어진 상태에서 가능하리라고 기대할 수도 없는 것이다.

그렇다면 '부의 확대재생산 추구'라는 것은 어디까지나 공통의 장기 목표를 향한 과정에서 때와 장소에 따라 달라질 수도 있는 중기 목표에 불과하다. 더구나 이보다 더욱 한정된 단기 목표일 경우에는 심지어 환경운동 측에서도 한시적으로 수용할 수 있는 과제가 되기도 한다. 따라서 공통의 장기 목표에 대한 인식과 의지가 확고하기만 하면, 중기 목표가 설혹 다르더라도 연대를 위한 지속적인 노력을 포기할 이유가 없으며, 단기 목표를 향한 한시적 유대를 이룩할 때도 단순히 상대방을 전술적으로 활용하는 행위가 아니라 궁극적인 일치를 위한 자기훈련이라는 의미가 주어지는 것이다.

나는 여성운동과 환경운동, 또는 여성운동과 노동운동의 경우에도 현재 그 목표로 흔히 일컬어지는 내용을 한번 맞바꾸어 생각해보는 이런 '발상의 전환'을 제안하고 싶다. 그리하여 이런 맞바꾸기가 안 먹히는 부분에 대해서는 혹시 중·단기 목표가 궁극적인 목표로 잘못 설정되어 있는 게 아닌지 재검토해보자는 것이다.

끝으로 종합토론에서 정운영교수가 '창작과비평 그룹'에 대해 제기한 문제를 나 자신을 포함하여 누구도 언급을 않고 넘어갔기 때문에 혹시 그의 비판을 수긍했다는 인상을 줄 우려가 없지 않다. 창비측에서는 '자본주의 지배의 일반성'보다 '분단사회의 특수성'을 앞세우는 오류를 범하고 있지 않느냐는 문제제기였는데, 적어도 우리가 강조해온 분단체제론이나 민족문학론에 관한한 그렇지 아니하다는 점을 해명하고 싶다. 물론 분단체제론의 발상 자체가 어설픈 것일 수 있고, 발상은 그런대로 인정하더라도 우리의 논의수준이 정교수 보기에 너무나 미흡할 수도 있다. 그러나 분단체제론이 한반도의 분단현실을 자본주의 세계경제의 한 하위체제로 본다는 점만은 나 자신 누누이 강조해온 터이다. (세계문학론 및 문학·예술론 일반과 연계된 민족문학론의 경우도 그 점은 마찬가지다.) 이러한 우리의 논의가 정교수뿐 아니라 사회과학계 전반에 걸쳐 아직도 제대로 인지되지 못한 것은 유감스럽지만 부인 못할 사실이다. 다만 거기에는 우리 자신의 모자람도 물론 크게 작용했지만, 기존의 사회과학 교과서에 '자본주의 지배의 일반성'이 한반도에서처럼 작용하는 현상에 대해서는 논의가 전무한 것이나 다름없다는 점도 기여했을 듯하다. 또한 '일반성 대 특수성' 대비의 바탕에 깔리기 십상인 '보편 대 특수'라는 서양 형이상학의 틀 자체에 대한 우리의 근본적 문제제기가 제대로 열매맺거나 전달되지 못한 탓도 없지 않을 듯하다.

〈1998〉

비평과 비평가에 관한 단상

　얼마 전 어느 소장 영문학도들의 모임이 마련한 학술대회에 참석한 적이 있다. 그 자리에서 가장 활발한 토론을 불러일으킨 발표는 '한국 영문학 연구와 교육의 탈바꿈을 위하여'라는 제목이었고, 요지는 '전통적 영문학연구'에 대한 극히 회의적인 평가에서 출발하여 영문학 또는 문학연구 일반의 탈바꿈을 촉구하면서 '문화연구'만이 아니라 '문화공학'으로까지 나갈 것을 제안하는 것이었다. 나 자신도 '문화연구'라는 것을 처음부터 배척하는 입장은 아니다. 그러나 그것이 비평을 포함하는 '전통적인' 문학 공부를 대체할 수는 없다는 생각이며, 한국 대학의 영문학과들이 아무리 문제투성이라 하더라도 문화연구학과 또는 문화공학과로의 탈바꿈이 바람직한 해결책은 아니라고 믿고 있다. 그날 짤막한 논평을 주문받았을 때 그런 소신의 일단을 털어놓기도 했다.

　그런데 며칠 지나면서 떠오른 생각은, 스스로 비평의 중요성에 대해 남다른 의의를 부여하고 있음에도 정작 나는 문학평론보다 '문화공학'을 더 많이 해온 것이 아닌가라는 의문이었다. 잡지를 만들고 출판에 간여하며 문학단체의 설립과 운영에 개입하는 것도 문화공학이라면, 사실 나는 영문학 교수로서의 '전통적 영문학연구'나 한국 평단의 일원으로서의 비평 작업에 적잖은 차질을 빚을 정도로 문화공학의 설계실과 공사장을 누벼

454

온 셈이다. 물론 '문화공학'이라는 말을 들어보기 전부터 그랬으니, 영문학과에서 흔히 듣는 '영문도 모르고 영문과에 왔다'라는 말 그대로 영문도 모른 채 문화공학을 해온 셈이다.

하지만 다시 생각해보면 내가 '문화공사장'에서 일은 했을지언정 아무래도 '공학도'는 아니었던 것 같다. 이런저런 사업을 늘상 비평작업의 연장으로 이해해온 까닭도 있지만, 더 본질적으로는 문화를 만들고 받아들이는 일이 결국은 비평과 같은 일종의 수공업이요 레비-스트로스의 분류에 따르면 '브리꼴라쥬(bricolage, 임기응변식으로 꾸려가는 작업)'이지 '엔지니어링'은 아니라고 믿기 때문이다. 물론 현대에 올수록 공학적 요소의 비중이 커지기는 하지만, 문화가 인간생명현상인 한에서는 본질상 그렇지 않겠냐는 것이다. 만약 이게 사실이라면 비평가적 소양이 없는 문화공학 기사는 위험인물이기 십상이며, 문화공학의 비중이 커지는 사회일수록 비평의 중요성도 커지게 마련이다. 비평도 공학이라거나 적어도 공학 또는 과학으로 탈바꿈해야 한다는 주장마저 나오는 시대라면 더욱이나 그렇다.

물론 이 모든 논리는 비평이 결코 '엔지니어링'일 수 없으며 공학보다 인간에게 더욱 긴요한 무엇이라는 전제가 있을 때만 성립한다. 과연 비평은 그토록 중요한 것인가? 『문학과사회』 편집진으로부터 모처럼의 청탁을 받고도 '한국문학: 걸어온 길, 나아갈 길'이라는 특집 주제에 걸맞은 평론을 쓸 준비가 안된 난처한 상황에서, 비평과 비평가에 관한 몇가지 토막생각을 정리하는 것으로 면피를 해볼까 한다. 이른바 '비평의 위기'가 심각하게 거론되는 싯점에서 이러한 성찰이 한국문학의 현황짐검이나 진로모색과 전혀 무관하지는 않을 것이기 때문이다.

문학 자체의 위기가 심심찮게 들먹여지는 판에 비평의 위기론이 제기되는 것은 당연한 일이다. 비평이 문학의 일부라면 형식논리상으로도 그렇고, 어떤 식으로든 창작품의 존재를 전제하고서만 성립하는 것이 비평이라는 점에서도 그러한데, 문학뿐 아니라 모든 진정한 예술이 점점 더 위협받게 되는 현상이 자본주의의 전일화에 따르는 대세라는 것이 나의 소신이기도 하다.

문학이 위기에 처했을수록 진지한 비평이 더 요긴해지는 것이 사실이다. 하지만 그 위기의 내용을 이루는 자본주의 시장논리의 문학지배는 곧바로 불성실한 비평에 대한 현실적 수요를 확대하는 과정이라는 점이 오늘날 비평위기의 특성이라 할 수 있다. 훌륭한 창작을 어렵게 만드는 여건이 출판과 언론매체들의 거의 전면적인 상업화일 경우, '중개상'으로서의 비평가에 대한 수요는 전에 없이 커지게 된다. 다시 말해 잘못된 풍토를 바로잡을 임무를 띤 비평가에게 이 잘못된 풍토에 이바지하라는 압력이 도리어 집중되고 그렇게 하는 비평가의 영향력도 증가하는 것이다. 비평가에 대한 상당수 창작자들의 경멸은 어제오늘의 일이 아니지만, 날이 갈수록 '경멸'을 '무시'로 끝내버리기가 힘들어지는 것도 그 때문일 듯싶다.

한국 평단에 대한 창작자들의 불만은 격월간 『내일을 여는 작가』(이하 『작가』) 1997년 1~2월호의 특집 '문학평론, 무엇이 문제인가'에도 드러난 바 있다. 창작자들을 상대로 한 설문이 평론가의 반응을 끌어내기 위한 예비작업의 성격이었으므로 그 자세한 내용은 소개되지 않았다. 그러나 '편집자의 말'에도 "응답한 내용들은 우리의 예상을 뛰어넘을 만큼 다양하고 심각한 것들이었다"고 했으며, 항목별로 요약한 것을 보면 편중성과 정실비평, 편향성 또는 편파성, 논리적 일관성의 부재, 불필요한 난삽함, 미숙한 작품해석, 특정 소재나 주제에 대한 선호, 독자적 문체의 빈곤, 대중문화를 경시하는 엘리뜨적 폐쇄성, 작가와 독자에게 군림하려는 계몽주의적 태도 등등, 웬만한 싫은 소리는 다 나온 느낌이다(158~59면). 뿐만 아니라 이런 문제제기에 대한 비평가들의 반응을 보더라도, 그중 한사람은 스스로 시인이라서 그런지 창작자의 불만토로에 다분히 동조하는 인상이

고, 나머지 세 사람의 답변이 창작자들에게 얼마나 설득력있는 '대안'으로
받아들여질지도 의문으로 남는다.

　평단의 현황과는 별도로 원론적인 차원에서 비평의 존재이유를 가장
단호하게 옹호한 것은 도정일(都正一)의 「작가와 평론가」였다.

> 창작과 비평은 문학의 나라를 구성하는 두 개의 공화국이다. 양자는 서로
> 나란히 있으면서도 통합되지 않으며 어느 하나가 다른 하나로 환원되지도
> 않는다. 두 공화국을 지배하는 언어·관습·제도들은 서로 다른 규약을 갖
> 고 있다. 창작의 언어는 가장 의식적인 순간에도 기본적으로는 무의식의
> 언어이며 비평의 언어는 가장 무의식적인 순간에도 기본적으로는 의식의
> 언어이다. (…) 창작과 비평 사이의 이 오랜 대립이 문학의 나라 역사이다.
> 양자는, 자크 라캉이 그린 신사/숙녀 화장실처럼 서로 나란히 있으면서도
> 통합되지 않는 별개 공화국이며, 더 흔한 비유로는 두 가닥의 영원한 평행
> 레일이다. (…) 이 두 가닥 매개 레일을 달리는 것이 '문학'이라는 이름의
> 열차이고 독자는 이 열차의 승객이다. (160~61면)

비평무용론이 나도는 판에 이처럼 '별개 공화국'으로서의 독자적 지위를
보장받는 것이 비평가들에게 더없는 위안이 될 듯도 싶다. 하지만 정말 그
런 '공화국'이 존재하는 걸까? 비평은 시·소설·희곡 등을 망라한 '창작의
공화국'과 나란히 설 만한 또하나의 공화국(또는 화장실)인가? 혹시 '무의
식의 언어'와 '의식의 언어'라는 본질적 내립도 다같은 문학행위인 창작과
비평의 차이라기보다 시인과 철학자의 차이에 더 어울리는 것은 아닌가?
　무엇보다도, 철로의 한쪽이 없으면 열차가 아예 못 다니듯이 평론이 안
씌어지면 '독자라는 승객'은 여행 — 즉 문학의 향유 — 자체가 불가능해
지는 것일까? 아무래도 그 점은 믿기 어렵다. 물론 평범한 독자의 독서행
위도 비평이라고 한다면 이야기가 달라진다. 그건 분명히 두 레일 중 하나

가 되기에 충분하다. 다만 그럴 경우 독자는 승객의 위치에서 양대 공화국 또는 화장실 또는 레일 가운데 하나로 바뀌게 되며, 게다가 레일이라 하더라도 '영원한 평행 레일'인지는 의문스러워진다. 어떤 점에서 창작에 못지않게 정서적이고 무의식적인 일반 독자의 독서행위를 "가장 무의식적인 순간에도 기본적으로 의식의 언어"를 생산하는 행위라고 규정하기는 힘들겠기 때문이다.

하지만 '문학의 나라'가 완전한 '별개 공화국'들은 아니되 문학텍스트의 생산과 그 수용활동이라는 양대 영역이 합해서 이루어진다고 말한다면 한결 방불할 듯싶다. 그럴 경우 비평가는 이 나라에서 어떤 존재가 될까? 평론이라는 문학텍스트를 생산한다는 점에서는 창작자와 마찬가지로 생산의 영역에 속하지만, 텍스트의 내용이 어디까지나 독자로서의 반응을 정리한 것이라는 점에서 수용의 영역에 귀속되기도 하는, '양다리를 걸친' 또는 '박쥐 같은' 존재가 비평가일 것이다. 비평가 스스로 흔히 겪는 '정체성의 혼란'이 여기서 비롯하며 비평에 관한 숱한 오해나 때로 정당한 질타도 이런 모호한 상황에서 연유할 법하다. 예컨대 비평가가 자신이 '수용자 출신'이면서 집필하는 순간에는 자기가 읽은 특정 작가가 아닌 다른 모든 수용자들을 상대하는 또 한명의 생산자가 된다는 사실을 망각할 때, 그는 작가 개인에게 이래라저래라 하는 오만을 저지르게 된다. 또, 평론가가 동료 독자들과 대화하는 하나의 어법으로 작가나 작품을 놓고 이런저런 주문을 던질 수 있음을 몰라주는 사람은, '오만한 지도비평'이 아닌 것도 그렇게 오해하게 될 것이다.

인간의 다른 모든 행위가 그러하듯이 비평도 겸허해야 한다. 동시에 창작에는 창작 나름의 권위가 필요하듯이 비평도 권위가 있어야 한다. 참된 권위가 진정한 겸허와 전혀 상치하지 않음은 더 말할 나위 없다.

그러면 비평의 겸허는 어디서 오며 그 권위는 또 어디서 연유하는가?

458

무엇보다도 비평은 창작품이 먼저 존재함으로써, 그리하여 비평가가 그들 작품을 읽는 독자가 됨으로써만 가능하다는 사실이 비평이 겸허해야 될 이유이다. 이는 넓은 의미의 '교술(敎述)' 장르에 대해 서정적 또는 서사적 장르의 생래적 우위성을 주장하는 순문예주의와는 다른 주장이다. 교술 장르가 『논어』나 『장자』 같은 고전을 포함한다면 그 자체는 시·소설·희곡 등과 원칙적으로 대등한 위치에 있달 수 있지만, 평론은 그것이 문학평론인 한에서는 다른 교술 작품을 포함한 여타 작품의 존재가 그 선행조건이 된다는 것이다. 물론 이런 선행조건을 바탕으로 씌어진 평론이 스스로 고전적 문헌의 경지에 달하는 예가 없지 않다. 그러나 이러한 성취야말로 독자로서의 겸허를 바탕으로 이루어지는 것이지, 근래 일부 이론가들이 그러듯이 처음부터 '창조적 비평' 운운하면서 비평 문장의 창의성 또는 유희성에 탐닉해서 될 일이 아니다.

하지만 스스로 작품의 일개 독자라는 겸허한 자기인식에서 비평의 권위가 발생하는 까닭은 무엇일까? 첫째, 앞서 말했듯이 '문학의 나라'라는 것이 있다면 그 양대 영역은 작가와 독자의 세계이다. 아무리 훌륭한 작품을 써놓았어도 읽어주는 사람이 없으면 흰 종이에 검은 자국이 묻은 물체에 지나지 않는다. 독자에 의한 재창조의 과정이 없이는 문학적 창조가 미완성으로 끝나는 것이다. 따라서 비평가는 바로 그가 창작자가 아닌 독자로서 발언한다는 데서 작가가 자기 작품의 저자로서 발언할 때에 가질 수 없는 권위를 지니게 된다. 즉 평론의 집필자는 작가의 동료생산자라는 사실이 아니라 창작에 필수불가결한 일반 독자를 대표한다는 점이 비평가의 자랑이요 권위인 것이다.

물론 이는 권위의 원천에 대한 일반론일 뿐 실제로 그러한 비평의 권위가 쉽게 확보되지는 않는다. 비평가는 앞서의 표현대로 생산과 수용의 두 영역에 양다리 걸친 어중간한 존재로서 문자 그대로 '일반 독자'는 아니기 때문이다. 독자에 의한 재창조 과정은 그냥 읽어주는 사람이 아니라 '제대로 읽어주는 사람'을 요구하고 되도록 많은 수의 그러한 사람을 요구하는데, 비평가는 독자들 가운데서 '가장 제대로 읽어주는 사람'이 되기를 지향하면서 자신의 독서경험을 글로 정리함으로써 '제대로 읽어주는 사람'의 수준과 수효를 최대한으로 높이려고 나선 생산자를 겸한 존재이다. 따라서 그냥 평범한 독자로만 남아서도 안되고 너무 특수한 독자가 되어버려도 곤란한, 그야말로 복잡한 운명의 주인공이 비평가인 것이다.

바로 이런 복잡한 운명에 시달리기에 "비평의 언어는 가장 무의식적인 순간에도 의식의 언어이다"라는 식으로 비평의 정체 문제를 결판지으려는 유혹이 그만큼 커지는지도 모른다. 실제로 비평가는 평범한 독자의 처지에서 출발하되 평론을 쓰는 특수한 독자로까지 나아간다는 점에서, 적어도 그가 '의식의 언어'를 극대화하려는 노력을 여타 독자보다 더 기울이는 인물임은 분명하다. 그러나 창작과 비평이 아니라 생산과 수용이 문학의 양대 영역이요 비평가는 그 양쪽 모두에 소속된 모호한 존재라는 나 자신의 비유를 고수한다면, 비평가가 아무리 의식화를 추구하더라도 '무의식의 언어'에서 아주 벗어나지는 못하고 그래서도 안된다. '무의식의 언어'와의 완전한 결별은 한편으로 독자에 의한 재창조 과정으로부터의 탈락을, 다른 한편으로 문학텍스트 생산자로서의 실격을 뜻할 것이기 때문이다.

문제의 촛점은 글읽기와 글쓰기 모두가 '철학적 사유'와 엄밀히 구별되는 어떤 별개의 창조성을 지녔느냐는 것일 터이다. 이 대목에서 나는, 그 자신 20세기의 위대한 평론가 중 하나인 루카치 역시 도정일교수와 비슷하게 비평적 사유와 철학적 사유를 실질적으로 동일시했음을 상기하고자 한다. 「작가와 비평가」라는 글에서 그는 진정한 비평가의 두 가지 유형으로 '창작자 비평가(writer-critic)'와 '철학자 비평가(philosopher-critic)'를 제시하고, 전자의 대표적인 예로 레씽, 괴테, 쉴러, 뿌슈낀, 발자끄, 고르끼

등을, 후자의 예로는 플라톤과 아리스토텔레스를 비롯하여 헤겔, 맑스, 벨린스끼, 체르느이셰프스끼 등을 꼽는데, 우리는 루카치 자신도 이 '철학자 비평가'의 반열에 넣을 수 있을 것이다.

위대한 '창작자 비평가'에 대한 루카치의 논의에서 주목할 점은, 직접 창작을 해본 사람만이 비평을 할 수 있다고 흔히 작가들이 내세우는 논리에 그가 결코 동조하지 않는다는 것이다. 물론 괴테나 레씽 같은 위대한 작가가 위대한 평론가이기도 했던 것이 그들의 비평 역시 자신의 창작과정에서 부딪히는 실제적인 문제와 씨름한 결과이기 때문이긴 하다. 그러나 동시에 이들은 자신의 주관적 관심과 개인적 경험에 집착하는 '작업실'적 관점(the 'workshop' viewpoint)에 머물지 않고 "나의 창작 노력에서 객관적으로 타당한 것은 무엇인가"라는 문제의 탐구로까지 나갔다는 것이다(G. Lukács, *Writer and Critic and Other Essays*, tr. A. Kahn, Merlin Press 1970, 192 및 207면). 이러한 탐구는 사람마다 그 정도가 다를지라도 다분히 철학적인 성격을 띠게 마련이다.

그러나 이것이 비평적 성취의 진수에 해당하는지 아니면 일종의 부수적 성격에 불과한지는 더 따져볼 일이다. 이 점이 심각한 문제로 대두하는 것은 루카치의 두번째 유형, 곧 '철학자 비평가'와 관련해서다. 나는 아리스토텔레스의 『시학』이 비평문학의 고전으로서는 과대평가된 바 있다고 믿지만 그가 훌륭한 비평가이기도 했음은 분명하고, 헤겔이나 맑스 같은 철학자가 중요한 평론을 남겼다는 데도 쉽게 동의한다. 그러나 벨린스끼나 체르느이셰프스끼만 하더라도 그들을 '철학자 비평가'로 부르는 것이 가장 적절한지는 논란의 여지가 있거니와, 창작자가 아니든가 창작을 했더라도 창작자로서의 업적은 대단치 않은데 그렇다고 철학자로 부르기는 어려운 훌륭한 비평가들은 어찌할 것인가? 나 자신이 얼마간 독자적인 판단이 가능한 영문학 분야를 보건대, 발군의 평론가들 중 쌔뮤얼 존슨은 '창작자 비평가'로 분류한다 치고, 코울리지는 '창작자 비평가'와 '철학자 비평가' 양쪽에 다 해당될 수 있다 하겠지만, 매슈 아놀드는 시인으로서보다 평론가로 기억될 사람임이 분명한데 '철학자'와는 도무지 거리가 멀다. (그 점은 프랑스의 쌩뜨-뵈브에게도 그대로 해당되는 이야기다.) 게다가 20세기에 오면 탁월한 '창작자 비평가'인 D. H. 로런스와 T. S. 엘리엇 두 사람과 더불어 논할 비평가는 누가 뭐래도 F. R. 리비스라고 생각되는데, 그는 심지어 참다운 비평가는 '반철학자(anti-philosopher)'여야 한다고 줄기차게 주장한 사람이다. 이것이 문학주의와 영국적 경험주의 전통에 함몰된 영문학자의 고집이라고 오해하는 이도 많다. 그러나 리비스와 전혀 다른 성향이며 첨단의 이론을 대표하는 것으로 알려진 드 만 같은 비평가가 '읽기'와 '인식'을 구별하고 그가 '문학이론'이라고 부르는 것이 '철학'에 흡수될 수 없음을 강조하는 것을 보더라도(Paul de Man, *The Resistance to Theory*, University of Minnesota Press 1986, 특히 표제논문 「이론에 대한 저항」 참조), 비평적 사유를 두말없이 철학적 사유와 동일시하는 태도야말로 서양의 오래된 형이상학적 사고의 타성이며 문학이 지닌 형이상학극복의 잠재력을 외면하는 잘못임을 추측할 수 있다.

물론 여기서는 '추측' 이상의 어떤 논증을 시도할 생각이 없다. 다만 창작자가 아닌 훌륭한 비평가로 철학자와 비철학자가 둘다 존재했음은 엄연한 사실이며, 루카치가 비평적 성취와 예술철학 내지 미학 분야의 성취를 혼동하는 기미는 「작가와 비평가」 여기저기서 발견된다(214~15면, 223면 등). 그러면 창작자가 아닌 사람 중 헤겔 같은 철학자 비평가와 아놀드 같은 비철학자 비평가의 공통된 특징은 무엇인가? 말 그대로 그들이 창작자가 아니라는—설혹 창작자를 겸했어도 위대한 '창작자 비평가'와는 달리 그들의 창작이 비평의 성격을 좌우할 만한 무게를 지니지 않는다는—점이다. 즉 훌륭한 비평가들을 굳이 두 부류로 나눈다면 '창작자 비평가'와 '비창작자 비평가'(즉 '전문적 비평가')로 가르는 것이 루카치식 분류보다 한결 원만하리라는 생각이다.

이렇게 나누고 보면 비평의 어려움과 비평가의 모호한 정체가 다시금 실감되기도 한다. 창작자 비평가는 스스로 물건을 만들어본 사람으로서 만들어진 물건들에 대해 남다른 통찰을 갖는 잇점이 있으나, 기본적으로 수용자를 대변한다는 비평의 본분을 망각할 유혹이 크게 마련이다. 반면에 비창작자는 독자로서의 공정성을 확보하기 쉬운 면이 있다고는 해도 비평가로서의 전문성을 추구할 필요가 그만큼 커지는데, 바로 그런 노력을 기울이는 순간 평범한 독자로부터 멀어질 위험은 창작자 못지않아지는 것이다. 평범한 독자는 결코 전업독자가 아니건만, 비평가는 전업독자에 가까울 만큼 많이 읽는 사람이 되어야 한다. 반면에 다른 분야의 전문가와 동일한 의미로 '독서전문가'가 되어서는 문학독서의 비전문적 성격을 저버리게 되는 것이다. '철학자 비평가'들 가운데서 괄목할 업적이 나온 이유도 그들이 루카치 말대로 비창작자 비평가의 유일한 형태라서가 아니라, 철학자이기도 했다는 사실이 비평가로서의 지나친 전문화를 막는 데 일조한 탓이 없지 않을 것이다. 전업비평가에 가까웠던 리비스도 실은 교육자로서의 천직을 동시에 의식했던 인물이며 그의 대학론이나 인문교육론에 담긴 문제의식과 그의 비평작업은 서로 떼어 생각할 수 없는 것이었다.

　그러므로 훌륭한 비평가는 어느 시대에나 흔치 않고 더욱이 훌륭한 전문적 비평가(비창작자 비평가)는 — 로런스가 그의 「존 골즈워디론」에서 지적했듯이 — 희귀하기 짝이 없는 존재리고 말해도 좋을 것이다. 게다가 이들 비평가에 대한 사회적 수요가 발생하는 것은 대체로 근대 시민사회의 형성과 더불어서인데, 바로 이 자본주의시대의 진전이 작품에 대한 최대한의 객관적 평가를 추구하는 비평작업을 거의 불가능하게 만든다. 이런 상황에서 작가와 비평가의 관계가 극도로 왜곡될 수밖에 없음을 루카치는 다음과 같이 설파했다.

점점 강도가 높아가는 제반 압력과 대다수 비평가 및 문학전문가 자신이 심지어 단순한 미적 판단에서조차 문학에 객관적인 평가를 적용하지 않으려는 태도가 낳는 결과는, 한마디로 무정부상태이다. 온갖 견해들의 무정부상태요, 각자가 자기만을 챙기는 전쟁이며, 이념적 혼돈이다. 이는 되풀이하건대 자본주의에 의한 수많은 창작자와 비평가들의 전반적 타락의 결과인 것이다.

이런 사회적·이념적 여건에서 작가와 비평가의 관계가 어떻게 정상적일 수 있겠는가? 극소수의 다행스러운 예외를 빼고는, 작가와 비평가들은 상대방을 별볼일없는 적으로 간주하게 마련이다. 작가에게 '좋은' 비평가는 자기를 칭찬하고 자기 이웃을 공격하는 사람이고, '나쁜' 비평가는 자기를 비판하거나 이웃을 칭찬하는 사람이다. 비평가에게 문학작품의 대부분은 많은 노력과 고통을 요구하는 지겨운 생계수단을 뜻한다. 진정한 기준이 결여된 이런 분위기, 자본주의적 고용주로부터의 정치적·경제적 압력과 점증하는 천편일률성, 선정주의, 재정적·도덕적 파멸을 끊임없이 위협하는 냉혹한 경쟁 등이 판을 치는 이런 분위기에서는, 그 미적·도덕적 수준을 외부인들은 아무도 존중할 수 없는 무원칙한 패거리들이 나타나게 마련이다. (같은 책, 203면)

루카치의 현실진단에 수반되는 그 나름의 처방에 동의하지 않더라도 현상 자체는 우리에게도 낯익은 것임을 수긍할 수 있겠다. 또한, 흔히 말하는 문학의 위기라든가 비평의 위기 따위가 결코 한국문학에 국한된 것도, 우리 연대에 갑자기 드러난 것도 아님을 확인하는 수확도 없지 않다. (루카치의 「작가와 비평가」가 처음 발표된 것은 1939년의 일이다.) 동시에 한국 비평의 경우는 루카치가 진단한 일반적 상황보다 더욱 불리한 여건에 있는 것도 사실이다. 근대화과정의 후발성과 타율성으로 본격적 비평작업을 위한 사회적 공간이 늦게야 형성되기 시작한 반면, 지난 한 세대 동안의 초고속 산업화는 문학의 상품화와 이에 따른 '중개상인으로서의 비평가'에 대한 수요를 걷잡기 힘든 속도로 키워놓은 것이다.

게다가 한국의 비평문학을 논할 때 냉정하게 기억할 또하나의 사실이 있다. 비평이란 아무래도 그 대상이 될 문학작품, 특히 수준높은 문학작품의 일정한 축적을 전제하는데, 대상을 반드시 자국의 문학에 한정시킬 필요는 없다 하더라도 언어와 문화전통의 벽을 넘어서 수행되는 비평의 한계 또한 엄연한 것이다. 따라서 역시 자국(어) 문학의 성취가 가장 중요한 바, 한국 근대문학의 짧은 연륜이나 전근대 작품 수용에 따르는 수많은 제약을 인정할 때 우리는 아직도 비평의 '대가'를 갖기에는 시기상조라는 것이 나의 솔직한 생각이다. 앞서 언급한 『작가』지의 설문조사에는 요즘 평론가들이 "대가의 문체를 모방하는 경향이 있다"(159면)는 창작자들의 비판이 나오고 기고자 중 한사람은 "60년대 이래 우리 문학비평은 대가로 지칭될 만한 비평가들을 여러 명 배출한 바 있다"(손경목 「권력을 누리는 법」, 181면)고 하면서 내 이름도 들먹인 것을 보았는데, 물론 낱말은 정의하기 나름이고 문체모방의 사례야 없달 수 없겠지만 '대가'라는 말을 너무 함부로 안 쓰는 것이야말로 비평의 기준을 세우는 출발점이 아닐까 싶다.

이는 역경 속에서나마 우리 비평사에 뜻있는 자취를 남긴 여러 선배들의 업적을 무시하는 말이 결코 아니다. 현역 중진급 가운데서는 유종호(柳宗鎬) 같은 이가 구체적인 작품에 관한 구체적인 평가를 내리는 비평작업을 꾸준하게 수행해온 편이라는 점도 덧붙일 수 있다. 아니, 어느 한 분야의 대가도 되지 못한 나 자신의 경우에 관해서도, 비평가로서의 대성이 아마도 불가능한 시대상황에서 '문화공학'을 포함한 이런저런 활동들이 내 나름으로 최대한의 비평행위를 해온 것이라는 자부심이 없지 않은 것 또한 사실이다. 다만 이제는 (최원식도 어디선가 말했지만) 한국 근대문학의 '가난함'을 좀더 냉정하고 진지하게 이야기할 때라고 본다. 민족문학론을 내세우며 나 자신 우리 문학 앞에 열린 가능성을 역설하고 이미 이룩된 성취의 귀중함을 옹호하는 작업을 주로 해왔으나, 이는 첫째로 그나마 힘 겹게 이룬 것마저 경시하고 심지어 압살하려는 경향이 강했기 때문이요 둘째로 가능성은 실제로 엄연하다고 믿었기 때문이다. 이룩된 성취를 외 면하는 풍조가 여전한 이상 그에 대한 옹호도 여전히 필요하지만, 이제는 좀더 풍성한 문학유산들과의 정확한 상대평가를 감당할 만큼의 축적은 이루어졌다고 믿는다.

한국 비평의 가난에 대한 솔직한 인정과 더불어 비평가들에게 요구되 는 것은 무엇보다 자기 이야기를 진솔하고 구체적으로 하는 자세가 아닐 까 한다. 『작가』지가 요약한 창작자들의 반응은 요약이니까 그럴 수밖에 없다 치더라도, 평론가들의 응답에도 자기 자신이 구체적으로 어떻게 해 왔다는 답변은 의외로 적었고 남에 관한 이야기도 일반화된 표현이 너무 많은 느낌이었다. 그런 점에서 손경목(孫敬穆)씨가 편중성 내지 편파성 문 제와 관련하여 다음과 같이 '까놓고' 문제를 제기한 것은 자못 신선했다.

'창비'는 어째서 매번 고은과 신경림과 현기영을 말하는 것이며 '문지' 는 왜 한결같이 황동규와 이청준과 이인성을 옹호해야 하는가는 관심있는 사람이라면 누구나 한번쯤 품어볼 만한 의문이자 우리 비평의 작은 수수께 끼이다. 우리는 그들이 중요한 시인·소설가라는 양쪽의 평가를 대체로 받 아들이는 편이다. 그렇다면 그들이 왜 한쪽에서는 거의 언제나 상찬의 대 상이 되는 반면 다른 쪽에서는 매번 침묵이나 어색한 몇마디로 응대받아야 하는지 알 수 없어진다. 이 점에 대해서 문학관의 본질적인 차이를 말하는 것은 설득력이 약하다. (180~81면)

원래 '편중성' — 때로 '이념편중성' — 은 평론가로서의 나 개인이나 내가 편집에 간여해온 '창비'에 꼬리표처럼 달려온 비판이니 이런 솔직한 지적이 아니더라도 나부터 '진솔하고 구체적으로' 답해야 할 문제다. 그런데 정작 여기에 '창비'만이 아니라 '문지'가 연관되고 양쪽의 구체적인 이름들이 거명될 때 비평에 요구되는 솔직성이 결코 쉬운 일이 아님을 새삼 실감하게 된다. 지면의 제약으로 긴 언급이 불가능하다는 게 다행이라면 다행인데, 그래도 진술한 대응의 시초는 있어야 옳을 터이다.

아무튼 위의 인용문이 예컨대 '문지' 지면을 통해 활약한 수많은 재능을 '창비' 또는 나 개인이 제때에 주목하지 못했고 지금도 그런 경우가 있다는 일반론이라면 이는 백번 수긍함직한 말이다. 이어서 그러한 과오의 구체적인 사례를 제시하면서 그중 어떤 것은 잡지를 하다보면 — 특히 험한 세월에 '창비' 같은 잡지를 하다보면 — 족히 그럴 수도 있는 일이고 또 어떤 것은 그러루한 사정을 감안하고도 눈감아주기 힘든 잘못인지를 가려준다면, 비평작업이 제대로 진행되는 형국에 이를 것이다. 하지만 '고은과 신경림과 현기영' 대 '황동규와 이청준과 이인성'이라는 식으로 문제를 제기한 것은 — 구체적인 거명을 함으로써 구체적인 논의를 가능케 하는 미덕은 있지만 — 그다지 적절한 방식은 아닌 듯하다. "이 점에 대해서 문학관의 본질적인 차이를 말하는 것은 설득력이 약하다"고 했지만, 어째서 문학관이나 작가에 대한 판단기준의 차이가 개재하지 않는다고 단정하는 것일까? '문지'를 계승한 '문사' 지면에 싣는 글이기에 더 스스럼없이 말하지만, 나는 그 두 묶음의 작가들이 결코 동일하거나 유사한 비중을 갖는다고 생각지 않으며 '문지' 쪽 대표적 인사로 '황동규와 이청준과 이인성'을 동렬에 놓은 것도 다소 의아스러운 선택이다.

물론 한정된 길이의 글이어서 "우리는 그들이 중요한 시인·소설가라는 양쪽의 평가를 대체로 받아들이는 편이다"는 판단을 부연할 여지가 없었을 터이니, 논자의 판단근거에 대해 들어볼 별도의 기회를 기다리고자 한다. 다만 자기변호 비슷한 말이 길어진 것은 비평의 생명인 공정성과 솔직성 문제를 생각할 좋은 빌미를 찾았기 때문이다. 손경목씨의 글은 공정성을 강조할뿐더러 스스로 솔직했기에 생산적인 대화에 이바지가 되지만, 공정성에 요구되는 문학관의 투철함과 판단기준의 확고함 — 요즘은 듣기가 좀 힘들어진 표현으로 '당파성' — 의 문제를 간과했다는 인상이며, 실제로 이룩된 비평적 성과마저 손쉬운 양비론으로 흐려버린 게 아닌가 싶다.

끝으로 문학평론의 대중적 영향력 확보 문제에 관해 한두 마디 언급할까 한다. 거듭 말했듯이 오늘의 문화적 상황은 진정한 문학이 — 창작이나 비평 모두가 — 점점 발붙이기 힘들어져가는 대세이다. 이런 상황에서 진지한 비평의 대중적 파급력에 대해 지나친 기대를 갖는 것은 금물이며 어떠한 손쉬운 처방도 없다는 다짐이 우선 필요하다. 동시에 문학은 다수결로 정해지는 일이 아니므로 진지하고 수준높은 비평작업의 있고 없음이 사회에 미치는 영향은 당장의 수적 열세로 평가할 수 없다는 자신감도 필요하다. 더구나 한국문학은 훌륭한 작가와 시인들이 상업적 성공을 거두기도 하는 경우가 자주 일어남에서 보듯이 선진자본주의 사회에 비해 유리한 여건도 적지 않으며, 장차 통일사업이 어떤 식으로 진행되느냐에 따라 더욱 유리해질 가능성도 있다.

그러므로 대중문화에 대한 비평가의 개입이 부족하다는 불만에 대해서도 나는 문학비평은 우선 "문학비평으로서의 전문성을 더욱더 키워야 한다"(『작가』 같은 호, 197면)는 서준섭의 입장에 원칙적으로 동의한다. 다만 비평의 전문성은 말하자면 '비전문가적 전문성'이니만큼, 어떤 사람이 철학이나 기타 어느 분야에서 일정한 전문성을 확보하는 것이 비평가 특유의 전문성을 키우고 간직하는 데 도움이 되듯이, 대중문화연구의 전문가가 되는 것이 자신의 비평작업과 행복한 일치를 가져올 수 있다. 이런 비평가가 많이 나오는 일이야 문학을 위해서나 여타 분야를 위해서나 바람직한

468

일임은 물론이지만, 첫째는 대중문화비평도 그 나름의 전문성을 요하는 작업이지 문학평론가라고 함부로 기웃거릴 일은 아니며 둘째, 더 근본적인 문제로 비평가적 수련—즉 문학독자로서의 수련—이 전제되지 않은 대중문화연구는 훌륭한 문학평론을 못 낳는 것만이 아니고 문화비평가로서도 '문화중개상'의 대열에 합류하는 데 그치기 십상이라는 점을 강조하고 싶다. 거듭 말하지만 비평의 권위는 본질적으로 읽기의 창조성에 근거하는데 현실적으로는 인간언어, 그중에서도 모국어의 탁월한 예술적 사용을 공부하는 수련의 과정을 생략한 채 확립될 수 없는 것이다. 그런 점에서 나는 "문학비평이 대중문화 읽기를 자기 소임의 일부로 한다면 겨냥될 것은 가령 신중현에게서 서태지에 이르는 대중음악가의 계보도 작성이 아니라 그들이 반영/생산해낸 사회적 문맥과 그 담론적 구성 및 효과에 대한 정교한 인식의 지도를 그리는 작업일 것이다"(손경목, 앞의 글, 184면)라는 진술에 십분 동의하면서, 다만 비평가가 저마다 그런 '대중문화 읽기'나 '인식의 지도그리기'를 못해서 조바심할 필요는 없다고 본다. 좋은 문학작품을 알아보는 안목을 바탕으로 그러한 작품과 그보다 덜 좋은 작품, 아예 안 좋은 작품 들을 지공무사하게 가려주는 본래의 임무를 다하는 것이 무엇보다 우선되어야 하며, 그 일을 제대로 해내는 것은 실제로 이 시대에 거의 불가능한 위업을 달성하는 결과가 되리라고 믿는다.

〈1997〉

원문 출처

서장: 민족문학, 세계문학, 한국문학 새로 쓴 글.

제1부

지구시대의 민족문학 『창작과비평』 81호(1993년 가을호)에 처음 발표. 본서에 수록하면서 약간의 잔손질을 더했음(이하 나머지 글들도 마찬가지).

지구화시대의 민족과 문학 1994년 미국 듀크대학의 국제학술회에서 영문으로 처음 발표, 국문 번역본(김명환 옮김)은 『내일을 여는 작가』 1997년 1-2월호에 게재. 본서 수록과정에서 비교적 많이 윤문했음.

근대성과 근대문학에 관한 문제제기와 토론 『창작과비평』 82호(1993년 겨울호)에 '문학과 예술에서의 근대성 문제'라는 제목으로 처음 발표했고, 본서에 수록하면서 개제.

'통일시대'의 한국문학 유종호 외 지음 『한국현대문학 50년』(민음사 1995)에 수록.

2000년대의 한국문학을 위한 단상 『창작과비평』 107호(2000년 봄호)에 수록.

덧글: '단상' 후기 창비에디넷 (2000.2.28)

제2부

선시와 리얼리즘 백낙청·신경림 외 엮음 『고은 문학의 세계』(창작과비평사 1993)에 수록.

고은 시선집 『어느 바람』 발문 백낙청 외 엮음 『어느 바람』(창작과비평사 2003)에 수록.

미당 담론에 관하여 창비 구자유게시판(2001.7.17/7.22)에 게재.

백석문학상 후보 시집들(1, 2, 3, 7회) 『창작과비평』 104, 109, 114, 130호에 수록.

『외딴 방』이 묻는 것과 이룬 것 『창작과비평』 97호(1997년 가을호)에 처음 발표하고 『외딴 방』 개정판(문학동네 1999)에 수정·보완해 수록했음.

소설가의 책상, 에쎄이스트의 책상 『창작과비평』 124호(2004년 여름호)에 수록.

'창비적 독법'과 나의 소설읽기 『창작과비평』 126호(2004년 겨울호)에 수록.

황석영의 장편소설 『손님』 대산문화재단 주최로 2005년 5월 24~26일에 열린 제2회 서울
　국제문학포럼 '평화를 위한 글쓰기'에서 '한반도에서 화해와 평화 찾기: 황석영 소설
　『손님』의 경우'라는 제목으로 발표했고 본서에 수록하면서 개제.

제3부

민족문학론과 리얼리즘론 『민족사의 전개와 그 문화』벽사 이우성 교수 정년퇴직기념논
　총(창작과비평사 1990) 하권에 처음 수록하고, 이 논총에서 뽑은『한국근대문학사의
　쟁점』김학성·최원식 외 지음(창작과비평사 1990)에도 포함. 평론선집『현대문학을
　보는 시각』(솔 1991)에 수록하면서 일부 수정했음.

사회주의현실주의 논의에 부쳐 　계간『실천문학』이 주최한 '다시 문제는 리얼리즘이다'
　씸포지엄 종합토론에서의 논평.『실천문학』 24호(1991년 겨울호)에 수록.

시와 리얼리즘에 관한 단상 『실천문학』 24호에 처음 발표.

민족문학과 근대성 　민족문학사연구소 창립 5주년 기념 씸포지엄 종합토론 '민족문학과
　근대성' 토론문을 민족문학사연구소 엮음『민족문학과 근대성』(문학과지성사 1995)
　에 수록.

논평: 민족문학, 문명전환, IMF사태 『창작과비평』 통권 100호 기념 종합토론에서의 발언.
　같은호(1998년 여름호) 계간지에 수록.

비평과 비평가에 관한 단상 『문학과사회』 38호(1997년 여름호)에 수록.

찾아보기

통일시대 한국문학의 보람

초판 발행/2006년 1월 20일

지은이/백낙청
펴낸이/고세현
편집/김정혜 황혜숙 강영규 김영주
미술·조판/윤종윤 신혜원
펴낸곳/(주)창비
등록/1986년 8월 5일 제85호
주소/413-756 경기도 파주시 교하읍 문발리 513-11
전화/031-955-3333
팩시밀리/영업 031-955-3399 · 편집 031-955-3400
홈페이지/www.changbi.com
전자우편/literat@changbi.com

ⓒ 백낙청 2006
ISBN 89-364-6321-7 03810